40

改革开放
40年文学丛书

改革文学

陈晓明 主编

作家出版社

出版说明

今年是改革开放 40 周年。40 年来，当代中国发生了翻天覆地的变化，社会经济繁荣发展，人民生活幸福美好，当代文学硕果累累。为了庆祝这一盛大的节日，展示改革开放 40 年来的文学创作成就，进一步树立文化自信和文学自信，推动中国文学创作的大发展大繁荣，根据中宣部和中国作家协会的部署，我们特别策划了这套规模宏大的"改革开放 40 年文学丛书"。

文学是时代的一面镜子。40 年来，中国当代文学在反映时代变化和人民精神面貌上做出了突出贡献，一大批反映改革开放伟大历程和人民精神风貌变化的作品涌现出来，真实地记录了改革开放 40 年来我们伟大祖国和人民所走过的不平凡的道路。因此，这套丛书的编辑出版一方面在展示当代文学 40 年的光辉历史，同时也展现改革开放 40 年的伟大成就。

在体例上，丛书以文学思潮和重大题材为纲，选取了改革开放 40 年中出现的比较有典型性和影响力的文学思潮和重大题材，以此为中心，遴选最能代表该文学思潮的作家作品。需要说明的是，这些文学思潮是历时性地交叉出现的，有一个更迭演变的过程，彼此之间在文学理念上各不相同又有诸多联系。受此文学环境的影响，作家们的创作也多是穿插于这些文学思潮之间的，许多作家在不同的文学思潮中有多个优秀的作品出现。但出于丛书体量和编排体例的整体考虑，我们每位作家只选取了一部作品并放置于某一个文学思潮的类目之下，这绝不是说该作家只有这一种类型的文学创作，而是为了显示其对某一个文学思潮的突出贡献，展现其创作的独特性。

入选丛书的作品经过了论证委员会的认真评审，专家评审从文学性、时代性、影响力等多方面进行综合考察，选取了最具代表性的作品。在一定意义上，这些作品构成了一部特殊形态的当代文学史，代表了当代文学40年的伟大成就。

40年来，中国文学始终与人民同心，与时代同行，文学既植根于时代生活的沃土，又以自身的发展融入时代的洪流，推动历史的前进。我们期待，丛书的出版能够实现对于当代文学40年光辉历程的展示，能够实现对于改革开放40年伟大成就的留影。更期待当代文学能够继续为人民美好生活的需要提供更多更优秀的精神食粮，为中华民族伟大复兴中国梦的实现贡献力量。

由于丛书体量有限，遗珠之憾在所难免，恳请读者朋友理解并谅解，同时更盼批评指正。

作家出版社

2018年10月

目 录

乔厂长上任记

蒋子龙

时间和数字是冷酷无情的，像两条鞭子，悬在我们的背上。

先讲时间。如果说国家实现现代化的时间是二十三年，那么咱们这个给国家提供机电设备的厂子，自身的现代化必须在八到十年内完成。否则，炊事员和职工一同进食堂，是不能按时开饭的。

"再看数字。日本日立公司电机厂，五千五百人，年产一千二百万千瓦；咱们厂，八千九百人，年产一百二十万千瓦。这说明什么？要求我们干什么？

前天有个叫高岛的日本人，听我讲咱们厂的年产量，他晃脑袋，说我保密！当时我的脸臊成了猴腚，两只拳头攥出了水。不是要揍人家，而是想揍自己。你们还有脸笑！当时要看见你们笑，我就揍你们。

"其实，时间和数字是有生命、有感情的，只要你掏出心来追求它，它就属于你。

——摘自厂长乔光朴的发言记录

出　山

　　党委扩大会一上来就卡了壳，这在机电工业局的会议室里不多见，特别是在局长霍大道主持的会上更不多见。但今天的沉闷似乎不是那种干燥的、令人沮丧的寂静，而是一种大雨前的闷热、雷电前的沉寂。算算吧，"四人帮"倒台两年多了，七八年快过去了，电机厂也已经两年多没完成生产任务了。再一再二不能再三，全局都快要被它拖垮了。必须彻底解决，派硬手去。派谁？机电局闲着的干部不少，但顶钱的不多。愿意上来的人不少，愿意下去，特别是愿意到大难杂乱的大户头厂去的人不多。

　　会议要讨论的内容两天前已经通知到各委员了，霍大道知道委员们都有准备好的话，只等头一炮打响，后边就会万炮齐鸣。他却丝毫不动声色，他从来不亲自动手去点第一炮，而是让炮手准备好了自己燃响，更不在冷场时赔着笑脸絮絮叨叨地启发诱导。他透彻人肺腑的目光，时而收拢合目沉思，时而又放纵开来，轻轻扫过每一个人的脸。

　　有一张脸渐渐吸引住霍大道的目光。这是一张有着铁矿石般颜色和猎人般粗犷特征的脸：石岸般突出的眉弓，饿虎般深藏的双睛；颧骨略高的双颊，肌厚肉重的阔脸；这一切简直就是力量的化身。他是机电局电器公司经理乔光朴，正从副局长徐进亭的烟盒里抽出一支香烟在手里摆弄着。自从十多年前在"牛棚"里一咬牙戒了烟，从未开过戒，只是留下一个毛病，每逢开会苦苦思索或心情激动的时候，喜欢找别人要一支烟在手里玩弄，间或放到鼻子上去嗅一嗅。仿佛没有这支烟他的思想就不能集中。他一双火力十足的眼睛不看别人，只盯住手里的香烟，饱满的嘴唇铁闸一般紧闭着，里面坚硬的牙齿却在不断地咬着牙帮骨，左颊上的肌肉鼓起一道道棱子。霍大道极不易觉察地笑了，他不仅估计到第一炮很快就要炸响，而且对今天会议的结果似乎也有了七分把握。

　　果然，乔光朴手里那支珍贵的"郁金香"牌香烟不知什么时候变成一堆碎烟丝。他伸手又去抓徐进亭的烟盒，徐进亭挡住了他的手："得啦，光朴，你又不吸，这不是白白糟蹋吗。要不一开会抽烟的人都躲你远远的。"

有几个人嘲弄地笑了。

乔光朴没抬眼皮，用平稳的显然是经过深思熟虑的口吻说："别人不说我先说，请局党委考虑，让我到重型电机厂去。"

这低沉的声调在有些委员的心里不啻是爆炸了一颗手榴弹。徐副局长更是惊诧地掏出一支香烟主动地丢给乔光朴："光朴，你是真的，还是开玩笑？"

是啊，他的请求太出人意外了，因为他现在占的位子太好了。"公司经理"——上有局长，下有厂长，能进能退，可攻可守。形势稳定可进到局一级，出了问题可上推下卸，躲在二道门内转发一下原则号令。愿干者可以多劳，不愿干者也可少干，全无凭据；权力不小，责任不大，待遇不低，费心血不多。这是许多老干部梦寐以求而又得不到手的"美缺"。乔光朴放着轻车熟路不走，明知现在基层的经最不好念，为什么偏要下去呢？

乔光朴抬起眼睛，闪电似的扫过全场，最后和霍大道那穿透一切的目光相遇了，倏的这两对目光碰出了心里的火花，一刹那等于交换了千言万语。乔光朴仍是用缓慢平稳的语气说："我愿立军令状。乔光朴，现年五十六岁，身体基本健康，血压有一点高，但无妨大局。我去后如果电机厂仍不能完成国家计划，我请求撤销我党内外一切职务，到干校和石敢去养鸡喂鸭。"

这家伙，话说得太满、太绝。这无疑是一些眼下最忌讳的语言。当语言中充满了虚妄和垃圾，稍负一点责的干部就喜欢说一些漂亮的多义词，让人从哪个方面都可以解释。什么事情还没有干，就先从四面八方留下退却的路。因此，乔光朴的"军令状"比它本身所包含的内容更叫霍大道高兴。他激动地抬起眼睛，心里想，这位大爷就是给他一座山也能背走，正像俗话说的，他像脚后跟一样可靠，你尽管相信他好了。就问："你还有什么要求？"

乔光朴："我要请石敢一块去，他当党委书记，我当厂长。"

会议室里又炸了。徐副局长小声地冲他嘟囔："我的老天，你刚才扔了个手榴弹，现在又撂原子弹，后边是不是还有中子弹？你成心想炸毁我们的神经?"

乔光朴不回答，腮帮子上的肌肉又鼓起一道道肉棱子，他又在咬牙帮骨。

有人说："你这是一厢情愿，石敢同意去吗?"

乔光朴："我已经派车到干校去接他，就是拖也要把他拖来。至于他干不干的问题，我的意见他干也得干，他不干也得干。而且——"他把目光转向霍大道，"只要党委正式做决议，我想他是会服从的。我对别人的安排也有这个意见，可以听取本人的意见和要求，但也不能完全由个人说了算。党对任何一个党员，不管他是哪一个级别的干部，都有指挥调动权。"

他说完看看手表，像事先约好的一样，石敢就在这时候进来了。猛一看，这简直就是一位老农民。但从他走进机电局大楼、走进肃穆的会议室仍然态度安详，就可知这是一位经过阵势、以前常到这个地方来的人。他身材短小，动作迟钝。仿佛他一切锋芒全被这极平常的外貌给遮掩住了。斗争的风浪明显地在他身上留下了涤荡的痕迹。虽然刚交六十岁，但他的脸已被深深的皱纹切破了，像个桃核。看上去要比实际年龄大得多。他对一切热烈的问候和眼光只用点头回答，他脸上的神色既不热情，也不冷淡，倒有些像路人般的木然无情。他像个哑巴，似乎比哑巴更哑。哑巴见了熟人还要呀呀咿咿地叫喊几声，以示亲热；他的双唇闭得铁紧，好像生怕从里边发出声音来。他没有在霍大道指给他的位子上坐下，好像不明白局党委开会为什么把他找来，随时准备离开这儿。

乔光朴站起来："霍局长，我先和老石谈一谈。"

霍大道点点头。乔光朴抓住石敢的胳膊，半拥半推地向外走。石敢瘦小的身材叫乔光朴魁伟的体架一衬，就像大人拉着一个孩子。他俩来到霍大道的办公室，双双坐在沙发上，乔光朴望着自己的老搭档，心里突然翻起一股难言的痛楚。

一九五八年，乔光朴从苏联学习回国，被派到重型电机厂当厂长，石敢是党委书记。两个人把电机厂搞成了一朵花。石敢是个诙谐多智的鼓动家，他的好多话在"文化大革命"中被人揪住了辫子，在"牛棚"里常对乔光朴说："舌头是惹祸的根苗，是思想无法藏住的一条尾巴，我早晚要把这块多余的肉咬掉。"他站在批判台上对造反派叫他回答问题更是恼火，不回答吧态度不好，回答吧更加倍激起批判者的愤怒，他曾想要是没有舌头就不会有这样的麻烦了。而和他常常一起挨斗的乔光朴，却想出了对付批斗的"精神转移法"。刚一上台挨斗时，乔光朴也和石敢一样，非常注意听批判者的发言，越听越气，常常汗流浃背，毛发倒竖，一场批判会下来筋骨酥软，累得像摊泥。挨斗的次数一多，时间一长就油了。乔光朴酷爱京剧，往台上一站，别人的批判发言一开始，他心里的锣鼓也开场了，默唱自己喜爱的京剧唱段，以转移自己的注意力。此法果然有效，不管是几个小时的批斗会，不管是"冰棍式"，还是"喷气式"，他全能应付裕如。甚至有时候还能触景生情，一见批判台搭在露天，就来一段"我正在城楼观山景，耳听得城外乱纷纷"。他得意洋洋地把自己的经验传授给石敢，劝他的伙伴不要老是那么认真，暗憋暗气地老是诅咒本来无罪的舌头。无奈石敢不喜好京剧，乔光朴行之有效的办法对他却无效。六七年秋天一次批判会，台子高高搭在两辆重型翻斗汽车上，散会时石敢一脚踩空，笔直地摔下台，腿脚没伤，舌头果真咬掉了一半。他忍住疼没吭声，血灌满了嘴就咽下去。等到被人发现时已无法再找回那半个舌头。从那天起，两个老伙伴就分开了。石敢成了半哑巴，公共场合从来不说话。治好伤就到机电局干校劳动，局里几次要给他安排工作，他借口是残废人不上来。"四人帮"倒台的消息公布以后，他到市里喝了一通酒，晚上又回干校了，说舍不得那大小"三军"。他在干校管着上百只鸡，几十只鸭，还有一群羊，人称"三军司令"。他表示后半辈子不再离开农村。今天一早，乔光朴派亲近的人借口有重要会议把他叫来了。

乔光朴把自己的打算，立"军令状"的前后过程全部告诉了石敢，充满希望地等着老伙伴给他一个全力支持的回答。

石敢却是长时间的不吭声，探究的、陌生的目光冷冷地盯着乔光朴，使乔光朴很不自在。老朋友对他的疏远和不信任叫他心打寒战。石敢到底说话了，语言低沉而又含混不清。乔光朴费劲地听着：

"你何苦要拉一个垫背的？我不去。"

乔光朴急了："老石，难道你躲在干校不出山，真的是像别人传说的那样，是由于怕了，是'怕死的杨五郎上山当了和尚'？"

石敢脸上的肌肉颤抖了一下，但毫不想辩解地点点头，认账了。这使乔光朴急切地从沙发上跳起来替他的朋友否认："不，不，你不是那种人！你唬别人行，唬不了我。"

"我只有半个舌头，而且剩下的这半个如果牙齿够得着也想把它咬下去。"

"不，你是有两个舌头的人，一个能指挥我，在关键的时候常常能给我别的人所不能给的帮助；另一个舌头又能说服群众服从我。你是我碰到过的最好的党委书记，我要回厂，你不跟我去不行！"

"咳！"石敢眼里闪过一丝痛苦的暗流，"我是个残废人，不会帮你的忙，只会拖你的手脚。"

"石敢，你少来点感伤情调好不好，你对我来说，重要的不是舌头，你有头脑，有经验，有魄力，还有最重要的——你我多年合作的感情。我只要你坐在办公室里动动手指，或到关键时候给我个眼神，提醒我一下，你只管坐镇就行。"

石敢还是摇头："我思想残废了，我已经消耗完了。"

"胡说！"乔光朴见好说不行，真要恼了，"你明明是个大活人，呼出碳气，吸进氧气，还在进行血液循环，怎说是消耗完了？在活人身上难道能发生精力消耗完的事吗？掉个舌头尖思想就算残废啦？"

"我指热情的细胞消耗完了。"

"嗯？"乔光朴一把将石敢从沙发上拉起来，枪口似的双睛瞄准石敢的瞳孔，"你敢再重复一遍你的话吗？当初你咬下舌头吐掉的时候，难道把党性、生命连同对事业的信心和责任感也一块吐掉了？"

石敢躲开了乔光朴的目光，他碰上了一面无情的能照见灵魂的镜子，他看见自己的灵魂变得这样卑微，感到吃惊，甚至不愿意承认。

乔光朴用嘲讽的口吻，像是自言自语地说："这真是一种讽刺，'四化'的目标中央已经确立，道路也打开了，现在就需要有人带着队伍冲上去。瞧瞧我们这些区局级、县团级干部都是什么精神状态吧，有的装聋作哑，甚至被点将点到头上，还推三阻四。我真纳闷，在我们这些级别不算小的干部身上，究竟还有没有普通党员的责任感？我不过像个战士一样，听到首长说有任务就要抢着去完成，这本来是极平常的事，现在却成了出风头的英雄。谁知道呢，也许人家还把我当成了傻瓜哩！"

石敢又一次被刺疼了，他的肩头抖动了一下。乔光朴看见了，诚恳地说："老石，你非跟我去不行，我就是用绳子拖也得把你拖去。"

"咳，大个子……"石敢叹了口气，用了他对乔光朴最亲热的称呼。这声"大个子"叫得乔光朴发冷的心突地又热起来了。石敢立刻又恢复了那种冷漠的神情："我可以答应你，只要你以后不后悔。不过丑话说在前边，咱们订个君子协定，什么时候你讨厌我了，就放我回干校。"

当他们两个回到会议室的时候，委员们也就这个问题形成了决议。霍大道对石敢说："老乔明天到任，你可以晚几天，休息一下，身体哪儿不适到医院检查一下。"

石敢点点头走了。

霍大道对乔光朴说："刚才议论到干部安排问题，你还没有走，就有人盯上了你的位子。"他把目光又转向委员们，"你们是不是还有别人写的条子，或是受了人家的托付？我看今天彻底公开一下，把别人托你们的事都摆到桌面上来，大家一块议一议。"

大家面面相觑，他们都知道霍大道的脾气，他叫你拿到桌面上来，你若不拿，往后在私下是决不能再向他提这些事了。徐进亭先说："电机厂的冀申提出身体不好，希望能到公司里去。"接着别的委员也都说出了曾托付过自己的人。

霍大道目光像锥子一样，气色森严，语气里带着不想掩饰的愤怒："什么时候我们党的人事安排改为由个人私下活动了呢？什么时候党员的工作岗位分成了'肥缺''美缺'和'废缺''苦缺'了呢？毛遂自荐自古就有，乔光朴也是毛遂自荐，但和这些人的自荐是完全不同的两种性质。冀申同志在电机厂没搞好，却毫不愧疚地想到公司当经理，我不相信搞不好一个厂的人能搞好一个公司。如果把托你们的人的要求都满足，我们机电局只好安排十五个副局长，下属六个公司，每个公司也只好安排十到十五个正副经理，恐怕还不一定都满意。身体不好在基层干不了到机关就能干好，机关是疗养院？还是说在机关干好干坏没关系？有病不能工作的可以离职养病，名号要挂在组织处，不能占着茅坑不屙屎。宁可虚位待人，不可滥任命误党误国。我欣赏光朴同志立的'军令状'，这个办法要推行，往后像我们这样的领导干部也不能干不干一个样。有功的要升、要赏，有过的要罚、要降！有人在一个单位玩不转了就托人找关系，一走了之。这就助长干部身在曹营心在汉，骑着马找马。难怪工人反映，厂长都不想在一个厂里干一辈子，多则订个三年计划，少则是一年规划，打一枪换一个地方，这怎么能把工厂搞好!"

徐进亭问："冀申原是电机厂一把手，老乔和石敢一去，不把他调出来怎么安排?"

霍大道："当副厂长嘛。干好了可以升，干不好还降，直降到他能够胜任的职位止。当然，这是我个人的意见，大家还可以讨论。"

徐进亭悄悄对乔光朴说："这下你去了以后就更难弄了。"

乔光朴耸耸肩膀没吭声，那眼光分明在说："我根本就没想到电机厂去会有轻松的事。"

上任（一）

机电局党委扩大会散后，乔光朴向电器公司副经理做了交接，回到家已是晚上了。屋里有一股呛鼻的潮味，他把门窗全部打开。想沏杯茶，暖瓶是空的，就吞了几口冷开水。坐在书桌前，从一摞书的最底下拿出一本《金属学》，在书页里抽出一张照片。照片是在莫斯科的红场上照的，背景是列宁墓。前面并肩站着两个人，乔光朴穿浅色西装，伟美潇洒，显得很年轻，脸上的神色却有些不安。他旁边那个妩媚秀丽的姑娘则神情快乐，正侧脸用迷人的目光望着乔光朴，甜甜地笑着。仿佛她胸中的幸福盛不下，从嘴边漫了出来。乔光朴凝视着照片，突然闭住眼，低下头，两手用力掐住太阳穴。照片从他手指间滑落到桌面上——

一九五七年，乔光朴在苏联学习的最后一年，到列宁格勒电力工厂担任助理厂长。女留学生童贞正在这个厂搞毕业设计，她很快被乔光朴吸引住了。乔光朴英目锐气，智深勇沉，精通业务，抓起生产来仿佛每个汗毛孔里都是心眼，浑身是胆。他的性格本身就和恐惧、怀疑、阿谀奉承、互相戒备这些东西时常发生冲突。童贞最讨厌的也正是这些玩意儿，她简直迷上这个比自己大十多岁的男人了。在异国他乡同胞相遇分外亲热，乔光朴像对待小妹妹，甚至是像对待小孩一样关心她，保护她。她需要的却是他的另一种关怀，她嫉妒他渴念妻子时的那种神情。

乔光朴先回国，五八年底童贞才毕业归来。重型电机厂刚建成正需要工程技术人员，她又来到乔光朴的身边。一直在她家长大的外甥郗望北，是电机厂的学徒工，一次很偶然的机会，他发现了小老姨对厂长的特殊感情。这个小伙子性格倔强，有蔫主意，恨上了厂长，认为厂长骗了他老姨。他虽比老姨还小十多岁，却俨然以老姨的保护人的身份处处留心，尽量阻挡童贞和乔光朴单独会面。当时有不少人追求童贞，她一概拒之门外，矢志不嫁。这使郗望北更憎恨乔光朴，他认定乔光朴搞女人也像搞生产一样有办法，害了自己老姨的一生。

七年过去了，"文化大革命"一开始，郗望北成为一派造反组织的头头，专打乔光朴。他只给乔光朴的"走资派"帽子上面又扣上"老流氓""道德败坏分子"的帽子，但不细究，不深批，免得伤害自己的老姨。可是他的队员们对这种花花绿绿的事很感兴趣，捕风捉影，编出很多情节，反倒深深地伤害了童贞。在童贞眼里，乔光朴是搞现代化大生产难得的人才，过去一直威信很高，现在却名誉扫地。犯路线错误的人群众批而不恨，犯品质错误的人群众最厌恶。可在那种时候又怎能把真相向群众说清呢？童贞觉得这都是由于自己的缘故，使乔光朴比别的走资派吃了更多的苦头，她给乔光朴写了一封信，想一死了事。细心的郗望北早就留了这个心眼，没让童贞死成。这使乔光朴觉得一下子同时欠下了两个女人的债。

乔光朴的妻子在大学当宣传部长，虽然听到了关于他和童贞的议论，但丝毫也不怀疑自己的丈夫，直到六八年初不清不白地死在"牛棚"里，她从未怀疑过乔光朴的忠诚。乔光朴为此悔恨不已，曾对着妻子的遗像坦白承认，他在童贞大胆的表白面前确实动摇过，心里有时也很喜欢她。他表示从此不再搭理童贞。当最小的一个孩子考上大学离开他以后，他一个人守着几间空房子，过着苦行僧式的生活，似乎是有意折磨自己，向死去的妻子表明他对她和儿女感情的纯洁无瑕和忠贞不渝。

可是，下午在公司里交接完工作，乔光朴神差鬼使给童贞打了个电话，约她今晚到家里来。过后他很为自己的行动吃惊，责问自己：这是什么意思呢？如果自己不再回厂，事情也许永远就这样过去了。现在叫他俩该怎样相处？十年前厂子里的人给他俩的头上泼了那么多脏水啊！

他这才突然发现，他认为早被他从心里挖走的童贞，却原来还在他心里占着一个位置。他没有在痛苦的思索里理出头绪，他不想再触摸这些复杂而又微妙的感情的琴弦了。得振作一下，明天回厂还有许多问题要考虑。忽然，觉得有什么东西落到头上，他抬起头，心里猛地一缩——童贞正倚着他的膀子站着，泪眼模糊地望着那张照片。滴落到他头上的，无疑就是她的眼泪。他站起身，抓住她的手："童贞，童贞？"

童贞身子一颤，从乔光朴发烫的大手里抽出自己的手，转过身去，擦干眼角，极力控制住自己。童贞的变化使乔光朴惊呆了。她才四十多岁，头上已有了白发；过去她的一双亮眼燃烧着大胆而热情的光芒，敢于火辣辣地长久地盯着他，现在她的眼神是温润的、绵软的，里面透出来的愁苦多于快乐。乔光朴的心里隐隐发痛。这个在业务上很有才气的女工程师，她本来可以成为国家很缺少的机电设备专家，现在从她身上再也看不见那个充满理想、朝气蓬勃的小姑娘的影子了。使她衰老这么快的原因，难道只是岁月吗？

两人都有点不大自然，乔光朴很想说一句既得体又亲热的话来打破僵局："童贞，你为什么不结婚？"这根本不是他想要说的意思，连声音也不像他自己的。

童贞不满地反问："你说呢？"

乔光朴懊丧地一挥手，他从来不说这样没味道的话。突然把头一摆，走近童贞："我干吗要装假。童贞，我们结婚吧，明天，或者后天，怎么样？"

童贞等这句话等了快二十年了，可今天听到了这句话，却又感到慌乱和突然。她轻轻地说："你事先一点信也不透，为什么这么急？"

乔光朴一经捅破了这层纸，就又恢复了他那热烈而坚定的性格："我们头发都白了，你还说急？我们又不需要什么准备，请几个朋友一吃一喝一宣布就行了。"

童贞脸上泛起一阵幸福的光亮，显得年轻了，喃喃地说："我的心你是知道的，随你决定吧。"

乔光朴又抓起童贞的手，高兴地说："就这样定，明天我先回厂上任，通知亲友，后天结婚。"

童贞一惊："回厂？"

"对，今天上午局党委会决议，石敢和我一块回去，还是老搭档。"

"不，不！"童贞说不清是反对还是害怕。她早盼着乔光朴答应和她结婚，然后调到一个群众不知道她俩情况的新单位去，和所爱的人安度晚年。乔光朴突然提到要回厂，电机厂的人听到他俩结婚的消息会怎样议论？童贞一想到能强奸人的灵魂、把刀尖捅到人心里将人致死的群众舆论，简直浑身打战。况且郗望北现在是电机厂副厂长，他和乔光朴这一对冤家怎么在一块共事？她忧心忡忡地问："你在公司不是挺好吗，为什么偏要回厂？"

乔光朴兴致勃勃地说："搞好电器公司我并不要怎么费劲，也许正因为我的劲使不出来我才感到不过瘾。我对在公司里领导大集体、小集体企业，组织中小型厂的生产兴趣不大，我不喜欢搞针头线脑。"

"怎么，你还是带着大干一番的计划，回厂收拾烂摊子吗？"

"不错，我对电机厂是有感情的。像电机厂这样的企业如果老是一副烂摊子，国家的现代化将成为画饼。我们搞的这一行是现代化的发动机，而大型骨干企业又是国家的台柱子。搞好了有功，不比打江山的功小；搞不好有罪，也不比叛党卖国的罪小。过去打仗也好，现在搞工业也好，我都不喜欢站在旁边打边鼓，而喜欢当主角，不管我将演的是喜剧还是悲剧。趁现在精力还达得到，赶紧抓挠几年。我想叫自己的一辈子有始有终，虎头豹尾更好，至少要虎头虎尾。我们这一拨的人虎头蛇尾的太多了。"

是惊？是喜？是不安？童贞感慨万端。以前她爱上乔光朴，正是爱他对事业的热爱，以及在工作上表现出来的才能和男子汉特有的雄伟顽强的性格。现在的乔光朴还是以前她爱的那个人，但她却希望他离开他眷恋的事业。难道她爱不上战场的英雄，离开骏马的骑手？她像是自言自语地说："没见过五十多岁的人还这么雄心勃勃。"

"雄心是不取决于年岁的，正像青春不一定就属于黑发人，也不见得会随着白发而消失。"乔光朴从童贞的眼睛里看出她衰老的不光是外表，还有她那棵正在壮年的心苗，她也害上了正在流行的政治衰老症。看来精神上的胆怯给人造成的不幸，比估计到的还要多。这使他突然意识到自己的责任。他几乎用小伙子般的热情抱住童贞的双肩，热烈地说："喂，工程师同志，你以前在我耳边说个没完的那些计划，什么先搞六十万千瓦的，再搞一百万的、一百五十万的，制造国家第一台百万千瓦原子能发电站的设备，我们一定要揽过来。你都忘了？"

童贞心房里那颗工程师的心热起来。

乔光朴继续说："我们必须摸准世界上最先进国家机电工业发展的脉搏。在五十年代、六十年代，我们是面对世界工业的整个棋盘来走我们电机厂这颗棋子的，那时各种资料全能看得到，心里有底，知道怎样才能挤进世界先进行列。现在我心里没有数，你要帮助我。结婚后每天晚上教我一个小时的英语，怎么样？"

她勇敢地、深情地迎着他的目光点点头。在他身边她觉得可靠，安全，连自己似乎也变得坚强而充满了信心。她笑着说："真奇怪，那么多磨难，还没有把你的锐气磨掉。"

他哈哈一笑："本性难移。对于精神萎缩症或者叫政治衰老症也和生其他的病一个道理，体壮人欺病，体弱病欺人。这几年在公司里我可养胖了，精力贮存得太多了。"他狡黠地望望童贞，正利用自己特殊的地位，不放过能够给这个娇小的女人打气的机会。他说："至于说到磨难，这是我们的福气，我们恰好生活在两个时代交替的时候。历史有它的阶段，人活一辈子也有它的阶段，在人生一些重大关头，要敢于充分大胆地正视自己的心愿。俗话说，石头是刀的朋友，障碍是意志的朋友。"

他要她陪他一块到厂里去转转，童贞不大愿意。他用开玩笑的口吻说："你以前骂过我什么话？噢，对，你说我在感情上是粗线条的。现在就让我这个粗线条的人来谈谈爱情。爱情，是一种勇敢而强烈的感情。你以前既是那么大胆地追求过它，当它来了的时候就用不着怕它，更用不着隐瞒它以欺骗自己、苦恼自己。我真怕你像在政治上一样也来个爱情衰老病。趁着我还没有上任，我们还有时间谈谈情说说爱。"

她脸红了："胡说，爱情的绿苗在一个女人的心里是永远不会衰老的。"做姑娘时的勇气又回到她的身上，她热烈地吻了他一下。

在去厂里的路上，她却说服他先不能结婚。她借口说这件事对于她是终生第一次也是最后一次，而且她为这一天比别的女人付出了更多的代价，她要好好准备一下。乔光朴同意了。当然，童贞推延婚期的真正原因根本不是这些。

上任（二）

两个人走进电机厂，先拐进了离厂门口最近的八车间。乔光朴只想在上任前冷眼看看工厂的情况。走进了熟悉的车间，他浑身的每一个筋骨眼仿佛都往外涨劲，甚至有一股想亲手摸摸摇把的冲动。他首先想起了"十二把尖刀"。十年前他当厂长时，每一道工序都培养出一两个尖子，全厂共有十二个人，一开表彰先进的大会，这"十二把尖刀"都坐在头一排的金交椅上。童贞告诉他说："你的尖刀们都离开了生产第一线，什么轻省干什么去了。有的看仓库、守大门，有的当检验员，还有一个当了车间头头。有四把刀在批判大会上不是当面控诉你用物质刺激腐蚀他们，你真的一点不记仇？"

乔光朴一挥手："咳，记仇是弱者的表现。当时批判我的时候，全厂人都举过拳头，呼过口号，要记仇我还回厂干什么？如果那十二个人不行了，我必须另磨尖刀。技术上不出尖子不行，产品不搞出名牌货不行！"

乔光朴一边听童贞介绍情况，一边安然自在地在机床的森林里穿行。他在车间里这样溜达，用行家的眼光打量着这些心爱的机器设备，如果再看到生产状况良好，那对他就是最好的享受了。比任何一对情人在河边公园散步所感到的滋味还要甘美。

外行看热闹，内行看门道。乔光朴在一个青年工人的机床前停住了。那小伙子干活不管不顾，把加工好的叶片随便往地上一丢，嘴里还哼着一支流行的外国歌曲。乔光朴拾起他加工好的零件检查着，大部分都有磕碰。他盯住小伙子，压住火气说："别唱了。"

工人不认识他，流气地朝童贞挤挤眼，声音更大了："哎呀妈妈，请你不要对我生气，年轻人就是这样没出息。"

"别唱了！"乔光朴带命令的口吻，还有那威严的目光使小伙子一惊，猛然停住了歌声。

"你是车工还是捡破烂的？你学过操作规程吗？懂得什么叫磕碰吗？"

小伙子显然也不是省油的灯，可是被乔光朴行家的口吻，凛然的气派给镇住了。乔光朴找童贞要了一条白手绢，在机床上一抹，手绢立刻成黑的了。乔光朴枪口似的目光直瞄着小伙子的脑门子："你就是这样保养设备的？把这个手绢挂在你的床子上，直到下一次我来检查用白毛巾从你床子上擦不下尘土来，再把这条手绢换成白毛巾。"这时已经有一大群车工不知出了什么事围过来看热闹，乔光朴对大伙说："明天我叫设备科给每台机床上挂一条白毛巾，以后检查你们的床子保养情况如何就用白毛巾说话。"

人群里有老工人，认出了乔光朴，悄悄吐吐舌头。那个小伙子脸涨得通红，窘得一句话也没有了，慌乱地把那个黑乎乎的手绢挂在一个不常用的闸把上。这又引起了乔光朴的注意，他看到那个闸把上盖满油灰，似乎从来没有被碰过。他问那个小伙子："这个闸把是干什么用的？"

"不知道。"

"这上边不是有说明。"

"这是外文，看不懂。"

"你在这个床子上干了几年啦？"

"六年。"

"这么说，六年你没动过这个闸把？"

小伙子点点头。乔光朴左颊上的肌肉又鼓起一道道棱子，他问别的车工："你们谁能把这个闸把的用处告诉他？"

车工们不知是真的不知道，还是怕说出来使自己的同伴更难堪，因此都没吱声。

乔光朴对童贞说："工程师，请你告诉他吧。"

童贞也想缓和一下气氛，走过来给那个小伙子讲解英文说明，告诉他那个闸把是给机床打油的，每天操作前都要捺几下。

乔光朴又问："你叫什么名字？"

"杜兵。"

"杜兵，干活哼小调，六年不给机床膏油，还是鬼怪式操作法的发明者。嗯，我不会忘记你的大名的。"乔光朴的口气由挖苦突然改为严厉的命令，"告诉你们车间主任，这台床子停止使用，立即进行检修保养。我是新来的厂长。"

他俩一转身，听到背后有人小声议论："小杜，你今个算碰上辣的了，他就是咱厂过去的老厂长。"

"真是行家一伸手便知有没有！"

乔光朴直到走出八车间，还愤愤地对童贞说："有这些大爷，就是把世界上最尖端的设备买进来也不行！"

童贞说："你以为杜兵是厂里最坏的工人吗？"

"嗯？"乔光朴看看她，"可气的是他这样干了六年竟没有人发现。可见咱们的管理到了什么水平，一粗二松三马虎。你这位主任工程师也算脸上有光啦。"

"什么？"童贞不满地说，"你们当厂长的不抓管理，倒埋怨下边。我是不在其位不谋其政。"

"在其位就谋其政吗？不见得。"

他俩一边说着话，走进七车间，一台从德国进口的二百六镗床正试车，拨挡试车的是个很年轻的德国人。外国人到中国来还加夜班，这引起了乔光朴的注意。童贞告诉他，镗床的电器部分在安装中出了问题，西德的西门子电子公司派他来解决。这个小伙子叫台尔，只有二十三岁，第一次到东方来，就先飞到日本玩了几天。结果来到我们厂时晚了七天，怕我们向公司里告发他，就特别卖劲。他临来时向公司讲七到十天解决我们的问题，现在还不到三天就处理完了，只等试车了。他的特点就是专、精。下班会玩，玩起来胆子大得很；上班会干，真能干；工作态度也很好。

"二十三岁就派到国外独当一面。"乔光朴看了一会台尔工作，叫童贞把七车间值班主任找了来，不容对方寒暄，就直截了当布置任务："把你们车间三十岁以下的青年工人都招呼到这儿来，看看这个台尔是怎么工作的。也叫台尔讲讲他的身世，听听他二十三岁怎么就把技术学得这么精。在他临走之前，我还准备让他给全厂青年工人讲一次。"

值班主任笑笑，没有询问乔光朴以什么身份下这样的指示，就转身去执行。

乔光朴觉得身后有人窃窃私语，他转过身去，原来是八车间的工人听说刚才批评杜兵的就是老厂长，都追出来想瞧瞧他。乔光朴走过去对他们说："我有什么好值得看的，你们去看看那个二十三岁的西德电子专家，看看他是怎么干活的。"他叫一个面孔比较熟的人回八车间把青年都叫来，特别不要忘了那个鬼怪式——杜兵。

乔光朴布置完，见一个老工人拉他的衣袖，把他拉到一个清静的地方，呜噜呜噜地对他说："你想拿外国人做你的尖刀？"

天哪，这是石敢。他不知从哪儿搞来一身工作服，还戴顶旧蓝布工作帽，简直就是个极普通的老工人。乔光朴又惊又喜，石敢还是过去的石敢，别看他一开始不答应，一旦答应下来就会全力以赴。这不也是不等上任就憋不住先跑到厂里来了。

石敢的脸色是阴沉的，他心里正后悔。他的确是在厂子里转了一圈，而且凭他的半条舌头，用最节省的语言，和几个不认识他的人谈了话。人家还以为他正害着严重的牙疼病，他却摸到了乔光朴所不能摸到的情况。电机厂工人思想混乱，很大一部分人失去了过去崇拜的偶像，一下子连信仰也失去了，连民族自尊心、社会主义的自豪感都没有了，还有什么比群众在思想上一片散沙更可怕的呢？这些年，工人受了欺骗、愚弄和呵斥，从肉体到灵魂都退化了。而且电机厂的干部几乎是三套班子，十年前的一批，"文化大革命"起来的一批，冀申到厂后又搞了一套自己的班子。老人心里有气，新人肚里也不平静，石敢担心这种冲突会成为党内新的斗争的震心。等着他和乔光朴的岂止是个烂摊子，还是一个政治斗争的漩涡。往后又得在一夕数惊的局面中过日子了。

石敢对自己很恼火，眼花缭乱的政治战教会了他许多东西，他很少在人前显得激动和失去控制。他对哗众取宠和慷慨激昂之类甚为反感。他曾给自己的感情涂上了一层油漆，自信能抗住一切刺激。为什么上午乔光朴一番真挚的表白就打动了自己的感情呢？岂不知陪他回厂既害自己又害他，乔光朴永远不是个政治家。这不，还没上任就先干上了！他本不想和乔光朴再说什么话，可是看见童贞站在乔光朴身边，心里一震，禁不住想提醒他的朋友。他小声说："你们两个至少半年内不许结婚。"

"为什么？"乔光朴不明白石敢为什么先提出这个问题。

石敢简单地告诉他，关于他们回厂的消息已经在电机厂传遍了，而且有人说乔光朴回厂的目的就是为了和童贞结婚。乔光朴暴躁地说："那好，他们越这样说，我越这样干。明天晚上在大礼堂举行婚礼，你当我们的证婚人。"

石敢扭头就走，乔光朴拉住他。他说："你叫我提醒你，我提醒你又不听。"

乔光朴咬着牙帮骨半天才说："好吧，这毕竟是私事，我可以让步。你说，上午局党委刚开完会，为什么下午厂里就知道了？"

"这有什么奇怪，小道快于大道，文件证实谣传。现在厂里正开着紧急党委会，我的这根可恶的政治神经提醒我，这个会和我们回厂无关。"石敢说完又有点后悔，他不该把猜测告诉乔光朴。感情真是坑害人的东西，石敢发觉他跟着乔大个子越陷越深了。

乔光朴心里一激灵，拉着石敢，又招呼了一声童贞，三个人走出七车间，来到办公楼前。一楼的会议室里灯光通明，门窗大开，一团团烟雾从窗口飘出来。有人大声发言，好像是在讨论明天电机厂就要开展一场大会战。这可叫乔光朴着急了，他叫石敢和童贞等一会，自己跑到门口传达室给霍大道打了个电话。回来后拉着石敢和童贞走进了会议室。

上任（三）

电机厂的头头们很感意外，冀申尖锐的目光盯住童贞，童贞赶紧扭开头，真想退出去。冀申佯装什么也不知道似的说："什么风把你们二位吹来了？"

乔光朴大声说："到厂子来看看，听说你们正开会研究生产，就进来想听听。"

"好，太好了。"冀申瘦骨嶙峋的面孔富于感情，却又像一张复杂的地形图那样变化万端，令人很难琢磨透。他向两个不速之客解释："今天的党委会讨论两项内容，一项是根据群众一再要求，副厂长郗望北同志从明天起停职清理。第二项是研究明天的大会战。这一段时间我抓运动多了点，生产有点顾不过来，但是我们党委的同志有信心，会战一打响被动局面就会扭转。大家还可以再谈具体一点。老乔、老石是电机厂的老领导，一定会帮着我们出些好主意。"

冀申风度老练，从容不迫，他就是要叫乔光朴、石敢看看他主持党委会的水平。下午，当他在电话里听到局党委会决议的时候，猛然醒悟当初他主动要到机电局来是失算了。

这个人确实像他常跟群众表白的那样，受"四人帮"迫害十年之久，但十年间他并没有在市委干校劳动，而是当副校长。早在干校作为新生事物刚筹建的时候，冀申作为市文革接待站的联络员就看出了台风的中心是平静的。别看干校里集中了各种不吃香的老干部，反而是最安全的，也是最有发展的，在干校是可以卧薪尝胆的。他利用自己副校长的地位，和许多身份重要的人拉上了关系。这些市委的重要干部以前也许是很难接近的，现在却变成了他的学员，他只要在吃住上、劳动上、请销假上稍微多给点方便，老头子们就很感激他了。加上他很善于处理人事关系，博得了很多人的好感。现在这些人大都已官复原职，因而他也就四面八方都有关系，在全市是个有特殊神通的人了。

两年前，冀中又看准了机电局在国家现代化中所占的重要地位。他一直是搞组织的，缺乏搞工业的经验，就要求先到电机厂干两年。一方面摸点经验，另外"大厂厂长"这块牌子在国家工作重点转移到经济建设上来以后一定是非常用得着的。而后再到公司、到局，到局里就有出国的机会，一出国那天地就宽了。这两年在电机厂，他也不是不卖力气。但他在政治上太精通、太敏感了，反而妨害了行动。他每天翻着报刊、文件提口号，搞中心，开展运动，领导生产。并且有一种特殊的猜谜的酷好，能从报刊文件的字里行间念出另外的意思。他对中央文件又信又不全信，再根据谣言、猜测、小道消息和自己的丰富想象，审时度势，决定自己的工作态度。这必然在行动上迟缓，遇到棘手的问题就采取虚伪的态度。诡谲多诈，处理一切事情都把个人的安全、自己的利益放在第一位。工厂是很实际的，矛盾都很具体，他怎么能抓出成效？在别的单位也许还能对付一气，在机电局，在霍大道眼皮底下却混不过去了。

但是，他相信生活不是凭命运，也不是赶机会，而是需要智慧和斗争的无情逻辑！因此他要采取大会战孤注一掷。大会战一搞起来热热闹闹，总会见点效果，生产一回升，他借台阶就可以离开电机厂。同时在他交印之前把郗望北拿下去，在郗望北和乔光朴这一对老冤家、新仇人之间埋下一根引信，将来他不愁没有戏看。如果乔光朴也没有把电机厂搞好，就证明冀申并不是没有本事。然而，他摆的阵势，石敢从政治上嗅出来了，乔光朴用企业家的眼光从管理的角度也看出了问题。

电机厂的头头们心里都在猜测乔光朴和石敢深夜进厂的来意，没有人再关心本来就不太感兴趣的大会战了。冀申见势不妙，想赶紧结束会议，造成既定事实。他清清嗓子，想拍板定案。局长霍大道又一步走了进来。会场上又是一阵惊奇的唏嘘声。

霍大道没有客套话，简单地问了几句党委会所讨论的内容，就单刀直入地宣布了局党委的决议。最后还补充了一项任命："鉴于你们厂林总工程师长期病休不能上班，任命童贞同志为电机厂副总工程师。同时提请局党委批准，童贞同志为电机厂党委常委。"

童贞完全没有想到对她的这项任命，心里很不安。她不明白乔光朴为什么一点信也没透。

冀申不管多么善于应付，这个打击也来得太快了。霍大道简直是霹雳闪电，连对手考虑退却的时间都不给。他极力克制着，并且在脸上堆着笑说："服从局党委的决定，乔、石二位同志是工业战线上的大将，这回真是百闻不如一见。好了，明天我向二位交接工作，对今天大家讨论的两项决定，你二位有什么意见？"

石敢不仅不说话，连眼也眯了起来，因为眼睛也是泄露思想上机密的窗口。

乔光朴却不客气地说："关于郗望北同志停职清理，我不了解情况。"他不禁扫了一眼坐在屋角上的郗望北，意外地碰上了对方挑战的目光。他不容自己分心，赶紧说完他认为必须表态的问题："至于要搞大会战，老冀，听说你有冠心病，你能不能用短跑的速度从办公大楼的一楼跑到七楼，上下跑五个来回？"

冀申不知他是什么意思，漠然一笑没有作答。

乔光朴接着说："我们厂就像一个患高血压冠心病的病人，搞那种跳楼梯式的大会战是会送命的。我不是反对真正必要的大会战。而我们厂现在根本不具备搞大会战的条件，在技术上、管理上、物质上、思想上都没有做好准备，盲目搞会战，只好拼设备，拼材料，拼人力，最后拼出一堆不合格的产品。完不成任务，靠月月搞会战突击，从来就不是搞工业的办法。"

他的话引起了委员们的共鸣，他们也正在猜谜，不明白冀申明知要来新厂长，为什么反而突然热心地要搞大会战。可是冀申嘴边挂着冷笑，正冲着他点火抽烟，似乎有话要说。

本来只想表个态就算的乔光朴，见冀申的神色，把话锋一转，尖锐地说："这几年，我没有看过真正的好戏，不知道我们国家在文艺界是不是出了伟大的导演；但在工业界，我知道是出现了一批政治导演。哪一个单位都有这样的导演，一有运动，工作一碰到难题，就召集群众大会，做报告，来一阵动员，然后游行，呼口号，搞声讨，搞突击，一会这，一会那，把工厂当舞台，把工人当演员，任意调度。这些同志充其量不过是个吃党饭的平庸的政工干部，而不是真正热心搞社会主义现代化的企业家。用这种导演的办法抓生产最容易，最省力，但贻害无穷。这样的导演，我们一个星期，甚至一个早上就可以培养出几十个，要培养一个真正的厂长、车间主任、工段长却要好几年时间。靠大轰大嗡搞一通政治动员，靠热热闹闹搞几场大会战，是搞不好现代化的。我们搞政治运动有很多专家，口号具体，计划详尽，措施有力。但搞经济建设、管理工厂却只会笼统布置，拿不出具体有效的办法……"

乔光朴正说在兴头上，突然感到旁边似有一道弧光在他脸上一烁一闪，他稍一偏头，猛然醒悟了，这是石敢提醒他住嘴的目光。他赶紧止住话头，改口说："话扯远了，就此打住。最后顺便告诉大伙一声，我和童贞已经结婚了，两个多小时以前刚举行完婚礼，老石是我们的证婚人。因为都是老头子、老婆子了，也没有惊动大伙，喜酒后补。"

今天电机厂这个党委会可真是又"惊"又"喜"，惊和喜又全在意料之外，还没宣布散会，委员们就不住地向乔光朴和童贞开玩笑。

童贞、石敢和郗望北这三个不同身份的人，却都被乔光朴这最后几句话气炸了。童贞气呼呼第一个走出会议室，对乔光朴连看都不看一眼，照直奔厂大门口。

唯有霍大道，似乎早料到了乔光朴会有这一手，并且看出了童贞脸色的变化，趁着刚散会的乱劲，捅捅乔光朴，示意他去追童贞。乔光朴一出门，霍大道笑着向大家摆摆手，拦住了要出门去逗新娘的人，大声说："老乔要滑头，喜酒没有后补的道理，我们今天晚上就去喝两杯怎么样？"

乔光朴追上来拉住童贞。童贞气得浑身打战，声音都变了："你都胡说些什么？你知道明天厂里的人会说我们什么闲话？"

乔光朴说："我要的正是这个效果。就是要造成既定事实，一下子把脸皮撕破，你可以免除后顾之忧，泼下身子抓工作。不然，你老是嘀嘀咕咕，怕人说这，怕人说那。跟我在一块走，人家看你一眼，你也会多心，你越疑神疑鬼，鬼越缠你，闲话就永远没个完，我们俩老是谣言家们的新闻人物。一个是厂长，一个是总工程师，弄成这种关系还怎么相互合作？现在光明正大地告诉大伙，我们就是夫妻。如果有谁愿意说闲话，叫他们说上三个月，往后连他们自己也觉得没味了。这是我在会上临时决定的，没法跟你商量。"

灯光映照着童贞晶亮的眼睛，在她眼睛的深处似乎正有一道火光在缓缓燃烧。她已经没有多大气了。不管是作为副总工程师的童贞，还是作为女人的童贞，今天都是她生命沸腾的时刻，是她产生力量的时刻。

刚才还是怒气冲冲的石敢也跟着霍大道追上来了，他抢先一步握住童贞的手，冲着她点点头。似乎是以证婚人的身份祝愿她幸福。

童贞被感动了。

霍大道身后跟着两个电机厂党委的女委员。他对她们说："你们二位陪新娘到她娘家，收拾一下东西，换换衣服，然后送她到自己的新家。我们在新郎家里等你们，一起送他们去登记。"

女委员问："你们还要闹洞房？"

霍大道说："也可能要闹一闹，反正喜糖少不了要吃几块的。"

大家笑了。

乔光朴和童贞感激地望着霍局长，也情不自禁地笑了。

主角（一）

你设想吧，当舞台的大幕拉开，紧锣密鼓，音乐骤起，主角威风凛凛地走出台来，却一声不吭，既不说，也不唱，剧场里会是一种什么局面呢？

现在重型电机厂就是这种状况。乔光朴上任半个月了，什么令也没下，什么事也没干，既没召开各种应该召开的会议，也没有认真在办公室坐一坐。这是怎么回事？他以前当厂长可不是这种作风，乔光朴也不是这种脾气。

他整天在下边转，你要找他找不到；你不找他，他也许突然在你眼前冒了出来。按照生产流程一道工序一道工序地摸，正着摸完，倒着摸。谁也猜不透他的心气。更奇怪的是他对厂长的领导权完全放弃了，几十个职能科室完全放任自流，对各车间的领导也不管不问。谁爱怎么干就怎么干，电机厂简直成了没头的苍蝇，生产直线跌下来。

机电局调度处的人歇不住劲了，几次三番催促霍大道赶紧到电机厂去坐镇。谁知霍大道无动于衷，催急了，他反而批评说："你们咋呼什么，老虎往后坐屁股，是为了向前猛扑。连这个道理都不懂？"

本来被乔光朴留在上边坐镇的石敢，终于也坐不住了。他把乔光朴找来，问："怎么样？有眉目没有？"

"有了！"乔光朴胸有成竹地说，"咱们厂像个得了多种疾病的病人，你下这味药，对这一种病有利，对那一种病就有害。不抓准了病情，真不敢动大手术。"

石敢警惕地看看乔光朴，从他的神色上看出来这家伙的确是下了决心啦。石敢对电机厂的现状很担心，可是对乔光朴下狠心给电机厂做大手术，也不放心。

乔光朴却颇有点得意地说："我这半个月撂挑子下去，还有一个很重要的收获：咱们厂的干部队伍和工人队伍并不像你估计的那样。忧国忧民之士不少，有人找到我提建议，有人还跟我吵架，说我辜负了他们的希望。乱世出英雄，不这么乱一下，真摸不出头绪，也分不出好坏人。我已经选好了几个人。"说着，眯起了双眼，他仿佛已经看见电机厂明天就要大翻个儿。

石敢突然问起了一个和工厂完全不相干的问题："今天是你的生日？"

"生日？什么生日？"乔光朴脑子一时没转过来，他翻翻办公桌上的台历，忽然记起来了，"对，今天是我的生日。你怎么记得？"

"有人向我打听。你是不是要请客收礼。"

"扯淡。你要去当然会管你酒喝。"

石敢摇摇头。

乔光朴回到家，童贞已经把饭做好，酒瓶、酒杯也在桌子上都摆好了。女人毕竟是女人，虽然刚结婚不久，童贞却记住了乔光朴的生日。乔光朴很高兴，坐下就要吃，童贞笑着拦住了他的筷子："我通知了望北，等他来了咱们就吃。"

"你没通知别人吧？"

"没有。"童贞是想借这个机会使乔光朴和郗望北坐在一块，和缓两人之间的关系。

乔光朴理解童贞的苦心，但对这做法大不以为然，他认为在酒席筵上建立不了真正的信任和友谊。他心里也根本没有把对方整过自己的事看得太重，倒是觉得，郗望北对过去那些事的记忆比他反倒更深刻。

郗望北还没有来，却来了几个厂里的老中层干部。乔光朴和童贞一面往屋里让客、一面感到很意外。这几个人都是十几年前在科室、车间当头头的，现在有的还是，有的已经不是了。

他们一进门就嬉笑着说："老厂长，给你拜寿来了。"

乔光朴说："别搞这一套，你们想喝酒我有，什么拜寿不拜寿。这是谁告诉你们的？"

其中一个秃头顶的人，过去是行政科长，弦外有音地说："老厂长，别看你把我们忘了，我们可没忘了你。"

"谁说我把你们忘了？"

"还说没忘，从你回厂那一天起我们就盼着，盼了半个月啦，什么也没盼到。你看锅炉厂的刘厂长，回厂的当天晚上，就把老中层干部们全请到楼上，又吃又喝，不在喝多少酒、吃多少饭，而是出出心里的这口闷气。第二天全部恢复原职。这厂长才叫真够意思，也算对得起老部下。"

乔光朴心里烦了，但这是在自己家里，他尽力克制着。反问："'四人帮'打倒都两年多了，你们的气还没出来？"

他们说："'四人帮'倒了，还有帮四人呢。说停职，还没停一个月又要复职……"

不早不晚就在这时候郗望北进来了，那几个人的话头立刻打住了。郗望北听到了他们说的话，但满不在乎地和乔光朴点点头，就在那帮人的对面坐下了。这哪是来拜寿，一场辩论的架势算拉开了。童贞急忙找了一个话题，把郗望北拉到另一间屋里去。

那几个人互相使使眼色也站了起来，还是那个秃顶行政科长说："看来这满桌酒菜并不是为我们预备的，要不'火箭干部'解脱那么快，原来已经和老厂长和解了。还是多少沾点亲戚好啊！"

他们说完就要告辞。童贞怕把关系搞僵，一定留他们吃饭。乔光朴一肚子火气，并不挽留，反而冷冷地说："你们跑这一趟的目的还没有达到，就这么两手空空地回去了？"

"表示了我们的心意，目的已经达到了。"那几个人心里感到不安，秃顶人好像是他们的打头人，赶紧替那几个人解释。

"老王，你们不是想官复原职，或者最好再升一两级吗？"乔光朴盯着秃顶人，尖锐地说，"别着急，咱们厂干部不是太多，而是太少，我是指真正精明能干的干部，真正能把一个工段、一个车间搞好，能把咱们厂搞好的干部。从明天起全厂开始考核，你们既然来了，我就把一些题目向你们透一透。你们都是老同志了，也应该懂得这些，比如：什么是均衡生产？什么是有节奏的生产？为什么要搞标准化、系列化、通用化？现代化的工厂应该怎么布置？你那个车间应该怎么布置？有什么新工艺、新技术……"

那几个人真有点蒙了，有些东西他们甚至连听都没有听见过。更叫他们惊奇的是乔光朴不仅要考核工人，对干部还要进行考核。有人小声嘟囔说："这办法可够新鲜的。"

"这有什么新鲜的，不管工人还是干部，往后光靠混饭吃不行！"乔光朴说，"告诉你们，我也一肚子气，甚至比你们的气还大，厂子弄成这副样子能不气！但气要用在这上面。"

他说完摆摆手，送走那几个人，回到桌前坐下来，陪郗望北喝酒。喝的是闷酒，吃的是哑菜，谁的心里都不痛快。童贞干着急，也只能说几句不咸不淡的家常话。一直到酒喝完，童贞给他们盛饭的时候，乔光朴才问郗望北："让你停职并不是现在这一届党委决定的，为什么老石找你谈，宣布解脱，赶快工作，你还不干？"

郗望北说："我要求党委向全厂职工说清楚，根据什么让我停职清理？现在不是都调查完了吗，我一没搞过打砸抢，二和'四人帮'没有任何个人联系，凭什么整我？就根据我曾经当过造反派的头头？就根据我曾批判过走资派？就因为我是个所谓的新干部？就凭一些人编笆造模的议论？"

乔光朴看到郗望北挥动着筷子如此激动，嘴角闪过一丝冷笑。心想："你现在也知道这种滋味了，当初你不也是根据编笆造模的议论来整别人。"

郗望北看出了乔光朴的心思，转口说："乔厂长，我要求下车间劳动。"

"嗯?"乔光朴感到意外，他认为新干部这时候都不愿意下去，怕被别人说成是由于和"四人帮"有牵连而倒台了。郗望北倒有勇气自己要求下去，不管是真是假，先试试他。就说："你有这种气魄就好，我同意。本来，作为领导和这领导的名义、权力，都不是一张任命通知书所能给予的，而是要靠自己的智慧、经验、才能和胆识到工作中去赢得。世界上有许多飞得高的东西，有的是凭自己的翅膀飞上去的，有的是被一阵风带上去的。你往后不要再指望这种风了。"

郗望北冷冷一笑："我不知道带我上来的是什么风，我只知道我若会投机的话，就不会有今天的被停职。我参加工作二十年，从学徒工到当生产组长，管过一个车间的生产，三十几岁当副厂长，一下子就成了'火箭干部'。其实火箭这个东西并不坏，要把卫星和飞船送上宇宙空间就得靠火箭一截顶替一截地燃烧。搞现代化也似乎是少不了火箭的。岂不知连外国的总统有不少也是一步登天的'火箭干部'。我现在宁愿坐火箭再下去，我不像有些人，占了个位子就想一直占到死，别人一旦顶替了他就认为别人爬得太快了，大逆不道了。官瘾大小不取决于年龄。事实是当过官的比没当过官的权力欲和官瘾也许更大些。"

这样谈话太尖锐了，简直就是吃饭前那场谈话的继续。老的埋怨乔光朴袒护新的，新的又把乔光朴当老的来攻。童贞生怕乔光朴的脾气炸了，一个劲地劝菜，想冲淡他们间的紧张气氛。但是乔光朴只是仔细玩味郗望北的话，并没有发火。

郗望北言犹未尽。他知道乔光朴的脾气是吃软不吃硬，但你要真是个松软货，永远也不会得到他的尊敬，他顶多是可怜你。只有硬汉子才能赢得乔光朴的信任，他想以硬碰硬碰到底，接着说："中国到什么时候才不搞形而上学? '文化大革命'把老干部一律打倒，现在一边大谈这种怀疑一切的教训，一边又想把新干部全部一勺烩了。当然，新干部中有'四人帮'分子，那能占多大比例? 大多数还不是紧跟党的中心工作，这个运动跟得紧，下个运动就成了牺牲品。照这样看来还是滑头好，什么事不干最安全。运动一来，班组长以上干部都受审批，工厂、车间、班组都搞一朝天子一朝臣，把精力都用在整人上，搞起工作来相互掣肘。长此以往，现代化的口号喊得再响，中央再着急，也是白搭。"

"得了，理论家，我们国家倒霉就倒在批判家多、空谈家多，而实干家和无名英雄又太少。随便什么场合也少不了夸夸其谈的评论家。"乔光朴嘴上这么说，但郗望北表现出来的这股情绪却引起了他的注意。他原以为老干部心里有些气是理所当然的，原来新干部肚里也有气。这两股气要是对干起来那就了不得。这引起了乔光朴的警惕。

主角（二）

第二天，乔光朴开始动手了。

他首先把九千多名职工一下子推上了大考核、大评议的比赛场。通过考核评议，不管是干部还是工人，在业务上稀松二五眼的，出工不出力、出力不出汗的，占着茅坑不屙屎的，溜奸蹭滑的，全成了编余人员。留下的都一个萝卜顶一个坑，兵是精兵，将是强将。这样，整顿一个车间就上来一个车间，电机厂劳动生产率立刻提高了一大截。群众中那种懒洋洋、好坏不分的松松垮垮劲儿，一下子变成了有对比、有竞争的热烈紧张气氛。

工人们觉得乔光朴那双很有神采的眼睛里装满了经验，现在已经习惯于服从他，甚至他一开口就服从。因为大伙相信他，他的确一次也没有辜负大伙的信任。他说一不二，敢拍板也敢负责，许了愿必还。他说扩建幼儿园，一座别致的幼儿园小楼已经竣工。他说全面完成任务就实行物质奖励，八月份电机厂工人第一次接到了奖金。黄玉辉小组提前十天完成任务，他写去一封表扬信，里面附了一百五十元钱。凡是那些技术上有一套，生产上肯卖劲，总之是正儿八经的工人，都说乔光朴是再好没有的厂长了。可是被编余的人呢，却恨死了他。因为谁也没想到，乔光朴竟想起了那么一个"绝主意"——把编余的组成了一个服务大队。

谁找道路，谁就会发现道路。乔光朴泼辣大胆，勇于实验和另辟蹊径。他把厂里从农村召用来搞基建和运输的一千多长期"临时工"全部辞掉，代之以服务大队。他派得力的财务科长李干去当大队长，从辞掉临时工省下的钱里拿出一部分作为给服务大队的奖励。编余的人在经济收入上并没有减少，可是有一些小青年却认为栽了跟头，没脸见人。特别是八车间的鬼怪式车工杜兵，被编余后女朋友跟他散了伙，他对乔光朴真有动刀子的心了。

在这条道路上乔光朴为自己树立的"仇敌"何止几个"杜兵"。一批被群众评下来成了"编余"的中层干部恼了。他们找到厂部，要求对厂长也进行考核。由于考核评判小组组长是童贞，怕他们两口子通气，还提出立刻就考。谁知乔光朴高兴得很，当即带着几个副厂长来到了大礼堂。一听说考厂长，下班的工人都来看新鲜，把大礼堂挤满了。任何人都可以提问题，从厂长的职责到现代化工厂的管理，乔光朴滔滔不绝，始终没有被问住。倒是冀申完全被考垮了，甚至对工厂的一些基本常识都搞不清，当场就被工人们称为"编余厂长"。这下可把冀申气炸了，他虽然控制着在考场上没有发作出来，可是心里认为这一切全是乔光朴安排好了来捉弄他的。

当生产副厂长，冀申本来就不胜任，而他对这种助手的地位却又很不习惯，简直不能忍受乔光朴对他的发号施令，尤其是在车间里当着工人的面。现在，经过考核，嫉妒和怨恨使他真的站到了反对乔光朴的那些被编余的人一边，由助手变为敌手了。他那青筋暴露的前额，阴气扑人的眼睛，仿佛是厂里一切祸水的根源。生产上一出事准和他有关，但又抓不住他大的把柄。乔光朴得从四面八方防备他，还得在四面八方给他堵漏洞。这怎么受得了？

乔光朴决定不叫冀申负责生产了，调他去搞基建。搞基建的服务大队像个火药桶，冀申一去非爆炸不可。乔光朴没有从政治角度考虑，石敢替他想到了。可是，乔光朴不仅没有听从石敢的劝告，反而又出人意料地调郗望北上来顶替冀申。郗望北是憋着一股劲下到二车间的，正是这股劲头赢得了乔光朴的好感。谁干得好让谁干，乔光朴毫无犹疑地跨过个人恩怨的障碍，使自己过去的冤家成了今天的助手。但是，正像石敢所预料的，冀申抓基建没有几天，服务大队里对乔光朴不满的那些人，开始活跃起来，甚至放出风，要把乔光朴再次打倒。

千奇百怪的矛盾，五花八门的问题，把乔光朴团团困在中间。他处理问题时拳打脚踢，这些矛盾回敬他时，也免不了会拳打脚踢。但眼下使他最焦心的并不是服务大队要把他打倒，而是明年的生产准备。明年他想把电机厂的产量数字搞到二百万千瓦，而电力部门并不欢迎他这个计划，倒满心希望能从国外多进口一些。还有燃料、材料、锻件的协作等等都不落实，因此乔光朴决定亲自出马去打一场外交战。

如果说乔光朴在自己的厂内还从来没有打过大败仗，这回出去搞外交，却是大败而归。他没有料到他的新里程上还有这么多的"雪山草地"，他不知道他的宏伟计划和现实之间还隔着一条组织混乱和作风腐败的鸿沟。厂内的"仇敌"他不在乎，可是厂外的"战友"不跟他合作却使他束手无策。他要求协作厂及早提供大的转子锻件，而且越多越好，但人家不受他指挥，不买他的账。要燃料也好，要材料也好，他不懂得这都是求人的事，协作的背后必须有心照不宣的互通有无，在计划的后面还得有暗地的交易。他这次出去总算长了一条见识：现在当一个厂长重要的不是懂不懂金属学、材料力学，而是看他是不是精通"关系学"。乔光朴恰恰这门学问成绩最差。他一向认为会处关系的人，大都成就不大。他这次出差的成果，恰好为自己的理论得了反证。

而他还不知道，当他十天后扫兴回来的时候，在他的工厂里，又有什么窝火的事在等着他呢！

主角（三）

乔光朴回厂先去找石敢。石敢一见是他进了门，慌忙把桌上的一堆材料塞到抽屉里。乔光朴心思全挂在厂里的生产上，没有在意。但和石敢还没有说上几句话，服务大队队长李干急匆匆推门进来，一见乔光朴，又惊又喜："哎呀，厂长，你可回来了！"

"出了什么事？"乔光朴急问。

"咱们不是要增建宿舍大楼吗，生产队不让动工。郗望北被社员围住了，很可能还要挨两下打。"

"市规划局已经批准，我们已经交完钱啦。"

"生产队提出额外再要五台拖拉机。"

"又是这一套！"乔光朴恼怒地喊起来，"我们是搞电机的，往哪儿去弄拖拉机！"

"冀副厂长以前答应的。"

"扯淡！老冀呢，找他去。"

"他调走了。把服务大队搅了个乱七八糟，拔脚就走了。"李干不满地说。

"嗯?"乔光朴看看石敢。

石敢点点头："三天前，上午和我打了个招呼，下午就到外贸局上任去了，走的上层路线，并没有征求我们党委的意见。他的人事关系、工资关系还留在我们厂里。"

"叫他把关系转走，我们厂不能白养这种不干活的人。"乔光朴朝李干一挥手，"走，咱俩去看看。"

乔光朴和李干坐车去生产队，在半路就碰上了郗望北骑着自行车正往厂里赶。李干喊住了他："望北，怎么样?"

"解决完了。"郗望北答了一声，骑上车又跑，好像有什么急事在等着他。

李干冲郗望北赞赏地点点头："真行，有一套办法。"他叫司机开车追上郗望北，脑袋探出车外喊："你跑这么急，有什么事? 乔厂长回来了。"

郗望北停下自行车，向坐在吉普车里的乔光扑打了招呼，说："一车间下线出了问题。"

郗望北把自行车交给李干，跳上吉普车奔一车间。李干在后边大声喊："乔厂长，我找你还有事没说完哩。"

是啊，事儿总是不断的，快到年底了，最紧张也最容易出事。可这会儿乔光朴最担心是一车间出问题影响全厂的任务。

他和郗望北走进一车间下线工段，只见车间主任正跟副总工程师童贞一个劲讲好话。童贞以她特有的镇静和执拗摇着头。车间主任渐渐耐不住性子了。这种女人，真是从来没见过。她不喊不叫，脸上甚至还挂着甜蜜蜜的笑容，说话温柔好听，可就是在技术问题上一点也不让步。不管你跟她发多大火，她总是那副温柔可亲的样子，但最后你还得按她的意见办。

车间主任正在气头上，一眼看见乔光朴，以为能治住这个女人的人来了，忙迎上去，抢了个原告："乔厂长，我们计划提前八天完成全年任务，明年一开始就来个开门红。可是这个十万千瓦发电机的下部线圈击穿率只超过百分之一，童贞就非叫我们返工不可。您当然知道，百分之一根本不算什么，上半年我们的线圈超过百分之二十、三十，也都走了。"

乔光朴问："击穿率超过的原因找到了吗？"

车间主任："还没有。"

童贞接过来说："不，找到了，我已经向你说过两次了，是下线时掉进灰尘，再加鞋子踩脏。叫你们搭个塑料棚，把发电机罩起来。工人下线时要换上干净衣服，在线圈上铺橡皮，脚不直接踩线圈。可你们嫌麻烦！"

"噢。嫌麻烦。搞废品省事，可是国家就麻烦了。"乔光朴看看车间主任，嘲讽地说，"为什么要文明生产，什么是质量管理制度，你在考试的时候答得不错呀。原来说是说，做是做呀！好吧，彻底返工。扣除你和给这个电机下线的工人的奖金。"

车间主任愣了。

童贞赶紧求情："老乔，他们就是返工也能完成任务，不应该扣他们的奖金。"

"这不是你的职责！"乔光朴看也不看童贞，冷冷地说，"因返工而造成的时间和材料的损失呢？"说完他头也不回地拉着郗望北走出了车间。

车间主任苦笑着对童贞说："服务大队的人反他，我们拼命保他，你看他对我们也是这么狠。"

童贞一句话没说。对技术问题，她一丝不苟，对这种事情，她插不上手。她所能做的，只是设法宽慰车间主任的心。

主角（四）

童贞知道乔光朴心情不好，就买了四张《秦香莲》的京剧票，晚上拉着郗望北夫妇一块去看戏。郗望北还没有回家，他们只好把票子留下，先拉上外甥媳妇去了戏院。

三个人要进戏院门口的时候，李干不知从什么地方钻出来。乔光朴一见他那样子，知道有事，便叫童贞她们先进场，自己跟着李干来到戏院后面一个清静的地方。站定以后，乔光朴问："什么事？"

他态度沉着，眼睛里似有一种因挫折而激出来的威光。李干见厂长这副样子，像吞了定心丸，紧张的情绪也缓和下来了，说："服务大队有人要闹事。"

"谁?"

"杜兵挑头，行政科刷下来的王秃子在后边使劲，他们叫嚷冀申也支持他们。杜兵三天没上班，和市里那批静坐示威的人可能挂上钩了。今天下午，他回厂和几个人嘀咕了一阵子，写了几张大字报，说是要贴到市委去，还要到市委门口去绝食。"

乔光朴看看精明能干的李干，问："你有点害怕了?"

李干说："我不怕他们。他们的矛头主要是朝你来的。"

乔光朴笑了："那些你别管，你就严格按制度办事。无故不上班的按旷工论处。不愿干的、想退职的悉听尊便。"

一个领导，要比被他领导的人坚强。乔光朴的态度鼓舞了李干，他也笑了："你散戏回家的道上要留神。我走了。"

乔光朴回到剧场刚坐下，催促观众安静的铃声就响了。像踩着铃声一样，又进来几个很有身份的人，坐在他们前一排的正中间座位上，冀申竟也在其中。他那灵活锐利的目光，显然在刚进场的时候就已经看见这几个人了。他回过头来，先冲童贞点点头，然后亲热地向乔光朴伸出手，说："你回来啦? 收获怎么样? 你这常胜将军亲自出马，必定会马到成功。"

乔光朴讨厌在公共场合故意旁若无人地高声谈笑，只是摇摇头没吭声。

冀申带着一副俯就的样子，望着乔光朴，说："以后有事到外贸局，一定去找我，千万不要客气。"

乔光朴觉得嗓子眼里像吞了只苍蝇。在人类感情方面，最叫人受不了的就是得意之色。而乔光朴现在从冀申脸上看到的正是这种神色。他怎么也想不通冀申这种得意之情是从哪儿来的。是无缘无故的高升? 还是讥笑他乔光朴的吃力不讨好?

冀申的确感到了自己现在比乔光朴地位优越，正像几个月前他感到乔光朴比自己地位优越一样。他曾对乔光朴是那样的妒忌过，但是如果今天让他和乔光朴调换一下，让他付出乔光朴那样的代价去换取电机厂生产面貌的改观，他是不干的。他认为一个人把身家性命押在一场运动上，在政治上是犯忌的，一旦中央政策有变，自己就会成为牺牲品。搞现代化也是一场运动，乔光朴把命都放在这上面了，等于把自己推到了危险的悬崖上，随时都有再被摔下去的可能。电机厂反他的火药似乎已经点着了。冀申选这个时候离开电机厂，很为自己在政治上的远见卓识得意。今晚在这个场合看见了乔光朴，使他十分得意的心情上又加了十分。他悠然自得地看着戏，间或向身边的人发上几句议论。

可是坐在他后边的乔光朴，却无论怎样强制自己集中精神，也看不明白台上在演什么。他正琢磨找个什么借口离开这儿，又不至于伤那两个女人的心。郗望北在服务员手电光的引导下坐在了乔光朴的身边。童贞小声问他为什么来晚了，他的妻子问他吃晚饭没有，他哼哼唧唧只点点头。他坐了一会，斜眼瞄瞄乔光朴，轻声说："厂长，您还坐得下去吗？咱们别在这儿受罪了！"

乔光朴一摆脑袋，两个人离开了座位。他们来到剧场前厅，童贞追了出来。郗望北赶忙解释："我来找乔厂长谈出差的事。乔厂长到机械部获得了我们厂可能得到的最大的支持，又到电力部揽了不少大机组。下面就是材料、燃料和各关系户的协作问题。这些问题光靠写在纸面上的合同、部里的文件和乔厂长的果断都是不能解决的。解决这些是副厂长的本分。"

乔光朴没有料到郗望北会自愿请行，自己出去都没办来，不好叫副手再出去。而且，他能办来吗？郗望北显然是看出了乔光朴的难处和疑虑。这一点使他心里很不舒服。

童贞问："这么仓促？明天就走吗？"

"刚才征得党委书记同意，已经叫人去买车票了，也许连夜出发呢。"郗望北望着童贞，实际是说给乔光朴听。他知道乔光朴对他出去并不抱信心，又说："乔厂长作为领导大型企业的厂长，眼下有一个致命的弱点，不了解人的关系的变化。现在人与人之间的关系不同于战争年代，不同于五八年，也不同于'文化大革命'刚开始的那两年。历史在变，人也在变。连外国资本家都懂得人事关系的复杂难处，工业发展到一定程度，就大量搞自动化，使用机器人。机器人有个最大的优点，就是没有血肉，没有感情，但有铁的纪律，铁的原则。人的优点和缺点全在于有思想感情。有好的思想感情，也有坏的，比如偷懒耍滑、投机取巧、走后门等等。掌握人的思想感情是世界上最复杂的一门科学。"

他突然把目光转向乔光朴，"您精通现代化企业的管理，把您的铁腕、精力要用在厂内。有重大问题要到局里、部里去，您可以亲自出马，您的牌子硬，说话比我们顶用。和兄弟厂、区社队、街道这些关系户打交道，应交给副厂长和科长们。这也可以留有余地，即便下边人捅了娄子，您还可以出来收场。什么事都亲自出头，厂长在外边顶了牛叫下边人怎么办？霍局长不是三令五申，提倡重大任务要敢立军令状吗，我这次出去也可以立军令状。但有一条，我反正要达到咱们的目的，不违反国家法律，至于用什么办法，您最好别干涉。"

乔光朴左颊上的肉棱子跳动起来，用讥讽的目光瞧着郗望北，没有说话。

这下把郗望北激恼了："如果有一天社会风气改变了，您可以为我现在办的事狠狠处罚我，我非常乐于接受。但是社会风气一天不改，您就没有权利嘲笑我的理论和实践。因为这一套现在能解决问题。"

"你可以去试一试。"乔光朴说，"但不许你再鼓吹那一套，而且每干一件事总要先发表一通理论。我生平最讨厌编造真理的人。"他要童贞继续陪外甥媳妇看戏，自己去找石敢了。

童贞同情地望着丈夫的背影，乔光朴不失常态，脚步坚定有力。她知道他时常把自己的痛苦和弱点掩藏起来，一个人悄悄地治疗，甚至在她面前也不表示沮丧和无能。有人坚强是因为被自尊心所强制，乔光朴却是被肩上的担子所强制的。电机厂好不容易搞成这个样子，如果他一退坡，立刻就会垮下来，他没有权利在这种时候表示软弱和胆怯。

郗望北却望着乔光朴的背影笑了。

童贞忧虑地说："我一听到你们俩谈话就担心，生怕你们会吵起来。"

"不会的。"郗望北亲热地扶住童贞的胳膊，说，"老姨，我说点使您高兴的话吧，乔厂长是目前咱们国家里不可多得的好厂长。您不见咱们厂好多干部都在学他的样子，学他的铁腕，甚至学他说话的腔调。在这样的厂长手下是会干出成绩来的。我不能说喜欢他，可是他整顿厂子的魄力使我折服。他这套作风，在五八年以前的厂长们身上并不稀少，现在却非常珍贵了。他对我也有一股强大的吸引力，不过我在拼命抵抗，不想完全向他投降。他瞧不起窝囊废。"

他看看手表："哎呀，我得赶紧走了。说实话，给他这样的厂长当副手，也是真辛苦。"说完匆匆走了。

主角（五）

石敢在灯下仔细地研究着一封封控告信，这些信有的是直接写给厂党委的，有的是从市委和中央转来的。他的心情是复杂的，有恼怒，有惊怕，也有愧疚。控告信告的全是乔光朴，不仅没有一句控告他这个党委书记的话，甚至把他当作了乔光朴大搞夫妻店，破坏民主，独断专行的一个牺牲品。说乔光朴把他当成了聋子耳朵——摆设，在政治上把他搞成了活哑巴。这本来是他平时惯于装聋作哑的成绩，他应该庆幸自己在政治上的老谋深算。但现在他却异常憎恨自己，他开脱了自己却加重了老乔的罪过，这是他没有料到的。他算一个什么人呢？况且这几个月他的心叫乔光朴燎得已经活泛了。他的感情和理智一直在进行争斗，而且是感情占上风的时候多，在几个重要问题上他不仅是默许，甚至是暗地支持了乔光朴。他想如果干部都像老乔，而不像他石敢，如果工厂都像现在电机厂这么搞，国家也许能很快搞成个样子；党也许能返老还童，机体很快康复起来。可是这些控告信又像一顿冰雹似的撲头盖脸砸下来，可能将要被砸死的是乔光朴，但是却首先狠狠地砸伤了石敢那颗已经创伤累累的心。他真不知道怎样对付这些控告信，他生怕杜兵这些人和社会上那些正在闹事的人串联起来，酿成乱子。

石敢注意力全集中在控告信上，听见外面有人喊他，开开门见是霍大道，赶紧让进屋。

霍大道看看屋子："老乔没在你这儿？"

"他没来。"

"嗯？"霍大道端起石敢给他沏的茶喝了一口，"我听说他回来了，吃过饭就去看他，碰了锁，我估计他会到你这儿来。"

"他们两口子看戏去了。"石敢说。

"噢，那我就在这儿等吧，今天晚上不管有多好的戏，他也不会看下去。可惜童贞的一片苦心。"霍大道轻轻笑了。

石敢表示怀疑地说:"他可是戏迷。"

"你要不信,咱俩打赌。"霍大道今晚上的情绪非常好,好像根本没注意石敢那愁眉苦脸的样子。又自言自语地说:"他真正迷的是他的专业、他的工厂。"

霍大道扫了一眼石敢桌上的那一堆控告信,好像不经意似的随便问道:"他都知道了吗?"

石敢摇摇头。

"出差的收获怎么样,心情还可以吗?"

石敢又摇摇头。刚想说什么,门忽然开了,乔光朴走进来。

霍大道突然哈哈大笑,使劲拍了一下石敢的肩膀。

这下把乔光朴笑傻了。石敢赶紧收藏控告信。这一回他的神情引起了乔光朴的注意。乔光朴走过去抓起一张纸看起来。

霍大道向石敢示意:"都给他看看吧。"

心里并不畅快的乔光朴,看完一封封控告信,暴怒地把桌子一拍:"浑蛋,流氓!"

他急促地在屋里来回走着,左颊上的肌肉不住地颤抖。他没有吱声,嘴里的牙咬得咯嘣咯嘣响。他走到霍大道跟前,霍大道悠闲而专心地看报,没有看他。他问石敢:"你打算怎么办?"

石敢扫一眼乔光朴,说:"现在你可以离开这个厂了,今年的任务肯定能完成,你完全可以回局交令。我一个人留下来,风波不平我不走。"

乔光朴吼起来:"你说什么?叫我溜?电机厂还要不要?"

"你这个人还要不要?你要再完蛋了,要伤一大批人的心,往后谁还干!"石敢实际也是说给霍大道听。

霍大道静静看着他们俩,就是不吭声。

乔光朴怒不可遏,在屋里来回溜达,嘴里嚷着:"我不怕这一套,我当一天厂长,就得这么干!"

石敢终于忍不住走到霍大道跟前,说:"霍局长,你说怎么办?"

霍大道淡淡地说:"几封控告信就把你吓成这个样子。不过你还够朋友,挺讲义气,让老乔先撤,你为他两肋插刀顶上一阵子,然后两人一块上山。嗯,真不错。石敢同志大有进步了。"

石敢的脸腾一下红了。

霍大道含笑对乔光朴说："老乔，你回电机厂这半年，有一条很大的功绩，就是把一个哑巴饲养员培养成了国家的十二级干部。石敢现在变化很大了，说话多了，以前需要别人绑上拖着去上任，现在自己又想当书记又想兼厂长。老石同志，你别脸红，我说的是实话。你现在开始有点像个党委书记了。不过有件事我还得批评你，冀申调动，不符合组织手续，没有通过局党委，你为什么放他走？"

石敢脸一红一白，这么大老头子了，他还没吃过这样的批评。

霍大道站起来，走到乔光朴身边，透彻肺腑的目光，久久地盯住对方："咬什么牙，不值得。在我们民族的老俗话中，我喜爱这一句：宁叫人打死，不叫人吓死！请问：你的精力怎么分配？"

"百分之四十用在厂内正事上，百分之五十用去应付扯皮，百分之十应付挨骂、挨批。"乔光朴不假思索地说。

"太浪费了。百分之八十要用在厂里的正事上，百分之二十用来研究世界机电工业发展状态。"霍大道突然态度异常严肃起来，"老乔，搞现代化并不单纯是个技术问题，还要得罪人。不干事才最保险，但那是真正的犯罪。什么误解呀，委屈呀，诬告呀，咒骂呀，讥笑呀，悉听尊便。我在台上，就当主角，都得听我这么干。我们要的是实现现代化的'时间和数字'，这才是人民根本的和长远的利益所在。眼下不过是开场，好戏还在后头呢！"

霍大道见两个人的脸色越来越开朗，继续说："昨天我接到部长的电话，他对你在电机厂的搞法很感兴趣，还叫我告诉你，不妨把手脚再放开一点，各种办法都可以试一试，积累点经验，存点问题，明年春天我们到国外去转一圈。中国现代化这个题目还得我们中国人自己做，但考察一下先进国家的做法还是有好处的……"

三个人坐下，一边喝着茶，一边谈起来，越谈兴致越高。霍大道突然对乔光朴说："听说你学黑头学得不错，来两口叫咱们听听。"

"行。"乔光朴毫不客气，喝了一口水，把脸稍微一侧，用很有点裘派的味道唱起来：包龙图，打坐在开封府！

三千万

柯云路

一

一九七九年初，未竣工的维尼纶厂。

厂房之间的空地上，横七竖八地堆积着钢筋、木料；凛冽的寒风中，水泥袋的碎纸片漫天飞舞。维尼纶厂建厂指挥部的成员们正在陪同省轻工局的几位领导视察着工地。

"三千万，一个子儿也压缩不下去了？成了刚性的了？"说这话的是省轻工局党委书记兼局长丁猛，他那扫视着众人的似乎是狡黠的目光里隐隐含着审视，灰白的头发理得很短，额上的皱纹特别深刻，脸上的线条像岩石裂缝般粗犷刚劲。他以惯有的诙谐口气说着，明显地流露出不满。

这位刚刚官复原职的丁局长是个很不寻常的人物。"文化大革命"前，他以果断执着在全省闻名，曾有过许多美传。这次他到维尼纶厂是来审查追加预算的。维尼纶厂是个建设十年还未竣工的"胡子工程"了！今年，总算提出了一年竣工的计划。但建厂联合指挥部——这是由维尼纶厂（通称甲方）和负责施工的省建公司九处（通称乙方）联合组成——却又同时提出了一个需要追加投资三千万元的申请报告。要知道，维尼纶厂从最初的总概算五千万元，十年来一而再再而三地因为超支而追加投资，已经花了一亿五千万元了！一个总概算才五千万元的项目，要花三千万元来扫尾竣工，无论如何是太不像话了！他知道，压缩投资是当今最难的事情。连计委、建委、国家都没办法，人人都说这是一个不可改变的现状！但他就是要在这上头试一试，冲一冲这个谁也不敢碰的"现状"！他觉得，他还有一个特殊的有利条件：维尼纶厂的党委书记、联合指挥部的总指挥张安邦是他六五年亲自在一个纺织厂培养和提拔的干部。他了解他，相信他会配合这次审查工作的。

但是，事情并不像他预料的那样。十多年没接触，张安邦变得陌生、不可捉摸了。虽然他表面上对老上级显出一种特有的亲热、坦然，但是在客气、尊敬中，总好像隔着层什么东西。在张安邦的安排下，几天来对追加预算的审查，也好像罩上了一层扑朔迷离的云雾。表面上似乎一切都很精确，丝毫看不出漫天要价的迹象。要账目，有摆两尺高的"预算书""计算书"送来，数以千页的表格里填满了用计算机算出来的数万个数字；要听取意见，指挥部甲乙两方都做了详细汇报；好像三千万元无可非议，只有拍板了！可是，敷衍的客套，官样的文章，却使丁猛愈来愈愤懑！他始终感到有人张开了一张网，罩住了一切，使他根本看不到实情！是谁张的网呢？张安邦？丁猛还不能断定。

"我们已经是一压再压，没有一点弹性了！"一摊双手答话的正是张安邦，这位厂党委书记有着一张长圆的胖脸，光润润的，没有皱褶，没有棱角，像团揉光的白面，眉毛细淡，眼睛漂亮而有神。他的嗓门，即使是这样随便说话也十分洪亮。话语里，带有一种对老上级才有的亲近和诉苦的口吻。他说完又笑了笑，很亲切地看了看左右。簇拥着他的部下们用迎合的点头和微笑呼应着。

"这是什么？"丁猛指着一座像是临时搭的烂仓库模样的建筑问。

"这是临时食堂。"张安邦从容地回答。他指着旁边被水泥、机器堆满大厅的原来的食堂说："正式食堂做了临时仓库——因为仓库不够用——所以又盖个临时食堂，职工吃饭总不能露天。"说着他们已经走入了"临时食堂"的大厅，仰面是席片的棚顶，低头是烂砖的地面，墙上窗户没框，横七竖八的木条钉住的塑料薄膜被风刮得呼踏踏作响，确实是一副"临时"样。轻工局基建处的一位处长点头证实道："盖临时食堂，他们有过申请报告。"

丁猛打量了一圈大厅，哼了一声说："好一个临时食堂！……临时设施，为什么搞水泥砂浆砌墙？为什么还搞圈梁？……怕以后拆除起来太方便？嗯——？"丁猛上上下下指划着，两眼冒火地说，"这样大的面积，大门大窗的设计，看，这儿，连以后隔墙的基础都搞好了！这是临时食堂？……这是个大型俱乐部！变一下就成了！……搞假预算，搞计划外项目！犯法！"

人群中一片寂静和窘怵，大家都被意外的质问震慑住了。谁也没想到丁局长这样内行。问题严重了！

张安邦略含不满地扫视了一下大家，转向丁猛，坦然地笑了笑，颇有些感叹地说："没办法啊，丁局长！这都是前几年的极'左'路线逼出来的！什么'先生产，后生活'！谁敢公开搞个俱乐部啊！哪儿也不会批！……厂里尽是年轻工人，总应该关心职工文化生活！"张安邦委婉而理直气壮的解释，顿时扭转了气氛。大家都舒了口气，暗暗佩服自己的总指挥。现在，看来是轮到丁猛进退两难，不好回答了！

"你还是有功啰？"丁猛看着张安邦讽刺道："现在是七九年了，知道吗？……为什么还弄虚作假？"看到张安邦还要张嘴解释什么，他一伸手打断说：

"你先写个检查——搞假临时食堂——准备接受处理！"

大家全怔住了！

"……然后，再打个报告——申请盖俱乐部，送局里批。"

这样的两条决定，像云烟中划过一道闪电，人们知晓了这位丁局长的分量！

"总指挥没有是非原则！……其他同志呢？你们为什么没有一个人揭发、反映问题？"丁猛批评、质问的目光扫视着指挥部的成员们。没有一个人吭声。一堵沉默的墙！在伸手向国家多要钱上，在"为集体的利益"这面旗帜下，一个企业的干部往往是团结一致的。合情又合理，谁也犯不着触犯众利，谁也在里面多少有一份，谁也要在本单位站住脚。这是现在很普遍的现状！这个现状几天来嘲弄和激怒着丁猛。现在，人们都在他的目光下垂着眼。只有一个人例外，那就是维尼纶厂基建安装办公室主任白莎，这位中年女技术员只是掠了一下额头从蓝色围巾下露出的一绺短发，很快地睨了一眼丁猛，照旧漫不经心地打量着别处。

"白莎同志，你负责搞预算，怎么也不坚持原则呢？"丁猛的目光移向她，直率地批评道。白莎苍白清秀的脸上，一下子泛起了愠怒的红晕，眼里射出冷冷的敌意。

"丁局长，这事情完全应该我负责。"张安邦站出来说话了，态度十分诚恳，"同志们都是辛辛苦苦做具体工作的。这几年，都很不容易！错误，完全在我。确实不能怪同志们。临时食堂这件事，和三千万也没关系……"

"没关系？你负责？等着吧，有你的责任负！"丁猛斜睨了一眼张安邦，心里说。张安邦在"临时食堂"上玩的花样，更使丁猛断定三千万有问题！他又看着白莎问："白莎，你对三千万的最后意见呢？"

"三千万，这确实是维尼纶厂竣工最起码的数字了！——这意见我们都是一致的！"张安邦接过话头，以老下级的身份带笑说，他极力想缓和一下气氛。

"这个安邦真是怪了！"丁猛严厉而不满地瞪了他一眼，"怎么就一言堂了呢！白莎的脑袋不在她肩上？"

张安邦笑了笑，一副甘愿接受丁猛任何批评的表情。

"白莎，谈你的最后意见吧，可不能光当头头儿的附庸！"丁猛说。

"当附庸？我还没学过！"白莎带着刺，冷冷地答道。丁猛的话刺伤了她的自尊心。这位三十多岁还没结婚的女技术员，对一切都满不在乎。在她眼里，任何事情上的认真都是没必要的；只要不触及她，三千万就三千万吧！她参与了预算编制，但从来都觉得与她无关。她不过是在厂里顺潮流而动，干她的八小时而已。

"白莎，你态度冷静一些，"张安邦爱护地责备道，"丁局长是让你谈对三千万的意见！"

"我没什么意见。"白莎依然冷着脸，"三千万大概够了吧！"她看也不看丁猛，甩了一下围巾，扭过身去，不说话了。

"大概？这是搞经济工作的人说的话？"丁猛冒火了，目光像剑一样在人群中扫动着，连腮帮子都搐动起来。人群却仍然只有沉默。面对沉默的人群，丁猛发觉自己应该冷静，发火——那不过是软弱无力的表现，他要打破罩住实情的这张网！他顿时想到了那个难得的人物，他睥睨了一眼张安邦，威严地说：

"既然这样，我要请个专家来查你们！……钱——维——丛——！听说过吗？"

白莎不禁转过头，眼睛里闪过一瞬的惊讶。

张安邦没料到丁猛还要来这么一下，他爽朗地点了点头："那当然好！那就更可靠了！"脸上露出一丝不以为然的微笑。他不知道钱维丛是什么人。他相信，就是再内行的人，也难从浩如烟海的数字中，几天内看出问题来。

"你们最好是自己先减码！……查住了，可要当心！"丁猛说。

二

当天下午，白莎来到张安邦家。

"预算该重做就重新做吧！……钱工程师来，这些账可经不住他查！"她很淡然地说道。

"哪有那么严重！"张安邦毫不在乎地笑着摇了摇头。中午，他已摸清了：钱维丛是轻工局一个搞设计的普通工程师，他的儿子，叫钱小博，就在维尼纶厂当工人。

"信不信吧！他过去是全国有名的预算专家！"

张安邦疑惑了一下，他既不知道钱维丛是预算专家，也不知道所谓预算专家有多大分量，为了掩饰自己的疑惑，他反而很有气派地哈哈一笑，用惯常对部下的和蔼的玩笑口吻说："害怕啰？为工作，怕什么！"

"我怕什么！"白莎恼了，眼睛射出尖刻的目光，"我只觉得犯不着出事，没必要！"说完，一扭身走了。

看着白莎苗条的背影消失在门外，张安邦开始意识到了问题的严重性。应该马上采取对策！……但是，他却坐在沙发上恍惚了几秒钟。他一刹那又想起上午视察完工地后，丁猛对自己个别谈话中的批评，是那样的中肯，那样的坦率，使张安邦真有些感动。当时，在丁猛既严肃又和蔼的目光下，他也曾对"三千万"产生过犹豫……

这时，桌上的电话急促地响了，是物资局来催问招工指标的。张安邦曾答应帮助弄几个招工指标，把物资局几位局长的子女安排到省建公司——而这又是和"三千万"有关的。物资局里的人出的气都是粗的，张安邦一连答应了几个"行！"一个电话，使他立刻看清了自己在现实中的地位，看到了"三千万"后面隐现的许多局长、部长们的脸。电话一挂，他就恢复了毫不含糊的决心——

他必须弄到"三千万"！

虽然，他绝不会把其中哪怕一分钱装入自己的腰包，他却必须把这"三千万"搞到手。否则，他在现实生活中会根本站不住脚！就说在厂里，那些副书记、副厂长们要住一家一院的高标准平房；行政科科长要盖一个由他支配的高级招待所；医院院长要让厂医院楼再加高一层，为的是要更宽敞舒适的院长办公室……这各种各样的人物，在维尼纶厂领导权的巩固过程中都给他上下出过力，他们的要求都得给予满足！这一点就足以迫使他去争取"三千万"，而绝不能有失众望，造成众叛亲离！更广泛些说，他要"三千万"的目的远远不仅这一点。一个钱多、物资多、汽车多、关系多的大厂书记，加上足够的权谋机智，在社会上就有许多无形的权力。而这无形的权力，对于爱财的，可以使家里沙发、电视机、电冰箱应有尽有；对于他这样爱权的，则有了向上进取的坚实基地。当然，他也并不是天生爱权。"文化大革命"一开始，他这个只当过一年副厂长的"当权派"也住过几天牛棚，那时，他最后悔的是自己为什么当了副厂长。但是，经过一番表态、站队、反戈一击，他也投入了急风暴雨。很快，他领悟了"政治"的奥妙，看到了"政治"的天地。在急流漩涡中几经沉浮，他埋葬了一个灵魂，又膨胀了另一个灵魂，他终于被造就了！他虽然在十几年政治生活中饱尝了甜头和辛酸，不那么急于求成了，但还保持着政治上锲而不舍的意志。目前这个"三千万"，在厂内、厂外包含着他和许多方面利益的结合。远的不说，在预算中不给省建公司算得宽点，就搞不到招工指标，那么物资局头头们的子女就没法安排。而不这样一件事、一件事地去做，他又怎么能日益扩大自己的社会联系呢？他还想到了从物资上控制周围几个县，想到了把家属在厂里工作的那些地委领导干部们都请到厂里来住高标准的平房。总之，他深知这些年来的当官"诀窍"：不把广泛的社会关系搞好，是无法进取的！现在是关系错综复杂的年头，不一定是顶头上司，也许是哪一个不被注意的小人物，往某一条线上递一句话，就能决定你的升迁。在维尼纶厂，一切和上层有联系的干部、工人，他都要摸底。他的一个重要"工作"，就是调看档案。哪怕你是个学徒工，只要你的父母或者三姑六舅九姨子中有一个硬牌人物，就一定要弄清、记住，在需要的时候，用适当的"照顾"，把你，因而也把你的"背景"织入他的网中。现在，他就要用这张网来争取"三千万"了！

下班前，他给钱维丛的儿子所在车间打了电话，让他们通知钱小博晚上来他家里；他告诉车间，最近不要分派钱小博在班上的工作了，厂党委另有任务交给他。

<h2 style="text-align:center">三</h2>

丁猛已经感受到了张安邦活动的包围。厂里的一些负责人和自己接触时无不从各个不同角度三言两语地讲讲"三千万"的必要。几个老乡、一个侄子——都是维尼纶厂的干部、工人——先后来厂临时招待所看他。他们的话语后面，似乎都有张安邦的长圆脸在隐隐出现。这样的包围越多，丁猛越气愤；而越气愤，则越冷静。当在地委工作的几位老相识和省里的一两个老上级也用看望、捎话来表示对"三千万"的关心时，丁猛深深感到张安邦这个人物有些非同小可了！他远不是自己在十几年前所赏识的那个张安邦了，那时他三十多岁，年轻、正直、敢坚持原则，有工作魄力，虽然有些骄傲的缺点，但愿意改正，是个有培养前途的年轻干部。但现在，竟然变成这个样子！真是"时势造英雄"！丁猛一点不客气，他警告张安邦："不要搞小动作！抓住了，当心吃家伙！"张安邦对此只是不加解释地笑一笑，那表情好像是说：我对你丁局长哪能搞小动作呢！丁猛也知道，这时的张安邦，对他进行任何言辞的敲打，都是无济于事的，他都可以一笑敷衍。现在要的是尽快查清"三千万"！丁猛寄希望于即将到来的工程师钱维丛。这是他上任第一天就发现的人才。当他在轻工局一个科室的晦暗角落，找到这位正弓背俯身于绘图板上的老工程师时，他几乎抑制不住一种愤懑的情绪。钱维丛！丁猛十几年前就看过他的预算理论方面的著作。这位预算专家竟然被从国家建委"下放"到这儿，默默无闻，丢开专业改行九年了。

终于，钱维丛来到维尼纶厂。

当钱维丛从吉普车里钻出来时，出现在指挥部成员面前的只是一个略显驼背的身材矮小的知识分子模样的老头。"这就是钱工！"丁猛按轻工局内对钱维丛的惯称介绍道。他的样子毫不起眼，甚至有些衰颓，说话时有些客气得过分，握手时头也点得过多过低。这第一面，就让张安邦小看：寒酸！钱工在他心目中的地位大大地下降了。不过，张安邦既善于用不卑不亢的亲敬坦然对待上级领导，也善于用平易近人的微笑来表现对弱者的和蔼。他略挺起肚子，很有气派地伸出手和钱工相握。他微笑着，风趣地寒暄了几句，又转身一一介绍了指挥部的成员们，显出一个有威信的领导者足够的风度。

丁猛当然把来人当成圣驾。他知道这位专家一眼就能估出一座楼房的造价。当天晚上，在厂招待所房间里和钱工面对面坐着，丁猛就开门见山地说："钱维丛挂帅！——'三千万'的审查主要靠你啰！""不，不，要靠领导。"钱工连忙说。"领导高明论？没了群众，左眼瞎；没了专家，右眼瞎；双眼瞎的领导，管屁用！"丁猛说。看到钱工还要申辩，他不耐烦地摆了一下手，然后，从抽屉里端出一摞"预算书"，往桌上一放："阿拉伯数字都在里头。要听汇报，我给你组织；要看现场，让指挥部派人陪你。你拍板，我负责，这就是咱俩的双簧！嗯？要几天时间够了？——吃饭，我给你从食堂打。"丁猛把审查"三千万"的全权交给了钱工，并在第二天指挥部的会上明确宣布：这次审查预算，钱工为主，他为辅，钱工说话是算数的。

钱工成了焦点。众目睽睽，人们都注视着预算专家，而这位预算专家却只是和大家客客气气地点头寒暄，对任何预算问题都含含糊糊地回避，他丝毫不管事！

"怎么办？"和丁猛一起来审查"三千万"的轻工局基建处处长着急地问。丁猛皱着眉，没说话，他在思索。

人们不知道：钱工正陷入尖锐、剧烈的矛盾中。晚上，他一个人在房间里，面对着一桌子摊开的几十本"综合预算书"和计算尺、计算机，他紧锁着眉头，一个劲地抽闷烟，把自己埋在腾腾的烟雾中。他在"预算书"中一发现问题，就气得猛地举起拳头……然而每次又无力地落下，叹息地摇摇头。丁猛几次推门进来，发现钱工内心矛盾的举止，钱工都连忙掩饰地支吾："噢，没什么。"他能对丁猛说什么呢？对于这个被十几年动荡生活弄得不知所措，灭了锐气磨了棱角的工程师，丁局长从一开始就给了他以极大的温暖和信任——那是他曾经很熟悉，但十几年来又生疏了的感觉——使他心中受到一种说不出来的力量的冲击。当他看到丁猛，一个局长，提着饭盒给他打饭回来，点点头给他放下的时候，他不能不感到一个预算人员的重大职责。但是，他却又想到妻子——一个理解丈夫事业的家庭妇女——在自己临来前说的话："到维尼纶厂少管事，让领导做主，要不，更回不了北京了！"妻子的话，包含了他们几年来的苦恼和艰辛的体会。为了调回北京，回原单位，把大半辈子的专业经验贡献出来，老两口几年来历经奔波之苦。官僚主义、本位主义弄得他们满腹牢骚，个别承办人员的违法乱纪更气得他们发抖！前不久，总算熬到了国家建委来了调令，但是到了省里、局里，又几个月杳无音讯。现在，丁局长又叫他来维尼纶厂审查预算，他刚一听到还挺兴奋，他对本行工作有抑制不住的热情。可听到妻子一顿数落，他明白了：干开了，更脱不了身！……他内心的矛盾，由于张安邦的影响而更加激烈。他来维尼纶厂的第二天，儿子小博就来告诉他：张安邦的妻子在省委组织部工作，他答应帮助钱工解决调动的问题。钱工一听高兴得不知如何是好，"真要谢谢人家了！"没想到，却遭到儿子的白眼："谢什么！你只要把'三千万'批了就行了！"为了解除他的疑虑，儿子又说，"人家当然不会这样直接说。张书记说，你想专业对口，发挥专长，是人人应该帮忙的事情！还说，这两天我不用上班了，专门照顾你，有时间，多和你谈谈，说维尼纶厂要早日竣工，需要各方面的大力支持！这还不是那个意思？"张安邦的网又把钱工网住了。

整整三天过去了，钱工毫无动静。

张安邦在各种场合更加轻松坦然，谈笑风生。

指挥部的成员们纷纷说，"三千万"该批了吧！

轻工局基建处的处长、副处长一天比一天焦急。

然而，丁猛这边却悄声无息。

谁也不知道丁猛在等待什么。可是在丁猛眼里，情况正在发生人们一般不易觉察的重要变化。在视察工地时，钱工的眉头开始紧锁；沉着脸不说话的表情，代替了他那过分的客气和过多的点头。张安邦也觉察到了这一变化。当他和丁猛的目光在无意中相遇时，产生了一种莫名其妙的忐忑不安的心理。

巡视到几幢即将竣工的宿舍楼时，一件意想不到的事情终于发生了。

"这几幢完工了，每平米一百块钱。"省建九处的预算员汇报道。

"这不能叫完工吧？"钱工和一群人站在粉白的房间里四面看着，他明显地克制着自己，尽量客气地说道，"门窗油漆呢？玻璃呢？楼梯扶手呢？还有楼下的散水、厕所的上下水，都没完嘛！……你们一平米已经花了一百零九块四角九了！"

"噢，造价是高了点儿。"预算员解释道，"不过这几幢楼都是严格按照设计施工的，质量比较好。"

"质量也不能说理想。"钱工用力推着一面雪白的墙壁，墙壁弹性地晃动了。

"隔墙是板条墙，不是砖墙。图纸就是这样设计的！完全照图纸的！"

这种一而再再而三的辩解使钱工终于愤怒了。他双手用力一下又一下推着，墙壁厉害地晃动起来，白灰斑驳脱落。"照图纸？有这样的板条墙设计？"他看到对方还想解释，眼里更冒火了，一手指着对方，一手拍打着墙壁：

"你把图纸拿来！去！——拿来！板条墙设计是有的，你这样的板条墙，没人会设计！把这白灰粉刷去掉！看看你们木料够不够设计标准！你们至少减料三分之一！"他又推了推墙，估计了一下后纠正道："可能有百分之四十……不要以为白灰抹住了，就把问题掩盖了，按规矩，应该拆掉重做！"

辩解者满脸涨红，全场哑然。人们看到了一个与谦卑、客气截然相反的钱工。丁猛在心里愤愤地骂道："瞎了眼了！这些年把这些专家打在一边，凭什么不倒退！"

当天晚上，丁猛来到钱工房间，他直截了当地问："怎么样，查出问题没有？"

"嗯……"

"嗯什么？"丁猛在满桌的预算书中找出好几本来，用手拍着说：

"就这几个方面，难道没有问题？"

钱工的额头渗汗了，犹豫着，又摸出一支烟来。丁猛坐下，替他划着了火柴，老朋友一样知心地说："你有什么顾虑，尽管说，可不敢窝在肚里窝出病哟！"

钱工终于鼓起一点勇气说：希望局里能放他回北京；追加预算，他可以帮助审查。

"这是做买卖？要讲价钱？"丁猛一下子站起来，虽然他昨天还专门打长途电话，要求局里尽快研究批准钱工的调动，但他没想到钱工现在会这样回答。

"把工作当成你调动的条件？不答应你回北京，你就不干了？"

钱工的脸顿时红了，疚愧不堪。

丁猛在屋里踱了个来回，然后走到桌前，把全部预算书摞到一起，往钱工面前一摞：

"'三千万'，你签字吧，权早就交给你了！凭你预算家的良心。"

第二天清晨，基建处处长推开丁猛的房门，只见他正披着灰色的棉大衣，手撑着额头，侧靠着桌子一动不动地凝神坐着。灰白的曙光透过冰花的玻璃窗融进柔黄的台灯灯光里，照着丁猛皱纹深刻的额头。他紧紧皱着眉头，显然是陷入沉思许久了。

"老丁，你一夜没睡？"处长走了进来，"隔壁钱工好像也一夜没熄灯。"

"噢……"丁猛只是微微地点了一下头，表示他早已知道。

"是愁人哪！到现在，对压缩'三千万'还毫无办法。"基建处长感叹地坐下，"老丁，你又为这苦思苦想了一夜？"

"我是在想，'三千万'压缩下去以后……对，就是以——后——，我们应该如何具体争取竣工！……"

基建处长睁大了眼睛。

四

第二天，在联合指挥部为审查"三千万"召开的会议上，发生了爆炸性的事件。

当丁猛说"请钱工代表局里讲几句"时，大家都感到会议即将结束了，一张张被烟雾罩住的面孔开始活泼起来，人们轻松愉快地听着钱工客气的开场白，相信"三千万"的通过到了最后阶段了。但是，一下子几十张面孔却因为震惊而瞠目结舌了！连满屋的烟气都一下子凝结住了！什么？"三千万"的追加预算与实际需要"出入很大"？……连张安邦也愕然了。人们面面相觑之后，又转而盯着"震源"。

那位瘦小的钱工，正在客气地选择着字眼往下讲："我只是代表个人发表一点很不成熟的意见，仅供同志们参考。一人之见，难免谬误。根据初步了解的情况来看，我有这样一个……印象，预算出入——嗯……较大。当然，我还没有做详细的计算。"

有些人开始激动了：你不过是才用了几天的时间瞭了瞭么，就把我们翻来覆去编制了一个多月的预算推翻了？既是"初步印象"，又"没详细计算"，就凭这？……真是太想当然了！

张安邦一瞬的愕然早已消逝。他精细地发现了钱工说"出入很大"，与"出入较大"的前后变化，同时也想到了昨天"板条墙事件"中钱工怎样被辩解激怒的情形。他仰靠在椅背上，抬起手腕往下压了压：

"让钱工慢慢讲嘛！咱们哇啦哇啦汇报了几天了。钱工既然来参加审查工作，总不能一点儿意见都不发表吧？钱工对维尼纶厂也是很关心的嘛！"说完后，依然微微含笑地看着对面的钱工，目光表示出他的谦虚、坦然和对钱工的尊重与信任。

丁猛却一伸手对大家说："不服气的可以顶！有屁不要憋住。你一句，我一句，很好嘛！……是不是，钱工？"他知道钱工一宿没睡和刚才说的"印象"意味着什么。他要让那些漫天要价的人再激一激钱工。

有些人并没有理解丁猛与张安邦之间针锋相对的斗争。当过几年会计的省建九处的预算员龚会计，激动地站了起来。他三十多岁，身材瘦高，面孔黄黑，带副黄架眼镜，微凸的眼球在镜片后面闪着灵活的光。他在发言中列举了一系列程序，证明"三千万"预算编制过程的郑重性；他以一连串计算，对整个"追加"的必要性、精确性予以重申。最后，他指着对面的白莎说："甲方同志也详细审查了！"按照甲、乙两方在经费问题上总是对立的普遍规律，龚会计的这句话是最有力的论据了。人们开始附和龚会计的讲话了，唯有白莎垂着眼皮看着桌面，没有任何反应。

她没有敢正视钱工，这个现在显得憔悴、衰老，与十几年前判若两人的老工程师，正是白莎一生中最尊崇和感激的一位老师！一九六五年，二十二岁的白莎（那时叫李蓓）从大学建筑系毕业，首先参加了国家建委举办的预算培训班，钱工就是培训班的技术讲授负责人。几天来，白莎始终没有勇气和他相认。

钱工，直到这时还未完全消除踌躇，说起话来左右寻找着字眼，像是在水洼中用脚探寻着一块块露头的砖头一样。这更助长了申辩者们的气势。

正是申辩者所引用的一个个"精确的计算"、一条条"条文的规定"，这些"过硬的"论据终于激怒了钱工。他面对的，已经不是一张张客气相酬的面孔了，而是一条条规定，一个个数字。他的脸上，谦卑的神情消失了，他的眼睛，射出了炯炯逼人的目光。

"你们乙方的管理费是怎么取的？"他开始提出第一个问题。

"按照国家规定，百分之十八。"龚会计在镜片后面翻动了一下眼球，干干脆脆地答道。

"没错吗？"

"当然没错！"龚会计有些激动地把一本厚厚的"文件、条例汇编"哗哗哗地翻到某一页，摊开往桌上一摞：

"省革委七七年的文件规定：百分之十八！……七七年以前是百分之十七，七七年以后就改成了百分之十八！难道会有错吗？"

这时，有人在低声嘀咕："改了行的预算专家，只记得百分之十七的老定额……"

张安邦立刻笑着给钱工圆场。

"钱工由于工作需要，这几年没时间过问预算工作，有些条文变化可能不太清楚。至于管理费提高到百分之十八嘛，是新规定。当然啰！如果能够争取以百分之十七取费的话，那就更好了！"

"百分之十八就是百分之十八！怎么能随便取十七？这不是争取不争取的问题，国家规定就是法律！提高不行，降低也不行，这是硬碰硬的事情！"钱工以不容置疑与反驳的口气继续讲：

"不清楚国家规定，没有权利讨论预算。龚技术员刚才讲的省革委文件是七七年三十九号，对不对？新的取费标准从七七年五月一日开始执行，文件一共是五条，最后有两点说明，对不对？"

全场的目光从钱工转向龚会计。龚会计抚弄着桌上的文件，一句话也说不出来。

"……可是，那是指的土建取费标准，对吧?"钱工停顿了一下，把"三千万"的预算书翻开，指着其中一页:

"那为什么，这里边把化工管道的安装，也按土建工程取费呢?……安装和土建难道是一种取费标准么? 你们难道不知道安装取费是另外的标准么?"

"这样取费是有些出入……"龚会计往上推了推顺着汗水滑到鼻尖的眼镜，理虚地说。

"是出了，还是入了，要讲清楚。"

"当然是多了一点。"

"这一点是多少? 搞预算的同志应该用阿拉伯数字说话!"

"这很难马上算出来，管道品种、价格有好几种，安装难度也不一样……"

"这是个几位数字? 前面的数字是几? 这你总应该知道吧!"

龚会计汗水淋漓，手足无措了。

"我这儿有个粗略的计算，"钱工尽量放平口气，"这次安装化工管道用的不锈钢管总共三百二十吨，根据不同规格的单价、吨数，分别计算，再予以总和，是一千四百三十六万五千元。按土建取费要比安装取费多二百三十三万三千元! 这就是你说的一点——二百三十三万三千元!"

"这样取费，是指挥部同意的……"狼狈不堪的龚会计喃喃道。

钱工激烈地打着手势:"谁同意也不行! 取费标准，是经济法律，硬碰硬的事情!"

会议室里变得鸦雀无声。

丁猛的目光移到张安邦脸上，随便的口气里含着严厉:"指挥部同意的，是不是请张安邦同志给解释一下啊?"

"我有责任。技术上我不懂——"张安邦感到了省建九处负责人投来的不满眼光，立刻又调整了自己讲话的调子，"——但我一直是知道情况的，也是同意的。省建方面有实际困难……总之，我应该负责任。"

"又是你负责任?"丁猛问。

"我做检查吧。"

"轻巧！你知道情况，那就是有意违反财经纪律！这要受党纪国法制裁的！"

说到党纪国法的制裁，张安邦再也不能摆出独揽责任的风度了：

"我对详细的预算定额也不清楚……"

"那谁清楚呢？是乙方蒙骗了你们吗？……乙方的，今天我不管，有建工局管你们。高估冒算骗来的钱早晚要扎手的！甲方的，我这个轻工局局长要好好问问，你们都不清楚？"丁猛锐利的目光转向白莎。

"白莎同志，你清楚吗？"

丁猛的发火使钱工倒有些不安起来，他在一旁规劝地说：

"搞预算工作的不学习、不懂行可不行啊！"

白莎黑密的睫毛低垂着微微颤了颤。

"白莎，你是不是也准备说自己不懂、不清楚呢？那样也可以溜号。"丁猛说。

"我什么也没说！"白莎有些愠恼了，她扬了一下眼睛，毫不示弱地顶撞道。气氛变得更紧张了，人们都捏着汗注视着事态的发展。白莎的性格脾气，是大家都知道的。

丁猛撑着桌子站了起来：

"满不在乎，自以为是，谁也不能说你，是不是？……但你是国家编制内的干部！吃国家饭，你就应该工作！没有创造性，起码也要有责任心！……"丁猛极力放平口气，"你的事这儿不多说了，咱们下去谈。下面请钱工接着谈。"

钱工看了看白莎、丁猛，摊开笔记本一页页说下去，指出的一项项错误，有省建九处的，也有很多是甲方——维尼纶厂的。数额从二百三十三万元很快增加到五百万元。

就这样，一个上午，三千万被否掉了五百万！

五

张安邦不得不把钱工放在眼里了，他已经意识到，钱工如果再这样查下去，查起最近几年的预、决算，查起库存物资，那麻烦就更大了！

张安邦可不愿去冒这个险。

　　张安邦挂着一脸亲切的微笑到招待所来看望钱工，关于"三千万"，他一个字也没提。他是专门来告诉有关钱工调动的消息的，他说，刚刚接到爱人打来的电话，省委组织部很快就会批准。张安邦的态度完全出乎钱工的意料，钱工对他十分感激。张安邦摆着手说："不算什么！……这主要靠组织上决定，我不过是帮你联系联系。照理说，用不着——也不应该靠个人关系去联系……"他略有些感慨地说，"不过，现在的人事关系，现状你也是知道的，没办法！……"他一边起身告辞一边替钱工推想道："以后，大概就是轻工局这一关需要考虑了……不过，咱们再想办法吧！……"见钱工又表示感谢，他摆了摆手：

　　"不，不，我这算什么帮助，你来维尼纶厂，对我们工作帮助很大！……钱工，关于预算，可不用留情面，该怎么卡就怎么卡。顶多，我们难一点。……难就难吧。这几年搞基建的实际困难，钱工你是知道的。唉……"张安邦心事重重地叹了口气，"我只是担心竣不了工啊！一亿多资金，几千个工人，撂在这儿，形不成生产能力，比什么浪费都严重啊！"

　　张安邦真正的心事，则是对谁都不能讲的。当他回到家靠在沙发上皱眉思索时，女儿海燕走过来，轻轻坐到他的沙发扶手上问："爸爸，厂里现在都说'三千万'出的问题是你的责任，是不是？还说你和丁伯伯闹翻了，是不是啊？"张安邦对女儿提这样的问题很不耐烦，但他没发脾气——他对自己的独生女儿是非常钟爱的。在他住"牛棚"时，只有七岁的海燕，每天像片静静的柳叶穿过讥诮辱骂的人群，提着饭盒给他送饭。她曾踮起脚，为他擦去眼角的泪水。他拍了拍女儿的手说："放心吧，我和你丁伯伯一样，也是一片好心，想尽量节约投资……"看到女儿调皮的眼睛，他又说："你还不相信？爸爸还能骗你？唉，都是有些搞预算的同志不负责任！……"女儿相信了父亲，张安邦却感到很不自在。他不愿意女儿知道真情——那是绝对不行的；他也不愿意骗女儿，他还有颗做父亲的心。

　　他站起来，想踱一踱，驱除一下心中的烦闷。从窗户看到丁猛和小博并着肩在楼下走过，他一愣，注意力立刻又转到了"三千万"上。现在正是要紧三关，可不能松劲啊！

丁猛来找钱工，钱工正坐在桌前独自抽着闷烟。中午，小博和他吵了一顿，说："三千万就三千万吧，有几个人像你这样死脑筋的！"他不接受儿子的规劝，但是和儿子的争吵却让他明白了：张安邦的目的还在于让他手下留情——特别是在清仓上。张安邦讲的这几年基建的困难，钱工是清楚的。真要竣不了工呢？这是完全可能的！这会儿，他知道丁猛是来谈清仓问题的，"丁局长……"他想说说他的顾虑，丁猛却打断他："我不是来做你的工作的，——不需要。清仓问题，你去全盘考虑。……噢，我刚才和小博聊了聊，教训了年轻人一顿！"他坐下了，"我是想和你商量两件事。一件事，咱们不应该光审查、压缩预算，还应该帮助制定一个确保竣工的方案。要有一系列措施！现在，完全按定额编预算、搞基建，不是很容易的。"

"对啊！"钱工一下子掐灭了手中的烟。

"好，这件事就说到这儿。咱们边清仓边考虑。还有件更大的事情要和你商量。现在轻纺要大发展，往后新建扩建项目一大批。我想请你在局里办个预算培训班，干部和技术人员参加，学期三个月，你看怎么样？"

"那当然好！要不，说加强经济管理，上下没人，还不是句空话！"钱工兴奋起来。这位丁局长除了不放他回北京以外，哪条都好。

"钱工，轻工局的培训班一办，省建委肯定就眼热，它又会把你抓去，你可就留在省里更回不了北京啰！那可怎么办？"

"你不放我，我有什么办法！"钱工无可奈何地说。

"我不放你？……好大的权力！"丁猛幽默地点着头，然后站起来踱了几步，停在钱工面前，"不要小看人！我没水平，可良心还是有的，每月领的国家饷！"他告诉钱工，关于他调动的事，局里已经批准，今天上报到省委组织部了。

钱工睁大眼睛，感到太突然了！

"积压人才，这个罪名我不担，要说本位主义，我也有一点儿。办培训班三个月，算是轻工局向北京借用你。"丁猛笑了，"至于省建委以后想要你，我就管不着了！我先把关系给你办走。我就不信，这么大个省里，就再没有人才了？"

丁猛和钱工谈完，又去找白莎。

白莎正坐在桌前，用手撑着脸颊，肘下压着一张照片。那是国家建委六五年预算培训班全体师生的合影。她也不知道，这两天为什么把它从箱底翻出来。照片上一百多人横成三排，她穿着短袖衬衫蹲在第一排中间，就在钱工——他在第二排中间坐着——的膝前。她那时年轻、活泼，眼睛闪烁着向往未来的亮光，嘴角溢出热爱生活的喜悦。在照片的背面写有一排漂亮的钢笔字：

李蓓：

　　祝你成为中国的女预算专家。

钱维丛

　　那正是她当年的志向……她不过是翻出来随便看看，她没想到，那早已被自己嘲笑了、遗忘了的"幼稚"生活，却透过冷漠的岁月，有些陌生地闪现出一线生动的光辉，刺痛着她。它连同这几天发生的事情，扰乱了她内心的平静……

　　丁猛的到来，把白莎从恍惚中惊醒。她一动不动地坐着，脸上露出冷冰冰的敌意。厂里传说丁猛把她的档案从组干科调出来了，要整她。刚才张安邦来找她谈，对于她的问话只是模棱两可地说："组织上的事情，还是不要打听吧……嗯……就是调档案，那大概也是丁局长对你的关心嘛！"这就等于证实了厂里的传说。

　　"和你谈谈工作。"丁猛略略打量了一下房间里素雅的布置，就坐下了。

　　"说吧，你有这权力。"白莎淡淡地回答。

　　"今天来，首先要批评你。对工作不负责，是最大的错误。'三千万'里有这么大的问题，你也有责任。——责任多大，以后再研究！"

　　"责任我负。要制裁，请便！"

　　"光制裁能解决问题，早就制裁你们了！"

　　白莎嘴角露出一丝冷蔑。

　　"你过去学过预算吗？"丁猛放平了口气问。

　　"你去看档案吧！"

　　"那组织上会考虑的。"丁猛脑子里闪过一丝警觉：他是昨天才决定调中层以上干部档案的呀！"现在，先和你谈谈。"他严肃的目光直视着白莎。

"你可以看破红尘，你也可以把你的态度归根于社会啦，遭遇啦，再这样晃荡下去。可这样白活下去，你会后悔的!"

"我情愿! 就是这样!"

丁猛呼地站了起来:

"我不相信你过去是这样! 也不愿意你今后还是这样!"

白莎的脸一下子变得煞白。

丁猛拽开椅子走到门口，拉开门又扭回头说:

"这两天你的工作——第一，准备帮助钱工清查库存物资，先集中账目; 第二，好好想想，'三千万'里里外外还有些什么问题!"

白莎惯有的内心平静完全被打破了!"我不相信你过去是这样! ……"她过去是什么样呢? 那照片上的她正在朝她微笑。是那噩梦般的十年生活使她变成了另外一个人! 家庭的厄运，对于一个青年女子，无疑具有更大的残酷性。她不仅被剥夺了政治前途，而且被虚伪的热恋和势利的抛弃，摧毁了女子的爱情和自尊，几乎灭掉了她生的欲望。……正是为了遗忘过去，她改了姓名。十几年来的磨炼，使她变得蔑视一切，异乎寻常地淡漠和冷峻。

但她为什么在这几天突然失去了平静呢? ……如果能够冷静地想想就会发现，这种变化早就在孕育着了。虽然理想的毁灭，爱情的蹂躏，是没有政策来落实的，但是，父亲沉冤的昭雪，整个社会气氛的暖化，毕竟在她心中透进了阳光……

第二天一早，白莎将库存物资的账目调齐了，默默地送给了钱工; 但是，却没有对清查工作提供任何情况。

清理仓库的结果是: 维尼纶厂须减少积压物资一千万元周转资金。这样，三千万的追加又卡掉一千万，加上已经卡掉的五百万，只剩一千五百万了!

六

张安邦一拳打在桌上，震翻了茶杯。五百万没救回一分来，又失去了一千万！他承认对丁猛估计太不足了。部下的埋怨，反对派们的幸灾乐祸，各方关系户的不满，潮水般包围了他。他别无选择，只有背水一战。

他首先对钱工施加压力。他已经从总机电话员那里知道了轻工局和丁猛通话的内容。好啊，我也不客气！他一个长途打到省委组织部，找他妻子。前几天他说帮助钱工联系调动，那都是假的，编的谎；今天则是真的了。他的妻子是个普通干事，但一个小小的干事、承办人员，有时也能影响一个重大的人事调动。这个"现状"张安邦是熟谙的。当然，他能和妻子反复讲的只有一点：他想要钱工，维尼纶厂实在需要这个人才，否则连竣工也成问题。

随后，他又和省建九处的谭处长谈了话，进行了必要的暗示。除此以外，张安邦把许多社会关系都不露痕迹地动员了起来。别的不说，轻工局的许多干部，几天内都有了"钱工太过分"，其实也就是"丁猛太过分"的印象。

张安邦的全部活动最后都汇集成施向丁猛的压力。丁猛轻蔑地冷笑着，一肩扛住了它。这位抗日战争中扛过枪的局长，六六年"文化革命"开始时，他就没有一眼看穿这是中国的一场灾难。他最初不服气的只是把他也打成三反分子。因为他"气焰嚣张"，被斗得最厉害，全省出了名。独生儿子被人打死了，共患难几十年的妻子，也被折磨致死，离开了他。他暗自落了泪……现在，他顾不得回顾往事了，他不相信中国就不行，不相信自己就不行，也不相信社会上那些乌七八糟的东西就能横行下去。当然，他头脑更复杂了，要纠正时弊，只能靠实际力量，唉声叹气毫无用处。你看，张安邦的神通广大，维尼纶厂不少干部的唯唯诺诺，钱工外表上的颓唐软弱，白莎作为"过来人"的玩世不恭，钱小博作为年轻人的精通势利，简直可以说是一片黑暗！但是，试了试，就清楚了，改变这一切，不过是需要一点东西，那就是：工作！

轻工局的办公室主任葛广生特意来到维尼纶厂，他告诉丁猛：局里的几位副局长都很担心。

"担心什么？"丁猛问。

"老丁，我说说我个人的意见吧，"这位葛广生是个精明的广东人，矮小黑瘦、高额头、深眼窝，眼睛很有神，说话带着南方口音，"现在不是十几年前了，很多事要有一定的灵活松动，留有余地。不这样，维尼纶厂的竣工会搞不下去的。"

"你这是个人意见？"

"是的。"

"他们呢？"

"也是个人意见。"

"那好，"丁猛说，"我是受党委委托来全权审查'三千万'的，请不要用个人意见来干涉！"葛广生被碰得很尴尬。丁猛接着说："回去以后，请大家到党委会上谈——你转告同志们。对于你，我倒有点个人意见：你不像过去了！"

维尼纶厂的党委副书记兼厂长聂润德来告诉丁猛：省建九处准备把主要施工力量转到其他新工程去，在这儿就留些零星人马。

"什么？半截撂下？"丁猛两眼圆瞪，看着聂润德。

这个面貌慈善、双眼眯成线的老头，稳稳扎扎地说："他们倒没说撤走。"丁猛说："算了，不干，请便！中国又不是他们一个施工单位。"聂润德不急不慢地说："这种扫尾工程，费工多，挣钱少，光骨头，其他单位恐怕也不愿承揽……再说，他们也早和省建其他几个处串通好了。为着要高价。"

"这还叫共产党？"丁猛在屋里急踱了几步，猛然站住，"是张安邦让你来告诉的？"

"是。……噢，我自己也想来。"

丁猛瞥了他一眼，气愤地说："这还能搞现代化？！"

"像你这样，一个人认真，不行，丁局长！"聂润德发自内心地规劝道。

"那为什么不把你加上呢？人人认真，不就行了！怎么？……'文化大革命'把你整怕了？"

"没有，我是被现状难怕了。"

"那你为什么不退党呢？"丁猛锥子般的目光直逼聂润德，直到他低下头。最后，丁猛说：

"通知，召开厂党委会。"

在党委会上，丁猛开门见山地说："围绕'三千万'，我看有两种思想、两种做法的争论。一是提高工效，精打细算，少花钱，快竣工。另一种就是损着国家的利益，幌着工厂的利益，而谋着的却是个人的利益。用国家的钱扩大个人的政治资本。你们的书记张安邦同志就是个典型！"

全场震动、肃静。张安邦看看大家苦笑着摇了摇头。

丁猛把围绕"三千万"发生的事情全部抖搂出来，对厂党委没有能坚持原则，提出了尖锐批评。最后他说："谁不准备蹲在位位上做工作，就请提出辞职。"

会后，他留下张安邦个别谈话。

"摊你的牌吧！"他不客气地说。

"我能有什么牌？"张安邦苦笑着一摊双手。他极力想缓和一下气氛，打破丁猛严峻的气势。

"现状就是这样。施工单位，你不给他算宽点，他就不干，他也没法干。完全按定额，他们都要亏损，发不了奖金，有的还发不出工资。这是全国普遍的现象。征购土地，说是三年青苗，几百块钱一亩，实际上连钱带送设备，没有七八千块钱下不来，这都是实际。缺设备，没车皮，要是手头仓库里没有几样硬牌货去换，靠计划、申请，一百年也不行。这'三千万'，又不是我一个人闹出来的，换个书记，没这'三千万'，也竣不了工。"张安邦心平气和地说着，心里暗暗得意自己亮出的牌过硬，这是无法解决的问题。至于九处的"撂"，那是不提自明。

"哼！话还怪绝！我问你，就你说的这个现状，我丁猛准备在这儿替你当一年总指挥，两千九百万能竣工吗？"

张安邦看了一眼丁猛的认真表情，想了想说："能吧。"

"两千八百万呢？"

张安邦觉得话头不对，下面肯定还有两千七百万、两千六百万。他思忖着没有回答。

"好，就先说到两千九百万吧。那你为什么非要三千万不可？那一百万不是你加上的？"丁猛停顿了一下，接着说，"现状是不美妙，我也没有把你看成在共产主义社会工作。可是，你在这个'现状'中又添了你的一份私货！……你一份，我一份，现在中国才有这样一种'现——状——'！"

张安邦暗暗嘲笑这位老上级的认真，嘴上却说："我不过是想把维尼纶厂搞得好点儿，也不是为自己。"

"你不为自己？"丁猛脸上露出一丝讥讽，"等我聋了耳朵，你再说吧。"

"好吧，我也不解释什么了，不管批多少钱，只要施工力量能保证，我就负责下去。不过施工队伍这个问题，希望局里尽快帮助解决，九处看来是不想干了。"张安邦知道九处一撂，起码半年内全省找不出个单位接手干。

"你自己解决。"丁猛看也没看他，毫不当回事地说。

"我？"张安邦一愣，"我……解决不了。"

"那你靠边。谁能解决，谁挂帅当总指挥。"丁猛站了起来，看了看窗外，表示谈话已经结束。

张安邦感到自己完全被丁猛拿住了，他不敢以撂挑子相要挟，他知道那会有什么结果。他第一次感到自己这样狼狈。此时，他心中完全被恼恨填满了。他看着丁猛短发花白的后脑勺，不禁恨得咬牙切齿。当他看到丁猛头一动，将要转过身来的时候，他脸上立刻又浮现出温和的微笑。

"好，我想办法吧，总不能白吃饭，辜负了您。"

"我？"丁猛脸上掠过一丝不屑一顾的神情，"我现在是挂着局党委书记的名儿。要是代表我丁猛个人，要骂你一声浑蛋呢！你看你现在变成个什么样子了！"

丁猛最后这句训斥的话里多少带点老上级和长辈的关切口吻。但现在，这却比任何严厉的训斥更激起了张安邦的恼恨：他不甘居这种小辈地位！他脸上讪笑着，心里却说：

"等着吧，不要得意得太早了！"

七

晚上，张安邦回到家，斜在沙发上，作了周密的思考。他一定要打败丁猛！这已经远远超出了"三千万"的范围。他恨丁猛这样的人，他要报复，他要较量，他要证明张安邦才是维尼纶厂的主人！

桌上响起了急促的电话铃，他拿起话筒，发出应酬的笑声。电话是物资局办公室的秘书来的，催问那几个招工指标的事情，口气很不耐烦：

"到底行不行啊？不行就算了，不麻烦你了！我们另想办法！"

张安邦压住自己的苦衷，对"三千万"的搁浅只字没敢提，他硬撑住门面，爽快地笑道："没问题，耽误不了！放心吧，我包了！"张安邦还想亲热、风趣地说上两句，给局长们捎个问候，对方早已"喂"地把电话挂上了。张安邦气得脸色陡然发青，嘴角抽搐着，也把电话"喂"地挂上了。想起这两天四面八方围上来的不满的面孔，不耐烦的催问，想起身边出现的叛离——白莎竟把库存物资账目全部交了出去，张安邦非常恼怒：都是势利眼！好一会儿，他才极力冷静下来。

白莎来了。她拉开围巾在沙发上坐下，把一份新的预算书递给张安邦。然后说："追加预算重新编制了，钱工已经全部审核，是一千五百万。"

"他？……是专家嘛！"张安邦脸上露出一丝冷冷的嘲讽，"他这样帮我忙，我也会帮他忙的！"

"你这是什么意思？"

"什么意思？"张安邦虽然还有隐隐的理智提醒他别过火，但终于还是不能克制地发泄了："……我要不成'三千万'，可他也别想回北京，让丁猛去安慰他吧！"

白莎不禁战栗了一下，她从来没见过张安邦这样发狠。她尖刻地说："你不觉得太过分了吗？"

"我用不着过分！……丁猛、轻工局、国家建委都帮不了他！"白莎对钱工的偏袒，更刺激了张安邦。联想到白莎的"叛变"，他更加恼恨发作："别人操心更是扯淡！"

白莎一下子站了起来，冷冷地盯着眼前的张安邦。张安邦被白莎的愤怒刺醒了，很快克制了自己，他叹了口气，拍了拍沙发扶手：

"算了，算了，我不过是说说气话。工作不顺心，有点窝火，太不冷静了……"

"你不觉得这样太可耻吗？"白莎说。

张安邦刚想说什么，突然里屋的门开了，女儿海燕出现在门口。她的脸涨得通红，痛苦、耻辱、憎恶的目光透过晶莹的泪花射过来。她无疑听到他们谈话的全部内容了。

"海燕，你……"张安邦不知所措地站了起来。

海燕站在那儿，嘴唇翕动着，一言不发，终于一扭头，咬着牙冲出了房间。

女儿走了。

白莎也走了。

张安邦颓唐地坐在沙发上。

电话铃响了，他拿起话筒，刚听到一个"喂"，就以为是哪个部下又来问有关"三千万"的事情，他烦躁地说：

"行了行了！三千万，三千万！你们不要烦了！我管不了那么多！……"

对方的声音冷静，沉着，威严，他听出来了：是丁猛！他拿着电话无力地坐在椅子上。

电话接完了，屋里异常的寂静冷清。张安邦感到寂寞、孤独。他觉得疲乏了，厌倦了。丢开野心，不谈"政治"，好好做个人，清静清静吧，清静比什么都强……

但是，现实利欲的诱惑总是更强有力些。他的目光无意地落在写字台上，那里"抬头"给"张书记"的几份请示报告在等待他批示。象征着权力的一支粗粗的红蓝铅笔放在文件的一旁……

一个多钟头过去了，他从沙发上起来，披上大衣，拖着疲倦无力的身体出去了。

在宿舍楼的楼梯口，张安邦抬头看见了丁猛。他正迎面站在楼梯上，静静地注视着自己。那目光并不只是严峻，还流露着长辈的慈祥、痛心和一丝不易察觉的怜惜。张安邦心中猛然一动：十几年前他被提升为副厂长的头一个月，因为自己的失职，造成生产的重大损失。上下一致的呼声是把他撤职、处分。当时他站在丁猛面前遇到的就是这样的目光。丁猛承担着责任，力排众议，让他一边检查、一边工作，"戴过立功"。他含着热泪，拼命工作，终于把生产搞上去了，还补救了损失。现在，丁猛依然这样注视着自己，不过他的头发已经花白了。……张安邦的良心发现了，这是对另一种实际生活的记起，那里有他青年时代的信仰，还有他在镰刀斧头下的举手宣誓……但这种纯洁之光在张安邦心中只是淡弱地闪了一下，就被他对自己客观处境的"现实感"吞没了。

感动、惭愧在他眼里瞬间即逝，而那种嘲笑、冷酷、永不服输的神情，却仍然保留在脸上。张安邦这一切感情的变化，丁猛看到了。"唉！毁了！……完全毁了！"丁猛不得不痛心地承认。

张安邦和丁猛擦肩而过时，淡淡地打了个招呼，便来到三楼白莎的房间。白莎毫无表情地坐着，一动不动。他随便地在椅子上坐下，从口袋里掏出那份新预算书放在桌上：

"一千五百万，我看了，就这样吧，挺好。"他的声音疲倦、无力、和缓，"我明天去省医院看看病，检查检查身体。家里预算方面的事，你就处理处理。实在有什么大事，找老聂商量就行了。"他很负责地交代着，那种口气颇像要永远离开维尼纶厂一样，充满惆怅和无可奈何。停了一会儿，他似乎是自言自语地感叹说：

"自以为自己搞事业，不容易，有权利说气话……结果，伤害了自己的同志……这是不能原谅的……"他慢慢站起来，准备走了，"好在同志们都了解我，该批评就批评吧……不管怎么样，大家对维尼纶厂还是有感情的，相互之间……也是有感情的。"

白莎冷漠地看着他。

他希望把含蓄的伤感留给白莎，很有分寸地停止说话，走了。

八

第二天，白莎把写满计算和说明的几张纸放在丁猛的面前。这是她经过一夜不眠的思索，对张安邦作出的"回答"。

"什么?"丁猛抬眼问。

白莎以平淡如常的口气说明："这是张安邦让巧借名目搞的假预算情况。"

丁猛点了点头："噢，搞出来了，就给钱工吧。"

白莎轻微地一怔，她对丁猛的平淡反应出乎预料。

"还有……"她稍微停了停，打算继续往下说。

"都给钱工就行了。"丁猛和蔼地打断了她，意思是不必再往下说了。

丁猛的态度，使内心郑重其事的白莎感到受了轻视。她睫毛微微一颤，轻轻"哼"了一声，准备走了。

"怎么？你嫌我不重视？"丁猛看出了白莎的心情，他用手轻轻拍打着放在桌上的那几页纸，语重心长地说：

"我重视的是白莎同志为什么现在才把它拿出来！"他停顿了一下，"我倒有件事想和你谈谈，局里想办个预算员培训班，准备让你参加。你算是学员，也是钱工的助手，等钱工调北京以后，你到局里来搞预算审查工作。有意见没有？"

"胜任不了。"白莎说。

"你没学过预算？"

"……没有。"

"人应该敢说真话。"丁猛的脸上含着微笑，"你没学过，那李蓓学过吧？改了名字，就改了历史了？"

白莎微微一震，脸颊顿时泛红了，她一脸恼怒地站了起来。

"应该正视自己的过去和现在嘛！"丁猛看着白莎说。

"我不需要听这些！"白莎说着就往外走。

"你以为你这是个性坚强？"丁猛在她背后也站了起来，"不敢正视事实，正是你最大的软弱——你比谁都软弱！"

白莎的脚步停住了。

"你吃过许多苦，所以，你更应该好好工作，好好生活。……否则，你连自己吃的这点苦也对不起！懂吗？"

一阵沉默。

最后，丁猛把一份《预算培训班计划》轻轻掂着放到白莎身边的茶几上。

"拿去看看。有决心，就找钱工谈谈；没决心，就还给我。"

九

张安邦去省城搞了一天旋风式的上层外交。第二天一回厂，就打出了一张牌：省里通知他去参加一个为期半月的会议。另外，他还要住院看看病。

张安邦当天走了，难题留下了。老厂长聂润德凝着满脸皱纹，耷拉着眼皮发愁地坐在丁猛面前：怎么办？这分明是张安邦的策略嘛！他几个月一躲，单单缺乏施工力量这一条就会把维尼纶厂的工程冻在这儿。到时候，当然就是他张安邦的卷土重来！……

　　丁猛当机立断，立刻去省城找省建工局。

　　"老丁，你还挺火？哈……！"建工局党委书记马斌，一个瘦削而健谈的人，听完丁猛的话笑了。他和丁猛是老战友，彼此很熟。他吞云吐雾地说："好吧，要老战友做什么，说吧！"

　　"要你解决问题！"

　　"施工队伍？刚才不是打电话问了省建公司，现在只有九处。至于你说的那些情况嘛……哈哈！"马斌又仰脸笑了，"你是对的。他们也有困难。这样吧，我告诉公司，让九处集中力量接着干，啊？好不好？……我看这事上下研究一下，顶多两三个星期就能定下来。"他看到丁猛不满，立刻又说：

　　"干脆，我叫公司和处里都来一下，和你当面一块定，怎么样？这可是为你老丁才这样破例哟！"

　　"好大的面子！"

　　马斌又哈哈笑了："你不满？……你这是才恢复工作，过段时间你就知道了：现状就是这样。"

　　又是"现状"！丁猛不由得皱起了眉头。

　　下午，九处的谭处长来了。这位脸色红润、身材矮壮的处长，看出丁猛和自己的最高上司有特殊关系，他没争什么，只是为难地摆了些难处。"好了，苦不用诉了。"马斌伸出树枝一样干瘦的手打断他的话："还是你们接着干！……丁局长坚持原则，你们应该支持嘛！……就这样吧！公司里也没意见吧？"他又指了指丁猛说："具体事，你们和老丁，和维尼纶厂再细商量吧！"谭处长点点头服从了。

　　但是，当回到维尼纶厂"细商量"时，谭处长却依然不接受一千五百万的追加预算。再找马斌，马斌不过是点点头，打个电话而已。丁猛终于明白了：马斌作为局领导，不能"过于严格地要求下边"，否则下级不吃他那一套，他也就没有号令之"威"了。这，又是一个"现状"！

　　丁猛坦率地批评老战友了。马斌任凭丁猛说什么，他总是一边听一边点着头，还不时哈哈哈地仰脸笑着，好像在听年轻人讲什么天真的见解。丁猛火了，眼睛像砧子上锤打的炽铁，火星四溅：

"你是神经麻木，混饭吃！"

马斌没有明显的震动，脸上的笑容慢慢消失了，他心情沉重地说：

"是。老丁，我是麻木了……是悲观主义。"他停了一下，忧虑地感叹道，"老丁，像你这样，我也干过……问题是……唉！"他一下子抬起了头，激动地说："不是一个九处！也不是一个建工局！是整个——都这样！"他长长地叹了口气，"老丁，事情不好办哪！"

"所以就更得添把劲儿了，要不，还有啥希望？"丁猛体谅着老战友的心情，安慰说："你冷静地休息休息，我去找谭处长再谈谈。"

聂润德很为丁猛担心，怕事情闹僵了不好办。他找到谭处长闲聊，有意透露：丁猛已经和几个地、市的建筑公司联系遍了，准备最近就确定一家签订合同。他还讲到，轻工局几年内有一大批新工程，占全省基建很大的比例，并且煞有介事地说："丁猛对你们九处的火不小，他说以后轻工局的工程一个也不交给九处！这个丁局长，真是，也太过分了！……"他好像是对丁猛不满的话，却给了谭处长以极大刺激。他嘴上不说，心里却不能不认真考虑一下：几个轻工项目都将集中在这个地区，这对于基地就在本区的九处是最理想的工程了。不用远距离搬迁，又可以交叉施工，职工家属就尤其愿意了。

聂润德把谈话情况告诉了丁猛，丁猛皱了一下眉头："这是哪国的外交？"聂润德"唉"了一声，说，这也是不得已呀。于是，丁猛把谭处长请来了。

谭处长对丁猛找建工局压他，极为恼火。此时此地，他则不露声色，准备着和丁猛进行一场讨价还价的谈判。

他的表演，叫丁猛直截了当地戳穿了：

"老谭，你是和我搞谈判？这不和外国人谈生意差不多了么！"他指了指一旁的聂润德说，"老聂的话，使你软了，你现在是非接维尼纶厂不可了！嘴上不说，不过是想讨个高价嘛！"

谭处长红润的面庞涨得更红了。

"咱们最好别闹这一套，"丁猛说，"都是共产党员，总不能连个党味也没有吧？我告诉你，老聂的话都是诈唬你！我现在没有和任何一家施工单位挂上钩——想挂，还没挂上。我们以后的新项目也不一定都集中在这个地区。"

谭处长惊诧地睁大了眼睛看着丁猛。

丁猛继续说："现在，我找你们建工局也没用，也指挥不动你们。这我都亮明啰。要谈判，你的地位很优越，可以抬高价。可是，我倒要提醒你：二十多年前，你是全省第一个青年突击队的队长，是吧？你也是这样混算账、弄虚作假混上的劳模？现在这样搞，你自己就不觉得脸红？"

谭处长低下了头，只顾把烟头往另一支烟上接，几次没有接上。聂润德一动不动地衔着烟斗，垂着头，一声不吭。

"你也混算账，我也混算账，全国都混算账，怎么得了啊！"丁猛敲点着桌子，心情沉重地感叹道。

谭处长回到九处办公室，抽了整整半天的闷烟。

正当他心烦意乱的时候，钱工来到九处，他竟然是奉丁猛之命来帮助九处按一千五百万安排施工的。谭处长愕然了！自己什么时候表示接受一千五百万了呢？丁猛这样不是太专断么？……但是，不知为什么，他还是带上人和图纸随钱工去工地了。

在工地上，钱工拿出一个《关于组织施工的方案》，其中一系列具体细致、内行到家的建议使相随在后的施工人员非常佩服。这个充满省钱之道的方案也打动了谭处长，当他又听说丁猛已决定在轻工局的预算培训班上，按培训专家的办法，帮助培训乙方的预算骨干时，谭处长的心不能平静了。

晚上，谭处长去找丁猛，他没有直接表示接受一千五百万，却坦率地讲了一些困难：劳动效率上不去。他也曾想按经济规律办事，搞一套新的管理方法，但报告送上去了，从公司到建工局，几个月也不见回音。没办法，又不能天天给他们打报告……

"应该让他们天天来听——报告！"丁猛极欣赏谭处长的想法，轻轻拍了拍谭处长的手，说：

"大胆搞吧，建工局会支持你的。"他停了一下，"不过，除了发钱——噢，我把经济规律说得太简单了——还有没有其他办法呢？……好的老传统也不能丢啊！"

当然，他指的是现在被一些人轻视了的政治思想工作。

十

维尼纶厂"追加预算"被砍掉一半的事情引起了社会上广泛的注意。在省城，对丁猛的议论已经超出了轻工局、建工局的系统。人们知道了这位赫赫有名的"猛局长"在维尼纶厂"硬碰硬"的作为，也知道了省建工局的书记马斌最后被他拉到了维尼纶厂蹲点，摸索组织高效率施工的经验。这在疲疲沓沓、马马虎虎的时风中树起了一面耀眼的旗帜，激起了感奋，也哗动了众议。

丁猛又主持召开维尼纶厂党委扩大会，开始整顿领导班子。

这一切变化，使在省城的张安邦颇有些不安。当厂党委通知他参加扩大会时，更使他感到了是一种威胁。他不得不以更强硬的手段来对付。

果然，问题接连不断地出现在丁猛的面前：已经征购的土地，生产队又不同意了，因为张安邦曾答应给一辆卡车的诺言没有兑现；几个急需调进的技术干部，在地区组织部卡住了，那里的一位承办人是张安邦的密友；车间竣工急需的钢窗，因为车皮的突然落空，在天津搁浅了，这车皮也是张安邦拉关系搞来的；为锅炉房运煤修筑的铁路专用线的施工也发生了问题，因为"三千万"里曾经包含着张安邦和铁路局方面的"协议"；最后，连下水管道的铸铁盖也被发货单位通知："委实困难，不能交货"了！……

丁猛皱着眉听完这些"紧急情况"——这里的每一条都足以影响一年竣工的计划——并没有感到意外，他对聂润德说："叫一批干部分头去闹一闹，咱们先抓紧时间整顿领导班子，然后再逐个想办法去解决。"

这时，葛广生从省城带来的省委组织部不批准钱工调动的消息，倒使丁猛有些意外了。当他来到钱工房间时，葛广生、老厂长聂润德、钱工都被愁闷的烟云笼罩着。

"愁可没用！"丁猛进屋说。

几个人都没吭气，只抬头看了看他。

其实，他们主要是在为另一条"小道消息"气愤和愁闷：省委组织部已经决定免去丁猛轻工局的领导职务。丁猛当然不知道还有这件事。

"为什么不同意呢?"丁猛问。

"大概是钱工得罪了张安邦吧,人家的夫人在组织部嘛!"葛广生没好气地说。

"违法乱纪!"丁猛从心头直冒火。

"抓不住人家的证据,咱们有什么办法?人家以组织部名义说,本省需要,名正言顺的理由!"葛广生接着说。

"岂有此理!"

"丁局长,你……别管了!"钱工说话了,"唉……老葛说得对,现在谁认真工作谁不行……"

"那你就不坚持原则了?"丁猛责问道。

"我?不是说我……我不管他们,他们愿卡就卡,愿拉就拉,我就是一分钱也不松口!"钱工激愤起来,打着手势,"只要让我搞,就是这样!……我也看清了,就是回了北京,不硬碰硬,也搞不成真正的预算!"

丁猛心中一阵发热。但他没有流露出自己的高兴,只是把不满的目光射向葛广生:

"散布什么观点!……悲观消极!"

"我悲观?……"葛广生今天的情绪很大,"现状就是这样!"

现状!一听这两字,丁猛就冒了火:"一件事情就让你有这么大牢骚?……"停了一会儿,他又放平了口气说:

"人尽其才,会做到的。好了,钱工的事,过两天回局里再研究,然后去找组织部。"

"找组织部?"葛广生更没好气了,"组织部会先找你的!马上要'提升'你当省工会副主任了!据说是第十一副主任!"

"什么?"

"有'好心人'汇报你受迫害大,身体不好,不宜做轻工局繁重的工作……"

葛广生还想往下发泄,丁猛一下子站起来,挥斥道:

"不要谈了!小道消息!"

"那些人的小道消息比大道消息还有来头呢!"葛广生愤然了。

丁猛片刻没说话。他眼睛中露出一丝淡淡的疲惫来，宽谅地看了看葛广生，"不要谈了，小道消息。"他重复着刚才的话，态度温和，但不可违抗。

葛广生沉默了。

丁猛凝视着窗外伫立了一会儿，然后转过身来对聂润德说：

"明天早晨继续召开党委扩大会。"

十一

就在同时，丁猛要调离轻工局的消息在全厂传开了——这是张安邦的遥控线路传来的——它首先在干部中引起了震动。一个下午，人心浮动；有些人兴奋激动地交头接耳，酝酿着猛烈的"反击"，准备在明天召开的最后一次党委扩大会上"扭转局势"。而更多的人则以担忧的目光观察着局势……傍晚时，又传开了一条消息：今天，铁路局对维尼纶厂去联系铁路专用线铺设的人说："请你们的丁猛来吧！"……

晚上，聂润德来找丁猛。他推开虚掩的门，见丁猛正立在窗前凝视着灯光稀疏的黑夜，脸上的表情有些忧虑，人也好像苍老了些。聂润德心中袭来一阵惭愧和自疚，他在门口踌躇地站住了。

"有事？"丁猛已经发现了他，转过身来和蔼地问。

聂润德迟疑了一下，说："厂里情况不正常，明天的会是不是暂时不开了？……"

"不——"丁猛明确地说，"还是开，情况很正常嘛！……还有什么事？"他又问。

聂润德本来还想汇报铁路专用线的问题，这时却只是说："还有事我们自己想办法解决吧。"

"好……谢谢同志们。"丁猛略略点点头。他是知道今天关于铁路专用线的事情的。

就好像是大家都知道丁猛今天晚上想安静一下似的，没有人来打扰他。往常说笑盈盈的屋子，显得空荡荡的。夜，是深的，也是静的。屋里被炉火烘得灼热，他把窗户打开一线，让清冷的空气流了进来。他在屋里来回踱着，踱着，在镜子面前不自觉地站住了，他第一次端详起自己来，发现自己的头发已经落满了白霜，老了，时间不多了！……可要干的事情太多了，值得忧虑的事情也太多了！当然，他不会忧虑自己还当不当局长；也不是仅仅忧虑"三千万"这场斗争的前途如何，他所忧虑的是这个党，这个国家！他不相信以后国家会落到一群没有一点共产党员气味的诸如张安邦那种人的手里；但是，现实中的种种情况也不能不增加他在这方面的忧虑……凝视着窗外灯光更加寥落的夜晚，他想了很多，很多。

门开了，是马斌半夜来访。

"老丁，"他诚恳地说，"我应该向你学习啊！在什么情况下都不丧失信心，保持乐观！"

"我其实很愁啊！"丁猛说。

"怕按一千五百万竣工，搞不下去？"

"不，"丁猛若有所思地拿起桌上的闹钟，拧了拧发条又放下，"拧紧发条的钟，总是要走到时候的。维尼纶厂的事情，我并不用太担心了，各方面都调动起来了，困难再多也不那么容易挡住了。我愁的……唉，你是知道的。"他不由自主地抬手理了理自己花白的头发。

马斌立刻理解了老战友的心思，他的表情也凝重深沉起来，过了一会儿，他说："不过，老丁，你的忧虑和我的忧虑不一样。你忧虑，可你还乐观，有信心；我忧虑，是悲观，失望，没有信心。"

"我就怕你的那种忧虑是真理！……"

马斌愣了一下，立刻激烈地表示反对："不，不不！我不同意！我那种悲观失望绝不会是真理！……老丁，你看，你在'三千万'上一认真，叫醒了多少人？钱工，搞预算的白莎，聂厂长，九处的谭处长，还有我，你的这个挺落后的老战友也醒了一半！……我同意你的话，要改变现状，只差一点东西，那就是工作！"

"这么说，我们还有希望罗？……那当然好！"丁猛那沉思忧虑的眼睛里闪出一丝惯有的幽默、诙谐的笑意……

陈奂生上城

高晓声

一

　　"漏斗户主"（意指常年负债的穷苦人家）陈奂生，今日悠悠上城来。

　　一次寒潮刚过，天气已经好转，轻风微微吹，太阳暖烘烘，陈奂生肚里吃得饱，身上穿得新，手里提着一个装满东西的干干净净的旅行包，也许是气力大，也许是包儿轻，简直像拎了束灯草，晃荡晃荡，全不放在心上。他个儿又高、腿儿又长，上城三十里，经不起他几晃荡；往常挑了重担都不乘车，今天等于是空身，自更不用说，何况太阳还高，到城嫌早，他尽量放慢脚步，一路如游春看风光。

　　他到城里去干啥？他到城里去做买卖。稻子收好了，麦垄种完了，公粮余粮卖掉了，口粮柴草分到了，趁这个空当，出门活动活动，赚几个活钱买零碎。自由市场开放了，他又不投机倒把，卖一点农副产品，冠冕堂皇。

　　他去卖什么？卖油绳。自家的面粉，自家的油，自己动手做成的。今天做好今天卖，格啦嘣脆，又香又酥，比店里的新鲜，比店里的好吃，这旅行包里装的尽是它；还用小塑料袋包装好，有五根一袋的，有十根一袋的，又好看，又干净。一共六斤，卖完了，稳赚三元钱。

赚了钱打算干什么？打算买一顶簇新的、刮刮叫的帽子。说真话，从三岁以后，四十五年来，没买过帽子。解放前是穷，买不起；解放后是正当青年，用不着；"文化大革命"以来，肚子吃不饱，顾不上穿戴，虽说年纪到把，也怕脑后风了。正在无可奈何，幸亏有人送了他一顶"漏斗户主"帽，也就只得戴上，横竖不要钱。七八年决分以后，帽子不翼而飞，当时只觉得头上轻松，竟不曾想到冷。今年好像变娇了，上两趟寒流来，就缩头缩颈，伤风打喷嚏，日子不好过，非买一顶帽子不行。好在这也不是大事情，现在活路大，这几个钱，上一趟城就赚到了。

陈奂生真是无忧无虑，他的精神面貌和去年大不相同了。他是过惯苦日子的，现在开始好起来，又相信会越来越好，他还不满意么？他满意透了。他身上有了肉，脸上有了笑；有时候半夜里醒过来，想到囤里有米、橱里有衣，总算像家人家了，就兴致勃勃睡不着，禁不住要把老婆推醒了陪他聊天讲闲话。

提到讲话，就触到了陈奂生的短处，对着老婆，他还常能说说，对着别人，往往默默无言。他并非不想说，实在是无话可说。别人能说东道西，扯三拉四，他非常羡慕。他不知道别人怎么会碰到那么多新鲜事儿，怎么会想得出那么多特别的主意，怎么会具备那么多离奇的经历，怎么会记牢那么多怪异的故事，又怎么会讲得那么动听。他毫无办法，简直犯了死症毛病，他从来不会打听什么，上一趟街，回来只会说"今天街上人多"或"人少""猪行里有猪""青菜贱得卖不掉"之类的话。他的经历又和村上大多数人一样，既不特别，又是别人一目了然的，讲起来无非是"小时候娘常打我的屁股，爹倒不凶""也算上了四年学，早忘光了""三九年大旱，断了河底，大家捉鱼吃""四九年改朝换代，共产党打败了国民党""成亲以后，养了一个儿子一个小女"……索然无味，等于不说。他又看不懂书；看戏听故事，又记不牢。看了《三打白骨精》，老婆要他讲，他也只会说："孙行者最凶，都是他打死的。"老婆不满足，又问白骨精是谁，他就说："是妖怪变的。"还是儿子巧，声明"白骨精不是妖怪变的，是白骨精变成的妖怪。"才算没有错到底。他又想不出新鲜花样来，比如种田，只会讲"种麦要用锄头捄碎泥块""莳秧一苑莳六棵"……谁也不要听。再如这卖油绳的行当，也根本不是他发明的，好些人已经做过一阵了，怎样用料？怎样加工？怎样包装？什么价钱？多少利润？什么地方、什么时间买客多、销路好？都是向大家学来的经验。如果他再向大家夸耀，岂不成了笑话！甚至刻薄些的人还会吊他的背筋："嗳！连'漏斗户主'也有油、粮卖油绳了，还当新闻哩！"还是不开口也罢。

如今，为了这点，他总觉得比别人矮一头。黄昏空闲时，人们聚拢来聊天，他总只听不说，别人讲话也总不朝他看，因为知道他不会答话，所以就像等于没有他这个人。他只好自卑，他只有羡慕。他不知道世界上有"精神生活"这一个名词，但是生活好转以后，他渴望过精神生活。哪里有听的，他爱去听，哪里有演的，他爱去看，没听没看，他就觉得没趣。有一次大家闲谈，一个问题专家出了个题目："在本大队你最佩服哪一个？"他忍不住也答了腔，说："陆龙飞最狠。"人家问："一个说书的，狠什么？"他说："就为他能说书，我佩服他一张嘴。"引得众人哈哈大笑。

于是，他又惭愧了，觉得自己总是不会说，又被人家笑，还是不说为好。他总想，要是能碰到一件大家都不曾经过的事情，讲给大家听听就好了，就神气了。

二

当然，陈奂生的这个念头，无关大局，往往蹲在离脑门三四寸的地方，不大跳出来，只是在尴尬时冒一冒尖，让自己存个希望罢了。比如现在上城卖油绳，想着的就只是新帽子。

尽管放慢脚步，走到县城的时候，还只下午六点不到。他不忙做生意，先就着茶摊，出一分钱买了杯热茶，啃了随身带着当晚餐的几块僵饼，填饱了肚子，然后向火车站走去。一路游街看店，遇上百货公司，就弯进去侦察有没有他想买的帽子，要多少价钱。三爿店查下来，他找到了满意的一种。这时候突然一拍屁股，想到没有带钱。原先只想卖了油绳赚了利润再买帽子，没想到油绳未卖之前商店就要打烊；那么，等到赚了钱，这帽子就得明天才能买了。可自己根本不会在城里住夜，一无亲，二无眷，从来是连夜回去的，这一趟分明就买不成，还得光着头冻几天。

受了这点挫折，心情挺不愉快，一路走来，便觉得头上凉飕飕，更加懊恼起来。到火车站时，已过八点了。时间还早，但既然来了，也就选了一块地方，敞开包裹，亮出商品，摆出摊子来。这时车站上人数不少，但陈奂生知道难得会有顾客，因为这些都是吃饱了晚饭来候车的，不会买他的油绳，除非小孩嘴馋吵不过，大人才会买。只有火车上下车的旅客到了，生意才会忙起来。他知道九点四十分、十点半，各有一班车到站，这油绳到那时候才能卖掉，因为时近半夜，店摊收歇，能买到吃的地方不多，旅客又饿了，自然争着买。如果十点半卖不掉，十一点二十分还有一班车，不过太晚了，陈奂生宁可剩点回去也不想等，免得一夜不得睡，须知跑回去也是三十里啊。

果然不错，这些经验很灵，十点半以后，陈奂生的油绳就已经卖光了。下车的旅客一拥而上，七手八脚，伸手来拿，把陈奂生搞得昏头昏脑，卖完一算账，竟少了三角钱，因为头昏，怕算错了，再认真算了一遍，还是缺三角，看来是哪个贪小利拿了油绳未付款。他叹了一口气，自认晦气。本来他也晓得，人家买他的油绳，是不能向公家报销的，那要吃而不肯私人掏腰包的，就会耍一点魔术，所以他总是特别当心，可还是丢失了，真是双拳不敌四手，两眼难顾八方。只好认了吧，横竖三块钱赚头，还是有的。

他又叹了口气，想动身凯旋回府。谁知一站起来，双腿发软，两膝打战，竟是浑身无力。他不觉大吃一惊，莫非生病了吗？刚才做生意，精神紧张，不曾觉得，现在心定下来，才感浑身不适，原先喉咙嘶哑，以为是讨价还价喊哑的，现在连口腔上片都像冒烟，鼻气火热；一摸额头，果然滚烫，一阵阵冷风吹得头皮好不难受。他毫无办法，只想先找杯热茶解渴。那时茶摊已无，想起车站上有个茶水供应地方，便强撑着移步过去。到了那里，打开龙头，热水倒有，只是找不到茶杯。原来现在讲究卫生，旅客大都自带茶缸，车站上落得省劲，就把杯子节约掉了。陈奂生也顾不得卫生不卫生，双手捧起龙头里流下的水就喝。那水倒也有点烫，但陈奂生此时手上的热度也高，还忍得住，喝了几口，算是好过一点。但想到回家，竟是千难万难；平常时候，那三十里路，好像经不起脚板一颠，现在看来，真如隔了十万八千里，实难登程。他只得找个位置坐下，耐性受痛，觉得此番遭遇，完全错在忘记了带钱先买帽子，才受凉发病。一着走错，满盘皆输；弄得上不上、下不下，进不得、退不得，卡在这儿，真叫尴尬。万一严重起来，此地举目无亲，耽误就医吃药，岂不要送掉老命！可又一想，他陈奂生是个堂堂男子汉，一生干净，问心无愧，死了也闭眼不闭；活在世上多种几年田，有益无害，完全应该提供宽裕的时间，没有任何匆忙的必要。想到这里，陈奂生高兴起来，他嘴巴干燥，笑不出声，只是两个嘴角，向左右同时咧开，露出一个微笑。那扶在椅上的右手，轻轻提了起来，像听到了美妙的乐曲似的，在右腿上赏心地拍了一拍，松松地吐出口气，便一头横躺在椅子上卧倒了。

三

一觉醒来，天光已经大亮，陈奂生体肢瘫软，头脑不清，眼皮发沉，喉咙痒痒地咳了几声；他懒得睁眼，翻了一个身便又想睡。谁知此身一翻，竟浑身了几颤，一颗心像被线穿着吊了几吊，牵肚挂肠。他用手一摸，身下贼软；连忙一个翻身，低头望去，证实自己猜得一点不错，是睡在一张棕绷大床上。陈奂生吃了一惊，连忙平躺端正，闭起眼睛，要弄清楚怎么会到这里来的。他好像有点印象，一时又糊涂难记，只得细细琢磨，好不容易才想出了县委吴书记和他的汽车，一下子理出头绪，把一串细关节脉都拉了出来。

原来陈奂生这一年真交了好运，逢到急难，总有救星。他发高烧昏睡不久，候车室门口就开来一部吉普车，载来了县委书记吴楚。他是要乘十二点一刻那班车到省里去参加明天的会议。到火车站时，刚只十一点四十分，吴楚也就不忙，在候车室徒步起来，那司机一向要等吴楚进了站台才走，免得他临时有事找不到人，这次也照例陪着。因为是半夜，候车室旅客不多，吴楚转过半圈，就发现了睡着的陈奂生。吴楚不禁笑了起来，他今秋在陈奂生的生产队里蹲了两个月，一眼就认出他来，心想这老实肯干的忠厚人，怎么在这儿睡着了？若要乘车，岂不误事。便走去推醒他；推了一推，又发现那屁股底下，垫着个瘪包，心想坏了，莫非东西被偷了？就着紧推他，竟也不醒。这吴楚原和农民玩惯了的，一时调皮起来，就去捏他的鼻子；一摸到皮肤热辣辣的，才晓得他病倒了，连忙把他扶起，总算把他弄醒了。

这些事情，陈奂生当然不晓得。现在能想起来的，是自己看到吴书记之后，就一把抓牢，听到吴书记问他："你生病了吗？"他点点头。吴书记问他："你怎么到这里来的？"他就去摸了摸旅行包。吴书记问他："包里的东西呢？"他就笑了一笑。当时他说了什么？究竟有没有说？他都不记得了；只记得吴书记好像已经完全明白了他的意思，便和驾驶员一同扶他上了车，车子开了一段路，叫开了机关门诊室，扶他下车进去，见到了一个穿白衣服的人，晓得是医生了。那医生替他诊断片刻，向吴书记笑着说了几句话，倒过半杯水，让他吃了几片药，又包了一点放在他口袋里，也不曾索钱，便代替吴书记把他扶上了车，还关照说："我这儿没有床，住招待所吧，安排清静一点的地方睡一夜就好了。"车子又开动，又听吴书记说："还有十三分钟了，先送我上车站，再送他上招待所，给他一个单独房间，就说是我的朋友……"

陈奂生想到这里，听见自己的心扑扑跳得比打钟还响，合上的眼皮，流出晶莹的泪珠，在眼角膛里停留片刻，便一条线挂下来了。这个吴书记真是大好人，竟看得起他陈奂生，把他当朋友，一旦有难，能挺身而出，拔刀相助，救了他一条性命，实在难得。

陈奂生想，他和吴楚之间，其实也谈不上交情，不过认识罢了。要说有什么私人交往，平生只有一次。记得秋天吴楚在大队蹲点，有一天突然闯到他家来吃了一顿便饭，听那话音，像是特地来体验体验"漏斗户"的生活改善到什么程度的。还带来了一斤块块糖，给孩子们吃。细算起来，等于两顿半饭钱。那还算什么交情呢！说来说去，是吴书记做了官不曾忘记老百姓。

陈奂生想罢，心头暖烘烘，眼泪热辣辣，在被口上拭了拭，便睁开来细细打量这住的地方，却又吃了一惊。原来这房里的一切，都新堂堂、亮澄澄，天花板白得耀眼，四周的墙，用青漆漆了一人高，再往上就刷刷白，地板暗红闪光，照出人影子来；紫檀色五斗橱，嫩黄色写字台，更有两张出奇的矮凳，比太师椅还大，里外包着皮，也叫不出它的名字来。再看床上，垫的是花床单，盖的是新被子，雪白的被底，崭新的绸面，呱呱叫三层新。陈奂生不由自主地立刻在被窝里缩成一团，他知道自己身上不大干净，生怕弄脏了被子……随即悄悄起身，悄悄穿好了衣服，不敢弄出一点声音来，好像做了偷儿，被人发现就会抓住似的。他下了床，把鞋子拎在手里，光着脚跑出去；又眷顾着那两张大皮椅，走近去摸一摸，轻轻捺了捺，知道里边有弹簧，却不敢坐，怕压瘪了弹不饱。然后才真的悄悄开门，走出去了。

到了走廊里，脚底已冻得冰冷，一瞧别人是穿了鞋走路的，知道不碍，也套上了鞋。心想吴书记照顾得太好了，这哪儿是我该住的地方！一向听说招待所的住宿费贵，我又没处报销，这样好的房间，不知要多少钱，闹不好，一夜天把顶帽子钱住掉了，才算不来呢。

他心里不安，赶忙要弄清楚。横竖他要走了，去付了钱吧。

他走到门口柜台处，朝里面正在看报的大姑娘说："同志，算账。"

"几号房间？"那大姑娘恋着报纸说，并未看他。

"几号不知道。我住在最东那一间。"

那姑娘连忙丢了报纸，朝他看看，甜甜地笑着说："是吴书记汽车送来的？你身体好了吗？"

"不要紧，我要回去了。"

"何必急，你和吴书记是老战友吗？你现在在哪里工作？……"大姑娘一面软款款地寻话说，一面就把开好的发票交给他，笑得甜极了。陈奂生看看她，真是绝色！

但是，接到发票，低头一看，陈奂生便像给火钳烫着了手。他认识那几个字，却不肯相信。"多少？"他忍不住问，浑身燥热起来。

"五元。"

"一夜天？"他冒汗了。

"是一夜五元。"

陈奂生的心，忐忑大跳。"我的天！"他想，"我还怕困掉一顶帽子，谁知竟要两顶！"

"你的病还没有好，还正在出汗呢！"大姑娘惊怪地说。

千不该，万不该，陈奂生竟说了一句这样的外行语："我是半夜里来的呀！"

大姑娘立刻看出他不是一个人物，她不笑了，话也不甜了，像菜刀剁着砧板似的笃笃响着说："不管你什么时候来，横竖到今午十二点为止，都收一天钱。"这还是客气的，没有嘲笑他，是看了吴书记的面子。

陈奂生看着那冷若冰霜的脸，知道自己说错了话，得罪了人，哪里还敢再开口，只得抖着手伸进袋里去摸钞票，然后细细数了三遍，数定了五元；交给大姑娘时，那外面一张人民币，已经半湿了，尽是汗。

这时大姑娘已在看报，见递来的钞票太零碎，更皱了眉头。但她还有点涵养，并不曾说什么，收进去了。

陈奂生出了大价钱，不曾讨得大姑娘欢喜，心里也有点怏怏然。本想一走了之，想到旅行包还丢在房间里，就又回过来。

推开房间，看看照出人影的地板，又站住犹豫："脱不脱鞋？"一转念，怏怏想道："出了五块钱呢！"再也不怕弄脏，大摇大摆走了进去，往弹簧太师椅上一坐："管它，坐瘪了不关我事，出了五元钱呢。"

他饿了，摸摸袋里还剩一块僵饼，拿出来啃了一口，看见了热水瓶，便去倒一杯开水和着饼吃。回头看刚才坐的皮凳，竟没有瘪，便故意立直身子，扑通坐下去……试了三次，也没有坏，才相信果然是好家伙，便安心坐着啃饼，觉得很舒服。头脑清爽，热度退尽了，分明是刚才出了一身大汗的功劳。他是个看得穿的人，这时就有了兴头，想道："这等于出晦气钱——譬如买药吃掉！"

啃完饼，想想又肉痛起来，究竟是五元钱哪！他昨晚上在百货店看中的帽子，实实在在是二元五一顶，为什么睡一夜要出两顶帽钱呢？连沈万山都要住穷的；他一个农业社员，去年工分单价七角，困一夜做七天还要倒贴一角，这不是开了大玩笑！从昨半夜到现在，总共不过七八个钟头，几乎一个钟头要做一天工，贵死人！真是阴错阳差，他这副骨头能在那种床上躺尸吗！现在别的便宜拾不着，大姑娘说可以住到十二点，那就再困吧，困到足十二点走，这也是捞着多少算多少。对，就是这个主意。

这陈奂生确是个向前看的人，认准了自然就干，但刚才出了汗，吃了东西，脸上嘴上，都不惬意，想找块毛巾洗脸，却没有。心一横，便把提花枕巾捞起来干擦了一阵，然后衣服也不脱，就盖上被头困了，这一次再也不怕弄脏了什么，他出了五元钱呢。——即使房间弄成了猪圈，也不值！

可是他睡不着，他想起了吴书记。这个好人，大概只想到关心他，不曾想到他这个人经不起这样高级的关心。不过人家忙着赶火车，哪能想得周全！千怪万怪，只怪自己不曾先买帽子，才伤了风，才走不动，才碰着吴书记，才住招待所，才把油绳的利润搞光，连本钱也蚀掉一块多……那么，帽子还买不买呢？他一狠心：买，不买还要倒霉的！

想到油绳，又觉得肚皮饿了。那一块僵饼，本来就填不饱，可惜昨夜生意太好，油绳全卖光了，能剩几袋倒好；现在懊悔已晚，再在这床上困下去，会越来越饿，身上没有粮票，中饭到哪里去吃！到时候饿得走不动，难道再在这儿住一夜吗？他慌了，两脚一踹，把被头踢开，拎了旅行包，开门就走。此地虽好，不是久恋之所，虽然还剩得有两三个钟点，又带不走，忍痛放弃算了。

他出得门来，再无别的念头，直奔百货公司，把剩下来的油绳本钱，买了一顶帽子，立即戴在头上，飘然而去。

一路上看看野景，倒也容易走过；眼看离家不远，忽然想到这次出门，连本搭利，几乎全部搞光，马上要见老婆，交不出账，少不得又要受气，得想个主意对付她。怎么说呢？就说输掉了；不对，自己从不赌。就说吃掉了；不对，自己从不死吃。就说被扒掉了；不对，自己不当心，照样挨骂。就说做好事救济了别人；不对，自己都要别人救济。就说送给一个大姑娘了，不对，老婆要犯疑……那怎么办？

陈奂生自问自答，左思右想，总是不妥。忽然心里一亮，拍着大腿，高兴地叫道："有了。"他想到此趟上城，有此一番动人的经历，这五块钱花得值透。他总算有点自豪的东西可以讲讲了。试问，全大队的干部、社员、有谁坐过吴书记的汽车？有谁住过五元钱一夜的高级房间？他可要讲给大家听听，看谁还能说他没有什么讲的！看谁还能说他没见过世面？看谁还能瞧不起他，唔！……他精神陡增，顿时好像高大了许多。老婆已不在他眼里了；他有办法对付，只要一提到吴书记，说这五块钱还是吴书记看得起他，才让他用掉的，老婆保证服帖。哈，人总有得意的时候，他仅仅花了五块钱就买到了精神的满足，真是拾到了非常的便宜货，他愉快地划着快步，像一阵清风荡到了家门……

果然，从此以后，陈奂生的身份显著提高了，不但村上的人要听他讲，连大队干部对他的态度也友好得多，而且，上街的时候，背后也常有人指点着他告诉别人说："他坐过吴书记的汽车。"或者"他住过五块钱一夜的高级房间。"……公社农机厂的采购员有一次碰着他，也拍拍他的肩胛说："我就没有那个运气，三天两头住招待所，也住不进那样的房间。"

从此，陈奂生一直很神气，做起事来，更比以前有劲得多了。

腊月正月

贾平凹

一

这地方很小，却是商州的一大名镇。南面是秦岭；秦岭多逶迤，于此却平缓，孤零零地聚结了一座石峰。这石峰若在字形里，便是一个"商"字，若在人形里，便是一个坐翁。但"山不在高，有仙则灵"，秦时，商山四皓：东园公、角里先生、绮里季、夏黄公，避乱隐居在此，饥食紫芝，渴饮石泉，而名留青史。

于是，地以人传，这地方就狭小到了恰好，偏远到了恰好，商州哪个不知呢？镇前又有水，水中无龙，却生大娃娃鱼，水便也"则名"，竟将这黄河西岸的陕西的一片土地化拙为秀，硬是归于长江流域去了。

地灵人杰，这是必然的。六十一岁的韩玄子，常常就要为此激动。他家藏一本《商州方志》，闲时便戴了断腿儿花镜细细吟读；满肚有了经纶，便知前朝后代之典故和正史野史之趣闻，至于商州八景，此镇八景，更是没有不洞明的。镇上的八景之一就是"冬晨雾盖镇"，所以一到冬天，起来早的人就特别多。但起来早的大半是农民，农民起早为捡粪，雾对他们是妨碍；小半是干部，干部看了雾也就看了雾了，并不怎么知其趣；而能起早，又专为看雾，看了雾又能看出乐来的，何人也？

只是他韩玄子!

他是民国年代国立县中毕业生。当时的县中是何等模样?他只说一班仅有十一个人,读《四书》,诵《五经》,之乎者也的倒比现在的大学生文墨深。这一点他极自信:现在的学生可以写对联,但没他的对仗工整;现在的学生可以写文章,但他却能写得一手好铭旌。他一生教了三十四年书,三年前退休,虽谈不上是衣锦还乡,却仍是踌躇满怀。因为他的学生"桃李满天下"。有当县委书记的,也有任地委部长的;最体面的是,他的长子。叫大贝的,竟是全镇第一个大学生,现又做了记者,在省城也算个了不得的人物!如今在村中,小一辈的还称他老师,老一代的仍叫他先生,他又被公社委任为文化站长,参与公社的一些活动,在外显山露水的并不寂寞。他家里,四间堂屋,三间厦房。墙砌一砖到顶,脊雕五禽六兽,俨然庙宇一般坚固。小儿二贝已结婚;大女叶子也已出嫁;他坐在院中吃吃茶,看看报,养花植草,颇为自得。他口里不说,心上迷信,自认为是家宅方位好:住在镇东高处,门正对商字山正中,屋近靠秦时四皓墓的左侧。

现在,又是一个冬天,商字山未老,镇前河不涸,但社会发生了变迁,生产形式由集体化改为个体责任承包。他欢呼过这种改革,也为这种改革担忧过,为此身子骨还闹过几场大病,却每每都得以康复,康复之后,依旧能走能动,饭量极好,能吃得一海碗羊肉泡馍;依旧天天早起,看晨雾来盖镇。日出消散,便慢慢纳闷起这天地自然变化的莫测。

今天早晨,门才打开一条缝,雾便扑进来,一团一团的,像是咕涌而来一群绒嘟嘟的羊羔,也像是闹腾而来一伙胖乎乎的顽童,他挡不住,也抓不住,一觉得鼻子呛,就张嘴,张嘴便要打喷嚏,这呼吸气管的突然关闭,又突然地打开,响声是极大的。但院子里没有任何反应,东厦房门严关着,那是新婚的二贝的卧室,他们不睡土炕,已经文明了,做了清漆刷染的有床头的床,吱吱响了几下,又复归静寂。西院墙下,是竹子搭就的鸡棚,一个红冠耷拉的雄鸡,统率着二十三只温顺的母鸡,全歇在那斜棍儿上,黎明的雾蒙胧,它们的眼朦胧,但全然未动,保持睡眠后在高枝儿上的平衡,是它们聪明过人的本领。只有门楼旁葡萄架下的苞谷秆儿,被风吹了一夜,叶子散的散去,聚的聚起,又被霜杀蔫了,软软地静伏着。好事的猫儿悄没声息地踏上去,又跳上砖垒的花台上，拿爪子在霜上划道儿。霜是一铜钱的厚。

他沏茶，沏得好浓呢。这一百三十里外的商南茶，一定是那些个体户货摊上的物品了，炒得过焦，土气又大；二贝给他买来后，他是从不喝第一遍的；当下在院里泼了，又冲上第二遍水，就一边吹着茶面上的一层白气，一边端了，蹲在门外照壁前慢慢地品。

三十四年的教学生涯，使他养成了喝茶的嗜好，即便做了乡民，每天早晨还要喝一保温壶水，直喝得肠肚滋润起来，额上微微有了细汗，村里人才大都起来。

雾真如古书上讲的，如烟，如尘。商字山入了远空，虚得只是一个水中的倒影，一个静浮的抛物线，一个有与没有之间。不远的漫坡下，镇子只看见个轮廓，偶有灯亮，也是星星点点的橘黄色。院外右侧的四皓墓地，十五株参天古柏，雾里似断丁几截，却愈显得高耸，柏枝在风里作响，嘎嘎如鸦噪声从天而降。而照壁前的一丛慈竹，却枝叶清楚，这是他亲手植的，在整个镇子上，唯有他这一片竹子。夏天的早晨，他在这里喝茶，

残月未退，那竹影就映上照壁，斑斑驳驳，蛐蛐的争鸣也似乎一起反映在了照壁上，他就老记得一副对联：

生活顿顿宁无肉
居家时时必有竹

当然这一切都"俱往矣"！因为去年春天以来，村里、社里许许多多的人和事，使他不能称心如意，情绪很不安静；而秋后，风雨又比任何年里都多，这照壁就全部剥脱了墙皮，还垮掉了一个角，竹影爬上来，再也没有那番可人的景致了。

在这一带，人们很讲究照壁，那是房子的衣服，是主人的脸面，以韩玄子的话讲，这照壁若在一个县，是百货商场的橱窗；若在一个省，是吞吐运载的车站；若在我们国家，就是天安门城楼了。他因此给二贝说过多次，找时间修补起来。二贝竟越来越不听从，总是今天拖到明天，明天拖到后天，已经到腊月里了，还没有修理！他给大贝发了三封信，要他回来整顿整顿家庭。大贝却总是来信说工作忙，走不脱；还说，这

个家只能团结，不能分裂。可怎么个团结呢？他韩玄子在外谁个不把他放在眼里？二贝如此扭，会给外界造成怎样的影响呢？一气之下，便擅自决定把二贝两口分出去，让他们单吃、单喝，住到东厦屋里去了。

"我太丢人！"他曾经当着二贝两口的面，自己打自己耳光，"我活到这么大，还没有人敢翻了我的手梢！好好一个家，全叫你们弄散了！"

他一生气，手就发抖，吃水烟的纸媒儿老是按不到烟哨子上，结果就丢了纸媒儿，大骂一通。说什么要破这个家，就都破吧，我六十多岁的人了，风里的一盏残灯，要是扑忽灭了，看你们以后怎么活人啊！末了，又挖苦老伴：

"瞧着吧，你要死在我前头，算你有福，你要死在我后头，有你受的罪。现在的世事是各管各了，咱二贝也给咱实行责任制了。我一死，国家会出八百元的，你怕连个席也卷不上呢！"

老伴老实，在家里起着和事佬的作用，一会儿向着他，一会儿向着小儿子，常气得在屋里哭。

二贝当然是不敢言语的。打他骂他，他只能委屈得待在他的小房里抹眼泪，抹过了，就又没皮没脸地叫爹，给爹笑，是打不跑的狗。媳妇白银却不行了，骂了她，她会故意去问婆婆：

"娘呀，二贝是不是你抱别人的？"

"抱的？"婆婆解不开话，"我一个奶头吊下来大贝、二贝，我抱谁家的？"

"那怎么我爹这样生分他?！"

婆婆气得直瞪眼，夜里枕头边叙说给了韩玄子，韩玄子翻下床，把二贝叫来质问：

"生分了你，怎么生分？在这个县上，谁不知道四皓墓？又谁不知道四皓墓旁的韩玄子把饭碗让给了儿子？儿子，儿子就这样报应我吗？"

说着气冲牛斗，打了二贝一个耳光。二贝又去槌打了一顿白银，拉着来给爹娘回话。

提起让饭碗的事，韩玄子就显得十分伤心。二贝高中毕业后，几次高考都未考中，便一直闲在家里。按照国家规定，职工退休，子女可以顶替。三年前，他五十八岁，还未达到年龄，就托熟人在医院开了病历，提前让二贝"子袭父职"，在本公社的学校里任教了。

"哈，我现在也是在商字山下隐居了！"他回到村里，见人就这么说。

　　于是，便有人又叫起他是商字山第五皓了。

　　二贝有了工作，婚姻自然解冻。年轻人善于幻想，知道进省城已没有可能，但找一个自带饭票的女子，却不算想入非非。可韩玄子不同意：种谷防饥，养儿防老，大贝已经远走高飞，若二贝再找一个有工作的媳妇，自然男随女走，那将来谁来养老呢？二贝毕竟是孝子，作难了半年，依了爹，便和三十里外县城关的白银"速战速决"。没想，绳从细处断，本来就担心儿媳不伺候老人，偏偏这白银家在城关，见的人多，经的事广，地里活计不出力，家里杂事没眼色，晚上闲聊不早睡，早晨贪睡不早起，起来就头上一把、脚上一把地打扮不清。甚至买了一双塑料拖鞋，趿出趿进，三、六、九日集市，也趿着走动。

　　这使韩玄子简直不能忍受！

　　当他一天天在村里有了不顺心的事后，只说回到这个家来，使他心绪清静一点，但白银的所作所为，令他对这个家失去了信心。他再读《商州方志》上有一文人传略，其中说："为人为文，作夫作妇，绝权欲，弃浮华，归其天籁，必怡然平和；家寨平和，则处烦嚣尘世而自立也。"此话字字刺目，似乎正是为他反意而作。他不止一次地叹息：大清王朝——他却又忌讳说这个家，偏就记得同治皇帝的话——要完了吗？

　　他开始没心思待在院子里养花植草。抬头悠悠见了商字山，嗜上了喝酒，在公社大院里找那些干部，一喝就是半天；有时还找到家中来喝，一喝便醉，一醉就怨天尤地，臧否人物。

　　愈是酗酒，愈是误村事、家事；愈是误事，愈使二贝、白银不满。这种烦躁的恶性循环，渐渐使韩玄子脱去了老文人的秉性，家庭越来越不和，他的脾气越来越不好了。整整一个冬天，雾盖镇的奇景出现过不少次，但他没一次再能享受这天地间的闲趣。早晨起来，只是站在四皓墓地的古柏下，久久地出神，直到天色大白，方肯回来。今早，当他又在古柏下待够了，重新回到院子的时候，老伴已经起来，头没有梳，抱了扫帚在扫院子。从堂屋台阶下到院门口，是一条有着流水花纹的石子路，她竭力要扫清花纹上的泥土，但总是扫不净。扫到东厦房的门口，摇着单扇门上的铁环，低声叫：

　　"白银，白银，你还不起来！你爹已经喝罢茶，出去转了！"

房子里先是窸窸窣窣的声音，接着是白银大声叫喊二贝，问她的袜子，然后说：

"腊月天，何苦起得这么早！我爹人老了，当然没瞌睡……"

"放你的屁！"老伴在骂了，"谁不知道热被窝里舒服？怪不得你爹骂你，大半早晨不起来，你还像不像个做媳妇的？起来，让二贝也起来，一块到白沟去，你妹子在家做立柜，你们当哥当嫂的，也该去帮帮忙呀！"

韩玄子大声咳嗽了一声，恨不得将五脏六腑都吐出来；吐出来的却是一口痰，说：

"你那么贱！扫什么院子？你扫了一辈子还没扫够吗？你叫人家干啥？人家有福，就让人家往死里睡。咱叶子结婚，与人家哥嫂什么相干?!"

老伴扬了一下扫帚，制止老头，说：

"你话咋那么多！白银，你再不起来，我就砸门啦！村里哪一个没起来？总看人家王才吃哩喝哩，王才担了几担麦面才回去，人家在水磨上整整熬了一夜哩！你们谁能下得份苦?!"

韩玄子已经在堂屋里训斥老伴话太多，又要去喝茶，保温壶里却没有水了。就又嚷着正在梳头的小女去烧水，小女噘了嘴，不肯去，他便开了柜子，取出一瓶酒来揣在怀里，出门要走。

"你又要哪里去?"老伴挡在门口。

"我到公社大院去。"韩玄子说。

"又去喝酒?"老伴将瓶子夺了过来，说，"大清早又喝什么酒？整天酒来酒去，挣的钱不够酒钱！人家王才，不见和公社的人熟，人家这几年什么都发了。咱倒好，说是全家几个挣钱的，不起来的不起来，喝酒的去喝酒，这个家还要不要?"

韩玄子说："你要我怎样？你当是我心里畅快才喝酒呀！我为什么喝酒？我为什么一喝就醉？你倒拿我比王才，王才是什么东西？全公社里，谁看得起他！儿子、媳妇这么说，你也这么说，一家人就我不是人了？哼，我过的桥倒比你们走的路多呢，什么世事我看不透？当年退休顶替，你们劝我过几年再退，怎么着，现在还准顶替？别看他王才现在闹腾了几个钱，你瞧着吧，他不会长久的！我不是共产党，可共产党的事我也经得多了，是不会让他成了大气候的；他就是成了富农，地主，家有万贯，我眼里也看他不起哩！大大小小整天在家里提王才，和我赌气，那就赌吧，赌得这个家败了，破了，就让王才那些人抿了嘴巴用尻子笑话吧！"

老伴见老汉动怒了，当下也不敢再言语。白银也赶忙开门出来了。

这是一个丰腴的女子，新婚半载，使她的头发迅速变黑，肩膀加厚，胸部高高地耸起来了。最是那一头卷发，使她与这个镇子上的姑娘、媳妇们有了区别。那是结婚时在省城烫的，曾经招惹过不少非议。她虽然五天就洗一次头，闲着无事就拿手去拉直那卷发的曲度，现在仍还显出一层一层的波纹。她给婆婆笑笑，就夺过扫帚要扫，婆婆正在气头，说：

"谁稀罕你扫！披头散发的难看成什么样子？现在你看看，烫发多好，梳都梳不开了，像个鸡窝，恐怕要吃鸡蛋，手一摸，就能摸出一个呢！"

白银受娘一顿奚落，返回小房，让刚起床的二贝去倒尿盆，自个对着镜子梳起头来，然后就洗脸，搽油，端了瓷缸站在门口台阶上刷牙。

皮肤很黑，就衬得牙齿白，一晚一早还是刷不够；腊月天自然是很冷的，而她刷牙的时候依旧趿着那双拖鞋。韩玄子将堂屋窗子打开了，"呼"地又关上，他觉得扎眼，婆婆站在堂屋门口叫道：

"白银，嘴里是吃了屎吗？那么个打扫不清？什么时候了，还不收拾着快往白沟去！"

二

白沟是商字山后的一个坳，离镇子七里，离商字山顶上的商芝庙三里，是全公社最偏僻的地方。这镇子既然是名镇，坐落的风水也是极妙的。以镇子辐射开去的，是七个大队，七个自然村。东是林家河，马门湾；西是箭沟垭，西坡岭；北是夜村，堡子坪；南是白沟。东西北三面几乎全在河的北岸，村村有公路通达，唯这白沟地处山坳，交通很不方便。从镇子走去，穿河滩地，过了老堤，过新堤，河面上有一座木板桥。桥是五道支架，全用原木为桩，三十六斤重的石柱打砸下去，冬冬夏夏，水涨潮落，木桩也没有被冲去。这条河一直流归汉江，据《商州方志》记载：嘉庆年间，汉江的船可以到达这里，镇子便是沿河最后一站码头。那时候，湖北、四川、河南的商船运上来食盐、棉花、火纸、瓷器、染料、煤油；秦岭的木耳、黄花、桐油、木炭、生漆往镇上集中，再运下去。镇街上便有八家客栈。韩玄子的祖先经营着唯一的挂面坊，有"韧、薄、光、煎、稀、汪、酸、辣、香"九大特点，名传远近。至今，韩玄子还记得。他小时候。仍见过家里有上挂面架的高条凳，一人多高，后来闹土匪，一把火烧了韩家的宅院，那凳子也没能保留下来。

或许由于日月运转，桑田变迁吧，这条河虽然还是"地间犹是一"者，但毕竟渐渐水变小了，而且越来越小，田地便蚕食般侵占了河滩。如今的老堤，谁也说不清筑于何年何代，即使那个新堤，也是韩玄子的父亲经手，方圆十几个村的人联名修的。当然喽，汉江的船就再不会上来。以致到了这些年，河水更小，天旱的时候，那木板桥并不用架，只支了一溜石头，人便跳着过去了，猫儿狗儿也能跳着过去。

过了河，就顺着商字山脚下一个沟道往里走，走五里，进入一个深坳，这就是白沟村。坳中有一个潭，常年往外流着水，沿潭的四边，东边低，西边高，于是住家多集中在西边，正应了"靠山吃山，靠水吃水"的俗语。这些人家就用石板铺了村道，一台一台拾阶而上，那屋舍也便前墙石头，后墙石头，除了石头还是石头。地是没有半亩平的，又满是料浆石，五谷杂粮都长，可又都长不多。唯有那黑豆，随便在硷硷畔畔挖窝下种，都必有收获，然而产量也是低得可怜。白沟人就年年用豆油来镇上梁换麦子、苞谷。总而言之，是全公社最苦焦的大队。

二贝常常记得他们小时候的事。那时大贝领着他和叶子，三天两头到商字山上割革，拾柴，采商芝，挖野蒜，满山跑得累了，就到白沟村来讨水喝，或者钻到人家的黑豆地里，扯几把还嫩的豆棵子，在地头点火来烤，烟冒上来！呛得就要打喷嚏。于是被主人发觉。一阵呼喊叫骂，主人可以撵出沟来，甚至追至河边；他们就飞速跑过木板桥。拉掉一块板，放大胆地隔河向怒不可消却又无可奈何的主人们扮鬼脸。

他们也认识了一个叫巩德胜的，是个没妻没子的驼背。这驼背是追不上他们的，他们便常常向他的黑豆地进攻。时间长了，这驼背再看见他们到商字山来，竟殷勤地招呼他们去家喝水，还拿了一碗炒豆儿让他们大吃大嚼。他们从此就不好意思去骚扰了。还时常将采得的商芝送给他们一捆二捆。直到五年前，这驼背看中镇上一位大他三岁的寡妇，就男进女门，做了人家的老女婿，还是和韩家有来有往。

土地承包的前二年，公社在这里办了个油坊，四乡八村的黑豆都集中到白沟，白沟人差不多家家都有卖油的，卖油饼的；手是油的，脸是油的，衣着鞋袜油串串，大凡一见面听打招呼：

"哎，油棰子！"就知道是白沟人来了！

土地承包以后，油坊也承包给了私人。王才的媳妇是白沟人，他便入了承包队，油腻得人不人、鬼不鬼的，很是让镇上人耻笑了许久。二贝就去找过他一次。

油坊是在村后一条小土沟里，沟里流一条水道子，沿沟畔凿七八孔土窑。二贝一进小土沟，就听见"咚！咚！咚！"的响声，闷得像打雷，雷却像是在高高的云层之上，也像是在深深的地心之中。他钻进一孔大窑，里边蒙沉沉的，一股热腾腾的、油腻腻的气味便往外喷，看得见深处是几盏灯，恍恍惚惚，犹如进了魔窟，那"咚！咚！"的响声就从里边传出来。他摸摸索索往里走，脚下尽是软软的草，眼睛不能适应，蓦地看见了人影，竟是七八个汉子，一律光头、光身、光脚、光腿，只穿一条短裤，全抱着一个大夯——是一个屋的大梁，在空中吊了——一声呐喊，退后去，极快地瞄准油槽上的大木桩，一个震耳欲聋的"咚"声便砸出来了！

他从未见过这样的场面，感到了野蛮和雄壮，感到了原始和力量，他喊一声"王才哥！"呛人的油的烟的汗的气味，就灌进了他的口鼻，他简直要窒息了。

王才却从旁边的一个拐窑里钻出来，他五短身材，更是剥得精光。他将二贝拉到拐窑去。原来他的分工是将磨碎的黑豆蒸成半熟，再用稻草包裹成一个一个的"豆包"。他满身满脸的油垢，只有眼睛小小的，聚光而黑明。

"你怎么干这个？"二贝说。

"我没力气嘛，包豆包你以为轻省吗？"王才说，"一天包四十个豆包，我就只挣得一元五角哩。"

二贝把王才拉出窑，告诉这小个子："你没力气，干这活吃不消，我是专门来告诉你要重寻门路的。"王才一脸哭相，说地分了，粮够吃了，可一家六口人，没有一个挣钱的，只出不入，他又没本事，只有这么干了。

二贝说："你是没力气，可你一肚子精明，这事只能你干，谁也干不了。咱商字山上产商芝，天下独一无二，每年春上，镇街上卖商芝的一篓挨一篓，你何不全收买了，蒸熟晒干，向城市销售？我已经对县上商业局干部谈了，他们直拍大腿叫好，建议用塑料袋包装，每包不要多，只装一把，你五角钱收一篓，一小包可以赚七角八角，不出一年，你就是先富起来的农民了！"

王才说："我的兄弟，这商芝是咱山里人的野菜，谁要这玩意儿？"

二贝说："你哪里知道，现在的城里人大鱼大肉吃腻了，就想吃一口山货土产的鲜，又都讲究营养，这商芝营养价值最高，听说能活血，健胃，滋精益神，要不秦时四皓隐居这里，长年不吃五谷，吃这东西倒活得很久。要经营，每袋附两份说明，一份讲清它的营养价值，一份说明食用方法。袋子上的名字我已经想好了，就叫'商字山四皓商芝'！"

王才当下也就热了，辞退了油坊工作，四处筹款，一等春季到来，大量收购商芝，二贝也忙着为他到县塑料厂订购袋子，又着手起草说明书内容。但是，韩玄子竟将二贝臭骂了一顿：

"你小子逞什么能？那王才是什么角色？他能办成了什么？现在政策变了，是龙的要上天，是虫的也要上天；看老牛屙屎，把小牛尻子撑破也不行！你一天尽跟了什么人闹腾？"

二贝说："爹不了解王才，那是不显山露水的人哩，只是没力气，他要干这些事，保准成功。现在土地承包了，各人管了各人，能人多得很。你要看重这些人，别一天到黑只和公社大院的来往。"

韩玄子倒不高兴，甚至是火了：

"亏你倒来教训我了？现在是不比以前了，可天还是天，地还是地，公社的领导还是领导！人家能看得起你爹，你爹能给个冷脸，不觑睬，活独人、死人吗？你知道什么叫社会？！"

二贝的行动受到了限制，王才自然搞不来塑料袋，也写不了说明书。人却是有志气的，一股气憋着，春天收了几麻袋商芝拿到省城去卖。结果，大折其本，可怜得坐在城墙根呜呜地哭。亏得他人勤眼活，在城里一家街道食品加工厂干了两个月临时工，回来就又闹腾着也办食品加工厂。当然，一张嘴对人只是叙说当临时工的"过五关斩六将"，至于折本之事，则绝口不提。

二贝没能为王才办成事，心里极愧，和爹也就闹起意见来。王才办起了食品加工厂，他在家里只字不说，一切顺爹的话儿转。暗地里却总在王才那里出主意，帮手脚。韩玄子也看得出来，对他和白银就烦了，终于为修补照壁的事，矛盾激化，导致一家分了两家。

事情过去也就过去了罢，可二贝万万没有想到，爹和他的认识越来越不统一。为了叶子的婚事，他又要经常到这白沟村来了。

叶子是他的大妹，二十出头，出脱得万般儿人才，高挑个，细腰身，长长的两条腿，眼睛极大，双层皮儿包着，一忽闪看人，两包清水似的。人长得俏，性情却全是娘的，说话细声慢气。走路轻手轻脚，三、六、九日集市，很少抛头露面，偶尔去一趟，别人一看她，她就不吭不哈，也不笑，小猫似的往回走。人都说，现在的女子疯张了，难得叶子这样温顺！因此，提亲说媒的特别多，又大多是这几年发了财的、富了家的专业户。叶子性子软，拿不准主意，要听爹的，韩玄子却是一概反对。

"爹是怎么啦？"二贝疑惑起来，"这家反对，那家反对，你要给叶子找什么样的人家呀？"

韩玄子只是一句话："什么人家都行，就是不能嫁那些专业户！"

这当儿，有人就提起白沟三娃。三娃家住潭水的东头，家里人口不兴，父辈弟兄仁，三家却只有他同一个哥哥。哥哥是地质工人，没想三年前一次施工事故中，不幸丧命。地质队将他照顾招了工。家里三间上屋、两间厦房的小院，从此门就锁了。韩玄子看中了这门亲，说这家好处有四：一是三娃吃商品粮。工作虽然艰苦，工资却高，其哥死于事故，当然可见其施工之危险，但天下地质人员百万，别人不死，偏偏死他，也是他阳寿到了的缘故；二是家有房有院，其父兄弟仁守这一个后根，可谓三海碗合盛了一小碗，家底必是丰厚的。当然，好儿不在家当，好女不在陪妆，但家资丰裕毕竟有益无害；三是其父母过世，上无老的要孝敬，下无小的要扶携，过门便是掌柜。这样，叶子不免身单力薄，屋内屋外之活无人指拨，却落得不生是作非，安然清静；四是离爹娘不远，叶子有甚作难事，他们可以照顾，他们往后年岁大了，叶子也能常来伺候。

二贝不同意爹的看法。先嫌三娃个头不高，又嫌家里太是孤单，再嫌白沟不是个地方，说来道去，样样都不如专业户的子弟好。韩玄子不听他的，让叶子自己定主意，叶子还是依了爹，二贝一肚子不悦意。

婚事定后，说要结婚，好日子定在腊月初八。因为三娃家没人料理，若在家办事，亲朋至友、街坊邻居必是要招待的。粗粗计算，就是三十多席，不说花销多少，谁来受这份劳累呢？于是就决定出外旅行结婚，这是极文明的事。出外回来，叶子就是白沟的人了，开始在家里请木匠，做家具，修屋顶，泥院墙，忙活起她的小家庭了。本来一场大事已经过去，但韩玄子却一定要在家再待一次客。二贝和爹又吵开了：

"事过又待客，那何必旅行结婚？花那钱给别人吃了喝了干啥？"

韩玄子说：

"咱就说是给叶子送路，只待本家本族的，外人除了相好的，不叫不行的，任何人也不请。不待怎么成呢？你爹是爱热闹的，不说有多少能耐，总还在人面前走动，别人会笑话咱待不起！人情世故就是这样嘛，待一次客，也是咱的体面。咱对好多人家也有过好处，他们也想趁机会谢呈咱呢。"

二贝说："爹说了这话，倒引起我一肚子意见！你是退休了的人，公社的事，他们要你参与，你本是不该去的，你按你的看法处理事，保不准会有差错，对一些人好了，这些人要来谢呈，可势必又要得罪一些人，对爹有了忌恨。咱若这么待客，肯定要来一些谢呈的，那影响不好呢。"

韩玄子说："谁忌恨了？我就是想待客，请谁不请谁，让那些人看哩！你和白银愿意也行，不愿意也行，这客我是要待的，给你妹子办事，你们都是这个样子？"

二贝就岔了爹的话，说爹说这话，会破坏他们兄妹的关系，爹既然决心下定，就依爹的来，花多少钱，他可以和大贝分着出，只是家里的事他以后什么也不管了。今早娘又让去白沟，爹又发了火，他和白银便只能听从，不敢多言多语，也不想多一言多一语。

三

韩玄子看着二贝和白银从门道里走出去，就长长出了一口气，说：

"唉，这镇子里多少家庭不和，都是我去调解的，到了咱自己，我倒束手无策了！"

老伴说："罢了，罢了，现在分房另住了，你睁一只眼，闭一只眼吧！咱还能活几天？眼一闭，这一切还不都是人家的。"

韩玄子说："分是分了，外人倒有说我太过分了。我也是不愿意分的，我是让他们分出去后试试艰难，若回心转意，顺听顺说，、咱就再合起来。可你瞧瞧，人家倒越发信马由缰了！"

韩玄子愁云上了脸，闷坐了一会儿，就翻出那本《商州方志》来。书已经发黄，破烂不堪，他是用布夹儿重换了封面，平日压在炕席底下，常常要拿出来看的。今天又看了一段商字山四皓的传说，寻思：在那秦乱之期，这四个老汉在此又是怎么个愁法呢！呆呆作了一阵痴，就站在院子里看花台上的花。冬天的花全冻死了，唯有水流纹的石子踏道两边，是两株夹竹桃，还长得翠绿绿的。就又往鸡棚前蹲了一会儿，便又坐回屋里去生炭火。

老伴知道这是老汉最百无聊赖的时候，就不再插言插语。自己从柜子里往外舀稻子，舀一升，倒在笸箩里，舀一升，倒在笸箩里；她是过日子细法惯了的人，一升就是一升，不及亦不过，末了问道：

"舀了四斗，你看够吗？"

"你看着办吧。"

"我看着办？"老伴说，"我知道你准备待几席客？"

韩玄子说："我也说不清，还没计算呢；多舀一斗吧。"

老伴就又舀出十升来，却见老汉披了那件羊皮大袄顺门出去了。

"你又要到哪儿去？"

韩玄子并没有回答，脚步声从院门口响到照壁后，听不见了。老伴叹了一口气，停下手中的升子，过来将刚刚生起的炭火拨开来，唾几口唾沫，让它灭了，嘟囔道：

"没了魂似的，又往哪里去了呢?"

韩玄子是去找巩德胜的。这驼背从白沟进了镇街寡妇的门，夜夜有暖脚的，得了许多人生好处，也吃了好多光棍不吃的苦头：那寡妇是泼人，一张嘴骂街，舌头如刀子一般，凡事大小，只能我亏人，不能人亏我，好强要盛，偏偏争不了一口气——不会生儿。三个女子三个客娃，四十岁上抱养了一个男的，长到五岁。还不会说话，只以为说话迟点，到了十六七岁，还不开口说话，才相信果然是个哑巴。如今两个女儿都出嫁了，哑巴儿子又百事不中，日子过得紧紧巴巴。就来给韩玄子说好听的，央求能帮他办个营业执照，他要办杂货店。韩玄子去公社说了一回，从此驼背就成了杂货店主，仅仅两年工夫，手头也慢慢滋润起来，人模狗样的再不是当年的"油棰子"相了。韩玄子半年以来，酒量增大，少不得心中有事，就在那里喝开了。

今早的雾不比往常，太阳已经冒花了，还没有散尽。韩玄子站在塬头上，镇子街口依然还是看不分明。这镇子真是好风水，河水从秦岭的深处七拐八弯地下来，到了西梢岭，突然就闪出一大片地面来，真可谓"柳暗花明"！河水沿南山根弓弓地往下流，流过五里，马鞍岭迎头一拦，又向北流，流出一里地，绕马鞍岭山嘴再折东南而去，这里便是一个偌大的盆地了，西边高，东边低，中间的盆底就是整个镇街。韩玄子对镇街的二千三百口人家，了如指掌；知道谁家的狗咬人，谁家的狗见人不咬。

他披着羊皮大袄从竹丛边小路往下走，下了漫坡，到了大片河滩地，再往西走，就是镇街了。他家的二亩六分地全在河滩。初冬播下麦后，他和二贝来灌过一次水，好长时间没来了。现在顺脚拐到自家地边，见麦子长得还高，只是黄瘦瘦的。有几家人开始担着锅灰、炕土，在地里施浮肥，老远看见他了，就都笑笑的，说：

"韩先生，起得早啊！"

他吭了一声，看着那些人乌烟瘴气地撒灰，说：

"施得那么厚，不怕麦子将来倒伏吗?"

这是一个光头汉子，冬冬夏夏，胸口的衣扣不系，其实并没有衣扣，那么一抿，用一根牛皮裤带紧了。老年人腰里紧一条粗布腰带，青年人绝对觉得难看；他却离不开腰带，腰带又必是牛皮裤带，是个老小之间的过渡人，说：

"我不能和你佬比呀，你佬能买下化肥。别看你家的麦子黄黄的，开春撒了化肥，就手提一般的疯长！我家没有牛，踏不出粪，种时甜甜种的，再不上些炕土，真要长出蝇子头大的穗穗了！"

光头的话，多少使韩玄子心中有了些安慰。土地承包后，村子里的牛全卖给了私人。但现在的人，脑袋都是空的，做农民，也做生意，是卖主，也是买主，有买有卖，翻手为云，覆手为雨，这牛几经倒手，就全卖给了山外平原上的人，抓了现钱了。这样，地里没有可施的肥，化肥就成了稀罕物。韩玄子为此也发过牢骚，认定这几年，粮食丰产，那是人出了最大的力，地也出最大的力，若长期以往，地土都板结起来，还会再丰收吗？

退一步又想：罢了，罢了，咱不是政府，又不能制定政策，天下如此，我也如此了！可幸的是，每年公社拨化肥指标，别人买不到，他能买到，至今炕角还堆有两袋化肥，当他提着化肥在田里撒的时候，让那些人眼红去吧！

"唉，"他却偏要叹息，"能收多少麦呀，化肥钱一年就得几十元呢！"

光头撇撇厚嘴，低声说：

"你愁什么呀，又有钱，又能买到化肥！"说着，丢下担笼，过来搓着手，从棉袄怀里掏出一包烟来，递给韩玄子一支，"等过了年，你佬能不能替我买几袋呢？"

韩玄子望着那一颗青光脑袋，心里说：要我办事，就拿出这一支烟来；买几袋化肥，就值这一支烟吗？

"那费了我什么了，我不是也常托你帮忙吗？我说狗剩，你就这几亩地，炕土上得这么厚厚一层，还用得着化肥呀！"

光头狗剩却说：

"你还不知道呢，我现在是六亩地哩。王才家忙着搞他的加工厂，他家的三亩多地转让我种了。"

王才，又是王才，韩玄子一听到这个名字，心里就蹿上一股气来。他问道：

"你说什么？他转让地了？这事经谁允许的？他这么大本事，敢随便出租土地，他这是剥削你，雇你的长工！"

狗剩见韩玄子变脸失色起来，当下心里"怦怦"作响，忙四周斜眼看看，没有外人，便将火柴擦着，为老汉点着烟，说：

"你佬快不要声张，这是我两家协商的。王才家先是要卖商芝，不成了，还买了压面机要压面，现在只是一心张罗他的食品加工，买了好多机器，院里搭了作坊，能做点心、酥饼，还有豆角沙糖，吃起来倒比县食品加工厂的油重，又酥得直掉渣渣。小商小贩都来买他的货哩。他现在一家大小八口，还有两个女婿，正招收入入股，开春想大干哩！这地当然腾不出手脚来种，咱是粗脚笨手的人，做生意没有脚蟹，只会刨扒这土疙瘩。我们商定三亩多地一年两季给他家二担粮，这也是周瑜打黄盖，他愿意打，我愿意挨。"

韩玄子叫道：

"胡来，胡来！谁给他的政策？他要转你，你就敢接？"

狗剩说：

"当初我也不敢，王才说，河南早就这么干了，恐怕很快上边也要有条文下来。我也想，现在的政策也是边行边改，真说不定会这样。再说，现在是能人干事的社会，谁能干，国家都支持，咱只会种庄稼，仅仅那三亩地，咱就能发了？韩先生，韩伯，这事你千万不要对公社的人讲啊！"

韩玄子支吾了一句，从麦地边走过去了。

地的中间，本来是有一条宽宽的路，可以过马车，一头通到镇街上，一头通到马鞍岭下，可以直下河南、湖北。早年路畔有一庙，是汉代建造，庙里的四个泥胎就是四皓，"文化革命"中倒坍了。随之不久。公路在塬上修通，这条路就荒芜起来。韩玄子每每走到这里，就要对着四皓庙倒坍后的一堆石条大发感慨。好久未到这里来了，今见种地人都在扩大自己土地的面积，将路蚕食得弯弯扭扭。韩玄子一面走，一面骂着"造孽！"

"唉唉，人心都瞎了，瞎了，没人修路了！"

对于土地承包耕种的政策，韩玄子是直道英明的；他不是那种大锅饭的既得利益者。那些年里，他在外教书，老伴常年有病，四个孩子正是能吃而不能干，家里总是闹粮荒，每月的工资几乎全贴在嘴上了。而今分地到家，虽然耕种不好，但够吃够喝，还有剩余，挣得的钱就有一个落一个，全可用在家庭文明建设上了。他是信服一句老话的：天下最劳力者，是农民；农民对于国家，是水，国家对于农民，是船；水可以浮船，水亦可以覆船。如果那种大锅饭再继续下去，国穷民贫，天下将会大乱，恐怕是不可避免的。

但是，新政策的颁发，却使他愈来愈看不惯许多人、许多事。当土地承包的时候，生产队曾经开了五个通宵会，会会都炸锅。因为无论怎样，土地的质量难以平等，谁分到好地，谁分到坏地，各人只看见自己碗里的肉少。结果，平均主义一时兴起，抓纸蛋儿十分盛行，于是平平整整的大块面积，硬是划为一条一溜，界石就像西瓜一样出现了一地。地畔的柳树、白杨、苦楝木，也都标了价，一律将钱数用红漆写在树上，凭纸蛋儿抓定。原则上这些树不长成材，不能砍伐，可偏偏有人就砍了，伐了。大的做梁做柱，小的搭棚苫圈。水渠无人管理，石堰被人扒去做了房基。这些乱七八糟的现象，韩玄子看不上眼，心里便估摸不清农村的前途将会如何发展？他毕竟是有文墨的人，每一天的报纸都仔细研究。政府的政策似乎并没有改变，他便想：承包土地一定是国家的权宜之计。可这想法时不时又被自己否定了。最又是那些轻狂的人，碗里饭稠了，腰里有了几个钱，就得意忘形。他不止一次警告着那些人："大凡人事、国事、天下事，都是合久必分，分久必合啊！"后边的话，他不说出口，其实他也不知道该怎么说了对，只是自己想想；自己给自己想的。何必说出来呢。

如今，王才竟又转让起了土地，使他本来就被家事、村事搅得乱乱的心绪越发混乱了。

王才，那算是个什么角色呢？韩玄子一向是不把他放在眼里；但是，王才的影响越来越大，几乎成了这个镇上的头号新闻人物！人人都在提说他，又几乎时时在威胁着、抗争着他韩家的影响。他就心里愤愤不平。

他还在县中教书的时候，王才是他的学生，又瘦又小，家里守一个瞎眼老娘，日子恓惶得是什么模样？冬天里，穿不上袜子——麻秆子细腿，垢甲多厚，又尿床，一条被子总是晒在学校的后墙头上。什么时候能体面地走到人前来呢？

初中二年级，王才的姐姐要出嫁，家里要的财物很重，甚至向男方要求为瞎眼娘买一口寿棺。这事传到学校，好不让人耻笑，结果王才就抬不起头，秋天里偷偷卷了被子回家，再也不来上学了。

当了农民，王才个子还是不长。犁地，他不会，撒种，他不会，工分就一直是六分。直到瞎眼娘下世、新媳妇过门，他依旧是什么都没有。

就这么个不如人的人，土地承包以后，竟然暴发了！

"哼，什么人也要富起来了！"韩玄子一边往镇街上走，一边心里不服气。远远看见河边的水磨坊里，一人半高的大水轮在那里转着，他知道王才一家还在那里磨麦子，就恨恨地唾了一口：我不如你吗？就算你有钱，有粮，可你活的什么人呢；我姓韩的，一家八口，两个在省城挣钱，两个在本地挣钱，我虽不在公社大院，这镇子上谁不晓得我呢，我倒怯火了你？！

走进镇街，一街两行的人家都在忙碌。街道是很低的，两边人家的房基却高，砖砌的台阶儿，一律墨染的开面板门。街面上的人得天独厚，全是兼农兼商，两栖手脚。房间十分拥挤，满是门和窗子，他们虽不及上海人的善于拥挤，但一切都习惯于向高空发展：家家有大立柜；木房改作二层砖楼，下开饭店、旅店、豆腐坊、粉条坊，上住小居老，一道铁丝在窗沿拴了，被子毯子也晾，裤衩尿布也挂。正是腊月天里，"腊八"已过，家家开张营业，或是筹备年货。有的将一切家什搬上街道，登高趴低地扫尘刷墙；有的在烟腾雾罩地做豆腐，酿米酒；更多的是一群一伙地在逛街。那些专业户、个体户的子弟已经戴上了手表，穿上了筒裤，三个人、四个人，一排儿横在街上走，一见韩玄子，哗地就散开，钻进什么人家的店里去了。几家正在修理房子，木工一群，泥瓦工一群，乱糟糟的不可开交。他们见了韩玄子，却全停下手中的活，笑着打招呼。韩玄子走过去，

站在修理房子的一家门前，对着山墙头脚手架上的一个人说：

"哈，真要过年了，收拾房子呀！"

"啊，是韩先生呀！给先生散烟呀！"脚手架上的人喜欢地叫着，就跳下来，"房子也旧了，不收拾不行了，我想再盖出一间，办代销店呀！"

"让巩德胜的生意惹红眼了？"韩玄子笑着说。

"能寻几个钱是几个钱吧，地里活一完，就没事干了嘛。韩先生，我啥时要去找你呢，眼看房子修好了，营业证还没办哩。"

韩玄子知道他要说什么事了，便叫道：

"都在办店了，天神，有多少人来买呢？真不得了，公社王书记给我说，现在要办营业证的人家多得排队哩……"

"是难办。"那人说，"咱不认识人，怕还办不成哩，这全要靠你老了。"

"好说。我可以给王书记说说，看行不行。"

韩玄子想立即走掉，那人却还死死拉住他，说：

"只要你一句话，还能不行吗？先生是什么人，谁不知道呢！哎，听说咱女子出嫁了，你怎么不声不吭的，把我也当了外人了？"

韩玄子说：

"现在讲究旅行结婚嘛，娃的事腊月初八就办了。"

那人说：

"旅行是旅行，可咱这里有这里的风俗嘛，总要给娃送个'路'吧！日子定在几时？"

"算了，不惊动镇上人了。"

那人说：

"那怎么行？你不说，我会打听出来的。"

韩玄子只是笑着不言语，要走，又走不脱，就听见有人锐声叫道：

"他韩伯，怎么不来屋里坐呀！"

众人扭过头去，见是巩德胜的老婆。这是个枣核女人，头小脚小，腰却粗得如桶。想必是清早掏了一篮红萝卜去河里洗了，才回到街上。一只手提着篮子，一只手伸在衣襟下取暖，看见了韩玄子，就大声吆喝。这吆喝声小半是叫韩玄子听，多半是让一街两行的人家听的。

"这枣核精！"那人低声骂一句，对韩玄子说，"进屋歇会儿吧，屋里有炭火哩。"

韩玄子说：

"不啦，我去买些酒去。"

说罢就走，还听见那人在后边说：

"先生，那事就托付你佬了！"

巩德胜的杂货店台阶最高。三间房里，一间盘了柜台，里边安了三个大货架，摆着各式各样百货杂物，两间打通，依立柱垒了界墙，里面是住处，外边安放方桌。桌是两张漆染的旧桌，凳是八条宽板儿条凳，是供吃酒人坐的。巩德胜背是驼的，衣服只能做得前边短，后边长。鼻子很大，又总是红的。一辈子的风火眼，去年手中有了积蓄，才去县医院就诊，良药没有，便配了一副眼镜戴上。

一见韩玄子上了台阶，巩德胜就从柜台里走出来，说：

"四天了，不见你来，我估摸你那酒也该喝完了，不是晌午就是晚上该来了，没想大清早的……"

招呼坐了，取了纸烟递过，就对老婆说：

"切一盘猪耳朵，我和他韩伯喝几盅！"

枣核女人就刀随案响，三下两下切了一盘酱好的猪耳朵，又拿了酒壶到瓮子上，用酒勺子一下一下慢慢地倒。

韩玄子说：

"甭喝了吧，要喝我来买，你们做生意的，哪能招得住这样。"

枣核女人把勺子慢慢端上来，却并不端平，手那么一动，让酒洒出了几滴，说：

"计较别人，还计较你呀！"

韩玄子笑了笑，心里说：人真不敢做了生意，把钱看得金贵了！瞧，让我来喝，还一勺子一勺子计算，又端不平，使奸哩，哼，那瓮里的酒能不掺了水吗？酒端上来，拿缸子里的热水烫了。韩玄子喝了一口，就尝出里边果然是掺了大量的水。问道：

"这几天生意还好？"

"凑合。"巩德胜说，"小打小闹，总算手头不紧张了，这还不是全托了你的福吗？"

酒喝过了两壶，两人都晕晕乎乎起来，巩德胜问起韩玄子家里的事来，韩玄子一肚子的闷气就随酒扩散到全身毛细血管，脸色顿时紫红，一宗一宗数说起白银的不是——从她的发型，到她的一件西式春秋衫以及脚上的拖鞋——越说越气。巩德胜每一句话都是投韩玄子之所好，韩玄子便认作知己，脱了羊皮大袄。说：

"兄弟。这话哥窝在肚里，对别人说不起啊，咱是什么人家，怎么就出了这种东西！世道变得快呀，变得不中眼啊！现在你看看，谁能管了谁？老子管不了儿女，队长管不了社员；地一到户，经济独立，各自为政，公社那么一个大院里，书记干部六七人，也只是能抓个计划生育呀！"

巩德胜说：

"现在自由是自由，可该受尊敬的，还是受尊敬，公社大院里的干部，说到底还是咱的领导。你老哥英武一辈子，现在哪家有红白喜事，还不是请了你坐上席？正人毕竟是正人；什么社会，什么世道，是龙的还是在天上，是虫的还得在地上！"

这话又投在韩玄子的心上，他就说道：

"这倒是名言正理！就说王才那小个子吧，别瞧他现在武武张张，他把他前几年的辛酸忘记了，那活得像个人？"

巩德胜压低了声音说：

"老哥，你知道吗？听说小个子手里有这么些票子哩！"

他伸出手来，一正一反晃了晃，继续说道：

"他怎么就能弄到这么多，他不日鬼能成？不偷税漏税能成？政府的政策是让一部分人先富起来，可能让他富得毛眼里都流油吗？"

韩玄子耳脸已经发烫，可还去摸酒壶，酒却洒在桌子上，巩德胜忙俯下身子，凑了嘴在桌上吮干了。韩玄子正要接他的话，见此状便噗地笑了：

"你这人真会过日子，这酒里掺了水，滴几点还心疼呀！"

一句酒后的笑话，却使巩德胜脸色赤红，说：

"这酒哪里会掺了水，咱是什么人，干那缺德的事?！"

忙借故取烟来抽。韩玄子倒嘎地又笑了，说：

"我怕是醉了。再喝一壶吧，这壶我掏钱。"

巩德胜竟充起大方来，又唤枣核女人倒酒，说：

"老哥，这个店说是我办的，也可以说是你办的，你来了我心里高兴！常言说：酒席好摆客难请。打个比方，那个小个子听说家里有汾酒，菜或许比我的丰盛，可七碟子八盘子摆三桌五桌，怕还请不到你呢。来，咱俩划几拳热闹热闹！"

吆三喝五划过几拳一，韩玄子却拳拳皆赢，巩德胜眼睛都直起来了。枣核女人一直在旁观战，心里不是疼着老汉，只是可惜那酒，就喊后院的哑巴儿子进来替爹喝。那哑巴趔趔趄趄进来，歪眉斜眼立在一旁，夺了巩德胜手中的酒盅就喝，巩德胜一把推过，吼道：

"滚！我哪儿就能醉了？我和你韩伯正喝到兴头，再喝十壶八壶也喝不醉。老哥，我现在能喝了这几两酒，也全是承蒙你提携。你看，就咱这点小利，这街坊四邻倒都眼红了，街那边姓刘的，人家也要办杂货店了，也要卖酒啦！那是一辈子不走正路的人，随着那小个子王才跑，这号人，能领到营业证？"

韩玄子说：

"这说不来，你能领，人家恐怕也能领。"

"那就把咱这老实人整治了！"巩德胜说，"兄弟这店能不能办下去，还得你老哥照顾哩！"

韩玄子喝得头有些沉，心里却极清楚，偏是口里不说：只要我去公社谈谈，他姓刘的就甭想领营业证了！而只是笑着。

"我是那号人吗？要是看不上你，我也不会喝你的酒。我现在只给你说，正月十五，我给叶子'送路'，谁我也不招呼，到时候你来吧。"

巩德胜说：

"我怎么能不去呢？你的女子就是我的女子嘛。东西备得怎么样了？"

韩玄子说：

"什么都好了，你给我留上十几瓶好酒，我今日先带五瓶。"

钱从口袋掏出来，硬铮铮的，放在桌子上。巩德胜却放着大话说不急，韩玄子就又说：

"不是向你兄弟夸口，一家四个人挣钱哩，你要少收一分，这酒我也就不提了。"

这当儿，韩玄子的小女儿跑进店来，一见爹喝得眼睛红红的，就说：

"你又是喝，喝，那马尿有什么可喝的！"

韩玄子对儿女要求极严，唯独十分疼爱这小女儿；小女儿在任何场合说他，他也不怪，当下笑着说：

"瞧我这小女子！家里有啥事吗？"

小女儿说：

"王才哥在家等你半天了。"

杂货店里一切都安静了。巩德胜紧张地看着韩玄子的脸，以为他要发怒了。韩玄子没有言语，只是喝酒，喝得又急又猛，捏起了空盅子举起来，却轻轻放下了，说：

"他找我，找我干啥？

四

王才已经到韩玄子家很长时间了。

他是在水磨坊里，磨完第二担麦子后就赶来的。自从扩大食品加工生产以来，他几乎没有一天安闲过，饭不能按时吃，觉不能踏实睡，人本来又瘦又小，就越发地瘦小了。出奇的是那一双眼睛，漆点一般，三天三夜不沾枕头，竟无一丝一缕发红的颜色。而且逢人就眯，一眯就笑纹丛生，似乎那眼睛不是长着看人的，专是供人来看的。有人看过他的相，说：此乃吉人天相也。

当然，他的自我感觉还是良好的。他很感激这么些年，七倒腾，八折腾，总算认识了自己，发现了自己。自己要走一条适合于这秦岭山地，适合于这"冬晨雾盖"的镇子，适合于自己的路子。他在省城当临时工那会儿，见过那一人多高的烘烤机，可以直接烤出点心、面包，但价钱太贵了，五万多元，他一时还拿不出来，只有能力先做些酥糖之类。一切东西准备好后，便将四间上屋腾出两间。又在西院墙下搭了一个三间面积的草棚，这就是全部的作坊了。生产的豆角砂糖、饺子酥、棒棒酥糖，其实是很简单的，先和面，后捏包，下油锅，粘砂糖，这些操作，乡下的任何女子都做得来，关键只是配料了：多少面料，配多少大油和多少白糖。这技术王才掌握，而且越来越精通。甚至连称也不用，拿手摸摸软硬，拿眼看看颜色，那火候就八九不离十了。一家人这么干起来，从夏季到秋里，月月可盈利二百多元。人心是无底的，吃了五谷想六味，上了一台阶，想上两台阶。王才日夜谋算的是买到一台烘烤机，他便要扩大作坊，补充兵马，增加品种，放开手脚要大干了。

他计算过，如果招收四十人，按一般的情况，平均每人每月可拿到工资四十一元。这个数字虽然并不大，但对于农民来说，尤其在麦秋二茬庄稼种收碾打之后，闲着无事，这四十元仍是一个馋人的数字。王才估摸，只要一放出这个风去，要来的人定会拥破门框。那时候，要谁，不要谁，他就是厂长，是经理，是人事科长，说不定也会像国家招收工人一样，有人要来走后门了。他当然心中有数，谁个可以要，谁个不可以要，他不想招收那些脑袋机灵、问题又多的人。这些人，他们有的是粮，有的是钱。他要招收那些老实巴交的人，这些人除了做庄稼，别无他长；而这些人在农村是大量的。招收他们，一来可以使其手头不再紧巴，二来他们会拼着命干活的。

可是，出乎王才意料的是，招收的消息一传开，人人都在议论。来找他入股做工的却寥寥无几！他百思不解这是什么缘故。让儿女出外打听了，原来，有的人担心这加工厂能不能搞长？更多的人则是怀疑起他的做法了：

"王才这不是要当资本家了吗？"

"国家允许他这样发财吗？"

"韩玄子家的人肯去吗？"

听到这些疑问，王才的心里也着实捏了一把汗，他是没根没基的一个人，县上没有靠山，公社没有熟人，凭的只是自己的一颗脑袋和自己的一双手。是不是会发生什么危险呢？他开始留神起报纸上的文章，每一篇报道翻来覆去地读。他心里踏实了。

村里人没几个入股，他就找他的亲戚。当各种酥糖生产出来，远近十多里内的小贩都来购买，村里的人没有一个不在说：吓，吃死胆大的，饿死胆小的。

到了腊月，正是冬闲时期，能跑动做生意的人都黑白不沾家了，无事可做的却老觉得天长日久。王才就动手扩大了作坊，还想多招人手，因为年关将近，正是酥糖大量销售时机，人若误时，时不再来啊！

今天早上，他在水磨上磨麦，磨坊里挤满了人，都在议论着公房的事。原来，紧挨王才家，早先是生产队的四间公房，土地承包之后，这房子就一直空闲。现在传闻说，队干部研究决定，要将这房子卖掉，然后把钱分给社员。公房前面就是大场，大场外便是直通镇街的大道。队干部初步商定，谁若买了房子，又不想在原地居住，可以允许拆迁，然后在后塬上公路边为其重丈量四间房基，而将原房基作为耕地对换。四间房估价一千三百元。这是宗很便宜的事，好多人家都跃跃欲试，但是钱必须一手交清，谁家又能一下子拿得出呢？

王才得了这消息，心下便想：这公房正挨着我家，买过来扩大作坊，明年买置烘烤机不就有地方安装了吗？但他担心的事情很多：别人要买怎么办？一家买不起几家联合买怎么办？数来数去，能一下子掏出这么多钱的，怕只有韩玄子家了。韩玄子家房子多，也许不会买，但必须先探探他的口气，何况他是镇上的头面人物，生产队长还是他的侄儿呢。

王才没等第二担麦子磨完，就顶着一头面粉，匆匆到了韩玄子家。一进门，见二贝娘正在照壁前拾掇跌落下来的碎瓦片，便眼睛又眯眯地笑起来了，说：

"婶子真是勤快，这么大年纪了，儿女媳妇都挣钱，还用得着你这般忙活呀！"

二贝娘见是王才，先是一愣，接着就咻地笑了，说：

"你是从面瓮里才出来的？人不人，鬼不鬼的！"边说边解下腰中的围裙，哗哩叭啦地帮他拍打了，接着说：

"我有什么福可享！我们家里挣钱，月月国家给了定数的，四个人哪能顶住你一个人！真要有钱，也不至于让照壁破成这样，没有白灰嘛！"

王才说：

"那你怎么不吭一声，我那儿有白灰。韩伯不在吗？"

"一早出去了。"

"那我现在给你背白灰去！"

二贝娘忙拉住了，说：

"急啥，急啥，真要有灰，让二贝回来去取就是了，还能再让你跑！找你韩伯有什么事吗？你可是无事不登门哟！"

"没什么事，和我伯来坐坐。"

王才被让坐在上屋，二贝娘又架起了炭火，要去拿烟，王才说带着，自个先抽起来。他是没有特别的嗜好的，酒不喝，茶不喝，认定那是有闲的人享受的，他陪不起工夫。烟也并不上瘾，只是出门跑外，人情应酬，男子汉不抽一支两支，一双手便不好安排。二贝娘问起食品加工厂一天能赚多少钱，信用社里已经存了多少？王才自然全打哈哈，二贝娘就说一通：越有越吝，越吝越有；我又不向你借，何必恐慌。两个人就都笑了。

王才说：

"婶子说的！世上什么都好办，就是钱难挣；你也想想，你们家四个人挣钱，能落几个呢?"

二贝娘说:

"能落几个? 空空? 我家比不得你家呀，你韩伯好客，三朋四友多，哪一天家里不来人，来人哪一个不喝不吃，好东好西的全是让外人吃了!"

这一点，正是王才可望而不可即的。他是多么盼望天天有人到他家去，尤其是那些出人头地的角色。当下心里酸酸的，口上说:

"韩伯威望高啊，咱这镇上，像韩伯这号人能有几个呢! 我常对外人说，古有四皓，今有韩伯。你们这一家是了不得的人物，出了记者，出了教师，大女子嫁的又是工人，小女又上学，将来少不得又是国家的人，书香门第啊! 哪像我们家，大小识不了几个字，就是能挣得吃喝，也吃喝得不香不甜呢。"

正说得热闹，韩玄子回来了。王才从椅子上跳起来问候，双双坐在火盆旁边了。韩玄子喊老伴:"怎么没把烟拿出来!"王才忙掏出怀中的烟给韩玄子递上，韩玄子看时，竟是省内最好的"金丝猴"牌，心里叫道:这小个子果然有钱，能抽五角三分的烟了。老伴从柜子里取出烟来，却是二角九分的"大雁塔"牌，韩玄子便说:

"那烟怎么拿得出手，咱那'牡丹'烟呢?"

"什么'牡丹'烟?"老伴不识字，其实家里并没有这种高级香烟。

"没有了?"韩玄子说，就喊小女儿，"去，合作社买几包去，你王才哥轻易也不到咱家来的。"顺手掏出一张"大团结"，让小女飞也似的跑合作社去了。

王才明白韩玄子这是在给自己拿排场，但心里倒滋生一种受宠的味道:韩玄子对谁会如此大方呢? 韩玄子却劈头问道:

"你找我有什么事吗?"

"没甚大事。"王才说，"你老年纪大，见识广，虽说退休在家，不是社长队长的，可你老德高望重，我们这些猴猴子，办些事还少不得要请教你呢。不知是不是实，我逮到风声，说是队上的那四间公房要处理?"

韩玄子心里一惊:这消息他怎么知道? 处理公房一事，是前三天他和队长商量的，也征得大队、公社同意，但如何处理，方案还没有最后确定，这王才却一切都知道了!

"你听谁说的?"韩玄子作出刚刚知道这事的样子，倒问起了王才:

"水磨坊里的人都在说了。"

"都怎么说的?"韩玄子并不接王才的话,他已经明白王才到他家来的目的了。

王才说:

"说什么话的都有。有的说这房早该处理,要是再不住人,过几年就要塌了。有的说就是价钱太高,谁一下子能拿一千三百元?依我看,最有能力来买这房的,怕还是你老了。"

没想王才竟又来了这一下,韩玄子看着那个小鼻小眼的小脑袋。心里骂道:好个厉害角角,自己想买,偏不露头,来探我的口气哩!便说:

"要说买吗,我确实也想买。可这怕不是我想买就能买的事。房子是集体的,全队人人有份。我想,想买的人一定不少,该谁买,不该谁买,这话谁也不敢说死,到时候得开社员会,像咱分地分树那样,要抓纸蛋儿了,你说呢?"

王才说:

"你老这话是对的。可我思想,咱这村上,还没有无房的人家,若买了,一家人就得分两处住。要买了拆了重新盖,这房是半新旧的,新盖时木料已定,扩大也不行,想小也不能,一颠一倒。还得贴二千元吧,这就是说,一千三百元买了个房基,这样一来,怕又使好多人不敢上手了。抓纸蛋儿,是最公平的。

我来讨论你老的主意,纸蛋儿要是被我抓了,我就把我原来的院墙搬倒,两处合一个院子,你看使得使不得?"

韩玄子在巩德胜店中喝的酒,这阵完全清醒了。听了王才的话,他哈哈笑起来,直笑得王才丈二和尚摸不着头脑,末了,戛然而止,叫道:

"如果你能抓上,那当然好呀!你不是要扩大你的工厂吗,这是再好不过的事,这就看你的手气了!"

说到这里,韩玄子压低了声音,似乎是极关心的样子问道:

"王才,伯有一件事要问你,我怎么在公社听到风声,说你把土地转租给别人了,可有这事?"

王才正在心里捉摸韩玄子关于房子的话,冷丁听到转地的事,当下脸唰地红了,说道:

"公社里有风声?韩伯,公社里是怎么说的?"

"喝茶，喝茶。"韩玄子却殷勤地执壶倒茶。他喝茶一贯是半缸茶叶半缸水的，黑红的水汁儿，王才喝一口就涩苦得难咽，韩玄子却喝得有滋有味："要是别人，我才懒得管这些事哩，现在是农村自由了，可国家有政策，法院有刑法，犯哪一条关咱什么屁事！可活该咱是一个村的，你又是我眼看着长大的，我能不管吗？你给伯实说，到底是怎么一回事？"

王才就把转让三亩地给光头狗剩的前前后后说了一遍。他现在，并没有了刚才来时的得意和讨问公房时的精明，口口声声央求韩玄子，问这是不是犯了律条？

"你真是胆大呀！"韩玄子说，"你想想，地这么一让，这成了什么性质了？国家把土地分给个人，这政策多好，你王才不是全托了这政策的福吗？你怎么就敢把地转租给他人？王才呀，人心要有底，不能蛇有口，就要吞了象啊！"

王才说：

"好韩伯，我也是年轻人经的事少，我听说河南那边有这样的先例，一想到自己人手不够，狗剩又不会干别的，就转让给他了。你说，我现在该怎么办？"

"那就看你了。"韩玄子说。

"我听你的。韩伯。"王才说，"那地我不转让狗剩了，公社那里，还要你老说说话，让一场事就了了。"

韩玄子说：

"我算什么人物，人家公社的人会听我的？"

王才说：

"你老伸个指头也比我腰粗的，这事你一定在心，替我消了这场灾祸。"

小女儿去买"牡丹"烟，一去竟再没回来。二贝和白银却进了门，在院子里听见上屋有说话声，便钻进厨房来，问娘说：

"公社大院的那些食客又来了吗？"

娘说：

"胡说些什么？人家谁稀罕吃一口饭！怎么这般快就回来了？"

白银说：

"叶子请了许多帮工的，哪儿用得着我们呀！"

娘已经在锅里烙好一张大饼，二贝伸手就拧下一大片，塞在口里吃，白银不是亲生的，又分房另住，没有勇气去吃。娘嗔怒地说：

"你那老虎嘴，一个饼经得起两下拧吗？把你分出去了，顿顿都在我这儿打主意，剩下你们的，两口子吃顿好的；门倒关得严严的在炕上吃！"

白银已经进了她的厦子房，说是脚疼，又换了那双拖鞋。二贝一边吃着，一边冲着娘笑，说：

"谁叫我是你的儿呢？天下老，爱的小，你就疼你小儿子嘛！"

说罢拿了饼走进厦房，再出来，手里却是空的，在上屋窗下听了一会儿，又走进厨房来。娘就说：

"看看，我说拧那么大一片，原来又牵挂媳妇了，真不要脸！"

二贝说：

"屋里不是公社人，是王才？"

"嗯，"娘说，"来了老半天了。"

"找我爹说什么了？"

"谁知道，我逮了几句，是你爹训斥王才不该转让土地。"

五

整整四天里，韩玄子家忙得不亦乐乎。二贝修整了照壁，给屋舍扫灰尘，给墙壁刷白灰；垒花台的碎砖乱石，补鸡棚的窟窿裂缝，里里外外，真像个过年的样子。娘又把一切过年的、"送路"待客的东西——该过秤的过秤了，该斗量的斗量了。韩玄子就拿了算盘，一宗一宗拨珠儿合计：米三斗四升；面六斗二升；黄豆一斗交给了后街樊癞子去做豆腐，一斤做斤半，一斗四十斤，是六十斤豆腐；大肉五十斤、一个猪头、四个肘子；肠子、肚子、心肺、肝子各五件；菜油十斤；豆油六斤；荤油要炼，割了花板油块十斤；稠酒一坛；醪糟一罐；红白萝卜二百六十斤；白菜八十斤；洋葱一百二十。韩玄子拨完算盘，皱着眉头说：

"怕不宽裕哩！还没计算小零碎，花生米、虾皮、粉丝、糖果、瓜子，全还没有买下，还有烟酒，买劣等的吧，不行，买好一点的，又是百十来元。罢罢罢，头磕了也不在乎一拜，要办咱就办个漂亮！现在唯一操心的是柴火，集市上我去问了，劈柴是三元二一百斤，湿梢子也是二元三四一担，要买，就得买十四五担。还要买炭，一元钱十二斤，还不需二百斤炭吗？"

韩玄子一愁，二贝娘就愁得几乎要上吊，当天中午牙就疼起来，韩玄子骂了几句"没出息"，就下令谁也不许在外唉声叹气，主意将东坡祖坟里的两棵老柿树砍些枝杈当柴火。二贝不同意，说砍了枝，来年必然影响柿子成果，不说旋柿饼，窝软柿，单以柿子焐醋，这一项开支就可以全年节约七八十元。二贝就去找他的同学水正。水正毕业后，在家里待业，后来买了一辆手扶拖拉机跑运输，辰出不知早，酉归不晓黑，日月过得还不错。二贝和他在校时便是好友；毕业后，水正为了家里盖房批房基地，也请韩玄子帮过忙。这回，二贝将买柴火之事告诉水正。他就满口应承。第二天鸡叫头遍，两人就起了身，开机前往八十里外的寺坪坝去买柴火了。

就在这天中午，队里召开了社员会，讨论关于公房处理事宜。当然喽，办法是韩玄子出的：抓纸蛋儿。侄儿队长当场讲明，谁若抓到纸蛋，三天之内必须交款。抓纸蛋儿的结果，韩玄子没有抓到，王才也没有抓到。本来那些无心思要买房的不参加抓纸蛋儿，偏偏一个姓李的气管炎患者，却嘻嘻哈哈地硬要参加；世上的事常常是闹剧，没想他竟抓到了。

会议一散，韩玄子就把气管炎叫到家里，说：

"你真的要买了这公房？"

"我没钱有手气。"气管炎说，"我是特意儿为你老抓的！"

韩玄子喜欢得一把拉住气管炎，说这孩子越长越出息，可惜就是让病害了，他和二贝娘常常念及，叹息老一辈人里，差不多都是儿孙满堂，活得乐乐哉哉，唯独气管炎的爹过世早，留下这一条根，又病得手无缚鸡之力，莫非天也要使李家的脉断了？

几句话说得气管炎伤心起来，将自己前前后后的婚姻挫折对韩玄子诉说了，直说得涕水泪水不止。二贝娘心软，别人流泪她便流泪，末了答应一定要帮气管炎找个媳妇。那气管炎活该的下贱坯子，当即趴下给二老嗑了响头，说：

"我今生今世都不敢忘两位老人的恩德！我是猴急了的人，若找媳妇，姑娘也行，寡妇也行，年纪小些也行，年纪大些也行，你们对她说，过了门，我不打她！"

气管炎一走，韩玄子大发感慨：

"世上的人真是得罪不起！再瞎的人，说不定还真有用上的时候，正是应了古语，烂套子也能塞窟窿啊！"

二贝娘说：

"这气管炎可怜是可怜，但也是个刁奸东西。这抓纸蛋儿的事，本来也是没他抓的，他偏要抓了，就是为着讨好人呢。咱现在房子够住，要那公房干啥？"

韩玄子说：

"这便看出你这妇道人家的眼窝浅了！为什么咱不要呢，咱要不要，那王才必是一口吞了！"

二贝娘说：

"你也真是！整天和二贝闹不到一起，现在倒何苦下力气再为他们盖房置院，你是有精力呢，还是有千儿八百的钱花不出去？王才他要买，让他买去罢了！"

韩玄子说：

"这你不要管，二贝回来了，我有话同他说。"

天擦黑。二贝和水正开着拖拉机回来了，二千五百斤劈柴，二百斤木炭。韩玄子乐得直对水正说：

"这下给伯办了大事！为这烧的烤的，我几天几夜都在熬煎哩！"

一家人捧水正为座上宾，水正倒不大自在了，口口声声这是应该，以后有用着他的时候，只管吩咐就是。韩玄子就说一番二贝：所交的三朋四友，就水正交得，什么时候可以忘了别人，万不敢忘了水正。

柴火背回来，堆在院里，白银便去抱了许多，垒在自己厦房门口，这便是宣告这柴是属于她的了！小女儿看见后，在厨房悄悄对娘说了，娘小声骂道：

"这不贵气的人！柴是二贝拉的，我能不给你分点吗？这小蹄子，真是有粉搽不到脸上来，装人也不会装！"

末了又对小女儿说：

"这话你不要对你爹说！"

饭当然是好饭，细粉吊面，一盘炒鸡蛋，一盘花生米。韩玄子硬要水正喝几盅酒解乏，又一定要划几拳，三喝两喝，竟喝而不止。面下到锅里已经多时，就是不能端上来。二贝起身到厨房，对娘说：

"我爹酒劲又上来了，人家水正半天没吃饭，晚上还有事，别喝醉了。你去挡一下吧！"

"你爹也难得今日高兴。"做娘的走上堂屋，说，"面已经泡了多时了，是不是先吃点，吃过再喝吧！"

大家才放下酒盅。

偏巧，院门环叮叮哨哨摇得生响，小女儿出去看了，见是气管炎，让进来。气管炎才走到堂屋门口，听见里边似有外人，便躲在黑影里，颤颤地叫"韩伯！"韩玄子出来，气管炎偷声换气地说：

"韩伯，事不好了！"

"你好好说。"韩玄子不知何事，当下问，"什么事不好了？"

气管炎一时气堵在喉咙，咳嗽了一阵，才断断续续说：

"我从你这儿一回去，王才就在我家门口坐着哩，他要我将公房转让给他。我说，我买呀，他不信。我说转给你啦，他说你是不会买的，他可以多给我十元钱。我缠不过他，骗说我去上茅坑，就跑来听你的话了。你说，转让他不？"

韩玄子一听气倒上来了，心里骂道：真是小人，既然已经答应了我，却又反悔要给王才，若是王才最后得手，知道是我未能得到，他该怎么耻笑我了！他竟多出十元，是显摆他有的是钱吗？

"这怎能使得？"韩玄子黑了脸，"他王才是什么人？你能靠得住他吗？他是什么人缘？你的婚事他若一插手，只有坏事，不能成事。再说，你也是吃了豹子胆，这房是公房，谁抓到谁出钱谁得，你怎么能转让多得十元，你是寻着犯错误吗？你就对他说，这房已经转让了，他若要，叫他来给我说！"

三句大话，使气管炎软下来；十元钱的利吃不得了，又立即再落人情，说：

"我也这么想的，我怎么会转让他呢？我再瞎，也知道谁亲谁近，我只是来给你通个气儿。"

韩玄子要拉他进屋吃饭，气管炎说："你们家尽是有眉有脸的人来，我可走不到人前去。"硬是不进。韩玄子叫小女儿取了酒出来，倒一盅让他喝，他喝得极响，一迭声叫着"好酒，好酒"，然后出院门走了。

韩玄子回堂屋继续吃饭，热情地往水正碗里拨菜，水正问谁找，他应着"李家那小子，说句闲话"，便搪塞过去。

一顿饭吃了好长时间。送走了水正，二贝就用热水烫了脚，直喊着腰疼腿酸，回厦屋歇了。白银帮娘下了面，说肚子不饥，没有端碗，自个歪在床上听收音机。

这收音机是大贝捎回来的。当爹将二贝分出家后，大贝心里总觉得不美，先是生兄弟两口的气，认为他长年在外，虽月月寄钱回来，但伺候老人仍是远水解不了近渴，每次来信总是万般为二贝他们说好话，只企图他们在家替自己也尽一分孝心。可万没想到家里却生出许多矛盾，大贝就怨怪二贝两口。要不，怎么能惹老人生这么大气，将他们另分出去呢？

但是，叶子结婚前来省城一次，说了家里的事，知道了家庭的矛盾也不是一只手可以拍响的。大贝详细打问了分家后二贝的情况，倒产生了一种怜悯之情，又担心二贝他们一时思想不通，给老人记仇，越发坏了这个家庭，就将自己的一台收音机捎给了他们。大贝还叮嘱叶子，让她在家一定要谨言，同时又分别给爹和二贝写了信，从各个方面讲道理，说无论如何，这个家往后只能好，不能再闹分裂。

二贝终究是爹娘的亲儿，心里也懂得长兄的好意，免不了以这台收音机为题，夜里开导白银。白银比二贝小四岁，一阵清楚，一阵糊涂，忍不住就我行我素。

今晚收音机里正播放秦腔。她当年在娘家业余演过戏，一时戏瘾逗起，随声哼哼。二贝说：

"去，帮娘收拾锅去！"

她嘴里应着，身子却是不动。

二贝将收音机夺过来关了，白银生了气，偏要再听，两人就叽叽喳喳争抢起来。

院门外有人大声喊："老韩！"并且手电光一晃一晃在房顶上乱照。二贝静下来。听了一阵，说道：

"真讨厌。又是公社那些人来了！"

对于公社大院的干部，二贝是最有意见的。这些干部都是从基层提拔上来的，农村工作熟是熟，但长年的基层工作，使他们差不多都养成了能跑能说能喝酒的毛病。常常是走到哪里，说到哪里，喝到哪里。这秦岭山地，也是山高皇帝远。若按中国官谱来论，县委书记若是七品，公社干部只是八品九品，但县官不如现管，一个小小公社领导，方圆五十里的社区，除了山大，就算他大。所到之处，有人请吃，有人请喝，以致形成规律，倘是真有清明廉洁之人上任，反会被讥之为不像个干部。

韩玄子退休回来，以他多半生的教育生涯的名望，以大贝在外边有头有脸的声誉，再以他喜欢热闹、不甘寂寞的性格，便很快同公社大院的人熟悉起来。熟悉了就有酒喝，喝开酒便你来我往。偏偏这些人喝酒极野，总以醉倒一个两个为得意，为此韩玄子总是吃亏，常常喝得醉如烂泥。

起先，二贝很器重这些干部，少不得在酒席上为各位敬酒，后见爹醉得多，虚了身子，就弹嫌爹的钱全为这些人喝了，更埋怨爹不爱惜身子。劝过几次，韩玄子倒骂：

"我是浪子吗？我不知道一瓶酒三元多，这钱是天上掉下的吗？可该节约的节约，该大方的大方！吃一顿，喝一顿，就把咱吃喝穷了？社会就是这样，你懂得什么？好多人家巴不得这些干部去吃喝，可还巴不上呢！"

二贝去信给大贝，让大贝在信上劝说爹，但韩玄子还是经不住这些酒朋友的引诱。渐渐地，待公社干部再来时，二贝索性就钻进屋里去，懒得出来招待，特意冷落他们。

当下小两口停止了争闹，默不作声，灯也熄掉了。

晚上来家的是公社王书记和人民武装部干部老张（这里的乡民尊称他为"张武干"）。韩玄子迎进门，架了旺旺的炭火，揭柜就摸酒瓶子。同时喊老伴炒一盘鸡蛋来。

王书记说：

"今天已经喝过两场了，晚上要谈正事，不喝了！"

韩玄子已将瓶盖启了，每人倒满一盅，说：

"少喝一点，腊月天嘛，夜长得很，边喝边谈。"

张武干喝过三巡，大衣便脱了，说：

"老韩，春节快到了，县上来了文，今年粮食丰收了，农民富裕了，文化生活一定要赶上去。农村平日没什么可娱乐的，县上要求春节好好热闹一场，队队出社火，全社评比，然后上县。县上要开五六万人的社火比赛大会，进行颁奖。你是文化站长，咱们不能落人后呀。咱镇上的社火自古以来压倒外地的，这一次，一定要夺它个锦旗回来！"

韩玄子一听，击掌叫道：

"没问题！每队出一台，大年三十就闹，闹到正月十六。公社是如何安排的？"

王书记说：

"我们想开个会，布置一下，你在喇叭上做个动员吧。"

韩玄子说：

"这使不得，还是你讲，我做具体工作吧。"

王书记便说：

"你在这里威信高，比我倒强哩。今冬搞农村治安综合治理，打击坏人坏事，解决民事纠纷，咱公社受到县表彰，我在县上就说了，这里边老韩的功劳大哩！"

韩玄子说：

"唉，那场治理，不干吧，你们信任我，干吧，可得罪了不少人呢，西街头荆家兄弟为地畔和老董家打架，处理了，荆家兄弟至今见了我还不说话呢。"

张武干说：

"公社给你撑腰，怕他怎的，该管的还要管！农村这工作，要硬的时候就得硬，那些人，你让他进一个指头，他就会伸进一条腿来了！"

说到这儿，韩玄子记起王才来。就将转让土地之事端了出来，气呼呼地说：

"这还了得！这样下去，那不是穷的穷，富的富，资本主义那一套都来了吗？这事你们公社要出头治他，你们知道吗？他钱越挣越红眼，地不要了，说要招四十个工人扩大他的工厂哩！"

王书记说：

"这事不好出面干涉哟，老韩！人家办什么厂咱让他办，现在上边政策没有这方面的限制呀！昨天我在县上，听县领导讲，县南孝义公社就出现转让土地的事，下边汇报上去，县委讨论了三个晚上，谁也不敢说对还是不对。后来专区来了人，透露说，中央很快要有文件了，土地可以转让的。你瞧瞧，现在情况多复杂，什么事出来，咱先看看，不要早下结论。"

韩玄子一时听陪了，张口说不出话来，忙又倒酒，三人无言地喝了一会儿，他说：

"现在的事真说不清，界限我拿不准了呢。"

王书记说：

"别说你，我们何不是这样呢？来，别的先不谈，今年的社火办好就是了。"

三个说说喝喝，一直到了夜深。王书记、张武干告辞要走，韩玄子起身相送，头晕得厉害，在院子里一脚踏偏，身子倒下压碎了一个花盆。二贝娘早已习惯了这种守夜，一直坐着听他们说，这时过来扶起老汉，韩玄子却笑着说："没事，没事。"送客到院外竹丛前，突然拉住他们说：

"我差点忘了，正月十五，哪儿也不要去，都到我家来。"

张武干说：

"有什么好事吗？"

韩玄子说：

"我给大女子'送路'，没有别人，你们都来啊，到时候我就不去叫了！"

两人说了几句祝贺话，摇摇晃晃走了。

韩玄子回到屋里，却大声喊二贝。老伴说：

"这么晚了，有什么事？"

他说：

"买公房的事，我要给他说。"

老伴说：

"算了，你喝得多了，话说不连贯；二贝跑了一天，累得早睡了。"

韩玄子才说句"那就算了"。睡在炕上，还记着土地转让一事，恨恨地骂着王才：

"又让这小个子捡了便宜！"

六

常言，农民到了晚年，必有三大特点：爱钱，怕死，没瞌睡。韩玄子亦如此，亦不如此。他也爱钱，但也将钱看得淡。铁打的营盘流水的兵，钱在世上是有定数的，去了来，来了去，来者不拒，去者不惜，他放得特别超脱。关于死的信息，自他过了五十个生日后，这种阴影就时不时袭上心来，他并不惧怕，月有阴晴圆缺，人有生死离别，这是自然规律，一代君王都可以长眠，何况山野之人？死了全当瞌睡了！只是没瞌睡，他完完全全有了这个特点。昨天晚上睡得那么迟，今早窗子刚一泛白，就穿衣下炕了。照例是站在堂屋台阶上大声吐痰，照例是沏了浓茶蹲在照壁下，照例到四皓墓地中呼吸空气，活动四肢。古柏上新居住了一对扑鸽夫妻，灰得十分可爱，他看了很久。

一等二贝起了床，他就将二贝叫上堂屋，提说起关于买公房的事。

出乎韩玄子意料，二贝对于买房，兴趣并不大，甚至脸上皮肉动也没有动一下。这孩子平日是嬉皮笑脸，一旦和父亲坐在一起，商谈正事，便严肃得像是一块石头或一节木头。

"买房也是给你们兄弟俩买的。"韩玄子说，"你是怎么想的，你说说。"

二贝便说：

"爹，要说便宜，这倒也是一桩便宜事，可咱家现在的问题不是房子的问题。"

韩玄子说：

"眼下住是能住下，但从长远来看，就不行了。这四间上屋，我也住不了几年，将来要归你们。你哥你嫂在外，也不可能回来住。可事情要从两方面来看，即便人家不回来住，这家财也有人家一份。到了我和你娘不行的时候，你们兄弟二人正式分家，你能不给你哥分一半吗？这样一来，每人也只是两间，地方就小多了。"

二贝说：

"这我知道，可那都是很远的事，再说一千三百元，咱能拿出来吗？"

韩玄子说：

"是拿不出来。我每月四十七元，一月赶不及一月。要你拿也拿不出一百二百。咱可以去借。房子买回来，咱就一拆，队上从公路边给划房基地。年轻时受些苦，将来独门独院，也是难得的好事。你也知道，现在房基地越来越控制得严，有这个机会不抓住，以后就后悔了。王才恨不得立即就买过去呢。"

二贝低了头。只是说：

"我借不来。我到哪儿去借呢？别人家没有挣钱的人，可人家一件一件大事都办了。人家是早早计划，早早积攒；咱呢，有一个花一个。对外的架子很大，里边都是空的。"

这话自然又是针对爹说的，韩玄子心里有些不悦意，不再言语了：一个中午，坐在院子里发闷；不买吧，心里总是不忍，买吧，又确实没钱。外边一片风声，都说韩家的钱来得容易，如弯腰拾石头一般。其实那全是一种假象。他便又生起二贝两口的气。嫌他们不一心维持这个家，使人心松了劲；又怨恨大贝没有把全部力量用在这个家上。他思谋来，思谋去，父子三人之中，钱财上最打埋伏的，还是大贝，让他出一千三百元吧。大贝出钱买。二贝拆了盖，到时候兄弟两人各守一院，也是合情合理的。如此这般一经盘算，韩玄子决定上一次省城。

二贝和娘却把韩玄子阻拦了。说是年关已近，家里又要为"送路"待客作准备，事情这么多，一家之主怎能走得！再说大贝也快回来了。何必去跑一趟呢？韩玄子觉得也是，便书写了长长的一封信。竭力评说买房之好处，一定要他出钱。二贝在一旁说：

"我哥肯定是不会回来住咱这山地了。城里的洋楼洋房，哪一点不比这里好？还回来住个什么劲？"

韩玄子说：

"国家饭碗能端一辈子吗？谁长着千里眼，能看到自己的前途？你哥虽过得不错，可干他们这行，没有一个好下场的。历史上，秦朝坑了几百文人，屈原、李白、司马迁，你知道吗，谁到晚年好了？山地有什么不好？自古以来，哪一个隐居了不是在山野林中！要是早早有个窝，不怕一万，单怕万一，要是到了那一步，叶落归根，他就有个后路了！"

信发走以后，第五天里，大贝就回了信，一是说他春节不能回来，寄上一百元钱给家；二是坚决不主张买房，说既然房能住下，何必再买？就是他掏一千三百元，可要拆、要盖，没有两千元，一院子新屋是盖不成的。爹年纪大了，不能受累，二贝有工作，哪里有时间？若说备个后路，那完全没必要。如果说犯了大错误，到时候再说，即使以后退休，一个女儿在城里工作，难道让他们夫妇俩独独住在乡下，那生活方便吗？又退一步说，现在把房子盖好，闲着干什么呢？如将一千多元存入银行，三十年后，本、利就是六七千元，就是回去，也可以买一座崭新的大四合院了。

　　大贝的道理滴水不漏，韩玄子看过信后，也觉得言之有理，但一想这房子买不成，必是让王才得去，一颗盛盛的心又如何落下？不觉也气呼呼了，说：

　　"罢了，罢了，我还能活几年？一心为儿女们着想，儿女们却不领情。以后你们怎样，随你们的便吧，我一闭上眼，也就看不见了。"

　　接着又对二贝说：

　　"你要是你爹的儿子，你听着，这公房咱不买了，但咱转让也要转让给别人，万不能让王才得去！"

　　二贝便四处打问，看谁家想买公房，结果就将这买房的权力转让给了秃子。

　　秃子是韩家族里的人。按韩家家谱推算，他爷爷的太爷爷和二贝爷爷的太爷爷是兄弟，已经出了五服。名叫秃子，其实头上并没有癞痢。此人一身好膘，担柴可担百八十斤，上梁可扛一头；饭量也大，二两一个的白蒸馍，二三月里送粪时节，曾吃过十五个，以"大肚汉"而闻名。娶一媳妇，偏不会安排生活。他家收打的粮食多，可粮食还老不够吃。他说他想买房，二贝就转交权利。一场事情就算这样结束了。

　　韩玄子在腊月天里没有办成一件可心的事，情绪自然沮丧，就一心一意想要将"送路"搞得红红火火，来挣回脸面。大贝寄回的一百元。他立即去木匠铺定做了一个大立柜，要作为叶子的嫁妆。这事，二贝和白银一肚子意见，却又说不出来。眼看着年关逼近。一切日用花销都预备齐当，韩玄子又往各村各队跑了几次，安排起春节闹社火的事。但是各村各队似乎对闹社火并不怎么热心，都在问：

"那给多少钱呢?"

"现在的人真是都钻了钱眼了,自己玩了,还给什么钱?"韩玄子就生气了。

"韩先生,"那些队长们便叫苦了,"现在比不得前几年了,前几年可以记工分,现在地分了,各人经营各人的,谁出东西?谁出劳力?你不给钱,他肯干吗?"

韩玄子说:

"不肯干,就不干了?!那还要你们当队长的做什么?无论如何。每一个队要出一台社火,将来公社评比,评比上了,一台可以获好多奖,到县上,县上还会有奖。"

"有奖?奖多少?"那些队长说,"一个劳力闹一次,没有一元五角打发不下来,好吧,那只有各家分摊,再补贴吧。"

韩玄子的侄儿、本队的队长,就开始各家各户按人头收纳钱了:一个人五角。有的高高兴兴给了;有的一肚子牢骚;要到光头狗剩和气管炎,两个人坚决不给,说他们一没工作,二没做生意,光腿打得炕沿响,哪里有钱?头脑简单、火气又旺的队长就吼道:"你们还过年不过?!"回答的竟是:"我们不过,你把我挡在年这边吗!"两厢吵起来,最后韩玄子替气管炎代交了,那狗剩却寻到王才,借着钱交了。等队长收钱收到王才家,王才正和秃子在屋里喝酒,"哥俩好呀——!""三桃园呀——!"酒令猜得疯了一般,王才说:

"队长,让大伙出钱有困难,我倒有一个想法,不知说得说不得?"

"什么想法?"队长说。

王才说:

"我也不给你交五角钱了,过年时我一家负责扮出一台社火芯子,热闹是自发的,盛世丰年,让大家硬摊钱就不美气了。"

队长听了这话,心里又吃惊,又高兴,又拿不定主意,来对韩玄子说了,韩玄子却说:

"这不行!这不是晾全村的人吗?这不是拿他有几个钱烧燎别人吗?只收他的五角钱!钱收齐了,我出面让狗剩去筹办,把筹办费交给他。"

黄昏的时候,韩玄子去找光头狗剩,在巷头明明看见他走了过来,可不知为什么突然拧身从旁边小巷里走了。韩玄子紧喊了三声,他方才停下来，回过头说：

"啊，是韩老先生呀，你是在叫我吗？"

韩玄子说：

"寻你有好事呢！"

狗剩脸却黄了：

"寻我？我把王才的地退还他了，我不耕他的地了。"

韩玄子说：

"不耕了好，这事我管不着你，你愿意怎么着都行。我是找你给咱村筹办社火，筹办费现在就交给你，你瞧，对你怎么样？别人要干，我还看不上哩！"

狗剩却为难了半天，支支吾吾说：

"这事怕不行呢，我入了王才的股了。我们这几日黑白忙着，已经有十五个人来入了股，过两天还要收拾作坊哩。"

韩玄子万没有想到狗剩竟加入了王才的工厂，而且口气这么大：已经有十五人入了股！

"你怎么入的股？"

"这是王才定的。"狗剩说，"每月的收入三分之一归他，作坊是他的。机器是他的，技术、采购、推销也是他的；剩下的三分之二按所有入股做工的人分。他家的老婆、儿子、媳妇、女婿也同我们一样各为一股，每人按劳取酬。韩老先生，这符合政策吧？"

"十五人都是咱村的人？"韩玄子又问。

"咱村五人。"狗剩掰了指头说，"其余都是外村的。王才，我是服了。一肚子的本事呢！他当了厂长，说要科学管理，定了制度，有操作的制度，有卫生的制度，谁要不按他的要求，做的不合质量，他就解雇了！现在是一班，等作坊扩大收拾好，就实行两班倒。上下班都有时间，升子大的大钟表都挂在墙上了！"

"扩大作坊？怎么个扩大？"韩玄子再问。

"他不是买了那公房？搬倒界墙，两院打通。"狗剩说。

"公房？"韩玄子急了，"他哪儿买的公房？人家秃子早买了！"

狗剩说：

"你还不知道呀？秃子把那房子又让给王才了！王才家的那台压面机

就减价处理给了秃子，又让小女儿认了秃子作干爹，人家成了亲戚！"

韩玄子脑子"嗡"的一下大起来，只觉得眼前的房呀、树呀、狗剩呀，都在旋转，便趔趔趄趄走回家去。一推门，西院墙下的鸡棚门被风刮开，鸡飞跑了一院子，他抬脚就踢，鸡嘎嘎惊飞，一只母鸡竟将一颗蛋早产，掉在台阶下摔得一摊稀黄。

二贝和白银正在厦屋里说话儿，听见响声走出来，韩玄子一见，一股黑血直冒上心头，破口大骂：

"你给我办的好事！你怎么不把锅灰抹在你爹的脸上？不拿刀子砍了你爹的头呢?!"

二贝以为爹又去哪里喝得多了，就对白银喊道：

"给爹舀碗浆水来，爹又喝了酒……"

这话如火上泼油，韩玄子上来就扇了二贝一个嘴巴：

"放你娘的屁！我在哪里喝醉了？你爹是酒鬼吗？你就这么作践你爹?!"

"爹！"二贝眼泪都要流出来了。

"谁是你爹？我还有你这么好一个儿子?!"

二贝委屈得伏在屋墙上呜呜地哭。

二贝娘在炕上照着镜子，把白粉敷在前额，用线绳儿铰着汗毛；快过年了，男人们都理发剃头，妇道人家也要按老规程。铰净脸上的汗毛。她先听见父子俩在院子里拌嘴，并不以为然；后来越听越觉得事情不妙了，才起身出来。只见韩玄子脸色灰白，上台阶的时候，竟没了丝毫力气，瘫坐在了那里，忙扶起问什么事儿，何必进门打这个，骂那个？

韩玄子说：

"他做的好事。我明明白白叮咛他不要把那公房让王才那小子得了去。可现在，人家已经买下了，改成作坊了！"

二贝才知爹发火的原因，说：

"我是转给秃子的。"

"秃子?"韩玄子说，"秃子是什么人？他枉姓了一个韩字！他为了得到王才的那台烂压面机，把房子早让给了王才；那见钱眼开的狗剩。也入了股。唉唉，几个臭钱，丁点便宜，使这些人都跟着跑了，跑了！"

韩玄子气得睡在炕上，一睡就两天没起来。消息传到白沟，叶子和三娃带了四色礼来探望。问及了病况，都劝爹别理村中那些是是非非。好生在家过省心日子。韩玄子抱着头说：

"不是你爹要强，爹咽不下这口恶气啊！你二哥没出息，眼里认不清人。本来体体面面的事，全让他弄坏了！"

叶子说：

"爹，你要起来转转，多吃些饭。他王才那种人，值得你伤了这身子？你要一口气窝在肚里，让那王才知道了，人家不是越发笑话吗？"

韩玄子说了句"还是我叶子好！"就披衣下了炕。趁着日头暖和。偏又往村口、镇街上走了一遭。在集市上买了些干商芝，回来杀了一只不下蛋的母鸡，炖商芝鸡汤喝了。他这次吃得特多。因为他刚才出去走这一遭，又使他有些得意：瞧！我韩玄子走到哪，那里的人不是依样热情地招呼我吗？心里还说：

"王才，你要是有能耐，你也出来走走试一试，看有几个人招呼你？"

但是，毕竟是一口恶气窝在肚里伤了身子。以后，他再往村口、镇街上走几趟就累得厉害，额上直冒虚汗。这次，走到巩德胜的杂货店里，破天荒第一次没有喝酒。回来路过莲菜地，挖莲菜的人很多，都在打问给叶子"送路"的事。他有问必答，答后就邀请，口大气粗。

二贝和白银也在那里挖莲菜，看见爹邀请村人，直喊"爹！"韩玄子只是不理会，末了，又将二贝叫回来，说：

"你也听着了，村里人要来吃席，咱就让他们来吧！"

二贝说：

"原先不是说得好好的，街坊四邻的一个不请，只待本家本族的，你这么一来，人都来了，那准备的东西够吗？"

韩玄子说：

"不够再准备嘛！原先我不想待那么多席客，现在我改变主意了。人家只要看得起咱，咱就来者不拒，好让他王才也看看，人缘是靠德性，还是仅仅能用钱买的！"

二贝就掰指头计算起来，老亲老故的有多少，三朋四友的有多少，村里镇上的人又有多少，七上八下的加在一起，三十五席朝上不朝下，直吓得二贝舌头都吐了出来。

韩玄子说：

"哪能有这么多？村里人都算上了吗？"

"都算上了。"

"还有王才？要他家干啥？他家大大小小都不要计算，还有秃子家，狗剩家，我一见这些人气就不打一处来！"

二贝便说：

"那么，公社大院的也一个不要。这些人一来，倒不好待哩，光酒钱就是几十元。"

韩玄子说：

"你胡说些啥？我已经叫过人家了，那时候还得再去请一次呢。还有西街头老董家，后塬村的王小六家，这些人在综合治理时咱都对他有好处，早就要找机会谢呈咱，那是挡也挡不住。"

七

所谓"送路"，就是女子出嫁时娘家举办的酒席。这风俗在这镇上始于何年？沿袭了几代？从来无人考究，甚至连韩玄子也不得而知。但是，大凡山地之人，却没有不知道这是一个大事：待客的人体面，被待的人荣耀。慢慢地，这件事得以衍化，变成人与人交际的机会。老亲老故的自不必说，三朋四友，街坊邻居，谁个来，谁个不来，人的贵贱、高低、轻重、近疏便得以区别了。韩家这次待客，不打算给王才、秃子、狗剩留席位。这风声很快遍及全镇。支持者，大声为韩玄子的做法叫好；反对者，则不停声地叹息韩玄子做事太损。秃子、狗剩知道后，心里慌极了，分别遭到自己的老婆的一顿臭骂，埋怨自己的男人被人看不起，自己更走不到人前面去。两个人心烦意乱，自然威风还是在家里耍，使老婆们少不得受了皮肉之苦。老婆打是打过了，恐慌还是未消，有心上韩家说明情况，取得谅解，又害怕韩玄子给个当场下不来台，更惹村人耻笑。两人凑在一起，头碰头诉说恓惶，诉着诉着，就恼羞成怒，咬着牙齿说：

"好，他家待客叫这个，请那个，他不把咱当人看，咱也用不着巴结他！咱就这样，他还能把咱杀了剐了不成？！"

这以后，两人就越发向王才投靠。结果，秃子也要求入股，王才虽认了他做干亲，但心里却明白此人的性情，思谋他若进股，必是撬刁之人，又会以让公房之事，仗有功有恩之势，行要挟威胁之举，便支支吾吾不想要他。后来狗剩跑来说情，王才说：

"狗剩哥，你是不是想让秃子来了，好给你多个伴儿？"

狗剩说：

"也有这种意思吧。话说丑些，你兄弟能干，这村子里，甚至这全镇的人没有不晓得的。可话说回来，咱弟兄们都不是威威乎乎的人物，上不了人家正经席面，谁肯偏向咱们？现在加工厂办起来，你这里入股的入股，招人的招人，可咱本村本镇的才有几个人呢？没有百年的亲戚，却有千年的邻居；既然他秃子要来，为何拒在门外？秃子和我一样，还不都是为了你，才得罪了韩家老汉，要不，以后谁还敢心向着你呢？"

王才说：

"我也不怕说丑话，有些人就是这样，见不得旁的人富。我王才人经几辈都不是英武人，原先穷是穷，倒也落个不偷不摸，正南正北的人的名声。这几年亏得国家政策好，我有了几个钱，便惹得一些人忌恨了。这些我能不知道吗？至于韩家老汉，他是长辈，又给我当过老师，我一向是尊敬的，他对我有些成见，我也不上怪，井水不把河水犯，我想他也不能太将我怎的。"

狗剩说：

"这你倒差了，我问你，二贝的妹子正月十五'送路'，待客，人家就提名叫响地不要你去！"

王才说：

"不至于吧。不管韩家老汉待我如何，那二贝和白银，我们还是能说到一块的。我办加工厂的时候，还亏了他二贝出了许多主意呢。"

说到最后，王才坚信韩玄子待客，是不会拒绝他的，自古"有理不打上门客"，何况同村邻居，无冤无仇！至于秃子入股的事，王才也总算勉强答应了。

加工厂接连又在镇上招收了四名男女。王才就将原来的院墙推倒，重新筑墙，将四间新买的公房也圈在内，在里边支了油锅，安了铁皮案板，摆满了面箱、糖箱、油桶和一排一排放食品的架子，大张旗鼓地进行食品加工生产。村里，镇上所发生的一切事，他几乎一概无暇过问了，满脑子里只是技术问题，管理问题，采购和推销问题，结果生意十分不错！为了刺激大家的积极性，第十五天里，就结账发钱，最多的一人拿到了二十八元五角，最少的也领了十六元。

十五天，这是一眨眼就过去的天数。大多数人只是在家办年货，或者游门串户聊闲话儿；而在加工厂的人，则十几元、几十元进了腰包。消息传开，简直像炸弹爆炸了一样，街头巷尾，人人议论。

狗剩和秃子就得意起来。他们的嘴比两张报纸的宣传还有力量，走到哪，说到哪，极力将这个加工厂说得神乎其神。若是在村里、镇街上有人碰着，问："干啥去？"回答必是："上班呀！"或者："才下了班！"口大气粗地撞人。他们俩甚至一起披着袄儿走进了巩德胜的杂货店里买酒喝。巩德胜也吃了一惊，估不出这些从不花钱喝酒的人身上装了多少钱。酒打上来，他慢慢试探地问：

"二位今天倒有空了？"

狗剩说：

"来喝喝你的酒。你开了两年店了，还没给你贡献过一分钱呢！"

秃子说：

"你生意好啊，祝你财源茂盛，日进斗金！"

两个人两句话，堵得巩德胜倒不知说什么好了。喝到一个晨辰，秃子又问：

"德胜叔，几时关门下班？"

巩德胜说：

"咱这是什么体统，还讲究上班下班?!"

又问：

"照你这等买卖，一日能挣得多少？"

回答：

"能落几个钱？十块八块，刨过本，没几个。"

狗剩和秃子就嘻嘻哈哈地笑，说一两年后，他们也要办这么一个店。秃子还说：

"哈，你开一个月，赶不上王才那工厂一天的盈利。韩家老汉常来喝酒，你怎么不让他也帮你办一个加工厂呢？"

巩德胜受了一场奚落，心里很是不愉快，暗暗骂道："这些没见过世面的狗东西！"就不再言语了。但是，瞧着狗剩、秃子进了店喝酒，在街上游转的气管炎却也挪脚进来。他是没钱喝酒的，只是坐在一边听他们三人说话，末了说：

"秃子哥，王才那个厂还要人不要？"

秃子说：

"你是不是想去？当然要人喽！"

巩德胜一听气管炎的话，心里又骂道："这小子也见钱眼开了，要投靠王才了！"便插嘴道：

"人家要你？要你去传染气管炎呀！"

一句话倒惹得气管炎翻了脸，骂了一句："老东西满口喷粪！"两厢就吵嚷起来，巩德胜借机指桑骂槐：

"你这狗一样的东西，你跑到我店里干什么？你也不尿泡尿照照你的嘴脸！你有几个钱？你烧什么包？你等着吧，会有收拾你的人呢！"

狗剩和秃子也听出巩德胜话里有话，就站起来挡架。等一老一少动起手脚，那巩德胜的哑巴儿子就凶神恶煞一般出来乱打，也打了狗剩和秃子。这两人就趁酒劲发疯，将桌子推翻，酒坛、酒壶、酒碗、酒盅、菜碟、肉盘，全稀里哗啦打个粉碎。枣核女人脚无力气，手有功夫，将气管炎、秃子、狗剩的脸抓出血道，自己的上衣也被撕破，敞着怀坐在地上，天一声，地一声，破口大骂，直骂得天昏地暗，蚊子也睁不开眼，末了，就没完没了地哭号不止。巩德胜则脚高步低地来找韩玄子告状了。

这是腊月二十七黄昏的事。韩玄子正买来一个十三斤二两的大猪头，在火盆上用烙铁烧毛，听了巩德胜哭诉，当即丢下猪头，一双油手在抹布上揩了，就去了公社大院。

连夜，公社的张武干到了杂货店，枣核女人摆出一件一件破损的家什让他看。当然，这女人还将以往自家破损的几个碗罐也拿了出来，鼻涕一把，眼泪一把地求张武干这个"青天大老爷""为民做主"。

张武干让人去叫狗剩、秃子、气管炎。狗剩和秃子打完架后，便去加工厂干活了。一听说张武干叫，知道没了好事，便将所发生的事告知了王才，王才不听则已，一听又惊又怒，只说了一句"不争气！"甩手而去。两人到了杂货店，张武干问一声答一句，不敢有半点撒野，最后就断判：巩德胜的一切损失，由狗剩等三人照价赔偿，还要他们分别作出保证：痛改前非。赔偿费三人平分，每人十五元，限第二天上午交清。

一场事故，使狗剩、秃子十五天的工资丢掉了百分之八十，两人好不气恼！回到家里，都又打了老婆一顿。那秃子饭量好，生了气饭量更好，竟一气吃了斤半面条。饭后，两人又聚在一起，诉说这全是吃了王才的亏，试想：若韩玄子和王才一心，他能这么帮巩德胜？便叫苦不迭不该到王才的加工厂去。可想再讨好韩玄子，那已经是不可能的事，何况这十五元，又从哪儿去挣得呢。思来想去，还只有再到王才的加工厂去。所以接连又在加工厂干了三个白天，三个晚上，直到大年三十下午，才停歇下来。

气管炎没有挣钱的地方，只得哭哭啼啼又找到韩玄子，千句万句说自己的不是，韩玄子却故意说：

"你不是想到王才那里挣钱吗？你去那里挣十五元，赔给人家吧。"

气管炎说：

"韩伯，人家会要我吗？我上次将公房转让了你，王才早把我恨死了，我还能去吗？他是什么人？我就是要饭，我也不会要到他家门上去的！"

韩玄子对这种人也是没有办法，末了说：

"你回去吧，我给巩德胜说说，看你怪可怜的，就不让你出那份钱了；他也是见天十多元的利，全当他一天没开门营业。"

气管炎巴不得他说出这话，当下千谢万谢，说"送路"那天，他一定来帮着分劈柴，劈柴分不了，他就帮着找桌子、凳子，还要买一串鞭炮，炸炸地在院门口放！

韩玄子对这件事的处理，十分惬意。他虽然并未公开出面，却重重整治了狗剩、秃子这类人。整治这些人，目的在于王才，他是要这小个子知道他的厉害。事情发生后的第二天，他就披着羊皮大袄，在镇街上走动了，还特意路过王才的家门口。他很想在这个时候见到王才，但王才没有出门。

王才也明白这个事的处理，是冲着他来的，十分苦恼。他百思不解的是，自办了加工厂，收入一天天多起来，他的人缘似乎却在成反比例地下降，村里的人都不那么亲近他了。夜里，他常常睡在炕上检点自己：是自己不注意群众关系，有什么地方亏待过众乡亲吗？没有。是自己办这加工厂违犯了国家政策吗？报纸上明明写着要鼓励这样干呀！他苦恼极了，深感在百分之八十的人还没有富起来的时候，一个人先富，阻力是多么大啊！

"我为什么要办这种加工厂？仅仅是为了我一个人吗？"他问他的妻子，问他的儿女，"光为了咱家，我钱早就够吃够喝了。村里这么多人除了种地，再不会干别的；他们有了粮吃，也总得有钱花呀！办这么一个加工厂，可以使好多人手头不紧张，可偏偏有人这样忌恨我?!"

他开始思谋有了钱，就要多为村人、镇上人多办点好事。他甚至设想过，有朝一日，他可以资助一笔钱，交给公社学校，或者把镇街的路面用水泥铺设一层。但这个设想，他一时还没能力办到，他还得添置工厂设备，还得有资金周转。他仅仅能办到的，就是在春节时，自己一家办一台社火芯子。但这种要求却被拒绝了。他便准备在大年三十的晚上，自家包一场电影，在镇街的西场子上放映，向众乡亲祝贺春节。这，他可以不通过任何人，直接向公社电影放映队交涉就能办妥，他韩玄子还能说什么呢？

一提到韩玄子，他就有些想不通：这么一个有威望的老人，为什么偏偏就不能容他王才?！但是，在这个镇上，韩玄子就是韩玄子，他王才是没有权势同他抗衡的；他还得极力靠近他，争取他的同情、谅解和支持。所以，无论如何，他也不会当面锣对面鼓地与韩玄子争辩是非曲直的。

他还是坚信，人心都是肉长的，韩玄子终有一天会知道他王才不是个坏心眼的人。

但是，就在腊月二十九日，二贝娘在本村挨家挨户给大伙说请"送路"的日子，他在家已经备了酒菜，专等二贝娘一来，就热情款待。可一直到天黑半夜，二贝娘没有来，他才明白人家真的待客不请他。

他从来不喝酒，这天后半夜睡不着，起来喝了二两，醉得吐了一地。天明起来，就自个拿了三十元，到公社电影放映队去，要求包一场电影，并亲眼看着放映员写好了海报，张张上面注明：王才包场，欢迎观看。

海报一贴出，白银首先看到了，跑回家在院子里大声给娘说：

"娘，晚上有电影哩！晚饭咱都早些吃，我擦黑给咱拿凳子占场去！"

娘是不识字的，看电影却有兴趣，当然也喜欢地对小女儿说：

"你去白沟，叫你姐和你姐夫吧，让他们也来看看，那地方难得看一场电影的。"

韩玄子在堂屋听说了，问道：

"什么电影?"

白银说：

"《瞧这一家子》!"

韩玄子说：

"老得没牙的电影！再看有什么意思?"

白银说：

"看便宜的嘛，是王才家包的。"

"他包的？他家有什么红白喜事，要包场电影?"韩玄子说，"晚上不要去，那么爱看便宜电影！没有钱，我给你钱，一角五分，你买一张票，坐到电影院里看去！"

白银不敢回嘴，却小声说：

"电影是电影，里边又不是王才当主角！再说，咱不去，人家这场电影就没人看了?"

这话亏得韩玄子没有听到。他在家坐了一会儿，就出去了。

他直直走到巩德胜的店里。巩德胜亏得他出了大力，才惩治了狗剩和秃子，见他来，殷勤得不知怎么好。韩玄子说：

"怎么样，这两天，那狗剩、秃子还来扰乱吗?"

"没有。"巩德胜说，"他只要有钱，就让他来吧，他要再摔坏我一个酒盅，我自个倒要打破一个酒瓮哩!"

韩玄子就笑了：

"你该庆贺庆贺了吧?"

巩德胜说：

"那自然，来半斤吧。"

韩玄子说：

"我不喝你的酒。你要有心，你就手放大些，包一场电影，让镇子上的人都看看，也好扬扬你的名声。"

巩德胜为难了：

"包电影？一场三十元呢！"

"你这人就是抠掐个钱！"韩玄子看不上眼了，"你要名声倒了，都来欺负你，别说三十元，你连店都办不成了。你知道吗？人家王才这次吃了亏，偏还包了一场电影，瞧瞧人家多毒！今晚人家电影一演，镇上人都说他的好话，反过来倒要外派你了！"

巩德胜沉吟了许久，依了韩玄子的主意，只是担心，王才包了一场，他再包一场，这对台电影，人总不会都来看他包的呀！

韩玄子说：

"只要你出面包，我保你的观众比他的多！"

韩玄子就亲自去了放映队，打问新近还有什么好片子，放映员见是韩玄子，就说有《少林寺》，武打得厉害，原计划正月初三晚上放映；韩玄子便掏出钱来，说巩德胜想感激党的政策使他家日子好过了，要今晚包一场，就请一定放映《少林寺》。

结果，对台电影，一个在镇街西头场子，一个在镇街东头场子。满镇的人先得知王才家包的电影早，半下午就在西头场子坐了黑压压一片，但后又听说巩德胜家包了《少林寺》在东头场子放映，一传十，十传百，多半人就又扛了凳子到东头场子去了。

二贝和白银知道这一切尽是爹在幕后干的，大为不满。天黑下来，自然先去看了一会儿《少林寺》，趁着人乱，小两口就又去看《瞧这一家子》。一到那边场上，就碰见了王才，王才好不激动，一把拉住二贝的手，说：

"好兄弟，你来了真好！你来了真好！"

就掏出好烟递上。

二贝十分同情王才，两个人便离开电影场，蹲在场边的黑影地里说起话来。二贝说：

"王才哥，我爹人老了，旧观念多，一些地方做得太过分，你不会介意吧？"

王才说：

"兄弟说到哪里去了！我王才哪里就敢和韩伯闹气？我想得开，什么事都会想得开的。妹子'送路'的日子定到啥时候？"

二贝说：

"正月十五。原本我主张村里人一个不叫，可我爹爱热闹，爱面子，偏说能来的都让来。这不，花了一大堆，手头积攒的钱全花了，可那酒钱、烟钱还没影哩！"

王才说：

"也没见婶子给我说，我好为难，去还是不去？不去吧，对不起人，去吧，又怕韩伯不高兴，反倒没了意思。这话当着你说，我什么也就说了。"

二贝说：

"人上了年纪，思想和咱们不一样了，你不去也好。近来加工厂的事怎么样？"

王才说：

"每天的产量还可以，销路也好，有些供不应求了。现在犯愁的就是油、糖、面粉的采买艰难。这几天可苦了我，没黑没明地骑上车子到处跑。"

二贝说：

"你应该打个报告给公社，让他们呈报县上。像你这样搞个体加工厂，县上也没有几个，能不能纳入国家供应指标？那样一来，就省了许多麻烦，又能保障生产啦。"

王才一拍大腿，叫道：

"好兄弟，你真是教师！你怎么不早说，这主意多好！以后我得好好请教你了！只是公社肯呈我的报告吗？"

二贝说：

"你找我爹吧，他说什么你也别计较，咱只求把事办成。我在家再敲敲边鼓。万一不成，咱再想办法。"

王才郁郁道：

"好吧，我找一次韩伯。"

临分手时，王才塞给了二贝四十元，说是他知道二贝家要待客，钱是没多没少地花。二贝坚决不收，王才说：

"兄弟。我这不是巴结你，全当是我借给你的。你要不收，我王才在你跟里也不是一个正经人了！你拿上，不要让韩伯知道就是。"

远处的电影场里，稀稀落落坐着一些观众。已经到子时了，天上闪着几颗星星。星星的出现，似乎是来指示黑暗的，夜色越来越浓重了。但是，差不多就在这时，远远近近的人家，响起了除旧迎新的鞭炮声，哔哩叭啦！哔哩叭啦！竟有一声震耳欲聋的爆炸声，那是谁家放了一个自制的土炸药包。

二贝把钱收下了。

八

正月，是一个富于诗意的字眼。辛辛苦苦在田地里挖扒了一年的农民，从初一到十五，也要一反常态了：平日俭省，现在挥霍；平日勤苦，现在懒散；平日肮脏，现在卫生；平日粗野，现在文明。人与人的关系，一下子变得那样客气：你提着篮篮到我家来，我提着篮篮到你家去，见面必打招呼，招呼声声吉祥。小的见老的磕头如鸡啄米，老的给小的解囊掏钱言称压岁。随便到谁家去，屋干净，院干净，墙角旮旯都干净；门有门联，窗有窗花，柜上点土香，檐前挂彩灯，让吃让喝让玩让耍让水烟让炭火，没黑没明没迟没早没吵闹没哭声。这是民间的乐，人伦的乐，是天地之间最广大的最纯净的大喜大乐！韩玄子，在这爆竹声中又增了一寿，现在是六十四了，正月的感受尤为深刻！自腊月三十日的中午始，他所到之处，处处都是甜甜的笑脸，都是火辣辣的言辞，都是肥嘟嘟的肉块和热腾腾的烧酒。他穿着里外三新的棉衣棉裤，披着那件羊皮大袄，进这家，出那家，这都是邀请他去坐的，他毫不拒绝，一是有吃有喝，二是联络感情。那些主人们总是率着老婆、儿女，一杯又一杯为他敬酒。他是有敬必有喝，偏是不醉，问这样，问那样，末了总是从口袋里掏出一角二角钱来，送给为他磕头的孩子。村里的孩子们都知道给他磕头必是有钱，结伙成队专来找他，一见面就双膝跪下，他乐得哈哈大笑，便将身上的零钱全打发出去了；再有要磕的，他就说：

"爷没钱了，明日给爷磕吧！"

几天之内，他就散出去了十多元钱。回家来打开他的钱匣，已经什么也没有了，就向二贝娘要，二贝娘说：

"我挣钱吗?"

他说:

"腊月里我给你的十元钱呢?"

腊月里,二贝娘曾嘟囔她一辈子命苦,自己挣不来钱,便没当过一天的掌柜。说这话的时候,是当着儿女的面说的,韩玄子就笑着,掏出十元钱,说:

"好吧,明年给你自主,十元钱够了吧,你又不买这买那,要钱干什么呀?"

现在,二贝娘只好将这十元钱又交还给他,埋怨过年给孩子们压岁钱,本是一件玩的事,却偏偏这么认真,一下子就散出去十六七元。

"热闹嘛!"韩玄子说,"又有什么办法,一连声地叫爷,跪在地上不起来嘛!"

到吃饭的时候,最快活的是韩玄子,最苦的却是二贝娘他们。七碟儿八碗儿的正要开饭,有人来请老汉了,不去不行,只好去了。二贝娘就叮咛少吃点,少喝点,回来再吃。一家大小就只有等着。可韩玄子在这家还未吃清,另一家就在桌边相等,一家,两家。三家,五家,吃喝得没完没了,家里人就还得等。中午饭等到太阳都斜了,人还不回来,饭也冷了,菜也凉了。生了气才要来吃,一家之主回来了。一进院门,就嘿嘿地笑。这一笑。二贝娘就笑了,用筷子指着说:

"瞧。瞧,又醉了,又醉了!"

"没醉。哪里醉了!"韩玄子一边笑,一边说,一边摇摇晃晃往里走。东斜西歪,西歪东斜,白银说:"快倒啦,快倒啦!"

忙放下碗去扶。还未走到公公身边,韩玄子蓦地就倒下去,压坏了一株夹竹桃。一家人又气又笑,一起动手把他抬到炕上。他又笑了一阵,就睡去了。

老汉刚睡下一会儿,王才就提着四色礼给拜年来了。王才来拜年,二贝当然知道缘由,二贝娘却有些吃惊,不知所措,当下取烟取酒;要烧火做饭时,王才拦住了,说是过年肚子不饥,一口也咽不下去了。

"我是来和我伯坐坐的;平日没时间。"王才笑着说。

二贝娘说:

"真不巧,你韩伯又喝醉了,刚刚睡下。"

王才就到二贝的厦房去说了一阵话，偏偏二贝娘也过来了，他要说的话也没说成，只是寒暄。走到院里，看看鸡棚，问问下蛋的情况；看看花台，说说花的品种；后又要看门上的对联，一边是："衣丰食足读诗书"，一边是"天时地利人事和"，口里叫道：

"亏得是老先生，韩伯的对联写得好啊！"

走到堂屋卧室门口，听韩玄子吹气似的鼾声，一阵紧过一阵，心想：醉得这般沉，不是一两个小时可以醒的，就说"我改日再来吧"，告辞走了。

第二天早，王才又拿了一条香烟来到韩家，韩玄子却是不在家。老汉还未起床，公社大院的几个干部就来喊他，脸未洗就走了。王才笑了笑，见二贝和白银还没有起床，便和二贝娘说话，二贝娘说：

"你韩伯这人，越活越不像个上年纪的人了。三十日到现在，一刻也不落屋，要回来就醉了。这一去，必是让大院的干部又缠住喝酒，说不准个回来的时辰。"

王才又是苦笑一下，放下香烟要走。二贝娘说：

"你这孩子，怎么来一次都要带东西？过年来坐坐嘛，街坊邻居的，规矩这么多！"

王才说：

"过年就是这样，到哪里手不空甩，一条烟有个啥？我晚上再来吧。"

晚上，韩玄子是在家里。他是中午被人背回来的，睡了一下午，酒劲是过去了，但头脑还是昏昏的。坐在炕上，吃罢了二贝娘做的胡辣汤，便又躺下睡了。待到彩灯点亮，村里的孩子打们着各种各样的灯笼，满村巷喊着"呜号号，呜号号，彩灯过来了！"王才在袖筒里塞了一瓶"西凤"酒，第三次来到了韩玄子的家。

二贝和白银正在院子里放花炮，芯子点着，一树银花，乐得一家人大呼小叫。二贝娘刚到照壁前的灯窝里为神明灯添油，就碰着了王才，说：

"是王才呀，快到屋里坐，你韩伯在家。我真拿他没办法，今早去公社大院果然就醉了！我去看看醒了没有。"

二贝和白银便让着王才先到厦房去。二贝娘到了卧室，推醒了韩玄子。低声说：

"王才又来了。"

韩玄子已经清醒了，说：

"他来干啥？就说我醉了，不得醒来。"

老伴说：

"你哪里没醒？有理都不打上门客，人家孩子来了三次，是神都请到了：再不见，咱就没理了！

韩玄子只好起来，让王才到堂屋来坐。王才上来叫一声"伯"，韩玄子让了座，就去打水洗脸，然后喝茶，取了水烟袋呼呼噜噜抽了一气，方说：

"王才，叫你跑了几次了！真没办法，一过年这个叫，那个叫，不去不行，去了不喝不行，这过年我真有些怯了！"

王才说：

"谁能活得像你佬一样呢！"

韩玄子说：

"我有什么呀？只是本本分分就是了。要说有钱吗，真还不如你王才；有钱能使鬼推磨，你年里家里热闹吧？"

王才脸红了红，说：

"我哪儿敢比得韩伯！韩伯若不嫌弃，明日中午你和我婶到我们家去坐吧。"

韩玄子说：

"哎呀！明日又排满了。明日叶子和女婿要来拜年，公社王书记和张武干他们也要来，实在走不脱身呢。王才，加工厂还开着工吗？"

"三十下午就停了。"王才说，"我想初八开工哩。"

韩玄子说：

"哟，那么早开工，你也真是钱挣上心了！"

王才说：

"大家都要求早些开工，说六天年一过，就没事了，农民嘛，就热火这几天，闲在家里没事，开了工，倒可以捏几个钱了。"

韩玄子心里说："哼，说得多好，全是为了大伙！"当下嘴里"噢"了一声，便不再说话。过了一会儿，他突然又问：

"你找我，有什么要办的事吗？"

王才没想到韩玄子这么挑明问他，当下倒噎住了，憋了半天，说：

"我来给伯说件事，不知行不行？加工厂开业以后，人手越来越多了，需用的面粉、油、糖，数量增大了几倍，先是我三、六、九日去集市上购买，现在就这样也供不及了。我思想，写一份报告给上边，看是否能将这三宗供应列入粮站的指标。别的咱不企图，这一供应，就可以保障加工厂的生产了。"

说着，从怀里掏出一份报告来，同时将袖筒里的酒瓶取出来，放在了桌上。

"你看看，这样写行不行？若行，你在公社里人熟，给他们说说，盖个章，填个意见，呈报到县里去。"

韩玄子还未看报告，心里就叫道：好个王才，你真是心比天高，还想让国家供应你的原料?！就拿起西凤酒说：

"王才，你怎么也来起这一套？这酒我不能收，这成什么体统了！我韩玄子是爱喝酒，可不明不白的酒点滴不沾，该办的，符合政策的，咱为乡里乡亲热身子扑着办；不该办的，违法乱纪的，你就是搬了金山银山来，我也没那么个胆！"

王才一时十分难堪，千般说明过年期间，到哪里空手也是去不得的，何况仅仅一瓶酒，一定要收下。但韩玄子硬是不收。王才只好又收起来。

韩玄子取了眼镜戴上，细细看了报告，说：

"王才，这恐怕不行呢。你这加工厂，虽然工人多，收入大，可所得盈利你不是纳入国库的，肥了你自己的腰包，国家能这么供应你吗?"

王才说：

"我是按市价来买，只要这么办了，给我省点力气。再说，报纸上也讲了，国家是大力支持专业户的。我只想试试，或许能行呢。"

韩玄子就笑了：

"你们这些人呀，想得太简单了！你想想，好事怎么能都让你们占了呢？我实在没办法，你可以直接递到公社去，可我说，公社也不会批准你这报告的。王才，你要清楚咱现在仍是社会主义社会！你听说了吗，县城里的一些专业户、个体户现在钱一挣得多起来，就都有些害怕了，开始买'爱国钱'，几百几千地认购国库券呢。"

这话如同炸弹，使王才大为震撼。有些专业户、个体户买"爱国钱"，为自己找政治保护色、寻后路，这风声他多多少少也听到一点，韩玄子却这么一板一眼地说给他听，是什么意思呢？瞧那口气，那眼神，分明在说："人家都在寻退步了，你还这么大干呀？你等着吧，吃不了有你兜着的！"他真有些害怕了。

"韩伯！"他说，"你说的也对，我现在虽然有了些钱，但又全用在了扩大再生产上，我也想以后捐钱给公社的。这么说，这报告就算了。我还年轻，世面经得少，文化又浅，以后有不是的地方，还望韩伯多指点呢。"

两人又说了一些甜不甜、咸不咸的话，王才就起身走了。

韩玄子送到门口，二贝和白银又在那里点二甩炮，唰的一声蹿上半空，又叭的一声在空中炸开，响声极脆，样子也好看得出奇。韩玄子觉得有滋有味，硬要二贝将家里那一串一千三百响的连珠炮拿来放了。立时，照壁下一片轰响，无数的孩子闻声赶来，在那里抢着拾落芯的炮。

韩玄子突然记起明日闹社火的事，到侄儿队长家去了。

第二天，便是正月初三，依照风俗，社火从这一天开始，一直要闹过十六。经过全公社动员、安排，这天上午，川道地的各村就响起锣鼓，十点左右，各路社火芯子抬出来，往镇街上集中。芯子是千奇百怪的造型，观看的人群拥前挤后地包围，镇子上、镇子附近的村子，几乎是老少倾出，家家锁门。远处的山民们，也有半夜打着灯笼火把，走几十里路赶来的。小小的镇街上，人头攒动，熙熙攘攘，几乎要将镇街两旁的房舍挤倒似的。各家铺店，更是门里门外都是人。烟、酒、鞭炮、蜡烛、红纸、糖果、点心，一瓶一包地货物卖出去，一把一堆的钱票收回来。巩德胜已经从早到午未能吃一口饭，喝一滴水了。枣核女人则站在门口的凳子上，眼观四面，耳听八方，唯恐混乱之中，有人行窃偷盗。到了十二点，三声筒子大炮点响，社火芯子队开始招摇过镇街。路线是从街西大场出发，经过镇街，到街东大场。再上塬，穿过公路，再到街西，再到镇街，最后在街东大场评比，才算结束。

韩玄子一大早起床，就往公社去，和公社干部一起到各队查看。有的队扮的是"三战吕布"，饰刘备的站在下边，双手各执一剑，左剑刃上站关公，右剑刃上站张飞，张飞长矛之端悬一尼龙绳，下吊吕布。有的队扮"李清照荡秋千"，竟真是一个秋千，上有一幼女站着荡板，不断晃动。有的队扮的是"游龟山"。一张彩船，船头坐着田玉川，船尾站着胡凤莲，船旋转不已，人却纹丝不动。更有那"三打白骨精"，"劈山救母"，"水漫金山"。造型一台比一台玄妙，人数一台比一台增多。围观的大呼小叫，那北山、南山远道而来的山民，时不时挤到每一台芯子的桌面下看是不是拴有石头、磨扇？因为这芯子全是固定在八仙桌上的。然后由八人抬起，平衡极难掌握；外地人常有芯子翻倒的事故。因此必须拴有石块或磨扇在下面增加重量，起稳定作用。而这些山民看后，惊叹不已：到底四皓埋在这镇上，尽出能人了。竟不拴石块、磨扇?!

社火芯子开始过街。沿街的国营单位、集体单位、人家住户，凡是经过之处，就彩绸悬挂，鞭炮齐鸣。芯子队过后，街面上一层炮屑，满空硫黄气味。巩德胜的枣核女人早弯腰在那炮屑灰尘中寻东觅西，竟也捡回了五角钱、三个发夹、一只小孩的绣花猫头棉鞋，社火芯子到了街东大场，王才家正在大场畔。他站在高高的门楼顶上，背了一挎包鞭炮，放了一串又一串，哔哔啪啪足足响了三十分钟。响声吸引了所有闹社火的人，都扭着头往这边看：那些敲鼓敲锣的乐队，也停了手中的家伙，看着一堆孩子在门楼下捡炮，竟将有的孩子的棉衣也烧着了，喊声，叫声，笑声，也有骂声，乱糟糟一团。

韩玄子对此极不乐意，却又说不出个什么。社火最后评比，选出了五台最佳社火，当场由王书记发奖，每台三元钱、一张奖状。有人就当着韩玄子的面发牢骚：

"怎么拿得出手？三元钱！一个公社倒不如一个王才！人家今天放的鞭炮，最少也是十几元钱了！"

韩玄子听见了，只装着没听见，找着西街的狮子队负责人，问：

"晚上要喝彩的有人来联系了吗？"

西街的狮子队是传统的拿手的夜社火。每年春节的夜晚，几十人的狮子队，要到一些人家去热闹，这种热闹名叫喝彩。凡是被喝彩的人家，是很体面的，主人则是要放鞭炮，送两瓶好酒、两条好烟，还要在狮子头上系一条三尺长的红绸。因此，这种喝彩，并不是一般人家所能受得的，都是主人家事先来联系，晚上才有目标的去的。

狮子队的头儿说：

"已经来联系的有十二家了，西街的二顺、七羊，中街的德林、茂仁，东街头的有王才……"

韩玄子说：

"别到他家去了。他仗着他家有钱，今天放那么多鞭炮，很多人都有看法。喝彩本来是高兴事，他要再一摆阔，就会压了别的人家，倒引起不团结呢！咱们不能光向钱看，掏不起烟、酒、红绸的，咱们也应该去。"

到了晚上，果然狮子队就出动了。狮子队的头儿听了韩玄子的话，又为了避免王才上怪，先在西街、中街各家喝了彩，末了才到东街头来，又端端直奔了韩玄子家。一进院子，韩玄子就在门口安上了三百瓦的电灯泡，拿烟拿菜出来。狮子队每人耳朵上别了一支烟，就摆开阵势，鼓儿咚咚，锣儿锵锵，大小三个麻丝做成的狮子，翻，掀，扑，剪，相搏相斗，然后一起面向堂屋，摇头晃脑，领头儿的就在几十个彩灯彩旗下大声说一段吉祥快板。完毕，韩玄子请客入内，送上两瓶好酒、两条好烟，二贝娘便将三尺红绸系在狮子头上，接着有人点响了鞭炮，很是热闹了一番。

村里来的人也多，韩玄子招呼这个，招呼那个，烟散了一遍又一遍；凡抽烟喝茶的，没有不说这家体面的：

"呀。喝一次彩，光这烟茶咱就掏不起呀！"

但是，韩玄子也确实掏不起烟了。家里所备的一条烟已经散完，就大声叫二贝。要二贝把他买的烟也拿出来。喊了二声。二贝没有回应，二贝娘满院查看，不见二贝影子，连白银也没有见，不免纳闷：村里人都来看热闹了，这两口都跑到哪里去了！

二贝和白银是到王才家去了。

当喝彩的狮子队进了院子，二贝就对白银说：

"这会儿人多。爹不注意，咱到王才哥那儿去吧。"

两人到了王才家，王才很纳闷狮子队怎么没到他家来？让媳妇在门口大场上张望了几次，渐渐听得锣鼓声慢慢向后塬村远去了，知道再不会来。王才媳妇一回到家，就伤心地趴在炕上呜呜哭。王才当着二贝和白银的面，也不好发作，倒笑着对媳妇说：

"你真是小孩脾气，人家一定是要累了，今晚不来，明晚定会来的。"

二贝猜摸这其中必定有原因，却故意避开这事，只是问：

"王才哥，那报告的事，你给我爹说了吗？"

王才说：

"好兄弟，韩伯不同意，还给我讲了许多话，我看也就算了。"

王才如此这般叙述了经过，二贝一听，倒火了：

"这怎么就算了?! 你这是犯法的事吗？光光明明的事情，你怕什么？难道你不相信党的政策?!"

王才说：

"你是教师，读的报多，离政策近，你说该怎么办！"

二贝说：

"我爹不同意，可能公社也不会给你盖章填意见往上呈报，依我看，咱直接把报告送到县上去，交县委马书记！"

王才说：

"我是何等嘴脸，能与马书记交往？我还不知道县委大门是怎么个进法哩！"

二贝说：

"你是何等嘴脸？要叫别人看得起，首先自己就要看得起自己；别人要弄倒你，那是弄不倒的，世上只有自己弄倒自己的！你把报告让我看看，咱重写一份，详细写清你这个加工厂的规模、状况、提出困难，我负责给你送！"

王才一家人好不感激，连夜在灯下，几个人重新起草报告，一直干到夜里下一点，二贝两口才返回家来。

第二天，初四的早晨，二贝对爹和娘说，他们要到县城关镇给岳父拜年去，就提了礼物，小两口合骑一辆自行车，丁丁零零出门走了。

九

狮子队没有来家喝彩，王才的媳妇哭哭啼啼大半夜。王才送走了二贝和白银，他心里也苦得难受。夫妇俩坐在火盆旁，红红的火光照着他们，谁也不说话，也没有什么话要说。于是，最不能安宁的是一双火筷，你拿起来翘翘火，我又拿起来翘翘火，末了都说：睡吧。就上了炕去睡。睡下又都睡不着，两个人又都披衣坐起，叽叽咕咕说话。

一个说：

"咱没亏人吧?"

一个说：

"咱没亏人。"

一个再说：

"咱怎么会亏人呢?"

一个再说：

"咱哪里就亏人了!"

想来想去，就想到韩玄子，估计必是这老先生从中作了梗。

一个又说：

"咱和他没有仇呀?"

一个又说：

"咱和他有什么仇?"

一个再说：

"没仇。"

一个又再说：

"没仇。"

便又说起二贝和白银，口气是一致的：这小两口不错。但是，这小两口送报告的事能不能成功，夫妇俩却谁也说不准。

一直唠叨到鸡叫，王才咬咬牙说：

"咱是没错。真的，咱没错! 我王才以前是什么模样，难道我永远是那个模样吗? 只要现在的党中央不是换了另一班人马，不是变了这一套政策，我王才该怎么办，还得怎么办! 我明日再去请狮子队，人家不来，我到白沟你娘家去，让那里的狮子队来，这口气我还是要争的，要不，真的我王才办了加工厂，倒成了什么黑人、罪人了!"

初四的早上，他去找了狮子队，头儿支支吾吾，没有说不去，也没有说去。王才第一次在别人面前动了肝火，二话未说，扭头就走了。他走了七里路，到了白沟岳父家，邀请那里的狮子队。狮子队的人知道王才当年曾张罗过办商芝加工生意，他们也正在酝酿这事，见了王才，如见了活佛，问他当年有过什么设想? 又是如何经销? 经验是什么? 教训是什么? 王才就将自己和二贝曾设想的那一套和盘托出，预祝他们事业成功。这些人满口答应当晚来他家喝彩。

天未黑，白沟村的狮子队就进了镇。他们故意张灯结彩，鼓锣喧天地从镇街东走到镇街西，又从镇街西走到镇街东，惹得镇上的人都来观看，不知今晚这队人马要给谁家去喝彩。末了就奔王才院里去了。

王才的院子扩大以后，十分宽阔，狮子队耍了一场，又耍一场，整整一个小时不肯停歇，齐声高喊：

> 新年好，新年好，
> 狮子头上三点宝。
> 鸣号号，鸣号号，
> 欢呼党的好领导，
> 劳动致富发家了。
> 新年好，新年好，
> 狮子头上三点宝。
> 鸣号号，鸣号号，
> 齐心协力挖穷根，
> 今年更比去年好。

这喊声村里人差不多全听见了。又是十多分钟的鞭炮声，又是来人就散烟。又是来人就上桌子喝盅酒，看热闹的人越来越多，私下里都在议论：这小个子王才还是厉害，热闹得倒比韩玄子家更盛呢。

韩玄子毕竟只是镇街上的韩玄子，他管不着白沟村。白沟村的狮子队来过一趟之后，第二天夜里又来了竹马队，第三天又来了魔女队。来了就独独往王才家喝彩，喝彩完再在大场上耍闹一场：这些热闹的人马每晚都挣得王才家许多烟酒，使得西街狮子队就眼红起来。有人埋怨他们的报酬太少，越耍越没劲。到了初六晚上，竟不再出动，一散了了。

韩玄子去催了几次，都借口没有经费，不愿干了。甚至每天中午的社火芯子，也渐渐疲沓起来，这个队出，那个队就不出。韩玄子发急了，他和公社大院的干部商量，是不是由公社再拨一些钱来给社火队补贴，公社当然没有这项开支，只好又让各队队长再按人头摊款。但重新摊款，就难上难了；农民过一个年，花销是不小的，谁手里也没几个钱了。眼看到了正月十二，县上要进行社火比赛，镇子的社火却组织不起来，韩玄子四处奔波。以公社文化站名义，召集各队队长，说了许多严厉的话。队长们就有了意见，当场顶撞起来：

"向社员要钱，社员哪有多少钱？谁家像你们家，大大小小都挣国家钱的！扮社火本是大家快乐的事，你们这么干，哪还会有什么兴头干呢？"

韩玄子也觉得这话实在，可怎么应付县上的比赛呢？他们这个镇的文化站一直受县上文化局表扬，难道这次露脸的时候，就放一个哑炮吗？回家来愁得饭也不吃。

二贝看见爹为难，说：

"我说不要管这些事，你偏要管，怎么着，是非全落到你的身上了！任它还闹社火不闹，天塌下来高个子顶，有他公社的干部哩！"

韩玄子说：

"胡说八道！真要塌火，我还有什么脸面到公社大院去？人家还敢再委托咱办事吗？"

他狠了心，说要自己先拿出三十元垫上，是好是歹闹起来十二上县，在县上中了奖，拿奖钱再还自己。二贝哭笑不得，问爹是怎么啦？腰里有多少钱？正月十五就要"送路"待客，正到了花钱的时候，客来一院子，你往桌上摆什么、端什么?! 已经没几天了，烟还没有买，酒还没有买，莫非家里还有个银窖未挖？二贝娘在这件事上，立场是鲜明地站在了二贝的一边，咕咕囔囔起来，说去年夏天她到王书记家去，那个大屁股女人正在院里晒点心。天神，点心还晒！一晒一四六大席！人家吃不完，陈的已经要生虫，新的又有人送来了！瞧瞧这种当干部的！可咱的人当了站长，清水衙门！不但不进，反要往外掏！三说两说，韩玄子倒生了气，叫道：

"都不要说了！烦死人了！常言说：家有贤妻，丈夫在外不遭祸事。你们尽在我的下巴下支砖，还让我出去怎么指拨别人?!"

也就在这天晚上，王才到公社大院去了。

他的加工厂是初八就开了工的。开工的第一天，附近的一些代销店就来订货，数量要得很多，那作坊里就整天整夜机器响、案板响、油锅响。狗剩和秃子一边干活，一边说着村里的新闻。论到韩玄子的困苦处，热一句，冷一句，百般嘲笑。王才听见了，训斥他们不要在这里说东道西，自个却揣着一颗心去找张武干。张武干也在为社火上县比赛的事犯愁，见了王才，没好气地说：

"有什么事，过罢十五来谈吧！"

王才说：

"我不是来求你解决什么纠纷的。我问你，咱镇上的社火真的要上县去吗？"

张武干说：

"当然要去！到时候，你那里可不能强留人，队上需要谁去，谁一定得去！"

王才说：

"那是当然。听说社火的费用钱收不齐，有这事吗？如果真是这样，我想，能不能给我一个机会，好给大家出点力，我以加工厂名义，拿出四十元。"

张武干当时愣了，脸面上一时又缓和不下来。王才说：

"我这是完全自愿的，没有别的企图，因为我到底手头活泛些。如果怕引起别人议论，你不要对外人讲是我掏的，我保证也不说，只是为咱镇上不要丢人。"

张武干拿不定主意，把这事汇报给了王书记，王书记倒高兴，收了这笔钱后，便连夜来对韩玄子谈了。韩玄子纳闷了半天，疑惑地说：

"这王才到底不是平地卧的人呀！能保住他不对外人说吗？他要一说，倒使他落得一个好名。再说，收了他一人的钱，会不会丢了广大群众的脸？就是他真心真意，咱公社是否能将上次没收的那几根木料折价给他，权当是公社拨给闹社火的补贴？"

木料是半年前公社没收一个贩子的，一直堆放在大院，无法处理，又被雨淋得生了一层木耳。王书记和武干听了，都说这主意妙极！便让武干又去了王才家，讲明：闹社火是集体的事，哪能让一个人掏钱？这种精神是可佳的，但做法不妥，公社决定将木料折价给他。王才也同意。

有了钱，社火又闹了起来。正月十二，十六台社火芯子抬到县城，韩玄子又是满面的光彩，专门派人做了牌楼，上面用金粉写了"四皓镇社火"五个大字。一到城关，就十六支一尺七寸的长杆铜号吹天吹地，八面笸箩大的牛皮大鼓，八张二人抬的熟铜黄锣，一齐敲打，满指望这次要全县夺魁了。

可是，社火一进县城十字街口，各路社火一抬出，韩玄子就傻眼了：茶坊公社的社火队是一排二十五辆汽车阵，领头的一辆是一面大鼓，敲鼓的头扎红布，腰系红带，左一槌，右一槌，上下跳跃，动作有力而优美，像是受过专门训练。后边汽车上的社火更是内容新鲜，什么"鲤鱼跳龙门"，什么"哪吒出世"；那偌大的荷花惟妙惟肖，花瓣竟能张能合，合着是白，张开是红，中间还有一粉团似的孩子现出。西河公社的社火则内容多得出奇，先是芯子十台，后是五十人两丈高的高跷，再是龙，再是狮子，再是旱船，再是社火须子："范进中举""失子惊疯""公公背儿媳"……长蛇阵似的，前不见头，后不见尾。还有东山公社和柳林公社的花杆队、腰鼓队、秧歌队、竹马队，名目繁多，花样翻新，色彩夺目，造型绝奇。只显得四皓镇的人马寒酸可怜了。

韩玄子拉住一个公社的领队，问：

"你们这么大的气派，哪儿来的钱呀？"

回答说：

"要什么钱？这都是自发干起来的呀！你瞧，那一辆一辆汽车、拖拉机，都是私人的。往年一个队扮一台，今年是队上要扮队上的，私人要扮私人的，农民有了钱，就要夸富呢！"

韩玄子说：

"私人这么办，不影响旁人的情绪？"

回答得更响了：

"有什么情绪？政策让一部分人先富起来，一户富了，就能带动十户八户都富起来。大家都在争着富，是龙就成龙，是虎就成虎。八仙过海，各人会有各人的神通呢！"

韩玄子没有再敢问下去。

很自然，全县的社火评比，四皓镇没有中奖。

韩玄子一回到家，就感觉头很疼，便睡下了。

一家人都以为爹是太累了，也就没有当回事。可是，韩玄子睡过一夜，十三日的早上第一次没有早起，直到二贝娘做好了早饭，他还没有起来。二贝娘进了卧室来喊，见老汉大睁双眼，连喊几声却不吭不响，当下就吓坏了。到厦房对二贝、白银说：

"你爹是怎么啦，从来没有这么睡懒觉的！你们快去看看，是不是病了？我的天神，后天就要待客，明日帮忙的人便来，他怎么就在这坎节儿上病了呢？"

二贝和白银吓了一跳，上来站在爹的炕头，一声声叫爹，问爹怎么啦？哪里不舒服？韩玄子说：

"你去公社叫王书记、张武干，就说我请他们来哩。"

二贝飞也似的赶到公社大院。王书记他们正在家里摸麻将，谁输了就钻桌子。恰好是王书记在钻，炊事员刘老头说书记太胖，可以免了。张武干不同意，坚持麻将面前，人人平等。二贝一脚踏进去。说明了情况，王书记便和张武干赶来，韩玄子说：

"王书记，张武干，我没有给咱把事办好，丢了公社的人了！我没有病。我只是想，我是老了，干不了这文化站的事，今年你们研究一下，就把这站长的帽子给我摘了。"

王书记却哈哈笑了，说：

"老韩，你这是怎么啦？有人说你的闲话？你不干这个站长，咱社里谁还能干呢？谁要说不三不四的风凉话，我们自会处理的！只要你还能跑得动，这站长就不要想卸掉，老同志嘛，许许多多的事还得你出马解决呢！"

书记的口气很坚决，使韩玄子大受感动。他从炕上爬下来，又摆了几盘菜，三个人一边说话，一边喝起来。书记一走，韩玄子就让小女儿去白沟叫来叶子和三娃，中午特意让二贝娘做了一点荤菜，把二贝和白银也叫上来，一家大小一起吃。饭桌上，三娃不断站起来为岳父敬酒，韩玄子有些兴奋了，就让二贝和三娃划几拳。二贝先觉得爹今天反常，后见又恢复了往日的情绪，也就划了几拳，还给爹敬了几杯。韩玄子脸色有些红了，话也开始多起来。白银说：

"爹怕又喝得多了吧！"

韩玄子说：

"多是多了些，要醉还早呢。我高兴嘛，我只说这次社火办得不好，可公社领导还看得起我！今日个，咱一家人都在这里，和和气气的也像一个家的样子，我心里还很盛哩！"

二贝见爹难得说出这话，心里也高兴，就越发讨好地说：

"爹，下午没事，我去把咱的芋头地整理整理，我的那三分地去冬浇了，我娘和我小妹的那五分地去冬水没浇上，满地土疙瘩，要敲碎了，再过半个月，我就开始点种了!"

韩玄子说：

"那么一点地，来得及的。下午，我有事要给你们说。本来一年到头，咱一家人该坐下来好好说说，总结过去的一年，规划新的一年，可这社火缠得我没有空。现在事情过了，后天又要办事，只有今日空闲，咱好好开个家庭会。"

二贝便说：

"好吧，我们也有话要给爹说说呢。"

碗筷收拾了，韩玄子就燃起炭火，二贝和三娃坐在一边拿烟来吸，叶子坐着织毛衣，白银捏不住女工，和小妹坐在一条长凳子上，一会把小妹的头发辫成小辫儿，一会又解开。

这种家庭会议，几乎成了一种制度，每年春节召开一次。那几年，二贝还没有结婚，大贝回家过年，最怕的就是这会。说是家庭会，勿如说是训斥会。韩玄子每次主持，要求"大家都说"，结果没有一次不是"一言堂"。这会几乎从没有开成功过，常以炸会而结束。但这一次炸了，下一次还得开。白银在娘家是无拘无束惯了，先听说家庭开会，觉得怪是稀罕，过门参加第一次会。很认真地洗耳恭听，但听来听去，全是些老话、旧话、套话、废话，没一点儿新鲜的东西，听得她直打瞌睡。但她不能不来，来了又不能不坚持到底，一回到自己房里就要说爹的不是，她没有读过《红楼梦》小说，却看过越剧《红楼梦》，便认定爹就是那个贾政。

这会，大家都不说话，韩玄子也只是吸水烟。吸这种烟在农村是极少的。烟是大贝从兰州特意捎回的"百条儿"，烟袋是二贝接爹的班后，用第一个月的全部工资，讨买了一个解放前任过伪县长的孙子的传家之物。一次装一小丸儿烟丝，一小丸儿烟丝一喷一口香儿。这镇上当然只有他韩玄子才能如此享受。二贝娘已经刷了锅碗，却还在厨房里摸摸盆子，挪挪罐子，迟迟不见上堂屋来。韩玄子说：

"他娘，你怎么啦？都在等着你了！那些盆盆罐罐，是什么稀世珍宝收拾不清？"

"你们开你们的，叫我干啥呀？我又不会说话，说话又不算话的！"

韩玄子说：

"你真是扶不起的天子！你说不了，是叫你作报告演说吗？你不会坐在这里吗？"

二贝娘拍打着衣服上的土，上来坐了，脸上笑笑地，说：

"好好，现在你开始吧！"

韩玄子便一本正经地进行开场白了。这开场白已经形成了多年来经久不变的言辞，说：

"现在，一家人就缺大贝两口，他们工作忙，不回来也就罢了。今日也没外人，咱一家人，好好坐一坐。一个家庭也就如一个国家，国家一年要开党代会、人代会，一个家庭也要开。外边的人听说咱还开家庭会，就感到奇怪，这是他们少见多怪。他们打哩闹哩，什么事打打骂骂就解决了；咱不，咱都是多少有文化的人，咱要开会解决思想问题。一年已经过去了，新的一年又过了十多天，过去的一年里这个家怎么样？咱们都要总结。

下一步如何安排计划？咱们也都要有个想法。人常说：吃不穷，穿不穷，算计不到一世穷。去年一年，依我看，咱这个家过得不好。怎么个不好？首先是人心不齐，这主要的责任是在二贝和白银身上。白银是新到咱家的，就我思想，亲生的儿女和进门的媳妇都一样是儿女，手心手背都是肉。白银自小没娘，我只说过了门来，让你娘好好拉扯，白银也算有了温暖，有了母爱，你娘也算有了搭手。咱这家是多好的日子，拢共就分了那么点地，麦秋二茬收了，种了，就没事了，你就在家帮你娘做三顿饭，收拾收拾家务。可我这想法错了，白银是野惯了性子，在外干活肯出力，家里的活，眼里没水。为早晨扫院子，为烧水，为挑水，我不知说了多少回，就是不听。二贝身也沉，学校在家门口，三顿饭在家吃，吃罢饭，嘴一抹走了，天不黑不回来。一回来就钻到小房里，你两口嘻嘻嘻、哈哈哈个不停，可你娘呢，那么大的年纪了，还要刷锅、洗碗、挑水。你们良心上能过去吗？再一点，咱这个家真成了空架子。为什么呢？外边都在说咱家有钱，可一个子儿也存不住。当然，去年一年办了几件事：二贝结婚，叶子出嫁。咱虽在乡下，可除了水以外，什么不要钱呢？我一月四五十元，要管吃、穿，还要迎来送往。一个萝卜几头来切，一月攘不及一月。二贝的钱，我也不知道都干了些什么？除了买三十斤粮，说好每月交给我十元，可总是这月交了，下月就不交。结果，外边招得风声大，什么事旁人都把咱推到首头，咱有苦对谁说谁也不信。可话说回来，我也不是要儿女钱都给我，也不是让咱一家人在外都是铁公鸡一毛不拔，那样子，即便是万贯家财，又能怎样？三一点，就是要注意影响，顾及大场面。在这镇上，咱是正南正北人家，交往必然就广，凡是来咱家能吃能喝的，那都是些有头有脸的人，万万不能怠慢。出门在外，又要学得本分。俗话说：一件衣服要穿烂，不要让人指烂。说到这儿我就有气，二贝你们结婚，也是到省城你哥那儿举行的，买几件衣服是应该的，可白银买一身西服，上衣只有两个扣子，在咱这地方怎么穿出去？你学你嫂子的样，也烫头发。人家在城里工作，环境不一样啊！还有那高跟鞋，拖鞋，手插在裤兜里走出走进……所以，我生了气，我把你们分出去了，分出去你们怎么过随你们吧。可一分出去，看着你们日子过得恓惶，我心里也不好受，想：这何苦呀，毕竟是咱的儿女呀。可再一想你们惹我生气，我就说：分了好，让他们也知道知道滋味。半年过去了，各自也都习惯了，咱就这样先过着吧。"

韩玄子只管一边吸烟，一边说下去。屋子里再没有一点声响。三娃是第一次参加这样的会议，实在没有耐力了，吸一根烟，又喝一杯水，又无聊地去翘火，一眼一眼看着火炭由红变白，由硬变软，由粗变细，只说岳父的话要结束了，没想那停顿是为了装换水烟。于是他不得不又去摸第五根香烟了。二贝已经习惯，他最好的办法是低着头想别的事情。虽然这一席话句句都是在诉说白银的不是，白银却并不急不躁。在这个家庭里，她的性格已被磨去了大半锋芒，她也聪明起来，学着二贝那种消极对抗办法。再说，这些话，老公公不知说过多少遍了，只要他一开头，她也能估准下一句的内容了。于是，两眼儿盯着天花板上的一个蜘蛛网。冬天，这房子里炭火不断，蜘蛛活得很精神，密密地织着一个大网，后来就卧到墙角的一根电线上一动不动。白银看着看着，将头垂下来，似乎做着一种静听的样子，实际却开始了迷迷糊糊的梦境。

"白银，你说说，我上边说的，是不是真的？若有一点委屈了，你可以说，我可以改。"韩玄子扭头看着白银。白银却毫无反应。二贝忙用脚踢了白银一下，白银忽地抬起头来。

"睡了！"韩玄子说，"我口干舌燥说了这一通，你倒是睡着了?!"

白银赶忙说：

"哪里睡了？爹说的，我句句都在听哩。"

"听着就好，我没委屈你吧？"韩玄子又说，"当然，过去的事已经过去，咱也不要多提。新的一年里怎么办？这是最关键的。一年一年过得好快，如今，叶子也出嫁了，虽说离镇上不远，可她还要过她的光景；小女子过了十五就去县中上学，家里是没有了劳力，我也好犯愁。这地谁种呀？这水谁挑呀？我还得靠你二贝、白银！你们要是好的，新的一年里就不要惹老人生气。白银在家多帮你娘干活，二贝在校，好好教书。学校在家门口，一定要学得活套。人家公社干部，官位就是再小，可在地方上还是为大，学校又在人家眼皮下，事事你要把人家放在位上。这样，于你好，于这个家也好。我吗，我也有缺点，爱喝口酒。你们嫌我醉了伤身子，也是一片好心，我注意着就是。我脾气不好，这设法改。这一两年里，公社信任我，让干个站长，什么事又都抽我参与，不去不行，去了，村里一些人看不惯就要说，可能也惹了些人。我先前脾气也不是这样，就是退休后，家事、村事搅得我脾气坏了。我再叮咛一句：以后咱家出什么事，说什么话，谁也不能对外讲，外人有和咱心近的，也有成心拆这个家的。你说出去，这些人不是笑话，就是要从中挑拨。白银，听说你往王才家跑了几次，和那媳妇一说就是一下午？"

二贝听了，心里一紧，忙接住话说：

"这事我知道。年前我们到地里去，碰着王才，硬拉我们去家，也便去了，说些闲话。爹又听谁在加盐加醋了？"

韩玄子说：

"这号人家，少去为好。他家钱是有了，粮是有了，一家大小手腕子上戴上表了，可谁理呢？人活名，树活皮，以我这年纪，我也早该不干什么站长了，可担子又卸不了，还得干。这虽是小事，就从这小事上，可以看出不论什么时候，人缘是最重要的。总之，一句话，往后你们要想使老人身体好、多享几年福，就先把咱家搞好，家里搞好了，你们在外也事事顺心。我就这些，你们都可以说说。"

二贝娘就对三娃说：

"你说说。"

三娃说：

"我没什么要说，让我二贝哥说吧。"

二贝说：

"爹都说了，去年家里不好，这怪我和白银的多。是我们的错，我们都要改，不对的地方，老人还要多指教。要叫我说，我只说一句，就是爹上了年纪，一辈子又都从事教育，退休后本来是度晚年的，也不该去文化站。我也知道爹不是为了那每月十五元的补贴才去的；也知道爹在外跑了一辈子，退休了寂寞，可也得看身体状况，能不干就不要干了。总的来说，你对农村的事还摸不清，现在形势又不比以前，什么都在变了，而且还在继续变。咱拿老眼光、老观点去看一些人、一些事，当然看不惯；一管，就可能会失误，这样下去，反倒不好了。既然已经干上，公社又信任，你就只管管文化站，别的事，他们拉你，你一定要推掉。对于王才，乡里乡亲的，这人爹也知道根基，不是什么邪门鬼道的人。这几年发了，这是政策让人家发的，也不是他王才一家一户。爹正确认识他、理解他，能给他帮忙的就帮忙。如果事情做得过分，不光要得罪王才，我想以后可能得罪的人更多。农民要富裕起来，这是社会潮流，顺这个社会潮流而走，一不会犯错误，二也不会倒了人缘。"

韩玄子静静地听着二贝的话，他没有言语。他知道二贝现在已经长大成人，有妻有室，又在学校为人师表，若要再反驳，二贝必然还要再说些什么，吵起来，就又不好，大女婿三娃还在座呀！何况对于王才，他心里虽仍不服气，但也觉得过去有些事情做得过分了点。

他又抽了一会儿水烟，说：

"你说，有什么想法，你都可以说，我也是在外干了一辈子，还不是农村瞎老汉，只听好的不听坏的。"

二贝说：

"就这些。过去家里不和，当然有我们身沉不勤快的原因，但对待村里的一些人、事问题上，和爹意见不一致，给爹说，爹也不听，我们才故意置了气呢。"

二贝娘说：

"我也是这个意见。你管人家王才怎么样哩。他没有,他也不向咱要;他有了,咱也不向他借。国有主席,社有书记,咱管人家的事干啥?"

韩玄子说:

"从心底来说,王才这人我是看不上眼的。他发了,那是他该发的;可没想到他一下子倒成了人物了!我也不是说他有钱咱眼红他;可这些人成了气候,像咱这样的人家倒不如他了?!"

二贝说:

"爹这就不对了。国家之所以实行新的经济政策,就是以前的政策使农村越来越穷。谁行,谁不行,也不是一成不变的。现在就是人尽其才的时候,咱能挡住社会吗?咱不让王才发家,人家难道就不发了?甭说咱,就是一个社,一个县,一个省,总也不能把潮流挡住啊!"

韩玄子说:

"好,他的事我以后少管。可我在这要把话说明,他王才能发了家,咱韩家更要争气把家搞好!后天给叶子'送路',这也是耍人的机会。咱要鼓足劲,只能办好,不能办坏,要在外面把咱的脸面撑进来:明日一早,二贝你去把厨子请来,咱就在院子里支大锅,准备菜。白银给你娘当帮手,刁空将四邻八舍的桌子、凳子都借来。"

说罢,就让老伴去拿了算盘,一宗一宗计算来多少客?切多少肉?炸多少豆腐?熬多少萝卜?炒多少白菜?下多少米?喝多少酒?吸多少烟?一直又忙乱了一个小时,家庭会议才得以闭幕。历年来的家庭会议,这一次算是圆满的。二贝和白银一进厦房,白银就说:

"哈,爹这次总算听了你的话了!"

二贝说:

"爹心里还想不大通呢。爹是有知识的人,有些事能想得通,有些事就钻了牛角。后天待客,爹是押了大注的呢!"

十

阴历十四的晚上,月亮是出奇地明亮。公社的露天电影院在放映电影,后塬村的自乐队在呜呜哇哇地吹唢呐,而关山公社的社火队来了上百人的队伍，在镇街的丁字街口拉开场子，闹得十分红火，锣鼓一声高过一声，声声入耳。韩玄子家的院子里，安装了六个大灯泡，人忙得不亦乐乎。肉是大清早就煮了的，三指厚的肥膘，砖面一样的块头，红糖熬就的酱，涂得紫里透红，红里泛紫。七只母鸡，十二只公鸡，在一阵小锤儿的击打下，一命呜呼，滚烫的一盆开水浇了，绒毛脱尽，硬翎也掉了，剖腹挖肚，油锅里就炸得哗哗叭叭响。鱿鱼、海参是没有的，但却有娃娃鱼，是特意托人从县上弄来的。厨师们是远近的名厨，他们三十年、四十年的做菜经验，都是蒸碗肉：方块、长条、排骨、酥片、肘子，至于别的烹调技术，他们是束手的。而鱼虽产于镇前河中，但山地人没有吃鱼的习惯，只是娃娃鱼被城里人吹捧得神乎其神之后，方有偶尔动口的，所以这些厨师们并不精于操作，只好鸡上油锅，鱼也上油锅。这鱼也怪，死而不肯瞑目。堂屋里，八条丈三长凳，支着四张大案，切萝卜的切萝卜，剁红薯的剁红薯，刀响，案响，凳子也响。二贝领着人在院子里挖灶坑，灶坑是七个连环，垒起灶洞，越来越高，越高越小，前是大环锅，后是二环锅，再是大锅，凸锅，铝锅，甑锅，薄锅。大环锅灶口搭上火，火顺坑道入内，一锅水开了，七锅水都开。白银在堂屋，寸步不离娘，娘切菜，她切菜，娘烧火，她烧火。耳朵里却总是声声锣鼓响，偷空出来解手，趴在厕所后墙往镇街方向看，那里半天映红，声响喧天，好一阵心急火燎。走回来，切菜切得又大又粗，烧火烧得毛毛草草，洗盆洗碗也湿水淋淋擦不干。娘就发急道：

"白银，白银，你这是干的什么活？"

白银说：

"娘，镇街好热闹哩！"

二贝听见了，恶狠狠地瞪了她一眼。

家里不时有人进来。韩家族里的一些长者，当队长的侄儿，巩德胜的枣核女人，水正的独眼老爹，都来了。他们说是来看看筹办得如何？有没有可以帮忙的？然而，不仅未能帮上忙，反倒忙上加乱，又耗费了许多炭火、茶水、烟卷，韩玄子却已经心满意足，感激地说：

"啊，真亏你们这般关心！有什么要帮忙的呢？你们这一来，帮忙不帮忙，就够我高兴的了！"

一切该准备的都准备了，只等明日搭笼上锅了，大家都坐下来洗手歇气，等着二贝娘做饭来吃。那当侄儿的队长却早出去请了那自乐队来，说是贺一贺喜。那六个吹唢呐的老汉就努着腮帮吹花鼓调"十爱姐儿"。调儿吹过三遍，有一老汉，双目俱盲，清朝末年人氏，当一辈子光棍，唱一辈子花鼓，却老不死，便从一爱唱起。咿咿呀呀唱到七爱，爱的正是姐儿的好裙子，二贝就一拉白银，如鱼脱网，双双向镇街丁字街口跑去。

丁字街口，火把灯笼一片通明，人围得城墙一般。小两口谁也顾不及谁了，只是往人窝里钻。白银个头小，身小瘦瘦的，终于挤进去，里边正耍"活龙"。两条龙，一是红龙，一是白龙，各是七人组成。红龙的人一身红绒衣，或是女人的红毛衣，头扎红绸。白龙的人一身漂白布衣，或是将白里子棉袄翻过来，头包白布。在紧锣密鼓声中，两厢忽上忽下，互绞互缠，翻、旋、腾、套。最是那摇龙尾的后生，技艺高超，无论龙头如何摆动，终是不能将他甩掉。"活龙"耍过，便是"走魔女"。七个妙龄女子，头上脚上穿绸着缎，还镶着金丝银线，在灯光下如繁星缀身。那粉红的裙子一层一层拖下来，下沿是以竹圈儿垂着，然后忸怩百态，一手执纱，一手提莲花小灯，作碎步状，酷似腾云驾雾，更如水面漂浮。观看者一声儿叫好，评价谁个走势好，"魔女"们越发得意，愈走愈欢。接着，一声长号，清悦惊人，便有十三个男扮女装的踩高跷的人跑出来，再一细看，那领头的却是戴有胡须的男子。刹时间锵锵铿铿，喊杀声连天，白银看不懂，不知道这是什么内容，旁边有人说：

"这是十二寡妇征西！"

"哪是佘太君？哪是杨排风？"白银知道这个典故，扭过脸儿直问。

"这不是白银吗？"旁边的人却叫道，"你爹没来吗？"

白银看清了，是公社王书记。

"王书记也来了！"白银说，"我爹在家忙哩，明日你早早来呀！"

王书记说：

"你爹忙，我就不去了。你回去告诉你爹，县上傍晚来了电话，县委马书记明日要到公社来，给一些人家拜年。让你爹明日中午一定到公社来迎接迎接。"

白银说：

"我爹哪能走得开呀?!"

王书记说：

"说不定马书记还要到你们家拜年哩！你给你爹说了，他必会来的。"

一直到月儿偏西，热闹的场面才慢慢散了。白银在街口碰上了二贝，两人走回来，厨师们、帮忙的人都回去了，院子里灯光已熄，堂屋里还亮堂堂的。韩玄子坐在火盆边吸烟，说：

"你们也真会快活，刁空就跑了！"

白银把见到王书记，王书记说的要迎接马书记的事给爹叙述了一遍，说：

"明日正忙，哪有空去迎接他呀！"

韩玄子说：

"还得抽空迎接呢！公社能看上叫我去迎接，咱便要知趣，要么，就失礼了。不知马书记来给哪几家拜年？"

二贝说：

"说不定还要到咱家来呢。"

他的话，不是认为马书记来了就会使韩家光荣；相反，他担心马书记来了，会不会反感这么大的席面？

"能来就好了！"韩玄子说，"正赶上咱办事，那这次待客就更有意义了！哎呀，那得再去备些好酒呀！"

二贝说：

"爹，你现在买了多少酒？"

韩玄子说：

"瓶子酒十五瓶：四瓶'杜康'，三瓶'西凤'，六瓶'城固大曲'，两瓶'汾酒'。散'太白'二十斤。散'龙窝'十二斤。葡萄甜酒六斤。怕不够哩，明日再看，若不行，就随时到你巩伯那儿去拿。不要他瓮里的，那掺了水，我已经给他说好了。"

二贝说：

"钱全付给人家了吗？"

韩玄子说：

"我哪有钱？先欠他的，以后慢慢还吧。"

二贝没有说什么；闷了一会儿，说：

"夜深了，都睡吧，明日得起早。"

韩玄子却说：

"你们都睡，我守着。灯一拉都睡了，肉菜全堆在地上，老鼠还不翻了天。"

他就守着一地的熟食，坐了一夜。

天一明，是正月十五了。韩玄子沏好了一杯浓茶，清醒了一阵头脑，兀自拿一串鞭炮在照壁前放了。十五的鞭炮，这是第一声。有了这一声，家家的鞭炮都响起来了。二贝娘、二贝、白银、小女儿就都起来，各就各位，依前天晚上的分工，各负其责。吃罢早饭，厨师和帮工的全都到齐，院子里开始动了烟火。肉香，饭香，菜香，从院子里冲出，弥漫了整个村子，不久，亲朋好友们陆陆续续就来了。本族本家的多半带来一身衣料当礼物，有粗花呢的，有条绒的，有的确良的，有咔叽的，有棉布的，一件一件摆在柜盖上。村里的人，也陆陆续续来了，有三个娃娃的带三个娃娃；有四个娃娃的带四个娃娃，皆全家起营。他们不用拿布拿料，怀里都装了钱，互相碰头，商议上多少礼，礼要一致，不能谁多谁少；单等着记礼的人一坐在礼桌上，各人方亮各人的宝。那些三姑六舅，七姞八姨的，却必是一条毯子，或是一条单子，也同时互咬耳朵：上五元钱的礼呢，还是上十元钱的礼？五元少不少？十元多不多？既要不吃亏，又要不失体面。韩玄子就让二贝把陪给叶子的立柜、桌子、箱子，全搬出来放在院里上，架被子、单子、水壶、马灯、盆子、镜子。二贝娘最注意这种摆设，最忘不了在盆子里放两个细瓷小碗，一碗盛面，一碗盛米，旁边放一把新筷子。这是什么意思，她搞不清，但世世代代的规矩如此，她只能神圣地执行。

人越来越多，屋里、院里挤得满满堂堂。能喝茶的喝茶，能吸烟的吸烟，不喝不吸的人，就在屋里角角落落观看，指点墙上的照片，说那是大贝，那是大贝的媳妇，然后海阔天空地议论一番大贝如何有本事，大贝的媳妇是城里人，又如何好看。

韩玄子是不干具体活的。他是一家之主，此时却显示了一国之君的威风。对于干活的人，是招之即来，挥之即去；而客人一到，笑脸相迎，烟茶相递，大声寒暄。在吆三喝四、指挥一切中，又忘不了招呼小女儿，让注意一些孩子，万不能撕了门上对联，万不能折了院中花草。

气管炎最为积极，马前马后，寻桌子、找凳子。一忙就咳嗽，一咳嗽就憋死憋活，腰弯得像一张弓。间或就溜到厨房，偷空抓一片肉在嘴里吃了，别人看见，就忙说：是烂了、烂了！

十一点钟，韩玄子把侄儿队长叫到一边，说：

"县委马书记要来，公社要我也去迎接。我去看一下，说不定马书记也要来给咱拜年！你在这里指挥，我不回来，不要开饭。"

韩玄子一走，侄儿队长竟将马书记要来的话向来客宣布了。这消息使众人瞠目结舌，议论鼎沸，没有一个不激动、不羡慕的。当下有一群女人进屋围住了叶子，说：

"你好福命，马书记也来为你'送路'了！"

消息很快又传到村里，一些不准备来的人也都来了。狗剩、秃子吃罢饭又要去加工厂，听到这消息，好不为难：去韩家吧，人家未叫；不去吧，怕又从此更使自己孤立，王才就是例子。想来想去，就打发老婆娃娃也拿了礼钱来了。

到了十二点，礼单上密密麻麻写满了人名，小女儿一直在旁看着所收到的礼钱，最后跑去对娘说：

"娘，一百八十元呢！"

娘说：

"这就好了，可以还账了。我直担心你爹这儿那儿借，客待完后怎么给人家还呀！"

十二点半，饭菜全部做好，韩玄子没有回来，不能入席。有人就不停地问：还不吃饭吗？肚子已经饥了！又过了一个小时，饭菜开始凉了，韩玄子还没有回来，客人有些乱了，喊肚子饥的人更多了。侄儿队长也急了，对二贝说：

"咱伯怎么还不回来？你去公社看看。"

二贝到公社大院，大院里并没有人。门卫老头说：马书记一来就到后塬一家专业户那里拜年去了，公社干部也全去了，韩玄子也跟去了。二贝回来说：还得再等等。

家里人着急，韩玄子更着急。他赶到公社后，王书记他们已陪马书记去了后塬，他便马不停蹄撵了去。马书记在那家专业户里，问这问那，只是不立即走开。他拉过王书记说：

"马书记下来还到哪里去？你没说我今天待客吗？能不能到我家去？"

王书记说：

"马书记说了，从这里回去，再去王才家拜年。"

"王才家？"韩玄子大吃一惊，"王才是什么东西，马书记去。给他拜年？"

王书记挤了挤眼，悄声说：

"我也捉摸不透，他怎么就想起去王才家？他哪儿就知道个王才？！而且说王才的加工厂是个好典型，他要实际看看，准备将加工厂所需的面粉、油、糖纳入供应指标。"

韩玄子霎时间耳鸣得厉害，视力也模糊起来，好久才清醒过来，问：

"马书记怎么会知道王才的加工厂？"

王书记说：

"马书记说他收到王才的一份申请报告。这王才他这申请怎么不让咱公社知道知道？！"

韩玄子叫苦不迭：

"他通天了！他竟能通天了！"

两人默默地站在那里，互相对火点烟。暖洋洋的太阳照着他们，身下的影子拉得长长的，韩玄子第一次突然发现，那烟影在地上，不是黑的，也不是黄的，竟是一种暗红的颜色。

"那，"韩玄子抬起头说，"这么说，就不到我家去了？家里来了一院子客呀！"

王书记说：

"这样吧，到王才家，我和张武干陪同就行了，你把公社别的干部叫到你家去，改日咱再喝酒吧。"

"这，这……"韩玄子难堪极了。

"没办法，偏偏马书记今日来，我不能不陪呀！"

从后塬返回公社大院，马书记歇了一会儿，就要动身去王才家。当下王书记就派人小跑先去通知王才，自个倒劝马书记先喝喝茶。

王才今日一露明就开始生产，半早晨，小女告诉说韩家去的客很多，他心里就乱糟糟的，小女再要说时，他打了她一个耳光，骂道：

"你喊什么？你不喊怕人当你是哑巴？淘米去！"

小女不知其故，呜呜哭着淘米去了。他又觉得把孩子委屈了，只是闷着头搅拌面粉，搅拌完，又去油锅上忙活，炸了十几斤豆角糖，然后，又去案上包饺子酥糖。媳妇说：

"你去吃点饭吧，"

"不饥。"他只是不去。

这时候。公社报信人飞马赶到，说县委马书记要来拜年。王才痴痴地听着，如做梦一样；听完，倒冷冷一笑，又坐下忙他的了。那公社报信人气得大叫：

"王才，你好大架子！马书记要来拜年，你竟带理不理?！你知道不，人家批准你的面粉、油、糖列入供应指标的报告来了！"

王才这才一惊，说：

"这是真的?"

"真的。"那人说。

"不日弄我?"

"谁日弄你?"

王才大叫一声：

"啊，马书记支持我了！马书记来给我拜年了！"

边叫边往出跑，跑到大场上，场上没人，自觉失态，又走回来，张罗家里的人放下手里的活，扫门院，烧茶水，自个又进屋戴了一顶新帽子。

最高兴的，还有狗剩和秃子。他们也停止了生产，急忙赶回家来找老婆、娃娃，让他们不要去韩玄子家吃席了。但家门上锁，人已经去了。秃子就跑到韩玄子家外的竹林边上，粗声叫喊自己的老婆，说：

"回吧，马书记要给王才拜年了，要支持我们工厂了！"

韩家院里正是人人饥肠辘辘，对迟迟不开饭极为不满，有人发现厨房后檐的荆笆上窝有软柿，便偷偷地上去拿了来吃。听到秃子叫喊，就炸开了，说：

"什么? 马书记不到这里来，去王才家了?"

有人立即跑出来看热闹。更多的人则疑惑不解，以为是谣言。出来的人看见了秃子。秃子的老婆正对秃子说：

"饭还没吃呢，我已上了二元钱的礼了！"

秃子说：

"不要了，只当是咱丢了，失了，喂了猪了！"

二贝娘正随着一些客人出来看究竟，听了这话，气着说：

"秃子，你嘴里放干净些！我稀罕你家来吗？去叫你请你了吗？你这么没德性的，你骂谁呢？"

秃子说：

"我就骂了，你把我怎么样？你们还想再压我吗？你们厉害，有钱有势，可马书记怎么不到你家来？！"

"你这条狗！"二贝娘气得手脚直抖，眼泪花花的。二贝跑出来，拉住了娘，秃子一见二贝，低头就逃走了。

这一下，院子里的人都知道马书记是真的不到这里来了，有一些人就向王才家跑去。一人走开，民心浮动，十人，二十人，也跟着去了，院子里顿时少了许多。二贝娘胆儿小，心事大，挡这个，拉那个，急得眼泪又流下来，对二贝说：

"你爹呢，你爹死到哪儿去了？他不回来，这怎么收拾！不等他了，咱开饭，开饭！"

就让侄儿队长安排客人入席，队长喊气管炎，让把桌子往堂屋搬，把所有门扇卸下往院子摆。堂屋是上席，院子里是下席，各就各位。但队长喊了几声，却没了气管炎的人影；他早到王才家去了。

好容易人入了席，韩玄子和四个公社大院的干部回来了。人们一看，韩玄子脸色铁青，虽还在笑，笑得苦涩，笑得勉强。所领的四个公社干部，一个是管生产的小伙，一个是抓计划生育的妇联主任，一个是会计，一个是管多种经营的老头。韩玄子让四个干部堂屋坐了，叫二贝放一串鞭炮，然后将酒取出，凉菜端上，给各位敬酒。

韩玄子说：

"坐了几席？"

二贝说：

"十五席。"

二贝娘说：

"村里好多人都走了，去王才家了，还等不等？"

韩玄子说：

"不等了！走了的就走了吧！"

便自个端了酒杯，站在堂屋门口，高声说：

"一杯水酒，都喝啊！"

众人抿了一点就放下，他却一仰脖子将满满的一杯灌下肚了。

十一

马书记在王才的加工厂里，一边细细观看操作，一边问王才筹建的过程，生产的状况和销路问题。听着听着，他高兴得直拍自个脑袋。他的脑袋光亮，肉肉的，无一根毛发。这是一位善眉善眼的领导，不但无发，亦无胡须，人称"和尚书记"。这"和尚书记"开的会多，管的事多，抓的点多，寻的人多，唯独睡觉时间不多。虽是"和尚书记"，但由于他有胆有识，有勇有谋，全县基层干部又无不惧怕他三分。他当下就对王书记说：

"你们公社有这么个大能人，你们怎么不声不吭?!"

那眉眼儿还是善善的，质问却使王书记张口结舌了。

王才说：

"这也全亏公社支持哩！只是我才干起来，咱是农民，没干过工，也没经过商，试着扑腾哩。"

马书记说：

"就是要试着扑腾。现在的农民，仅仅靠那几亩地，吃饱可以吃饱，但日子也不会过得太好，这就要向农工商三位一体发展！南方一些地方，人家就是这么成起事的。我还以为咱山地没这个基础，你倒先闯出路子了！王才，我得谢谢你哩！"

"谢谢我?"王才失声叫了起来。

"是要谢谢你！全县有条件的都来学你。不要说几百户、几千户，就是十几户，那也会了不起的！现在厂里是多少人?"

"十八人。"王才说。

马书记说：

"还可以多。"

狗剩在旁插嘴说：

"我们还要买烤烘机，做面包、点心哩！我们正在搞上下班作息时间、岗位责任制这些规章制度，要逐步走上正轨哩！别看我们经理貌不惊人，那肚子里，是下水吗？不，是气派，是技术，是才干啊！"

马书记问：

"谁是经理？"

狗剩说：

"就是王才呀！"

王才忙用脚踢狗剩，马书记就笑了：

"是才干，是才干！不露山不露水的，还真看不出哩。我一收到那份报告，就高兴得连夜找了副书记和县长都看了，报告写得不错，你是什么文化水平？"

"中学没毕业。"王才不好意思了。

"哈，那报告有理有据，又蛮有文采哩！"

王才不敢说这报告是二贝写的，偷眼儿看王书记的脸色，王书记正对他笑，拍拍他的肩，说：

"王才，马书记都在支持了，好好干，以后有什么困难，你就直接到公社找我啊！你怎么总是不来呢？"

王才嘿嘿地也笑了：

"这都怪我没出息呢，我走不到人前去呢。"

王才的媳妇已经在院里安放了八仙桌，桌上一盘一盘堆满了各种酥糖，悦声地招呼客人品尝。院门口，一伙人拥在那里，或爬在墙头上，指指点点议论谁是马书记，终于看清一个和尚脑袋，和小个子王才坐在一条凳子上。就有人说：

"嚯！王才和书记平起平坐了！"

王才看见门外乱哄哄的，就喊着让都进来。那些人却不敢进，后边的一推，前边的人不自觉地前倾，前脚就进来了。进来一条腿，身子就进来；进来一个、八个、十个、二十、三十，就全进来了。这些乡亲，王才个个认识，但很久以来，这里门坎虽不高，又无恶狗，却是不肯到这家院内来的。这阵进来，便四处观看，一边看，一边大惊小怪。那狗剩和秃子就轻狂忘形，介绍这样，又介绍那样，还拿了酥糖让外人尝。

秃子说：

"我就说了，王才不是等闲之辈，能翻江倒海成气候哩！怎么样？

来不来？要来，我给你走后门！"

"这能成？"那些人问。

"怎么不成？马书记是共产党的书记，是社会主义的书记，他来给王才拜年，就是代表党，代表社会主义来的！你算算，眼下在这镇子上，最有钱的是谁？王才。最有势的是谁？还不是王才?!"这是狗剩在回答。

气管炎就挤过来，说：

"狗剩哥，要我不要？"

"你？"狗剩说，"这要研究研究，我们厂也不是什么人都要，这要看身体行不行？卫生不卫生？是不是要奸取巧？是不是小偷小摸？你不是跟韩先生跑吗？"

气管炎说：

"人往高处走，水往低处流哩，你揭什么短？"

说着就从怀里取出一串鞭炮，站在大门口放起来。这鞭炮是他特意为韩家买的，却在王才家门口大放一通。

随同马书记一块来拜年的，是县委宣传部的通讯干事。末了，他要为马书记和王才照个相。王才人不景气，一辈子也没有进过照相馆，当下倒不好意思了。马书记说：

"王才，照一张，从初三起我就全县跑着拜年，又都愿意和主人留个影。你们好好干，今年夏季，县上要召开个体户和专业户的代表会，全县人民还要给你们披红戴花呢。"

王才就正正经经和马书记站在一起，王才的媳妇却把王才拉过去，说：

"你就这一身油渍麻花的衣服呀？快去换身新棉袄！"

"这身就好！"王才边说边去作坊拿了一件生产时系的围裙，说，"这就更好了，干啥的穿啥嘛，明年，做一套工作服。"

直到下午三时，马书记才离开了镇子。但是镇子里的议论竟一直延续了三天。人们在家里谈说这件事，在街巷碰头了还是谈说这件事。三天后，要求加入加工厂的又有了四人，当然都是王才精心挑选的。同时，县上寄来了王才与马书记的合影照片，放得很大。王才的形象并不好看，衣服上的油垢是看不见的，但他并没有笑，嘴抿得紧紧的，一双手不自然地勾在前襟，猛地一看，倒像一个害羞的孩子。

王才却珍贵这帧照片，花了三元钱，买了玻璃镜框装了。中堂上原是小女儿布置的，满是美人头的年历画，王才全取下来，只挂两个镜框：一个是专业户核准证，一个就是这合影。媳妇说：

"那画多好看呀，红红绿绿的。"

王才说：

"你懂得什么？这就是保证，咱的靠山呢！"

于是，王才家里的人开始抬头挺胸，在镇街上走来走去了。逢人问起加工厂的事，他们那嘴就是喇叭，讲他们的产品，讲他们的收入，讲他们的规划；讲者如疯，听者似傻。王才知道了，在家里大发雷霆：

"你们张狂什么呀！口大气粗占地方，像个什么样子？咱有什么得意的？有什么显摆的？有多大本事？有多大能耐？咱能到了今天，多亏的是这形势，是这社会。要是没有这些，你爹还不是一天只挣六分工？就是加工厂办起来，还不是又得垮下来！记住，谁也不能出去说东道西，咱要踏踏实实干事，本本分分做人！谁也不能在韩家老汉面前有什么不尊重的地方！"

王才说着，自己倒心酸得想流眼泪，他也说不清自己心中复杂的感情。家里人从此就冷静下来，再不在外报复性地夸口了。当然，王才这话是对家里人说的，家里人没有对外提起，外人是不知道的，韩玄子更是不知道。那天，公社干部送走马书记后，王书记和张武干就又赶来参加韩玄子家的"送路"。来时，客人已吃罢饭散了席。二贝和白银不在，还送借来的桌椅板凳、锅盆碗盏去了。二贝娘在院子里支了木板，铺了四六大席，将大环锅里的剩米饭晾起来；米下得太多了，人走得太多了，剩了近一半。二贝娘见王书记他们进了院，乍拉着双手叫道：

"王书记，张武干！"

声音颤颤地说不下去了。王书记问：

"老韩呢？"

"睡了。"二贝娘说，"人还没走清，他就喝醉了，睡了。"

两人进了卧室，韩玄子听见响动要翻身起来，两人劝睡下，老汉却还是起来了，昏昏沉沉的，却要给他们重新备饭备菜备酒。两人推辞不过，吃喝起来，韩玄子说：

"我特意留下来一瓶汾酒，来，咱喝吧，我知道你们是要来的。你们信得过我，我也信得过你们啊！"

两人不让老汉再喝，韩玄子却坚持自己没醉。喝过三盅，韩玄子却没了话，王书记和张武干也没了话，三人只是闷闷地喝。间或只是：

"喝呀！"

应声道：

"喝。"

就喝了。

二贝和白银送还了东西回来，又在院里拾掇了好长时间，竟才知道爹在堂屋里陪王书记他们喝酒，觉得奇怪：多少年来，他们喝酒总是吆三喝四，猜令划拳的，今日怎么却喝哑酒？

二贝娘说：

"你去给王书记他们敬酒，不敢让你爹再喝了；喝多了，晚上非发脾气不可。家里又不得安生了，明日还要到白沟去呀！"

二贝走进堂屋，给王书记他们敬了酒，见爹眼光发直，就说：

"爹，你不敢喝了，我来陪王书记、张武干吧。"

韩玄子说：

"我没事。你去把叶子叫来，我有话给她说。"

叶子去泉里挑水，回来了，韩玄子说：

"叶子。明日你们那边招待几席客？"

叶子说：

"不是给爹说了吗？那边没人手，不招待村里人，本家是一席；咱这儿本家去两席，再没人了。"

韩玄子说：

"你听爹说，今天咱饭菜剩得多，今夜晚，你们把这饭菜拿过去，明日就多待几席，要么剩下也吃不完。二贝，你去村里，多叫些人，明日能去的就都到白沟去！"

按风俗，"送路"后，第二天就在男方家举办婚礼——天一明，新女婿领了帮工的人，到女方家放鞭炮，提礼物，抬箱抬柜。然后新嫁娘披红戴花，到男家一拜天地，二拜列祖，三夫妻对拜，就入洞房，坐一新席，一天一夜竟不吃不喝不屙不尿了。然后是唢呐锣鼓的吹打，然后是杯盘狼藉的吃席——当然，叶子和三娃是属于先结婚后仪式，一切程序就有了理由取消和减少，他家的待客纯属象征性的了。但韩玄子酒后却撕毁了先前的协议，又要再大闹一次。叶子是听爹的；三娃有意见却不敢发作；二贝也是不满，但立即又体谅了爹；一肚子的无限同情，出来对娘说了，心里还是酸酸的。娘说：

"就全依你爹吧，要不真会伤透他的心哩。"

"这全是爹自己作弄了自己呀！"一出门，不知怎的，二贝眼泪倒要流下来。他在村里请人，自然也有答应去的，但也有一些婉言推辞的，那气管炎，竟叫道：

"我明日要上班呀！"

"上班?"二贝也糊涂了。

"到加工厂上班呀！"

二贝死死地盯着他，两个锤头似的拳头提在了腰间，但他没有打，也没有骂，那么一笑，就走了。

气管炎在第二天上班的时候，王才却突然宣布拒绝了他。

十二

正月十七，一年一次的春节终于过去了。辛辛苦苦的农民，劳作了一年，筹备了一个腊月，在正月的上旬、中旬里吃饱了，喝足了，玩美了。他们度过了他们最豪华、挥霍的生活之后，面瓮里的面光了，米柜里的米尽了，梁上的吊肉完了，酒坛里的酒没了。当然，肚子里才萌生的油水也一天一天耗去，恢复了先前的一切。白日最长，青黄不接的春播季节来到了。

二三月里是最困人的季节。韩玄子的感觉似乎比任何人都更严重。他明显地衰老了，饭量也不比年前。他突然体验到了人到了晚年的悲哀，一种怕死的阴影时不时地袭上了心头。这使他十分吃惊。他曾经讥笑过一些人的这种惶恐，没想现在自己竟也如此！

二贝娘是最了解老汉的。夜里当她一觉醒来，总是发现韩玄子还没有睡着；第二天一早睁开眼，炕上又没了韩玄子的影子。他越来越没了瞌睡，长久地坐在照壁后的门槛上，或者是在四皓墓地的古柏下，喝茶，吸烟，但绝不再做那些健身的活动。白天也很少出门。他的兴趣似乎转移到饲养那一群无思无想的鸡，务植那一片不言不语的花。

他不肯多说话。偶尔笑笑，还是无声的。

"你怎么不去文化站呢？报刊阅览室今天还不开门吗？"二贝娘总是提醒他，盼望他出去走走。

"我已经给王书记说了，"他说，"他们觉得我不行了，就会换了我的。"

二贝学校里，每天早晨要上操。他一起床，白银便也起来，把缸里水挑得满满的。院里尘土扫得净净的。但拖鞋还是依旧穿着。天暖和了，还换上了那件西服，露出里面那件好看的毛衣。韩玄子看着当然不中眼，却不说。

白银对二贝说过：

"爹的脾气好多了，现在喜欢在家里待了。"

韩玄子是越来越看重了这个家，也越来越要守住这个家。家里的财政大权，比任何时候都抓得紧：给大贝去信，要求他月月寄钱，最少十元，只要良心上不忍，十五元、二十元也是不多的；正经八百告诉二贝，每月五元钱必须十号前上交清楚；钱一文不给小女儿，钱的数目甚至也不告诉老伴。

对于爹的要求，二贝是不敢违抗的，交够了五元，竟第一次买了酒给爹提来，说：

"爹，你也该喝喝酒了，少喝一点，对身子会有一定好处哩！"

"是要喝喝了。"韩玄子说着，似乎才记起已经很久没有喝酒了。就在傍晚的时候，来到巩德胜的杂货店。

巩德胜照例舀了酒，那枣核女人竟还拿出一盘酥糖。他吃了一颗，觉得好吃，又吃一颗，再吃一颗，说：

"这是西安进的货吧，这么酥的！"

巩德胜说：

"哪里能到西安进货？这是王才加工厂的。"

韩玄子不吃了，他并没有说出什么，但只喝酒，不再用牙。

巩德胜知道了韩玄子的心病，却又忍不住地说：

"韩哥，你听说了吗？村里人都在说马书记为什么知道王才，就是因为王才寄了一份报告，可这报告不是他写的呢。"

"唔。"韩玄子酒到口边，停住了。

"是二贝写的。"巩德胜说，"我就不信，二贝是咱的孩子，他怎么能写呢？"

"唔。"韩玄子又平静地慢慢喝起酒来。

他回到家里，并没有将这件事说给老伴，也没有将二贝叫来质问，他装着不知道，或者他已经忘了。

他只是月月按时接受大贝、二贝的孝敬钱。

钱，钱，钱对于韩玄子来说，似乎老是不够。农村的行门人户太多了，礼太重了，要买粮，要买菜，要给鸡买饲料，要吃得好些，穿得新些；他偷偷在信用社有了存款，却对二贝说：

"常言说，父借子还。咱这房子，虽说还好，但左边的两间有些漏，夏天眨眼就到了，要翻修。要翻修就要添砖、添瓦、备水泥、石灰，请木工、土工，没有一百五十元下不来，这笔钱我来借，就让大贝去还了。过年待客，花了那么一堆，家里越发虚空，我也无法还清：欠巩德胜六十元，欠张武干五十元，你二姨二十元，我思谋了，这笔钱你得去还了。"

二贝默默认了。

三天后，韩玄子每每起来，就不见了白银，中午回来做吃了饭，人又不见了，直到天黑才回来。他觉得奇怪，问老伴，老伴说：

"二贝和白银要给你说，我把他们劝了。特意儿不给你说的。白银到加工厂干活去了。你千万不要生气，也不要骂他们，要骂你就骂我。要打你就打我。二贝就那么一点工资，手头紧，外欠的账拿什么去还？现在地里没活，不让白银去挣些钱，家里就是有金山银山，能招住坐着白吃吗？"

韩玄子看着老伴，眼睛瞪得直直的，末了，就坐下去，坐在灶火口的木墩上。屋外，起了大风。呜呜地吹。老两口一个站在锅台后，一个坐在灶火口，木雕了一般，泥塑了一般，任着风冲开了厨房门。墙上挂的筛箩儿哐哐地动起来。韩玄子去了堂屋，咕咕嘟嘟喝起酒来，酒流了一下巴，流湿了心口的衣服。他一步一步走出去了。

风还在刮，院子里一切都改变了形状和方位。鸡棚里母鸡的毛全翻起来；猫儿顺风势跳上院墙，轻得像一片树叶；一片瓦落下来，眼看着碎了。只有那仅活着的一株夹竹桃，顶端开了一朵红花，千百次倒伏下去，又千百次挺起来，花不肯落，开得艳艳的。二贝娘听见老汉从院门出去了，好久没有回来，跑出来找时，照壁前没有，竹丛边也没有，而在那四皓墓地中，一株古柏下，一个坟丘顶上，韩玄子痴呆呆地坐着，看见了她，憋了好大的劲，终于说：

"他娘，我不服啊，我到死不服啊！等着瞧吧，他王才不会有好落脚的！"

乡场上

何士光

在我们梨花屯乡场，这条乌蒙山乡里的小街上，冯幺爸，这个四十多岁的、高高大大的汉子，是一个出了名的醉鬼，一个破产了的、顶没价值的庄稼人。这些年来，只有鬼才知道，一年三百六十五天，他是怎样过来的，在乡场上不值一提。现在呢，却不知道被人把他从哪儿找来，咧着嘴笑着，站在两个女人的中间，等候大队支书问话，为两个女人的纠纷作见证，一时间变得像一个宝贝似的，这就引人好笑得不行！

"冯幺爸！刚才，吃早饭——就是小学放早学的时候，你是不是牵着牛从场口走过？"

支书曹福贵这样问。事情是在乡场上发生的，那么当然，找他这个支书也行，找乡场上的宋书记也行，裁决一回是应该的；但所有在场的人没有一个不明白，曹支书是偏袒罗二娘这一方的。别看这位年纪和冯幺爸不相上下的支书，也是一副庄稼人模样，穿着对襟衣裳，包着一圈白布帕，他呀，板眼深沉得很！——梨花屯就这么一条一眼就能望穿的小街，人们在这儿聚族而居似的，谁还不清楚谁的底细？

冯幺爸？着眼，伸手搔着乱蓬蓬的头发，像平时那样嬉皮笑脸的，说：

"一条街上住着，吵哪样哟！"

人们哄的一声笑了。这时正逢早饭过后的一刻空闲，小小的街子上已聚着差不多半条街的人，好比一粒石子就能惊动一个水塘，搅乱那些仿佛一动不动的倒影一样，乡场上的一点点事情，都会引起大家的关心。这一半是因为街太小，事情往往说不定和自己有牵连，一半呢，乡场上可让人们一看的东西，也确实太少！这冯幺爸不明明在耍花招？他做证，就未必会是好见证！

"哎——！你说，走过没有！"

"你是说……吃早饭？"

"放早饭学的时候！"

"唔，牵着牛？"

"是呀！"

他又伸手摸他的头，自己也不由得好笑起来，咧着那大嘴，好像他害羞，这就又引起一阵笑声。

这时候，他身旁那个矮胖的女人，就是罗二娘，冷笑起来了——她这是向着她对面那个瘦弱的女人来的，说：

"冯幺爸，别人硬说你当时在场，全看见的呀！——看见我罗家的人下贱，连别人两分钱的东西也眼红，该打……"

这女人一开口，冯幺爸带来的快活的气氛就淡薄了，大家又把事情记起来，变得烦闷。这些年来，一听见她的声音，人们的心里就像被雨水湿透了的、只留下苞谷残梗的田野那样抑郁、寂寥。你看她那妇人家的样子，又邋遢又好笑是不是？三十多岁，头发和脸好像从来也没有洗过，两件灯芯绒衣裳叠着穿在一起，上面有好些油迹，换一个场合肯定要贻笑大方；但谁知道呢，在这儿，在梨花屯乡场上，她却仿佛一个贵妇人了，因为她男人是乡场上食品购销站的会计，是一个卖肉的……没有人相信那瘦弱的女人，或是她的娃儿，敢招惹这罗家。她男人任老大，在乡场的小学校里教书，是一位多年的、老实巴巴的民办教师，同罗家咋相比呢？大家才从乡场上那些凄凉的日子里过来，都知道这小街上的宠辱对这两个女人是怎样的不同——这虽说像噩梦一样怪诞，却又如石头一样真实——知道明明是罗二娘在欺侮人，因此都为任老大女人不平和担心……

"请你说一句好话，冯幺爸！我那娃儿，实在是没有……"

任老大女人怯生生地望着冯幺爸，恳求他。苦命的女人嫁给一个教书的，在乡场上从来都做不起人。一身衣裳，就和她家那间愁苦地立在场口的房子一样，总是补缀不尽；一张脸也憔悴得只见一个尖尖的下巴和着一双黯淡无光的大眼睛。她从来就孱弱，本分，如其不是万分不得已，是不会牵扯冯幺爸的。

罗二娘一下子就把话接过来了：

"没有！——没有把人打够是不是？我罗家的娃儿，在这街上就抬不起头？……呸！除非狗都不啃骨头了，还差不多！——你呀，你差得远……"

她早就这样在任老大家门前骂了半天。这个女人一天若是不骂街，就好像失了体面。她要任老大女人领娃娃去找乡场上那个医生，去开处方，去付药费，要是在梨花屯医不好，就上县城，上地区，上省！她那妇人家的心肠，是动辄就要整治人。这不能说不毒辣；果真这样，事情就大了，穷女人咋经得起？

"吵，是吵不出一个名堂来的，罗二娘！"曹支书止住了她，不慌不忙地说。他当然比罗二娘有算计。他说："既然任老大家说冯幺爸在场，就还是让冯幺爸来说；事情搞清楚了，解决起来就容易了。——冯幺爸，你说！"

"今天早上呢，"冯幺爸有些慌了，说，"我倒是在犁田……今年是责任田！"

他又咧了咧嘴，想笑，但没有笑出来。

看样子，他当时是在场的，他是不敢说。本来，作为一个庄稼人，这些年来，撇开表面的恭维不说，在这乡场上就低人一等，他呢，偏偏又还比谁都更无出息。他有女人，有大小六个娃儿，做活路却不在意。"做哪样哟！"他惯常是摇头晃脑地说："做，不做，还不是差不多？——就收那么几颗，不够鸦雀啄的；除了这样粮，又除那样粮，到头来还不是和我冯幺爸一样精打光？"他无心做活路，又没别的手艺，猪儿生意啦，赶场天转手倒卖啦，他不仅没有本钱，还说那是"伤天害理"。到秋天，分了那么一点点，他还要卖这么一升两升，打一斤酒，分一半猪杂碎，大醉酩酊地喝一回。"怎么？"他反问规劝他的人说，"只有你们才行？我冯幺爸就不是人，只该喝清水？"一醉，就唏唏嘘嘘地哭，醒了，又依旧嬉皮笑脸的。还不到春天，就缠着曹支书要回销粮，以后呢，就涎着脸找人接济，借半升苞谷，或是一碗碎米。他给你跑腿，给你抬病人，比方罗二娘家请客的时候，他就去搬桌凳，然后就在那儿吃一顿。他要伸手，要求告人，他咋敢随便得罪人呢？罗二娘这尊神，他得罪不起；但要害任老大这样可怜的人，一个人若不是丧尽天良，也就未必忍心。一时间，你叫他选哪一头好呢？

"你在，就说你在；"曹支书正告他说，"如若不在，就不说在！"

"我……倒是犁田回来……"

"哟，冯幺爸，"罗二娘叫起来，"你真在？那就好得很！——你说，你真看见了？真像任家说的那样？"

冯幺爸其实还没有说他在，这罗二娘就受不住了，一步向冯幺爸逼过来。她才不相信这个冯幺爸敢不站在她这一边呢！在她的眼里，冯幺爸在乡场上不过像一条狗，只有朝她摇尾巴的份。有一次，给了他一挂猪肠子，他不是半夜三更也肯下乡去扶她喝醉了酒的男人？冷天不是她亲自打发人去找他来的？慢说只是要他打一回圆场，就是要他去咬人，也不过是几斤骨头的生意——安排一个娃儿进工厂，不也才半条猪的买卖？这个冯幺爸算老几呢？

冯幺爸忙说："我是说……"

……哎，他确实是不敢说，这多叫人烦闷啊！

人们同情冯幺爸了。你以为，得罪罗二娘，就只是得罪她一家是不是？要只是这样，好像也就不需要太多的勇气了；不，事情远远不这样简单呢！你得罪了一尊神，也就是对所有的神明的不敬；得罪了姓罗的一家，也就得罪了梨花屯整个的上层！瞧，我们这乡场，是这样的狭小，偏僻，边远，四下里是漠漠的水田，不远的地方就横着大山青黛的脊梁，但对于我们梨花屯的男男女女来说，这仿佛就是整个的人世：比方说，要是你没有从街上那爿唯一的店子里买好半瓶煤油、一块肥皂，那你就不用指望再到哪儿去弄到了！……但是，如果你得罪了罗二娘的话，你就会发觉商店的老陈也会对你冷冷的，于是你夜里会没有光亮，也不知道该用些什么来洗你的衣裳；更不要说，在二月里，曹支书还会一笔勾掉该发给你的回销粮，使你难度春荒；你慌慌张张地，想在第二天去找一找乡场上那位姓宋的书记，但就在当晚，你无意中听人说起，宋书记刚用麻袋不知从罗二娘家里装走了什么东西！……不，这小小的乡场，好一似由这些各执一股的人儿合股经营的，好多叫你意想不到、叫你一筹莫展的事情，还在后头呢！那么，你还要不要在这儿过下去？这是你想离开也无法离开的乡土，你的儿辈晚生多半也还得在这儿生长，你又怎样呢？……许多顶天立地的好汉，不也一时间在几个鬼蜮的面前忍气吞声？既如此，在这小小的乡场上，我们也难苛求他冯幺爸，说他没骨气……

罗二娘哼了一声："就看你说……"

冯幺爸艰难地笑着，真慌张了，空长成一条堂堂的汉子，在一个女人的眼光的威逼下，竟是这样气馁，像小姑娘一样扭捏。他换了一回脚，站好，仿佛原来那样子妨碍他似的，但也还是说不出话来。这正是春日载阳、有鸣仓庚的好天气，阳光把乡场照得明晃晃的，他好像热得厉害，耳鬓有一股细细的汗水，顺着他又方又宽的脸腮淌下来……

罗二娘不耐烦了："是好是歹，你倒是说一句话呀！……照你这样子，好像还真是姓罗的不是？"

"冯幺爸！"曹支书这时已卷好一支叶子烟，点燃了，上前一步说："说你在场，这是任家的娃儿说出来的。你真在场，就说在场；要是不在，就说不在！就是说，要向人民负责：对任老大家，你要负责；对罗二娘呢，你当然也要负责！——你听清楚了？"

曹支书说话是很懂得一点儿分寸的，但正是因为有分寸，人们也就不会听不出来，这是暗示，是不露声色地向冯幺爸施加压力。冯幺爸又换了一回脚，越来越不知道怎样站才好了。

这样下去，事情难免要弄坏的。出于不平，人们有些耐不住了，一句两句地岔起话来：

"冯幺爸，你就说！"

"这有好大一回事？说说有哪样要紧？"

"说就说嘛，说了好去做活路，春工忙忙的……"

这当然也和曹支书一样，说得很有分寸，但这人心所向，对冯幺爸同样也是压力。

再推挪，是过不去的了。冯幺爸干脆不开口，不知怎样一来，竟叹了一口气，往旁边走了几步，在一处房檐下蹲下来，抱着双手，闷着，眼光直愣愣的。往常他也老像这样蹲在门前晒太阳，那就眯着眼，甜甜美美的；今天呢，却实在一点也不惬意，仿佛是一个终于被人找到了的欠账的人，该当场拿出来的数目是偌大一笔，而他有的又不过是空手一双，只好耸着两个肩头任人发落了……哎，一个人千万别落到这步田地，无非是景况不如人罢了，就一点小事也如负重载，一句真话也说不起！

小小的街头一时间沉寂了；只见乡场的上空正划过去一朵圆圆的白云；燕子低飞着，不住地唧啾……远处还清楚地传来一声声布谷鸟的啼叫。

稍一停，罗二娘就扯开嗓子骂起来。这回她是冒火了。即便冯幺爸一声不吭，不也意味她理亏？这就等于在一街人的面前丢了她的脸，而这人又竟然是连狗也不如的冯幺爸，这咋得了？

"咦——！冯幺爸，你说你还叫不叫人？你哑啦？我罗二娘有哪一点对你不起？是一条狗呢，也还要叫几声！"

接下去就是一连串不堪入耳的骂人的话了，她好像已经把任老大女人撇在一边，认冯幺爸才是冤家。

"不要骂哟！"

"……是请人家来做证……"

有人这样插嘴说，许多人实在听不下去了。

"就要骂！——我话说在前头，这不关哪一个的相干！哪一个脑壳大就站出来说，就不要怪我罗二娘不认人啦！"

冯幺爸呢，他的头低下去、低下去，还是一声不吭。哎，这冯幺爸真是让人捏死了啊，大家都替他难过。

罗二娘直是骂。这个恶鸡婆一会双手叉腰，一会又顿足，拍腿，还一声接一声地"呸"，往冯幺爸面前吐口水。

"依我说呢，"曹支书又开口了，"冯幺爸，你就实事求是地讲！'四人帮'都粉碎四年了，要讲个实事求是才行……"

他劝呀劝的，冯幺爸终于动了一动，站起来了。

"对嘛，"支书说，"本来又不关你的事……"

冯幺爸一声不响地点点头，拖着步子走回来，那样子好像要哭似的，好不蹊跷。常言说，昧良心出于无奈，莫非他真要害那又穷又懦弱的教书匠一家？

"曹支书，"他的声音也很奇怪，像在发抖，"你……要我说？"

"等你半天哪！"

冯幺爸又点头，站住了。

"我冯幺爸，大家知道的，"他心里不好过，向着大家，说得慢吞吞的，"在这街上算不得一个人……不消哪个说，像一条狗！……我穷得无法——我没有办法呀！……大家是看见的……脸是丢尽了……"

他这是怎么啦？人们很诧异，都静下来，望着他。

"去年呢，"他接下去说，"……谷子和苞谷合在一起，我多分了几百斤，算来一家人吃得到端阳。有几十斤糯谷，我女人说今年给娃娃们包几个粽子粑。那时呢，洋芋也出来了……那几块菜籽，国家要奖售大米，自留地还有一些麦子要收……去年没有硬喊我们把烂田放了水来种小季，田里的水是满当当的，这责任落实到人，打田栽秧算来也容易！……只要秧子栽得下去，往后有谷子拈，有苞谷扳……"

罗二娘打断他说："冯幺爸，你扯南山盖北海，你要扯好远呀！"

万没料到，冯幺爸猛地转过身，也把脚一跺，眼都红了，敞开声音吼起来：

"曹支书！这回销粮，有——也由你；没有——也由你，我冯幺爸今年不要也照样过下去！"

人们从来没有看见冯幺爸这样凶过，一时都愣住了！他那宽大的脸突然沉下来，铁青着，又咬着牙，真有几分叫人畏惧。

"我冯幺爸要吃二两肉不？"他自己拍着胸膛回答："要吃！——这又怎样？买！等卖了菜籽，就买几斤来给娃娃们吃一顿，保证不找你姓罗的就是！反正现在赶场天乡下人照样有猪杀，这回就不光包给你食品站一家，敞开的，就多这么一角几分钱，要肥要瘦随你选！……跟你说清楚，比不得前几年啰，哪个再要这也不卖，那也不卖，这也藏在柜台下，那也藏在门后头，我看他那营业任务还完不成呢！老子今年……"

"冯幺爸！你嘴巴放干净点，你是哪个的老子？"

"你又怎样？——未必你敢摸我一下？要动手今天就试一回！……老子前几年人不人鬼不鬼的，气算是受够了！——幸得好，国家这两年放开了我们庄稼人的手脚，哪个敢跟我再骂一句，我今天就不客气！"

曹支书插进来说："咹，冯幺爸——"

冯幺爸一下子就打断了他："不要跟我来这一手！你那些鬼名堂哟，收拾起走远点！——送我进管训班？支派我大年三十去修水利？不行啰！你那一套本钱吃不通啰！……你当你的官，你当十年官我冯幺爸十年不偷牛。做活路——国家这回是准的，我看你又把我咋个办？"

"你、你……"

"你什么！——你不是要我当见证？我就是一直在场！莫非罗家的娃儿才算得是人养的？捡了任老大家娃儿的东西，不但说不还，别人问他一句，他还一凶二恶的，来不来就开口骂！哪个打他啦？任家的娃儿不仅没有动手，连骂也没有还一句！——这回你听清楚了没有？！"

这一切是这样突如其来，大家先是一怔，跟着，男男女女的笑声像旱天雷一样，一下子在街面上炸开，整整一条街都晃荡起来。这雷声又化为久久的喧哗和纷纷的议论，像随之而来的哗啦啦的雨水一样，在乡场上闹个不停。换一个比方，又好比今年正月里玩龙灯，小小的乡场是一片喜庆的爆竹！……冯幺爸这家伙蹲在那儿大半天，原来还有这么一通盘算，平日里真把他错看了！就是这样，就该这样，这像栽完了满满一坝秧子一样畅快……

只见他又回过头来，一本正经地对任老大女人说："跟任老师讲：没有打！——我冯幺爸亲眼看见的！我们庄稼人不像那些龟儿子……"

罗二娘嘶哑着声音叫道："好哇，冯幺爸，你记着……"

但她那一点点声音在人们的一片喧笑之中就算不得得什么了，倒是只听得冯幺爸的声音才吼得那么响：

"……只要国家的政策不像前些年那样，不三天两头变，不再跟我们这些做庄稼的过不去，我冯幺爸有的是力气，怕哪样？……"

这样，他迈着他那一双大脚，说是没有工夫陪着，头也不回地走了。望着他那宽大的背影，大家又一一想起来，不错，从去年起，冯幺爸是不同了，他不大喝酒了，也勤快了。他那一双大码数的解放鞋，不就是去年冬天才新买的？这才叫"手里有粮，心里不慌，脚踏实地，喜气洋洋"！穿上了解放鞋，这就解放了，不公正的日子有如烟尘，早在一天天散开，乡场上也有如阳光透射灰雾，正在一刻刻改变模样，庄稼人的脊梁，正在挺直起来……

这一场说来寻常到极点的纠纷，使梨花屯的人们好不开心。再不管罗二娘怎样吵闹，大家笑着，心满意足，很快就散开了。确实是春工忙忙啊，正有好多好多要做的事情，全体，男男女女，都步履匆匆的……

人生

路遥

人生的道路虽然漫长，但紧要处常常只有几步，特别是当人年轻的时候。

没有一个人的生活道路是笔直的、没有岔道的。有些岔道口，譬如政治上的岔道口，事业上的岔道口，个人生活上的岔道口，你走错一步，可以影响人生的一个时期，也可以影响一生。

——柳青

上　篇

第一章

农历六月初十，一个阴云密布的傍晚，盛夏热闹纷繁的大地突然沉寂下来；连一些最爱叫唤的虫子也都悄没声响了，似乎处在一种急躁不安的等待中。地上没一丝风尘；河里的青蛙纷纷跳上岸，没命地向两岸的庄稼地和公路上蹦蹿着。天闷热得像一口大蒸笼，黑沉沉的乌云正从西边的老牛山那边铺过来。地平线上，已经有一些零碎而短促的闪电，但还没有打雷。只听见那低沉的、连续不断的嗡嗡声从远方的天空传来，带给人一种恐怖的信息———一场大雷雨就要到来了。

这时候，高家村高玉德当民办教师的独生儿子高加林，正光着上身，从村前的小河里蹚水过来，几乎是跑着向自己家里走去。他是刚从公社开毕教师会回来的，此刻，浑身大汗淋漓，汗衫和那件漂亮的深蓝的确良夏衣提在手里，匆忙地进了村，上了硷畔，一头扑进了家门。他刚站在自家窑里的脚地上，就听见外而传来一声低沉的闷雷的吼声。

他父亲正赤脚片儿蹲在炕上抽旱烟，一只手悠闲地捋着下巴上的一撮白胡子。他母亲颠着小脚往炕上端饭。

老两口见儿子回来，两张核桃皮皱脸立刻笑得像两朵花。他们显然庆幸儿子赶在大雨之前进了家门。同时，在他们看来，亲爱的儿子走了不是五天，而是五年；像是从什么天涯海角归来似的。

老父亲立刻凑到煤油灯前，笑嘻嘻地用小指头上专心留下的那个长指甲打掉了一朵灯花，满窑里立刻亮堂了许多。他喜爱地看着儿子，嘴张了几下，也没有说出什么来。老母亲赶紧把端上炕的玉米面馍又重新端下去，放到锅台上，开始张罗着给儿子炒鸡蛋，烙白面饼；她还用她那爱得过分的感情，跌跌撞撞走过来，把儿子放在炕上的衫子披在他汗水直淌的光身子上，嗔怒地说："二杆子！操心凉了！"

高加林什么话也没说。他把母亲披在他身上的衣服重新放在炕上，连鞋也没脱，就躺在了前炕的铺盖卷上。他脸对着黑洞洞的窗户，说："妈，你别做饭了，我什么也不想吃。"

老两口的脸顿时又都恢复了核桃皮状，不由得相互交换了一下眼色，都在心里说：娃娃今儿个不知出了什么事，心里不畅快？一道闪电几乎把整个窗户都照亮了，接着，像山崩地陷一般响了一声可怕的炸雷。听见外面立刻刮起了大风，沙尘把窗户纸打得啪啪价响。

老两口愣怔地望了半天儿子的背影，不知他倒究怎啦。

"加林，你是不是身上不舒服？"母亲用颤音问他，一只手拿着舀面瓢。

"不是……"他回答。

"和谁吵架啦？"父亲接着母亲问。

"没……"

“那倒究怎啦？”老两口几乎同时问。

“……”

唉！加林可从来都没有这样啊！他每次从城里回来，总是给他们说长道短的，还给他们带一堆吃食：面包啦，蛋糕啦，硬给他们手里塞；说他们牙口不好，这些东西又有“养料”，又绵软，吃到肚子里好消化。今儿个显然发生什么大事了，看把娃娃愁成个啥！高玉德看了一眼老婆的愁眉苦脸，顾不得抽烟了。他把烟灰在炕栏石上磕掉，用挽在胸前纽扣上的手帕揩去鼻尖上的一滴清鼻涕，身子往儿子躺的地方挪了挪，问：“加林，倒究出了什么事啦？你给我们说说嘛！你看把你妈都急成啥啦！”

高加林一条胳膊撑着，慢慢爬起来，身体沉重得像受了重伤一般。他靠在铺盖卷上，也不看父母亲，眼睛茫然地望着对面墙，开口说：“我的书教不成了……”

“什么？”老两口同时惊叫一声，张开的嘴巴半天也合不拢了。

加林仍然保持着那个姿势，说：“我的民办教师被下了。今天会上宣布的。”

“你犯了什么王法？老天爷呀……”老母亲手里的舀面瓢一下子掉在锅台上，摔成了两瓣。

“是不是减教师哩？这几年民办教师不是一直都增加吗？怎么一下子又减开了？”父亲紧张地问他。

“没减……”

“那马店学校不是少了一个教师？”他母亲也凑到他跟前来了。

“没少……”

“那怎么能没少？不让你教了，那它不是就少了？”他父亲一脸的奇怪。

高加林烦躁地转过脸，对他父母亲发开了火：“你们真笨！不让我教了，人家不会叫旁人教？”

老两口这下子才恍然大悟。他父亲急得用瘦手摸着赤脚片，偷声缓气地问：“那他们叫谁教哩？”

“谁？谁！再有个谁！三星！”高加林又猛地躺在了铺盖上，拉了被子的一角，把头蒙起来。

老两口一下子木然了，满窑里一片死气沉沉。

这时候，听见外面雨点已经急促地敲打起了大地，风声和雨声逐渐加大，越来越猛烈。窗户纸不时被闪电照亮，暴烈的雷声接二连三地吼叫着。外面的整个天地似乎都淹没在了一片混乱中。

高加林仍然蒙着头。他父亲鼻尖上的一滴清鼻涕颤动着，眼看要掉下来了，老汉也顾不得去揩；那只粗糙的手再也顾不得悠闲地将下巴上的那撮白胡子了，转而一个劲地摸着赤脚片儿。他母亲身子佝偻着伏在炕栏石上，不断用围裙擦眼睛。窑里静悄悄的，只听见锅台后面那只老黄猫的呼噜声。

外面暴风雨的喧嚣更猛烈了。风雨声中，突然传来了一阵"轰隆轰隆"的声音——这是山洪从河道里涌下来了。

足足有一刻钟，这个灯光摇晃的土窑洞失去了任何生气，三个人都陷入难受和痛苦中。

这个打击对这个家庭来说显然是严重的。对于高加林来说，他高中毕业没有考上大学，已经受了很大的精神创伤。亏得这三年教书，他既不要参加繁重的体力劳动，又有时间继续学习，对他喜爱的文科深入钻研。他最近在地区报上已经发表过两三篇诗歌和散文，全是这段时间苦钻苦熬的结果。现在这一切都结束了，他将不得不像父亲一样开始自己的农民生涯。他虽然没有认真地在土地上劳动过，但他是农民的儿子，知道在这贫瘠的山区当个农民意味着什么。农民啊，他们那全部伟大的艰辛他都一清二楚！他虽然从来也没鄙视过任何一个农民，但他自己从来都没有当农民的精神准备！不必隐瞒，他十几年拼命读书，就是为了不像他父亲一样一辈子当土地的主人（或者按他的另一种说法是奴隶）。虽然这几年当民办教师，但这个职业对他来说还是充满希望的。几年以后，通过考试，他或许会转为正式的国家教师。到那时，他再努力，争取做他认为更好的工作。可是现在，他所抱有的幻想和希望彻底破灭了。此刻，他躺在这里，脸在被角下面痛苦地抽搐着，一只手狠狠地揪着自己的头发。

对于高玉德老两口子来说，今晚上这不幸的消息就像谁在他们的头上敲了一棍。他们首先心疼自己的独生子：他从小娇生惯养，没受过苦，嫩皮嫩肉的，往后漫长的艰苦劳动怎能熬下去呀！再说，加林这几年教书，挣的全劳力工分，他们一家三口的日子过得并不紧巴。要是儿子不教书了，又不习惯劳动，他们往后的日子肯定不好过。他们老两口都老了，再不像往年，只靠四只手在地里刨挖，也能供养儿子上学"求功名"。想到所有这些可怕的后果，他们又难受，又恐慌。加林他妈在无声地啜泣；他爸虽然没哭，但看起来比哭还难受。老汉手把赤脚片摸了半天，开始自言自语叫起苦来：

"明楼啊，你精过分了！你能过分了！你强过分了！仗你当个四大队书记，什么不讲理的事你都敢做嘛！我加林好好地教了三年书，你三星今年才高中毕业嘛！你怎好意思整造我的娃娃哩？你不要理了，连脸也不要了？明楼！你做这事伤天理哩！老天爷总有一天要睁眼呀！可怜我那苦命的娃娃啊！啊嘿嘿嘿嘿嘿……"

高玉德老汉终于忍不住哭出声来，两行浑浊的老泪在皱纹脸上淌下来，流进了下巴上那一撮白胡子中间。

高加林听见他父母亲哭，猛地从铺盖上爬起来，两只眼睛里闪着怕人的凶光。他对父母吼叫说："你们哭什么！我豁出这条命，也要和他高明楼小子拼个高低！"说罢他便一纵身跳下炕来。

这一下子慌坏了高玉德。他也赤脚片跳下炕来，赶忙捉住了儿子的光胳膊。同时，他妈也颠着小脚绕过来，脊背抵在了门板上。老两口把光着上身的儿子堵在了脚地当中。

高加林急躁地对慌了手脚的两个老人说："哎呀呀！我并不是要去杀人嘛！我是要写状子告他！妈，你去把书桌里我的钢笔拿来！"

高玉德听见儿子说这话，比看见儿子操起家具行凶还恐慌。他死死按着儿子的光胳膊，央告他说："好我的小老子哩！你可千万不要闯这乱子呀！人家通天着哩！公社、县上都踩得地皮响。你告他，除什么事也不顶，往后可把咱扣掐死呀！我老了，争不得这口气了；你还嫩，招架不住人家的打击报复。你可千万不能做这事啊……"

他妈也过来扯着他的另一条光胳膊，顺着他爸的话，也央告他说："好我的娃娃哩，你爸说得对对的！高明楼心眼子不对，你告他，咱这家人往后就没活路了……"

高加林浑身硬得像一截子树桩，他鼻子口里喷着热气，根本不听二老的规劝，大声说："反正这样活受气，还不如和他狗日的拼了！兔子急了还咬一口哩，咱这人活成个啥了！我不管顶事不顶事，非告他不行！"他说着，竭力想把两条光胳膊从四只衰老的手里挣脱出来。但那四只手把他抓得更紧了。两个老人哭成一气。他母亲摇摇晃晃的，几乎要摔倒了，嘴里一股劲央告说："好我的娃娃哩，你再犟，妈就给你下跪呀……"

高加林一看父母亲的可怜相，鼻子一酸，一把扶住快要栽倒的母亲，头痛苦地摇了几下，说："妈妈，你别这样，我听你们的话，不告了……"

两个老人这才放开儿子，用手背手掌擦拭着脸上的泪水。高加林身子僵硬地靠在炕栏石上，沉重地低下了头。外面，虽然不再打闪吼雷，雨仍然像瓢泼一样哗哗地倾倒着。河道里传来像怪兽一般咆哮的山洪声，令人毛骨悚然。

他妈见他平息下来，便从箱子里翻出一件蓝布衣服，披在他冰凉的光身子上，然后叹了一口气，转到后面锅台上给他做饭去了。他父亲摸索着装起一锅烟，手抖得划了十几根火柴才点着——而忘记了煤油灯的火苗就在他的眼前跳荡。他吸了一口烟，弯腰弓背地转到儿子面前，思思谋谋地说："咱千万不敢告人家。可是，就这样还不行……是的，就这样还不行！"他决断地喊叫说。

高加林抬起头来，认真地听父亲另外还有什么惩罚高明楼的高见。

高玉德头低倾着吸烟，一副老谋深算的样子。过了好一会，他才扬起那饱经世故的庄稼人的老皱脸，对儿子说："你听着！你不光不敢告人家，以后见了明楼还要主动叫人家叔叔哩！脸不要沉，要笑！人家现在肯定留心咱们的态度哩！"他又转过白发苍苍的头，给正在做饭的老伴安咐："加林他妈，你听着！你往后见了明楼家里的人，要给人家笑脸！明楼今年没栽起茄子，你明天把咱自留地的茄子摘上一筐送过去。可不要叫人家看出咱是专意讨好人家啊！唉！说来说去，咱加林今后的前途还要看人家照顾哩！人活低了，就要按低的来哩……加林妈，你听见了没？"

"嗯……"锅台那边传来一声几乎是哭一般的应承。

泪水终于从高加林的眼里涌出来了。他猛地转过身，一头扑在炕栏石上，伤心地痛哭起来。

外面的雨不知什么时候停了，只听见大地上淙淙的流水声和河道里山洪的怒吼声混交在一起，使得这个夜晚久久地平静不下来了……

第二章

高加林醒来以后，他自己并不知道时光已经接近中午了。

近一个月来，他每天都是这样，睡得很早，起得很迟。其实真正睡眠的时间倒并不多；他整晚整晚在黑暗中大睁着眼睛。从绞得乱翻翻的被褥看来，这种痛苦的休息简直等于活受罪。只是临近天明，当父母亲摸索着要起床，村里也开始有了嘈杂的人声时，他才开始迷糊起来。他朦胧地听见母亲从院子里抱回柴火，吧嗒吧嗒地拉起了风箱；又听见父亲的瘸腿一轻一重地在地上走来走去，收拾出山的工具，并且还安咐他母亲给他把饭做好一点……他于是就眼里噙着泪水睡着了。

现在他虽然醒了，头脑仍然是昏沉沉的。睡是再睡不着了，但又不想爬起来。

他从枕头边摸出剩了不多几根的纸烟盒，抽出一支点着，贪婪地吸着，向土窑顶上喷着烟雾。他最近的烟瘾越来越大了，右手的两个手指头熏得焦黄。可是纸烟却没有了——准确地说，是他没有买纸烟的钱了。当民办教师时，每月除过工分，还有几块钱的补贴，足够他买纸烟吸的。

接连抽了两支烟，他才感到他完全醒了。本来最好再抽一支更解馋，但烟盒里只剩了最后一支——这要留给刷牙以后享用。

他开始穿衣服。每穿完一件，总要愣怔半天，才穿另一件。

好长时间他才磨磨蹭蹭下了炕，在水瓮里舀了一勺凉水往干毛巾上一浇，用毛巾中间湿了的那一小片对付着擦擦肿胀的眼睛。然后他舀一缸子凉水，到院子里去刷牙。

外面的阳光多刺眼啊！他好像一下子来到了另一个世界。天蓝得像水洗过一般。雪白的云朵静静地飘浮在空中。大川道里，连片的玉米绿毡似的一直铺到西面的老牛山下。川道两边的大山挡住了视线，更远的天边弥漫着一层淡蓝色的雾霭。向阳的山坡大部分是麦田，有的已经翻过，土是深棕色的；有的没有翻过，被太阳晒得白花花的，像刚熟过的羊皮。所有麦田里复种的糜子和荞麦都已经出齐，泛出一层淡淡的浅绿。川道上下的几个村庄，全都罩在枣树的绿荫中，很少看得见房屋；只看见每个村前的打麦场上，都立着密集的麦秸垛，远远望去像黄色的蘑菇一般。

他的视线被远处一片绿色水潭似的枣林吸引住了。他怕看见那地方，但又由不得看。在那一片绿荫中，隐隐约约露出两排整齐的石窑洞。那就是他曾工作和生活了三年的学校。

这学校是周围几个村子共同办的，共有一百多学生，最高是五年级，每年都要向城关公社中学输送一批初中学生。高加林一直当五年级的班主任，这个年级的算术和语文课也都由他代。他并且还给全校各年级上音乐和图画课——他在那里曾是一个很受尊重的角色。别了，这一切！

他无精打采地转过脸，蹲在硷畔上开始刷牙。

村子里静悄悄的。男人们都出山劳动去了，孩子们都在村外放野。村里已经有零星的吧嗒吧嗒拉风箱的声音，这里那里的窑顶上，也开始升起了一缕一缕蓝色的炊烟。这是一些麻利的妇女开始为自己的男人和孩子们准备午饭了。河道里，密集的杨柳丛中，叫蚂蚱间隔地发出了那种叫人心烦的单调的大合唱。

高加林刷牙的时候，看见他母亲正伛偻着身子，在对面自留地的茄子畦里拔草，满头白发在阳光下那么显眼。一种难受和羞愧使他的胸部一阵绞痛。他很快把牙刷从嘴里拔出来，在心里说：我这一个月实在不像话了！两个老人整天在地里操磨，我怎能老待在家里闹情绪呢？不出山，让全村人笑话！是的，他已经感到全村人都在另眼看他了。大家对高明楼做的不讲理的事已经习以为常了，但对村里任何一个不劳动的二流子都反感。庄稼人嘛，不出山劳动，那是叫任何人都瞧不起的。加林痛苦地想：他可再不能这样下去了！生活是严酷的，他必须承认他目前的地位——他已经是一个地地道道的农民了！

高加林这样想着，正准备转身往回走，听见背后有人说："高老师，你在家哩？"

他转身一看，认出是后川马店村一队的生产队长马拴。

马拴虽然不识字，但是代表马店大队参加学校管理委员会，常来学校开会，他们很熟悉。这是一个老实后生，心地善良，但人又不死板，做庄稼和搞买卖都是一把好手。

他看见平时淳朴的马拴今天一反常态。他推一辆崭新的自行车，车子被彩色塑料带缠得花花绿绿，连辐条上都缠着一些色彩鲜艳的绒球，讲究得给人一种俗气的感觉。他本人打扮得也和自行车一样体面：大热的天，一身灰的确良衬衣外面又套一身蓝涤卡罩衣；头上戴着黄的确良军式帽，晒得焦黑的胳膊上撑一只明晃晃的镀金链手表。他大概自己也为自己的打扮和行装有点不好意思，别扭地笑着。加林此刻虽然心情不好，也为马拴这身扎眼的装束忍不住笑了，问："你打扮得像新女婿一样，干啥去了？"

马拴脸通红，笑了笑说："看媳妇去了！人家正给我说你们村刘立本的二女子哩！"

加林这才明白为什么他今天里外一崭新。眼下农民看对象都是这种打扮。他问："是巧珍吗？"

"就是的。"

"那你这把川道里的头梢子拔了！你不听人家说，巧珍是'盖满川'吗？"加林开玩笑说。

"果子是颗好果子，就怕吃不到咱嘴里！"憨厚的马拴笑嘻嘻地说了句粗话。

"看得怎样？成了吧？"

"离城还有十五里！咱跑了几回，看他们家里大人倒没啥意见，就是本人连一次面也不露。大概嫌咱没文化，脸黑。脸是没人家白，论文化，她也和我一样，斗大字不识几升！唉，现在女的心都高了！"

"慢慢来，别着急！"

"对对对！"马拴哈哈大笑了。

"回我们家喝点水吧？"

"不了，在我老丈人家里喝过了！"

这回轮上高加林哈哈大笑了。他想不到这个不识字的农民说话这么幽默。

马拴戴手表的胳膊扬了扬，给他打了告别，便跨上车子，向川道里的架子车路飞奔而去了。

加林靠在硷畔的一棵枣树上，一直望着他的背影没入了玉米的绿色海洋里。他忍不住扭过头向后村刘立本家的院子望了望。

刘立本绰号叫"二能人"，队里什么官也不当，但全村人尊罢高明楼就最敬他。他人心眼活泛，前几年投机倒把，这二年堂堂皇皇做起了生意，挣钱快得马都撵不上，家里的光景是全村最好的。高明楼虽然是村里的"大能人"，但在经济战线上，远远赶不上"二能人"。对于有钱人，庄稼人一般都是很尊重的。不过，村里人尊重刘立本，也还有另外一个原因。立本的大女儿巧英前年和高明楼的大儿子结婚了，所以他的身份在村里又高了一截。"大能人"和"二能人"一联亲，两家简直成了村里的主宰。全村只有他们两家圈围墙，盖门楼，一家在前村，一家在后村，虎踞龙盘，俨然是这川道里像样的大户人家。

从内心说，高加林可不像一般庄稼人那样羡慕和尊重这两家人。他虽然出身寒门，但他没本事的父亲用劳动换来的钱供养他上学，已经把他身上的泥土味冲洗得差不多了。他已经有了一般人们所说的知识分子的"清高"。在他看来，高明楼和刘立本都不值得尊敬，他们的精神甚至连一些光景不好的庄稼人都不如。高明楼人不正派，仗着有点权，欺上压下，已经有点"乡霸"的味道；刘立本只知道攒钱，前面两个女儿连书都不让念——他认为念书是白花钱。只是后来，才把三女儿巧玲送学校，现在算高中快毕业了。这两家的子弟他也不放在眼里。高明楼把精能全占了，两个儿子脑子都很迟笨。二儿子三星要不是走后门，怕连高中都上不了。刘立本的三个女儿都长得像花朵一样好看，人也都精精明明的，可惜有两个是文盲。

虽然这样，加林此刻站在硷畔上只是恼恨地想：他们虽然被他瞧不起，但他自己现在又是个什么光景呢？

一种强烈的心理上的报复情绪使他忍不住咬牙切齿。他突然产生了这样的思想：假若没有高明楼，命运如果让他当农民，他也许会死心塌地在土地上生活一辈子！可是现在，只要高家村有高明楼，他就非要比他更有出息不可！要比高明楼他们强，非得离开高家村不行！这里很难比过他们！他决心要在精神上，要在社会的面前，和高明楼他们比个一高二低！

他把缸子牙刷送回窑，打开箱子找一件外衣，准备到前川菜园下面的那个水潭里洗个澡。

他翻出一件黄色的军用上衣，眼睛突然亮了。这件衣服是他叔父从新疆部队上寄回的，他宝贵得一直舍不得穿。他父亲唯一的弟弟从小出去当兵，解放以后才和家里联系上，几十年没回一次家。一年通几次信，年底给他们寄一点零花钱，关系仅此而已。叔父听说是副师政委，这是他们家的光荣和骄傲，只是离家远，在他们的生活中不起什么作用。

高加林拿起这件衣服，突然想起要给叔父写一封信，告诉一下他目前的处境，看叔父能不能在新疆给他找个工作。当然，他立刻想到，父母亲就他一个独苗儿，就是叔父在那里能给他找下工作，他们也不会让他去的。但他决定还是要给叔父写信。他渴望远走高飞——到时候，他会说服父母亲的。

他于是很快伏在桌子上，用他文科方面的专长，很动感情地给叔父写了一封信，放在了箱子里。他想明天县城逢集，他托人把信在城里很快寄出去。

这个突然冒出来的想法，给他精神上带来很大的安慰。他立刻觉得轻松起来，甚至有点高兴。

他把这件黄军衣穿在身上，愉快地出了门，沿着通往前川的架子车路，向那片色彩斑斓的菜园走去。

黄土高原八月的田野是极其迷人的。远方的千山万岭，只有在这个时候才用惹眼的绿色装扮起来。大川道里，玉米已经一人多高，每一株都怀了一个到两个可爱的小绿棒；绿棒的顶端，都吐出了粉红的缨丝。山坡上，蔓豆、小豆、黄豆、土豆都在开花，红、白、黄、蓝，点缀在无边无涯的绿色之间。庄稼大部分都刚锄过二遍，又因为不久前下了饱墒雨，因此地里没有显出旱象，湿润润，水淋淋，绿蓁蓁，看了真叫人愉快和舒坦。

高加林轻快地走着，烦恼暂时放到了一边，年轻人那种热烈的血液又在他身上欢畅地激荡起来。他折了一朵粉红色的打碗碗花，两个指头捻动着花茎，从一片灰白的包心菜地里穿过，接连跳过了几个土塄坎，来到了河道里。

他飞快地脱掉长衣服，在那一潭绿水的上石崖上扩胸、下蹲——他已经决定不是简单洗个澡，而要好好游一次泳。

他的裸体是很健美的。修长的身材，没有体力劳动留下的任何印记，但又很壮实，看出他进行过规范的体育锻炼。脸上的皮肤稍有点黑；高鼻梁，大花眼，两道剑眉特别耐看。头发是乱蓬蓬的，但并不是不讲究，而是专门讲究这个样子。他是英俊的，尤其是在他沉思和皱着眉头的时候，更显示出一种很有魅力的男性美。

高加林活动了一会儿，便像跳水运动员一般从石崖上一纵身跳了下去，身体在空中划了一条弧线，就优美地没入了碧绿的水潭中。他在水里用各种姿势游，看来蛮像一回事。

一刻钟以后，他从跌水哨的一边爬上来，在上面的浅水里用肥皂洗了一遍身子，然后躲在一个石窝里换了裤子，光着上身回到石崖上面，躺在一棵桃树下。这棵桃树是一辈子打光棍的德顺老汉的。桃子还没熟的时候，好心的老光棍就全摘了分给村里的娃娃。现在这树上只留下一些不很茂密的树叶，倒也能遮一些阴凉。

高加林把衫子铺到地上，两只手交叉着垫到脑后，舒展开身子躺下来，透过树叶的缝隙，无意识地望着水一般清澈的蓝天。时光已经到了中午，但他的肚子也不觉得饿。河道离得很近，但水声听起来像是很远，潺潺地，像小提琴拉出来的声音一般好听。

这时候，在他右侧的玉米地里，突然传来一阵女孩子悠扬的信天游歌声：

上河里（哪个）鸭子下河里鹅，
一对对（哪个）毛眼眼望哥哥……

歌声甜美而嘹亮，只是缺乏训练，带有一点野味。他仔细听了一下，声音像是刘立本家的巧珍。他一下子记起刚才马拴看媳妇的洋相，又联想到巧珍唱的歌，忍不住笑了，心里说："你哥哥专门来望你哩，没望见你；他人走了，你现在才望他哩……"

他这样想这件可笑事时，就听见他旁边的玉米林子里响起沙沙的声音。坏了！大概是巧珍从这里过路回家呀。

高加林慌忙坐起来，两把穿上了衣服。他的最后一颗扣子还没扣上，巧珍提一篮子猪草已经站在他面前了。

刘巧珍看起来根本不像个农村姑娘。漂亮不必说，装束既不土气，也不俗气。草绿的确良裤子，洗得发白的蓝劳动布上衣，水红的确良衬衣的大翻领翻在外边，使得一张美丽的脸庞显得异常生动。

她扑闪着一双水灵灵的大眼睛，局促地望了一眼高加林，然后从草篮里摸出一个熟得皮都有点发黄的甜瓜递到高加林面前，说："我们家自留地的。我种的。你吃吧，甜得要命！"接着，她又从口袋里掏出自己洗得干干净净的花手帕，让加林揩一揩甜瓜。

高加林很勉强地接过甜瓜，但没有接她的手帕，轻淡地对她说："我现在不想吃，我一会儿再……"

巧珍似乎还想和他说话，看他这副样子，犹豫了一下，低着头向上边地畔的小路上走了。

高加林把甜瓜放在一边，下意识地回过头朝地畔上望了一眼，结果发现走着的巧珍也正回过头望他。他赶忙扭过头，烦恼地躺在了地上。他在感情上对这个不识字的俊女子很讨厌，因为她姐姐是高明楼的儿媳妇！

他并不想吃甜瓜，此刻倒很想抽一支烟。他明知道纸烟早已经抽光，卷着抽的旱烟叶子也没带来，但两只手还是下意识地在身上所有的衣袋上都按了按，结果只是失望地叹了一口气。

"加林！加林！快回去吃饭嘛！躺在这儿干啥哩?"他听见父亲在菜地畔上叫他。

他站起身，把巧珍送的那个甜瓜装在上衣口袋里，向菜地畔上走去。

他上了地畔，先把父亲的烟锅接过来，点着一锅，拼命吸了一口，立刻呛得他弯下腰咳嗽了半天。

他父亲叹息了一声，说："别抽这旱烟了，劲太大！"他把旱烟锅从儿子手里夺过来，说："加林，我在山里思谋了一下，明儿个县里逢集，干脆让你妈蒸上一锅白馍，你提上卖去！咱家里点灯油和盐都快完了，一个来钱处没有嘛！再说，卖上两个钱，还能给你买一条纸烟哩！"

高加林揩了揩咳嗽呛出的眼泪，直起腰看了看父亲等待他回答的目光，犹豫了半天。他很快想起他给叔父写好的信，觉得明天上一趟县城也好，他可以亲自把信发出去——要是托给别人邮，万一丢了怎么办？他于是同意了父亲的这个提议，决定明天到县城赶集去。

第三章

吃过早饭不久，在大马河川道通往县城的简易公路上，已经开始出现了熙熙攘攘去赶集的庄稼人。由于这两年农村政策的变化，个体经济有了大发展，赶集上会，买卖生意，已经重新成了庄稼人生活的重要内容。

公路上，年轻人骑着用彩色塑料缠绕得花花绿绿的自行车，一群一伙地奔驰而过。他们都穿上了崭新的"见人"衣裳，不是涤卡，就是的确良，看起来时兴得很。粗糙的庄稼人的赤脚片上，庄重地穿上尼龙袜和塑料凉鞋。脸洗得干干净净，头梳得光光溜溜，兴高采烈地去县城露面：去逛商店，去看戏，去买时兴货，去交朋友，去和对象见面……

更多的庄稼人大都是肩挑手提：担柴的，挑菜的，吆猪的，牵羊的，提蛋的，抱鸡的，拉驴的，推车的；秤匠、鞋匠、铁匠、木匠、石匠、篾匠、毡匠、箍锅匠、泥瓦匠、游医、巫婆、赌棍、小偷、吹鼓手、牲口贩子……都纷纷向县城涌去了。川北山根下的公路上，蹚起了一股又一股的黄尘。

当高加林挽着一篮子蒸馍加入这个洪流的时候，他立刻后悔起来。他感到自己突然变成一个真正的乡巴佬了。他觉得公路上前前后后的人都朝他看。他，一个曾经是潇潇洒洒的教师，现在却像一个农村老太婆一样，上集卖蒸馍去了！他的心难受得像无数虫子在咬着。

但这一切是毫无办法的。严峻的生活把他赶上了这条尘土飞扬的路。他不得不承认，他现在只能这样开始新的生活。家里已经连买油量盐的钱都没了，父母亲那么大的年纪都还整天为生活苦熬苦累，他一个年轻轻的后生，怎好意思一股劲待下吃闲饭呢？

他提着蒸馍篮子，头尽量低着，什么也不看，只瞅着脚下的路，匆匆地向县城走。路上，他想起父亲临走时安咐他，叫他卖馍时要吆喝。他的脸立刻感到火辣辣地发烧。天啊，他怎能喊出声来！

"可是，"他想，"如果我不叫卖，谁知道我提这蒸馍是干啥哩？"

走到一个小沟岔的时候，高加林突然想：干脆让我先跑到这没人的拐沟里试验喊叫一下，到城里好习惯一些嘛！

他满脸通红朝公路两头望了望，见没什么人，于是就像做一件见不得人的事一样，匆忙地折身走进了公路边的那条拐沟里。

他在这荒沟里走了好一段路，直到看不见公路的时候才站住。

他站住，口张了一下，但没勇气喊出声来。又张了一下口，还是不行。短短的时间里，汗水已经沁满了他的额头。四野里静悄悄的，几只雪白的蝴蝶在他面前一丛淡蓝色的野花里安详地飞着；两面山坡上茂密的苦艾发出一股新鲜刺鼻的味道。高加林感到整个大地都在敛声屏气地等待他那一声"白蒸馍哎——"！

啊呀，这是那么的难人！他感到就像要在大庭广众面前学一声狗叫唤一样受辱。

他用手背擦了一下额头的汗水，决心下一声非喊出来不可！他狠狠地咽了一口唾沫，把眼一闭，张开嘴怪叫一声："白蒸馍哎——"

他听见四山里都在回荡着他那一声演戏般的、悲哀的喊叫声。他牙咬住嘴唇，强忍着没让眼里的泪花子溢出来。

他直愣愣地在这个荒沟野地里站了老半天，才难受地回到公路上，继续向县城走去。从他们村到县城只有十来里路，但他感到这段路是多么的漫长和艰难。他知道，更大的困难还在前头——在那万头攒动的集市上！

当他走到大马河与县河交汇的地方，县城的全貌已经出现在视野之内了。一片平房和楼房交织的建筑物，高低错落，从半山坡一直延伸到河岸上。亲爱的县城还像往日一样，灰蓬蓬地显出了它那诱人的魅力。他没有走过更大的城市，县城在他的眼里就是大城市，就是别一番天地。他对这里的一切都是熟悉的，亲切的；从初中到高中，他都是在这里度过。他对自己和社会的深入认识，对未来生活的无数梦想，都是在这里开始的。学校、街道、电影院、商店、浴池、体育场……生活是多么的丰富多彩！可是，三年前，他就和这一切告别了……

现在，他又来了。再不是当年的翩翩少年，衣服整洁而笔挺，满身的香皂味，胸前骄傲地别着本县最高学府的校徽。他现在提着蒸馍篮子，是一个普通的赶集的庄稼人了。

往事的回忆使他心酸。他靠在大马河桥的石栏杆上，感到头有点眩晕起来。四面八方赶集的人群正源源不绝地通过大桥，进了街道。远处城市中心街道的上空，腾起很大一片灰尘，嘈杂的市声听起来像蜂群发出的嗡嗡声一般。

他猛然想到一个更糟糕的问题：要是碰上他在县城的同学怎么办？

他下意识地抬起头，先慌忙朝前后看了看。这时候他才真正后悔赶这趟集了。一般的赶集倒也没什么，可他是来卖蒸馍的呀！

现在折回去吗？可这怎行呢！他已经走到了县城。再说，家里连一点零花钱都没有了，这样回去，父母亲虽然不会说什么，但他们肯定心里会难受的——不仅为这篮没卖掉的蒸馍，更为他的没出息而难受！

"不，"他想，"我既然来了，就是硬着头皮也要到集上去！"当然，他也在心里祷告，千万不要碰上县城里的同学。

他很快提起篮子，过了桥，向街道上走去。他准备穿过街道，到南关里去。那里是猪市、粮食市和菜市，人很稠，除过买菜的干部，大部分都是庄稼人，不显眼。

当他路过汽车站候车室外面的马路时，脸唰一下白了——白了的脸很快又变得通红。他感到全身的血一下都向脸上涌上来了：他猛然看见他高中时的同班同学黄亚萍和张克南正站在候车室门口。躲是来不及了，他俩显然也看见了他，已经先后向他走过来了。

高加林恨不得把这篮子馍一下扔到一个人所不知的地方。张克南和黄亚萍很快走到他面前了，他只好伸出空着的那只手和克南握了握手。

他俩问他提个篮子干啥去呀？他即兴撒了个谎，说去城南一个亲戚家里走一趟。

黄亚萍很快热情地对他说："加林，你进步真大呀！我看见你在地区报上发表的那几篇散文啦！真不简单！文笔很优美，我都在笔记本上抄了好几段呢！"

"你还在马店教书吗？"克南问他。

他摇摇头，苦笑了一下说："已经被大队书记的儿子换下来了，现在已经回队当了社员。"

黄亚萍立刻焦虑地说："那你学习和写文章的时间更少了！"

高加林解嘲地说："时间更多了！不是有一个诗人写诗说：'我们用镢头在大地上写下了无数的诗行'吗？"

他的幽默把他的两个同学都逗笑了。

"你们出差去吗？"加林问他们俩。他隐约地感到，他两个的关系似乎有点微妙。在中学时，他俩的关系倒也很一般。

"我不出去。克南要到北京给他们单位买彩色电视机。我是闲逛哩……"黄亚萍说着，似乎有点不好意思。

"你还在副食公司当保管吗？"加林问克南。

"不。前不久刚调到副食门市上。"克南说。

"高升了！当了门市部主任！不过，前面还有个副字！"亚萍有点嘲弄地看了看克南，不以为然地撇了一下嘴。

"要买什么烟酒一类的东西，你来，我尽量给你想办法。我这人没其他能耐，就能办这么些具体事。唉，现在乡下人买一点东西真难！"克南对他说。

尽管张克南这些话都是真诚的，但高加林由于他自己的地位，对这些话却敏感了。他觉得张克南这些话是在夸耀自己的优越感。他的自尊心太强了，因此精神立刻处于一种藐视一切的状态，稍有点不客气地说："要买我想其他办法，不敢给老同学添麻烦！"

一句话把张克南刺了个大红脸。

黄亚萍也是个灵人，已经听出他俩话不投机，便对高加林说："你下午要是有空，上我们广播站来坐坐嘛！你毕业后，进县城从不来找我们拉拉话。你还是那个样子，脾气真犟！"

"你们现在位置高了，咱区区老百姓，实在不敢高攀！"加林的坏毛病又犯了！一旦他感到自己受了辱，话立刻变得非常刻薄，简直叫人下不了台。

张克南已经明显地有点受不了了，正好车站的广播员让旅客排队买票，这一下把大家都解脱了。

克南马上和他握了手，先走了。亚萍犹豫了一下，对他说："……我真的想和你拉拉话。你知道，我也爱好文学，但这几年当个广播员，光练了嘴皮子了，连一篇小小的东西都写不成，你一定来！"

她的邀请是真诚的，但高加林不知为什么，心里感到很不舒服。他对亚萍说："有空我会来的。你快去送克南吧，我走了。"

黄亚萍的脸唰一下红了，说："我不是去送他的！我来车站接一个老家来的亲戚……"她显然也即兴撒了个谎。加林心里想：你根本没必要撒谎！

高加林再不说什么，他向她很礼貌地点点头，便转身向大街道上走去。他一边走，一边心里为他和亚萍各自撒的谎感到好笑，忍不住自言自语说："你去接你的'亲戚'吧，我也得看我的'亲戚'去了……"

但是，刚才和克南、亚萍的见面，很快又勾起了他对往日学校生活的回忆。

在学校时，亚萍是班长，他是学习干事，他们之间的交往是比较多的。他俩也是班上学习最好的，又都爱好文学，互相都很尊重。他和克南平时不是太接近的，因为都在校篮球队，只是打球的时候才在一块交往得多一些。

　　黄亚萍是江苏人，她父亲是县武装部长和县委常委。亚萍是在他刚上高中的那年随父亲调来县上，插入他那个班的。她带有鲜明的南方姑娘的特点，又经见过世面；那种聪敏、大方和不俗气，立刻在整个学校都很惹眼了。高加林虽然出身农民家庭，也没走过大城市，但平时读书涉猎的范围很广；又由于山区闭塞的环境反而刺激了他爱幻想的天性，因而显得比一般同学飘洒，眼界也宽阔。黄亚萍很快发现了他的这种气质，很自然地在班上更接近他。他同样也喜欢和她在一块儿。因为在这之前，他还没有接触过这样的女生。本地女同学和黄亚萍相比，都有点不大方，有的又很俗气，动不动就说吃说穿，学习大部分都赶不上男同学，他很少和她们交往。他俩有时在一块儿讨论共同看过的一本小说，或者说音乐，说绘画，谈论国际问题。班上的同学一度曾议论过他们的长长短短。他当时并不敢想什么出边的事。他和黄亚萍相比，有难以克服的自卑感。这不是说他个人比她差，而是指家庭、经济条件和社会地位这些方面而言。在这些方面，张克南全部有。克南父亲是县商业局长，他母亲也是县药材公司的副经理，在县上都是很像样的人物。当时克南也对亚萍有好感，经常设法和她接近，但看出她并没有和他过多交往的愿望。

　　很快，高中毕业了。他们班一个也没有考上大学。农村户口的同学都回了农村，城市户口的纷纷寻门路找工作。亚萍凭她一口高水平的普通话到了县广播站，当了播音员。克南在县副食公司当了保管。生活的变化使他们很快就隔开很远了，尽管他们相距只有十来里路，但在实际生活中，他们已经是在两个世界了。

　　高加林回村后，起初每当听见黄亚萍清脆好听的普通话播音的时候，总有一种很惆怅的感觉，就好像丢了一件贵重的东西，而且没指望找回来了。后来，这一切都渐渐地淡漠了。只是不知什么时候，他隐约听另外村一个同学说，黄亚萍可能正和张克南谈恋爱时，他才又莫名其妙地难受了一下。以后他便很快把这一切都推得更远了，很长时间甚至没有想到过他们……

他刚才碰见他们，感到很晦气。他现在一边提着蒸馍篮子往热闹的集市中间走，一边眼睛灵活地转动着，以防再碰上城里工作的同学。

刚到十字街口，接近人流旋涡的地方，他又碰到了一个熟人！

不过，这回他倒没什么恐慌。当他们城关公社文教专干马占胜有点尴尬地过来和他握手时，他这一刻不觉得胳膊上挽的蒸馍篮子丢人了——哼！让他看看吧，正是他们把他逼到了这个地步！

当专干问他干啥时，他很干脆地告诉他：卖蒸馍！他并且从篮子里取出一个来，硬往马占胜手里塞；他感到他拿的是一颗冒烟的、带有强烈报复性的手榴弹！

马占胜两只手慌忙把这个蒸馍捉住，又重新硬塞到篮子里，手在已经有了胡茬的脸上摸了一把，显得很难受的样子说：

"加林！你大概一直在心里恨我哩！我一肚子苦水无处倒哇！有些话，我真想给你说，又不好说！现在你听我给你说。"马占胜把高加林拉在十字街自行车修理部的一个拐角处，又摸了一把脸，放低声音说：

"唉，好加林哩！你不知情！咱公社的赵书记和你们村的高明楼是十几年的老交情了。别看是上下级关系，两人好得不分你我。前几年，明楼家没什么要安排的人，就一直让你教书。今年他二小子高中毕业了，他在公社跑了几回，老赵当然要考虑。你知道，这几年国民经济调整哩，国家在农村又不招工招干，因此农村把民办教师这工作看得很重要。明楼当然想叫他小子干这事嘛！下另外村子的教师，人家谁让哩？因此，就只好把你下了，让三星上。这事虽然是我在会上宣布的，可这不是我决定的嘛！我马占胜哪有这么大的牛皮！因此，好加林哩，你千万不要恨我！"

高加林心不在焉地用手指头理了理头发，对专干说：

"老马，你太多心了。你不说，我也都了解这些情况。我们共事几年了，你应该了解我。"

"我当然了解你！全公社教师里面，你是拔尖的！再说，你这娃娃心眼活，性子硬，我就喜欢这号人。不怕！……噢，我忘记告诉你了，我已经调到县政府的劳动局，算是提拔了，当了个副局长。我前几天还给公社赵书记谈过，叫他有机会就考虑再让你当教师。赵书记满口答应了……不怕！你等着！……你快忙你的，我还要开个会哩。新官上任三把火！咱烧不起来火，最起码得按时给人家应酬嘛！……"

马占胜说完，手在脸上摸了一把，和高加林握了一下手，像逃避什么似的很快就钻到了人群里。

高加林因为一直就对这个公社有名的滑头没有好感，所以基本上没认真听他说些什么。他现在只知道他离开了城关公社，高升到县政府了。但这些和他有什么关系呢？他现在最要紧的是把胳膊上挽的这篮子蒸馍卖掉！

高加林很快从街道里的人群中挤过，向南关的交易市场走去。

第四章

县城南关的交易市场热闹得简直叫人眼花缭乱。一大片空场地，挤满了各式各样买卖东西的人。以菜市、猪市、牲口市和熟食摊为主，形成了四个基本的中心。另一个最大的人群中心是河南一个什么县的驯兽表演团，用破旧的蓝布围了一个大圈当剧场，庄稼人挤破脑袋两毛钱买一张票，去看狗熊打篮球，哈巴狗跳罗圈。市场上弥漫着灰尘，噪音像洪水声一般喧嚣，到处充满了庄稼人的烟味和汗味。

高加林提着那篮子馍，从本县那条主要的大街上满头大汗地挤过来，就投入到这个闹哄哄的人海里了。

他提着篮子在人群里瞎挤了一气，自己也不知道该到哪里去。他是个讲卫生的人，雪白的毛巾一直把馍篮子盖得严严的，生怕落进去灰尘。谁也看不出他是个干什么的，有几次他试图把口张开，喊叫一声，但怎么也喊不出声音来。他听见市场上所有卖东西的人都在吆喝，尤其是一些生意油子，那叫卖的声音简直成了一种表演艺术。他以前听见这样的喊叫，只觉得很好笑。可现在他在心里很佩服这种什么也不顾忌的欢畅舒坦的叫喊声；觉得也是一种很大的本事。他自己明显地感到，他在这个世界里，成了一个最无能的人。

正当他在人堆里茫然乱挤的时候，听见背后有个妇女对旁边一个什么人说："今儿个死老头子又要喝酒，请下一堆客人，热得不想做饭，国营食堂的馍又黑又脏，串了半天，这市场上还没个卖好白馍的……"

高加林一听，赶忙转过身，准备把蒸馍上的毛巾揭开。可他身子刚转过去，马上又转了过来，慌忙躲到一个卖木锨的老汉身后——他看见那个寻找着买馍的妇女正好是张克南他妈！以前上学时，他去过克南家一两次，克南他妈认识他！

可怜的小伙子像小偷一样藏在那个卖木锨的老汉背后，直等到看不见克南他妈才又走动起来。也许克南他妈早认不得他了，但他的自尊心使他不能和这样一个过去认识的人做这笔买卖。

这时候，满城的高音喇叭响了起来。喇叭里传来了黄亚萍预报节目的声音。亚萍的声音通过扩音器，变得更庄重和柔和；普通话的水平简直可以和中央台的女播音员乱真。

高加林疲乏地背靠在一根水泥电杆上，两道剑眉在眉骨上一跳一跳的。他眼睛微微地闭住，牙齿咬着嘴唇。他想到克南此刻也许正在长途汽车上悠闲地观赏着原野上的风光；黄亚萍正坐在漂亮的播音室里，高雅地念着广播稿……而他，却在这尘土飞扬的市场上颠簸着为几个钱受屈受辱，心里顿时翻起了一股苦涩的味道。

他已经完全无心卖馍了。他决定离开这个他无能为力的场所，到一个稍微清静的地方待一会儿。至于馍卖不了怎么办，现在他也不想考虑了。

到哪里去呢？他突然想起了他已经久违的县文化馆阅览室。

他很快又从大街里挤过来，来到十字街以北的县文化馆。因为他爱好文学，文化馆他有几个熟人，本来想进去喝点水，但他很快又打消了这个念头——他今天怕见任何熟人！

他径直进了阅览室，把馍篮放在长椅的角上，从报架上把《人民日报》《光明日报》《中国青年报》《参考消息》和本省的报纸取了一堆，坐在椅子上看起来。这里没什么人。在城市喧嚣的海洋里，难得有这平静的一隅。

他最近由于生活发生了混乱，很多天没看报纸杂志了。他从初中就养成了每天看报的习惯，一天不看报纸总像缺个什么似的。当他好多天以后重新进入报纸的世界，立刻就把所有的一切都忘了个一干二净。

他首先看《人民日报》的国际版。他很关心国际问题，曾梦想过进国际关系学院读书。在高中时，他曾钉过一个很大的笔记本，里面虚张声势地写上"中东问题""欧洲共同体国家相互政治经济关系研究""东盟五国和印支三国未来关系的演变""中美苏三角关系中美国的因素"等等胡思乱想的"研究"题目。现在他想起来已经有点可笑，但当时的"气派"却把同学们吓了一跳！其实他也并没能"研究"什么，只不过剪贴了一点报刊资料而已。

他先把各种报纸翻着浏览了一遍，然后找了一篇长一点的文章"过瘾"。他身子蜷曲在长椅子里，看起了韩念龙在联合国召开的柬埔寨国际会议上的发言。

他把几种大报好多天的重要内容几乎通通看完以后，浑身感到一种十分熨帖舒服的疲倦。

直到阅览室的工作人员来关门的时候，他才大吃一惊：现在已经到城里人吃下午饭的时光了！

他慌忙提起蒸馍篮子，出了阅览室。

太阳已经远远向两边倾斜过去了。市声基本落下，街道上稀稀落落的没有了多少人。

啊呀，他在阅览室待的时间太长了！现在怎么办呢？庄稼人大部分都已经像潮水一样退出了城市，这时候他要是再出现在街上，很容易碰见熟悉的同学。

想来想去，没有什么办法了。他站在阅览室的门口踌躇了半天，最后只好决定提着篮子回家去。

他垂头丧气出了城，向大马河川道那里走去。一切都还是来的样子，篮子里的白馍一个也没少。他赶这回集，连一分钱的买卖都没做。

他走到大马河桥上时，突然看见他们村的巧珍立在桥头上，手里拿块红手帕扇着脸，身边撑着他们家新买的那辆"飞鸽"牌自行车。

巧珍看见他，主动走过来了，并且站在了他的面前——实际上等于把他堵在了路上。

"加林，你是不是卖馍去了？"她脸红扑扑的，不知为什么，看来精神有点紧张，身体像发抖似的微微颤动着，两条腿似乎都有点站不稳。

"嗯……"高加林应承了一声，很奇怪地看了她一眼，没话寻话地说，"你也赶集去了？"

"嗯……"巧珍用手帕揩着脸上沁出的汗珠，眼睛斜看着她的自行车，但精神却在注意着他，说："我来赶集，一点事也没……加林，"她突然转过脸看着他说，"我知道你一个馍也没卖掉！我知道哩！你怕丢人！你干脆把馍给我，你在这里把我的车子看住，让我给你卖去！"

巧珍说着，两只手很快过来拿他的篮子。

高加林闷头闷脑地还没反应过来这是怎么一回事，巧珍已经从他胳膊上把篮子夺走了。她什么话也没说，提着篮子就反身向街道上走去了。

高加林望着她远去的苗条的背影，不知该如何是好。他两只手在桥栏杆上摸来摸去，怎么也弄不清楚为什么突然出现了这样的事情。

对于巧珍来说，她今天的行动是蓄谋已久的。不是一天两天，而是多少年埋藏在她心中的感情，已经忍无可忍——她要爆发了！否则，她觉得自己简直活不下去了！

刘立本这个漂亮得像花朵一样的二女子，并不是那种简单的农村姑娘。她虽然没有上过学，但感受和理解事物的能力很强，因此精神方面的追求很不平常。加上她天生的多情，形成了她极为丰富的内心世界。村前庄后的庄稼人只看见她外表的美，而不能理解她那绚丽的精神光彩。可惜她自己又没文化，无法接近她认为"更有意思"的人。她在有文化的人面前，有一种深刻的自卑感。她常在心里怨她父亲不供她上学。等她明白过来时，一切都已经为时过晚了。为了这个无法弥补的不幸，她不知暗暗哭过多少回鼻子。

但她决心要选择一个有文化而又在精神方面很丰富的男人做自己的伴侣。就她的漂亮来说，要找个公社的一般干部，或者农村出去的国家正式工人，都是很容易的；而且给她介绍这方面对象的媒人把她家的门槛都快踩断了。但她统统拒绝了。这些人在她看来，有的连农民都不如。退一步说，就是和这样的人结婚了，男人经常在门外，一年回不来几次；娃娃、家庭都要她一个人操磨。这样的例子在农村多得很！而最根本的是，这些人里没有她看得上的。如果真正有合她心的男人，她就是做出任何牺牲也心甘情愿。她就是这样的人！

她父亲虽然生了她，养活了她，但根本不理解她。他见她不寻干部、工人，就急着给她找农村的。并且一心看上个马店的马拴。马拴这人前几年公社农田基建会战时，她和他接触不少。他人诚实，心眼也不死，做买卖很利索，劳动也是村前庄后出名的。家里的光景富裕而殷实，拿农村的眼光看，算是上等人家。但她就是产生不了爱马拴的感情。尽管马拴热心地三一回五一回常往她家里跑，她总是躲着不见面，急得她父亲把她骂过好几回了。

其实，她并不是没有自己心上的人。多年来，她内心里一直都在为这个人发狂发痴——这人就是高加林！

巧珍刚懂得人世间还有爱情这一回事的时候，就在心里爱上了加林。她爱他的飘洒的风度，漂亮的体形和那处处都表现出来的大丈夫气质。她认为男人就应该像个男人；她最讨厌男人身上的女人气。她想，她如果跟了加林这样的男人，就是跟上他跳了崖也值得！她同时也非常喜欢他的那一身本事：吹拉弹唱，样样在行；会安电灯，会开拖拉机，还会给报纸上写文章哩！再说，又爱讲卫生，衣服不管新旧，常穿得干干净净，浑身的香皂味！

她曾在心里无数次梦想她和这个人在一起的情景：她把她的手放在他的手里，让他拉着，在春天的田野里，在夏天的花丛中，在秋天的果林里，在冬天的雪地上，走呀，跑呀，并且像人家电影里一样，让他把她抱住，亲她……

可是在现实生活里，她的自卑感使她连走近他的勇气都没有。她时时刻刻在想念他，又处处在躲避他。她怕她的走路、姿势和说话在他面前显出什么不妥当来，惹她心爱的人笑话。但是，她的心思和眼睛却从来也没有离开过他啊！

加林上高中时，她尽管知道人家将来肯定要远走高飞，她永远不会得到他，但她仍然一往情深，在内心里爱着他。每当加林星期天回来的时候，她便找借口不出山，坐在她家院子的硷畔上，偷偷地望对面加林家的院子。加林要是到村子前面的水潭去游泳，她就赶忙提个猪草篮子到水潭附近的地里去打猪草。星期天下午，她目送着加林出了村子，上县城去了，她便忍不住眼泪汪汪，感到他再也不回高家村了。

加林高中毕业没考上大学，灰溜溜地回到村里以后，巧珍高兴得几乎发了疯。她多少次的梦想露出了希望的光芒。她谋算：加林现在成了农民，大概将来就得找个农村媳妇吧？如果他找农村户口的姑娘，她虽然没文化，但她自己有信心让他爱她。她知道她有一个别的姑娘很难比上的长处：俊。

可是，希望的光芒很快暗淡了。加林当了教师。教师现在是唯一有希望进入商品粮世界的。按加林的能力来说，将来完全有把握转成正式教师。

她又陷入了深深的痛苦之中。她常常一个人躲在她们家硷畔上的那棵老槐树后面，向学校那里呆呆地张望。她目送着加林从那条被学生娃踩得白光刺眼的小路上向学校走去；又望着他从那条路上向村里走来……

她是个心眼很活的姑娘，所有这一切做得谁也看不出来。是的，村里谁也不知道这个俊女孩子的梦想和痛苦！只有她在县城正上高中的妹妹巧玲，似乎有一点觉察，有时对她麻木的发呆和莫名其妙的焦躁不安，诡秘地一笑，或真诚地为她叹息一声！现在，在高加林又一次当了农民的时候，她那长期被压抑的感情又一次剧烈地复活了。这次就好像火山冲破了地壳，感情的洪流简直连她自己也控制不住了。她为他当了农民而高兴，又同时为他的痛苦而痛苦——为此，她甚至还在她大姐面前骂高明楼不是个人。

她不知道该怎样心疼他。昨天中午，她看见他去游泳的时候，匆忙提了猪草篮在水潭边的玉米地里穿过，顺便摘了自留地的一个甜瓜，想破开脸皮去安慰一下他；今天她看见他上集去了，又骑了个车子撵来了。她今天上集的确什么事也没；她赶这回集，完全是想找机会对他说出她全部的心里话！她今天实际上一直都不远不近地跟着加林在集上的人群里挤。她看见亲爱的人提着蒸馍篮子，在人群里躲躲闪闪，一个也卖不了，后来痛苦地靠在水泥电杆上闭起眼睛的时候，她脸上的泪水也唰唰地淌着，手帕揩也揩不及。

后来，她看见加林进了文化馆，知道他的蒸馍是卖不出去了。她当时很想也进阅览室去，但她想自己不识字，进那里去干什么？再说，那里面人多，她不好和加林说什么话。于是，她就骑车来到大马河桥上，在那里等他过来，从中午一直站到下午……

刘巧珍现在提着一篮子蒸馍，兴奋地走在县城的大街上，感到天地一下子变得非常明亮了；好像街道上所有的人都在咧开嘴巴或者抿着嘴向她笑。迎面过来一群幼儿园刚放了学的娃娃，她抱住一个就亲了一口！

直到过了十字街，穿过城里那条主要街道，来到南关的自由交易市场时，她才停住了脚步，忍不住害臊地笑自己的荒唐：她原来根本不是打算来卖这篮蒸馍的，而准备送给城里她的一个姨姨家。她姨家住在十字街上面的山坡上，她现在却疯头涨脑地跑到了这里！至于馍钱，她不会向姨姨要的，她早已给加林准备好了。她并且还给加林买了一条好烟，已放在自行车的花布提包里了。

她很快又掉转身，向姨姨家走去。巧珍把一篮子蒸馍给姨姨家放下，折转身就起身。她姨和她姨夫硬拉住让她吃饭，她坚决地拒绝了：她怕加林在桥上等她等得不耐烦。

她提着空篮子从姨姨家出来，几乎是跑着向大马河桥上赶去。

第五章

高加林立在大马河桥上，对刚才发生的事半天百思不得其解。

他后来索性把这事看得很简单：巧珍是个单纯的女子，又是同村人，看见他没把馍卖掉，就主动为他帮了个忙。农村姑娘经常赶集上会买卖东西，不像他一样窘迫和为难。

但不论怎样，他对巧珍给他帮这个忙，心里很感谢她。他虽然和刘立本家里的人很少交往，可是感觉刘立本的三个女儿和刘立本不太一样。她们都继承了刘立本的精明，但品行看来都比刘立本端正；对待村里贫家薄业的庄稼人，也不像她们的父亲那般傲气十足。她们都尊大爱小，村里人看来都喜欢她们。三姐妹长得都很出众，可惜巧珍和她姐巧英都没上过学；妹妹巧玲正上高中，听说是现在中学里的"校花"。对于一个农民来说，找到刘立本家的女子做媳妇的确是难得的。高明楼眼疾手快，把巧英给他大儿子娶过去了。现在巧珍的媒人也是踢塌门槛；这一段马店的马栓又里外的确良穿上往刘立本家愣跑哩。高加林想起马栓那天的打扮，又忍不住笑了。

太阳正从大马河西边无垠的大山中间沉落。通往他们村的川道里，已经罩上了暗影；川道里庄稼的绿色似乎显得深了一些。夹在庄稼地中间的公路上，几乎没有了人迹，公路静悄悄地伸向绿色的深处。东南方向的县城，已经罩在一片蓝色的烟气中了。从北边流来的县河，水面不像深秋那般开阔，平静地在县城下边绕过，向南流去了；水面上辉映着夕阳明亮的光芒。河边上，一群光屁股小孩在泥滩上追逐，嬉耍；洗衣服的城市妇女正在收拾晒在岸边草地上花花绿绿的衣服和床单。

高加林不时回头向县城街道那边张望。他觉得巧珍也不一定能把那篮子馍卖了——因为现在集市都已经散了。

当他终于看见巧珍提着篮子小跑着向他走来时，他认定她没有把馍卖掉——这其间的时间太短了！

巧珍来到他面前，很快把一卷钱塞到他手里说："你点点，一毛五一个，看对不对？"

高加林惊讶地看了看她胳膊上的空篮子，接过钱塞在口袋里，心里对她充满了非常感激的心情。他不知该向她说句什么话。停了半天，才说："巧珍，你真能行！"

刘巧珍听了加林的这句表扬话，高兴得满脸光彩，甚至眼睛里都水汪汪的。

加林伸出手，说："把篮子给我，你赶快骑车回去，太阳都要落了。"

巧珍没给他，反而把篮子往她的自行车前把上一挂，说："咱们一块走！"说着就推车。

加林一下子感到很为难。和同村的一个女子骑一辆车子回家，让庄前村后的人看见了，实在不美气。但他又感到急忙找不出理由拒绝巧珍的好心。

他略踌躇了一下，对巧珍撒谎说："我骑车带人不行，怕把你摔了。"

"我带你！"巧珍两只手扶着车把，亲切地看了加林一眼，又不好意思地低下了头。

"啊呀，那怎行呢！"加林一只手在头发里搔着，不知该怎办。

"干脆，咱别骑车，一搭里走着回。"巧珍漂亮的大眼睛执拗地望着他，突起的胸脯一起一伏。

看来她真诚地要和他相跟着回村了。加林看没办法了，只好说："行，那咱走，让我把车子推上。"

他伸手要推车，巧珍用肩膀轻轻把他推了一下，说："你走了一天，累了。我来时骑着车，一点也不累，让我来推。"

就这样，他俩相跟着起身了，出了桥头，向西一拐，上了大马河川道的简易公路，向高家村走去。

太阳刚刚落山，西边的天上飞起了一大片红色的霞朵。除过山尖上染着一抹淡淡的橘黄色的光芒，川两边大山浓重的阴影已经笼罩了川道，空气也显得凉森森的了。大马河两岸所有的高秆作物现在都在出穗吐缨。玉米、高粱、谷子，长得齐楚楚的，都已冒过了人头。各种豆类作物都在开花，空气里弥漫着一股清淡芬芳的香味。远处的山坡上，羊群正在下沟，绿草丛中滚动着点点白色。富丽的夏日的大地，在傍晚显得格外宁静而庄严。

高加林和刘巧珍在绿色甬道中走着，路两边的庄稼把他们和外面的世界隔开，造成了一种神秘的境界。两个青年男女在这样的环境中相跟着走路，他们的心都不由得咚咚地跳。

他俩起先都不说话。巧珍推着车，走得很慢。加林为了不和她并排，只好比她走得更慢一点，和她稍微错开一点距离。此刻，他自己感到了一种从来没有过的精神上的紧张：因为他从来没有单独和一个姑娘在这样悄没声响的环境中走过。而且他们又走得这样慢，简直和散步一样。

高加林由不得认真看了一眼前面巧珍的侧影。他惊异地发现巧珍比他过去的印象更要漂亮。她那高挑的身材像白杨树一般可爱，从头到脚，所有的曲线都是完美的。衣服都是半旧的：发白的浅毛蓝裤子，淡黄色的确良短袖；浅棕色凉鞋，比凉鞋的颜色更浅一点的棕色尼龙袜。她推着自行车，眼睛似乎只盯着前面的一个地方，但并不是认真看什么。从侧面可以看见她扬起脸微微笑着，有时上半身弯过来，似乎想和他说什么，但又很快羞涩地转过身，仍像刚才那样望着前面。高加林突然想起，他好像在什么地方见到过和巧珍一样的姑娘。他仔细回忆了一下，才想起他是看到过一张类似的画。好像是幅俄罗斯画家的油画。画面上也是一片绿色的庄稼地，地面的一条小路上，一个苗条美丽的姑娘一边走，一边正向远方望去，只不过她头上好像拢着一条鲜红的头巾……

在高加林这样胡思乱想的时候，他前面的巧珍内心里正像开水锅那般翻腾着。第一次和她心爱的人单独走在一块，使得这个不识字的农村姑娘陶醉在一种巨大的幸福之中。为了这一天，她已经梦想了好多年。她的心在狂跳着；她推车子的两只手在颤抖着；感情的潮水在心中涌动，千言万语都卡在喉眼里，不知从哪里说起。她今天决心要把一切都说给他听，可她又一时羞得说不出口。她尽量放慢脚步，等天黑下来。她又想：就这样不言不语走着也不行啊！总得先说点什么才对。她于是转过脸，也不看加林，说："高明楼心眼子真坏，什么强事都敢做……"

加林奇怪地看了看她，说："他是你们的亲戚，你还能骂他？"

"谁和他亲戚？他是我姐姐的公公，和我没一点相干！"巧珍大胆地回过头看了一眼加林。

"你敢在你姐面前骂她公公吗？"

"我早骂过了！我在他本人面前也敢骂！"巧珍故意放慢脚步，让加林和她并排走。

高加林一时弄不清楚为什么巧珍在他面前骂高明楼，便故意说："高书记心眼子怎个坏？我还看不出来。"

巧珍一下子停住了脚步，愤愤地说："加林！他活动得把你的教师下了，让他儿子上！看现在把你愁成啥了……"

高加林也不得不停住脚步。他看见他面前那张可爱的脸上是一副真诚同情他的表情。

他没有说什么，只是叹了一口气，就又朝前走了。

巧珍推车赶上来，大胆地靠近他，和他并排走着，亲切地说："他做的歪事老天爷知道，将来会报应他的！加林哥，你不要太熬煎，你这几天瘦了。其实，当农民就当农民，天下农民一茬人哩！不比他干部们活得差。咱农村有山有水，空气又好，只要有个合心的家庭，日子也会畅快的……"

高加林听着巧珍这样的话，心里感到很亲切。他现在需要人安慰。他于是很想和她拉拉家常话了。他半开玩笑地说："我上了两天学，现在要文文不上，要武武不下，当个农民，劳动又不好，将来还不把老婆娃娃饿死呀！"他说完，自己先嘿嘿地笑了。

巧珍猛地停住脚步，扬起头，看着加林说：

"加林哥！你如果不嫌我，咱们两个一搭里过！你在家里待着，我给咱上山劳动！不会叫你受苦的……"巧珍说完，低下头，一只手扶着车把，另一只手局促地扯着衣服边。

血"轰"一下子冲上了高加林的头。他吃惊地看着巧珍，立刻感到手足无措；感到胸口像火烧一般灼疼。身上的肌肉紧缩起来，四肢变得麻木而僵硬。

爱情？来得这么突然？他连一点精神准备都没有。他还没有谈过恋爱，更没有想到过要爱巧珍。他感到恐慌，又感到新奇；他带着这复杂的心情又很不自然地去看立在他面前的巧珍。她仍然害羞地低着头，像一只可爱的小羊羔依恋在他身边。她身上散发出来的温馨的气息在强烈地感染着他；那白杨树一般苗条的身体和暗影中显得更加美丽的脸庞深深地打动了他的心。他尽量控制着自己，对巧珍说："咱们这样站在路上不好。天黑了，快走吧……"

巧珍对他点点头，两个人就又开始走了。加林没说话，从她手里接过车把，她也不说话，把车子让他推着。他们谁也不知该说什么好。

半天，高加林才问她："你怎猛然说起这么个事？"

"怎是猛然呢？"巧珍扬起头，眼泪在脸上静静地淌着。她于是一边抹眼泪，一边把她这几年所有的一切一点也不瞒地给他叙说起来……

高加林一边听她说，一边感到自己的眼睛潮湿起来。他虽然是个心很硬的人，但已经被巧珍的感情深深感动了。一旦他受了感动的时候，就立即产生了一种奇异的激情：他的眼前马上飞动起无数彩色的画面；无数他最喜欢的音乐旋律也在耳边响起来；而眼前真实的山、水、大地反倒变得虚幻了……

他在听完巧珍所说的一切以后，把自行车"啪"地撑在公路上，两只手神经质地在身上乱摸起来。

巧珍看着他这副样子，突然笑了起来。她一边笑，一边抹去脸上的泪水，一边从车子后架上取下她的花提包，从里面掏出一包"云香"牌香烟，递到他面前。

高加林惊讶地张开嘴巴，说："你怎知道我是找烟哩？"

她妩媚地对他咧嘴一笑，说："我就是知道。快抽上一支！我给你买了一条哩！"

高加林走近她，先没有接烟，用一种极其亲切和喜爱的眼光怔怔地看着她。她也扬起脸看着他，并且很快把两只手轻轻地放在他的胸脯上。加林犹豫了一下，轻轻地搂住她的肩背，然后坚决地把他发烫的额头贴在她同样发烫的额头上。他闭住眼睛，觉得他失去了任何记忆和想象……

当他们重新肩并肩走在路上的时候，月光已经升起来了。月光把绿色的山川照得一片迷蒙；大马河的流水声在静悄悄的夜里显得非常响亮。村子就在前边——在公路下边的河湾里，他们就要分手各回各家了。

在分路口，巧珍把提包里的那条烟掏出来，放在加林的篮子里，头低下，小声说："加林哥，再亲一下我……"

高加林把她抱住，在她脸上亲了一下，对她说："巧珍，不要给你家里人说。记着，谁也不要让知道！……以后，你要刷牙哩……"

巧珍在黑暗中对他点点头，说："你说什么我都听……"

"你快回去。家里人问你为啥这么晚回来，你怎说呀？"

"我就说到城里我姨家去了。"

加林对她点点头，提起篮子转身就走了。巧珍推着车子从另一条路上向家里走去。

高加林进了村子的时候，一种懊悔的情绪突然涌上他的心头。他后悔自己感情太冲动，似乎匆忙地犯了一个错误。他感到这样一来，自己大概就要当农民了。再说，他自己在没有认真考虑的情况下就亲了一个女孩子，对巧珍和自己都是不负责任的。使他更难受的是，他觉得他今夜永远地告别了他过去无邪的二十四年，从此便给他人生的履历表上画上了一个标志。不管这一切是愉快的还是痛苦的，他都想哭一场！当他走进自己家门时，他爸他妈都坐在炕上等他。饭早已拾掇好了，可是他们显然还没有动筷子。见他回来，他爸赶忙问他："怎才回来？天黑了好一阵了，把人心焦死了！"

他妈瞪了他爸一眼："娃娃头一回做这营生，难肠成个啥了，你还嫌娃娃回来得迟！"她问儿子："馍卖了吗？"

加林说："卖了。"他掏出巧珍给他的钱，递到父亲手里。

高玉德老汉嘴噙住烟锅，凑到灯前，两只瘦手点了点钱，说："是这！干脆叫你妈明早上蒸一锅馍，你再提着卖去。这总比上山劳动苦轻！"

加林痛苦地摇摇头，说："我不去做这营生了，我上山劳动呀！"

这时候，他妈从后炕的针线篮里拿出一封信，对他说："你二爸来信了，快给咱念念。"

加林突然想起，他今天为那篮该死的馍，竟然忘了把他给叔父写的信寄出去了——现在还装在他的口袋里！他从他妈手里接过叔父的信，在灯前给两个老人念起来——

　　大哥、嫂嫂：

　　　　你们好！今天写信，主要告诉你们一件事：最近上级决定让我转到地方工作。我几十年都在军队，对军队很有感情，但要听党的话，服从组织安排。现在还没有定下到哪里工作。等定下来后，再给你们写信。

　　　　今年咱们那里庄稼长得怎样？生活有没有困难？需要什么，请来信。

　　　　加林侄儿已经开学了吧？愿他好好为党的教育事业努力工作。

　　　　祝你们好！

　　　　　　　　　　　　　　　　　　　　　　　　弟：玉智

　　高加林念完，把信又递给他妈，心里想：既然是这样，他给叔父写的信寄没寄出去，现在关系已经不大了。

第六章

　　刘巧珍刷牙了。这件事本来很平常，可一旦在她身上出现，立刻便在村里传得风一股雨一股的。在村民们看来，刷牙是干部和读书人的派势，土包子老百姓谁还讲究这？高加林刷牙，高三星刷牙，巧珍的妹妹巧玲刷牙，大家谁也不奇怪，唯独不识字的女社员刘巧珍刷牙，大家感到又新奇又不习惯。

　　"哼，刘立本的二女子能翘得上天呀！好好个娃娃，怎突然学成了这个样子？"

　　"一天门外也没逛，斗大的字不识一升，倒学起文明来了！"

　　"卫生卫生，老母猪不讲卫生，一肚子下十几个胖猪娃哩！"

　　"哈呀，你们没见，一早上圪蹴在硷畔上，满嘴血糊子直淌！看这洋不洋？"

......

村里少数思想古旧、不习惯现代文明的人，在山里，在路上，在家里，纷纷议论他们村新出现的这个"西洋景"。

刘巧珍根本不管这些议论，她非刷牙不可！因为这是亲爱的加林哥要她这样做的啊！痴情的姑娘为了让心爱的男人喜欢，任何勇气都能鼓起来。她根本不管世人的讥笑；她为了加林的爱情什么都可以忍受。

这天早晨，她端着牙缸，又蹲在他们家的硷畔上刷开了牙。没刷几下，生硬的牙刷很快就把牙床弄破了，情况正如村里人传说的"满嘴里冒着血糊子"。但她不管这些，照样使劲刷。巧玲告诉她，刚开始刷牙，把牙床刷破是正常的，刷几次就好了。

这时候，碰巧几个出山的女子路过她家门前，嬉皮笑脸地站下看她出"洋相"；另外一些村里的碎脑娃娃看见这几个女子围在这里，不知出了啥事，也跑过来凑热闹了；紧接着，几个早起拾粪路过这里的老汉也过来看新奇。

这些人围住这个刷牙的人，稀奇地议论着，声音嗡嗡地响成一片。那几个拾粪老头竟然在她前面蹲下来，像观察一头生病的牛犊一样，互相指着她的嘴巴各抒己见。后面来的一个老汉看见她满嘴里冒着血沫子，还以为得了啥急症，对其他老汉惊呼："还不赶快请个医生来？"逗得在场的人都哈哈大笑了。

巧珍本来想和周围的人辩解几句，大大方方开个玩笑解脱自己，无奈嘴里说不成话。她也不管这些了，照样不慌不忙刷她的牙。她本来想结束了，但又赌气地想：我多刷一会儿让他们看，叫他们看得习惯着！

她右手很不灵巧地拿牙刷在嘴里鼓弄了好一阵后，然后取出牙刷，喝了一口缸子里的清水，漱了漱口，把牙膏沫子吐在地上，又喝了一口水漱起来。周围一圈人的眼光就从那牙缸子里看到她的嘴上，又从她的嘴上看到土地上。

这时候，巧珍她爸赶着两头牛正从河沟里上他家的硷畔。这个庄稼人兼生意人前几天又买了两头牛，还没转手卖出去，刚才吆着牲口到沟里饮水去了。

立本五十来岁，脸白里透红，皱纹很少，看起来还年轻。他穿一身干净的蓝咔叽衣服，不过是庄稼人的式样；头上戴着白市布瓜壳帽。看起来不太像个农民，至少像是城里机关灶上的炊事员。

刘立本吆牛上了硷畔，见一群人围住巧珍看她刷牙，早已气得鬼火冒心了！他发现巧珍这几天衣服一天三换，头梳个没完没了，竟然还能翘得刷起了牙。他前两天早想发火了，但觉得女子大了，怕她吃消不了，硬忍着没吭声。

现在他看见巧珍在一群人面前丢人败兴，实在起火得不行了。

他丢下两头牛不管，满脸通红，豁开人群，大声喝骂道："不要脸的东西，还不快滚回去！给老子跑到门外丢人来了！"

刘立本一声喝骂，赶散了所有看热闹的人。娃娃女子们先跑了，几个老汉慌忙提起拾粪筐，尴尬地退出了他们本不该来的这个地方。

巧珍手里提着个刷牙缸子，眼里噙着两颗泪珠说："爸，你为啥骂人哩？我刷牙讲卫生，有什么不对？"

"狗屁卫生！你个土包子老百姓，满嘴的白沫子，全村人都在笑话你这个败家子！你羞先人哩！"

"不管怎样，刷个牙算什么错！"巧珍嘴硬地辩解说，"你看你的牙，五十来岁就掉了那么多，说不定就是因为没……"

"放屁！牙好牙坏是天生的，和刷不刷有屁相干！你爷一辈子没刷牙，活了八十岁还满口齐牙，临殁的前一年还咬得吃核桃哩！你趁早把你那些刷牙家具撇了！"

"那巧玲刷牙你为什么不管？"

"巧玲是巧玲，你是你！人家是学生，你是个老百姓！"

"老百姓就连卫生也不能讲了？"巧珍一下委屈得哭开了。她大声和父亲嚷着说："你为什么不供我上学？你就知道个钱！你再知道个啥？你把我的一辈子都毁了，叫我成了个睁眼瞎子！今儿个我刷个牙，你还要这样欺负我……"她一下背过身，双手蒙住脸哭得更厉害了。

刘立本一下子慌了。他很快觉得他刚才太过分——他已经好多年不这样对待孩子了。他赶忙过来乖哄她说："爸爸不对，你别哭了，以后要刷，就在咱家灶火圪崂里刷，不要跑到硷畔上刷嘛！村里人笑话哩……"

"让他们笑话！我什么也不怕！我就要到硷畔上刷！"巧珍狠狠地对父亲说。

刘立本叹了一口气，回头向院子后面看了看，立刻惊叫一声，撒开腿就跑——他的那两头牛已快把他辛苦务养起来的几畦包心菜啃光了！

巧珍擦去泪水，委屈地转身回了家。她先洗了脸，然后对着镜子认真地梳起了头发。她把原来的两根粗黑的短辫，改成像城里姑娘们正时兴的那种发式：把头发用花手帕在脑后扎成蓬蓬松松的一团。穿什么衣服呢？她感到苦恼起来。

自从那晚上以后，巧珍每时每刻都想见加林；想和他拉话，想和他亲亲热热在一块。可是不知为什么，加林好像一直在躲避她，好像不愿意和她照面。她想起加林哥那晚上那么喜爱地亲她，现在又对她这么冷淡，忍不住委屈得眼泪汪汪了。

她看见他这几天已经出山劳动了，一下子穿得那么烂，腰里还束一根草绳，装束得就像个叫花子一样。他每天早上都扛把老镢头，去山上给队里挖麦田垲子，中午也不回来，和众人一块吃送饭。他有新衣服，为什么要穿得那么破烂？昨天她看见他在井边担水，肩背上的衣服已经被什么划破一个大口子，露出的一块皮肉晒得黑红。她站在自家硷畔上，心疼得直掉泪，想跑下去看他，可加林哥好像不愿理她，担着水头也不回就走了——他明明看见了她啊！

她昨个晚上，一夜都没睡好觉。想来想去，不知道加林为啥又不愿理她了。

后来，她突然想到：是不是加林嫌她穿得太新了？这几天，她可是把她最好的衣服都拿出来穿过了。

可能就是因为这！你看他穿得多烂！他大概觉得她太轻浮了！人家是知识人，不像农村人恋爱，首先换新衣服。她太俗气了！她看见加林哥穿那身烂衣服，反而觉得他比穿新衣服还要俊，更飘洒了！可她却正好相反，换了最新的衣服！加林哥一定看见反感了。可她又难受地想：加林哥呀，我之所以这样，还是为了你呀！

现在她决定把那件米黄的确良短袖衫和那条深蓝色的确良裤子换下来，重新穿上平时她劳动穿的那身衣服：半旧的草绿色裤子，洗得发白的蓝劳动布上衣，再把水红衬衣的大翻领翻在外面。

她打扮好后，就肩起锄头向前村走去。今天组里锄玉米，正好加林就在玉米地对面的山坡上挖麦田垲，他肯定会看见她的……

高加林在赶罢集第二天，就出山劳动了。像和什么人赌气似的，他穿了一身最破烂的衣服，还给腰里束了一根草绳，首先把自己的外表"化装"成了个农民。其实，村里还没一个农民穿得像他这么破烂。他参加劳动在村里引起了纷纷议论。许多人认为他吃不下苦，做上两天活说不定就躺倒了。大家都很同情他；这个村文化人不多，感到他来到大家的行列里实在不协调。尤其是村里的年轻妇女们，一看原来穿得风风流流的"先生"变成了一个叫花子一样打扮的人，都啧啧地为他惋惜。

高家村村子并不大，四十多户人家，散落在大马河川道南边一个小沟口的半山坡上。一半家户住在沟口外的川道边，另一半延伸到沟口里面。沟里一股常年不断的细流水，在村脚下淌过，注入了大马河。大马河两岸的一大片川地，是他们主要舀米挖面的地方。川道两边的山上，耕地面积倒比川里大得多，但都是广种薄收，大部分是麦田。

前些年由于村子小，四十多户人家一直是集体生产和统一分配，实际上是大队核算。这两年随着政策的改变，也分成了两个生产责任组。许多社员要求再往小划一些，有的甚至提出干脆包产到户。但高明楼书记暂时顶住了这种压力。他们直到眼下还没有分开。这两年书记心里并不美气。他既觉得现时的政策他接受不了——拿他的话说，"把社会主义的摊子踢腾光了"；另一方面又觉得他无法抗拒社会的潮流，感到一切似乎都势在必行。他常撇凉腔说："合作化的恩情咱永不忘，包产到户也不敢挡。"实际上，他目前尽量在拖延，只分成两个"责任组"（实际上是两个生产队），好给公社交差，证明高家村也按新政策办事哩。

高加林家在前村一组。川道里现时正锄玉米，他不太会锄地，就跟山上翻麦田的人去挖地畔。

他的劳动立刻震惊了庄稼人。第一天上地畔，他就把上身脱了个精光，也不和其他人说话，没命地挖起了地畔。没有一顿饭的工夫，两只手便打满了泡。他也不管这些，仍然拼命挖。泡拧破了，手上很快出了血，把镢把都染红了；但他还是那般疯狂地干着。大家纷纷劝他慢一点，或者休息一下再干，他摇摇头，谁的话也不听，只是没命地抡镢头……

今天又是这样，他的镢把很快又被血染红了。

犁地的德顺老汉一看他这阵势，赶忙喝住牛，跑过来把镢头从加林手里夺下，扔到一边，两撇白胡子气得直抖。他抓起两把干黄土抹到他糊血的两手上，硬把他拉到一个背阴处，不让他逞凶了。德顺老汉一辈子打光棍，有一颗极其善良的心。他爱村里的每一个娃娃。有一点好东西，自己舍不得吃，满庄转着给娃娃们手里塞。尤其是加林，他对这孩子充满了感情。小时候加林上学，家境不好，有时连买一支铅笔的钱都没有，他三毛五毛的常给他。加林在中学上学时，他去县城里卖瓜卖果，常留半筐子给他提到学校里。现在他看见加林这般拼命，两只嫩手被镢把拧了个稀巴烂，心里实在受不了。

老汉把加林拉在一个土崖的背影下，硬按着让他坐下。他又抓了两把干黄土抹在他手上，说："黄土是止血的……加林！你再不敢耍二杆子了。刚开始劳动，一定要把劲使匀。往后的日子长着呢！唉，你这个犟脾气！"

加林此刻才感到他的手像刀割一般疼。他把两只手掌紧紧合在一起，弯下头在光胳膊上困难地揩了揩汗，说："德顺爷爷，我一开始就想把最苦的都尝个遍，以后就什么苦活也不怕了。你不要管我，就让我这样干吧。再说，我现在思想上麻乱得很，劳动苦一点，皮肉疼一点，我就把这些不痛快事都忘了……手烂叫它烂吧！"

他抬起乱蓬蓬的头，牙咬着嘴唇，显出一副对自己残酷的表情。

德顺老汉点起一锅旱烟，坐在他旁边，一只手在他落满黄尘的头上摸了一把，无可奈何地摇摇白雪一样的脑袋，说："明天你不要挖地畔了，跟我学耕地。你看你的手，再不敢握镢把了，等手好了再……"

加林坚决地摇摇头："不，我要让镢把把我的烂手再拧好！"他说完就站起来，向地畔走去，向两只烂手上唾了两下，掂起镢头又没命地挖起来。阳光火暴暴地晒着他通红的光脊背，汗水很快把他的裤腰湿透了。

德顺老汉看着他这副犟劲，叹了一口气，把崖根下一罐水提过去，放在离加林不远的地方，说："这罐水都是你的。天热，你不习惯，都喝了……"他叹了一口气，又去犁地去了。

高加林一个人把一道地畔挖完，过来抱住水罐，一口气喝了一半。他本想又一下全喝完，但看了看像个土人似的德顺爷爷，就把水又送到地头回牛的地方。

现在他一屁股坐下来，浑身骨头似乎全掉了，两只手像抓着两把葛针，疼得万箭钻心！

不过，他也感到了一种无法言语的愉快。他让所有的庄稼人看见：他们衡量一个优秀庄稼人最重要的品质——吃苦精神，他高加林也具备。从性格上说，他的确是个强者；而这个优点在某些情况下又使他犯错误。

他用一只烂手摸出一支烟，点着，狠狠吸了一口。他觉得这是他有生以来抽得最香的一支烟。

这时，他突然看见巧珍正站在对面川道里的玉米地畔上，仰起头向他这里张望。他虽然看不清她脸上的表情，但他感到她就像要腾空而起，向他这边飞来了。

他的心立刻感到针扎一般刺疼……

第七章

高加林疲乏地躺在土炕上，连晚饭都累得不想吃了。他母亲愁眉苦脸地把饭端上端下，规劝他，像乖哄娃娃一般絮叨说："人是铁，饭是钢，你不想吃，也要挣扎着吃……"他父亲叫他明天干脆别出山去了，歇息一天，好慢慢地习惯着。

他们说了些什么，加林一句也没听见。此刻他的思想完全集中到巧珍身上了。

赶集那天以后，他一直非常后悔他对巧珍做出的冲动行为。他觉得自己目前的处境，根本不是谈情说爱的时候。他甚至觉得他匆忙地和一个没文化的农村姑娘发生这样的事，简直是一种堕落和消沉的表现；等于承认自己要一辈子甘心当农民了。其实，他内心里那种对自己未来生活的幻想之火，根本没有熄灭。他现在虽然满身黄尘当了农民，但总不相信他永远就是这个样子。他还年轻，只有二十四岁，有时间等待转机。要是和巧珍结合在一起，他无疑就要拴在土地上了。

但是，更叫他苦恼的是，巧珍已经怎样都不能从他的心灵里抹掉了。他尽管这几天躲避她，而实际上他非常想念她。这种矛盾和痛苦，比手被镢把拧烂更难忍受。

巧珍那漂亮的、充满热烈感情的生动脸庞，她那白杨树一般苗条的身体，时刻都在他眼前晃动着。

　　尤其是晚上劳动回来，他僵硬的身体疲倦地躺在土炕上，这种想念的感情就愈加强烈。他想：如果她此刻要在他身边，他的精神和身体也许马上会松弛下来；她会把他躁动不安的心潮变成风平浪静的湖水。

　　她是爱他的，爱得那么强烈。他看见她这几天接二连三换衣服，知道这完全是为他的。今天他收工回来，锄地的人都走了，他还看见她站在对面河畔上——那也是在等他。但他却又避开了她。他知道她哭了；也想象得来她一个人在玉米地的小路上往家里走的时候，心情会是怎样的难受啊！他太不近人情了！她那样想和他在一起，他为什么要躲开她呢？他自己实际上不是也渴望和她在一起吗？

　　他在土炕上躺不住了，激情的洪流立刻冲垮了他建立起的理智防堤。眼下他很快把一切都又抛在了一边，只想很快见到她，和她待在一块。

　　他爬起来，下了炕，对父母亲说他到后村有个事，就匆匆地出了门。

　　夜静悄悄的。天上的星星已经出齐，月光朦胧地辉耀着，大地上一切都影影绰绰，充满了一种神秘的气氛。

　　高加林走到后村，在刘立本家的坡底下站住了。他不知道怎样才能把巧珍叫出来。

　　正当他犹豫地望着刘立本家的高墙大院时，突然看见大门外那棵老槐树背后转出一个人，匆匆地向坡下走来了。啊，亲爱的人！她实际上一直就在那里不抱什么希望地等待着他的出现！

　　高加林的心咚咚地狂跳着，也不说话，转而下了沟底，沿小河上面的小路，向村外走去。他不时回头看看，巧珍不远不近地跟着他。

　　他走到村外河对面一块谷地里，在一棵杜梨树下舒服地躺下来，激动地听着那甜蜜的脚步声正沙沙地走近他。

　　她来了。他马上坐起来。她稍犹豫了一下，就胆怯地、然而坚决地靠着他坐下了。她没说话，先在他胳膊上衣服被葛针划破一道大口子的地方，在那块晒得黑红的皮肤上亲了一口。然后她两只手抱住他的肩头，脸贴在她刚才亲吻过的地方，亲热而委屈地啜泣起来。

　　高加林侧身抱住她的肩头，把脸紧贴在她头上，两大颗泪珠也忍不住从眼里涌出来，滴进了她黑漆一般的头发里。他现在才感到，这个亲他的人也是他最亲的人！

巧珍头伏在他胸前，哭着问他："加林哥，你这几天为什么不理我？"

"你一定难过了……"高加林用他的烂手抚摸着她的头发。

"你知道人的心就对了……"巧珍抬起头，闪着泪光的眼睛委屈地望着他。

"巧珍，我再也不那样了。"加林在她额头上亲了一下。

巧珍两条抖索的胳膊搂住他的脖子，笑逐颜开地流着泪，说："加林哥，你给天上的玉皇大帝发个誓！"

加林被逗笑了，说："你真迷信！巧珍，你相信我……你为什么没穿那件米黄色短袖？那衣服你穿上特别好看……"

"我怕你嫌不好看，才又换上了这身。"巧珍淘气地向他噘了一下嘴。

"你明天再穿上。"

"嗯。只要你喜欢，我天天穿！"巧珍一边说，一边从身后拿出一个花布提包，先掏出四个煮鸡蛋，又掏出一包蛋糕，放在加林面前。

高加林感到惊讶极了。他刚才只顾看巧珍，根本没发现她还给他拿这么多吃的。

巧珍一边给他剥鸡蛋皮，一边说："我知道你晚上没吃饭。我们这些满年劳动的人，刚回家都累得不想吃饭，别说你了！"她把鸡蛋和一块蛋糕递给他。"蛋糕是我妈前几天害病时，我姐给拿来的，我妈没舍得吃。我今晚是从箱子里偷出来的！"巧珍不好意思地笑了笑，"你要是不来找我，我今晚上非到你家给你送去不可！"

加林咽下去一口蛋糕，赶忙对她说："千万不敢这样！让你爸知道了，小心把你腿打断！"加林开玩笑对她说。

巧珍又把一个剥了皮的鸡蛋塞到加林手里，亲切地看着他那副狼吞虎咽的样子，然后手和脑袋一齐贴在他肩膀上，充满柔情地说："加林哥，我看见你比我爸和我妈还亲……"

"傻话！你真是个傻女子！"高加林把手里的半个鸡蛋塞进嘴里，在她头上轻轻拍了一下，正好手上一个破了的泡碰在巧珍的发卡上，疼得他"哎哟"叫唤了一声。

巧珍像触了电一般抬起头，不知他发生了什么事。很快，她明白了。她手忙脚乱地在提包里翻起来，嘴里说："看，我倒忘了……"

她从提包里掏出一瓶红药水和一包药棉，把加林的一只手拉过来，放到她膝盖上，给他抹药水。

加林又一次惊讶得张开嘴巴，问她："你怎知道我手烂了？"

巧珍低着头给他手上擦药水，说："天上玉皇大帝告诉我的。"她嘿嘿地笑了一声，"村里谁不知道你的手烂了！你们先生的手真是娇气！"她扬起脸朝他亲昵地笑着，微微咧开嘴巴，露出两排刷过的洁白的牙齿，像白玉米籽儿一般好看。

巨大的感情的潮水在高加林的胸膛里澎湃起来。

爱情啊，甜蜜的爱情！它像无声的春雨悄然地洒落在他焦躁的心田上。他以前只从小说里感到过它的魅力，现在这一切他都全部真实地体验到了。而最宝贵的是，他的幸福正是在他不幸的时候到来的！

巧珍把他的两只手涂满药水以后，他便以无比惬意的心情，在土地上躺了下来。巧珍轻轻依傍着他，脸紧紧贴在他胸脯上，像是专心谛听他的心在如何跳动。

他们默默地偎在一起，像牵牛花绕着向日葵。星星如同亮闪闪的珍珠一般撒满了暗蓝色的天空。西边老牛山起伏不平的曲线，像谁用碳笔勾出来似的柔美；大马河在远处潺潺地流淌，像二胡拉出来的旋律一般好听。一阵轻风吹过来，遍地的谷叶响起了沙沙沙的响声。风停了，身边一切便又寂静下来。头顶上，婆娑的、墨绿色的叶丛中，不成熟的杜梨在朦胧的月下泛着点点青光。

他们就这样静静地、甜蜜地躺在星空下，躺在大地的怀抱里……

当爱情在一个青年人身上第一次苏醒以后，它会转变为一种巨大的力量。甚至对生活完全失去信心的人，热烈的爱情也可能会使他的精神重新闪闪发光。当然，奥勃洛摩夫那样的人是例外，因为他实际上已经等于一个死人。

高加林由于巧珍那种令人心醉的爱情，一下子便从灰心丧气的情绪中，重新激发起对生活的热情。爱的暖流漫过了精神上的冻土地带，新的生机便勃发了。

爱情使他对土地重新唤起了一种深厚的感情。他本来就是土地的儿子。他出生在这里，在故乡的山水间度过梦一样美妙的童年。后来他长大了，进城上了学，身上的泥土味渐渐少了，他和土地之间的联系也就淡了许多。现在，他从巧珍纯朴美丽的爱情里，又深深地感到：他不该那样害怕在土地上生活；在这亲爱的黄土地上，生活依然能结出甜美的果实！

高加林渐渐开始正常地对待劳动，再不像刚开始的几天，以一种压抑变态的心理，用毁灭性的劳动来折磨肉体，以转移精神上的苦闷。

经过一段时间，他的手变得坚硬多了。第二天早晨起来，腰腿也不像以前那般酸疼难忍。他并且学会了犁地和难度很大的锄地分苗。后来，纸烟变得不香了，在山里开始卷旱烟吃。他锻炼着把当教师养成的斟词酌句的说话习惯，变成地道的农民语言；他学着说粗鲁话，和妇女们开玩笑。衣服也不故意穿得那么破烂，该洗就洗，该换就换。

中午回来，他主动上自留地给父亲帮忙；回家给母亲拉风箱。他并且还养了许多兔子，想搞点副业。他忙忙碌碌，俨然像个过光景的庄稼人了。

白天是劳苦的，但他有一个愉快的夜晚。正是因为有这么一个幸福的向往，他才觉得其他的熬累不那么沉重了。

夜晚，天黑严以后，他和巧珍就在村外的庄稼地里相会了。他们在密密的青纱帐里，有时像孩子一样手拉着手，默默地沿着庄稼地中间的小路，漫无目的地走着；有时站住，互相亲一下，甜蜜地相视一笑。走累了的时候，他们就找一个僻静的地方，加林躺下来，用愉快的叹息驱散劳动的疲乏，巧珍就偎在他身边，用手梳理他落满尘土的乱蓬蓬的头发；或者用她小巧的嘴巴贴着他的耳朵，轻轻地、轻轻地给他唱那些祖先留传下来的古老的歌谣。有时候，加林就在这样的催眠曲中睡着了，拉起了响亮的鼾声。他的亲爱的女朋友就赶忙摇醒他，心疼地说："看把你累成个啥了。你明天歇上一天！"她把他的手拉过来蒙住她的脸，"等咱结婚了，你七天头上就歇一天！我让你像学校里一样，过星期天……"

高加林每天都沉醉在这样的柔情蜜意里，一切原来的想法都退得很远了。只是有些时候，当他偶尔看见骑自行车的县上和公社的干部们，从河对面公路上奔驰而过，雪白的确良衫被风吹得飘飘忽忽的惬意身影时，他的心才又猛然感到一种说不出的惆怅；一股苦涩的味道翻上心头，顿时就像吞了一口难咽的中药。他尽量使自己很快从这种情绪中解脱出来。直等到他又看见了巧珍，骚乱的心情才能彻底平息——就像吃完中药，又吃了一勺蜜糖一样。

他现在时时刻刻都想和巧珍在一起。遗憾的是，他们不在一个生产组，白天劳动很难见面，他们都想得要命。有时候，两个组劳动离得很近时，一等休息，他就装着去寻找什么，总要跑到后村组劳动的地方磨蹭一会。在这样的场所里，他并不能和巧珍说什么话；他只是用眼睛看看她。这时候，旁的人谁也不知道，只有他们两个心里清楚，这反而更有一种说不出的甜蜜味道。

有时候，他没有什么借口，去不了她那里，她就会用她带点野味的嗓音，唱那两声叫人心动弹的信天游——

上河里（哪个）鸭子下河里鹅，

一对对（哪个）毛眼眼望哥哥……

他在远处听见这歌声，总忍不住咧开嘴巴笑。

而在巧珍那边，她刚一唱完，姑娘们就和她开玩笑说："巧珍，马拴骑着车子又来了，快用你的毛眼眼望一下！"

她气得又骂她们，又撵着给她们扬土，可心里骄傲地想："我哥哥比马拴强十倍，你们将来知道了，把你们眼红死！"

在高加林和巧珍如胶似漆地热恋的时候，给巧珍说媒的人还在刘立本家里源源不断地出现。刘立本嘴说如今世事不同以往，主意得由女子拿，可他心里有数。他只看下个马拴——他家光景好，马拴人虽老实，但懂生意，将来丈人女婿合伙做买卖，得心应手。只是巧珍看不下这个黑炭一样的后生，得他好好做一番工作。他甚至想请他亲家明楼出面说服巧珍。

在高加林这方面，也有不少庄户人家不时来登门说亲。加林父母一看他们穷家薄业的，还有人给说媳妇，高兴得老两口嘴巴都合不拢。尤其是山背后村里一个不要彩礼就想跟加林的女子，着实使高玉德老两口动了心。但所有他们认为的大喜事都被加林一笑置之了。

这样，加林和巧珍觉得也好，可以掩一下他们的关系。他们暂时还不想公开他们的秘密；因为住在一个村，不说其他，光众人那些粗鲁的玩笑就叫人受不了。他们不愿让人把他们那种平静而神秘的幸福打破。

有一次，加林和德顺爷爷一块犁地的时候，老汉问他："加林，你要媳妇不?"

加林笑了笑说;"想要也没合适的。"

"你看巧珍怎样?"老光棍突然问他。

加林的脸唰地红了,一时不知道该说什么。

德顺爷爷笑眯眯地说:"我看你们两个最合适!巧珍又俊,人品又好;你们两个天生的一对!加林,你这小子有眼光哩!"

加林有点慌恐地说:"德顺爷爷,我连想也没想。"

"小子,甭哄我,我老汉看出来了!"

加林向他努了努嘴,说:"好爷爷哩,你千万不敢瞎说!"

德顺爷爷两只老皱手抓住他的手说:"我嘴牢得铁撬都撬不开!我是为你们两个娃娃高兴啊!好啊!就像旧曲里唱的,你们两个'实实的天配就'……"

中午,他和德顺爷爷犁罢地往回走,在村口突然又碰见了马拴。他还和上次一样,里外的确良,推着那辆花红柳绿的自行车。加林有点不愉快地想:他肯定又是到巧珍家去了。

马拴把加林热情地挡在了路上。他先不说什么,等德顺老汉走前一段以后,才开口说:"高老师,唉!我在刘立本家都快把腿跑断了,人家巧珍根本不理茬嘛!我这见庙就烧香哩,你是这本村人,又是先生,你大概也和立本的女子熟着哩,你能不能也从旁给我出一把力?"

高加林心里很不痛快,但他尽量不在脸上露出来。他勉强笑了笑,对马拴说:

"你别再瞎跑了,巧珍已经看下对象了。"

"谁?"马拴吃惊地问。

"你慢慢就会知道的……"

高加林说完,绕开丧气的马拴,回家去了。

第八章

关于高加林和刘巧珍的谣言立刻在全村传播开来了。

他们的坏名声首先是从庄里几个黑夜出去偷西瓜的小学生那里露出

来的。他们说有一晚上，他们看见以前的高老师在村外打麦场的麦秸垛后面，正和后村的巧珍抱在一块亲嘴哩。又有人证实，他看见他俩在一个晚上，一块躺在前川道的高粱地里……

谣言经过众人嘴巴的加工，变得越来越恶毒。有人说巧珍的肚子已经大了；而又有的人说，她实际上已经刮了一个孩子，并且连刮孩子的时间和地点都编得有眉有眼。

风声终于传到了刘立本的耳朵里。戴白瓜壳帽的"二能人"气得鼻子口里三股冒气！这天午饭时分，他不由分说，先把败坏了门风的女儿在自家灶火圪崂里打了一顿，然后气冲冲地去找前村的高玉德。

"二能人"现在才恍然大悟：这多天来，巧珍能得刷牙，一天衣服三换，黑天半夜在外面疯跑，原来都是为了高玉德那个败家子儿啊！

他先跑到高玉德家的破墙烂院里，站在门外问高玉德在不在。

加林妈在窑里告诉他：老汉不在。

"这亮红晌午，都在家里吃饭哩，他跑到什么地方去了？"立本在院里坚持问。

"大概又到自留地刨挖去了。"加林妈跑出来，让村里这个体面人进窑来坐坐。

立本说他忙，掉转头就走了。

他出了大门，下了小河，拐过一个小山峁，径直向高玉德的自留地走去。一路上他在心里嘲笑："哼，就知道在土里刨！穷得满窑没一件值钱东西，还想把我女子给你那个寒窑里娶呀！尿泡尿照照你们的影子，看配不配！"

他老远照见高玉德正佝偻着罗锅腰锄糜子，就加快脚步向那边走去。

他上了地畔，尽管满肚子火气，还是按老习惯称呼这个比他大十几岁的同村人："高大哥，你先歇一歇，我有话要对你说。"

高玉德看见村里这个傲人，在这大热天跑到地里来找他，慌得不知出了什么事，赶忙把锄往地里一栽，向立本迎过来。

他俩圪蹴在土崖影下。玉德老汉把旱烟锅给他递让过去。立本摆摆手，说："你吃你的，我嫌那呛！"他说着，从口袋里摸出一根四川出的"工"字牌卷烟噙到嘴里，拿打火机点着，连烟带气长长地吐了一口，拐过头，脸沉沉地说："高大哥！你加林在外面做瞎事，你为什么不管教？咱这村风门风都要败在你这小子手里了！"

"什么事？"高玉德老汉吃惊地从白胡子嘴里拔出烟锅，脸对脸问立本。

"什么事？刘立本一闪身站起来，嘴里气愤地喷着白沫子，说，"你那个败家子，黑天半夜把我巧珍勾引出去，在外面疯跑，全村人都在传播这丢脸事。我刘立本臊得恨不能把脑袋夹到裤裆里，你高玉德倒心安理得装起糊涂来了！"刘立本说着，夹卷烟的手指头气得直抖。

"啊呀，好立本哩！我的确不知道这码子事！"高玉德老汉冤枉地叫道。

"我现在就叫你知道哩！你要是不管教，叫我碰见他胡骚情，非把他小子的腿打断不可！"

高玉德虽然一辈子窝窝囊囊，但听见这个能人口出狂言，竟然要把他的独苗儿腿往断打，便"呼"地从地上站起来，黄铜烟锅头子指着立本白瓜壳帽脑袋，吼叫着说："你小子敢把我加林动一指头，我就敢把你脑壳劈了！"老汉一脸凶气，像一头斗恼了的老犍牛。

乖人不常恼，恼了不得了。刘立本看见这个没本事的死老汉，一下子变得这么厉害，吃惊之中慌忙后退了一步，半天不知该如何对付。

他索性转过身，傲然地背操起两条胳膊，从高玉德的土豆地里穿过去，一边走，一边回过头说："我和你没完！咱走着瞧吧！我不信没办法治你父子俩！真个没世事了！"

刘立本穿过高玉德正在吐放白花的土豆地，又从来路下了河湾。

这个能人又急又气，站在河湾里竟不知道自己该到哪里去。

他是农村传统道德最坚决的卫道士。平时做买卖，什么鬼都敢捣，但是一遇伤面子的事，他却是看得很重要的。在他看来，人活着，一是为钱，二还要脸。钱，钱，挣钱还不是为了活得体面吗？现在，他那不争气的女子，竟然连体面都不要了，跟个文不上武不下的没出息穷小子，糊弄得满村刮风下雨。此刻，他站在河湾里，把巧珍恨得咬牙切齿：坏东西啊！你做下这等没脸事，叫你老子在这上下川道里怎见众人呀？

刘立本在河湾里踅摸了半天，突然想起了他亲家。他想：好，让明楼出面把他加林小子收拾一顿！他不怕我刘立本，但他怕高明楼！明楼是书记！他小子受不下地里的苦，将来要再谋个民办教师，非得过明楼的关不行!

他于是从河湾里拐到前村的小路上,上了一道小坡,向明楼家走去。

高明楼家和他家一样,一线五孔大石窑,比村里其他人家明显阔得多。亲家不久前也圈了围墙,盖了门楼。但立本觉得他亲家这院地方根本比不上自己的。明楼把门楼盖得土里土气,围墙也是用横石片插起来的;而他的门楼又高又排场,两边还有石刻对联一副。再说,明楼的窑檐接的是石板。石板虽比庄里其他人家的齐整好看,可他家是用一色的青砖砌起,戴了"砖帽",像城里机关的办公窑一样!更重要的是,他亲家的窑面石都是皮条錾溜的,看起来粗糙多了。而他的窑面石全部是细錾摆过,白灰勾缝,浑然一体!

不过,他今天来这里没心思比较双方院落的长长短短。他今天来是有求于亲家的。在这些方面,不像挣钱和箍窑,他清楚自己不如明楼。

大女儿巧英和亲家母热情地把他招呼着入了中窑。中窑实际上是明楼的"会客室"。里面不盘炕,像公社的客房一样,搁一张床,被褥干干净净地摆着,平时不住人。要是公社、县上来个下乡干部,村里哪家人也别想请去,明楼会把他招待在这里下榻的。靠窗户的地方,摆着两把刚做起的、式样俗气的沙发,还没蒙上布,用麻袋片裹着。

立本坐下来,亲家母手脚麻利地端来一壶茶,放在他面前。立本没喝,抽出一根卷烟点着,问:"明楼上哪儿去了?"

"你还不知道?他到公社开会已经走了好几天。说今天回来呀,现在还不见回来,大概要到后晌了。"亲家母说。

"我前一段去内蒙古草地里买了一匹马,回来这几天也没到哪里去,因此我不知道明楼出去开会……"刘立本轻淡地说。

"有什么事吗?"亲家母问他。

"没什么事。一点小事……他不在家就算了,我走了。"立本站起就准备起身。

巧英搭着两个面手,堵在门口说:"爸爸,我都把面和上了,你就在这里吃!"

他亲家母也竭力留他吃饭。

立本想了想,家里刚闹过架,巧珍和他老婆都正在哭,回去也心烦。再说，他肚子也的确有点饿了。这阵回家没人做饭。于是他又重新坐到了明楼家的土沙发上，喝起了茶。他想：吃完饭，我干脆到村前的路上等他明楼回来！

当刘立本重新在高明楼家坐下来的时候，高玉德老汉还下巴支在锄把上，站在他的自留地里发愣怔。

刚才刘立本没头没脑给他发了顿脾气，说他儿子勾引他的女子，实在叫老汉摸不着头脑。

本来，高玉德老汉最近情绪不坏。他看见他的儿子从苦恼中解脱出来，收心务正，已经蛮像一回事了。他已经日薄西山，但儿子正活在旺处。将来娶个媳妇，生儿育女，他就是闭了眼睡在黄土里，也平了心。加林性子比他硬，将来光景肯定能过得去的。

现在他突然听见这码子事，心头感到非常沉痛。乡里人谁不讲究个明媒正娶？想不到儿子竟然偷鸡摸狗，多让人败兴啊！再说，本村邻舍，这号事最容易把人弄臭！

他同时又想：巧珍倒的确是个好娃娃，这川道十几个村子也是数得上的。加林在农村能找这样一个媳妇，那真个是他娃娃的福分。但就是要娶，也应该按乡俗来嘛，该走的路都要走到，怎能黑天半夜到野场地里去呢，如果按立本说的，全村人现在大概都把加林看成个不正相的人了。可怕啊！一个人一旦毁了名誉，将来连个瞎子瘸子媳妇都找不上；众人就把他看成个没人气的人了。不光小看，以后谁也不愿和他共事了。糊涂小子！你怎能这么缺窍？

高玉德老汉已经没心思锄地了。他拖着风湿性关节炎病腿，一瘸一拐从小路上下了河湾。

虽说他还没吃午饭，但此刻肚子一点也不饿。他坐在河边的一棵老柳树下，瘦手摸着赤脚片，思谋这事该怎么办才好。

他虽然老了，但脑筋还灵。他又从巧珍那方面想。他想：说不定这女娃娃真的喜欢我加林呢！要不要正式请个媒人光明正大说这亲事？

但他一想到刘立本，就心寒了。他这个穷家薄业，怎敢高攀人家？别说是他，就是比他光景强的人家，也攀不上刘立本！

太阳已经偏过了头顶，西面的山把阴影投到了沟底，时分已到后晌了。玉德老汉仍坐在树荫下摸他的赤脚片儿，不知这事该怎样处理。

"哎！你一个人坐在这里思谋什么哩？"有一个人在背后说话。

玉德老汉转过头，看见是老光棍德顺。他很想和他拉拉话。他们虽然年龄相差不少，却是一辈子的老朋友了；旧社会扛长工找的常是一个事主家。他招招手说："德顺，你来坐一坐。我这阵心烦得要命！"

德顺一边往他身边坐，一边把肩上的锄头放下，说："我还忙着哩！今后晌要赶着把我那块自留地再锄一下，满地又草糊了！"他接过高玉德递过来的烟锅，问他："熬煎什么事哩？你有那么彪正个好儿子，光景一两年就翻上来了。加林实在是个好娃娃！别看他明楼、立本现在耍红火哩，将来他们谁也闹不过加林的世事！"

"唉！"玉德老汉长叹一声，"你还夸他哩！这二杆子已经给我闯下乱子了！"

"什么乱子？"德顺一脸皱纹都缩到了眼角边上。

高玉德犹豫了一下，才说："这小子和刘立本那个二女子一块胡鬼混哩，现在满村都在风一股雨一股地传播，我不信你没听说？"

"我早看出来了！谁说他们鬼混哩？年轻人相好，这有个什么？"

"啊呀，你早知道了，为啥不给我早说？"高玉德生气地对老朋友头一拐，把他瞪了一眼。

"我还以为你知道这事哩！两个娃娃正好配一对！年轻人看见年轻人好嘛！"德顺老汉笑嘻嘻地对恼悻悻的玉德老汉说。

"老不正经！要好，也看怎么好哩！怎能黑天半夜胡逛哩！"

"哎呀，你这个老古板！咱又不是没年轻过！我一辈子没娶过老婆，年轻时候也混账过两天，别说而今的时兴青年了！"

"好你哩，别说诳话了！立本刚刚来给我发了一顿凶，还说要把我加林的腿打断哩！我看要出事呀！你看这该怎么办？"高玉德一脸愁相，一只手不断摸着赤脚片。

"你别管刘立本那两声吓唬话！刚能把狐子吓跑！他再逞强，也强不过他女子！只要巧珍看下加林，谁都挡不定！就是这话，不信你等着看！你甭愁了，你这人就是爱忧愁！我还忙着哩，你快回去吃饭喀！"

德顺老汉把烟锅交给高玉德，站起身一肩锄就走了，嘴里还有上气没下气地哼起信天游小曲。

高玉德看着他远去的背影，觉得他比自己年龄大得多，但身子骨可比自己硬朗。他在心里说：哼！天下光棍没忧愁！一个人饱了全家都饱了。你能说挣气话哩！叫你也有个儿子看看吧！把你愁不死才怪哩！小时候急得大不了，大了又急得成不了事；更不要说给娘老子闯下一河滩乱子了！

高玉德老汉感到两腿不光疼，而且已经麻了，就站起来，一瘸一拐往家里走去。

高玉德进了家门，见加林正光上身躺在炕上看书。加林他妈不在，大概到旁边窑里睡觉去了。

老汉把锄往门圪崂里一挂，对正在看书的儿子说："你还看书哩！硬是书把你看坏了！这么大的小子，还不懂人情世故！你什么时候才不叫人操心啊……"

高加林坐起来，摸不着父亲这番话是什么意思。他看着父亲说："我怎啦？"

"怎啦？你做的好事嘛！今几个刘立本跑到咱自留地找我，说你和巧珍长了短了的，说满村都在议论你们两个的没脸事！"高玉德又蹲在脚地上，用手摸起了脚。

高加林脑子一下子嗡嗡直响。他把手里的书放到炕上，半天才说："我的事你不要管，众人愿说啥哩！"

高玉德抬起苍白头，说："你小子小心着！刘立本说要往断打你的腿哩！"

高加林牙咬住嘴唇，轻蔑地冷笑了一声，说："既然是这样，我会叫他更不好看！"

高玉德站起来，走前一步，痛心疾首地对儿子说："你千万不要再给我闯乱子了！你早早死了心！咱这光景怎能高攀人家嘛！人家是什么光景？这一条大马河川都是拔梢的！"

高加林把两条光胳膊交叉帮在结实的胸脯上，对一脸可怜相的父亲说："谁高攀谁呢？爸，你一辈子真没出息！你甭怕！这事我做的，由我做主！"

高玉德看着儿子那张偏强的脸，痛苦地叫道：

"我的憨娃娃呀，你总有一天要跌跤的……"

第九章

高明楼从公社开罢会，独个儿一人在简易公路上步行往回走——他家的自行车被二小子三星推到学校去了。车子是他主动让儿子推去的。儿子当了教师，各方面都要体面一些，没个车子不行！

高家村的当家人五十岁已出头，但走起路来精神还蛮好。他一身旧蓝咔叽布制服，颜色已经灰白；单布帽檐下面，一张红堂堂的脸上，两只眼睛炯炯有神。

明楼此刻走在路上，心情儿不太美气。这次公社召开的还是落实生产责任制的会议。看来形势有点逼人了。旁的许多村已经有联产到劳的。公社赵书记一再要叫大队书记们解放思想，能联产到户、到劳的，要尽快实行。

"名词不一样了，可这还不是单干哩?"高明楼心里不满地想。

实际上，他自己也清楚，现时的新政策的确能多打粮，多赚钱。尤其是山区，绝大部分农民都拥护。

他不满意这政策主要是从他自己考虑的。以前全村人在一块，他一天山都不出，整天圪蹴在家里"做工作"，一天一个全劳力工分，等于是脱产干部。队里从钱粮到大大小小的事他都有权管。这多年，村里大人娃娃谁不尊他怕他？要是分成一家一户，各过各的光景，谁还再尿他高明楼！他多年来都是指教人的人，一旦失了势，对他来说，那可真不是个味道。更叫他头疼的是，分给他那一份土地也得要他自己种！他就要像其他人一样，整天得在土地上劳苦了。他已多年没劳动，一下子怎能受了这份罪？

在强大的社会变化的潮流面前，他感到自己是渺小的。他高明楼挡不住社会的潮流。但他想，能拖就拖吧，实在不行了再说，最起码今年是分不成了！

他一路思谋着，不知不觉已经快到村子了。

"明楼，你回来了?"

高明楼听见公路边的山坡上，有人给他打招呼。

他抬头一看，是德顺老汉。德顺虽然比他死去的父亲小六七岁，但两个人年轻时相好过，他一直叫老汉干大。他虽然是村里的领导，面子上的人情世故他都做得很圆滑，因此对德顺老汉常显出尊重的样子。

"干大，你今年自留地的庄稼还不错嘛！能打不少粮哩！"他站下，朝上面的德顺老汉随便这么说。

"多给我一点地，我还能打更多的粮哩！明楼，人家旁的村都往开分哩，咱们村怎还不见动静？这多少年众人交混在一起，都要二流子哩，一个哄一个哩，而今虽说分成两个组，实际上和没分差不多！"

"干大，不要急嘛！咱集体搞了多少年，一下子就能分个净毛干？这几天两个组麦地都快翻完了吧？"明楼转了话题问老汉。

德顺老汉把锄放下，拿着旱烟锅下来了；老光棍大概不想给书记建个什么议。他总是这样，爱管个闲事，常动不动给干儿在生产上指拨。明楼一般说来还听他的，一辈子的老庄稼人嘛，说什么都在行。

明楼现在看老汉从坡上下来了，知道他又要给他建议什么了，只好耐下心等他唠叨一阵。

他给德顺老汉抽了一根纸烟，两个人就圪蹴在了路畔上。

德顺老汉在明楼的打火机上吸着烟，说："明楼，现时麦地都翻完了，马上就是白露，光一点化肥种麦子怎行？往年这时候，都要到城里去拉一些茅粪，今年你怎不抓这件事？"

明楼摇摇头："往年一个队，说做什么，统一就安排了，今年分成两个组，你长我短的，怎个弄？再说，两个组都还有没锄二遍的地呢，人手怕抽不出来。"

"这有什么难的？这几天先少去两个人嘛！两个组合在一起拉，拉回来两家都能用。"

明楼想了一下，说："这也行。还像往年一样，你把这事领料上。先套上两个架子车，前村连你先去两个人，再让后村巧珍到城里用她姨家的空窑，给你们晚上做一顿饭。过几天等地里的活消停了，再多套几个架子车，两个组多去一些人。你看这行不行？"

"行，我去！前村先叫加林去。队里这一段苦重，娃娃没惯了，叫歇息几天；拉粪活总轻一点。"

提起加林，明楼脸有点红，嘴里很快"嗯嗯"着同意了德顺老汉的安排。

老汉见他的"建议"被干儿采纳了，就站起身又锄地去了。

明楼也把纸烟把子一丢，思思谋谋又起身往回走。

德顺老汉刚才提起加林，使他又不由得想到这个被他赶回生产队的本村后生了。

加林是高明楼眼看着长大的。他小时候就脾气倔犟，性子很硬，人又聪敏，在庄前村后，显得比他同年龄的娃娃都强。高明楼在那时候就对这娃娃很感兴趣。加林城里上学时，每逢星期六回来，他常爱到加林家串门。他虽是个老百姓，还爱关心点国际大事，加林正好这方面又懂得多，常给他说这个国家那个国家的事，把个高明楼听得半夜不回家。他常在心里感叹：高玉德命好！一辈子死没本事，可生养下一个足劲儿子！他自己的两个儿子太平庸了。老大上了两年学，笨得学不进去，老是一年级，最后只好回来当了农民。不是他在村里的威望，刘立本怎能把巧英给他的儿子？三星不是他用队里的东西在公社、县上巴结下几个干部，也怕连初中都上不了。按成绩不行，可那二年是推荐。现在总算把高中混完了。

二儿子高中毕业后，他着实发愁了。旁的工作一眼看见不行——而今入公家的门难！他决心要给儿子谋求个民办教师的位位；他绝不愿意两个儿子都当农民。有个教师儿子，他在门外也体面。再说，三星也从没吃过苦，劳动他受不了，弄不好会成个死二流子！

他原来想两全其美，和公社教育专干马占胜商量，看能不能下旁的村一个教师，叫三星上；最好不要叫三星顶加林。他有恻隐之心。他盘算过，别看村里几十户人家，他谁也不怕，但感到加林虽然人小，可心硬人强，弄不好，将来说不定会成为他的仇人，让他一辈子不得安生！再说，他老了，加林还年轻，他就是现在对自己没法，但将来得了势，儿孙手里都要出气呀！他的两个儿子明显不是加林的对手！因此他不想惹这后生，想尽量不下加林的教师。

可马占胜马上嘲笑他想得太美了！是的，哪个村愿把位置让给他们村呢？就这样，他只好狠着心把加林的教师下了，让三星上。

但这以后，这件事总是他个心病。尽管高玉德老两口比以前更巴结他了，可高加林明显地在仇恨他。加林刚开始劳动，听说手上的血把镢把都染红了，谁也说不下他，照样拼命，说要让手烂得更厉害些！他听后心里忍不住打了个冷战。心想：妈呀，这小子的心残着哩！他从这件事上，更看出加林不是个松动货。于是他的心病越来越加重了。

高明楼之所以好多年统辖高家村，说明他不是个简单人。他老谋深算，思想要比一般庄稼人多拐好多弯。

高明楼一路低头走着，思谋着这件事，觉得没什么好办法能使他的心灵安宁一些。

他走到大马河河湾的岔路上，抬起头向村里照了照，突然看见他亲家刘立本圪蹴在一棵老枣树下抽卷烟。他心想：大概到内蒙古又买了匹便宜马，等着给他能哩！

刘立本在亲家母家里吃完饭，就圪蹴在这里等上了明楼。

女儿给他做下的丢脸事，使他感到自己的个子都低了几寸。他现在想让明楼先把加林收拾一顿，把这事先镇压下去。然后得马上给巧珍找人家。今年能出嫁就出嫁，最迟不能拖过明年。女子大了，不寻人家，说出事就出事！他还想让明楼出面，说服巧珍和马店的马拴结亲。他是书记，面子大！

高明楼走到枣树下，很自然地蹲在了立本的对面。两亲家先让了一番烟。明楼嫌卷烟太硬，立本嫌纸烟没劲。两个人只好各吸各的。

"怎样？又买了便宜货了吧？能挣多少钱？"明楼问他的生意人亲家。

"挣钱顶个球！"立本粗鲁地叫道，情绪败坏地把头一拐。

"我头一次听你把钱不当一回事。"明楼脸上露出一丝讽刺的笑容，同时也不知道亲家有什么不高兴。看他满脸气呼呼的样子，就问："你有什么不顺心的事？你今年钱挣得快把口袋都撑破了，还不满意吗？而今这政策正是你的好政策！"他又不由得露出讽刺的笑容。

"好你哩，不要挖苦我了。我现在滚油浇心哩！"刘立本两条胳膊朝亲家一摊，脸上显出一副哭相。

高明楼一看他这样子，也认真起来，说："哭了半天还不知道你哭谁哩！你说你倒究出了什么事嘛！"

刘立本把正在抽的半截子卷烟扔到旁边的草地上，难受地说："巧珍给我做下丢脸事了！"

"那么好个娃娃，弄下什么事了？"高明楼惊讶地问。

"唉，真叫人没法提！高玉德那个缺德儿子勾引我巧珍，黑地里在外面疯跑，弄得满村都风风雨雨的。你看我这人现在活成个甚了！"刘立本咽了一口唾沫，难受地把头倒钩了下来。

高明楼一下子笑了："哈呀，我还以为是什么事哩！不就是他们两个谈恋爱吗？"

"狗屁恋爱！连个媒人也没经，黑天半夜在外面鬼混，把先人都羞死了！"刘立本抬起头，气愤地吼叫起来。

高明楼把刘立本溅在他脸上的唾沫星子揩掉，说："立本，你整天走州过县做买卖，思想怎还这么古板？你没吃过猪肉，连猪哼哼都没听过？现在的年轻人还像咱们过去那样吗？你还没见的多着哩！我前几年每年都要到大寨参观一回，路过西安、太原，看见城市的青年男女，在大街上的稠人广众面前胳膊套胳膊走路哩！开始看见还觉得不文明，后来看惯了才觉得人家那才是文明……"

刘立本听了亲家这一番话，又气又失望。他原来还想叫明楼训一顿高加林，想不到明楼竟然指教起他来了。他嘴唇子抖着说："加林是个什么东西？文不上武不下的，糟蹋我巧珍哩！"

高明楼眼一瞪："怕人家加林看不下巧珍哩！只要人家看下了，你能都能不过来哩，还说人家糟蹋你女子哩！"

"加林有个什么出息？又不会劳动，又不会做生意，将来光景一烂包！"

"人家是高中生，你女子斗大字不识一升！"

"高中生顶个屁！还不是要戳牛屁股？"刘立本轻蔑地一撇嘴，并且又加添说，"牛屁股都不会戳！"

高明楼身子往立本旁边挪了挪，开始苦口婆心劝解起亲家来：

"好立本哩，你的目光太短浅了。你根本不能小看加林。不是我说哩，这一条川道里，和他一样大的年轻人，顶上他的不多。他会写，会画，会唱，会拉，性子又硬，心计又灵，一身的大丈夫气概！别看你我人称'大能人''二能人'，将来村里真正的能人是他！他什么学不会？他要是愿意做，怕你骑上马都撵不上他哩！现在我把他的教师下了，为的是叫三星上。这事明说哩，我做得有点强。以后有空子，我还要给他找个营生干哩！要是他和巧珍结婚了，不是和我也成亲戚了吗？"

刘立本对他这一番话根本不以为然。他鼻子里哼了一声说："看高玉德那是什么家庭？塌墙烂院，家里没一件值钱东西！高玉德又死没本事，加林他能什么哩？"

"哈呀！值钱东西是哪里来的？还不是人挣的？只要人立得住，什么东西也会有！至于高玉德有本事没本事，那碍不了大事。巧珍是寻女婿哩，又不是寻公公！你别看他家现在穷，加林能把家立起来的！你我当年是什么样子？旧社会，你老子和我老子还都不是给地主刘国璋扛长工吗？"

刘立本仍然没有被他亲家的雄辩折服，反而一闪身站起来，火气十足地说："你别给我灌清米汤了！我长眼睛着哩！难道我自己看不清高玉德家的前程吗？他那不成器的儿子，我看不下！你能说光面子话哩！巧珍是我的女子，我不能把她往黑水坑里垫！"

"你看不下，可巧珍能看下哩！看你还有什么办法！"高明楼也站起来，觉得他亲家已经有点可笑了。

"我没办法？我把他龟子孙的腿往断打呀！"

"咦呀？看把你能的！……好亲家哩，你这阵在气头上，我没办法说服你。不过，你也别太逞能了！这而今都是自由恋爱，法律保护婚姻哩！只要娃娃们同意，别说娘老子，就是天王老子也管不住！你敢动手动脚，小心公安局的法绳！"高明楼终究是大队书记，懂得法律政策，立刻将这武器拿出来警告他亲家。

刘立本的确被他这话唬住了。他怔了半天，在自己的脑袋上狠狠拍了一巴掌，转过身丢下明楼，独自一个人扯大步走了。两亲家今天第一次没把话说到一块！

高明楼在他后面慢慢往家里走。他心想：刘立本做生意算个把式，其他方面实在不精明。

按明楼的想法，巧珍最好能和加林结亲。一方面，他觉得巧珍能寻这么个女婿，也的确不错；另一方面，他很愿意加林和他大儿子成担子，将来和立本三家亲套亲，连成一体，在村里势众力强。这样一来，加林和他成了亲戚，也就不好意思为下了教师而恨他了。本来，高明楼刚听立本说这件事，心里有点高兴——他一路上正盘算怎样平息加林仇恨他的火焰哩！现在他看亲家对此事这样坚决地反对，也就摸不来事情的结局倒究会怎样了。

第十章

　　早晨，太阳已经冒花了，高加林才爬起来，到沟里石崖下的水井上去担水。他昨晚上一夜翻腾得没睡好觉，起来得迟了。

　　石头围了一圈的水井，脏得像个烂池塘。井底上是泥糊子，蛤蟆衣；水面上漂着一些碎柴烂草。蚊子和孑孓充斥着这个全村人吃水的地方。

　　他手里的马勺犹豫了半天，终于还是没有舀水。他索性赌气似的和两只桶一起蹲在了井台边。

　　此刻他的心情感到烦躁和压抑。全村正在用各种各样的风言风语议论他和巧珍的"不正经"；还听说刘立本已经把巧珍打了一顿，事情看来闹得更大了。眼前他又看见水井脏成这样也没人管（大家年年月月就喝这样的水，拿这样的水做饭），心里更不舒畅了。

　　所有这一切，使他感到沉重和痛苦：现代文明的风啊，你什么时候才能吹到这落后闭塞的地方？

　　他的心躁动不安，又觉得他很难在农村待下去了。可是，别的出路又在哪里呢？

　　他抬起头，向沟口望出去，大山很快就堵住了视线。天地总是这么的狭窄！

　　他闭住眼，又由不得想起了无边无垠的平原，繁华热闹的大城市，气势磅礴的火车头，箭一样升入天空的飞机……他常用这种幻想来满足自己的精神需要。

　　当他睁开眼睛的时候，他仍然在现实中。他看了看水井，脏东西仍然没有沉淀下去。他叹了一口气，想：要是撒一点漂白粉也许会好一点。可是哪来的这东西呢？漂白粉只有县城才能搞到。

　　他的腿蹲得有点麻了，就站起来。

　　他忍不住朝巧珍硷畔上望了望。他什么人也没看见。巧珍大概出山去了；或者被她父亲打得躺在炕上不能动了吧？要么，就是她害怕了，不敢再站在他们家硷畔上那棵老槐树下望他了——他每次担水，她差不多都在那里望他。他们常无言地默默一笑，或者相互做个鬼脸。

突然，高加林眼睛一亮：他看见巧珍竟然又从那棵老槐树背后转出来了！她两条胳膊静静地垂着，又高兴又害臊地望着他，似乎还在笑！这家伙！

她的头向他们家埝畔上面扬了扬，意思叫加林看那上面。

加林向山坡上望去，见刘立本正在撅着屁股锄自留地。

高加林立刻感到出气粗了。刘立本之所以打巧珍，还放肆地训斥他父亲，实际上是眼里没他高加林！"二能人"仗着他会赚几个钱，向来不把他这一家人放在眼里。

加林决定今天要报复他。他要和巧珍公开拉话，让他看一看！把他气死！

他故意把声音放大一点喊："巧珍，你下来！我有个事要和你说！"

巧珍一下子惊得不知该怎办。她下意识地先回过头朝她家的埝畔上看了看。刘立本不知听见没听见，但仍然在低头锄他的地。

巧珍终于坚决从坡里下来了。她甚至连路都不走，从近处的草洼里连跑带跳转下来，径直走向井台。

她来到他面前，鞋袜和裤管被露水浸得湿淋淋的。她忐忑不安地扣着手指头，小声问："加林哥……什么事？村子上面有人看咱两个呢，我爸……"

"不怕！"加林手指头理了一下披在额前的一绺头发说，"专门叫他们看！咱又不是做坏事哩……你爸打你了吗？"

他有点心疼地望着她白嫩的脸庞和亭亭玉立的身姿。

巧珍长睫毛下的眼睛里闪着泪花，含笑咬着嘴唇，不好意思地说："没打……骂了几句……"

"他再要对你动武，我就对他不客气了！"加林气呼呼地说。

"你千万不要动气。我爸刀子嘴豆腐心，不敢太把我怎样。你别生气，我们家的事有我哩！"巧珍扑闪着漂亮的眼睛，劝解她心爱的人。她看了看他身边的空水桶，问："你怎不舀水哩？"

加林下巴朝水井里努了努，说："脏得像个茅坑！"

巧珍叹了一口气，说："没办法。就这么脏，大家都还吃。"她转而忍俊不禁地失声笑了，"农村有句俗话，说不干不净，吃了没病……"

加林没笑，把桶从井边提下来，放到一块石头上，对巧珍说："干脆，咱两个到城里找点漂白粉去。先撒着，罢了咱叫几个年轻人好好把水井收拾一下。"

"我也跟你去？一块去？"巧珍吃惊地问。

"一块去！你把你们家的自行车推上，我带你，一块去！咱们干脆什么也别管了！村里人愿笑话啥哩！"加林看着巧珍的眼睛，"你敢不敢？"

"敢！你送桶去！我回去推车子，换个衣服。你也把衣服换一换！你别光给水井讲卫生，看你的衣服脏成啥了！你脱下，明天我给你好好洗一洗。"

加林高兴得脑袋一扬，用农村的粗话对他的情人开了一句玩笑："实在是个好老婆！"

巧珍亲昵地噘起嘴，朝加林脸上调皮地吹了一口气，说："难听死了……"

他们各自都怀着无比激动的心情，各回各家去了。

对于巧珍来说，在家里人和村里人众目睽睽之下，跟加林骑一个车子去逛县城，这无疑是一个大胆的挑战。对于她目前的处境来说，这需要多大的勇气啊！她之所以不怕父亲的打骂，不怕村里人笑话，完全是因为她对加林的痴迷的爱情！只要跟着加林，他让她一起跳崖，她也会眼睛不闭就跟他跳下去的！

对高加林来说，他做出这个决定，是对他所憎恨的农村旧道德观念和庸俗舆论的挑战；也是对傲气十足的"二能人"的报复和打击！

加林把空水桶放到家里，从箱子里翻出那身多时没穿的见人衣裳。他拿香皂洗了脸和头发，立刻感到容光焕发，浑身轻轻飘飘的。他对着镜子梳了梳头发，觉得自己强悍而且英俊！

他父亲出了山，母亲上了自留地，家里没人。他在一个小木箱里取出几块钱装在口袋里，就出门在硷畔上等巧珍——后村人出来都要经过他家门前硷畔下的小路。

巧珍来了，穿着那身他所喜爱的衣服：米黄色短袖上衣，深蓝的确良裤子。乌黑油亮的头发用花手帕在脑后扎成蓬松的一团，脸白嫩得像初春刚开放的梨花。

他俩肩并肩从村中的小路上向川道里走去。两个人都感到新奇、激动，谁连一句话也不说；也不好意思相互看一眼。这是人生最富有的一刻。他们两个黑夜独自在庄稼地里的时候，他们的爱情只是他们自己感受。现在，他们要把自己的幸福向整个世界公开展示。他们现在更多的感受是一种庄严和骄傲。

巧珍是骄傲的：让众人看看吧！她，一个不识字的农村姑娘，正和一个多才多艺、强壮标致的"先生"，相跟着去县城啰！

加林是骄傲的：让一村满川的庄稼人看看吧！大马河川里最俊的姑娘，著名的"财神爷"刘立本的女儿，正像一只可爱的小羊羔一般，温顺地跟在他的身边！

村里立刻为这事轰动起来。没出山的婆姨女子、老人娃娃，都纷纷出来看他们。对面山坡和川道里锄地的庄稼人，也都把家具撇下，来到地畔上，看村里这两个"洋人"。有羡慕得哑巴嘴的，有敲怪话的，也有撇凉腔的。正人君子探头缩脑地看；粗鲁俗人垂涎欲滴地看。更多的人都感到非常新奇和有意思。尤其是村里的青年男女，又羡慕，又眼红；川道一组锄地的两个暗中相好的姑娘和后生，看着看着，竟然在人背后一个把一个的手拉住了！

高加林和刘巧珍知道这些，但也不管这些，只顾走他们的。一群碎脑娃娃在他们很远的背后，嘻嘻哈哈，给他们扔小土坷垃，还一哇声有节奏地喊："高加林、刘巧珍，老婆老汉逛县城……"

高玉德老汉在对面山坡上和众人一块锄地。起先他还不知道大家跑到地畔上看什么新奇，也把锄搁下过来看了。当他看见是这码子事时，很快在大家的玩笑和哄笑声中跌跌撞撞退回到玉米地里。他老脸臊得通红，一屁股坐在锄把上，两只瘦手索索地抖着，不住气地摸起了赤脚片。他在心里暗暗叫道：乱子！乱子！刘立本这阵在哪里呢？要是叫"二能人"看见了，不把这两个疯子打倒在地上才怪哩！

刘立本此刻就在他家垴畔上的自留地里。所有这一切"二能人"也都看见了。不过，高玉德老汉的担心过分了。"二能人"正像他女子说的，刀子嘴豆腐心。他此刻虽然又气又急，但终于没勇气在众人的目光下，做出玉德老汉所担心的那种好汉举动来。他也只是一屁股坐到锄把上，双手抱住脑袋，接二连三地叹起了气……

第二天早晨，高家村的水井边发生了一场混乱。早上担水的庄稼人来到井边，发现水里有些东西。大家不知道这是何物，都不敢舀水了，井边一下子聚了好多人。有人证实，这些"白东西"是加林、巧珍和另外几个年轻人撒进去的。有人又解释，这是因为加林爱干净，嫌井水脏，给里面放了些洗衣粉。有的人又说不是洗衣粉，是一种什么"药"。

天老子呀！不管是洗衣粉还是药，怎能随便给水井里放呢？所有的人都用粗话咒骂：高玉德的嫩老子不要这一村人的命了！

有人赶快跑到前村去报告高明楼让大队书记来看看吧！更多担水的人都在急躁地议论和咒骂。那几个和加林一起"撒药"的年轻庄稼人给众人解释，井里撒的是漂白粉，是为了讲卫生的。众人立刻把他几个骂了个狗血喷头：

"你几个瞎眼小子，跟上疯子扬黄尘哩！"

"你妈不讲卫生，生养得你缺胳膊了还是少腿了？"

"胡成精哩！把龙王爷惹恼了，水脉一断，你们喝尿去吧！"

那几个拥护加林这次卫生革命的人，不管众人怎骂，都舀了水，担回家去了；但他们的父亲立刻把他们担回的水，都倒在了院子里。

水井边围的人越来越多了。而刘立本家里正在打架：刘立本扑着打巧珍；巧珍她妈护着巧珍，和老汉扭打在一起。亏得巧英和她女婿正在他们家，好不容易才把架拉开！刘立本气得连早饭也不吃，出去搞生意去了——他是从自家窑后的小路上转后山走的，生怕水井边的人们看见他。

高加林听说井边发生了事，要出来给乡党们说明情况，结果被他爸他妈一人扯住一条胳膊，死活不让他出门。老两口先顾不上责备儿子，只是怕他出去在井边挨打。

这时候，刘立本的三女儿巧玲从后沟里拿一本书走出来。她刚考完大学，在家里等结果。她起得很早，到后沟里背英语单词去了，因此刚才家里打架的事，她并不知道。现在她看见井边围了这么多人，就好奇地走过来打问出了什么事。

有人马上嘲讽地说："你二姐和你二姐夫嫌水井脏，放了些洗衣粉。你们家大概常喝洗衣粉水吧？看把你们脸喝得多白！"

巧玲的脸唰地红到了耳根。她虽然还不到二十岁，但个子已经和巧珍一般高。她和她二姐一样长得很漂亮，但比巧珍更有风度。巧玲早已看出她二姐在爱加林——现在知道她真的和加林好了。她对加林也是又喜欢又尊重，因此为二姐能找这么个对象，心里很高兴。昨晚给水井里撒漂白粉的事，她也知道。于是她就试图拿学校里学的化学原理给众人说漂白粉的作用。

　　她的话还没完，有人就粗鲁地打断了她："哼！说得倒美！你趴下先喝上一口！和你二姐夫一样咬京腔哩！伙穿一条裤子！"

　　众人哄然大笑了。

　　巧玲眼里转着泪花子，羞得掉转身就跑——愚昧很快就打败了科学。

　　这时，听到消息的高明楼，赶忙先跑到巧珍家问情况。本来他想去问加林，但想了一下，还是没去，先跑到亲家家里来了。

　　他一进亲家的院子，看见他们家四个女人都在哭。刘立本已经不见了踪影。他的大儿子正笨嘴笨舌劝一顿丈母娘，又劝一顿小姨子。

　　明楼叫她们都别哭了，说事情有他哩！

　　他在巧珍和巧玲嘴里问明情况后，很快折转身出了刘立本家的大门，扯大步向沟底的水井边走去。

　　高明楼来到井边，众人立刻平静下来；他们看村里这个强硬的领导人怎办呀。

　　明楼把旧制服外衣的扣子一颗颗解开，两只手叉着粗壮的腰，目光炯炯有神，向井边走去，众人纷纷把路给他让开。

　　他弯腰在水井里象征性看一看，然后掉过头对众人说："哈呀！咱们真是些榆木脑瓜！加林给咱一村人做了一件好事，你们却在咒骂他，实实地冤枉了人家娃娃！本来，水井早该整修了，怪我没把这当一回事！你们为什么不担这水？这水现在把漂白粉一撒，是最干净的水了！五大叔，把你的马勺给我！"

　　高明楼说着，便从身边的一个老汉手里接过铜马勺，在水井里舀了半马勺凉水，一展脖子喝了个精光！

　　这家伙用手摸了一把胡茬子上的水，笑哈哈地说："我高明楼头一个喝这水！实践检验真理呢！你们现在难道还不敢担这水吗？"

　　大家都嘿嘿地笑了。

气势雄伟的高明楼使众人一下子便服帖了。大家于是开始争着舀水——赶快担回去好出山呀，太阳已经一竿子高了！

第十一章

高加林在他的"卫生革命"引起一场风波以后，心情便陷入了很大的苦闷中。

夜晚，他有时也不主动去找巧珍了，独自一个人站在村头古庙前那棵老椿树下面，望着星光下朦胧的、连绵不断的大山，久久地出神。全村人都已入了梦乡，看不见一星灯火；夏夜的风把他的头发吹得纷乱。

有时，在一种令人沉重的寂静中，他突然会听见遥远的地平线那边，似乎隐隐约约有些隆隆的响声。他抬头看，天很晴，不像是打雷。啊，在那遥远的地方，此刻什么在响呢？是汽车？是火车？是飞机？不知为什么，他总觉得这声音好像是朝着他们村来的。美丽的憧憬和幻想，常使他短暂地忘记了疲劳和不愉快；黑暗中他微微咧开嘴巴，惊喜地用眼睛和耳朵仔细搜索起远方的这些声音来。听着听着，他又觉得他什么也没有听见；才知道这只不过是他的一种幻觉罢了。他于是就轻轻叹一口气，闭住眼睛靠在了树干上。

巧珍总会在这样的时候，悄悄地来了。他非常喜欢她这样不出声地、悄然地来到他身边。他把他的胳膊轻轻搭在她的肩头。她的爱情和温存像往常一样，给他很大的安慰。但是，已不能完全冲刷掉他心中重新又泛起的惆怅和苦闷了。过去那些向往和追求的意念，又逐渐在他心中复活。他现在又强烈地产生了要离开高家村，到外面去当个工人或者干部的想法——最好把巧珍也能带出去！

他虽然这样想，不知为什么，又不想告诉巧珍。

其实，聪敏的巧珍最近已经看出了他的心思。从内心上讲，她不愿意让加林离开高家村，离开她；她怕失去他——加林哥有文化，可以远走高飞；她不识字，这一辈子就是土地上的人了。加林哥要是工作了，还会不会像现在一样爱她？

但是，当她看见亲爱的人苦闷成这个样子，又很想叫他出去工作。

这样他就会高兴和愉快的。要是加林高兴和愉快，她也就感到心里好受一些。她想加林哥就是寻了工作，也再不会忘了她的；她就在家里好好劳动，把娃娃抚养好。将来娃娃大了，有个工作的老子，在社会上也不受屈。再说，自己的男人在门外工作，她脸上也光彩。

这样想的时候，她就很希望加林哥出去工作，好让他少些苦恼。可是，她又认真一盘算，觉得根本没门！现时这号事都要有腿哩！加林哥当个民办教师，都让瞎心眼子高明楼挤掉了，更不要说找正式工作了。

这一天晚上，还是在那棵老椿树下，当她看见加林还是那么愁眉苦脸时，就主动对他说：

"加林哥，你干脆想办法去工作去！我知道你的心思！看把你愁成啥了！我很想叫你出去！"

加林两只手抓住她的肩头，长久地看着她的脸。亲爱的人！她在什么时候都了解他的心思，也理解他的心思。

他看了她老半天，才开玩笑说："你叫我出去，不怕我不要你了吗？"

"不怕。只要你活得畅快，我……"她一下子哭了，紧紧抱住他，像菟丝子缠在草上一般，说，"你什么时候也甭把我丢下……"

加林下巴搁在她头上，笑着说："你啊！看你这样子，好像我已经有工作了！"

巧珍也抬起头笑了。她抹去脸上的泪水，说："加林哥，真的，只要有门道，我支持你出去工作！你一身才能，窝在咱高家村施展不开。再说，你从小没劳动惯，受不了这苦。将来你要是出去了，我就在家里给咱种自留地、抚养娃娃；你有空了就回来看我；我农闲了，就和娃娃一搭里来和你住在一起……"

加林苦恼地摇摇头："咱们别再瞎盘算了，现在要出去找工作根本不行。咱还是在咱的农村好好打主意……你看你胳膊凉得像冰一样，小心感冒了！夜已经深了，咱们回！"

他们像往常一样，相互亲了对方，就各回各家去了。

高加林进了家门，发现高明楼正坐在他们家炕栏石上，和他父亲拉话。

见他进门来，他父亲马上说："你到哪里去了？你明楼叔等了你半天！"

高明楼对他咧嘴笑了笑，说："也没什么事喀！唉，加林！咱这农村，意识就是落后！你好心给水井里放些漂白粉，人还以为你下了毒药呢！真是些榆木脑瓜！"

他父亲笑嘻嘻地对高明楼说："全凭你了！要不是你压茬，那一天早上肯定要出事呀！"

他母亲也赶忙补充说："对着哩！咱村里的事，就看他明楼叔拿哩！"

加林坐在脚地的板凳上，也不看高明楼，说："也怪我。我事先没给大家说清楚。"

高明楼吐了一口烟，说："事情已经过去了，再不提了，过两天两个组都抽几个人，把水井整修一下，把石堰再往高垒一些。哈呀！不整修再不行了！我前一个月看见一头老母猪躺在里面洗澡哩！"他两个手指头把纸烟把子捏灭，丢在脚地上，"我今黑夜来是想和你商量个事。是这，咱准备到城里拉一点茅粪，好准备种麦。后组里正锄地，人手抽不出来；准备前组先去两个人。我考虑了一下，想让你和德顺老汉去，不知你愿意不愿意？"

加林没说话。

他父亲赶忙对他说："你去！你明楼叔给你寻了个苦轻营生嘛！晚上只拉一回，用不了两三个小时，白天一天就歇在家里。往年大家都抢着去做这营生理！"

高明楼又掏出一根烟，在煤油灯上吸着，看着低头不语的加林说："你大概怕城里碰上熟人，不好意思吧？年轻人爱面子！其实，晚上嘛，根本碰不上！"

高加林抬起头，只说了两个字："我去。"

明楼一看他同意了，便从炕栏石上下来，准备起身了。高玉德慌忙赤脚片溜下炕，同时加林他妈也从灶火圪崂里自己撵出来，准备送书记。

高明楼在门口挡住他们，然后对后面的加林说："你大概还不知道，拉粪去的人还是老规程，在城里吃一顿饭，钱和粮由队里补贴。今年还是巧珍去做饭，城里她姨家有一孔空窑。"

高加林点点头，嗯了一声。

高玉德一听是巧珍去做饭，嘴张了几张，结结巴巴说："明楼！做饭苦轻，最好去个老汉！巧珍年轻，现在劳动正繁忙，后组的地还没锄完哩……"

高明楼想笑又没好意思笑出来。他对玉德老汉说："还是巧珍去合适。城里做饭的窑是她姨家的，生人去了怕不方便……"说完就拧转身走了。

德顺老汉和加林、巧珍在村对面的简易公路上套好架子车，已经临近黄昏；远远近近都开始模糊起来了。对面村子里，收工回来的人声和孩子们的叫闹声，夹杂着正在入圈的羊的咩咩声，组成了乡间这一刻特有的热闹和骚乱气氛。

德顺老汉一巴掌在驴屁股上打掉一只牛虻，过来把草垫子放列车辕上，说："甭怕臭！没臭的，也就没香的！闻惯了也就闻不见。"他走到前面车子旁边，从怀里掏出一个扁扁的酒壶，抿了一口，诡秘地对加林和巧珍一笑，"你们两个坐在后面车上，我打头。吆牲灵我是老把式了，你们跟着就是。现在天还没黑，两个先坐开些！"他得意地眨眨眼，坐在了前面的车辕上。

后面车上的加林和巧珍被德顺老汉说得很不好意思，也真的别别扭扭一人坐在一个车辕上，身子离得很开。

德顺老汉"喟儿"一声，毛驴便迈开均匀的步子，走开了。两辆车子一前一后，在苍茫的暮色中向县城走去。

德顺老汉在前面又抿了一口酒，醉意便来了，竟然张开豁牙漏气的嘴巴唱了两声信天游——

　　　　哎哟！年轻人看见年轻人好，
　　　　白胡子老汉不中用了……

加林和巧珍在后面车子上逗得直笑。

德顺老汉听见他们笑，摸了一下白胡子，说："啊呀，你们笑什么哩？真的，你们年轻人真好！少男少女，亲亲热热；我老了，但看见你们在一块，心里也由不得高兴啊……"

加林在后面喊："德顺爷，你一辈子为啥不娶媳妇？你年轻时候谈过恋爱没？"

"恋？爱？哼！我年轻时候比你们还恋爱！"他又抿了一口酒，皱纹脸上泛起红潮，眼睛眯起来，望着东边山头上刚刚升起的月亮，不言传了。

驴儿打着响鼻，蹄子在土路上嘚嘚地敲打着。月光迷迷蒙蒙，照出一川泼墨似的庄稼。大地沉寂下来，河道里的水声却好像涨高了许多。大马河隐没在两岸的庄稼地之中，只是在车子路过石矻石崖的时候，才看得见它波光闪闪的水面。

高加林又在后面问："德顺爷，你说说你年轻时候的风流事嘛！我不相信你那时还会恋爱哩！"他朝身边的巧珍做了个鬼脸，意思是对她说：我激老汉哩！

德顺老汉终于忍不住了，抿了一口酒，说："哼！我不会恋爱？你爸才不会哩！那时我和你爸，还有高明楼和刘立本的老子，一块给刘国璋揽工，你爸年龄小，人又胆小，经常鼻涕往嘴里流哩！硬是我把你妈和你爸说成的……我那时已经二十几岁了，刘国璋看我心眼还活，农活不忙了，就打发我吆牲灵到口外去驮盐，驮皮货。那时，我就在无定河畔的一个歇脚店里，结交了店主家的女子，成了相好。那女子叫个灵转，长得比咱县剧团的小旦都俊样。我每次赶牲灵到他们那里，灵转都计算得准准的。等我一在他们村的前砭上出现，她就唱信天游迎接我哩。她的嗓音真好啊！就像银铃碰银铃一样好听……"

"唱什么歌哩？"巧珍插嘴问。

"听我给你们唱！"老汉得意地头一拐，就在前面醉心地唱起来了——

> 走头头的那个骡子哟三盏盏的灯，
> 戴上了那个铜铃子哟哇哇的声；
>
> 你若是我的哥哥哟招一招手，
> 你不是我的哥哥哟走呀走你的路……

老汉唱完，长长吐了一口气，说："我歇进那店，就不想走了。灵转背着她爸，偷得给我吃羊肉扁食，荞面饸饹……一到晚上，她就偷偷从她的房子里溜出来，摸到我的窑里来了……一天，两天，眼看时间耽搁得太多了，我只得又赶着牲灵，起身往口外走。那灵转常哭得像泪人一样，直把我送到无定河畔，又给我唱信天游……"

"大概唱的是'走西口'吧？对不对？"加林笑着说。

"对着哩！"说着，老汉又忍不住唱了起来。他的声音是沙哑的，似乎还有点哽咽；并且一边唱，一边吸着鼻涕——

> 哥哥你走西口，
> 小妹妹实难留；
> 手拉着哥哥的手，
> 送你到大门口。
>
> 哥哥你走西口，
> 小妹妹送你走；
> 有几句知心话，
> 哥哥你记心头：
>
> 走路你走大路，
> 万不要走小路；
> 大路上人马稠，
> 小路上有贼寇。
>
> 坐船你坐船后，
> 万不要坐船头；
> 船头上风浪大，
> 操心掉在水里头。
>
> 日落你就安生，
> 天明再登程；
> 风寒路冷你一个人，
> 全靠你自操心。
>
> 哥哥你走西口，

万不要交朋友；

交下的朋友多，

你就忘了奴——

有钱的是朋友，

没钱的两眼瞅；

哪能比上小妹妹我，

天长日又久……

德顺老汉上气不接下气地唱着。到后来，已经曲不成调，变成了一句一句地说歌词；说到后来，竟然抽抽搭搭哭起来了；哭了一阵，又嘿嘿笑出了声，说："啊呀，把它的！这是干甚哩！老呀老了，还老得这么不正相！哭鼻流水的，惹你们娃娃家笑话哩……"

巧珍不知什么时候已经靠在了加林的胸脯上，脸上静静地挂着两串泪珠。加林也不知什么时候，用他的胳膊搂住了巧珍的肩头。月亮升高了，远方的山影黑黢黢的，蒙上一层神秘的色彩。路两边的玉米和高粱长得像两堵绿色的墙；车子在碎石子路上碾过，发出轻微的沙沙声；路边茂密的苦艾散放出浓烈清新的味道，直往人鼻孔里钻。好一个夏夜啊！

"德顺爷，灵转后来干啥去了？"巧珍贴着加林的胸脯，问前面车子上黯然神伤的老汉。

德顺老汉叹了一口气："后来，听说她让天津一个买卖人娶走了。她不依，她老子硬让人家引走了……天津啊，那是到了天尽头了！从此，我就再也没见我那心上的人儿！我一辈子也就再不娶媳妇了。唉，娶个不称心的老婆，就像喝凉水一样，寡淡无味……"

巧珍说："说不定灵转现在还活着？"

"我死不了，她就活着！她一辈子都揣在我心里……"

车子拐过一个山崀，前面突然亮起了一片灯火，各种建筑物在月亮和灯火交织的光气里，影影绰绰地显露了出来——县城到了。

德顺老汉摸出酒壶抿了一口。他手里虽然不拿鞭子，也还像一个吆牲灵出身的把式那样，胳膊在空中一抡："嘚儿——"

两辆车子轻快地跑起来，驴蹄子嘚嘚地敲打着路面，拐上了大马河桥，向县城奔驰而去……

第十二章

　　加林和德顺爷灌满一车子粪以后，老汉体力已经有点不支；加上又喝了不少酒，走路都摇摇晃晃的。加林硬把老汉送到巧珍做饭的窑里，让他坐到热炕头上歇着；他就一个人拉着另一个架子车去淘粪。

　　他拉着车，尽量不走大街，也尽量不走灯光明亮处。虽然已经到夜里，街巷里基本没什么行人，但他仍然紧张地防备着，生怕碰见熟人和同学。

　　他拉着架子车，在街道北头那边一些分散的机关单位之间转悠。这个季节，乡里来城里淘粪的人很多；有时在一个单位的厕所里，茅坑底上还刮不了一担粪。他已走了几个单位，架子车的大粪桶还没装满一半。

　　前面就是县广播站。他犹豫地站在了街角一个暗影里。他想起了他的同学黄亚萍。

　　他站了一会，决定还是不去广播站的厕所淘粪。

　　他远远地绕开路，向车站那边走去——那里过往人多，说不定厕所里粪要多一些。

　　他在灯光若明若暗的街道上走着，心里忍不住感叹：生活的变化真如同春夏秋冬，一寒一暑，差别甚远！三年前，这样的夜晚，他此刻或者在明亮温馨的教室里读书；或者在电影院散场的人群里，和同学们说说笑笑走向学校。要不，就是穿着鲜红的运动衣，潇洒地奔驰在县体育场的灯光篮球场上，参加篮球比赛，听那不绝于耳的喝彩声……

　　现在，他却拉着茅粪桶，东避西躲，鬼鬼祟祟，像一个夜游鬼一样。他忍不住转过头，又望了一眼灯光闪烁的广播站。黄亚萍此刻在干什么呢？读书？看电视？喝茶？

　　他很快觉得自己有点可笑了。自己现在这副样子，想这些干啥呢？他现在应该赶快把这车子粪装满才对。是的，人做啥就为啥操心哩！他现在的心思主要在淘粪上。哪个厕所要是没粪，他立刻失望丧气；哪个厕所里粪要是多一点，他高兴得直想笑！因为德顺爷爷就是这个样子，他感染了他，也使得他的心理渐渐自觉地成了这个样子。劳动啊，它是艰苦的，但也有它本身的欢乐！

高加林把粪车放在车站大门外，然后进去看厕所有没有粪。

他在厕所前面看了看，高兴得像发现了金子一般：厕所里的粪多得几乎几架子车也拉不完！

当他转到厕所后面的时候，一下子又不高兴了：不知哪里的生产队，已经在茅坑后面做了一个门，并且还上了锁。

高加林气愤地想：屎尿都有人霸占哩！他妈的，我今天要"反霸"了！

高加林的坏脾气遇到这类事最容易引逗起来。他拾起一块石头片，没有砸锁，而是把锁下面的铁扣环撬起来，打开了门。

他从车子上把粪担子和粪勺取下来，开始在车站厕所的茅坑里舀起了粪。

他刚担了一担粪灌到架子车上的粪桶里，正准备去担第二担，突然有两个壮实的年轻人也来拉粪了。他们一色的的确良裤子，红背心上面印着"先锋"两个黄字。

加林知道，这是城关"先锋"队的人。这个队是蔬菜队，富足是全县有名的。

这两个年轻人一看加林正在担粪，气呼呼地放下架子车，过来了。

"你为什么偷我们的粪？"其中一个已经挡住了加林的路。

"粪是你们的？"加林不以为然地反问。

"当然是我们的！"另一个在旁边喊叫。

"怎能是你们的？这是公共厕所，又不是你们队的人屙尿的！"

"放你妈的屁！"前面那个后生已经破口了。

"把嘴放干净！骂谁哩？"加林浑身的肌肉绷紧了。

"骂你哩！你小子知道不知道？我们为了这点粪，满年四季给车站上的干部供菜，一分钱都不要！你凭什么来偷？"旁边那个人横眉竖眼地朝他喊叫。

"放下两块钱！赔锁子！"前面那人双手叉腰，说。

"赔钱？"加林头一扭，"我还要担哩！你们这些粪霸！"说着就担着粪担往前走。

那两个人都握住了拳头。前面的那个眼明手快，当胸就给了高加林一拳。

加林两眼冒火，把粪担往地上一撂，拉起舀粪的粪勺，就向那后生砍去！

前面的人一跳，躲过去了，后面的那个刹那间也操起了粪勺。于是，三个淘粪的人就在车站的停车场上打了起来；长柄粪勺在空中飞舞，粪点子把三个人都溅了满身。迷蒙的月光静静地照耀着这个骚乱的场面。一个小伙子的脚被加林一粪勺打麻了，叫唤了一声蹲在了地下；而加林自己的脊背上却被另外一个人砍了一粪勺。

直到车站的人跑出来，才把架拉开。光头站长把双方劝说了半天，让加林不要拉了；说车站已经和先锋队订了"合同"，粪只能由他们拉。

加林在心里骂道："还有脸说'合同'哩！拿你这个臭厕所白换着吃菜哩！"

他觉得再要担这粪，肯定还要打架的。人家两个人，他一个人，打不过。再说，他们离队近，要是再叫来一群人，把他打不死才怪哩！

他于是只好把粪担放在车上，拉起架子车离开了车站。

这附近只剩副食公司没去拉了。他原来主要考虑他的另一个同学张克南在那里工作，所以没去。

现在他猛然记起，克南不是已经调到副食门市去工作了吗？他很快决定去副食公司的厕所再看看。

他拉着车子，闻见自己满身的臭气；衣服和头发上都溅满了粪便。脊背上被砍了一粪勺的地方，疼得火烧火燎。他也不管这些；他只想着赶快把这车子粪装满，好早点回村——德顺爷和巧珍大概已经等急了。

他把架子车放在副食公司的大门口上，先进去看厕所有没有粪。

他从来没到过这里，找了半天才把厕所找见。他看了看，粪并不多，也很稀，但还是可以把他的粪桶子装满的。可只有一个不方便处：厕所到大门口路不太好，有几个地方很狭窄，粪车拉不到厕所旁边。

他于是决定一担一担往出担；担出来再倒进车上的粪桶里。

高加林忙碌地从车上取下粪担，到后面的厕所里担出了第一担粪。

担过副食公司院子的时候，在院子东南角一棵泡桐树下坐着的几个人，连连咂巴起了嘴，哼哼唧唧，显然嫌臭味打扰了他们在院子里乘凉。

高加林自己也觉得很抱歉。但这是没法的事。他内心里希望这些干部原谅他。

第二回他把粪担出来的时候，情况仍然是这样。但他还是硬着头皮担。

第三回担出来的时候，有一个妇女出口了，声音很大，是故意说给他听的："迟不担，早不担，偏偏在这个时候担，臭死人了！"

高加林听见这刺耳话，忍不住脚步停住了。但他想，再有一两回车上的粪桶就装满了，忍着点，赶快装满就走。

当他把这担粪灌完，又担着空担子进了院子的时候，那妇女竟然站起来，朝他这边喊：

"担粪的！你把人臭死了！你到其他地方去担咯，甭在这里欺负人了！"

高加林一下子站在院子里，两只手气得索索抖，牙齿狠狠咬住了嘴唇：明明是她在欺负人，竟然反咬说他欺负人。

火气从他心里冒上来，又被他强压了下去。他刚才已经和别人打了一架，不愿再发生什么冲突和纠葛；而且车子上的粪桶再有一两担就能装满。忍一忍，今晚上的任务就完成了。

于是他就又去担粪了。

等这回担出来的时候，那妇女竟然又站起来，气更大了，嗓门更粗了，话也更难听了："你这人耳朵坏了？给你说了一遍你不听，还在这里担，讨厌死人了！"

她旁边一个似乎老一点的干部说："你不要费嘴舌了，叫担去；担完了就不臭了！"

"这些乡巴佬，真讨厌！"那妇女又骂了一句。

高加林这下不能忍受了！他鼻根一酸，在心里想：乡里人就这么受气啊！一年辛辛苦苦，把日头从东山背到西山，打下粮食，晒干簸净，拣最好的送到城里，让这些人吃。他们吃了，屁股一撅就屙就尿，又是乡里人来给他们拾掇，给他们打扫卫生，他们还这样欺负乡下人！

他对这个妇女产生了一种强烈的愤恨心理。

他一下子把一担茅粪放在副食公司的院当中，鼻子口里三股冒气向那棵泡桐树下走去。他要和那个放肆的女人辩几句。

当他快走到那几个人跟前的时候，那妇女先站起来，一下子不知这个愣后生要干什么呀。他旁边的几个老干部也紧张地站起来了。

高加林猛地停住了脚步，立刻感到惶愧不安：天啊，这妇女竟然是张克南他妈！

他离她十几步远，已清楚地认出是她。他一下子不知如何是好了，前不好前，后不好后，两只手慌乱地扣起了手指头。不论怎样，他不能和克南他妈吵嘴呀！这事太叫人尴尬了！他想：怎办呀？给她道个歉？可他又没惹她！要不说个"对不起"？

正在他进退两难时。克南他妈竟然一指头指住他，问："你是哪里的？拉粪都不瞅个时候，专门在这个时候整造人呢！你过来干啥呀？还想吃个人？"

她显然已经记不得他是谁了。是的，他现在穿得破破烂烂，满身大粪；脸也再不是学生时期那样白净，变得粗粗糙糙的，成了地地道道的农民。他以前只去过克南家两三次，她怎能把他记住呢？

既然是这样，他高加林也就不想客气了。但他出于对老同学母亲的尊重，还是尽量语气平静地解释说："您不要生气，我很快就完了。这没有办法。我们在晚上进城拉粪，也是考虑到白天机关工作，不卫生；想不到你们晚上在院里乘凉哩……"

旁边那几个干部都说："算了，算了，赶快装满拉走……"

但克南他妈还气冲冲地说："走远！一身的粪！臭烘烘的!"

加林一下子恼了。他恶狠狠地对老同学他妈说："我身上是不太干净，不过，我闻见你身上也有一股臭味！"

克南他妈一下子气得满脸肉直颤，就要过来拉扯他了；亏得旁边那几个人硬把她挡住，然后叫加林不要闹了，去拉他的粪。

高加林掉转身，过去担起那担茅粪，强忍着泪水出了副食公司的大门。

他把粪倒进车子上的粪桶里，尽管还得两担才能满，他也不去担了，拉起架子车就走。

他拉着架子车，转到了通往街道的马路上，鼻子一阵又一阵发酸。城市的灯光已经渐渐地稀疏了，建筑物大部分都隐匿在黑暗中。只有河对面水文站的灯光仍然亮着，在水面上投下了长长的橘红色的光芒，随着粼粼波光，像是一团一团的火焰在水中燃烧。

高加林的心中也燃烧着火焰。他把粪车子拉在路边停下来，眼里转着泪花子，望着悄然寂静的城市，心里说：我非要到这里来不可！我有文化，有知识，我比这里生活的年轻人哪一点差？我为什么要受这样的屈辱呢？

这时候，他的目光向水文站下面灯火映红的河面上望去，觉得景色非常壮观。他浑身的血沸腾起来，竟扔下粪车子，向那里奔去。

快到河边的时候，他穿过一大片菜地。他知道这是"先锋"队的。想起刚才车站上的斗殴，他便鼻子口里热气直冒，跑过去报复似的摘了一抱西红柿。

他来到河边的一个被灯火照亮的水潭边，先把一抱西红柿抛到水里，然后他自己也跟着一纵身跳了下去。

他在水里憋着气，尽量使自己往下沉；然后又让身体慢慢浮上水面来。

他游了一阵，把西红柿一个个从水面上捞起，洗净，又扔到岸上。他自己也拖着水淋淋的衣服爬上来，一屁股坐下，抓起一个西红柿，狼吞虎咽吃了起来……

高加林折腾了半夜，才和德顺老汉、巧珍拉着两架子车茅粪回到村里。

巧珍先回了家。他和德顺老汉把粪倒在村前的粪坑里，拿土盖起来。

德顺老汉独个儿去经管牲口去了。他便怀着一颗快快不快的心回到了家里。

他父亲在前炕上拉呼噜；他母亲爬起来，问他怎这时候才回来？

他没有回答，在箱子里寻找干衣服。他母亲摸索着，从后炕头的针线篮里取出一封信递给他，说："你二爸来的。你先看，我睡呀，明早上再给我们念……"说完就躺下睡了。

高加林先没换衣服，赶忙拆开信，凑到煤油灯前看起来——

　　大哥、嫂嫂：
　　　　你们好！
　　　　我要告诉你们一个好事：组织已经同意了我的请求，让我
　　转业到咱们地区工作了。现在听地方上来函说，初步决定安排
　　让我在地区专署当劳动局长。

我是很高兴的，几十年离别家乡，梦里都常想回来。现在我也年过半百，俗话说，落叶归根；在家乡度过晚年是我最大的愿望。

我的几个孩子都已在新疆参加了工作，为了不给党增添麻烦，就让他们在当地工作吧，不转回来了。我和孩子妈，再有最小的加平，一共三口人回来。

我要是回到咱地区，等工作定下来，就准备回咱村子一回，看望你们。

余言见面再叙。

弟：玉智

高加林看完信，激动得在炕栏石上狠狠拍了一巴掌，大声喊："爸！妈！快醒一醒……"

第十三章

早饭时分，一辆草绿色的吉普车开进高家村，在村子中央那块空场地上停下来。

高玉德当兵走了几十年的弟弟回来了！消息风快就传遍了全村。村里的人，不论大人还是娃娃，纷纷丢下正在吃饭的碗，向高玉德家的破墙烂院里涌来了。

高家村好多年都没有这样热闹过。老婆老汉们拄着拐杖，媳妇们抱着吃奶娃娃，庄稼人推迟了出山的时间，学生娃们背着上学起身的书包，熙熙攘攘，大呼小叫，纷纷跑来看"大干部"。全村的狗不知这里发生了什么事，也吠叫着跟人跑来了。村子里乱纷纷的，比谁家娶媳妇还红火。

高玉德家的窑里已经挤满了人。更多的人都拥在院子里和硷畔上，轮流挤到门口，好奇地看他们村在门外的这个最大的人物。

加林妈在旁边窑里做饭。好多婆姨女子都在帮助她。有的拉风箱，有的切菜，有的擀面。遇到这样的事，所有的邻居都乐意帮忙。

高加林从叔父的提包里拿出许多糖，正给人群里的娃娃们散发。他尽量想保持一种含蓄的态度，但掩饰不住的兴奋仍然使他容光焕发，动作也显得比平时零碎了。

高玉德、高玉智两弟兄被一群年纪大的人包围在他家的脚地当中。玉智已经换上了地方干部的服装，比他哥看上去不是小十岁，而是小二十岁。他身材不高，但挺胖，红光满面，很少有皱纹。头发还是乌黑的，只是两鬓角夹杂几根白发。他笑容满面，辨认他小时候的伙伴们。这些人都已年过半百，又亲切又拘束地接过他双手敬上的纸烟。德顺老汉和另外一些长辈进来的时候，玉智把他们一个个搀扶着坐在炕栏石上，问他们的身体和牙口怎样？这些老汉们又都从炕栏石上溜下来，在他身上摸一摸，或者拍一拍，纷纷张开没牙的嘴抢着嚷嚷：

"啊，好身体……"

"听说你身上挂了不少彩？"

"有一阵子，你杳无音信，还传说你牺牲了呢！"

"哈呀，就听说你而今把官熬大了！"

……

高玉智笑呵呵地回答他们的问话。玉德老汉站在他旁边，嘴里嘬着旱烟锅，一边笑，一边用瘦手抹眼泪。

陪同高玉智回村的县劳动局副局长马占胜同志，出去解了个手，就再挤不进高玉德家的院里了。

高加林在硷畔上碰见他，硬拉着他往回挤。但马占胜说："先等等。你叔父几十年第一次回家，村里人都想看他哩！你要是不忙，咱先到吉普车里坐一坐！"

加林今天很高兴，说他现在没什么事，就和老马向吉普车那边走去。

吉普车里已经挤满了一群娃娃。占胜要赶他们下来，加林拦住他说："算了，算了，娃娃们没见过这东西，叫坐一坐，咱先就在这树下站一会。"

占胜一条胳膊亲热地搂着加林的肩头，对他说："旁的事我先不和你拉搭；我先只对你说一句话，你的工作我们会很快妥善解决的……"

高加林的心猛一阵狂跳。这句话对他的神经冲击太大了！在他还没有反应过来的时候，高明楼已经站在了他们面前。

明楼笑着说："加林，你还不回家招呼你二爸去？你爸你妈人老了，手脚不麻利，家里又再没个人……"他说完转过身，热情地和马占胜握起了手。

加林说："老马挤不到我家里，我陪他在这儿站一会。"

明楼说："你去你的。叫马局长先到我家里坐一坐。另外，你告诉你妈，你叔父头一顿饭在你们家吃，下一顿饭就不要准备了，我们家已经准备上了。啊呀，多不容易呀！玉智几十年闹革命不回家，说什么也得在我家里吃一顿饭！"他转过头对占胜说，"玉智是我们村在门外最大的干部，是整个高家村的光荣！"

"高玉智同志现在是咱们地区的劳动局长，我的直接上级。"马占胜对高明楼说。

"我已经知道了！"高明楼一边说，一边让加林回家忙去，他便拉着马占胜到前村他们家去了。

吃过饭以后，加林跟着父亲和叔父上了祖父祖母的坟地。

祖坟在村子后面一个向阳的山坡上。两座坟堆上长满了茂密的蒿柴茅草——两位老人在这里已经长眠十几年了。

玉德老汉从随手提来的竹篮里取出一些馍和油糕，放在石头供桌上；又拿出一把黄表纸点着烧了；然后拉着玉智和加林跪下磕头。玉智稍犹豫了一下，但看见他哥脸像黑霜打了一般难看，就跟着跪下了。在这样的场合，劳动局长只得入乡随俗。

他们三个连磕了三个头。加林和他叔父站了起来。玉德老汉却一头扑在黄土地上，啊嘿嘿嘿嘿地哭开了，弄得他两个都很尴尬。听见他哥伤心的哭声，玉智也掏出手帕抹着不断涌出来的泪水。他从小离开父母亲，直到他们入土，他也再没见他们。他记起在他小时候老人们受的苦，又想到他以后一直没有在他们身边，也由不得失声痛哭起来。加林皱着眉头在一边看他们哭。

两弟兄哭了一阵后，玉智把他哥搀扶起来。玉德老汉哽哽咽咽说："咱老人……活的时候……把罪受了……"

高玉智非常内疚地说："我一直在外，没好好管老人，想起来心里很难过。这已经没法弥补了。现在，我已回到咱家乡工作了，以后我要尽量帮扶你们哩……有什么困难，你就说，哥！我要把对咱老人欠的情，在你和嫂子身上补起来……"

高玉德怔了一阵，说："我们老两口也是快入土的人，没什么要牵累你的。现在农村政策活了，家里有吃有穿，没什么大熬煎。要说大熬煎，就是你这个侄儿子！"他朝加林看了看，"高中毕了业，就在村里劳动。人家有腿的，都走后门工作了，他……"

"你不是在村里教书着哩？"玉智转过头问加林。

没等加林回答，玉德老汉赶忙说："现在学生娃少了，用不了那么多教师，就回来了。"他生怕加林在他兄弟面前告高明楼。他不愿意让玉智知道明楼下了加林的教师。不管怎说，明楼是他们村的领导，不能惹！玉智屁股一拍就走了，但他们要和明楼在一个村生活一辈子哩！

高玉智沉默了一会，对他哥说："好哥哩，按说，你提出什么要求，我都要尊哩！但这件事你千万不要为难我！我任职后，地委和专署领导找我谈了话，说地区劳动局的前任局长，就是走后门招工太多，民愤很大，才撤换了的。领导说我刚从部队下来，又一直是做政治工作的，就让我担任了这个职务。这是信任我哩！我怎能辜负组织的信任，刚上任就做这些违法事呢？其他事怎样都可以，但这种事我可是坚决不能做啊！哥，你要理解我的心情哩……"

高玉德老汉听兄弟这么一说，思谋了半天，说："既然是这样，也就不能为难你了。唉……"老汉长叹了一口气，拍了拍膝盖上的土，便叫玉智和加林回村；他说走时明楼一再安咐，他们家的饭做好了，专门等着玉智哩……

高明楼此刻正和马占胜在他的"会客室"里拉话。

明楼现在心里很慌，生怕高加林给他叔父告他，说他走后门让自己儿子当了教师，而把他弄回队里参加了劳动。当时这事是他和占胜共同谋划的，因此这两个当事人现在首先就谈这事。

"万一这事让高局长知道了怎办？"明楼问正在喝茶的马占胜。

占胜咧嘴一笑："有个比教师更好的工作让他干，他还能再对咱说一长二短吗？"

"更好的工作？"明楼瞪起眼，"现时国家又不在农村招工招干，哪有比民办教师更好的工作？"

"正好最近地区给咱县上的小煤窑批了几个指标。当然，这几个指标本来没城关公社的，因为城关以前走的人太多了。"马占胜接过明楼递上的纸烟，点着吸了一口。

"加林恐怕不愿去掏炭！"

"谁让他掏炭哩？现在县委通讯组正缺个通讯干事，加林又能写，以工代干，让他就干这工作，保险他满意！"

"这恐怕要费周折哩！"

"我早把上上下下弄好了。到时填个表，你这里把大队章子一盖，公社和县上有我哩。反正手续做得合合法法，捣鬼也要捣得实事求是嘛！"

马占胜一句不通顺的笑话，不光逗笑了高明楼，他把自己也逗笑了。

两个人哈哈大笑了一番，明楼才问："高局长提起给加林找工作的事没？"

"啊呀！你就在高家村是个精明人！"马占胜讥讽地看了一眼高明楼，"而今办这类事，哪个笨蛋领导明说哩？这就看手下人的心眼活不活嘛！咱主动给领导把这种事办了，领导表面上还批评你哩，可心里恨不得马上把你提拔了！"

高明楼惊得张开嘴半天合不拢。他心里想：怪不得占胜年纪不大，三十刚出头，就从公社的一般干部提成副局长了！这人不得了，以后的前程大着哩！

正在他俩拉话的时候，三星已经引着高玉智进了院子。

明楼和占胜慌忙迎了出去。

高明楼把地区和县上的两位局长接进"会客室"，他老婆上茶，他的大媳妇敬烟点火。

高玉智本不想来这里，但他哥不让；让他一定得去吃这顿饭！说明楼是村里的领导人，不能伤了他的脸。再说，老先人都姓高！他只好来了。

高明楼让占胜先陪高局长喝茶抽烟，他过来在厨房里安咐他老婆和儿媳妇先别忙着上菜。

他出了院子，把正在院墙角里抽烟的三星叫过来，压低声音问：

"你怎不把你高大叔和加林也叫来？"

"你没给我安咐叫他两个嘛！"他儿子困惑地看着他爸恼悻悻的脸。

"糊脑松！实实的糊脑松！你他妈的把书念到屁股里了！你快给我再叫去！"

在上饭的前一刻，高玉德终于被三星捉着胳膊拉来了。

明楼慌忙出去，亲热地扶住他的另一条胳膊，问："加林怎不来？"

玉德老汉说："那是个犟板筋，不来就算了！"

高玉德立刻被明楼父子俩簇拥着进了窑，扶到了上席上；高玉智和马占胜分坐在两边。明楼在下席上落了座。

饭菜很快就上来了。偌大的红油漆八仙桌，挤满了碟子、盆子、大碗、小碗，山珍和海味都有，比县招待所的客饭要丰盛得多。这家伙不知从哪里搞来这么多稀罕东西！

明楼起来敬酒。第一杯满上，双手齐眉举起，敬到高玉德面前。

高玉德两只瘦手哆哆嗦嗦接过了酒杯。一杯酒下肚，老汉的五脏六腑搅成了一团！他看看高明楼满脸巴结的笑容，又看看身边的弟弟，老汉内心那无限的感慨，还用在这里细细摆出来吗？

半个月以后，高玉德的独生子高加林就成了国家正式工人；并且只去县煤矿报个到，而后就要在县委大院当干部了。他是怎样走到这一步的？中间经过些什么手续？这些连他自己也不知道。他只填了一张招工表，其余的事都由马占胜一手包办了。

生活在一瞬间就发生了巨大的转折！

村里人对这类事已经麻木了，因此谁也没有大惊小怪。高加林教师下了当农民，大家不奇怪，因为高明楼的儿子高中毕业了。高加林突然又在县上参加了工作，大家也不奇怪，因为他的叔父现在当了地区的劳动局长。他们有时也在山里骂现在社会上的一些不正之风，但他们的厚道使他们仅限于骂骂而已。还能怎样呢？

高加林离开村子的时候，他父亲正病着。母亲要侍候他父亲，也没来送他。

只有一往情深的刘巧珍伴着他出了村，一直把他送到河湾里的分路口上。铺盖和箱子在前几天已运走了，他只带个提包。巧珍像城里姑娘一样，大方地和他一边扯一根提包系子。

他们在河湾的分路口上站住后，默默地相对而立。在这里，他曾亲过她。但现在是白天，他不能亲她了。

"加林哥，你常想着我……"巧珍牙咬着嘴唇，泪水在脸上扑簌簌地淌了下来。

加林对她点点头。

"你就和我一个人好……"巧珍抬起泪水斑斑的脸，望着他的脸。

加林又对她点点头，怔怔地望了她一眼，就慢慢转过了身。

他上了公路，回过头来，见巧珍还站在河湾里望着他，泪水一下子模糊了高加林的眼睛。

他久久地站着，望着巧珍白杨树一般可爱的身姿；望着高家村参差不齐的村舍；望着绿色笼罩了的大马河川道；心里一下子涌起了一股无限依恋的感情。尽管他渴望离开这里，到更广阔的天地去生活，但他觉得对这生他养他的故乡田地，内心里仍然是深深热爱着的！

他用手指头抹去眼角的泪水，坚决地转过身，向县城走去。

在前面，在生活的道路上，他将会怎样走下去呢？

下　篇

第十四章

高加林进县城以后，情绪好几天都不能平静下来。一切都好像是做梦一样。他高兴得如狂似醉，但又有点惴惴不安。他从田野上再一次来到城市。不过，这一次进来非同以往。当年他来到县城，基本上还是个乡下孩子，在城市的面前胆怯而且惶恐。几年活跃的学校生活，使他渐渐把自己的思想感情和生活习惯与城市紧密地融合在了一起；他很快把自己从里到外都变成了一个城里人。农村对他来说，变得淡漠了，有时候成了生活舞台上的一道布景，他只有在寒暑假才重新领略一下其中的情趣。

正当他和城市分不开的时候，城市却毫不留情地把他遣送了出来。高中毕业了，大学又没考上，他只得又回到自己已经有些陌生的土地上。当时的痛苦对这样一个向往很高的青年人来说，是可想而知的，也是可以理解的。但这并不是通常人们说的命运摆布人。国家目前正处于困难时期，不可能满足所有公民的愿望与要求。

如果社会各方面的肌体是健康的，无疑会正确地引导这样的青年认识整个国家利益和个人前途的关系。我们可以回顾一下我国五十年代和六十年代初期对于类似社会问题的解决。令人遗憾的是，我们当今的现实生活中有马占胜和高明楼这样的人。他们为了个人的利益，有时毫不顾忌地给这些徘徊在生活十字路口的人当头一棒，使他们对生活更加悲观；有时，还是出于个人目的，他们又一下子把这些人推到生活的顺风船上。转眼时来运转，使得这些人在高兴的同时，也感到自己顺利得有点茫然。

高加林现在之所以高兴得如狂似醉，是他认识到，这次进县城，再不是一个匆匆过客了；他已经成了县城的一员。当然，他一旦到了这样的境地，就不会满足一生都待在这里。不过，眼下他能在这个城市占据一个位置，已经完全心满意足了。何况，他现在的这个位置在这个城市是多么瞩目啊！通讯干事，就是县上的"记者"；到处采访，又写文章又照相，名字还可以上报纸。县上开个大会，照相机一挎，敢在庄严神圣的主席台上平出平进！

他知道他今天这一切全仰仗马占胜同志。他叔父诚心诚意不给他办事！但是，他不办，有人替他办。他从自己人间天上一般的变化中，才具体地体验到了什么叫"后门"——后门，可真比前门的威力大啊！想到他是从"后门"进来的，心里也不免有些惴惴不安：现在到处都在反这东西！

但他很快又想：查出来的是少数！占胜说，哪个猫都沾腥哩！他让他放心，说出了事有他哩！于是他就尽量不往这方面想了。他觉得他既然已经成了国家干部，就要好好工作，搞出成绩来。这种心情也是真实的。他有时还把他的变化归到了党的关怀上，下决心努力为党工作——并且还庄严地想：干脆，明年就写入党申请书！

他的领导叫景若虹。老景比他大十几岁，瘦高个，戴一副白框眼镜。他"文化大革命"开始那年在省上师范大学中文系毕业。在高加林来之前，老景是县上唯一的通讯干事。

老景初次见面，给人的印象非常和蔼，表面上不多言语，但开口一谈吐，学问很大，性格内涵也很深。高加林很快就喜欢上了他，称他景老师。老景虽然没任命什么官，但不用说是他的当然领导。

上班后的头一两天，老景不让他工作；让他先整顿一下自己的行装和办公室，没事了出去玩一玩。

他和老景的办公室在县委的客房院里，四面围墙，单独开门。他和老景一人占一孔造价标准很高的窑洞。其余五孔窑洞是本县最高级的"宾馆"，只有省上和地委领导偶尔来一次，住几天。把通讯干事安排在这里办公，显示了县委领导对舆论宣传工作的重视。这里条件好，又安静，适合写文章。

高加林在外面晾晒完铺盖，放好了箱子。老景带他去县委办公室领了一套办公用具。桌椅板凳和公文柜在他来的前一天都已经摆好了。

所有这些弄好以后，高加林独个儿在窑里走来走去，这里看看，那里摸摸，忍不住嘴里哼起了他所喜爱的一首苏联歌曲《第聂伯河汹涌澎湃》；或者在镜子里照一会儿自己生气勃勃的脸。

一切都叫人舒心爽气！西斜的阳光从大玻璃窗户射进来，洒在淡黄色的写字台上，一片明光灿烂，和他的心境形成了完美和谐的映照。

全部安排好了。在县委的大灶上吃完下午饭，他就悠然自得地出去散步——先到他的母校县立中学。

正在假期，校园里没什么人。他徜徉在这亲切熟悉的地方，过去生活的全部事情都浮现在眼前了。手风琴的醉心的声音，学校运动会上的笑语喧哗，也在耳边喧响起来。当年同学们的脸庞一个个都历历在目。最后，他回忆的风帆才在黄亚萍的身边停下来。他和她在哪一块地方讨论过什么问题，说过什么话，现在想起来都一清二楚。

他在他经常去的几个地方分别按当年的姿势坐了坐，或躺一躺，忍不住热泪盈眶了。所有少年时期经历过的一草一木，在任何时候都会非常亲切地保留在一个人的记忆中，并且一想起就叫人甜蜜得鼻子发酸！

从学校里出来，他又去了县体育场——他是体育爱好者，是学校许多项运动队的队员。尤其是篮球，他和克南都是校队的主力。他曾在这里度过许多激动人心的傍晚！

他从体育场转出来，从街道上走了过去，像巡礼似的把城里主要的地方都转悠了一遍，最后才爬上东岗。

东岗长满了一片一片的小树林，有的树还是当年他们在清明节栽下的。山顶上是烈士陵园，埋葬着一百多名解放这座县城牺牲了的战士。那已经有些斑驳的石碑告诉人们，从那时到现在已经过去了三十多个年头。

这是县城风景最优美的地方。一般的市民兴趣都在剧院和体育场上。经常来这里的大部分是中学教师、医院里的大夫这样一些本城的知识分子。山冈很大，没几个人来，显得幽静极了。

高加林坐在一棵大槐树下。透过树林子的缝隙，可以看见县城的全貌。一切都和三年前他离开时差不多，只是街面上新添了几座三四层的楼房，显得"洋"了一些。县河上新架起了一座宏伟的大桥，一头连起河对面几个公社通向县城的大路，另一头直接伸到县体育场的大门上。

西边的太阳正在下沉，落日的红晖抹在一片瓦蓝色的建筑物上。城市在这一刻给人一种异常辉煌的景象。城外黄土高原无边无际的山岭，像起伏不平的浪涛，涌向了遥远的地平线……

当星星点点的灯火在城里亮起来的时候，高加林才站起来，下了东岗。一路上，他忍不住狂热地张开双臂，面对灯火闪闪的县城，嘴里喃喃地说："我再也不能离开你了……"

县城南面的一场暴风骤雨，给高加林提供了第一次工作的机会。

暴雨是早晨开始下的。城里雨也不小，但根据电话汇报，雨最大的地方是南马河公社。那里好几个村庄都被洪水淹没。初步统计，有三十多个人被洪水冲走，至今没有一点踪影；窑洞和房屋被水冲垮，许多人无家可归；全公社已经展开紧张的救灾活动……

为了及时报道救灾情况，正在患感冒的景若虹决定当天亲自去南马河公社。高加林坚决不让老景去；因为雨仍然在下着，老景感冒很重，淋雨根本不行。

加林硬不让老景去，而要求老景让他去。他对老景说，他第一次出去搞工作，这正是一个考验，就是稿子写不好，他也可以把材料收集回来让老景写。景若虹只好同意了。

高加林没骑自行车，因为听说南马河的大部分路都被冲坏了。他穿了一件公用雨衣，裤子挽在半腿把上，冒雨向南马河公社赶去。

他一路上热血沸腾。他性格中有一种冒险精神——也可以说是英雄主义品格。这种精神在无聊的斗殴中显示是可悲的，但遇到这样的情况，却显得很可贵了。

他在这种时候，精力充沛，精神集中，动作灵敏，思路清晰，一刹那间需要牺牲什么，他就会献出什么！

他是黄昏前出发的，出城没走几里路，天就黑了。

雨在头上浇盖着，天黑得伸出手看不见巴掌。他尽管路不熟，但仍然几乎是小跑着向南马河走。嗓门眼渴得像要烧着火，他就随便伏在路边的水坑里喝上几口。脚不知什么时候碰破了，连骨头都感到生疼。但所有这一切反而增加了他的愉快心情——这绝不是夸大的说法！真的，高加林此刻感到他真正像个新闻记者了。他尽管一天记者也没当，但深刻理解这个行业的光荣就在于它所要求的无畏的献身精神。他看过一些资料，知道在激烈的战场上，许多记者都是和突击队员一起冲锋——就在刚攻克的阵地上发出电讯稿。多美！

高加林是县上第一个到达南马河公社的干部。县委副书记率领的救灾队伍比他迟到了整整五个钟头——已经临近天明了。

加林到南马河时，公社干部谁也不认识他。他自己给他们介绍说，他是县上新任通讯干事，赶来采访报道救灾情况的。大家一看这个二十刚出头的青年人浑身糊成个泥圪垯，脚上还流着血，立刻深受感动，赶忙给他做饭吃。公社干部们也是刚从灾情最重的一个大队回来，吃完饭，准备又起身到另一些大队去。他们一个个也都是浑身透湿，脸被泥糊得只露两只眼睛。公社书记刘玉海浑身负了七处伤，都用纱布缠着，简直就像刚从打仗的火线上下来一般。

他们硬让加林换身衣服，把脚包扎一下，然后由公社文书在家向他汇报情况，其余的人又都出发去做救灾工作了。

加林坚决不依，硬要跟大家一块去。他只从提包里拿出塑料袋包的笔记本和钢笔，就强行跟着他们出发了。公社文书开玩笑说，他要先给县上的通讯干事写一篇报道，表扬他的这种工作精神。

半路上，这支满身泥巴的队伍分成了几组，分别到几个大队去查看情况，组织救灾。

高加林和文书小马跟书记刘玉海到寺佛大队去。一路上，他们谁也看不见谁，摸索着相跟前进。河道里山洪的咆哮声震耳欲聋，雨仍然瓢泼似的倾泻着。公社文书一边跌跌爬爬，一边给他谈全公社已知的受灾情况和公社的救灾措施。高加林在心里记录着。书记刘玉海一声不吭，走在前边。

到寺佛大队后，他们刚一落脚，村里就跑来许多人，一个个哭鼻流泪，纷纷告诉刘玉海塌了多少窑，冲走了多少牲口，毁坏了多少庄稼……

刘玉海胳膊腿都缠着纱布，脸黑苍苍的，大声问队干部："人怎样？"

大家回答："人都在哩！"

刘玉海没受伤的左胳膊一抢，吼雷一般喊道："只要人在，什么也不怕！"

这一声把大家顿时喊得精神振奋了起来。刘玉海马上把队干部们拉在公社的灶火圪崂里，在地上圪蹴成一圈，商量起了救急的办法。

高加林也被刘玉海这一声喊叫强烈地震动了。他侧过头，看见圪蹴在庄稼人中间的刘玉海，形象就像《红旗谱》里的朱老忠一样粗犷和有气魄。他看到他浑身都带着伤，还这样操心老百姓的事，心里非常感动。生活中有马占胜、高明楼这样的奸猾干部，同时也有刘玉海这样的好干部啊！马占胜虽然给他走了后门，但他在内心里并不喜欢他。刘玉海虽然第一次见面，他就被这个人强烈地吸引住了。

他想起刚才老刘那声喊叫，灵感立刻来了。他把笔记本和钢笔从塑料袋里掏出来，写下了他的第一篇报道的题目：《只要有人在，大灾也不怕》。

他就着公窑里微弱的灯光，专心写起了这篇报道。外面哗哗的大雨和河道里的山洪声喧嚣成了一片巨大的声响，但他都听不见。他激动得笔杆抖颤，在本子上飞快地写着。消息报道的门路架数他都懂得——他经常读报，各种文体早都在心中熟悉了。

写完稿子后，他就跟刘玉海到救灾现场，泥一把水一把地和众人一起干了起来。

第二天早晨，他把他的报道托公社的邮递员送到了老景的手里。

晚上，他和刘玉海、文书一同回到公社，参加了一次紧急会议。会上，各队回来的干部分别汇报了情况。高加林第一次参加这样的会议，但他毫不拘束地向许多人提问，搜集具体的情况和一些英雄模范事迹。

会后，除过值班人员外，刘玉海给大家安排了三个钟头的睡觉时间，然后半夜里又准备出发。

高加林没有睡。他在煤油灯下又连续写了三篇短通讯和一篇综合报道。

他写完后，出来站在公社门前，舒展了一下胳膊腿。

这时候，县上的有线广播开始播音。首先是本县节目，广播上传来了黄亚萍圆润洪亮的普通话："……社员同志们，现在请听加林采写的报道：《只要有人在，大灾也不怕》……"亚萍的声音听起来有点激动，尤其是读到刘玉海那一段事迹时很动感情；播音节奏似乎也比平时要快一点。

高加林站在窑檐下，心咚咚地跳着，一直听完了他的第一篇报道——尊敬的景老师连一个字都没改！

一种幸福的感情立刻涌上了高加林的心头，使他忍不住在哗哗的雨夜里轻轻吹起了口哨。

第二天，加林收到老景一张纸条，上面简短写着几个字：你干得很出色。等着你的下一批报道。什么时候回县城，由你决定……

高加林遵照老景的指示，把南马河抗灾的报道一篇又一篇发回到县上。晚上和早晨，有线广播不时传来黄亚萍圆润洪亮的普通话声："……现在播送加林从南马河抗灾第一线采写的报道……"

一直到第五天，高加林才随县委的慰问团一起回到了城里。

第十五章

高加林从南马河回来以后，倒在床上就什么也不知道了。

他已经整整睡了一个晚上。第二天，他连早饭也没起来吃，继续睡。

他在迷糊中，突然听见好像有人敲门。起先他以为是敲老景的门。仔细一听，却是敲他的门。他想，大概是老景叫他哩！赶忙从床上起来，一边穿衣服，一边对门外说："景老师，你进来！"

门外传来一阵咯咯的笑声。一听是个女的！

他赶忙又朝门外喊："先等一等！"

他很快把衣服穿上，前去开门。

门一打开，他惊讶地后退了一步：原来是黄亚萍！

亚萍手扶住门框，含笑望着他。她已不像学校时那么纤弱，变得丰满了。脸似乎没什么变化，不过南方姑娘的特点更加显著：两道弯弯的眉毛像笔画出来似的。上身是一件式样新颖的薄薄的淡水红短袖，下身是乳白色筒裤，半高跟赭色皮凉鞋——这些都是高加林一瞥之中的印象。

黄亚萍走进高加林的办公室，说："你到县上工作了，为什么不来找我们？当了大记者，把老同学不放在眼里了！"

高加林慌忙解释说，他刚来，比较忙乱；接着很快又去了南马河；说他正准备这两天去看她和克南。

"克南怎没来？"加林一边给老同学倒水，一边问。

黄亚萍说："人家现在是实业家，哪有串门的心思！"

加林把茶杯放在黄亚萍面前，过去坐在床上，说："克南的确是个实业家，很早我就看出他发展前途很大，国家现在正需要这样的人才。"

"别说克南了，让他当他的实业家去！"亚萍开玩笑说，"说说你吧！你一定累坏了！南马河那些抗灾报道写得太好了，有几篇我广播录音时都流了泪……"

"没你说的那么好。头一次写这类文章，很外行，全凭景老师修改。"加林谦虚地说，但他心里很高兴。

"你比在学校时又瘦了一些。不过好像更结实了，个子也好像又长高了。"亚萍一边喝茶，一边用眼睛打量他。

加林被她看得有点不好意思，搪塞说："当了两天劳动人民，可能比过去结实一些……"

亚萍很快意识到了加林的局促，自己也不好意思地把目光从加林身上移开，低头喝起了茶水。

他们沉默了一会。

黄亚萍低头喝了一会茶，才又开口说："你到了城里，我很高兴，又有个谈得来的人了。你不知道，这几年能把人闷死。大家都忙忙碌碌过日子，天下事什么也不闻不问。很想天上地下地和谁聊聊天，满城还找不下一个人！"

"你说得太过分了。这样的人有的是，可能你不太熟悉的缘故。你太傲气了，一般人不容易接近你。"加林笑着说。

黄亚萍也笑了，说："可能有这方面的原因，但我的确感到生活过得有点沉闷。我希望能有一点浪漫主义的东西。"

"好在有克南哩……"加林自己也不知道为什么顺口说出了这句话。

"克南你又不是不知道！人心眼倒不坏，但我总觉得他身上有情趣的东西太少了。不过，这几年他还是给了我不少帮助……你大概知道我们后来的……情况。"黄亚萍的脸红了。

"从旁听到过一点。"加林说。

"你今天中午到我们家去吃饭吧！"黄亚萍抬起头，热情地邀请他。

加林赶忙说："不了，不了，我根本不习惯去生人家吃饭。"

"我是生人吗?"黄亚萍有点委屈地问他。

"我是说我不认识你父母亲。"

"一回生，二回熟!"

"谢谢你的好意，我不……"

"怕人?"

"嗯……"

"乡巴佬!"黄亚萍咯咯笑了。

高加林并没有为这句嘲笑话生气。他很高兴亚萍这种亲切的玩笑。以前在学校时，她就常开玩笑叫他乡巴佬。

"乡巴佬就乡巴佬。本来就是乡巴佬。"他高兴地看了一眼黄亚萍。

亚萍也看着他说："你实际上根本不像个乡下人了。不过，有时候又表现出乡里人的一股憨气，挺逗人的……你不去我们家吃饭就算了，但你可要常来广播站，咱们好好聊聊天，像过去在学校一样，行吗?"

高加林一时不知该如何回答。过去学校的生活又一幕一幕在眼前闪过。不过，那时他们还是孩子，都很单纯。而现在，他们都已二十多岁了，还能像过去那样无拘无束地交往吗？说心里话，他很愿意和亚萍交谈。他们性格中共同的东西很多，话也能说到一块。但他知道再很难像学生时期那样交往了。他们都已经成了干部，又都到了一个惹人注目的年龄。再说，她和克南已经是恋爱关系，他必须考虑到这个因素。

他犹豫了一下，见亚萍还看着他，等他说话，便支支吾吾说："有时间，我一定去广播站拜访你。"

"外交部的语言！什么拜访？你干脆说拜会好了！我知道你研究国际问题，把外交辞令学熟练了！"

高加林忍不住大笑了，说："你和过去一样，嘴不饶人！好吧，我一定去广播站找你！"

"你不去也行。我到你这里来！"

加林有点不高兴了，说："亚萍，我请求你不要经常来我这里。我刚工作，怕影响……很对不起……"

黄亚萍也马上觉得，她自己今天已经有点失去了分寸，便很快站起来，没什么合适的掩饰话，只好说："我开玩笑哩！你赶快休息吧，我走了……真的，有时间到广播站来拉拉话，咱们从学校毕业后，分别已经三年多了……"

高加林很诚恳地对她点点头。

黄亚萍从县委大院出来后，感到胸口和额头像火烧似的发烫。高加林的突然出现，把她平静的内心世界搅翻了！

中学毕业以后，她在县上参加了工作，加林回了农村，他们从此就分手了。分别后最初的一年，她时不时想起他。过去在学校他们一块那些很要好的交往情景，也常在她眼前闪来闪去。她有时甚至很想念他。她长这么大，跟父亲走过好几个地方上学，所有她认识的男同学，都没有像加林这样印象深刻。她原来根本看不起农村来的学生，认为他们不会有太出色的人。但和加林接触后，她改变了自己的看法。加林的性格、眼界、聪敏和精神追求都是她很喜欢的。

后来，他们分开了，虽然距离只有十来里路，但如同两个世界。毕业时，他们谁也没有相约再见的勇气啊！就这样，一晃就是三年。直到前不久她在车站送克南出差时，才又看见了他。那次见面，弄得她精神好几天都恍恍惚惚的。

高中毕业后，克南比在学校时更接近她了。他经常三一回五一回往广播站跑，给她送吃送喝。来了什么时兴货，也替她买来了。她起先很讨厌他这样。在学校时，克南就常找机会给她献殷勤，她总是避开了——她的交往兴趣主要在高加林身上。但是，现在她工作了，单位上人生地疏，她的傲性子别人又不好接近，也确实感到有点孤独。克南总算同学几年，相互也比较了解，后来她就渐渐和克南好起来。她发现克南做啥事有股实干劲，心地也很善良，尤其在生活方面，他是一个很周到的人。他身上有些东西她不喜欢，他自己也有所察觉，在她面前尽量克服着。他也真有闲心。她一般生病从不告诉父母亲，常一个人在单位躺着。但瞒不住克南。他立刻就像一个细心的护士和保姆一样守护在她身边。他做一手好菜，一天几换样侍候她吃。

她渐渐受了感动，接受了克南对她的爱情。双方父母也都很满意。这两年，他们的感情已经比较平稳地固定了下来。她对克南也开始喜欢了。他虽然风度不很潇洒，但长得也并不难看。标准的男子汉体格，肩膀宽宽的，这几年在副食部门工作，身体胖了一些，但并不是臃肿，反而增加了某种男子汉气概。她和他一同相跟着看电影，也是全城比较瞩目的一对。

前不久，军分区已基本同意亚萍父亲提出转业到老家江苏地方上工作的请求。父亲在那边的工作地点基本联系好了，在南京市内。亚萍是独生女，按规定，可以在父母身边工作。他父亲的一个老战友在江苏省级机关任领导职务，去年回老家时路过南京，这个叔叔听了她的播音，当时就让她到江苏人民广播电台当播音员。现在她要是回到南京，干这工作基本没问题。问题是克南。但他父亲已经给南京的许多老战友写了信，给克南联系工作单位，准备让克南和他们家一同调过去……

生活本来一切都是在平静、正常和满意中进行的。可是，现在却突然闯进来个高加林！

当亚萍第一次播送加林在南马河采写的抗灾报道时，才从老景那里知道，加林已经是县委的通讯干事了。她念着他那才气横溢的文章，感情顿时燃烧了起来，过去的一切又猛然地出现在她的眼前。她在录广播稿时，面对旋转的磁盘，的确落了泪，但并不完全是稿件的内容使她受了感动，而是她想起了她和加林过去在学校里的那些生活。她现在才清楚，她实际上一直是爱他的！他也是她真正爱的人！她后来之所以和克南好了，主要是因为加林回了农村，她再没有希望和他生活在一块儿。不必隐瞒，她还不能为了爱情而嫁给一个农民；她想她一辈子吃不了那么多苦！

现在，加林已经参加了工作，那个对她来说是非常害怕的前提已经不复存在。在同等条件下，把加林和克南放在她爱情的天平上称一下，克南的分量显然远远比不上加林了……于是，她今天早晨刚听说加林回来了，就忍不住跑来看望他……

现在她走在返回广播站的小路上，心情又激动又难受。她现在看见加林变得更潇洒了：颀长健美的身材，瘦削坚毅的脸庞，眼睛清澈而明亮，有点像小说《钢铁是怎样炼成的》里面保尔·柯察金的插图肖像；或者更像电影《红与黑》中的于连·索黑尔。

"如果我和他一块生活一辈子多好啊！"亚萍一边走，一边心里想。可是，她马上又觉得很难受，因为她同时想起了克南。

"哎呀，走路低着个头，小心跌倒！"

迎面一声话音，惊得亚萍抬起了头：她正想克南的事，克南他妈就在她眼前！她不喜欢克南他妈——药材公司副经理身上有一股市民和官场的混合气息。

克南妈把手里提的几条肥鱼扬了扬，说："中午来！南方人在咱这里真是受罪，一年都吃不上个鱼！这是副食公司刚从后山公社的水库里捞出来的……"

"伯母，我不去，我在你们家已经吃得太多了。"亚萍尽量笑着说。

"看这娃娃说的！我们家怎么成了你们家！"

亚萍一下子被克南他妈这句饶口的话逗笑了，也马上饶舌说："你们家怎么成了我们家？"

克南妈也被逗得哈哈大笑了。

亚萍对她说："我今天胃不舒服，不想吃饭。我要赶快回去躺一会。"

"要不要药？公司门市上新进了一种胃疼片，效果……"

"我有，不麻烦您了。"

亚萍说完，就匆匆从克南妈身边绕过去，向广播站走去。

她一进自己的房子，一下子就躺在床铺上。她从头下面拉出枕巾，把自己的脸蒙起来。

刚躺下不一会，就听见有人敲门。她厌烦地问："谁？"

"我。"克南的声音。

她烦躁地下去开了门。

克南一进来，高兴地对她说："中午到我家吃鱼去！刚打出来的鲜鱼！我买了几条，我妈已经提回去了……"

"你们母子就知道个吃！吃！你看你吃得快胖成个猪了！去年新织

的毛衣，刚穿一冬，领子就撑得像桶口一般大！"黄亚萍气冲冲地又躺在了床上，拿枕巾把脸盖起来。

这一顿劈头盖脸的冰雹，打得张克南就像折了腰的糜子，蔫头耷脑地站在脚地上，不知如何是好；亲爱的亚萍今天发生了什么事？

他不知所措地两只手互相搓了一会，走过去，轻轻把蒙在亚萍脸上的枕巾揭开。

亚萍一把夺过去，又盖在脸上，大声喊叫说："你走开！"

张克南惶惑地倒退了两步，哭一般说："你今天倒究是怎了嘛……"

过了好一会，亚萍才坐起来，把脸上的枕巾抹下，尽量平静一点地对呆立在脚地上的克南说："你别生气。我今天身体有点不舒服……"

"那今天晚上的电影你能不能去看？"克南一边从口袋里掏电影票，一边说，"听人家说这电影可好哩！巴基斯坦的，上下集，叫《永恒的爱情》。"

黄亚萍叹了一口气，说："我去……"

第十六章

高加林立刻就在县城成了一个引人注目的人物。他的各种才能很快在这个天地里施展开了。地区报和省报已经发表了他写的不少通讯报道；并且还在省报的副刊上登载了一篇写本地风土人情的散文。他没多时就跟老景学会了照相和印放相片的技术。每逢县上有一些重大的社会活动，他胸前挂个带闪光灯的照相机，就潇洒地出没于稠人广众面前，显得特别惹眼。加上他又是一个标致漂亮的小伙子，更使他具有一种吸引力了。不久，人们便开始纷纷打问：新出现在这个城市的小伙子，叫什么？什么出身？多大年纪？哪里人？……许多陌生的姑娘也在一些场合给他飘飞眼，千方百计想接近他。

傍晚的时候，他又在县体育场大出风头。县级各单位正轮流进行篮球比赛。高加林原来就是中学队的主力队员，现在又成了县委机关队的主力。山区县城除过电影院，就数体育场最红火。篮球场灯火通明，四周围水泥看台上的观众经常挤得水泄不通。高加林穿一身天蓝色运动衣，两臂和裤缝上都一式两道白杠，显得英姿勃发；加上他篮球技术在本城又是第一流的，立刻就吸引了整个体育场看台上的球迷。

在一个万人左右的山区县城里，具备这样多种才能，而又长得潇洒的青年人并不多见——他被大家宠爱是很正常的。

很快，他走到国营食堂里买饭吃，出同等的钱和粮票，女服务员给他端出来的饭菜比别人又多又好；在百货公司，他一进去，售货员就主动问他买什么；他从街道上走过，有人就在背后指画说："看，这就是县上的记者！常背个照相机！在报纸上都会写文章哩！"或者说："这就是十一号，打前锋的！动作又快，投篮又准！"

高加林简直成了这个城市的一颗明星。

不用说，他的精神现在处于最活跃、最有生气的状态中。他工作起来，再苦再累也感觉不到。要到哪里采访，骑个车子就跑了。回到城里，整晚整晚伏在办公桌上写稿子。经济也开始宽裕起来了。除过工资，还有稿费。当然，报纸上发的文章，稿费收入远没有广播站的多；广播站每篇稿子两元稿费，他几乎每天都写——"本县节目"天天有，但县上写稿的人并不多。

他内心里每时每刻都充满了一种骄傲和自豪的感觉，自尊心得到了最大的满足。有时候他也由不得轻飘飘起来，和同志们说话言词敏锐尖刻，才气外露，得意的表情明显地挂在脸上。有时他又满头大汗对这种身不由己的冲动，进行严厉的内心反省，警告自己不要太张狂：他有更大的抱负和想法，不能满足于在这个县城所达到的光荣；如果不注意，他的前程就可能要受挫折——他已经明显地感到了许多人在嫉妒他的走红。

这样想的时候，他就稍微收敛一下。一些可以大出风头的地方，开始有意回避了。没事的时候，他就跑到东岗的小树林里沉思默想；或者一个人在没人的田野里狂奔突跳一阵，以抒发他内心压抑不住的愉快感情。

他只去县广播站找过一回黄亚萍。但亚萍"不失前言"，经常来找他谈天说地。起先他对亚萍这种做法很烦恼，不愿和她多说什么。可亚萍寻找机会和他讨论各种问题。看来她这几年看了不少书，知识面也很宽，说起什么来都头头是道；并且还把她写的一些小诗给他看。渐渐地，加林也对这些交谈很感兴趣了。他自己在城里也再没更能谈得来的人。老景知识渊博，但年龄比他大；他不敢把自己和老景放在平等地位上交谈，大部分是请教。

他俩很快恢复了中学时期的那种交往。不过，加林小心翼翼，讨论只限于知识和学问的范围。当然，他有时也闪现出这样的念头：我要是能和亚萍结合，那我们一辈子的生活会是非常愉快的；我们相互之间的理解能力都很强，共同语言又多……

这种念头很快就被另一种感情压下去了——巧珍那亲切可爱的脸庞立刻出现在他的眼前。而且每当这样的时候，他对巧珍的爱似乎更加强烈了。他到县里后一直很忙，还没见巧珍的面。听说她到县里找了他几回，他都下乡去了。他想过一段抽出时间，要回一次家。

这一天午饭后，加林去县文化馆翻杂志，偶然在这里又碰上了亚萍——她是来借书的。

他们在一张椅子上坐下来，马上东拉西扯地又谈起了国际问题。这方面加林比较特长，从波兰"团结工会"说到霍梅尼和已在法国政治避难的伊朗前总统巴尼萨德尔；然后又谈到里根决定美国本土生产和储存中子弹在欧洲和苏联引起的反响。最后，还详细地给亚萍讲了一条并不为一般公众所关注的国际消息：关于美国机场塔台工作人员罢工的情况，以及美国政府对这次罢工的强硬态度和欧洲、欧洲以外一些国家机场塔台工作人员支持美国同行的行动……

亚萍听得津津有味，秀丽的脸庞对着加林的脸，热烈的目光一直爱慕和敬佩地盯着他。

加林说完这些后，亚萍也不甘示弱，给他谈起了国际能源问题。她先告诉加林，世界主要能源已从煤转变到石油。但七十年代以来，能源消费迅速增多，一些主要产油地区的石油资源已快消耗殆尽；新的能源危机必然要在世界出现。另外，据联合国新闻处发表的一份文件说，一九五〇年，世界陆地面积有四分之一覆盖着森林，但到今天一半的森林已经在斧头、推土机、链锯和火灾之下消失了。仅在非洲，每年大约有五百万英亩森林被当作燃料烧掉。联合国粮农组织的调查表明，全世界有一亿多人口深受燃料严重短缺之苦……

黄亚萍口若悬河，侃侃而谈。她接着又告诉加林，除了石油，现在有十四种新能源和可再生能源的复合能源，即太阳能、地热能、风力、水力、生物能、薪柴、木炭、油页岩、焦油砂、海洋能、波浪能、潮汐能、泥炭和畜力……

高加林听她滔滔不绝地讲述着，惊讶得半天合不拢嘴。他想不到亚萍知道的东西这么广泛和详细！

接着，他们又一块谈起了文学。亚萍犹豫了一下，从口袋里掏出一片纸，递给高加林说："我昨天写的一首小诗，你看看。"

高加林接过来，看见纸上写着：

赠加林

我愿你是生着翅膀的大雁，

自由地去爱每一片蓝天；

哪一块土地更适合你生存，

你就应该把那里当作你的家园……

高加林看完后，脸上热辣辣的。他把这张纸片递给亚萍说："诗写得很好。但我有点不太明白我为什么应该是一只大雁……"

亚萍没接，说："你留着。我是给你写的。你会慢慢明白这里面的意思的。"

他们都感到话题再很难转到其他方面了；而关于这首诗看来两个人也不好再说什么，就都从椅子上站起来，准备分手了。两个人都有点兴奋。

亚萍先走了。加林把她送给他的诗装进口袋里，从后面慢慢出了阅览室的门。

他心情惆怅地怔怔站了一会；正准备到县水泥厂去采访一件事，一辆拖斗车的大型拖拉机吼叫着停在他身边。

加林惊讶地看见，开拖拉机的驾驶员竟然是高明楼当教师的儿子三星！

三星已从驾驶座上跳下来，笑嘻嘻地站在他面前。

"你怎开起了拖拉机？"加林问。

"你走后没几天，占胜叔叔就把我安排到县农机局的机械化施工队了。现在正在咱大马河上川道里搞农田基建。"

"那你走了，谁顶你教书哩？"

"现在巧玲教上了。"三星说。

"她没考上大学?"

"没……"三星犹豫了一下，说，"巧珍看你来了。她就坐我的拖拉机下来的。我路过咱村，她正在公路边的地里劳动，就让我把她捎来……她在前面邮电局门前下车的，说到县委去找你……"

加林胸口一热，向三星打了个招呼，就转身急匆匆向县委走去。

高加林走到县委大门口的时候，见巧珍正在门口旋磨着朝县委大院里张望。她还没有看见他正从后面走来。

高加林望了一眼她的背影，见她上身仍穿着那件米黄色短袖。一切都和过去一样，苗条的身材仍然是那般可爱；乌黑的头发还用花手帕扎着，只是稍有点乱——大概是因为从地里直接上的拖拉机，没来得及梳。看一眼她的身体，高加林的心里就有点火烧火燎起来。

当巧珍看见他站在她面前时，眼睛一下子亮了，脸上挂上了灿烂的笑容，对他说："我要进去找你，人家门房里的人说你不在，不让我进去……"

加林对她说："现在走，到我办公室去。"说完就在头前走，巧珍跟在他后面。

一进加林的办公室，巧珍就向他怀里扑来。加林赶忙把她推开，说："这不是在庄稼地里！我的领导就住在隔壁……你先坐在椅子上，我给你倒一杯水。"他说着就去取水杯。

巧珍没有坐，一直亲热地看着她亲爱的人，委屈地说："你走了，再也不回来……我已经到城里找了你几回，人家都说你下乡去了……"

"我确实忙!"加林一边说，一边把水杯放在办公桌上，让巧珍喝。

巧珍没喝，过去在他床铺上摸摸，又揣揣被子，捏捏褥子，嘴里唠叨着："被子太薄了，罢了我给你絮一点新棉花；褥子下面光毡也不行，我把我们家那张狗皮褥子给你拿来……"

"哎呀，"加林说，"狗皮褥子掂到这县委机关，毛烘烘的，人家笑话哩!"

"狗皮暖和……"

"我不冷! 你千万不要拿来!"加林有点严厉地说。

巧珍看见加林脸上不高兴，马上不说狗皮褥子了。但她一时又不知该说什么，就随口说："三星已经开了拖拉机，巧玲教上书了，她没考上大学。"

"这些三星都给我说了，我已经知道了。"

"咱们庄的水井修好了！堰子也加高了！"

"嗯……"

"你们家的老母猪下了十二个猪娃，一个被老母猪压死了，还剩下……"

"哎呀，这还要往下说哩！不是剩下十一个了吗？你喝水！"

"是剩下十一个了。可是，第二天又死了一个……"

"哎呀哎呀！你快别说了！"加林烦躁地从桌子上拉起一张报纸，脸对着，但并不看。他想起刚才和亚萍那些海阔天空的讨论，多有意思！现在听巧珍说的都是这些叫人感到乏味的话；他心里不免涌上了一股说不出的滋味。

巧珍看见他对自己这样烦躁，不知她哪一句话没说对，她并不知道加林现在心里想什么，但感觉他似乎对她不像以前那样亲热了。

再说些什么呢？她自己也不知道了。她除过这些事，还再能说些什么！她决说不出十四种新能源和可再生能源的复合能源！

加林看见巧珍局促地坐在他床边，不说话了，只是望着他。脸上的表情看来有点可怜——想叫他喜欢自己而又不知道该怎样才能叫他喜欢！

他又很心疼她了，站起来对她说："快吃下午饭了，你在办公室先等着，让我到食堂里给咱打饭去，咱俩一块吃。"

巧珍赶忙说："我一点也不饿！我得赶快回去。我为了赶三星的车，锄还在地里撂着，也没给其他人安咐……"

她从床边站起来，从怀里贴身的地方掏出一卷钱，走到加林面前说："加林哥，你在城里花销大，工资又不高，这五十块钱给你，灶上吃不饱，你就到街上食堂里买得吃去。再给你买一双运动鞋，听三星说你常打球，费鞋……前半年红利已经决分了，我分了九十二块钱呢……"

高加林忍不住鼻根一酸，泪花子在眼里旋转开了。他抓住巧珍递钱的手说："巧珍！我现在有钱，也能吃得饱，根本不缺钱……这钱你给你买几件时兴衣裳……"

"你一定要拿上！"巧珍硬给他手里塞。

他只好说："你如果再这样，我就恼了！"

巧珍看他脸上真的不高兴了，就只好委屈地把钱收起来，说："我给你留着！你什么时候缺钱花，我就给你……我要走了。"

加林和她相跟着出了门，对她说："你先到大马河桥上等我；我到街上有个事，一会儿就来了……"

巧珍对他点点头，先走了。

高加林飞快地跑到街上的百货门市部，用他今天刚从广播站领来的稿费，买了一条鲜艳的红头巾。他把红头巾装在自己随身带的挂包里，就向大马河桥头赶去。

高加林一直就想给巧珍买一条红头巾。因为他第一次和巧珍恋爱的时候，想起他看过的一张外国油画上，有一个漂亮的姑娘很像巧珍，只是画面上的姑娘头上包着红头巾。出于一种浪漫，也出于一种纪念，虽然在这大热的夏天，他也要亲自把这条红头巾包在巧珍的头上。

他赶到大马河桥头时，巧珍正站在那天等他卖馍回来的那个地方。触景生情，一种爱的热流刹那间漫上了他的心头。

他和她肩并肩走下桥头，转向大马河川道。

拐过一个山峁，加林看看前后没人，就站住，从挂包里取出那条红头巾，给巧珍拢在了头上。

巧珍并不明白她亲爱的人为什么这样，但她全身心感到了这是加林在亲她爱她！

她也不说什么，一下子紧紧抱住他，幸福的泪水在脸上唰唰地淌下来了……

高加林送毕巧珍，返回到街上的时候，突然感到他刚才和巧珍的亲热，已经远远不如他过去在庄稼地里那样令人陶醉了！

为了这个不愉快的体会，他抬起头，向灰蒙蒙的天上长长吐了一口气……

第十七章

黄亚萍的精神正处于激烈的动荡之中。她现在内心里狂热地爱着高加林，觉得她无论如何要和高加林生活在一块。她已经下决心要和张克南中断恋爱关系了。

问题是她父母亲将会怎样看待她的行为呢？她是他们的独生女儿，从小娇生惯养，父母亲抢着亲她，什么事上也不愿她受委屈。但是他们太爱克南了。这几年里，克南几乎像儿子一样孝敬他们；他们也像对待儿子一样对待他。她要是和克南断了关系，肯定会给父母亲的精神带来沉重的打击。再说，两家四个大人的关系也已经亲密得如同一家人一样。她父亲是军人，非常讲义气，一定认为这是天下最不道德的事！

不管怎样，她想来想去，还是决定非和克南断绝关系不可。不管父母亲和社会舆论怎样看，她对这事有她自己的看法。

在这个县城里，黄亚萍可以算得上少数几个"现代青年"之一。在她看来，追求个人幸福是一个人的权利和自由，"我是我自己的"，谁也没权力干涉她的追求，包括至亲至爱的父母亲；他们只是从岳父岳母的角度看女婿，而她应该是从爱情的角度看爱人。别说是她和克南现在还是恋爱关系；就是已经结婚了，她发现她实际上爱另外一个人，她也要和他离婚！

在她这方面，决心已经是下定了。现在她最苦恼的是，高加林是不是爱她呢？

从她个人感觉，高加林是很喜欢她的；而且他们在学校时就比一般同学相好。她想：就她各方面的条件来说，高加林也应该爱她！她长得虽然不像电影明星，但在这个城里就算数一数二的——她对自己的长相基本上是这样估计的。另外，她的家庭在社会上的地位和经济状况都比高加林强。更主要的是，他们很快要到南京去安家；她将会是江苏人民广播电台的播音员。她知道高加林是一个向往很远大的人，将来跟他们家去南京对他肯定有吸引力。不像张克南，在她父母面前不敢说，私下里还单独劝她不要去南京；说这地方已经人熟地熟生活过得很安乐——这人真没出息！

虽然她对加林爱她有一定的把握，但也不全尽然——有时候，他的脾气很古怪，常常有一些特别的行为。

但不管怎样，她要和他把问题谈明。她已经不能忍受了。最近以来，她吃不下去饭，晚上经常失眠，工作已经出了几次差错。大前天早晨，轮她值班，她一晚上失眠，快天明时才睡着，竟然连闹钟都没吵醒她，结果广播时间整整推迟了十五分钟。广播站长带着好几个人愣打门板才把她叫醒。因为这事，领导已经批评了她。

这天中午，她只吃了几口饭。想来想去，再不能拖下去了，于是就准备到县委去找高加林。

她刚要起身，克南却来了，气得她差点要哭出来。

"你怎又不高兴了？"克南自己也马上一脸愁相，"你最近是不是身上什么地方有病哩？干脆，我下午陪你到医院检查一下！"克南愁眉苦脸地看着她说。

"不要检查！我害的是心脏病！"亚萍往床上一躺，赌气地说，也不看他。

"心脏病？"克南慌了，"你什么时候得的？"

"哎呀！谁有心脏病？你真笨！你连个玩笑都听不来嘛！"亚萍又烦又躁地说。

"我看你不像是开玩笑，也就当成真的了。"克南松了一口气，笑着说。

他给自己倒了一杯水，坐在桌前的椅子上，说："亚萍，加林参加工作，来县上时间已经不短了。我今天才突然想起，咱两个应该请他吃一顿饭。在学校时，咱们关系都不错，你和加林也谈得来，现在在县城里工作的同学也不多……就在国营食堂请他，那里我人熟，一个系统的，方便……"

黄亚萍躺在床上一句话也不说。

克南又问她："你说行不行？"

躺在床上的黄亚萍转过脸，几乎是央告着说："好克南哩，你不要扯这些了，我心烦得要命，你不要再折磨我了！你上班去，让我睡一会……"

克南见她这样，只好站起来。他走到门前，又折转身，准备亲一下亚萍。黄亚萍一下子把头蒙在被子里，喊叫说："不要这样了！你快走！"

克南又失望又急躁地叹了一口气，走了。

黄亚萍躺在床上，好长时间爬不起来。她一刹那间觉得很痛苦：克南太老实了，他竟然看不出来她爱加林，还要请加林吃饭！

她觉得她对克南有点太残酷了。她暂时决定今天中午不去找加林谈了。

吃下午饭时，她心烦意乱地回到了家里。

他父亲正戴着老花镜，仔细地读报纸上的一篇社论，红铅笔在字行下一道一道画着。她母亲见她回来，赶忙从后边箱子里拿出一件衣服，说："克南他爸去上海出差给你买的，克南妈才送来的，你试试……"

她把她妈递到手边的衣服一推，说："先放一边去。我不舒服……"

她爸侧过头，眼睛从镜框上面瞅着她说："亚萍，我看你最近好像精神不大对，像有什么心事？"

亚萍也不看父亲，拿梳子对着镜子认真地一边梳头发，一边说："不久，我可能要做出一个重大的决定。不过，现在不告诉你们。"

"是不是要和克南结婚？"她母亲问她。

"不，离婚！"她说完，忍不住为这句话笑了。

她母亲也笑了，说："永远是个调皮鬼！还没结婚就离婚哩！"

她父亲又低下头看报纸，笑眯眯地，嘴里也嘟囔了一句："真是个调皮鬼……"

两位老人谁都没认真对待女儿的这句话——他们不久就会知道这句话意味着什么了。

黄亚萍现在进一步认定，她得尽快去找加林谈明她的心思。决不能再拖下去了！早一点解决了，所有的当事人精神上也就早一点解脱了。她不能再这样瞒着克南，也不能再这样折磨他了。

她梳完头，换了一身深蓝色学生装，晚饭也没吃，就从家里出来，径直向县委走去。

她来到通讯组，高加林不在办公室，门上还吊把锁。

是不是下乡去了？她感到很难受。她很快到隔壁窑洞问景若虹。老景告诉她，加林没有下乡，今天一天都在办公室写稿子，刚才吃完饭出去散步去了。

谁知道他现在在哪里散步呢？这再不好问老景了。

她犹豫了一下，还是开口问："老景，你知道高加林到什么地方散步去了？"

景若虹机警地看了她一眼，说："这我一下也说不准。有急事吗？"

"没……"黄亚萍一下子感到脸上热辣辣的。

她正准备转身走，景若虹突然拍了一下脑门，对她说："可能去东岗了，他常爱去那里溜达。"

"谢谢您。"亚萍向他点点头，便又从县委大院里出来了。

高加林此刻的确在东岗。

他靠在一棵槐树上，手指头夹着一根纸烟。他最近抽烟抽得很厉害。

整整写了一天稿子，头脑一直昏昏沉沉的。现在被野外的风一吹，又加上烟的刺激，脑子很快又清醒了。

他由不得又交替想起了黄亚萍和巧珍。他不知为什么，一闲下来就同时想这两个人。毫无疑问，亚萍已经给了他一些爱情的暗示。但他觉得又有点奇怪：她不是一直和克南很好吗？

从内心上说，亚萍以前一直就是他理想中的爱人。过去他不敢想，现在他也许敢想了，但情况又变得复杂。她和克南已经恋爱了，而他也和巧珍恋爱了。想来想去，一切都好像已经无法挽回，他也就尽力说服自己不要再多考虑这事了。但亚萍一次又一次找他，除过语言的暗示，还用表情、目光向他表示：她爱他！

他已经是恋爱过的人，对这一切都非常敏感；而且亚萍简直等于给他明说了。

他的心潮早已开始激荡；并且感到一场风暴就要来临——他为之激动，又为之战栗！

一切将会怎样发展？什么时候闪电？什么时候吼雷？什么时候卷起狂风暴雨？

高加林靠在树干上，一边吸烟，一边胡思乱想。他觉得他想了许多问题，又觉得他什么也没想。

一场普遍的透雨落过以后，大地很快凉了下来。虽然伏天未尽，但立秋已经近二十天。在山区，除过中午短暂地炎热一会，一早一晚已经感到有点冷了。

高加林没有穿长袖衫，胳膊已冷得受不了。他于是便起身下山。

一层淡淡的雾气从沟底里漫上来，凉森森地带着一股潮气。他一边慢慢下山，一边向县城瞭望。城里又是灯火一片了。眼下已经没有多少人在外面乘凉，县城的大街小巷变得很清静，像洪水落下的河道。一盏又一盏橘黄色的路灯，静静地照耀着空荡荡的街面。只有十字街头还有一些人；那里不时传来卖小吃的摊贩无精打采的吆喝声……

高加林沿着一条小土路，刚下了一个小坡，看见前面上来了一个人。

他忍不住站下了。直等那人走近，他才大吃了一惊：原来是黄亚萍！

"你怎上这儿来了？"他又兴奋又惊讶地问。

亚萍两只手斜插在衣袋里，笑着说："这又不是你家的祖坟！别人为啥不能上来？"

"一说话就和打枪一样！"加林说，"天这么黑了，你一个人……"

"谁说我一个人？"

加林赶忙又向山下的小路上望了望，说："克南哩？怎不见他？"

"他又不是我的尾巴，跟我干什么？"

"那还有什么人哩？"

"你不是个人？"

"我？"

"嗯！"

加林一下子感到心跳得像要从胸腔里蹦出来似的。

亚萍声音突然变得非常轻柔地说："加林，你别怕，咱们一块坐一坐。"

高加林犹豫了一下，就和她一起走到旁边一片不太茂密的小杏树林里。

他们坐下来。两个人都摘了几片杏叶，在手里捏着，摸着，撕着，半天谁也没说话。

"我要走了……"亚萍突然开口说。

"到什么地方出差去？"加林转过头问。

"不是出差，是永远离开这里！"亚萍怔怔地望着灯火闪烁的城市，说。

"啊？"加林忍不住失口叫了一声。

"……我父亲很快就要转业到南京工作，我也要调过去。"亚萍转过头对加林说。

"你愿意走吗？"加林的眼睛紧紧盯着她的眼睛。

黄亚萍把脸稍微转开一点，憧憬似的望着星光灿烂的远方，喃喃地说："我当然愿意走！南方，是我的家乡，我从小生在那里，尽管后来跟父母到了北方，但我梦里都想念我的美丽的故乡……"她眼里似乎闪动着泪水，喃喃地念道："江南好，风景旧曾谙：日出江花红胜火，春来江水绿如蓝。能不忆江南！……"

加林忍不住接着她念道："江南忆，最忆是杭州：山寺月中寻桂子，郡亭枕上看潮头。何日更重游？……"

亚萍转过头，热烈地望着加林，说："南京离杭州很近。上有天堂，下有苏杭。苏州就是江苏省的……"

"唉……"加林叹了一口气，"那些地方我这一辈子是去不成了！"

"你想不想去？"亚萍扬起头，脸上露出一种无法描述的微笑。

"我联合国都想去！"加林把手中的树叶一丢，把头扭到一边去。

"我是问你想不想去南京、苏州、杭州，还有上海？"

"不会有到那些地方出差的机会。"

"要是一个人在那些地方玩，也没什么意思！"亚萍说。

"你去不会是一个人，有克南陪你哩……"

"我希望不是他，而是你！"

高加林猛地回过头，眼睛像燃烧似的看着黄亚萍。

黄亚萍眼里泪花闪闪，激动地说："加林！自从你到县里以后，我的心就一天也没有宁静过。在学校时，我就很喜欢你。不过，那时我们年龄都小，不太懂这些事。后来你又回了农村……现在，当我再看见你的时候，我才知道我真正爱的人是你！克南我并不反感，但我实际上对他产生不了爱情。实际上，我父母亲比我更爱他……咱们在一块生活吧！跟我们家到南京去！你是一个很有前途的人，在大城市里就会有大发展。我回去可能在省广播电台当播音员；我一定让父亲设法通过关系，让你到《新华日报》或者省电台去当记者……"

高加林低下头，一只手狠狠从地里拔出一棵羊角草，又随手扔到了坡底下；接着又拔出一棵，自己也跟着站起来。

亚萍也跟着站起来；她闪着泪光的眼睛一直在盯着他的脸。

加林手在自己的光胳膊上摸了一把，说："我冷得实在受不了，咱们走吧……亚萍，你先别急，让我好好想一想……"

黄亚萍对他点点头。两个人转到小土路上，相跟着一前一后下了山……

第十八章

高加林预感到的暴风雨终于来到了。内心激烈的斗争是不可避免的。他虽然只有二十四岁，但已不是一个马马虎虎的人；而且往往比他同龄的青年人思想感情要更为复杂。

他在进行一场非常严重的抉择。

毫无疑问，黄亚萍和刘巧珍放在一起比较，不平衡是显而易见的——在他最初的考虑中，倾向就有了偏重。

他当然想和黄亚萍结合在一起。他现在觉得黄亚萍和他各方面都合适。她有文化，聪敏，家庭条件也好，又是一个漂亮的南方姑娘。在她身上弥漫着一种对他来说是非常神秘的魅力。像巧珍这样的本地姑娘，尤其是农村姑娘，他非常熟悉，一眼就能看到底。他认为她们是单纯的，也往往是单调的。

但是，黄亚萍他又了解又不了解。虽然一块交往很多，但她好像还有无数更多的东西他不知道。家庭出身和经济条件的差别，不同的生活环境和个人经历，使他们天然地隔了一层什么，这反而更增加了他对她的神秘感。他觉得她云雾缭绕，他不能走近她。中学时期的交往像雨后蓝天上美丽的彩虹一般，很快就消失了，变成了一种记忆中的印象。这印象以前也偶然从心头翻上来，叫他若有所失地惆怅一阵；但接着也就很快消失得无踪无影……

现在，这些过去曾幻想过的游丝断缕，突然就变成了一种实实在在的东西。黄亚萍已经向他表示了爱情。只要他现在愿意，他就将和她一块生活啰！生活啊，生活！有时候它把现实变成了梦想，有时候它又把梦想变成了现实！

但他不能不认真考虑他和巧珍的关系。他和她已经热烈地相爱了一段时间。巧珍爱他，不比克南爱亚萍差。所不同的是，亚萍说她对克南没有感情，而他在内心深处是爱巧珍的。巧珍的美丽和善良，多情和温柔，无私的、全身心的爱，曾最初唤醒了他潜伏的青春萌动；点燃起了他身上的爱情火焰。这一切，他在内心里是很感激她的——因为有了她，他前一段尽管有其他苦恼，但在感情生活上却是多么富有啊……

现在，当黄亚萍向他表示了爱情，并准备让他跟她去南京工作的时候，他才把爱情和他的前途联系在一起看了。他想：巧珍将来除过是个优秀的农村家庭妇女，再也没什么发展了。如果他一辈子当农民，他和巧珍结合也就心满意足了。可是现在他已经是"公家人"，将来要和巧珍结婚，很少有共同生活的情趣；而且也很难再有共同语言：他考虑的是写文章，巧珍还是只能说些农村里婆婆妈妈的事。上次她来看他，他已经明显地感到了苦恼。再说，他要是和巧珍结婚了，他实际上也就被拴在这个县城了；而他的向往又很高很远。一到县城工作以后，他就想将来决不能在这里待一辈子；要远走高飞，到大地方去发展自己的前途……现在，这一切就等他说个"愿意"就行了！

他反复考虑，觉得他不能为了巧珍的爱情，而贻误了自己生活道路上这个重要的转折——这也许是决定自己整个一生命运的转折！不仅如此，单就从找爱人的角度来看，亚萍也可能比巧珍理想得多！他虽然还没和亚萍像巧珍那样恋爱过，但他感到肯定要更好，更丰富，更有色彩！

他权衡了一切以后，已决定要和巧珍断绝关系，跟亚萍远走高飞了！

当然，他的良心非常不安——他还不是一个十恶不赦的坏蛋！克南方面他考虑得很少，主要在巧珍方面。他像一个疯子一样在自己的窑里转圈圈走；用拳头捣办公桌；把头往墙壁上碰……

后来，他强迫自己不朝这方面想。他在心里自我嘲弄地说："你是一个浑蛋！你已经不要良心了，还想良心干什么……"

他尽量使他的心变得铁硬，并且咬牙切齿地警告自己：不要反顾！不要软弱！为了远大的前途，必须做出牺牲！有时对自己也要残酷一些！

现在，这个已经"铁了心"的人，开始考虑他和巧珍断绝关系的方式。他预想这是一个撕心裂胆的场面，就想用一种很简短的方式向过去告别。使他苦恼的是，巧珍一个字也不识，要不，给她写一封信是最好的断交方式了；这样可以避免双方面对面的痛苦。

他于是一整天躺在床上，考虑他怎样和巧珍断绝关系。

黄亚萍不失时机地来了，问他考虑得怎样？

他犹豫了好一会，才把他和巧珍的关系，大略地给亚萍说了一下。

黄亚萍听后，先是半天没说话。后来，她带着一脸的惊讶，说：

"你原来在农村想和一个不识字的农村女人结婚？"

"嗯。"加林肯定地点点头。

"这简直是一种自我毁灭！你一个有文化的高中生，又有满身的才能，怎么能和一个不识字的农村女人结婚？我真不理解你当时是怎样想的！"

"住嘴！"加林一下子愤怒地从床上跳起来，"我那时黄尘满面，平顶子老百姓一个，你们哪个城里的小姐来爱我？"

亚萍一下子被他的愤怒吓住了，半天才说："你这么凶！克南可从来都没对我发这么大的火！"

"你找你的克南去！"加林一下子躺在铺盖上，闭住了眼睛。一种新的烦恼涌上了心头。他心里也想："哼！巧珍从来也不这样对我说话……"

没过一会儿，亚萍来到他床边，手轻轻在他肩膀上推了一把。

高加林睁开眼，看见她眼里闪着泪光。

他仍在生气，不理她。

亚萍声音有点激动地说："加林！你千万别生气！你给我发火，我心里除不生气，反而很高兴！你不知道，张克南你就是把刀放在他脖颈上都发不起来火！有时，我真想叫这个人愤怒了，美美给我发一通火，把我骂一通，可你怎样骂他，挖苦他，他总是对你笑嘻嘻的，气得人只能流泪。我就喜欢你这种性格！男子汉，大丈夫，血气方刚……"

高加林暂时还不能知道，她这话倒究是真的还是为了与他和好而编的。但他看见亚萍两道弯弯的细眉下，一双眼睛泪汪汪的，心便软了，说："我这人脾气不好……以后在一块生活，你可能要受不了的。"

"加林！"亚萍一把抓住他的肩头，问，"那你是说，你愿意和我一块儿生活了？"

他恍惚地对她点了点头。

亚萍顺床边坐下，和他挨在一起。加林很快把自己的身子往开挪了挪。不知为什么，他此刻一下子又想起了巧珍。他觉得他这一刻无法接受黄亚萍这种表示感情的方式。

高加林沉默了一会，对亚萍说："我得要和巧珍把这事谈清楚……不瞒你说，我心里很不好受……请你原谅，我不愿对你说假话。"

"是的，你应该很快结束你们的不幸！"

"也可能是不幸的结束！"他像宿命论者一样回答她。

"我和克南好办，我给他写一封信就行了。在感情上我没有什么特别痛苦的，只不过同情和可怜他罢了。他倒是真心实意爱我……"

"克南是会很痛苦的……"加林叹了一口气。

"克南我先不考虑，我现在主要考虑我父母亲。他们一心喜欢克南，而且又都是老干部，道德观念完全是过去的……"

"你父亲肯定不会接受我！他们要门当户对的！我一个老百姓的儿子，会辱没他们的尊严！"加林又突然暴躁地喊着说。

亚萍用极温柔的音调说："你看你，又发脾气了。其实，我父母倒不一定是那样的人，关键是他们认为我已经和克南时间长了，全城都知道，两家的关系又很深了，怕……"

"那就算了！"加林打断她的话。

黄亚萍一下子哭了，站起来说："加林！你别这样发脾气行不行？我的事由我做主哩！我父母最后一定会尊重我的选择……现在我唯一要知道的是，你爱不爱我！是不是要和我好！"她说着，坚决地挨着他的身边坐下来了……

黄亚萍回到家里，按时作息的父母亲早已在他们的房间里睡着了。

她进了自己的房子，扭开灯，先坐在桌前的椅子上，什么也不做，静静地坐着——她的心在欢蹦乱跳！

她即刻又站起来，在镜子前立了一会。她看见自己在笑。

她又躺在床上；躺下后又马上坐起来。

她站在脚地当中，不知自己做什么好；思绪像浪花飞溅的流水一般活跃。先是一连串往事的片段从眼前映过，接着是刚才所发生的从头到尾的一切细节，然后又是未来各式各样幻想的镜头……

直到她洗完脸，脑子才稍微冷了一下。

晚上肯定又要失眠。失眠就失眠吧！反正明早上她不值班，另外一个人广播，她可以在家睡觉——至于明天上午能不能睡着，她也没有把握。

那么，现在该做什么呢？给克南写信？还是给父母亲"发表声明"？

父母亲已经睡着了。那么，就给克南先写信！

她刚拿出信纸、信封和钢笔，马上又改变了主意：不！还是先给父母亲谈谈！这是最主要的！让他们早一点知道更好！

于是她开了自己的门，出了院子。

这个睡不着觉的人也决心不让她父母亲睡了。

她敲了敲父母亲的门，叫道："爸爸，妈妈，你们起来，过我这边来一下！我有个要紧事要给你们说！"

里面的灯开了，听见一阵紧张的唏嘘声。站在外面的任性的女儿这时候抿嘴直笑，回到了自己的房子里。

她母亲先过来了。接着父亲一边穿外套，一边也跌跌撞撞进了她的房间。两个人都先后紧张地问她："出了什么事？"

黄亚萍看见父母亲都这么紧张，先忍不住笑了，然后又严肃起来，说："你们别紧张。这事并不很急，但有些震动性！"

父亲瞪起眼看着她，还没反应过来他的这个任性的小宝贝，为什么黑天半夜把他老两口叫起来。

她母亲揉了揉眼睛，也着急地对她说："哎呀，好萍萍哩！有什么事你就快说！你把人急死了！"

黄亚萍想了一下，说："事情很复杂，但今晚上我先大概说一下。详细情况将来我不说，你们也会追问的……是这样，我已经和另外一个男同志好了，并且已经在恋爱；因此我要和克南断绝关系……"

"什么？什么？什么？……"

她父母亲都从坐的地方站起来，惊慌失措地看着他们的女儿。

"对我来说，这已经不能改变了。我知道你们对克南很爱，但我并不喜欢他……"

一阵长时间的沉默。

她父亲半天才清醒过来，困难地咽了一口唾沫，悲哀地说："克南当初不是你引回来的？这已经两年多了，全城人都知道！我和老张，你妈和克南妈，这关系……天啊，你这个任性的东西！我和你妈把你惯坏了，现在你这样叫我们伤心……"老汉捶胸顿足，两片厚嘴唇像蜜蜂翅膀似的颤动着。

她母亲已伏在她的床上哭开了。

她父亲尽管爱她胜过爱自己，但看来今晚实在气坏了，猛烈地发起了火："你这是典型的资产阶级思想！你们现在这些青年真叫人痛心啊！垮掉的一代！无法无天的一代！革命要在你们手里葬送呀！……"老汉感情过于冲动，什么过分话都往出倒！

黄亚萍一下伏在桌子上哭起来。她父亲从来都没有这样骂过她；她一下子忍受不了。

母亲见女儿哭了，也哭着，过来数说起了老汉："就是萍萍不对，你也不能这样吼喊我的娃娃……"

"都是你惯坏的！"老军人咆哮着说。

"你没惯？"亚萍她妈也喊叫起来。

亚萍她爸一拧身出去了。出去后，他也没回房子去，站在院子里，掏出一根纸烟，在烟盒上敲得嘣嘣直响，也不往着点。

亚萍站起来，两只手硬把她母亲推出房子，然后关上了门。

她过去拿毛巾把脸上的泪水揩干净，然后坐到桌子前，开始给克南写信——

克南：

为了我们都好，我必须告诉你：我已经和加林相爱了，咱们的恋爱关系现在应该断绝；以后像过去一样，还是要好的同学和同志。

我知道你会很痛苦的。但你应该想想，为一个不爱你的女人而痛苦，是不值得的。你应该寻找真正爱你的人。我相信你会找到这样的人。我愿你得到幸福。

你自己应该知道，我在学校时就和加林感情好。现在我觉得我真正爱的人是他，而不是你。过去咱们两个之所以发展了关系，完全是因为你适时地关怀了我，使我受了感动。但这并不是爱情。

你是好人，也是一个出色的人。不要因为我影响你的发展。你也不要恨加林。如果你认为你受了伤害，这完全是我一个人造成的；是我追求加林，你恨我吧！

我在内心里永远感谢你。我还要告诉你：在我爱情以外所有友爱的朋友中，你是我的第一个朋友。如果你能原谅我，那么我请求你为我祝福。

亚萍写于匆忙中

第十九章

高加林把自行车放到路边，然后伏在大马河的桥栏杆上，低头看着大马河的流水绕过曲曲折折的河道，穿过桥下，汇入到县河里去了。

他在这里等着巧珍。他昨天让回村的三星捎话给巧珍，让她今天到县城来一下。他决定今天要把他和巧珍的关系解脱。他既不愿意回高家村完结这件事，也不愿意在机关。他估计巧珍会痛不欲生，当场闹得他下不了台。

前天，老景让他过两天到刘家湾公社去，采访一下秋田管理方面的经验，他就突然决定把这件事放在大马河桥头了。因为去刘家湾公社的路，正好过了大马河桥，向另外一条川道拐过去。在这里谈完，两个人就能很快各走各的路，谁也看不见谁了……

高加林伏在桥栏杆上，反复考虑他怎样给巧珍说这件事。开头的话就想了好多种，但又觉得都不行。他索性觉得还是直截了当一点更好。弯拐来拐去，归根结底说的还不就是要和她分手吗？

在他这样想的时候，听见背后突然有人喊："加林哥……"

一声喊叫，像尖刀在他心上捅了一下！

他转过身，见巧珍推着车子，已经站在他面前了。她来得真快！是的，对于他要求的事，她总是尽量做得让他满意。

"加林哥，没出什么事吧？昨天我听三星捎话说，你让我来一下，我晚上急得睡不着觉，又去问三星看是不是你病了，他说不是……"她把自行车紧靠加林的车子放好，一边说着，向他走过来，和他一起伏在了桥栏杆上。

高加林看见她今天穿了一身新衣服，浑身上下都打扮得漂漂亮亮的，顿时感到有点心酸。

他怕他的意志被感情重新瓦解，赶快进入了话题。

"巧珍……"

"唔。"她抬头看见他满脸愁云，心疼地问，"你怎么？"

加林把头扭向一边，说："我想对你说一件事，但很难开口……"

巧珍亲切地看着他，疼爱地说："加林哥，你说吧！既然你心里有话，你就给我说，千万别憋在心里！"

"说出来怕你要哭。"

巧珍一愣。但她还是说："你说吧，我……不哭！"

"巧珍……"

"唔……"

"我可能要调到几千里路以外的一个地方去工作了，咱们……"

巧珍一下子把手指头塞在嘴里，痛苦地咬着。过了一会儿，才说："那你……去吧。"

"你怎办呀？"

"……"

"我主要考虑这事……"

一阵长时间的沉默。两串泪珠静静地从巧珍的脸颊上淌下来了。她的两只手痉挛地抓着桥栏杆，哽咽着说："……加林哥，你再别说了！你的意思我都明白了！你……去吧！我决不会连累你！加林哥，你参加工作后，我就想过不知多少次了，我尽管爱你爱得要命，但知道我配不上你了。我一个字不识，给你帮不上忙，还要拖累你的工作……你走你的，到外面找个更好的对象……到外面你多操心，人生地疏，不像咱本乡田地……加林哥，你不知道，我是怎样爱你……"

巧珍说不下去了，掏出手绢一下子塞在了自己的嘴里！

高加林眼里也涌满了泪水。他不看巧珍，说："你……哭了……"

巧珍摇摇头，泪水在脸上唰唰地淌着，一串接一串掉在了桥下的大马河里。清朗朗的大马河，流过桥洞，流进了夏日浑黄的县河里……

沉默……沉默……整个世界都好像沉默了……

巧珍迅疾地转过身，说："加林哥……我走了！"

他想拦住她，但又没拦。他的头在巧珍的面前，在整个世界面前，深深地低下了。

她摇摇晃晃走过去，困难地骑上了她的自行车，然后就头也不回地向大马河川飞跑而去了。等加林抬起头的时候，眼前只剩下了满川绿色的庄稼和一条空荡荡的黄土路……

高加林也猛地骑上了他的车子，转到通往刘家湾公社的公路上。他疯狂地蹬着脚踏，耳边风声呼呼直响，眼前的公路变成了一条模模糊糊的、飘曳摆动的黄带子……

他骑到一个四处不见人的地方，把自行车猛地拐进了公路边的一个小沟里。

他把车子摔在地上，身子一下伏在一块草地上，双手蒙面，像孩子一样大声号啕起来。这一刻，他对自己仇恨而且憎恶！

一个钟头以后，他在沟里一个水池边洗了洗脸，才推着车子又上了公路。

现在他感觉到自己稍微轻松了一些。眼前，阳光下的青山绿水，一片鲜明；天蓝得像水洗过一般，没有一丝云彩。一只鹰在头顶上盘旋了一会，便像箭似的飞向了遥远的天边……

五天以后，高加林从刘家湾公社返回县城，就和黄亚萍开始了他们新的恋爱生活。

他们恋爱的方式完全是"现代"的。

他们穿着游泳衣，一到中午就去城外的水潭里去游泳。游完泳，戴着墨镜躺在河边的沙滩上晒太阳。傍晚，他们就到东岗消磨时间；一块天上地下地说东道西；或者一首连一首地唱歌。

黄亚萍按自己的审美观点，很快把高加林重新打扮了一番：咖啡色大翻领外套，天蓝色料子筒裤，米黄色风雨衣。她自己也重新烫了头发，用一根红丝带子一扎，显得非常浪漫。浑身上下全部是上海出的时兴成衣。

有时候，他们从野外玩回来，两个人骑一辆自行车，像故意让人注目似的，黄亚萍带着高加林，洋洋得意地通过了县城的街道……

他们的确太引人注目了。全城都在议论他们，许多人骂他们是"业余华侨"。

但是他们根本不理睬社会的舆论，疯狂地陶醉在他们罗曼蒂克的热恋中。

高加林起先并不愿意这样。但黄亚萍说，他们不久就要离开这个县城了，管别人愿怎样看他们呢！她要高加林更洒脱一些，将来到大城市好很快适应那里的生活。高加林就抱着一种"实习"的态度，任随黄亚萍折腾。

他的情绪当然是很兴奋的，因为黄亚萍把他带到了另一个生活的天地。他感到新奇而激动，就像他十四岁那年第一次坐汽车一样。

他当然也有不满意和烦恼。他和亚萍深入接触后，才感到她太任性了。他和她在一起，不像他和巧珍，一切都由着他，她是绝对服从他的。但黄亚萍不是这样。她大部分是按她的意志支配他，要他服从她。

有时正当他们愉快至极的时候，他就猛然会想起巧珍来，心顿时像刀绞一般疼痛，情绪一下子就从沸点降到了冰点，把个兴致勃勃的黄亚萍弄得败兴极了。亚萍一时又猜不透他为什么情绪会这么失常，感到很苦恼。于是，她为了改变他这状况，有时又想法子瞎折腾，使得高加林失常的现象愈加严重，这反过来又更加剧了她的苦恼。他们有时候简直是一种苦恋！

有一天上午，雨下得很大，县委宣传部正开全体会议。隔壁电话室喊高加林接电话。

加林拿起话筒一听，是亚萍的声音。她告诉他，她的一把进口的削苹果刀子，丢在昨天他们玩的地方了，让高加林赶快到那地方给她找一找。

加林在电话上告诉她，他现在正开会，而且雨又这么大，等中午休息的时候他再去。

亚萍立刻在电话上撒起了娇，说他连这么个事都如此冷淡她，她很难受；并且还在电话里抽抽搭搭起来。

高加林烦恼极了，只好到会议室给主持会的部长撒了个谎，说一个熟人在街上让他下来有个急事，他得出去一下。

部长同意后，他就回到宿舍找了那件风雨衣，骑了个车子就跑。

还没到街上，风雨衣就全湿透了。他冒着大雨，赶到县城南边他们曾待过的那个小洼地里。他下了车，在这地方搜寻那把刀子。

找了半天，他几乎把每一棵草都翻拨过了，还是没有找到。

虽然没有找见，这件事他想他已经尽了责任，就浑身透湿，骑着车子向广播站跑去，告诉她刀子没找见。

他推开亚萍的门，见她正兴奋地笑着，说：“你去了？”

加林说：“去了。没找见。”

亚萍突然咯咯地笑了，从衣袋里掏出了那把刀子。

"找见了?"加林问。

"原来就没丢!我故意和你开个玩笑,看你对我的话能听到什么程度!你别生气,我是即兴地浪漫一下……"

"浑蛋!陈词滥调!"高加林愤怒地骂着,嘴唇直哆嗦。他很快转过身就走了。

黄亚萍这下才知道她的恶作剧太过分了,吓得不知如何是好,一个人在房子里哭了起来。

高加林回到办公室,换了湿衣裳,痛苦地躺在了床铺上。这时候,巧珍的身影又出现在了他的眼前,她那美丽善良的脸庞,温柔而甜蜜地对他微笑着。他忍不住把头埋在枕头里哭了,嘴里喃喃地一遍又一遍叫着她的名字……

第二天,黄亚萍买了许多罐头和其他吃的来找他,也是哭着给他道歉,保证以后再不让他生气了。

加林看她这样,也就和她又和好了。黄亚萍就像烈性酒一样,使他头疼,又能使他陶醉。不过,她对他的所有这些疯狂,也都是出于爱他——这点他是能强烈体验到的。在物质方面,她对他更是非常豁达的。她的工资几乎全花在了他身上;给他买了春夏秋冬各式各样的时兴服装,还托人在北京买了一双三接头皮鞋(他还没敢穿)。平时,罐头、糕点、高级牛奶糖、咖啡、可可粉、麦乳精,不断头地给他送来——这些东西连县委书记恐怕也不常吃。她还把自己进口带日历全自动手表给了他;她自己却戴他的上海牌表。这些方面,亚萍是完全可以做出牺牲的……

很快,他们就又进入了那种罗曼蒂克式的热恋之中。

正在高加林和黄亚萍这样"浪漫"的时候,他父亲和德顺老汉有一天突然来到他的住处。

两位老人一进他的办公室,脸色就都不好看。

高加林把奶糖、水果、糕点给他们摆下一桌子;又冲了两杯很浓的白糖水放在他们面前。

他们谁也不吃不喝。

高加林知道他们要说什么了,就很恭敬地坐在他们面前,低下头,两只手轮流在脸上摸着,以调节他的不安的心情。

"你把良心卖了！加林啊……"德顺老汉先开口说，"巧珍那么个好娃娃，你把人家撂在了半路上！你作孽哩！加林啊，我从小亲你，看着你长大的，我掏出心给你说句实话吧！归根结底，你是咱土里长出来的一棵苗，你的根应该扎在咱的土里啊！你现在是个豆芽菜！根上一点土也没有了，轻飘飘的，不知你上天呀还是入地呀！你……我什么话都敢对你说哩！你苦了巧珍，到头来也把你自己害了……"老汉说不下去了，闭住眼，一口一口长送气。

他爸接着也开了口："当初，我说你甭和立本的女子牵扯，人家门风高！反过来说，现在你把人活高了，也就不能再做没良心的事！再说，那巧珍也的确是个好娃娃，你走了，常给咱担水，帮你妈做饭，推磨，喂猪……唉，好娃娃哩！甭看你浮高了，为你这没良心事，现在一川道的人都低看你哩！我和你妈都不敢到众人面前露脸，人家都叫你是晃脑小子哩！听说你现在又找了个洋女人，咱们这个穷家薄业怎能侍候下人家？你，趁早散了这宗亲事……"

"人常说，浮得高，跌得重！"德顺老汉接着他爸又指教他说，"不管你到了什么时候，咱为人的老根本不能丢啊……"

"我常不上城，今儿个专门拉了你德顺爷，来给你敲两句钟耳子话！你还年轻，不懂世事，往后活人的日子长着哩！爸爸快四十岁才得了你这个独苗，生怕你在活人这条路上有个闪失啊……"他父亲说着，老眼里已经汪满了泪水。

两个老人一人一阵子说着，情绪都很激动。

高加林一直低着头，像一个受审的犯人一样。

老半天，他才抬起头，叹了一口气说："你们说得也许都对，但我已经上了这钩杆，下不来了。再说，你们有你们的活法，我有我的活法！我不愿意再像你们一样，就在咱高家村的土里刨挖一生……我给你们买饭去……"他站起来要去张罗，但两个老人也站起来，说他们人老腿硬，得赶快起身上路，要不赶天黑也回不到高家村。他们根本不想吃饭，实际上却还想对他说许多话；但现在一看他再说什么也不顶事了——这个人已经有了他自己的一套，用他们的生活哲学已经不能说服他了。于是他们就起身告别。

高加林一看他们坚决要走，只好相伴着他们，一直把他俩送到大马河桥头。两位老人心情相当沉重地走了。

高加林自己也很难过。德顺爷和他爸说的话，听起来道理很一般，但却像铅一样，沉甸甸地灌在了他的心里……

不久，一个新的消息突然又使高加林欣喜若狂了：省报要办一个短期新闻培训班，让各县去一个人学习，时间是一个月。县委宣传部已决定让他去。

他听到这个消息后，德顺爷和他爸给他造成的坏情绪很快消失了。他一晚上高兴得没睡着觉——这可是他有生以来第一次出远门，进省会，去逛大城市呀！

走的那天，亚萍和他相跟着去车站。他身上穿的和提包里提的东西，全是她精心为他准备的。亚萍并且坚持让他穿上了那双三接头皮鞋。第一回穿这皮鞋走路，他感到又别扭又带劲……

当汽车从车站门口驶出来，亚萍的笑脸和她挥动的手臂闪过以后，他的心很快就随着疾驰的汽车飞腾起来，飞向了远方无边的原野和那飞红流绿的大城市……

第二十章

高家村的人好几天没有见巧珍出山劳动，都感到很奇怪，因为这个爱劳动的女娃娃很少这样连续几天不出山的；她一年中挣的工分，比她那生意人老子都要多。

不久，人们才知道，可爱的巧珍原来是遭了这么大的不幸！

立刻，全村人都开始纷纷议论这件事了，就像巧珍和加林当初恋爱时一样。大部分人现在很可怜这个不幸的姑娘；也有个别人对她的不幸幸灾乐祸。不过，所有的人都一致认为，刘立本的二女子这下子算彻底毁了：她就是不寻短见，恐怕也要成个神经病。因为谁都知道，这种事对一个女孩子意味着什么；更何况，她对高玉德的小子是多么的迷恋啊！

可是，没过几天，村里人就看见，她又在田野上出现了，像一匹带着病的、勤劳的小牝马一样，又开始了土地上的辛劳。她先在她家的自留地里营务庄稼；整修她家菜园边上破了的篱笆。后来，也就又和大家一起劳动了，只不过一天到晚很少和谁说话；但是却仍然和往常一样，该做什么，就做什么。

刚强的姑娘！她既没寻短见，也没精神失常；人生的灾难打倒了她，但她又从地上爬起来了！就连那些曾对她的不幸幸灾乐祸的人，也不得不在内心里对她肃然起敬！

所有的人都对她察言观色。普遍的印象是：她瘦多了！

她能不瘦吗？半个月来，她很少能咽下去饭，也很难睡上一个熟觉。每天夜半更深，她就一个人在被窝里偷偷地哭；哭她的不幸，哭她的苦命，哭她那被埋葬了的爱情梦想！

她曾想到过死。但当她一看见生活和劳动过二十多年的大地山川，看见土地上她用汗水浇绿的禾苗，这种念头就顿时消散得一干二净。她留恋这个世界；她爱太阳，爱土地，爱劳动，爱清朗朗的大马河，爱大马河畔的青草和野花……她不能死！她应该活下去！她要劳动！她要在土地上寻找别的地方找不到的东西！

经过这样一次感情生活的大动荡，她才似乎明白了，她在爱情上的追求是多么天真！悲剧不是命运造成的，而是她和亲爱的加林哥差别太大了。她现在只能接受现实对她的这个宣判，老老实实按自己的条件来生活。

但是，不论怎样，她在感情上根本不能割舍她对高加林的爱。她永远也不会恨他；她爱他。哪怕这爱是多么的苦！

家里谁也劝说不下她，她天天要挣扎着下地去劳动。她觉得大地的胸怀是无比宽阔的，它能容纳了人世间的所有痛苦。

晚上劳动回来，她就悄然地回到自己的窑洞，不洗脸，不梳头，也不想吃饭，靠在铺盖卷上让泪水静静地流。她母亲，她大姐和巧玲轮流过来陪她，劝她吃饭，也和她一起流眼泪。她们哭，主要是怕她想不开，寻了短见。

刘立本睡在另外一个窑里长吁短叹。自从这事发生后，他就病了；头上被火罐拔下许多黑色的印记。他本来对巧珍和加林的事一直满肚子火气未消，但现在看见他娃娃已经成了这个样子，也就再不忍心对她说什么埋怨话了。村里和他家不和的人，已经在讥笑他的女儿，说她攀高没攀上，叫人家甩到了半路上，活该……这些话让仇人们去说吧！做父亲的怎能再给娃娃心上捅刀子呢？但他在心里咬牙切齿地恨高玉德的坏小子，害了他的巧珍！

人世间的事情往往说不来。就在这个时候，马店的马拴竟然正式托起媒人来，要娶巧珍。好几个媒人已经来过了，一看他家这形势，都坐一下就尴尬地走了。

又过了几天，马拴却在一个晚上又自己找上门来了。

刘立本一家看他这样实心，也就在另外一孔窑洞里接待了他。不管怎样说，在巧珍这样不幸的时候，这个小伙子却来求亲，使得刘立本一家人心里都很受感动。至于这事行不行，刘立本现在已不太考虑了。事到如今，立本已经再不愿勉强女儿的婚事。苦命的孩子已经受了委屈，他再不能委屈她了。

他老婆给马拴做饭，他拖着病蔫蔫的身子，来到巧珍的窑洞。

他坐在炕边上，无精打采地摸出一根卷烟，吸了两口又捏灭，对靠在铺盖卷上的女儿说："巧珍，你想开些……高玉德家这个坏小子，老天爷报应他呀！"他一提起加林就愤怒了，从炕上溜下来，站在脚地当中破口大骂，"王八羔子！坏蛋！他妈的，将来不得好死，五雷轰顶呀！把他小子烧成个黑木桩……"

巧珍一下子坐起来，靠在枕头上喘着气说："爸爸，你不要骂他！不要咒他！不要……"

刘立本住了口，沉重地叹息了一声，说："巧珍，过去了的伤心事就再不提它了，你也就不要再难过了。高加林，你把他忘了！你千万不要想不开，自己损蹋自己，你还没活人哩……以前爸爸想给你瞅人家，也是为了你好。从今往后，你的事爸爸再不强求你了。不过，你也不小了，你自己给自己寻个人家吧。心不要太高，爸爸害得你没念书，如今你也就寻个本本分分的庄稼人……唉，马拴这几天又托起了媒人往咱家跑，但这事我再不强求你了。你要是不同意，我就直截了当给他回个话，让他不要再来了……他今天又亲自到咱家……"

"他现在还在吗？"巧珍问她父亲。

"在哩……"

"你让他过来一下……"

她父亲看了她一眼，不知道她这是什么意思，就转身出去了。

不一会，马拴一个人进来了。

他看了一眼炕上的巧珍，很局促地坐在前炕边上，两只手搓来搓去。

"马拴，你真的要娶我吗？"巧珍问。

马拴不敢看她，说："我早就看下你了！心里一直像猫爪子抓一般……后来，听说你和高老师成了，我的心也就凉了。高老师是文化人，咱是个土老百姓，不敢比，就死了心……前几天，听说高老师和城里的女子恋上了爱，不要你了，我的心就又动了，所以……"

"我已经在村前庄后名誉不好了，难道你不嫌……"

"不嫌！"马拴叫道，"这有什么哩？年轻人，谁没个三曲两折？再说，你也甭怨高老师，人家现在成了国家干部，你又不识字，人家和你过不到一块儿。咱乡俗话说，'金花配银花，西葫芦配南瓜'。咱两个没文化，正能合在一块儿哩！巧珍，我不会叫你一辈子受苦的！我有力气，心眼儿也不死；我一辈子就是当牛做马，也不能委屈了你。咱乡里人能享多少福，我都要叫你享上……"粗壮的庄稼人说到这里，已经大动感情了，掏出火柴"啪"地擦着，才发现纸烟还没从口袋里取出来。

眼泪一下子从巧珍红肿的眼睛里扑簌簌地淌下来了，她说："马拴，你再别说了。我……同意。咱们很快就办事吧！就在这几天！"

马拴把掏出的纸烟又一把塞到口袋里，跳下炕，兴奋得满面红光，嘴唇子直颤。

巧珍对他说："你过去叫我爸过来一下。你不要过来了。"

马拴赶忙往出走，在门槛上绊了一下，几乎跌倒。

不一会儿，刘立本黯淡的病容脸上挂着一丝笑意走过来了。

巧珍很快对他说："爸爸，我已经同意和马拴结婚。我要很快办事！就在这三五天！"

刘立本一下子不知所措了，说："这……时间这么紧，要不要两家简单地准备迎送一下？"

"爸爸，你告诉马拴，事情完全按咱的乡俗来。咱家里你们也准备一下。你和我妈当年结婚怎样过事，我结婚也就怎样过事！"

"我们那时是旧式的……"

"旧的就旧的！"她痛苦地喊叫说。

刘立本马上退了出来。他过来先把巧珍的意思给马拴说了。马拴说没问题，他即刻回去就准备，订吹手，准备席面，至于其他结婚方面的东西，他前两年就办齐备了。

刘立本送走马拴以后，很快跑到前村去找高明楼。

明楼听说巧珍已经同意和马拴结婚，先吃了一惊。然后对亲家说："也好！高加林现在位置高了，咱的娃娃攀不上了。马拴在庄稼人里头，也就是像样的……"

"现在主要是巧珍有点赌气，要按咱过去的老乡俗行婚礼，这……"

"不怕！"明楼决断地说，"就按娃娃的意思来！现在党的政策放宽了，这又不是搞迷信活动哩！你就按娃娃说的办！这几天要是忙不过来，叫我大小子和巧英给你们帮忙去……"

刘巧珍和马拴举行结婚仪式的这一天，高家村和马店两个村都洋溢着一种喜庆的气氛。两个村的大部分庄稼人都没有出山。在高家村这里，除过门中人当然被邀请为宾客以外，村里的一些外姓旁人也被事主家请去帮忙了。村里的大人娃娃都穿起了见人衣裳。即是不参加婚礼的村民，也都换上了干净衣服；因为看红火，在众人面前露脸，总得要体面一些。

高加林的父母亲当然是例外。高玉德老汉一早就躲着出山去了。加林他妈去了邻村一个亲戚家——也是躲这场难看。

全村只有一个人躺在自己家里没出门。这就是德顺老汉。重感情的老光棍此刻躺在土炕的光席片上，老泪止不住地流。他为巧珍的不幸伤心，也为加林的负情而难过。

娶亲仪式的开头首先在马店那里进行。马拴的一个姨姨和姑姑是引人的主要角色。另一个更主要的角色是马拴他大舅——男女双方的舅家都是属第一等宾客。吹鼓手一行五人走在前面。他们后面是迎新媳妇的高头大马，鞍前鞍后，披红挂彩。黑铁塔一样的马拴现在骑在马上——这叫"压马"，按规程新女婿要"压"到本村的村头，然后再返回自己家里等新媳妇回来。

马拴后面，是他姑和他姨，都骑着毛驴；他姑夫和姨夫分别给自己的老婆牵着驴缰绳。他舅作为"领队"断后，和媒人走在一起——媒人是两家的贵宾，既是引人的，又是送人的。

这支队伍一进高家村，吹鼓手长号一吹，接着便鼓乐齐鸣了；两个吹唢呐的人腮帮子鼓得像拳头一般大，吱哩哇啦吹起了"大摆队"。同时，在刘立本家的硷畔上，已经噼噼啪啪响起了欢迎的鞭炮声。

迎亲的人被接下不久后，第一顿饭就开始了；按习俗是吃饸饹。吹鼓手在院墙角里围成一圈，开始吹奏起慢板调。

刘立本家的院子里，硷畔上，窑顶上，此刻都挤满了看红火热闹的人。娃娃们大呼小叫，婆姨女子说说笑笑。

因为要赶时间，第一顿饭刚完，就开始上席。席面是传统的"八碗"，四荤四素，四冷四热；一壶烧酒居中，八个白瓷酒杯在红油漆八仙桌上转边摆开。第一席是双方的舅家；接下来是其他嫡亲；然后是门中人、帮忙的人和刘立本的朋亲。吹鼓手们一直在吹着——要等到所有的人吃完之后才能轮上他们……

就在里里外外红火热闹的时候，巧珍正一个人待在她自己的窑里。

她坐在炕头上，呆呆地望着对面墙壁的一个地方，动也不动。外面的乐器声，人的喧哗声，端盘子的吆喝声，都好像离她很远很远。

她想不到，二十二年的姑娘生活，就这样结束；她从此就要跟一个男人一块生活一辈子了。她绝没有想到，她把自己的命运和马拴结合在一起；她心爱过的人是高加林！她为他哭过，为他笑过，做过无数次关于他的梦。现在，梦已经做完了……

她呆呆地坐了一会儿，感到疲乏得要命，就靠在铺盖上，闭住了眼。

渐渐地，她感到迷迷糊糊的，接着便睡着了。

门"吱哑"一声，把她惊醒了。

她侧转头，见是她妈进来了，手里拿着一摞衣服。

"把衣服换上，再洗个脸，梳个头。快起身了……"她妈轻声对她说。

她用手指头抹去了眼角两颗冰凉的泪珠，慢慢坐起来，下了炕。

这时候，外面的鼓乐突然吹奏得更快更热烈了，这意味着最后一席已经起场，吹鼓手正在结束他们的工作，准备吃饭了。

她妈只好赶紧把她扶在椅子上，给她换衣服。换完衣服，她就又倒了一盆热水，给她洗去满脸泪痕，然后就开始给她梳头。

就在这时，她妹妹巧玲进来了。她刚放学，也没去吃饭，就进来看她二姐。

漂亮的巧玲很像过去的巧珍，修长的身材像白杨树一般苗条，一张生动的脸流露出内心的温柔和多情；长睫毛下的两只大眼睛，会说话似的扑闪着。

巧珍看见她妹妹，便伸出自己的一只手，抓住了巧玲的手，非常动情地说：

"巧玲，好妹妹，你不要忘了二姐……你要常来看我。二姐没有念过书，但心里喜欢有文化的人……我现在只有看见你，心里才畅快一点……"

巧玲眼里转着泪花子，说："二姐，我知道你现在心里很苦……"

巧珍说："妹妹你放心，不管怎样，我还得活人。我要和马拴一块劳动，生儿育女，过一辈子光景……"

巧玲在巧珍面前蹲下来，两只手捉住巧珍的手说："二姐，你说得对。我以后一定会经常去看你的。我从小就爱你，虽然你没上过学，但你想的事很多，我虽然上了学，但受了你不少好影响，否则，我的性格很偏，也不会像今天这样开展……二姐！你也不要过分想以往的事了。对待社会，我们常说要向前看，对一个人来说，也要向前看。生活总是这样，不能叫人处处都满意。但我们还要热情地活下去。人活一生，值得爱的东西很多，不要因为一个方面不满意，就灰心。比如说我吧，梦里都想上大学，但没考上，我就不活人了吗？我现在就好好教书，让村里的其他娃娃将来多考几个大学生！就是不能教书，回村劳动了，该怎样还要怎样哩……"

已经在各方面开始成熟的巧玲，这一番话把巧珍说得眼睛亮了起来。她的手紧紧抓着巧玲的手，只是说："你一定常来看我，常给我说这些话……"

巧玲不住地给她点头，然后突然愤愤地说："高加林太没良心了！"

巧珍摇摇头，又痛苦地闭住了眼睛。

准备送人的巧英进来了。她让她妈赶紧收拾齐备，说已经准备起身了。

她妈让巧玲去吃饭。巧玲走后，她把窑里其他东西查看了一下，然后从后面箱子里拿出一块红丝绸，用发卡别在了巧珍的头上——这是蒙面的盖头。

太阳西斜的时候，娶亲的人马一摆溜从刘立本家的土坡里下来了。唢呐、锣鼓、号声、鞭炮声响成一片。出村的道路两旁和村里所有人家的硷畔上，都挤满了看热闹的人。娃娃们引着狗，在娶亲队伍的前后乱跑。

吹鼓手们在最前面鼓乐齐鸣，缓缓引路；紧跟着是男方娶亲的人马。新媳妇红丝绸盖头蒙面，骑在披红挂彩的高头大马上，走在中间。后面是送人的女方亲戚，按规矩是引人的一倍，几乎包括了刘立本两口子全部参加婚礼的亲戚。立本按乡俗把这支队伍送到坡下，就返回自己家里了——他一进大门，立刻长长舒了一口气……

娶亲的人马在通过村子的时候，行进得特别缓慢——似乎为了让这热闹非凡的一刻，更深刻地留在村民的记忆里……

巧珍骑在马上，尽量使自己很虚弱的身体不要倒下来；她红丝绸下面的一张脸，痛苦地抽搐着。

在估计快要出村的时候，她忍不住用手撩开盖头的一角：她看见了加林家的硷畔；她曾多少次朝那里张望过啊！她也看见了河对面一棵杜梨树——就在那树下，在那一片绿色的谷林里，他们曾躺在一起，抱过，亲过……别了，过去的一切！

她放下红丝绸，重新蒙住了脸，泪水再一次从她干枯的眼睛里涌出来了……

第二十一章

张克南把他的全部苦恼都发泄在了一根榆木树棒上。这根去了根梢的榆木树棒，就躺在他家院子的石炭和柴垛旁。

他们家现在做饭和今年一个冬天的引火柴，本来早已经绰绰有余，根本不需要劈柴了。就是缺少劈柴，他们向来谁又亲自动过手呢？没了买几担就行了，不需要张克南费这大的劲！

这根粗壮的榆木树棒，谁也不记得是哪一年躺在他们家院子的；也忘了是什么人给他们送来的。反正一直就在那里堵挡柴垛，防止摞好的劈柴倒下来。

张克南在接到黄亚萍断交信的第二天，就从副食门市部后边的院子里，带回一把长柄大斧头，一声不吭地破起了这根榆木棒。

在本地的树木中，榆树的纤维是最坚韧的，一般人谁也不做劈柴烧——因为很难破开。

张克南一下班就劈。他好多天实际上没有劈下来几块柴。他也根本不管劈下来了还是没有劈下来，反正只是劈。满头满身的汗，气喘得像拉风箱一般急促。但他一刻也不停地挥动着那把长柄斧头……

实在累得支持不住了，就回去仰面躺在床铺上，头枕着自己的两个手掌，闭住眼一句话也不说。

他母亲有时过来看他这副样子，也一句话不说，只是沉着脸瞅他两眼。她内心有些什么翻腾看不出来，只是戒了一年的烟又开始抽上了。克南他父亲正在县党校学习，经常不回家。这个独院整天都静得没有一点儿声响。

这一天，他拼命劈了一会儿榆树棒，又闭住眼躺在了床铺上，高大结实的身体像没有了气息似的，动也不动。

他母亲进来了。这次她开了口："南南，你起来！"

张克南好像没听见，仍然一动不动躺着。

"起来！我有个事要给你说！你像你没出息的父亲一样，二十几岁了，看窝囊成个啥！"

克南睁开眼，看了看母亲的阴沉脸，不说话，仍然躺着。

"我给你说！我前两天已经打问清楚了，高加林那小子是走后门参加工作的！是马屁精马占胜给办的！材料我都掌握了！"她脸上露出一丝捉摸不来的笑影。

张克南仍然没有理他母亲。他不知道这个事和自己的失恋有什么关系，淡淡地说："前门后门，反正都一样……"

"你这个窝囊废！我给你说，妈前几天已经给地委纪律检查委员会揭发控告了这件事。今天听县纪委你姜叔叔说，地纪委很重视这件事，已经派来了人，今天已经到了县上。他高加林小子完蛋了！"

张克南一闪身爬起来，眼瞪着他妈，喊："妈！你怎能做这事呢？这事谁要做叫谁做去吧！咱怎能做这事哩？这样咱就成了小人了！"

"放你妈的臭屁！你这个没出息的东西！爱人都叫人家挖走了，还说这一个钱不值的混账话！我为什么不揭发控告他狗日的，一个乡巴佬欺负到老娘的头上，老娘不报复他还轻饶他呀？再说，他走后门，违法乱纪，我一个国家干部，有责任维护党的纪律！"

"妈，从原则上说，你是对的。但从道义上说，咱这样做，就毁了！众人都长眼着哩！决不会认为你党性强，而是报私仇哩！咱不能用错纠错！"

他妈抢前一步，上来啪啪地打了张克南几个耳光，然后一屁股坐在床上哭起来了，嘴里伤心地喊叫说："我的命真苦啊！生下这么个不成器的东西……"

克南手摸着被母亲打过的脸，眼泪直淌，说："妈妈！你知道，我非常喜欢亚萍……我心里一直像刀割一般难受，我甚至想死！我也恨过高加林！但我想来想去，这是没有办法的事！俗话说，'强扭的瓜不甜'。既然亚萍不喜欢我，喜欢高加林，我就是再痛苦也得承认这个现实。你知道，我心善，从小连别人杀鸡我都不敢看。我一生中最害怕和厌恶的就是屠宰场！我一听见猪的嚎叫，就头发倒竖，神经都要错乱了。因此，我也不愿看见在我的生活周围，在人与人之间，精神上互相屠杀……妈妈！我这人你了解，又不完全了解！我平时是有些窝囊，但我也有自己的生活原则，我虽然才二十五岁，但我已经经历了一些生活；我之所以社会上朋友多，大家也愿意和我交往，就因为我待人诚恳宽厚……我也有我自己的缺点，性格不坚强，在生活中魄力不够，视野狭窄，亚萍正是不喜欢我这些。但她并不知道，我还不至于就是一个堕落的人！亚萍！你不完全了解我啊……"

张克南两只手抓住自己的胸口，先是对他妈说，后来又对他看不见的亚萍说，脸痛苦地扭成了一种可怕的形象。他说完后，一下子倒在了床上，死沉沉的就像谁丢下了一口袋粮食……

很久以后，克南才从床上爬起来。他妈不知道什么时候走了，也不知道她到哪里去了。院子里静得像荒寺古庙一般。

克南出了门，在院墙根下急促地来回走了好长时间。

地上丢了十几根烟把子以后，他出了门，直接向广播站走去。

他找到黄亚萍，很快把他母亲给地纪委写信、地纪委已经派人到县里的情况，统统给亚萍说了，同时也说了他自己的所有心里话。他让亚萍看有没有办法挽救这个局面。

黄亚萍听完后，先顾不上急，出口就骂："你妈是个卑鄙的人！"

然后她眼里闪着泪光，对克南说："克南，你是个好人……"

高加林走后门参加工作的问题，被地纪委和县纪委迅速查清落实了。与此同时，高加林的叔父也知道了这件事，两次给县委书记打电话，让组织坚决把高加林退回去。

眼下，这样的问题一直就是公众最关心的。这事很快就在县城传开；街头巷尾，人们纷纷在议论。

在县委的一次常委会上，这件事被专门列入了议题。调查的人列席了常委会，详细汇报了这个事件的调查情况。

常委会的决定很快做出了：撤销高加林的工作和城市户口，送回所在大队；县劳动局副局长马占胜无视党的纪律，多次走后门搞不正之风，撤销其领导职务，调出劳动局，等候人事部门重新分配工作……

专门的文件很快下达到了有关单位。马占胜急得像热锅上的蚂蚁，到处拜访领导，托人求情，说让他好好检讨，请求县委不要给他处分。

后来，他看一切暂时都无济于事，就只好到处叫冤说："啊呀呀，这下舔屁股舔到他妈的刀刃上了……"

这几天，除过马占胜，另一个事中人黄亚萍也在四处奔跑，打探消息，找她父亲的朋友，看能不能挽回局面，不要让高加林回了农村。

当她看见县委下达的文件后，才知道局面是挽不回来了。

"完了！完了！一切都完了……"她在心里喊叫着，不知该怎么办。

她想不到生活的变化如同闪电一般迅疾；她刚刚开始了愉快，马上又陷入了痛苦！

她揪扯着自己的头发，在床上打滚。她无法忍受这个打击所带来的痛苦。

她痛苦的焦点在哪里呢？

这是不言而喻的：她真诚地爱高加林，但她也真诚地不情愿高加林是个农民！她正是为这个矛盾而痛苦！

如果有一个方面的坚定选择，她也就不会如此痛苦了：假若她不去爱高加林，那高加林就是下了地狱也与她无干；如果她为了爱情什么也不顾，那高加林就是下地狱她也会跟着下去！

矛盾是无法统一的。两个方面她自己认为都很重要：她爱高加林而又怕他当农民啊！

生活对于她这样的人总是无情的。如果她不确立和坚定自己的生活原则，生活就会不断地给她提出这样严峻的问题，让她选择。不选择也不行！生活本身的矛盾就是无所不在的上帝，谁也别想摆脱它！

黄亚萍觉得自己不知如何是好。加林本人不在，她又没有更亲密的朋友和她一块商量。克南倒是可以商量，但他又在他们之间处于这样的位置，根本不能去找。

她于是想起她亲爱的父亲。她现在只能和他谈这件事。

怎样和父亲谈呢？他本来就反对她离开克南而找加林。在这件事上，她已伤了他的心，他会怎样对待她目前的困难处境呢？

不管怎样，她还是去找父亲。

她回家去找他，他不在家。妈妈告诉她：父亲在办公室里。

她就又跑到了他的办公室。

她父亲正戴着老花镜，看《解放军报》。见她进来，就把老花镜摘下，放在报纸上。

"爸爸，高加林的事你知道不知道？"

"我怎不知道？常委会我都参加了……"

"这怎办呀嘛……"

"什么怎办呀？"

"我怎办呀！"

"你？"

"嗯……"

她父亲抬起头，望着窗户，沉默了半天。

他点燃一支烟，也不看她，仍然望着窗户说：

"你们现在年轻人的心思，我很难理解。你们太爱感情用事了。你们没有经受过革命生活的严格训练，身上小资产阶级的东西太多。正是这些东西，导致了你现在的处境……"

"爸爸，你先不要给我上政治课！你知道，我现在有多么痛苦……"

"痛苦是你自己造成的。"

"不！我觉得生活太冷酷了，它总是在捉弄人的命运！"

"不要抱怨生活！生活永远是公正的！你应该怨你自己！"老军人大声说着，激动地从椅子上站起来，长眉毛下的一双眼睛，炯炯有神地望着他的女儿。

黄亚萍跺了一下脚，拉着哭调说：

"爸爸，我想不到你一下子变得对我这样冷酷！我恨你！"

她父亲一下子心软了，走过来用粗大的手掌抚摸了一下她的头发，让她坐在椅子上，掏出手帕揩掉她眼角的泪水。然后他转过身，冲了一杯麦乳精，加了一大勺白糖，给她放在面前，说："先喝点水，你嗓子都哑了……"

他又坐进他办公桌前的圈椅里，手指头在桌子上嘣嘣地敲着，怔怔地看女儿一小口一小口喝那杯饮料。

半天，他才往椅背上一靠，长长出了一口气说："我不怀疑你对那个小伙子的感情。我虽然没见他，但知道我女儿爱上的人不会太平庸，最起码是有才华的人。因此，你那么突然地抛开克南，我和你妈妈尽管很难过，也感觉对老张一家人很抱愧，但我们仍然没有强行制止你这样做。爸爸一生在炮弹林里走南闯北，九死一生，多半辈子人了，才得了你这个宝贝。就你我而言，我把你看得比我重要；我不愿使你受一丝委屈。正因为这样，我对你的关心只限于不让你受委屈，而没有更多地教育你树立正确的人生观……"他突然停顿了下来，手在空中一挥，对自己不满地唠叨说："扯这些干啥哩！一切都为时过晚了！"

他吸了一口烟，回头看了看静静坐着的女儿，说：

"这事我已经考虑过了，这次你最好能听爸爸的。咱们马上要到南京，那个小伙子是农民，我们怎能把他带去呢？就是把他放到郊区农村当社员，你们一辈子怎样过日子？感情归感情，现实归现实，你应该……"

"你让我去和加林断吗？"黄亚萍抬起头，两片嘴唇颤动着。

"是的。听说他现在在省里开会，快回来了，你找他……"

"不，爸爸！别说了！我怎能去找他断绝关系呢？我爱他！我们才刚刚恋爱！他现在遭受的打击已经够重了，我怎能再给他打击呢？我……"

"萍萍，这种事再不能任性了！这种事也不允许人任性了！如果不能在一块生活，迟早总要断的，早断一天更好！痛苦就会少一点……"

"永远不会少！我永远会痛苦的……"

他父亲站起来，低着头在地上慢慢踱着步，接连叹了两口气，说："一生经历了无数苦恼事，哪一件苦恼事也没你这件事叫人这么苦恼……苦恼啊！"他摇摇头，"本来，你和克南好好的，可是……噢，前天我刚收到老战友的信，说南京那里已经给克南联系下工作单位了……"

黄亚萍一下站起来，大声喊："现在你别提克南！别提他的名字……"她走过去，坐在父亲的圈椅里，拉过一张白纸来。

"你要干什么？"父亲站住问她。

"我要给加林写信，告诉他这一切！"

父亲赶忙走到她身边说："你现在千万不要给他写信！这么严重的事，让他知道了，在外面出了事怎办？他不是快回来了吗？"

黄亚萍想了一下，把纸推到一边。父亲的这个意见她听从了，说："按原来省上通知的时间，再一个星期就回来了。"

她走过去，把父亲墙上挂的日历"嚓嚓"地接连扯了七页。

第二十二章

经过平原和大城市的洗礼，高加林兴致勃勃地回到这个山区县城来了。

他下了公共汽车，出了车站，猛一下觉得县城变化很大，变得让人感到很陌生。城廓是这么小！街道是这么短窄！好像经过了一番不幸的大变迁，人稀稀拉拉，四处静悄悄的，似乎没有什么声响。

县城一点儿也没变。是他的感觉变了。任何人只要刚从喧哗如水的大城市再回到这样僻静的山区县城，都会有这种印象。

高加林出了车站，走在马路上，脚步似乎坚实而又自在。他觉得对他未来的生活更有自信心了。虽然时间很短暂，但他已经基本了解了外边的世界大概是怎一回事。他把眼前这个小世界和外面的大世界一比较，感到他在这里不必缩头缩脑生活。完全可以放开手脚……他的心情就像一个游了一次大海的人，又回到小水潭里一样。

他出车站没走几步，碰见了他们村的三星。他穿一身油污的工作服，羡慕地过来和他握手，问："回来了？"

高加林对他点点头，问："你干什么哩？"

三星说："我开的拖拉机坏了，今早上来城里修理，晚上就又到咱上川里去呀。"

"咱村和我们家里没什么事吧？"他随便问。

"没……就是……巧珍前不久结婚了……"

"和谁？"高加林感到头"嗡"地响了一声。

"和马拴……你在！我还忙着哩！"三星一看他脸色变得很难看，就赶忙走了。

高加林听到这个消息，心里一下子涌起一种说不出的难受滋味。他在马路上若有所失地站了好一阵。他想不到巧珍这样快就结婚了。听到一个爱过自己的姑娘和别人结了婚，这总叫人心里不美气。

他马上意识到，这样呆立在马路当中也不合适，就又提着包往县委走。不过，他走得很慢，脚步也有点沉重起来。他感到街上的人也都似乎有点怪眉怪眼地看他，就像他们知道他心里有什么不愉快似的。

其实，街上的人这样看他，完全是出于另外的原因——这一点要等他回到县委才能明白。

他回到办公室刚把东西放下，老景就过来了。他先问了他这次出去的一些情况，然后突然沉默了起来；脸上的表情也很不自然。高加林很奇怪。他看出了老景好像要和他谈什么，又感到难开口。

老景坐在他的椅子上，又沉默了一会儿，才终于把有关他"走后门"参加工作被揭发、县委已经决定让他回农村的前前后后，全部给他说了。并告诉他，是克南母亲给地纪委写信揭发的；还听说克南和他母亲吵了一架，反对她这样做……

高加林听完后，脑子一下子变成了一片空白。

他麻木地立在脚地当中，甚至不知道自己现在在什么地方。他后来只听见老景断断续续说，他曾找过县委书记，说他工作很出色，请求暂时用雇用的形式继续工作；但书记不同意，说这事影响太大，让赶快给他办清手续，让他立刻就回队；还听说他叔父打了电话，让组织把他坚决退回去……

老景什么时候走的？他不知道。当他确实明白过来他面临的是什么时，一下子反应不过来眼下他该做什么。

他先把烟掏出来，但没抽，扔到了门背后。烟扔掉后，又莫名其妙地掏出了火柴。他把火柴盒抽出来，"哗"一下全撒在了地上。然后，他又弯下腰，一根一根往火柴盒里拾；拾起以后，又撒在了地上，又拾……

一个钟头以后，他的脑子才恢复了正常。

事情马上变得单纯极了：他不就是又要回到他们村，回到土地上去当社员吗？

紧接着他第一个想到的是巧珍。他在桌子上狠狠砸了一拳，绝望地叫道："晚了！我这个浑蛋……"

接下来他才想到了黄亚萍。她没有引起他过分的痛苦，只是嘴里喃喃地说了一句："生活啊，真是开了一个玩笑……"

是生活开了他一个玩笑，还是他开了生活一个玩笑？他不得而知。正像巧珍认为她和高加林的关系是做了一场梦一样，他感觉他和黄亚萍的关系也是做了一场梦。一切都是毫无疑问的：他现在又成了农民，他和黄亚萍中间，也就自然又横上了一条无法逾越的鸿沟。和亚萍结婚，跟她到南京去……这一切马上变成了一个笑话！即使亚萍现在对他的爱情仍然是坚决的，但他自己已经坚定地认为这事再不可能了；他们仍然应该回到各自原来的位置上。他尽管是个理想主义者，但在具体问题上又很现实。

至于他个人生活道路上这个短暂而又复杂的变化过程，他现在来不及更多地思考。他甚至觉得眼前这个结局很自然；反正今天不发生，明天就可能发生。他有预感，但思想上又一直有意回避考虑。前一个时期，他也明知道他眼前升起的是一道虹，但他宁愿让自己把它看作是桥！

他希望的那种"桥"本来就不存在；虹是出现了，而且色彩斑斓，但也很快消失了。他现在仍然面对的是自己的现实。

是的，现实是不能以个人的意志为转移的。谁如果要离开自己的现实，就等于要离开地球。一个人应该有理想，甚至应该有幻想，但也千万不能抛开现实生活，去盲目追求实际上还不能得到的东西。尤其是对于刚踏入生活道路的年轻人来说，这应该是一个最重要的认识。

可是，社会也不能回避自己的责任。我们应该真正廓清生活中无数不合理的东西，让阳光照亮生活的每一个角落；使那些正徘徊在生活十字路口的年轻人走向正轨，让他们的才能得到充分的发展，让他们的理想得以实现。祖国的未来属于年轻的一代，祖国的未来也得指靠他们！

当然，作为青年人自己来说，重要的是正确对待理想和现实生活。哪怕你的追求是正当的，也不能通过邪门歪道去实现啊！而且一旦摔了跤，反过来会给人造成一种多大的痛苦；甚至能毁掉人的一生！

高加林的悲剧包含诸方面的复杂因素——关于这一切，就让明断的公众去评说吧！我们现在仍然叙述我们的生活故事。

加林现在还顾不得考虑其他。他现在首先要考虑的是，他怎样处理他和亚萍的关系。

实际上，这件事他已经在心里决定了：他要主动找黄亚萍断绝关系！

他洗了一把脸，把那双三接头皮鞋脱掉，扔在床底下，拿出了巧珍给他做的那双布鞋。布鞋啊，一针针，一线线，那里面缝着多少柔情蜜意！他一下子把这双已经落满尘土的补口鞋捂在胸口上，泪水止不住从眼睛里涌出来了……

他换了鞋，就起身去找黄亚萍——现在中午已经下班了，亚萍肯定在家里。他想他这是第一次上亚萍家，也是最后一次。

正在他刚要出门的时候，克南却突然进了他的办公室。

他们相对而立，一阵长时间的沉默。

半天，高加林才说：“你坐……”

克南坐在他办公桌旁边的一把椅子上。他自己也在床边坐下来。

“加林，你现在一定很恨我……”克南没有看他，说。

高加林也没有看他，说：“不……你应该恨我！”

“你现在心里小看我！认为我张克南是个小人！”

“不”，加林回过头，认真说，“我了解你……关于这件事，和你没关系。这我已经知道了。实际上，就是你写信揭发我走了后门，我也可以理解。因为是我首先伤害了你……你即使报复我，也是正当的……”

张克南猛地抬起头来，怔怔地看着高加林说：“你是一个有血性的人。尽管咱们性格不一样，但我过去一直在内心很尊重你。我现在仍然尊重你。过去的事情已经过去了……我现在不知道眼前我该怎样帮助你。我知道你现在很痛苦，亚萍也在痛苦……我不愿意你们痛苦……"

"你更痛苦！"加林站起来，"现在让我们结束这个不幸的局面吧！你和亚萍仍然恢复你们的一切。我现在唯一要求你的，就是你能谅解我以前给你带来的痛苦……"

"不！"克南也站起来，"尽管我爱亚萍，亚萍实际上是爱你的！我的痛苦已经过去了，一切我也都想通了……亚萍也不会离开你……"

"我要离开她！我要主动和她断绝关系！这我已经决定了！"

"她是爱你的……"

"我真正爱的人实际上是另外一个！"高加林大声说。

张克南惊讶地望着他，半天说不出话来了。

高加林又颓唐地坐在床边上，一绺乱蓬蓬的头发耷拉在他苍白的额头上。

克南沉默了一下，然后走到高加林面前，说："……加林，我们不说这些事了。我现在主要考虑你要回农村，生活会很艰苦的。我原来也知道，你们家并不太富裕……我们家经济情况好一点，你如果需要我……"

克南还没说完，高加林一下子愤怒地站起来，大声咆哮："别污辱我了！你滚出去！滚出去！"

克南一下子呆住了。

他眼里闪着泪花，看了一眼高加林，慢慢转过了身。

高加林又猛然走上前来，用一条胳膊搂住了他的肩膀，用一种亲切低沉的音调说："……克南，对不起。你怎能说这种话呢？如果我不了解你是出于一种真诚，我就马上会把你打倒在这里……原谅我，你走吧！我要马上找亚萍结束我们之间的一切。原谅我……"

他们在门外沉默地握手告别了。

黄亚萍听说高加林回来了，正准备去找他，想不到高加林已经找到她门上来了。

亚萍在大门口把他接回到自己房子里。她父母亲分别拿着糕点、纸烟、茶壶、茶杯，过来放在桌子上，就都退出去了。

亚萍把一杯茶放到他面前，着急地问："你知道了吗？"

高加林喝了一口茶，平静地说："知道了。"

黄亚萍一下子伏在他旁边的桌子上，呜咽着哭开了。

高加林从侧面看着她耸动着的圆润的肩膀，看着她烫过的蓬松柔软的头发，心里又忍不住隐隐作痛起来。他又记起省城的大街上、公园里，那些一对一对挽着胳膊走路的青年男女。当时他曾想过：不久，我和亚萍也会这样手挽着手，徜徉在南京的大街上；去长江边看朝霞染红的浪花；去雨花台捡五颜六色的雨花石……

他一边想着，一边难受地咽着唾沫。他一直向往的理想生活，本来已经就要实现，可现在一下子就又破灭了。他感到胸口一阵剧烈的疼痛，赶忙用拳头抵住。

亚萍抬起头来，满面泪痕说：

"你明天到地区去！找你叔父，让他重新考虑给你找个工作！"

加林点着一支烟，狠狠吸了一口，说：

"他原来就反对这样做。这次他也打了电话，让把我退回去。对他来说，这样做也是对的，我并不抱怨他。现在我更不准备去找他了。说来说去，路还得自己走。现在事情很简单，我只能再回到我们村去……"

"你不能回去！"她认真地叫道。

加林苦笑了："不是能不能回去，而是必须要回去！"

"回去可怎办呀……"亚萍抬起头，脸痛苦地对着天花板，喃喃地念叨着，两只手神经质地捋着头发。

"怎办呀？还能怎办呀！回去当农民！"

"我们怎办呀？"亚萍脸对着他的脸，像是问自己，又像是问加林。

"我已经想好了。我来找你，也就是说这事的！"加林站起来，走过去靠在墙上，"我们现在应该结束我们的关系。你还是和克南一块生活吧！他是非常爱你的……"

"不，我要和你在一块！"黄亚萍也站起来，靠在桌子上。

"这已经是不可能的了，我已经又成了农民，我们无法在一块生活。再说，你很快要到南京去工作了。"

"我不工作了！也不到南京去了！我退职！我跟你去当农民！我不能没有你……"亚萍一下子双手蒙住脸，痛哭流涕了。可怜的姑娘！她现在这些话倒不全是感情用事。她也是一个有个性的人，事到如今，完全可以做出崇高的牺牲。而她现在在内心里比任何时候都要更爱高加林！

高加林一口接一口地吸着烟，说：

"亚萍，怎能这样呢？我根本不值得你做这样的牺牲。就是你真的跟我去当农民，难道我一辈子的灵魂就能安宁吗？你一直娇生惯养，农村的苦你吃不了……亚萍，我知道你对我的感情是真诚的。为了这，我很感激你。我自己一直也是非常喜欢你的。但我现在才深切感到，从感情上来说，我实际上更爱巧珍，尽管她连一个字也不识。我想我现在不应该对你隐瞒这一点……"

亚萍突然惊讶而绝望地望着他的脸，一下子震惊得发呆了。

她麻木地呆立了好长时间，然后用袖口揩去脸上的泪水，向前走了两步，站在高加林面前，缓缓说："如果是这样，那么……我祝你们……幸福……"她向他伸出手来，两行泪水静静地在脸上流着。

加林握住她的手，说："巧珍已经和别人结婚了……现在让我来真诚地祝你和克南幸福吧！"

他说完，就把他的手从她的手里抽出来，转过身就往门外走。

亚萍在后边一把扯住他，伤心地说："你……再吻我一下……"

高加林回过头，在她的泪水脸上吻了吻，然后嘴里含着一股苦涩的味道，匆匆跨出了门坎……

高加林从黄亚萍家里出来以后，先没回自己的办公室，径直去县农机修配厂找来三星，让他把他的全部行李在当天晚上就捎回家里去了。然后他和老景一起把所有该办的手续全部办清，就一个人关住门在光床板上躺了下来……

第二十三章（并非结局）

在高三星把加林的铺盖行李捎回村的当天晚上，高家村的大部分人都知道了这件事。全村人都很感慨，谁也没有想到小伙子竟然落了这么个下场！

玉德老两口倒平静地接受了三星捎回来的铺盖卷，也平静地接受了儿子的这个命运。他们一辈子不相信别的，只相信命运；他们认为人在命运面前是没什么可说的。

对这事感到满意的是刘立本。他也认为这是老天爷终于睁了眼，给了高加林应得的报应。他当晚就很有兴致地跑到明楼家，向三星打问这件事的根根梢梢。

但他亲家却没有显出多少兴致来。听了这事，明楼反而显得心情很沉重。这倒不是说他同情高加林，而是他从这件事里敏感地意识到，社会对他们这种人的威胁越来越大了！就连占胜这样的精能人都说垮就垮了台，他一个不识字的农村干部又有多少能耐呢？谁知道什么时候，说不定也会清算到他的头上？另外，他的老心病也马上犯了。他认为高加林不管怎样，都已经在心里恨上了他；往后他们又要同在一个村里闹世事，这小伙子将是他最头疼的一个人。从这一点上说，明楼不愿让高加林回来，宁愿他在外面飞黄腾达去！

就在当晚村里各种人对高加林回村进行各种议论的时候，刘立本的老婆和她的大女儿巧英，却正在立本家一孔闲窑里策划一件妇道人家的伎俩……

第二天一大早，立本的大女儿巧英提了个筐子，出了村，来到大马河湾的分路口附近打猪草。这地方并没有多少猪能吃的东西，巧英弄了半天还没把筐底子铺满。

巧英实际上并不是来打猪草的！她要在这里进行她和她妈昨天晚上谋划过的那件事。两个糊涂的女人，为了出气，决定由巧英在今天把回村的高加林堵在这里，狠狠地奚落他一通！因为今天上午村里的男男女女都在这附近的地里劳动，所以在这个地方闹一下最合适。到时候，田野里的人就都会过来看热闹；而且很快就会在大马河上下川道传得刮风下雨！把他高加林小子的名誉弄得臭臭的！叫他再能！

这件事昨天晚上母女俩谋划时，被巧玲在门外听见了。有文化的高中生进去劝母亲和姐姐千万不要这样；说到时人家不会笑话高加林，而丢人的反倒会是她们！但两个不识字的妇道人家却把她臭骂了一通，弄得巧玲当晚上跑到学校另一个女老师那里睡觉去了。

巧英已经有了一个孩子，不像做姑娘时那般漂亮了，但仍然容貌出众。每逢跟集上会，竟然还有一些远地的陌生小伙子以为她是个姑娘，就倾心地向她求爱；她立刻就用农村妇女最难听的粗话把这些人骂得狗血喷头。和两个妹子不大一样，她从里到外都把父母的一切都全盘继承了，有时心胸狭窄，精明得有点糊涂；但心地倒也善良，还有一股泼辣劲儿。眼下这行为纯粹是一肚子气鼓起来的。

现在她一边心不在焉地打猪草，一边留心望着前川道的公路，心里盘算她怎样给高加林制造这场难看。她一直脸色阴沉，�‍着个嘴，早已经像演员一样进入了角色。

她突然听见背后传来一阵慌乱的脚步声。回过头一看，竟然是大妹子巧珍！

这真的是巧珍。她穿一件朴素的印花布衫和一条蓝布裤，脚上是她自己做的布鞋；头发也留成了农村那种普通的"短帽盖"。她一切方面都变成一个农村少妇了，但看起来似乎倒比原来更惹人亲，更漂亮。对于本来就美的人，衣着的质朴更能给人增加美感。巧珍的脸上既没有通常新婚妇女那种特别的幸福光彩，但也看不出不久前那场不幸给她留下的阴影。

"你到这儿干啥来了？"巧英问妹子。

"姐姐，快回！你千万不能这样！人家笑话呀！"巧珍扯住巧英的袖口说。

"什么事笑话我哩？"巧英愚蠢地装出一副惊讶的样子。

"好姐姐哩！巧玲昨晚上跑到我那里，把什么事都给我说了。我昨晚上急得一夜没睡着。今早上，我跑到咱家里，把妈妈数说了一番，她也觉得不该；然后我就来……"

"你真是个受罪鬼！"巧英打断了她的话，一下子恨得牙咬住嘴唇，半天不言语了。过了好一会，她才愤愤地说："高加林不光辱没了你，把咱们一家人都拿猪尿泡打了，满身的臊气！你能忍了这口气，你忍着！我们可忍受不了！我今儿个非给他小子难看不可！"

"好姐姐哩！他现在也够可怜了，要是墙倒众人推，他往后可怎样活下去呀……"巧珍说着，泪水已经在眼眶里旋转起来。

巧英执拗地把头一拧，说："你别管！这是我的事！"说着，把手里的筐子往地上一丢，一屁股坐在一块石头上，双手狠狠把膝盖一抱，像一个粗野的男人一样。

巧珍一下子跪在巧英面前，把头抵在姐姐的怀里，哽咽着说："我给你跪下了！姐姐！我央告你！你不要这样对待加林！不管怎样，我心疼他！你要是这样整治加林，就等于拿刀子捅我的心哩……"

善良的品格和对不幸的妹妹的巨大同情心，使得巧英一下子心软了。她一只手上去抹自己眼里涌出的泪珠，另一只手亲热地摩挲着巧珍的头，说："珍珍，你不要哭了！姐姐知道你的心！姐姐不了……"她停了半天，突然又叹了一口气说："我心里知道你最爱他。唉！这坏小子要是早叫公家开除回来就好了……现在可怎办呀？我看得出来，这坏小子实际上心里也是爱你的！说不定他还要你哩，可现在……"

"不！"巧珍抬起泪水斑斑的脸，"这是不可能的，我已经结婚了。再说，我也应该和马拴过一辈子！马拴是好人，对我也好，我已经伤过心了，我再不能伤马拴的心了……"

巧英又长出了一口气，说："那你回喀。我也就回呀……"说着就站起来拿筐子。

巧珍也站起来，问："你公公在不在家？"

"在哩。怎啦？"巧英问。

"是这样的，我昨晚还听巧玲说，公社可能还要叫咱们学校增加一个教师。加林回来一下子又习惯不了地里的劳动，我想看能不能叫他再教书。马拴是校管委会的，他昨晚上说马店村里有他哩，说他一定代表马店村去给公社说。咱村里你公公拿事，我想拉你一块去求求明楼叔，让加林再去教书。你在旁边一定要帮我说话，你是他的儿媳妇，面子比我大……"

巧英惊讶地张开嘴，望着妹妹怔了半天。她一条胳膊挽起筐子，过来用另一条胳膊搂住巧珍的肩头，说："那咱们回！妹子，你可真有一副菩萨心肠……"

天还没有明时，高加林就赤手空拳悄然地离开了县委大院。

他匆匆走过没有人迹的街道，步履踉跄，神态麻木，高挑的个子不像平时那般笔直，背微微地有些驼了；失神的眼睛深陷在眼眶里，没有一点光气，头发也乱蓬蓬的像一团茅草。整个脸上像蒙了一层灰尘，额头上都似乎显出了几条细细的皱纹。

漂亮而潇洒的小伙子啊，一下子就好像老了许多岁！

到现在，高加林才感觉到自己像个一无所有的叫花子一般。他感觉到自己孤零零的，前不着村，后不靠店。他不知道自己从什么路上走来，又向什么路上走去……

当他走到大马河桥上的时候，他一下子有气无力地伏在了桥栏杆上。桥下，清清的大马河在黎明前闪着青幽幽的波光，穿过桥洞，汇入了初秋涨宽了的县河里。县河浑黄的流水平静地绕过城下，流向了看不见的远方。

他手抚着桥栏杆，想起第一次卖馍返回的时候，巧珍就是站在这里等他的；想起在这同一个地方，他不久前又曾狠心地和她断绝了关系……眼下他又在这里了，可是他现在还有什么呢？他幻想的工作和未来在大城市生活的梦想破灭了，黄亚萍又退回到了他生活的远景上；亲爱的刘巧珍被他冷酷地抛弃，现在已和别人结了婚。他真想一纵身从这桥上跳下去！

这一切怨谁呢？想来想去，他现在谁也不怨了，反而恨起了自己：他的悲剧是他自己造成的！他为了虚荣而抛弃了生活的原则，落了今天这个下场！他渐渐明白，如果他就这样下去，他躲过了生活的这一次惩罚，也躲不过去下一次惩罚——那时候，他也许就被彻底毁灭了……

严峻的现实生活最能教育人，它使高加林此刻减少了一些狂热，而增强了一些自我反省的力量。他进一步想：假如他跟黄亚萍去了南京，他这一辈子就会真的幸福吗？他能不能就和他幻想的那样在生活中平步青云？亚萍会不会永远爱他？南京比他出色的人谁知有多少，以后根本无法保证她不再去爱其他男人，而把他甩到一边，就像甩张克南一样。可是，如果他和巧珍结了婚，他就敢保证巧珍永远会爱他。他们一辈子在农村生活苦一点儿，但会活得很幸福的……现在，他把生活中最宝贵的东西轻易地丢弃了！他做了昧良心的事！爸爸和德顺爷的话应验了，他害了别人，也害了自己！他搅乱了许多人的生活，也把自己的生活搅了个一塌糊涂……

黎明不知什么时候已经静悄悄地来临了。县城的灯光先后熄灭，大地万物在一种自然柔和的光亮中脱去了夜的黑衣裳，显出了它们各自的面目。时令已进入初秋，山头和川道里的庄稼、树木，绿色中已夹杂了点点斑黄。

城里已经又开始熙熙攘攘了。一天的生活像往常一样开始了它的节奏。

高加林望了一眼罩在蓝色雾霭中的县城，就回过头，穿过桥面，拐进了大马河川道。

他走在庄稼地中间的简易公路上，心里涌起了一种从未体验过的难受。他已经多少次从这条路上走来走去。从这条路上走到城市，又从这条路上走回农村。这短短的十华里土路，对他来说，是多么的漫长！这也象征着他已经走过的生活道路——短暂而曲折！

他折了一枝柳树梢，一边走，一边轻轻抽打着路边的杂草，心想：他回到村里后，人们会怎样看他呢？他将怎样再开始在那里生活呢？亲爱的巧珍已经不在了！如果有她在，他也就不会像现在这样难受和痛苦了。她那火一样热烈和水一样温柔的爱，会把他所有的苦恼冲洗掉。可是现在……他忍不住一下子站在路上，痛不欲生地张开嘴，想大声嘶叫，又叫不出声来！他两只手疯狂地揪扯着自己的胸脯，外衣上的纽扣"嘣嘣"地一颗颗飞掉了……

早晨的太阳照耀在初秋的原野上，大地立刻展现出了一片斑斓的色彩。庄稼和青草的绿叶上，闪耀着亮晶晶的露珠。脚下的土路潮润润的，不起一点黄尘。高加林在路上摇摇晃晃地走着，走几步就站下，站一会再走……

离村子还有一里路的地方，他听见河对面的山坡上，有一群孩子叽叽喳喳地说话，其中听见一个男孩子大声喊："高老师回来啰……"他知道这是他们村的砍柴娃娃，都是他过去的学生。

突然，有一个孩子在对面山坡上唱起了信天游——

　　　哥哥你不成材，

　　　卖了良心才回来……

孩子们都哈哈大笑，叽叽喳喳地跑到后沟里去了。

这古老的歌谣，虽然从孩子的口里唱出来，但它那深沉的谴责力量，仍然使高加林感到惊心动魄。他知道，这些孩子是唱给他听的。

唉！孩子们都这样厌恶他，村里的大人们就更不用说了。

他走不远，就看见了自己的村子。一片茂密的枣树林掩映着前半个村子；另外半个村子伸在沟口里，他看不见。

他忍不住停下了脚，忧伤地看了一眼他熟悉的家乡。一切都是原来的样子——但对他来说，一切又都不一样了……

就在这时，许多刚下地的村里人，却都从这里那里的庄稼地里钻出来，纷纷向他跑来了。

他不知道这是怎一回事，村里的人们就先后围在了他身边，开始向他问长问短。所有人的话语、表情、眼神，都不含任何恶意和嘲笑，反而都很真诚。大家还七嘴八舌地安慰他哩。

"回来就回来吧，你也不要灰心！"

"天下农民一茬子人哩！逛门外和当干部的总是少数！"

"咱农村苦是苦，也有咱农村的好处哩！旁的不说，吃的都是新鲜东西！"

"慢慢看吧，将来有机会还能出去哩。"

……

亲爱的父老乡亲们！他们在一个人走运的时候，也许对你躲得很远；但当你跌了跤的时候，众人却都伸出自己粗壮的手来帮扶你。他们那伟大的同情心，永远都会给予不幸的人！

高加林忍不住热泪盈眶。他一句话也说不出来，只是掏出纸烟，给大家一人散了一根。

庄稼人们问候和安慰了他一番，就都又下地去了。

当高加林再迈步向村子走去的时候，感到身上像吹过了一阵风似的松动了一些。他抬头望着满川厚实的庄稼，望着浓绿笼罩的村庄，对这单纯而又丰富的故乡田地，心中涌起了一种深厚的情感，就像他离开它已经很长时间了，现在才回来……

当他从公路上转下来，走到大马河湾的分路口上时，腿猛一下子软得再也走不动了。他很快又想起，他和巧珍第一次相跟着从县城回来时，就是在这个地方分手的——现在他们却永远地分手了。他也想起，当他离开村子去县城参加工作时，巧珍也正是在这个地方送他的。现在他回来了，她是再不会来接他了……

他坐在一块石头上，身上像火烧着一般烫热。他用两只手蒙住眼睛，头无力地垂在胸前。他真不知道往后的日子怎么过呀？他嘴里喃喃地说："亲爱的人！我要是不失去你就好了……"泪水立刻像涌泉一般地从指缝里淌出来了……

好久，高加林才抬起头。他猛然发现，德顺爷爷正蹲在他面前。他不知道德顺爷爷是什么时候蹲在他面前的。他只是静静地蹲着，抽着旱烟锅。

他见他抬起头来，便笑眯眯地说："你还有眼泪呢？"接着一脸皱纹一下子缩到眼角边，摇了摇那白雪一般的头颅，痛心地说："娃娃呀，回来劳动这不怕，劳动不下贱！可你把一块金子丢了！巧珍，那可是一块金子啊！"

"爷爷，我心里难过。你先别说这了。我现在也知道，我本来已经得到了金子，但像土坷垃一样扔了。我现在觉得活着实在没意思，真想死……"

"胡说！"德顺爷爷一下子站起来，"你才二十四岁，怎么能有这么些混账想法？如果按你这么说，我早该死了！我，快七十岁的孤老头子了，无儿无女，一辈子光棍一条。但我还天天心里热腾腾的，想多活它几年！别说你还是个嫩娃娃哩！我虽然没有妻室儿女，但觉得活着总还是有意思的。我爱过，也痛苦过；我用这两只手劳动过，种过五谷，栽过树，修过路……这些难道也不是活得有意思吗？——拿你们年轻人的词说叫幸福。幸福！你小子不知道，我把我树上的果子摘了分给村里的娃娃们，我心里可有多……幸福！不是么，你小时候也吃过我的多少果子啊！你小子还不知道，我栽下一拨树。心里就想，我死了，后世人在那树上摘着吃果子，他们就会说，这是以前村里的光棍老汉德顺栽下的……"

德顺老汉大动感情地说着，像是在教导加林，又像是借此机会总结他自己的人生；他像一个热血沸腾的老诗人，又像一个哲学家；那只拿烟锅的、衰老的手在剧烈地抖动着。

高加林一下子站起来了。傲气的高中生虽然研究过国际问题，读过许多本书，知道霍梅尼和巴尼萨德尔，知道里根的中子弹政策，但他没有想到这个满身补丁的老光棍农民，在他对生活失望的时候，给他讲了这么深奥的人生课题。他望着亲爱的德顺爷爷那张老皱脸，一双失去光彩的眼睛里重新飘荡起了两点火星。

德顺爷爷用缀补丁的袖口揩了一下脸上的汗水，说："听说你今上午要回来，我就专门在这里等你，想给你说几句话。你的心可千万不能倒了！你也再不要看不起咱这山乡圪崂了。"他用枯瘦的手指头把四周围的大地山川指了一圈，说："就是这山，这水，这土地，一代一代养活了我们。没有这土地，世界上就什么也不会有！是的，不会有！只要咱们爱劳动，一切都还会好起来的。再说，而今党的政策也对头了，现在生活一天天往好变。咱农村往后的前程大着哩，屈不了你的才！娃娃，你不要灰心！一个男子汉，不怕跌跤，就怕跌倒了不往起爬，那就变成个死狗了……"

"爷爷，你的话给我开了窍，我会记住的，也会重新好好开始生活的。刚才我在前川碰见庄里的其他人，他们也给我说了不少宽心话。唉，我现在就担心高明楼和刘立本两家人往后会找我的麻烦，另眼看我……"

"啊呀，这你别担心！就是为了这事，我刚才还去明楼家找了他。我和他爸当年是拜把兄弟，我敢指教他哩！我已经把话给他敲明了，叫他再不要捣你的鬼……噢，我倒忘了给你说了！我刚才去明楼家，正碰见巧珍央求明楼，让他去公社做做工作，让你再教书哩！巧珍说得鼻涕一把泪一把！明楼当下也应承了。不知为什么，他儿媳妇巧英也帮巧珍说话哩。你不要担心，书教成教不成没什么，好好重新开始活你的人吧……啊，巧珍，多好的娃娃！那心就像金子一样……金子一样啊……"德顺老汉泪水夺眶而出，顿时哽咽得说不下去了。

高加林一下子扑倒在德顺爷爷的脚下，两只手紧紧抓着两把黄土，沉痛地呻吟着，喊叫了一声：

"我的亲人哪……"

鲁班的子孙

王润滋

陈年旧话

很多很多年以前，中国出了个有名的木匠叫鲁班。据说，是他发明了木作工具，以后才有了木匠这个行当。世世代代以来，凡干木匠这一行的，都尊他为祖师。

黄家沟的木匠似鲁班。

黄志亮是黄家沟的木匠头儿。他学徒的时候，师傅给他上的第一课是讲鲁班的故事。他教徒弟的时候，第一课讲的也是鲁班的故事。他说要成个好木匠得有两条，一条是良心，一条是手艺，少了哪一条都不成。旧社会出门耍手艺，身边总是带一尊椿木（传说椿为百木之祖）雕刻的鲁师像。过年过节烧支香供一供，磕个头，以示崇拜和尊敬。解放以后说这是迷信，就不再供了，却舍不得丢掉，藏在箱子底下。

说起黄志亮的手艺，那可是方圆百里没个敢比的。他打出的家具，传三辈儿，木头烂了榫不开。年青的时候他有个外号叫"黄老磨"，只是这几年才没人叫了。问问村里上去点岁数的人，谁都会给你讲一个"黄老磨"的故事，不过免不了有点演义。说的是邻村一个财主，愿出高价请木匠做女儿出阁的嫁妆。不过必得让他满意，不满意分文不给。

别人不敢登门，老亮敢。谁知无论怎么下功夫，那财主总是不满意，总是嫌柜面粗，说得像他的手杖那样光滑才行。老亮笑道："中。"就把推刨什么的都放到一边去，专心致志地用手磨起来。一直磨了三年，硬是把财主的闺女磨老了。财主草鸡（方言，认输之意）了，付给他三年的工钱打发他走，他依然嘿嘿笑道："还早着呢，你的拐杖都磨了三十年了。"从那时候起黄老亮的软性子脾气算是出了名。他做出的那大立柜，不用装镜子就照得出影儿来。

一晃，大半辈子过去了，凭着一身好手艺，硬是没过上个富裕日子。老亮知足，说人哪，八尺的命难求一丈，只是有一件不顺心：没儿子。

六〇年上，老婆得了水肿病，一伸腿去了，只留下个五岁的丫子跟他做伴儿。

他骑一辆除铃铛不响、浑身都响的破自行车，走村串户打营生做。车前架上装个小木座，把丫子放上去，丫子手里摇个拨浪鼓，南庄北疃响个遍。那年月，三尺肠子空着二尺半，谁还有心思打箱做柜？可一听见拨浪鼓响，都你争我抢地把老亮往屋里拖，不是叫他修修小板凳，就是叫他勒勒风箱里的鸡毛。其实谁心里都明白，那是乡亲们可怜父女俩，有意留他吃顿饭。在那些好年月里，老亮不也是这样。这家里修修小板凳，那家里钉钉锅盖、勒勒风箱，谁曾听他说收过乡亲们一分钱的工钱！好心总有好报！人在落难的时候，最品得出人情的滋味。

有一天，在邻村的大街上，一群人围着一个外乡孩子唉声叹气。正好黄老亮走这里看见了，便停下车问个究竟。原来这孩子是跟他妈出来要饭的，妈妈狠心去了，把孩子留下了，留给这儿的乡亲们了。老亮心里好难受。罢，罢，罢！领下吧，一头牛是牵，两头牛也是牵。丫她妈活着的时候，就巴望着有个儿，好接他的木匠家什，可老天爷不睁眼，四十岁上才开怀。还是个丫头。这，就顶了吧！于是，在黄老亮的后车座上，又多了一个五岁的男孩子。两个拨浪鼓一齐摇。摇过山，摇过水；摇过春，摇过秋。摇得老亮心里悲一程，喜一程，坎坎坷坷总算过来了。他老了，两个孩子也长大成人。丫子秀枝水灵灵的一朵花，惹得小伙子们蜜蜂似的围着转；儿子秀川翠生生的一棵苗，姑娘们都想攀他做女婿。黄老亮嘴里不说心里道："你们这些傻闺女、愣小子，谁也别想在俺秀川秀枝身上动心思，不见人家俩儿好成了一个头？白天里照面红红脸儿，黑夜里说话不论钟点儿。嘿！……”老木匠乐得心都醉。最称他的心的，是秀川这孩子心灵手巧，二十岁头儿上，就把这木匠行里的十八般武艺学了个八九不离十。小伙子性高，要自个挑旗子开个木匠铺。爹说别犯资本主义，他不怕，硬是开了张。结果是三天没到黑就叫大队封了门，还开了批判会。书记官在会上指名道姓把他好批一通，连老木匠也挂上了，说是黑后台。批得老头子大半年不敢在人眼前里露脸儿。亏得他手艺高，不然的话还要把他从大队木匠铺里开除呢！小木匠气得三天没吃饭，光是骂。老木匠对小木匠说：“孩子，出去躲躲，窝在家里拃锄把子，别荒了手艺。古语说得好，名师出高徒。爹是个土木匠，不想把你掖在翅膀底下，出去闯荡吧！别恋秀枝，别恋家，回来就给你们成亲。那工夫，俺就是死了，也闭得上这双眼……”说着，老木匠眼里涌出泪水来。小木匠扑通跪下了：“爹，俺这辈子忘不了你的恩！混不出个样儿来，俺不回来见你！……”那天晚上，老木匠让秀枝炒几个菜，他要破例地跟儿子喝几盅。一盅烈酒下肚，老木匠又给儿子讲起鲁班的故事来……

第二天，下着雪。老木匠和女儿到村头的停车点去送他。他穿一件老式布扣棉袄，是秀枝一针一线亲手做的；戴一顶新崭崭的“三片瓦”式棉帽，是爹借钱刚从供销社买来的。他不嫌冷，帽耳朵冲天挽着，让风吹得直呼扇，像两只鹰翅膀。

雪花落在脸上，立时就化了，化成热腾腾的水汽。当他背起那只沉重的祖传三代的工具箱挤进车门的时候，老木匠的眼窝又热了。他后悔不该叫儿子一个人走，他还年轻，筋骨还嫩，自小没离开过山沟旮旯，世上的路又这么不平……可当他看到儿子把头探出车窗，坚定、自信地向他招手时，他放心了。十五岁的时候，他自个儿不是已经走上了这条路么？……

儿子走了，在离家很远很远的省城里干临时工。不断地寄信来，寄钱来，只是一直不肯回家来。老木匠照旧在大队木匠铺里干，秀枝照旧在家里绣花。天复一天，年复一年。工分虽说不值钱，日子还凑凑合合过得下去，只是觉得生活中少了许多什么。这些，都在心里，谁都不肯说出口。那是思念，是担忧，是希望啊！终于秀枝憋不住，开口了。“爹，写封信给俺哥，叫他回来吧。”老木匠说：“别，别分他的心，别处他的腿，该回来的时候，他就回来了。"秀枝噙泪花儿点点头。秀川离家的这几年，世道翻了好几个儿。翻得又叫庄稼人高兴，又叫庄稼人担心。就在今年的腊月头上，秀川突然捎信来，说是要回来过小年。老木匠和秀枝自然是欢喜得不得了。也就在这时候，大队木匠铺倒闭了。这对老木匠来说，真是致命的一棒子。那个木匠铺是入社时他一手创办起来的，风里雨里苦撑了二十多个年头，如今终于倒闭了！……

好！陈年旧话不去说它，我们的故事就从黄家沟木匠铺倒闭说起吧。

倒　闭

进了腊月的门儿就下雪，纷纷扬扬不开天。

炉里的火快要熄灭了，这是一盘用土坯和黄泥抹成的土炉，用来熬胶的，现在胶锅子放在一边，锅子里的胶凝成了冰一样坚硬的固体。不再需要用它来胶合板隙和样缝了。三间草屋，四面土墙，一地散乱的木头木屑，几条工作凳，几只属于个人的已经收拾好了的工具箱……这些，便是远近闻名的黄家沟木匠铺剩下的全部财产了。二十多年，什么也没留下，风卷着雪从破碎了的窗棂间吹进来，落在老木匠的脊背上。他蹲在窗台下边，一动不动地抽着旱烟袋。

"师傅，那边冷。"

富宽老汉抬抬屁股，腾出一块小木墩。他是个矮矮瘦瘦的老头，只小老亮三岁，跟着学了二十年木匠活儿，至今也没多大长进，不敢自己动手打只柜。人笨心可诚，老了也不肯离开他的师傅，鞍前马后地干下手活儿。他逢人就说："跟着俺师傅干，没亏吃！"老亮说："都一大把岁数的人了，别师傅师傅地叫，往后叫俺老亮哥。"他急得直摇头，"哪能呢？哪能呢？一日为师，终身为父……"眼下要散伙了，他像个没娘的孩子，更觉得师傅是靠山了。砸了饭碗，一家六口子上哪儿去打食儿呀！……

雪沫从背后扬进来。老亮觉得冷得厉害，胸口憋得厉害。一到冬天就犯的老咳嗽病又顶上来了，爆发出一连串的难以忍受的咳嗽声，像涌上来的一股湖水，好一阵工夫才平息下来。他伸出一只大手，在地上划拉了一把碎木块，塞进炉膛里。先闷了一会儿，残存的火星渐渐引上了，才冒出一股黑色的浓烟，一直升到屋顶，又弥漫开来；突然，呼呼几声响，火终于又燃烧起来；炉口是敞开着的，火苗蹿起来老高，给这阴暗、寒冷的小屋带来几分光明和温暖。老亮抬起头，依次看着他的几个伙计，眸子里闪着异样的光：大个子李忠，你一身的牛力气，为咱这木匠铺，硬是把背给累驼了。这工夫，怎么黑着脸一句话不说呢？你有啥章程能叫咱的木匠铺起死回生？黄兴，你又在眯着眼想什么鬼点子？这里边数你手艺高，也数你刁，白天上班来歇身子，晚上回家去干私活儿。你够不上好木匠，凭天地良心说，够不上！小金子，你是咱木匠铺里的小秀才，心灵手巧，再有半年就能出徒了。可你年轻啊，还不知道做一个好手艺人有多难。富宽哪富宽，这里边就苦了你了，散了伙你可怎么办？一个八十岁的老爹，一个病恹恹的老婆，一个上大学的儿子，一家六口要你养活，不累断你筋骨才怪呢！……唉唉，明儿是腊月二十三，过小年了，今儿是咱们一个锅里磨勺子的最后一天了，也算不上是开什么会，一块掏掏心里话吧！咳咳咳咳……老木匠忍着心里的酸楚，把早就灭了的烟灰磕掉，从口袋里掏出一盒带嘴儿的"大前门"香烟，挑开封条，分给他们每人一支：

"抽吧，抽吧。俺请客。"

他自己也点着一支，狠命地抽着，都吞下了。

天近黄昏，屋子里落下黑影了。外面的风雪还没有刹下来的意思。不知是谁家屋顶上的草被揪落了，撒到这边院子里。屋后的电线呜呜地尖啸着，好像立刻就会断裂开来。五个人都默默地抽着烟，谁也不肯说一句话，仿佛一开口这小屋就会立时塌下来。

"都怨俺。"老木匠终于说，"俺没本事，没后门儿，买不来便宜木料，打不出时兴的家具，年年赔本儿，大队受损失，社员分不到钱。这不，连大伙的饭碗也给毁了。咳咳咳咳……都怨俺，怨俺……"老木匠眼里淌下浑浊的老泪。他抬起袖子擦，擦也擦不干。

富宽慌了："师傅，你这是怎的？怎么能把刀子往自个儿心头剜！问问黄家沟的老少爷儿们，谁敢说你对木匠铺不上心，俺黄富宽撕他的嘴！要说怨，怨俺！俺熊，他娘的驴百岁干不出一手好活计！是俺拖了大伙的腿，怨俺！……"富宽也哭了，孩子般地哭出了声。

"也怨俺。"李忠瓮声瓮气地说，"干活光知道出死牛劲，没点心计，费工费料。"

"也怨俺，干活不尽力。"黄兴使劲低着头，小声说。

"也怨俺。"小金子说。

老木匠激动起来，心里像烧起一把火。他又掏烟，可手哆哆嗦嗦没个准头儿了："这些天，俺心里就憋着句话，俺想去求求支书，再宽限咱一年，过了年好好干个样儿给大伙看看！这么大个村子，没个木匠铺怎么成呢？家里家外，地里场上，离不了砍砍锯锯，推推凿凿，咱散了伙，大伙再找谁呢？伙计们，得挺起骨子干哪！"

"要再干，俺他娘的豁上不吃饭、不睡觉！"富宽第一个响应。

小金子说："那，咱得交给大队五千块钱呀！不然就得罚咱。"

老亮说。"咱们拼上劲儿，兴许交得上。"

"亮叔，"黄兴开口了，"现在办事得讲究点实际性儿，五千块钱不是吹口气吹出来的。巧妇难为无米之炊，上面不批给咱木料——别说咱，连公社木器厂都背着海参海米出去求爷爷拜奶奶，咱有啥？撅屁股给人家踏？上市场去买，五六百块一立方，贵疯了，你手艺天高，也得赔血本儿！再说，现时人家开木匠铺，都机器化了，锯料刨平打眼儿，电钮一按就中，咱凭两只手，挣屎吃也没屙的！"

"求求书记官，也给咱置一套。"小金子说。

"美你的！"李忠顶上了，"置不置对人家有啥益处？"人家儿子结婚，从县里拉回一套洋式箱柜，听说是后门货，便宜着呢！"

李忠话音一落，黄兴接上了："亮叔，今儿当侄儿的劝你几句话，听由你，不听也由你。凭着你的名声，你的手艺，哪儿捧不上个金饭碗？何苦还揽这摊子烂瓷器！这年月，亲娘顾不上热舅了，还顾什么集体！咱也赚大钱去，上东北，俺有个朋友在那儿干上了，一天十好几块，还有三顿酒菜伺候。你想去，过了年咱一起走，光打你的牌子，年底保你腰包满！"

"兴哥，领着俺！"小金子说。

"领着！"黄兴慷慨激昂。

这边，富宽眼巴巴地看着黄兴的脸，嘴张了几张也没吐出句话来。黄兴却并不看富宽：

"亮叔，帮头儿大了可不好办哪！"

"师傅……"富宽有点儿急。

老亮低着头，什么也没有说。雪在他背后落着，整个脊梁已是冰冷的一片了。

这一回，黄兴划拉一把木块，把炉火又一次烧旺了："忠大个儿，你呢？也去吧！"

"俺？不去！穷死不离黄家沟。俺爷闯关东，死在那里；俺爹闯关东，要着饭回来的。大雪天，十个脚趾头冻掉九个。发财的梦，俺没做。爬上崂山顶看看，中国人多得像蟹子爬，就那么一湾子水，就那么几条小鱼崽子，都去争，都去抢，还不知是谁嘴里的肉呢！咱个老实虾，趁早别去凑那号热闹，啃咱的乌泥算了。木匠铺倒了，俺下庄稼地，凭力气，饿不死！"李忠站起来，把一副沉重的工具箱轻轻地背在肩上，走到老亮跟前：

"师傅，俺走了。"

老亮没有抬头。

李忠的心颤抖了，声音压得很低很低："师傅，俺走了，明儿过小年，平儿他妈叫俺早点回去挑几担水。"

老亮抬起头，哆哆嗦嗦递给他一支烟，又哆哆嗦嗦给他点着了。李忠不敢看师傅的脸，背转身去，心一横，推开门，一头扑进风雪中去，止不住的泪水雨点般地落了下来……

黄兴也背起了工具箱："亮叔，俺也走了。"

都走了，只剩下老亮和富宽。天黑下来，谁也看不清谁的脸，谁也没有说话，就这么默默地坐着。

"富宽，你知道咱木匠行里的祖宗是谁？"老亮突然问。

富宽不明白他的意思："是鲁班，学徒的时候你就给俺说过。师傅，你？……"

老亮徐徐地讲起鲁班的故事来："鲁班年轻的时候，上终南山求师学艺，老师傅提出一个问题考他：有两个徒弟学成了手艺。师傅给他们每人拿把斧子，大徒弟拿这斧子挣一座金山，二徒弟拿这把斧子把名字刻在人们心中。老师傅问鲁班，你跟哪个徒弟学？鲁班说，跟二徒弟学。老师傅高兴得哈哈大笑，就把鲁班收下了，后来把什么手艺都教给他了……"他只是说，像是说给富宽听，也像是自言自语。连他自己都不明白，为什么在这个时候又讲起他讲过几百遍的这个古老的故事。讲着，心境似乎平静了些。他站起来，摸摸索索从泥墙上摘下那只生了锈的冰冷的大锁：

"富宽，记着，天底下最金贵的不是钱，是良心！走，咱也走。"

他锁上门，又开了，不放心火，进去摸了摸。火灭了，炉壁还是热的。

风雪搅动着，旋转着，怒吼着，铺天盖地而来，仿佛要把小小的黄家沟填满、扫平。家家户户都掌起灯来。在这样的夜晚，那些亮光显得那么微弱而且摇动不定，却是扑不灭的。

走到街心该分手的地方，师徒俩不约而同地站住了，背着风，谁也不肯离去。

"师傅，听说川伲儿要回来了。"

"来信了，说是明儿。"

"回来就好，你有这么个儿子，年轻力壮，又有一身好手艺，不怕了。"

老木匠心中顿时涌起一股不可遏制的热潮。是啊，儿子成人了，还怕什么呢！

"俺不怕，你也甭怕。"

他把一包什么东西塞进富宽手里，顶风冒雪地走去了。

"师傅！……"富宽大声喊着。

师傅塞给他的，是那包没有抽完的烟。

盼 子

第二天，雪还没有停。

黄老亮坐在热炕头上，吧嗒着旱烟袋，眯着眼睛望窗外，这腊月雪，层层叠叠压满他心头。耍了一辈子手艺，跑了一辈子外，年年都是腊月里往家走。遇上大雪封山，常常隔到年关那边去。那工夫，家里有个女人火烧火燎地等他、盼他，这阵子轮到他等别人，盼别人了……

昨天晚上，他一宿都没睡好。思前虑后，老是觉得黄家沟这个木匠铺不能倒，自己二十多年的心血不能白花，社会主义不能半途而废。共产党领着呼隆了这么好几十年，莫非真的叫大风刮跑了？后半夜他做了一个梦：许多许多人把一辆车子往大沟里推，他在前面顶着，顶啊顶啊，终于顶不住，连人带车一起翻进沟里去了。他出了一身冷汗，醒来了，眨眨眼睛一想，心里倒得到些安慰。都说后半夜的梦是反着的，木匠铺还有救！……他想到儿子。他巴望着儿子快点回来，回来扛木匠铺的大梁。黄兴走了，小金子跟去了，自己老了，富宽是个埋汰人，儿子一回来，再把李忠拖出来，就去找支书，签字画押，订合同，五千块就五千块！照说也该给大伙挣几个钱了，社会主义也不能光吃柞树不绣茧儿！像以前那样开木匠铺，也没劲……

　　"秀枝，上官道看看，汽车通么？"

　　正在拌饺子馅儿的秀枝不知想什么，发着呆呢，听见爹喊她，脸腾地红了：

　　"爹，你说啥哩？"

　　老木匠说："上官道接接你哥。"

　　秀枝说："俺去两回了，兴许是下晌那班车。"

　　"怕不通了吧？泊石那个坡儿，刀切似的陡，当年俺就是在那儿……"他本想说当年在那摔断过手腕子骨，可嫌过年过节不吉利，就把下半句吞回去了。

　　秀枝说："俺早看过了，汽车轱辘上缠着铁链子，连冰碴子都碾得咔嚓咔嚓响，俺哥只要是能坐上车，跑一千里地也不怕！"

　　"唔……"老木匠似乎放心了。他嘱咐闺女："不切那水白菜，多下些葱花儿，多剁些肉，包囫囵馅饺子。包好了，放着，先别煮。"然后，又眯起眼望那窗外的大雪。

　　下晌，老木匠坐不住热炕头了。他穿上光了板子的老羊皮袄（那还是秀枝妈活着的时候给他吊的），没跟闺女说一声，就悄悄地出了门，朝离村三里路远的停车点走去。怕脚底下不牢靠，拄着根一人来高的辣木棍。路上雪很厚。没人扫，脚落下去没过小腿肚子。路面有人踩下一行脚窝，不然连个道眼儿也看不清。

　　老木匠埋着头往前走，雪串进裤腿子也顾不上了。快到停车点时，他打个眼罩朝前边看，只见那块歪斜的站牌下面站着一个人，呵着手，跺着脚，不时朝远处看，全身都成白色的了，像一个会动弹的雪人，老木匠抹抹眉毛上的雪沫仔细看，原来是秀枝。他心里一阵痛惜：这闺女，只寻思不叫她来受这场罪，却走在了俺前边。唉，也难怪，想她川哥呢！这些天睁开眼就趴在窗上，看外面雪住没住。这痴心的样多像她妈……

一想起下世的老伴儿，老木匠心里就酸溜溜的不是个滋味。可看看眼前水灵灵的秀枝，就又觉得对得起下面的人了。秀枝妈死的时候求他两件事。一是别饿别冻着孩子（她自己便是饿死的啊），二是秀枝要给她寻下个好主儿。他流着泪应下、流着汗去做。两个孩子他是有点偏心眼儿的，偏谁？偏儿子。两口吃的，分开，一人一口；只一口，给秀川！他还有脑筋，觉得接他木匠家什、支撑门头过日子的，还指望男子汉。他这样做，还有另外一层只可装心里、不能说出口的意思，他不愿听那些吃饱没事干的人，在背后里咬耳朵根子、嚼舌头尖子。夜里睡不着，他黑天里对老伴说："枝他妈，原谅俺，你活着也得这么做不是么？……"孩子长大了，哥知道疼妹，妹知道疼哥，哥妹都知道孝顺爹，老木匠欢喜得抹眼泪呀！

飘飘扬扬的雪，不知什么时候把老木匠的脚盖上了。再看时，闺女还站在那里朝远处望。他咳嗽了声。

秀枝转过脸，一看是她爹，就赶紧跑过来扶住他，怨道："爹，你怎么也来？不知道你那老咳嗽病这会儿又犯！"她冻得脸儿红了，嘴唇青，说话都咬不清音了。

老木匠抬起手，头上脚下地扑打着闺女身上的雪，边扑打边说："看看，成个雪娘娘了！你家去烧水煮饺子……"

秀枝委屈极了："俺烧开两遍，又都凉了，谁知什么时候来！"

老木匠哄孩子似的说："再烧开锅他就来了，三为满么！当初你妈等俺都七遍八遍哩！"

秀枝有点不好意思："爹……"

老木匠嘿嘿笑着推秀枝走。秀枝不肯，硬要叫他走。父女俩推推搡搡在雪地上打起转儿来了：

"爹，你走！"

"秀枝，听话！"

一阵风卷起一团雪，劈头盖脸地扑向他们。老木匠有点站立不稳，秀枝赶紧去扶他。父女俩抱在一起抵着。风过去了，他们摇摇头上的雪，睁开眼，你看我，我看你，禁不住都笑了……

不再争讲了，闺女扶着爹走到站牌下了，一会儿工夫又是两尊雪人……

很少看见走路的人。偶尔过几个骑自行车的也都下面推着，低着头，顶着风雪朝前拱。走一气儿停下来避避风头，将大口罩捋到下巴底下，喘几口再捂上，再朝前面走。他们都是些急于回家过年的客儿，货架上大包小卷地载着猪头、羊杂之类的年货。看着他们在风雪中跋涉、搏斗，老木匠忽然有些激动，他想了年轻的时候……

"哦！——伙计，加把劲，别落下过年的饺子！……"他用手卷个喇叭筒，放开粗犷的嗓门儿喊起来。

秀枝忙用胳膊肘碰碰他："爹，你看……"

远处，隐隐约约传来汽车马达声。

秀枝惊喜地喊起来：

"爹，你听！"

老木匠侧过耳朵，用手掌遮住风，大气不喘地听。渐渐地，他脸上层层叠叠的皱纹间堆起了笑容："嗯，嗯，听见了，听见！嗯，过马石口了，两袋烟的工夫就到了……"

父女俩急盼盼等来的，是一辆卡车。它老牛般地吼叫着，慢吞吞地开过去。车轮甩出的雪沫子，打得他们睁不开眼。

呼——叭！……

村子里传来脆生生的"二踢脚子"（炮仗）的响声。俱乐部那伙小青年们，仿佛非要把锣鼓敲破才过瘾不可。你听，冬冬锵！冬冬锵！火爆透了。家家户户都坐在热炕头上吃年饺子了。过小年虽说比不上过大年，可是年关的开始呀！一年一度，入了腊月二十三，生产队住了工，庄稼人就过起福日子来了。杀猪，宰羊，蒸饽饽，做豆腐，缝新衣裳，排新戏……一气儿闹腾到正月初十，过了拾掇日（按地方习俗，正月初十要将过年剩下的节食全部吃完，故称拾掇日）才换上粑粑地瓜，才扶起锄把子，撅着屁股再干下一年……

这样的好日子，谁不盼着出外的亲人回来团个圆啊！

老木匠站不安稳了。他拄着棍子，转了一圈儿又一圈儿，把四周的雪都踩平了一片。他不由得在心里嘀咕起秀川来："这小子，硬了翅膀忘了家？不，不？看想到哪儿去了，自个儿一手拉把起来的孩子，沙里淘出来的金豆子，还有个啥不放心的！要不，是遭到啥难处了？手头没钱了？粮票不足了？受城里人欺负了？这都难说呀！一个乡小子进了城，走路怕都转不过回来呢！刚去的那一年可苦孩子了，干临时工都没人要，只得走门串户，给人家打家具。白天干活，夜里花五角钱宿在澡堂的湿铺上，天没亮就得把铺盖卷起来，免得妨碍人家营业。头几个月挣下点钱，还让那可恶的小偷掏包了……噢，不会的，不会的！那为啥说回来还不回来呢？这鬼天气，真叫人不放心，泊石那个坡儿刀切似的陡，会不会……"

"爹，来了！……"秀枝呼叫起来。

老木匠抬头一看，一辆大篷车，铁甲虫似的爬来了，车身上下裹着冰雪，像个冻僵了的白馒头。它跑得太累，哼哧哼哧喘着粗气，慢慢停在站牌下。

老木匠和秀枝不眨眼儿地等在车门旁。

车门"吱"地打开了，提大包小卷的旅客们一个挨一个地挤下车来。可是没有秀川。

车门"吱"地又关上了。

老木匠急了，丢下棍子去扒那车门。可怎么扒得开呢？扒不开，也扣住不放！秀枝去拖他，拖也不放！他腾出一只手使劲拍打着门玻璃，拍得积雪唰唰落……

"开门！开门！……"他大声地喊着。

驾驶室窗口的玻璃落下了，探出一张气汹汹的脸吼骂着："你找死啊！"

老木匠松开手，磕磕绊绊走到驾驶室窗口下，赔着笑脸道："师傅，俺秀川没坐这班车？"

司机愣了："什么？……"

"秀川，俺儿，在外面做木匠营生，捎信说来家过年，可这时候还没、没……"

窗玻璃吱吱往上拧,末了拧出三个字:"老疯子!"

老木匠呆住了,张了张嘴巴说不出话。

汽车开动了。车轮上的铁链哗啦啦响着,碾碎着冰雪,驶向远处去了。老木匠摇摇头,自我解嘲地笑了:"俺是疯了,疯了……"

雪还在下着。已是黄昏时分。爷儿俩最后失望了,都不说话,默默地往回走。唉!这个年过的,木匠铺的事还等着儿子回来定呢!……

忽然背后响起汽车的喇叭声。回头看,一辆1130型小卡车树叶似的刮到他们跟前,吱——刹住了。还没等他们转过向儿来,驾驶室的门"咔"地打开了,一闪身跳下个虎生生的小伙子,奔上前来抓住他们每人一只手,热乎乎地喊了声:"爹!妹!……"

老木匠傻眼了:"……"

还是秀枝先喊起来:"哥哥!……"她眼里闪着又惊又喜的泪花儿,一颤一颤都快掉下来了。

老木匠仰起脸,好长工夫端详着儿子,像认不出来似的摇着头。他记得,在这个小车站送他走的时候,没这么高、没这么胖、没这么体面。现在儿子回来了,不再是那个土里土气的乡巴佬,是条体体面面、威威武武的汉子了!大翻领的蓝涤卡制服棉袄,新锃锃的呢料鸭舌帽,腕子上的手表闪着亮光,大冷天脸上红扑扑的冒着热气儿……好小子,抖起来了,算你有种,混出个人样了,是你多个争气的儿!……

老木匠光是笑,光是哆哆嗦嗦摸儿子那只热乎乎的大手掌,竟没有一句话说。

小木匠问:"爹,你那老咳嗽病,今冬没犯?"

老木匠心里一热,直觉得嗓子眼里有股又甜又咸的水流儿往上涌。他咽咽喉咙吞下去。大老头子了,不愿在孩子们前面动感情。这真是,儿女一句贴心话,暖透父母半世心。

秀枝说:"爹吃了你捎的药方,见强多了!"

小木匠热辣辣地看着秀枝,看得她怪不好意思,忙低下头。

又一阵风雪扑向他们,老木匠这才意识到,还站在雪地里,忙道:"秀枝,快回家下年饺子!"

儿子说:"爹,上车吧!林局长怕我耽误了过年,给县里挂了电话,一下火车县里就派车来送我。"

老木匠连连后退："不不不，俺走，走……"

儿子笑了，上前扶住爹，硬是把他拥进驾驶室里。那根辣木棍子长，放不下，小木匠将它一把扔到外面雪地上，老木匠生气地瞪他一眼："你这孩子。好好的一根镢柄材料，就撂了？"说着，非要下车去捡不可，小木匠不肯惹爹生气，自己下车去捡来，扔到车厢里，老木匠这才露了笑脸。

司机笑着发动了车子……

路不熟，车子开的很慢。秀川指点着，左拐右转。老木匠父女肩挨肩坐在旁边，挺直着身子，一动也不动。软绵绵的沙发，轻悠悠颤动。风雪隔到外面去了。散热器散发的暖气扑面而来，使他们冷透的身子热起来。一直到家门外，秀枝都紧紧地抱住爹的一只胳膊，怎么颠也不松开。

发财了

家里有手艺人，不愁没酒喝。

老木匠酒量不大，可爱淋两盅。只是这几年上岁数了，常犯咳嗽病，加上儿女们又夺瓶子抢盅的，就咬咬牙忌了。有时候帮乡亲们干点零星八碎的活儿，都知道他不肯收工钱，就送些烟酒来答情。他不收。硬倒下的叫秀枝再送回去。管它南酿还是北曲，人家的东西不馋。

回家打垫走司机，老木匠去开碗柜门："秀枝，过八月十五待客那瓶酒，还剩下不？"

秀枝埋头在锅下烧火说："俺五爷来，拿给他喝了。"

老木匠咂咂嘴，笑眯眯地摇摇头，表示出一点儿小惋惜。

秀川说："爹，俺带的酒，俺陪你喝两盅！"在家时爹管得挺严，平日不准他沾烟沾酒，说要管他到娶媳妇。

秀枝埋怨道："你也沾上了？"

老木匠打断秀枝的话："手艺人出门在外，喝点儿就喝点儿，只要别过量、别耽误干活就中。"

秀川胜利地朝秀枝眨眨眼。

秀枝一�’嘴："爹，就你惯着他！"

老木匠嘿嘿笑着："川，拿酒来，俺今儿心里欢喜，秀枝，炒几个菜！……"

说话间，秀川已经把一个重重的木箱搬到炕沿上，拿钳子撬开封箱的铁片。盖子打开了，露出各式装潢的一箱酒来，金帖子银帖子的、长瓶子短瓶子的……

老木匠看得眼花缭乱。

秀川问："爹，喝哪一种？兰陵呢？还是景芝的？这威海二锅头，挺冲；这即墨老酒，舒筋活血……"

老木匠沉了脸："买这么多酒，得花多少钱！"

小木匠说："没花一个子儿，人家送的。"

"送的？咱城里头没亲没故，谁肯送！"

"俺给人家干活呀！"

"干活不给你工钱？"

"给工钱也给这！现时，兴。"

"哼，兴！这年头儿，净兴坏规矩。城里乡下都兴吃‘小匠儿’！（方言，吃请受贿）是俺，就不送给你，看你能怎的！能抢？能夺？"

"不抢，不夺，锯子下面见分寸！"

老木匠眉头一皱："川哪，可不兴学那一套！咱家老辈子都是安分守己的手艺人，你爹，你爷，你老爷……"

小木匠笑了："爹，过去，咱太老实了，吃了没鼻子的亏！你看，送给咱的不过是些杂牌子货，可送给林局长是啥？是茅台，是老窖……"他拿出一瓶子酒，"咔嚓"一下用牙咬开瓶盖："爹，你尝尝！"说着，就把瓶口往爹嘴上凑，老木匠躲不过，喝了一小口，呛得直咳嗽。秀川慌了，放下瓶子给爹捶脊背，捶了好一会儿才息下来。

老木匠抬起涨红的脸，亲昵地笑了："咳咳，你这小子！……"

酒满上了，菜端上了，爷俩你一盅，我一盅，喝得有滋有味。小木匠讲着在外面的事儿，滔滔不绝，唾沫星子直飞，老木匠心里惦着木匠铺，几次想开口都找不到插话的缝儿。秀枝做好了菜，坐在炕前的凳子上，不插言不搭语儿，安安静静地听，听得高兴的时候，就一抿嘴笑笑，只笑不出声。她是个温柔的姑娘，像她死去的妈，知里知外，知厚知薄，长这么大没跟爹红过脸儿，哥性子强，她从都谦，都让，拌舌头吵嘴的事儿没有过。邻居们谁不说，黄老亮的两个孩子是可着心捏出来的，小子龙睛虎眼，是他的撑门棍，闺女贤贤慧慧，是他的小棉袄儿……

不知不觉，小木匠有三分醉意了。

老木匠说："川哪，咱大队的木匠铺……倒了。"

"倒了好，省得你……操心！"小木匠脸儿红成个小关公："妹，你……你也喝一盅！"

妹妹按住哥的盅，眼望着求他："哥，别喝了，你都醉了！"

哥望着妹，笑："哥没醉！哥在局长家喝八九两都没醉！……"

老木匠嘴里不说，心里却好一阵不舒服。可看看儿子那高兴样子，也就没再往心里去。他端起盅，把满满一盅酒都喝下去了："秀枝，给你哥再炒个豆腐干儿，他爱吃这……这一口，咳咳……"

秀枝夺过了老木匠的盅："爹，看你又咳嗽……"

老木匠嘿嘿笑："俺也没醉，俺心里欢喜呀！你们都长成人了。要是你妈能活到今天……咳咳，秀枝，给你妈倒一盅酒，俺替她喝……"

秀枝眼泪汪汪擎过盅，让秀川倒满了酒，双手放到爹面前："爹，你慢喝。"

老木匠端起杯，看看女儿，看看儿子，止不住的老泪唰唰落："枝她妈，今儿过年，孩子们敬你一盅酒，俺替你喝……"说罢，一仰脖全喝下去了，呛得他又是一阵咳嗽。

秀枝下去炒豆腐干儿了。

秀川说："爹，为拉把我和妹妹，你吃苦受累，俺知情。往后的日子再也不用你操心了，俺大了，有手艺，能挣钱了！俺要回来开个木匠铺，置上电锯、电刨子，做大衣柜，五斗橱，都是新式的，都卖顶高的价码儿！……"他嫌热，把帽子摘了，棉衣脱了，只穿件棉背心。他发红的眼里闪着自信的光，将满满的一盅一饮而尽，酒滴在嘴角。

老木匠摇着头，笑："孩子心儿，净想高的！爹干了一辈子没……没发过财……"

"俺太老实了！局长说，现在是新时期、新政策，八仙过海，各显其能！……"

老木匠摇着头笑："你个毛孩子，会有啥能耐？"

"俺有手艺！不是吹，俺的手艺在城里是、是这个！——"他挑起大拇指头，在自己眼前晃着。老木匠也有几分醉意了，不眨眼地望着儿子，望着那一只晃来晃去的指头。

秀枝在外间屋递进来一句话："哥。你小点声儿，都经宿半夜了。"

小木匠故意大声说："你怕啥？不再是'文化大革命'的时候了。看看谁还敢斗咱？妹，上炕来，喝、喝一盅……"

锅里嗞嗞啦啦响起来。

小木匠忽然把嘴凑到老木匠耳边，压低声说："爹，实话跟你说，俺在城里有……

靠山！"

"谁？"

"林局长！权硬着呢！"

"嗨！人家在朝为官的，认得咱是老几？"

"咱凭手艺他凭权，半斤八两地换呗！"小木匠得意得很。"刚上城，谁瞧得起俺？后来俺给他儿子、闺女打了三套家具，捷克式的，日本式的，全是新图纸，没要他一个子儿！往后他就……就按公价批木料给俺干私活儿，嘻，一张纸条就是一个立方……"

老木匠醉中有醒："川哪，咱吃饭靠力气，做人凭志气，用不着出去求爷爷拜奶奶！"

"爹，你也太……"

"太怎的？咱家老辈儿这规矩！"

小木匠只笑笑。

老木匠沉了脸："笑啥？爹不能叫你背个屎罐子出去做人！"

小木匠依然笑："爹……"

热腾腾的炒豆腐干儿端上来了。不管秀枝怎么阻拦，又是几盅烈酒下肚。

"川哪，咱那木匠铺倒了，倒了……"

"爹，俺敬、敬、敬你这一盅……"

细心的秀枝觉察得出来，刚才还明朗朗的天，这会儿飘来几缕乌云，洒下几颗雨星儿。只是一阵儿的工夫就过去了。欢乐依然在酒花儿间澎湃。外面，断断续续的鞭炮声终于消逝了，嘶叫的风雪似乎也累了，歇息下来。小木匠腕子上的表针，不知不觉间跑到了年那边儿。爷儿俩都"探着湿泥儿"（快要醉了）了……

小木匠说："爹，俺忘不了你的恩，你净等着跟俺享……享福……"

老木匠道："川哪，俺待你又当儿郎，又当女、女婿！等俺有个孙子，不，外孙，还叫他学木匠……"

"爹！……"秀枝羞得脸儿通红，上去夺了酒瓶，到外屋下饺子了。

秀川摇摇晃晃地下了炕，拿过一个大提包，嗤拉开了，掏出一张皮货料子，抖了抖说："爹，把你那光板子老皮袄扔了，穿这！"

老木匠接过来抱在怀里，一抚过来摸过去，高兴得不知说啥好。要知道，这是儿子头一回用自己挣的钱买东西来孝奉他呀！为人做父母的谁能不欢喜。

"秀枝，秀枝！……"老木匠喊起来。

"爹，等等，饺子刚下锅！"

老木匠等不及，还是喊："你来呀！看看你哥给爹买的皮袄，快、快来呀！……"

秀枝带着一身水气跑进来。

老木匠把皮料擎到眼前，鼓起嘴巴吹着："看看这毛儿，多光滑，多密扎，多细软，多、多……"

秀枝避开爹嘴里喷出的酒气，笑着睄了秀川一眼："看把爹高兴的。"秀川也笑得合不拢嘴："这是上、上等的新疆货，走后门买、买的！"

秀枝说："爹，俺给你吊起来穿上过年。"

老木匠把皮料翻过来覆过去，轻轻揉摸着："看看这板儿，多木召，多软和，俺这辈子穿不烂……"

秀川还要从提包里往外掏什么，可两只手已经有点不听使唤了。他急了，扯着包庇"哗啦"倒了一炕头：处理胶鞋，减价布料，尼龙袜，花枕巾，爹的帽子，妹的围脖儿，过滤嘴香烟，雪花膏瓶子……哈，成了百货摊了！老木匠跑了一辈子，从根儿没置办上这么多花哨东西。秀枝只是看，只是笑："哥，你买这么多东西，要花多少钱？一百块够吗？"她的一双好看的杏儿眼里，闪动着惊讶、欣悦的光亮。在一个乡闰女心目中，一百元是个多么大的数字呀！

秀川热辣辣的目光直盯着她："还、还有你的呢！……"他从裤前腰带下那个小口袋里，摸出个什么东西，握在手里，嘻嘻笑："妹，你猜，猜着了，就给你。"

秀枝抿嘴一笑说："俺猜不上来。"

"那你，伸出手。"

秀枝看看爹。爹从那一摊子里挑了一本新出版的家具书，凑在灯底下看。

秀枝畏畏缩缩把手伸出去，脸扭到一边。她觉得手被握住了，握得那么热烈。

随着，一个冰凉的东西滑落在手腕上。她忍不住回眼看，竟是一只亮闪闪的手表！

她吓了一跳，像戴了烧红的铁环，冷丁把手伸回来，将手表塞进哥的手里："俺不戴，俺不戴！……"

秀川傻眼了："咋？……"

秀枝捂住那一只被"烧"痛了的手腕："俺不戴！俺怕人家笑话，说俺'烧包'（方言，显示自己富有，穿戴美的意思）；俺怕下地弄脏了；俺怕掉地下跌坏了……"

秀川哈哈大笑，笑得东歪西扭，站不稳脚跟了。秀枝要去扶他，他却将那手平伸出来，一松，表"叭"地落在地上了。秀枝惊叫着抢过来，小心抹去表盘上的泥尘，擎在眼前看，凑到耳朵上听……

老木匠在一边也大气儿不敢透一口。

渐渐地，秀枝脸上露出了惊喜的笑容。表里面嘀嘀嗒嗒跑得正欢呢！

小木匠扶往炕沿，歪着头，得意地看着秀枝："妹，你戴、戴呀！城里的姑娘都、都戴呢！还有这些，都给你！"他拿过纱巾，拿过雪花膏，拿过花枕巾……

"城里的姑娘都、都……"他舌头有些拿不过弯儿来了。

老木匠说："枝，你哥买了就戴！戴给俺看看。"

秀枝喜爱地看着表，只是不肯戴。突然她惊呼了一声"哎呀饺子！"放下表，就朝外屋跑……

老木匠拿过表擎在手心里，看那带红点子的秒钟跑了一圈又一圈儿，"这小玩意儿，恐怕也得好几十块钱吧？"

"一百八，进……口货，不、不贵……"

"你也舍得？一套箱柜价儿！"

小木匠"哗"地扯开棉背心的纽扣："爹，俺有钱，在这儿，俺挣、挣的，都给你，俺忘不了爹的恩……"他哭了，呜呜号啕，泪珠下雨般地落。他埋下脸，"哧"地咬破了背心里儿，里面落下几张纸来。老木匠抓起来一看，分明是几张揉折了的十元钱票子！他愣了地看着儿子："川，你……"

小木匠一手擦着泪，一手抖着背心。票子雪片般地掉下来，落在地下、炕上，落到老木匠怀里……

"两千元……元哩，都给……爹……"

秀枝端着一碗饺子进屋来，一见眼前的情景吓呆了，手一松，碗落下来摔碎了。

她急忙弯腰去捡……

老木匠刷地出了一身冷汗，像从水里捞出来。就在这一刹那，他从醉中醒了。他感到浑身瘫软无力，止不住地爆发出一长串的咳嗽。他抓起两手票子擎到眼前看。这真的是钱，是儿子挣回来的钱，这不是梦！"噢噢，俺又喝酒了，又喝醉了……"

儿子倒在他的身边，睡着了。他把他扯开的怀掩上。又给他盖一床补丁摞补丁的、他小时候盖过的被子……

儿子回来了。儿子发财了。

谁和钱都没有冤仇。老木匠高兴哪！叫谁能不高兴？走南闯北一辈子，空留下个好名声，归其了穷得连个老婆都给饿死了。可儿子，一把儿给他拿回两千块，还不算格外的花销，你说玄不玄！想想当初在街头上找妈、哭得鼻涕泡一抓一大把那情景，老木匠心理安慰着呢！唉，他亲娘老子也不晓得在哪乡哪县，要是知道自己身上掉下来的肉出息到这个样儿，不羞死才怪！不过话又说回来，这能怨他们么？要不是撂下，恐怕早喂狗了呢！天下做父母的，哪个不疼儿和女？都叫"穷"逼的呀……

老木匠睡不着，一宿起来数三回，那实实在在是两千块呀！往后可以享福了，可以下小馆吃蒸包猪头肉了。儿女们的婚事么，要办得排场点儿，座钟、收音机、自行车、缝纫机……都给置办上，打点他们慰心！去买点儿好楸木，结婚的箱柜俺动手，雕上龙，刻上凤，把最后一把老力气留给他们，俺就是去见枝她妈，也用不着落埋怨了。唉唉，枝她妈，你那苦命的人哪！

老木匠像是睡着了，又像是没有睡着。他拿着那一大包钱，找到一个荒凉的地方，四周围都是坟。他喊着："枝她妈……"一座坟忽然裂开了，里面走出一个破衣烂衫的女人，挎着要饭篓子。那不就是她？模样一点没改。他把那一包钱给她，说是女婿挣的，说再也不用挨饿了。她欢喜得不得了，扔下要饭篓就解那裹钱的包袱。钱，那么多的钱！忽然一阵旋风吹来，把那钱都卷到半空里去了。他俩喊着，叫着，伸开两只手在空里抓挠着，可是一张也抓不到……

老木匠醒了。一场虚惊，钱还在枕头底下压着呢！可他心里鼓鼓涌涌不安宁起来。为啥呢？连他自个儿也说不明白。他心里骂自己道："你穷小子没见个花火食！没钱想钱，枕着钱又睡不着觉，就花呗！还穷寻思啥？钱又不咬手！……"

不啊，不啊，有一股神经使老木匠本能地感到不安。为啥呢？为啥呢？……嗅，他悟过来了：秀川咋能挣这么多钱？一天的工钱按规定是二元八，就打三块，刨去饭圈子、零使费，刨去寄回来交生产队的，刨去买手表皮袄杂七杂八的……这三刨两扣，不拖一腔饥荒就烧高香了，哪还能剩这么多钱？他说他认得个啥局长，那顶屁用？又不是他亲老子，还能给他个三头二百的？那么钱打哪儿来？

老木匠心里像揣进个小老鼠，蹦一会儿，跳一会儿，七上八下的，好焦急哩！不成，得问他个清楚，不明不白的钱花不得！他爬起来，披上衣服，拉开灯。小木匠睡得挺沉，酒色消退了，脸上涌动着美丽的红润，要不是那一圈儿黑乌乌的小胡子，简直会使人觉得他是一个睡得甜甜的姑娘。许是嫌热，一只胳膊搭在外面，鼻子尖上沁着细细的汗星儿。老木匠心里顿时涌上一股热酥酥的滋味，当初领来家的时候，像个又脏又瘦的小猫，光是哭着闹夜，找他妈，怎么哄也不睡，哭急了，老木匠解开怀，让那只小手捏住他豆粒大的小奶子，这才不哭了。哄好了小子，闺女又哭着争怀，就一只胳膊搂一个，直接到十岁上，才给他们各自搭起个小被筒。孩子们长大了，他也老了。人老了的时候，看一手拉把大的孩子，格外亲。在儿女们身上，有做父母的心血和希望。

老木匠不忍心推醒儿子，在外面跑了几年，也不知睡没睡个囫囵觉，让他再睡会儿，天还早，鸡才叫头遍哩！他轻轻地拿起儿子的胳膊，想放进被窝里，可当触着他的手时，心一动，不由得捧着细细看起来。这哪里像一只小伙子的手：又粗又短的手指，简直像一排磨秃的石钻，每一道指节都凸起老高；虎口间堆了重重叠叠的老皮；手掌几乎全是一块硬茧；拇指让锤头或凿顶打过，指甲死去了，只留下难看的一团肉瘤……老木匠心哆嗦了，这是下过苦力的手，是和自己一样的手啊！孩子，爹错怪你了，你是俺摸着头顶长大的，不会去干那些丧良心的事儿，俺信得这钱是你挣来的，就凭这手，你该挣得还多，还多！怎么就该那些吃饱饭没事儿干的人挣大钱，咱们也该！该挣两千，该挣两万！……可是，俺干了一辈子，没得过这号祭，能说俺没手艺？没力气？你比俺多三头六臂？现时这些青年人，现时这世道，没深没浅，真叫人吃不透哩！唉唉，还有木匠铺的事儿没跟儿子商量。明儿吧，他走累了，别惊醒他。

第二天早晨，老木匠把儿子拉到一边，压低声问："川，这钱真个儿的都归咱了？"

小木匠笑了说："爹，你真小心眼儿，两千块算个啥？以后俺给你一万块！"

老木匠睑一沉："爹问你真格儿的，你又吹！"小木匠还笑着："爹，你就撒手花吧，俺一没偷，二没抢，你怕啥！"说着，转身要走。老木匠一把拖住他："川，等会，俺跟你商量个事儿。"

"啥事？爹说吧。"

"大队木匠铺倒了，俺寻思……"

"倒了好，不然的话咱开木匠铺赚谁的钱？爹，往后你别去操那份穷心了，也不用你干活，有钱你花，有福你享，还愁啥哩！"

老木匠直愣愣地看着儿子，半晌说不出一句话。

"爹。吃过早饭俺上公社生产资料门市部去看看有没有电锯电刨子，没有，明儿上县去。"

"过年哩！"住了好一会。老木匠才说出三个字。

"啥年不年的，木匠铺得早开起来，一开春活路就多了。"

儿子去了。老木匠呆呆地站了好一会，然后走到外面去。雪住了，只是还没有人扫。天还早。他拉出一张木锨，在街心铲开一条小路，弯弯曲曲一直通到木匠铺。当他抬头看见那把冷冰冰的大锁时，愣了：我怎么到这儿来了呢？……不知为什么，他又想到了那两千块钱，想到儿子酒醉中说过的那些话……他的心猛地颤抖了一下，生了一个奇怪的念头，好像觉得木匠铺的倒闭跟儿子的发财有关系似的。他回转身朝家里走去。

晨光照耀着雪地，眼前的一切都变得明亮起来。家家户户的门都开了，许许多多的人都到街上扫雪了……

打鼓开张

过了小年过大年。

正月里头上，男男女女都穿上新衣服忙着走亲戚。乡间道上，自行车铃铛响个不停，红包袱闪来闪去，大闺女小媳妇花花绿绿映得雪地都格外鲜亮。这是胶东半岛老辈子留下来的习惯。其实，那包袱里也没啥金贵东西，两斤点心两瓶酒，加上八个白面大饽饽。到亲戚家吃一顿喝一顿，回来时包袱里还是那么多，只是换了换样。这样转来转去，有时候竟会转回来，不过点心已成了粉末了。啥意思？热火。那些没亲戚走的小伙子们凑在一起打扑克，什么"拘级""拱猪牵羊""抓特务"……没白没黑，玩疯了。泥水里滚了一年，难得乐个痛快！小木匠可没这些心思，憋了几年的劲儿，恨不得一朝使出来。过了年初一，就动手筹建木匠铺。

爹说："秀川，跟你妹去看看你姑吧，咱就那么一家穷亲戚。今年手头宽绰了，去扯件衣服买点东西送去，都倒下，别让她换来换去的。"

小木匠在翻看一本木工书，没抬头，说："我没空儿呢！"

老木匠从来不叫儿子做他不愿意做的事。他出门去了，穿着闺女赶做出来的新皮袄，去找富宽说话了。往常年，富宽总是头一个来拜年，今年没来，老木匠不放心，料到他没过一个顺心年。愁啥哩，人走到哪一步说哪一步的话，没有过不去的火焰山。儿子要开木匠铺，他捏把汗，大队都开不起来，你能行？心里这么想，可没对儿子说。他不愿意泼儿子的冷水，让他试试看，巴不得他能干出个景儿来呢！……

晚饭后，秀枝说："哥。大操场上放电影，《刘三姐》，咱去看看吧。"

小木匠在绘制一张电锯安装图纸，没抬头，说："我没空儿呢。"

秀枝低下头，悄悄地坐在他身边。

秀川仍然没抬头："妹，你去吧。"

"俺也不去，看过好几遍了，再看没意思。"

外面的电影开映了，刘三姐唱起了好听的歌儿。小屋里静悄悄的、热烘烘的。

秀川趴在小饭桌上，旁边放一摞念中学时的物理课本，画一会翻一会，眉头皱一会、松一会。陪在一边绣花的秀枝可真替哥哥着急，好几次针扎了手都不敢吱声，只是悄悄地放在嘴里吱吱。按照老辈子的规矩，过年时不许动针线的，说动了针线一辈子都不得安闲。可没个活口，干坐在一边多不好意思。绣几针抬头看一眼哥哥，看着脸就红，那么长工夫连个花瓣儿都没绣起来。她在心里怨："这么多年没回家，就不想俺？就没句话跟俺说？伯是把俺忘了呗……"

电影散了。里间屋传出爹翻来覆去睡不着和抽烟、咳嗽的声音。今夜月光好，照着雪地，映着窗，很亮很亮。一丝风没有，一点声音没有，只有几只不怕寒冷的小虫子吱吱叫。终于，秀川抬起头长长地出了口气。秀枝望着他，舒心地微笑。她悄悄下了炕，把一碗冲开的点心端到他眼前，小声说："哥，你喝。"

小木匠愣了一下，仿佛忘记了妹妹一直陪在身边。他接过碗，没有喝，放在桌子上。他看着她的脸，看得她低下头。他的一双有些疲倦的眼睛渐渐闪出青年人的火热来。突然他抓住她的手，放在嘴上热烈地亲。他把她往怀里拉，一双大手那么有力气，像两只老虎钳，谁也别想挣脱。他亲她的嘴唇，呵出紧张的、粗热的气；她不让，去捂他的嘴，露出掖进袄袖里面亮闪闪的手表。悄悄地，谁也不敢出声，爹还没有睡。小饭桌被碰着了，点心洒了。他们赶紧松了手。秀枝什么也没顾得就去抢哥哥画好的那张图纸。

"没正经，啥时候学得这么坏……"她小声埋怨他。

"城里头……都这样……"他说。

他们默默地坐着，让心中的火焰消熄些。

妹问："省城大吗？"

哥说："很大很大，比十个县城加在一起还要大。"

"你吹！"妹笑了。

哥红了脸："不信你去看，楼房比县里发电厂的烟囱还要高！"

妹说："知道俺去不了是不是？那得花多少路费！"

"几个路费算啥，等木匠铺开起来钱挣多了，俺就领你去。林局长说要把俺的户口转到城里去，还有你的。他门子可硬呢，光是亲戚朋友就转出去好几十。"

"给你个棒槌当针（真）了，咱算人家的啥？"

"哼！俺给他打过好几套家具，一个子也没……"

"咳吱吱咳！……"传出爹的咳嗽声。

都不说话了。秀枝接着绣那片没有绣完的花瓣儿。绣着，轻轻地叹口气，压低声说："能转俺也不去，俺在家守着爹，他老了。"

秀川说："爹也去，没有户口就吃高价粮，反正俺能挣钱。妹，你真傻，你不知道城里的姑娘有多幸福，人家林局长的女儿穿的是啥，用的是啥？可你……"

"俺没那福分，也不强求。"秀枝打断哥的话说，"咱在家里不也过得挺好？"

"好？好个屁！吃的啥？穿的啥？人家城里头……"

"反正爹不去，俺也不去！"

"爹是老思想，保守、不解放，咱也不能啥都依着他。就说开木匠铺这码事儿，别看他嘴里不说，心里就不支持，老是抱着大队木匠铺的想头不放，这是啥年头？大锅饭开不上了……"

"小声点儿！"她碰碰他，"爹是不放心你。"

"有啥不放心的？俺高低干个样儿给爹看看！"他并没小声点儿。其实，是说给老木匠听的。

初三，秀川让爹和妹把东厢屋腾出来，老辈子传下来的那些陈箱旧柜，破筐子烂篓子掀到一边去。老木匠舍不得，说破家值万贯。小木匠笑了：

"用它做啥？旧的不去，新的不来，要四个现代化哩！"

墙用石灰水刷过，雪白的。接了电线，置了电锯电刨子，都是小木匠自个鼓捣着安装的。那些门门道道，老木匠眼花缭乱看不懂。正月初五，小木匠跑了趟县城火车站，拉回两大卡车木料，是从省城按批发价拨下来的，才一百九十块钱一个立方。满村里，谁看了都眼红。

正月初十，黄秀州木匠铺打鼓开张了。

大清早，满村的老少木匠都来看光景儿。小木匠神采飞扬，忙着给大伙递烟递茶。不抽烟不喝茶的，有满满一箩筐糖果，随便抓。人们都屏住呼吸，看小木匠那一双有力气的大手充满信心地按下了电闸。

小电锯欢乐地呐喊起来，给这古老的小院带来了生气和希望。小木匠抱起一截又粗又重的圆木，放在工作台上，老木匠想帮他扶一把，可两只手抡抡攥攥不知放哪儿好。

"爹，扶后面点儿！"儿子喊。

扶后边了，可不知为啥颤颤抖抖扶不稳。

"爹，小心手！你闪开！"

老木匠退到后边去了。

外面飘着雪花。小木匠嫌热，扒了棉袄，露出秀枝给他结的那身花纹好看的毛衣。他瞅准墨线，将那圆木扭动了一下，然后有力地推过去，推过去……

哗——哗——

木花儿飞扬，扬在地下，扬在对面看光景儿人的身上、脸上。谁也没有躲闪，只顾不眨眼地看。木板裂开来，裂开来，像切萝卜那么痛快呀！抽袋烟的工夫干的活，足够两个壮木匠干一整天。小木匠熟练地操作着，每一个动作好像都带着节奏感，不抬头看围在他身边的人，鼻子眼里却盛不住心中的得意。脸儿涨得那么红，胸脯子掀得那么猛，他激动、自豪，他知道自己的身价多么高，在这一群老老少少的土木匠当中，他出头，他是个小圣人！

老木匠在一边看得出了神。他笑，笑得落泪。欢喜的泪水淌进嘴里是甜的。怎能不欢喜呀，二十年的心血没白淌。不求他功名，不求他权势，只求他成个好木匠。金子贵，银子贵，金子银子不是庄稼人贪的，学身好手艺就是打不烂的铁饭碗！眼见得儿子成才了，黄家的事业有人传了，老木匠死也闭得上眼了。儿子说不支持，冤枉他老头子，闺女说他担心，实情话，是的，像儿子说的那样，他做梦都想把散了架的大队木匠铺再撑起来，他希望儿子回来能助他一臂之力。然而，看得出来，听得出来，儿子跟他想的不一样，而且谁也难能改变。莫非自己真的落后了？跟不上趟了？像儿子说的那样保守、不解放？也许是吧……儿子出门在外，经得多，见得广，对上面的新精神领会得比自己快。就算是，也不能睡一宿觉就把过去的都忘掉啊！丢一块钱还好几顿吃不香呢，别说一个苦心经营了二十多年的木匠铺！川哪，别怪你爹老脑筋，爹支持你开木匠铺。过去把这叫作资本主义，扯他娘的淡！咱凭劳动，凭良心，走到天边也说得过去，可爹还是为你捏着把汗，这些木料用完了，你还能说来就来？台好开，戏难唱，大头还在后面呢！还有，咱开木匠铺没请示书记官，能行么？人家有权，管你哩。世道不管怎么变，这号人照常是土皇上……

果然，木匠铺开张的当天下午，书记官来到了他们家。当年老亮父子挨批判，多亏黄兴拿章程，送上了两条香烟四瓶酒才算了结了这场灾难。这码事儿，多会提起来老木匠多会脸红。他骂自己没骨头、下贱。黄兴劝他说："亮叔，认这壶酒钱吧，现如今，骨头哪有'权'头硬！"他认了，只是不住地叹气："唉，唉，这世道……"

这是旧话。打从那时候起，书记官从没登过门，今儿他来做啥？不知怎么的，见了他的影子，老木匠头皮就发麻，像按了电钮。他认透了一条，在黄家沟，天老大，他老二，平头百姓得罪不起！

老木匠不安地迎上去："支书，你抽烟！"他赔着笑脸，呈现上一根"大前门"。人家没接，没应声，黑着脸走进院子里来，密密匝匝的胡子花儿，一根根都是竖着的。听人说，秀川出外发了横财，回家来还开起了木匠铺，还用上了电机器！一听他心里就火，大队木匠铺倒闭了，你个体户倒兴隆起来了！社会主义不吃香啦！哼，这世道！

他带有一股气来了。

"支书，你吃糖。"

人家不吃，一脚插进木匠铺里来。他巡视着屋里：一排排锯好的木板遮住了四周的墙；墙旮旯儿生个大铁炉子烘木头，都烧红了；温润的、暖烘烘的木香扑面而来，直往鼻孔里钻；电锯响，木花儿飞，一屋子生机。小木匠一心干他的活，竟没见支书官驾到。

他越看越气，照直冲小木匠开了火："秀川，你开木匠铺怎么连个招呼也不打，咳？黄家沟这二亩三分地里还有个管事儿的没有，咳？"

小木匠不慌不忙地将那块木料锯完，摆好，关了电闸，然后拍打拍打身上的木粉，拿起毛巾擦着脸上的汗，抬起头笑道："俺不懂乡下的规矩，这……这用得着谁来批准么？城里头自由着呢！"

"哼！城里头叫乱啦，男的女的大白天抱着啃不是，唉？黑市买卖又疯起来不是，唉？工厂里不发奖金不干活不是，唉？咱乡下不能乱，咱黄家沟不能乱！我们这儿，谁也不能隔着锅台上了炕，我这个支部书记还不是块木头牌位！"

小木匠点着一支烟，抽得火头儿一闪一闪的。然后他吐出一个烟圈儿，依然笑道："你书记去管社会主义吧，俺这儿是资本主义！"

"哦，你搞资本主义还有理啰？你开黑工厂还有理啰？唉？！……"

"啥理？啥主义？有饭吃就有理，有钱花就是好主义！这年头，谁先富起来谁就是好汉子，大官儿都说了！怎么，你反对么？唉？……"

五十岁的汉子被小木匠堵得无言可对，脸憋得青一阵、紫一阵。他转向老木匠："师傅，听听你儿子说的啥？"他曾跟老亮学过徒，没成，就改行干别的了。

老木匠愣在那里了。这突然袭来的一场暴风雨把他给打蒙了。他万万没有想到，几年前那个生人眼前说句话都脸红的儿子，会说得出这么一番有板有眼的话。也为儿子高兴？不，他感到不安。人老了，心钝了，啥社会主义资本主义，分不出个曲直了，可也不能这样得理不让人哪！老实说，他看不惯这位书记官，他那德行，他那作风，够损的了。照他那主义，庄稼人不都得穷死、饿死么？可儿子也太过火了，不看僧面还得看佛面！孩子，爹知道你心里有气，谁没气？挨批判那滋味你受过，爹也受过。站在台上，当着乡亲们的面，就跟斗地主一样啊！可咱说话办事得讲分寸，过去的那一套做错了改过来，总不能鸡蛋大粪一锅煨呀！总不能说谁富谁有理，那地主老财、富农、资本家不也有理么？那还要共产党做啥？人哪，走到哪一步都得讲良心。穷也好，富也罢，得长副好心肝。你小子，心野了，野得收不住笼头了，出了几天外，不知道天多高、地多厚了，不知道吃了几碗高粱米了，满口狂活，拿大帽子压人哩！中央的大官儿你亲眼见过了他们咋说的你亲耳听过？庄稼人本分为重，就算是支书他不对，也该忍着点儿，他是领导，咱是平头百姓，官和民能一般大小么？说是平等，爹活六十多岁，见得不多。再说，今儿这个场合，有爹，用得着你指手画脚？

老木匠生气了："秀川，你胡说些啥！"

他一边批评儿子，一边端水给人家消气："支书，你喝茶；孩子话，别往心里去。"

儿子一把夺过爹手中的杯，将茶水泼了："爹，用不着跟他低三下四，不是'文化大革命'那时候了，咱开木匠铺，一没偷、二没抢，凭本事挣钱，老天爷也管不着！"

支书说："好，我管不了你，我找公社，找县委！"

小木匠道："好不好你去找省城里的林局长？木料是他批的，木匠铺是他叫开的。怎么样？不认识门儿我告诉你！"

"你、你……"支书涨红着脸，一跺脚转身朝外面走，迈出门坎儿，扭头又丢回那句没说完的话："你、你等着！"

"等着呢！"

小木匠满足地看着支书走出大门口，嘴一撮，吹起了流行的小曲。转过身来却吓了一跳，老木匠晕坐在一块木墩上……

"爹，爹！……"

老木匠两眼直直地看着儿子，半晌说不出话来。

小木匠赶紧蹲下来，半跪着一只腿，给爹捶脊背："爹，你怎么了？用不用去找赤脚医生来？爹……"

好长工夫老木匠才恢复过来，长长地出了一口气，缓缓地说："川哪，爹怕要出事哩。"

小木匠笑了："爹，你怕啥？出事儿有我，看看谁还敢欺负咱！"

儿子要主事

日头照常从东边出，照常往西边落。日子顺顺溜溜过了十天，书记官没再来找麻烦，木匠铺照常开。老木匠心里渐渐安生下来。"看来世道真的变了，私人开木匠铺真的不算资本主义……"

木匠铺里的主事人不再是他了，是儿子。机器上的活儿他外行，只能当当下手听儿子吩咐。儿子让他站在电锯的对面拖拖锯好的木板，他便拖。儿子让他熬木胶，他便将炉火烧得旺起来。儿子说："爹，把那几个三分的榫眼凿好！"

"嗯。"他拿起了凿子和斧头。斧顶敲打凿顶呼呼地响着。不知为什么，他感到一阵说不出的怅惘和酸楚。儿子代替了他，他将退出这个行当的主宰地位。不是嫉妒，不是的！儿子成才他高兴。为什么心里难受，他说不明白。兴许人老了都这样。机器干活快，锯，刨，锯，刨，积下的手工活很多，老木匠累得腰酸腿痛，还是忙不过来。他忽然想到了富宽，让他来合伙子不正好么？帮了木匠铺的忙，救了他的难，挣的钱三一三剩一地分，比他挣工分合算多了。唉，也可怜他，去找队长要活干，队长说，听说要责任制了，地又少，农业劳力还分不过来呢，你是大队工，去找大队吧！他去找书记，书记说，不是现在兴做小买卖么？挣钱着呢，你去吧，大队养活不了那么多吃闲饭的。他去买了二十斤山楂，在糖锅里熬了，扎个草靶子，趁着新鲜正月，卖糖枣去，草靶一打出门，就围了一群孩子，这个叫大爷那个喊叔叔，没出村子就分了十几枝。扛到大集上一看，光糖枣靶子就摆出半里地长，跟龙门阵似的，你吆喝他喊，乱嚷嚷的一片。他傻呆呆地在雪地里蹲了半天，冻得流鼻涕，卖了八角钱。回家来，他把没卖完的糖枣往院里一丢，坐在门坎上就哭，大把鼻涕小把泪。一边哭一边骂自己没本事，他哭，老婆也哭，哭得左邻右舍都替他犯愁、难过。这一回，他赔了十五块钱，病在炕上至今还没爬起来……

老木匠把这想法先跟富宽说了，富宽自然是乐意。又跟儿子商量，小木匠一愣，立刻又笑了："爹，这事你别管了，我去跟富宽叔说。"

老木匠说："你宽叔有难处，咱不拉他谁拉他？人哪……"

"爹，你放心，我准让宽叔满意！"

"唔……"

老木匠不多言了。儿子大了，要主事了。

吃过早饭，秀川到富宽家里去了。那是一座他十分熟悉的小院子，院子的中间长着一棵合抱粗的柿子树。那树已经很老了，铁一般的树干上，落满了斧痕，据说砍得越狠，柿子结得就越多。小时候秀川偷偷地爬上墙头摘柿子吃，那金黄的柿子没经霜打，咬进口里是涩的，涩得他眼都闭在一起了。一只大手揪住他，是富宽。他吓得哭了。富宽竟把他拖下墙头，按在树下一只小草墩上坐好，从南墙根下的大瓷缸里捞出两只青皮大柿子，擦了擦水，给他吃。他不敢吃，青的一定比黄的还要涩，这是主人要惩罚他，富宽硬是把柿子塞到他嘴边，他横下心咬了一小口。啊，多么甜哪！他破涕为笑了。富宽也笑了，告诉他这是用开水浸过的柿子，不涩的。以后每年，他都像小客人一样坐在大树下吃柿子了，一边吃一边听富宽讲故事。讲来讲去老是那么几段，什么鲁班学艺呀，鲁班造桥呀……要不是为了吃柿子，他才不坐在那儿受那洋罪呢！总之，这小院子留给他的印象是温暖而亲切的，不管走到哪里，一闭上眼，就会想起那满树的柿子和墙根下面那只大瓷缸……

胶东半岛的气候，早春比三九天还要寒冷。柿子树的枝杈在寒风中抖动。大瓷缸不在了，兴许是怕冻裂，搬进屋里去了，估计那里面也不会有浸柿子了。富宽起来了，坐在炕沿搓草绳，脸色难看得很。炕头上的被窝里面，躺着八十岁的老父亲。屋里很脏很乱，简直没个下脚的地方。像虾子一样弓着身子的富宽老婆，不住地咳嗽着，坐在灶前烧炜猪食。里间外间都弥漫着水汽和烂地瓜的气味。小木匠的到来，给这痛苦沉闷的小屋带来一丝喜悦的气息。

"哎呀，大侄子来了！咳咳吱吱……"

"婶子，来吃你的柿子了！"

"留着呢，留着呢！……"虾子欢喜得什么似的，扶着锅台站起来，什么也没顾得就到橱子里端出一盘柿子。那是早准备好的，个挑个拣出来的，通红透亮，不是热水浸的，是熟透了的。

"就等你来，就等你来呀！……"富宽脸上露出了多久不见的笑容。他手忙脚乱地把稻草掀到外屋去，一边喊着老婆拿烟，一边拍着炕沿说："坐呀坐呀，大侄子！年前你回来就想去看你，可听说你忙，家里人来人往挤不下，就、就……大侄子，别见怪，你大叔人笨心也笨，不愿凑热火头儿，往常年都给师傅去拜年，今年也没呢！……"

只有躺在炕上的老人毫无反应，眼睛紧闭着，眼窝深深陷下去，像长眠了一样没有一点声息。

富宽把老人的被子往里掖了掖说："大侄子，俺爹他耳聋，又睡着了，没听见你来呢！嗳嗳，吃柿子呀，这可不是热水浸的，是霜打熟的，都稀了，你把一个洞眼用嘴吸，就跟喝蜂蜜一样……哎呀，怎么停着呢，吃呀，吃呀！……"

那柿子一定很甜，又有许多年没吃上，他想吃，可是不肯吃，他不再是爬墙头的孩子了，他长大了，懂事理了。吃人家一口，还人家一顿，眼前的这些个柿子是万万吃不得的。

"宽叔，我在外面得了个胃寒病，怕凉呢！"

"不凉，不凉呢，俺家里人多烧火多，温乎着呢！咳咳咳咳……"虾子扔下烧火棍到里屋里来，抓起一个柿子就往小木匠嘴里塞。小木匠紧闭着嘴，推来推去说什么也不肯吃。柿子挤破了，金红色的柿汁溅在小木匠身上。富宽急了，一把推开老婆，拿毛巾给小木匠擦着，擦也擦不净。

"没事呢，没事呢！"小木匠涨红着脸，笑着说。

沉默了一会，都没有说话。

虾子唠叨开来，伴着那有节奏的呼嗒呼嗒的风箱声和紧一阵缓一阵的咳嗽声："大侄子，你出门在外走南闯北，你说说现时这章程对么？共产党变心眼儿了，不顾咱贫下中农了！……"

富宽阻止她："妇道人，穷唠叨啥，国家大事你懂个屁！"

"咳咳咳咳……俺是不懂，可扯着骨头连着筋呢！木匠铺倒了，又不给活儿干，一家六口子喝西北风呀？还不知老天爷刮不刮呢！这手打鼻子眼就见的事儿，俺能不往心上去？唉，这年头儿，就好了那些有权有势、那些没良心的人！……"

"话怎么能这么说！"富宽冲外间屋反驳老婆，"就说大侄子，人家凭技术，凭本事。这叫按劳分配，不吃大锅饭，你懂么！中国要搞四个化，中央下了新条文，要学外国人哩！咱不能光想自个儿，国家兴亡，匹夫有责，是不是这话，大侄子？"

被窝蠕动了，老人慢慢地把脸转向墙壁，依然闭着眼睛，依然没出一点声息。

"咳咳咳咳……呼嗒呼嗒……"

又是一阵沉默。比先前那一阵子还要长，还要闷。

小木匠难堪极了，富宽婶子的话似乎是冲他来的。他嘴里不说心里觉得可笑：

这年头儿，乡巴佬、锅台转儿（称乡下妇女为锅台转儿，即绕着锅台转的意思）也谈什么国家大事！经过"文化大革命"，胆子都大过天，中央里的大官也敢指名道姓说三道四，放五七年，十亿人不打上九亿"右派"才怪呢！他不想参加他们的争论，没那穷心思。他想的是木匠铺里做不完的活，想的是赶快把该说的话说完，好早早离开这里。可这种情绪、这种气氛，他插不上嘴。坐不住也得坐。火烧得多，炕燥热得很，屁股底下小虫咬般地难以忍受……

"大侄子，怎么干坐着？不吃柿子你抽烟，孩子他姨捎回来的关东叶子，比现时那些长价烟卷儿强多了，不信？你尝尝！"这一回是富宽打破了沉默。

"咳咳咳咳……"虾子接上了，"唉！俺先头说的是气话，其实呀，天底下不管多会都是好人多。大侄子，该怎么谢你们呢？过去你爹拉把俺，这会儿又叫俺进你家木匠铺干，说是帮助，俺心里清亮，他笨得两手对不起个捧来，找谁不比他强？明摆着，这是救俺哪！……"

小木匠顿时紧张起来，心里直叫苦："糟了，爹把话说死了！"

富宽又有几分激动了，先前是坐在炕上的，这会儿蹲起来了："大侄子，你放心，进了你家木匠铺，俺听你吩咐！俺手艺低不错，可俺肯下力气，荒活、粗活你尽管交给俺，保准误不了。你爹说算咱合伙开，挣的钱三一三剩一地分，俺不同意，俺富宽没本事，还有脸皮！机器是你家的，木料是你家的，俺凭啥，到时候你给多少算多少，一个子儿不给俺也干，不冲别人，冲俺师傅，拼死累死俺报答他的心！大侄子，你说俺啥时候上工吧！听到师傅给的这个信儿，俺病立时就好了，身上也长力气了……"

小木匠身上冒汗了。事情到了这个地步，再也不能犹豫了。说实在话，听了富宽两口子那些话，他的心动过，软过，怜悯过，觉得应该照父亲说的那样去做，可是不行啊，富宽大叔，你要进了木匠铺，往后的账谁能算得开？要真像俺爹说的那样去分，荒算你一年要分走俺八千块！八千块能买多少木料？能做多少家具？里外里又能赚回来多少钱？这个账能算么？吃点小亏中，亏这么大不能干，爹干我不干！他老了，往后的日子是我们的，盖新房子，结婚，电视机、录音机、"嘉陵"摩托……用钱的地方多着呢！要是照城里雇临时工的价码那倒合理，国家规定顶高一天一块七角六，满打满算一年给你八百块。八百块，不少个数儿了，你到哪去挣？可是，人家要是说俺雇工剥削呢？其实啥剥削，国家能雇，私人就不能雇？人家日本、美国开大工厂都是雇人，爱雇谁雇谁，自由着呢！不过眼时还不能出这个头儿，照林局长那话味儿，大头儿还在后面……宽叔啊宽叔，别怪我秀川不留情面，人在哪时随哪时。往后你日子真过不下去了，看在咱两家老关系的面上，再来帮你吧！这一回顾不得了，木匠铺你不能进！……

主意一拿定，小木匠立时镇静下来。话该怎么说呢？怎么说才能不伤宽叔的心？……

"宽叔，"他终于开口了，"你病了，当侄儿的该早来看你，可整天价穷忙，来晚了，你别往心上去，啊！"

富宽欢喜得咧着嘴笑："大侄子，这咋说的，你有这心，大叔的病就该好一半儿！"

说话间，小木匠已经从口袋里掏出一张揉褶了的十元钱票子，塞进富宽手里。

富宽愣了："大侄子，这钱？……"

外间的风箱声骤然而止。

小木匠笑道："侄儿孝敬叔叔的，买点营养品补补身子，好寻思过日子的道儿！

这年头，挣钱的门子多着呢，何必非干木匠不可？拿着，叔，往后有啥难处，你尽管找我开口，侄儿忘不了叔的大柿子！哈哈，拿着呀，叔……"

富宽的嘴张了几张说不出话来。

该走了，小木匠站起身来。

虾子走进来，迫不及待地问："那、那……那木匠铺里还要俺么？"

小木匠说："婶子，宽叔有病，养好身子再说吧！"

富宽终于迸出一句话来："大侄子，俺、俺、俺好着呢！"

小木匠依然笑道："叔，急啥呢，留得青山在，不怕没柴烧。再说，这是俺爹的意思，让我转个话儿。"

"师傅？不，不！……"

"哎哟，九点半，耽误活儿了。叔，婶子，我走了！"

他走了，走到院子了，富宽两口子还呆在那儿，不知怎么办好。

被窝掀开了，露出老人愤怒得扭曲的脸："钱、钱，把钱还给他！"他几乎在吼，吼给儿子儿媳听，吼给院子里的人听。

富宽这才意识到手里还拿着人家的钱。他不顾一切地冲出门去，追上小木匠，把钱坚定地塞进他的口袋里：

"大侄子，俺不要你的钱！"

整整一天，老木匠的心浸在开水中、燎在烈火上。儿子到富宽家去的事他知道了。他想指着儿子的鼻子训斥一通，他想到富宽家去安慰一番。然而没有，他默默地忍受着，把想说的一切都凝聚在斧顶和凿顶上。

呼！呼！呼！……

他一刻不停地干着，饭也不肯吃一口。秀枝端着碗站在爹身边，凉了热，热了凉，爹连看也不看一眼。秀枝长这么大，没看见爹气成这个样子，吓得心目乱蹦，也不敢问一句话。她知道爹生哥的气，她也生哥的气，怎么能那样对待老实巴交的富宽叔。她给哥丢眼色，让他给爹赔不是，让他改变自己的做法，再去跟富宽叔说。他不，这件事硬是要主到底。他认准了，谁的话也听不进去。

两天后，小木匠突然对老木匠说："爹，俺妹别绣花了，点灯熬夜挣几个钱？让她下木匠铺帮忙吧！"

老木匠吃了一惊："你听谁说大闺女学木匠！"

小木匠笑道："城里头木器厂里多的是呢！"

老木匠的心像被咬了一口："不，不！我的闺女不叫她学木匠。你妹的事你……别管了！……"

"可木匠铺里的活多得干不完，总不能把到手的票子往人家口袋里塞呀！爹，你别老脑筋了，干什么，不一样？能挣钱就行！"

"不，不！……"

门突然开了，秀枝站在他们面前。她显然听见他们的话，温柔的眸子里闪动着从未见到过的那么明亮的、那么热烈的光：

"爹，哥，你们别再争了，从今往后俺不绣花了，俺跟你们学木匠！"

老木匠直愣愣地看着女儿，老半天说不出话来。

秀枝眼里涌出了晶亮的泪珠："爹，哥，你们放心吧，俺能学会的，俺能！爹年纪大了，往后能干多少就干多少，别出过头力气，俺跟哥哥替你。"

老木匠眼睛模糊了，不知为什么刹那间眼前出现了秀枝妈的影子，他慢慢地低下头，沉思了许久、许久。又慢慢地抬起头，直盯盯地望着女儿的脸：

"孩子，你真的愿意？"

秀枝点点头："嗯！"

"这活儿是男人们干的，又脏又苦，你受得了？"

"嗯！"

"好孩子，早去做晚饭，吃过了，爹给你讲咱们的老祖师鲁班的故事。"

"嗯！"

"秀川，你也去，帮你妹烧把火，让她再炒几个菜……"

忍不下

那天晚上借着酒力，老木匠好言将儿子劝说了一番，可儿子听不进去，还不软不硬地顶撞了他几句。这是秀川进黄家门来的头一回。小伙子帆头正猛，十二级风浪挡不住。老木匠不愿把这些家务事说给外人听，怕人家笑话，憋在心里难受，就走了一趟穷亲戚，跟老姐姐唠了一晚上。老姐姐是个开通的老太太，有儿有女自己"蹲"（方言，和儿女们分开过日子）着过，图个心静、气儿顺。她劝老木匠说："兄弟，你是个明白人，怎么净办糊涂事？现在这些小青年儿，跟我们那时候不一样，老礼道不论了，老规矩不讲了。自己的骨血都生分，秀川不是咱黄家根，怎么能可着你的心儿长？往后他的事你少管就是，给他们成亲，分出去过，不就一了百了了？土埋半截子的人了，还图个啥？图了一辈子好心眼儿、好名声，老天爷也没睁开眼看看你，倒落得咱黄家断了烟火，绝了后人……"说着，老太太就抹眼泪儿，抹得眼圈儿通红。

第二天，老木匠摇摇晃晃回黄家沟去。傍晌的春日头，晒得棉袄里面暖烘烘的。他像多喝了酒，脑子里昏沉沉的，啥事儿也想不出个头绪来，索性啥事也不去想。望见他的村子了，望见村子上空做晌饭的炊烟了。站在这儿，他能分得清哪一股烟是从自己的屋顶上冒出来的。年轻时外出做工回来，总要在这儿停一停，只要看见那屋顶冒烟，心里头就顿时涌上一股不可遏制的暖流。然后，他屏住激动的心跳，大踏步地走进村子里，扑进那个温暖而亲切的家……然而现在，他不愿回那个家了。那个家过去是那样贫穷而和谐，现在是这样有钱而烦恼。就这样站了许久，望了许久，他觉得有些累，就在一块向阳背风的大石硼上坐下了。石头是温热的，他又慢慢地躺下来，闭上眼，把耀眼的太阳和外界的一切都闷到眼睛外面去。噢，多么安静，多么舒坦！他真想永远永远这么躺下去，永远永远不再睁开眼睛，永远永远不再为人世间的事烦恼。然而不行，又想起了儿子，想起了老姐姐的话：秀川不是黄家的根……给他们成亲分出去过……自己也像老姐姐那样孤苦伶仃地打发晚年……木匠的心颤抖了，悲哀的老泪夺眶而出，淌过两颊重重叠叠的皱纹，落到石头上，渗进石缝间。这样的悲剧会真的落到自己的头上？老天爷会真的这样瞎眼？人会真的这样无情无义？他突然想，在和儿子的关系上，是不是自己太过分了？儿子对自己有什么过不去的地方么？没有，没有啊！说到底，是他看不惯儿子，自他从城里回来的那天晚上就有些看不惯的地方了。儿子变了，一只看不见的手把他捏得走了样儿，这只多么大多么有力量的手。他自知扳不过这只手，谁也扳不过这只手。这也许不能怪儿子，得怪自己，怪自己脾气犟，认死理儿，不能顺潮头儿。如今谁不见钱眼开，人情值几个钱？为争财产，打爹骂娘的多的是，可儿子将几年挣的两千块钱一把儿交给自己，还能要求儿子啥，天上刮风，地上树动，儿子不过是片嫩树叶子，能不摇？能不动？随了儿子吧，顺了世道吧！老姐姐说的是，土埋半截子的人了，还图个啥？随了，顺了，他娘的！有钱吃了喝了，啥话不问，啥事不管，权当聋了瞎了！权当这个家里没有我黄老亮！……

老木匠懒洋洋地伸了伸胳膊腿儿，迷迷糊糊过去了。像是睡着了，又像是没有睡着，脑子里老是转着几十年前、几十年后的事儿。他老爷是黄家头一辈木匠，老爷死了传给爷，爷死了传给爹，爹临死的时候嘱咐他两条：一条是别丢了黄家的手艺，一条是别败了黄家的门风。回顾大半辈子走过的路，可以毫无愧心地说：他对得起老祖宗的在天之灵。如今他老了，在他要把这祖宗遗训传下去的时候，却没有人接了……不，不，不能随儿子！随他一桩，就要随他两桩三桩，长此下去，我黄老亮活着没脸见乡亲，死了没脸见祖宗。俺黄家子子孙孙在世为人、下地为鬼，没出过一个孬种！旧社会也好，新社会也罢，提起黄家沟老黄家的木匠，哪州不知，哪县不晓！今天，你黄秀川也不能破这个规。不错，你不是黄家骨血，可你是在黄家长大的，俺对你比自己的骨肉还亲哪！进了黄家的门儿，就得长黄家的心术。论手艺你长进得比爹强，俺听你的。这人情世故，你还得听爹的。别以为你什么都懂得。说到底你还年轻，爹走过的桥比你走过的路还长啊。你不让富宽一起干，不让就不让呗，你拿十块臭钱往人家手里塞，这不唾人家脸上么！晚上睡觉你耳朵根子就不发热？满村里谁不在背地里骂你！大队木匠铺倒了，庄稼人家什多，锄镰锨镢样样不方便，求到咱门下了，看你是啥态度？动动你的斧子你嫌砍钝了，使使你的锯你嫌拉弯了，用你巴掌大的块木头你心疼得要跟人家算钱……乡里乡亲，低头不见抬头见，你怎么就好意思？你心肠啥时候变得这么硬？忘了灾荒那一年，爹用自行车驮着你和你妹挨村挨户地吃百家饭？不然的话你们都得饿死，哪还有今天呀，孩子！……不，不能随儿子，不能啊！不管你是哪家根，俺都要管你，俺是你爹！……老木匠再也躺不住了，呼地爬起来。睁开眼睛一看，富宽不知什么时候蹲在眼前，旁边放一担湿柴火。他棉帽摘在手里，手上冒着热气；棉裤被后山没有化的雪湿了半截子；脸被树枝划得横一道、竖一道，血迹还没有来得及凝干……

"嘿嘿，师傅，俺当是个醉汉，看看是你。你咋跑这儿来睡觉？家里炕头热，烧得慌？"好心的富宽哪，就跟什么事情没有发生一样，快活地开着玩笑说。

老木匠不敢抬头看富宽的眼睛，只小声回他的话："这石头上挺温乎……"

"风凉啊，师傅，你得当心。俺知道你那老咳嗽病一受凉就犯，跟俺虎儿他妈一样。亏得大侄子给你捎回好药来……"富宽一边说，一边伸出一只手上上下下摸那石砌。

老木匠心里一热："你……砍柴烧么？"

富宽顿时变得兴奋起来："师傅，俺有活儿干了，给大队砍柴火，送给五保户、烈军间，还有支书、大队长家。包工活儿，五百斤记十分。没想到俺这斧子上的功夫还真用着了，昨天砍了八百，今天要过千哩！看把虎他妈高兴的……"

老木匠慢慢地闭上眼睛，很久很久才终于抬起头，直直地看着富宽的眼睛，看得他愣神了：

"师傅，你？……"

老木匠还是直盯盯地看。要穿过他眼睛，看透他的心。

"嘿嘿，师傅，嘿嘿，师傅……"富宽像个被看羞了的小姑娘，两只粗裂的大手对在一起搓来搓去，简直没地方搁了。在师傅面前，他永远把自己摆在一个不及格的小徒弟的位置上。师傅身上有一股巨大的威慑力，足以使他折服，使他顺从。师傅说一句话，他从来不会怀疑这句话的正确性；师傅要他做一件什么事，他从来不考虑这件事该不该做，而只是全力以赴。秀川不让进他家木匠铺，还说是传师傅的话，他不信；那十块钱足足使他难受了好几天，可这与师傅有什么关系！假如秀川传的真是师傅的话，假如那十元钱是师傅给他的，他马上会改变原来的想法而欣然接受："师傅是为我好的！"因为师傅从来没有害过他，也没有害过任何人。在他的心目中，师傅是圣洁无瑕的。他说不清征服他的是一股什么力量，只知道这力量来自师傅心中，那样亲切，那样温暖。他从来没有怕过师傅。在几十年的陪伴中，他把师傅当成年龄不相称的慈爱的父亲。这也许就叫崇拜。师傅，你为什么这样看着俺？俺做错了么？那码事算个啥，俺都快忘记了呢。俺没生你的气，真的没！这阵儿连大侄子的气也不生了。凭啥生人家的气？凭啥人家非得拉把着俺？该你的？欠你的？想起来俺自己都脸红，五十多岁的人了，还像个孩子！从今往后，俺照你过去说的话做，挺起脊梁骨儿，自个儿去找过日子的道儿，有啥本事吃啥饭，不怨不攀。师傅你放心，以前俺是跟你跟惯了，一离开就觉得离了靠山，上不够天，下不着地。再惯了，就好了，俺会好好过下去的。这几天俺才琢磨出个理儿来："海水深了什么鱼都有，林子密了什么鸟都有，天下大了什么人都有，哪能都长师傅你一样的心肠……"

老木匠嘴唇动了动，似乎想说什么，可是什么也没有说出口。他缓缓地抬起一只手，放在富宽的手背上。放了一会儿，又轻轻地拍了三下，然后起身朝村子里走去。

"师傅！……"富宽喊着。

他停下了，却没有回头。停了一会儿，又朝前走去。

富宽惶恐起来："师傅怎么了呢？"他急忙挑起那担至少也有二百斤重的湿柴火，拼力地朝着追去。

"师傅！……"

师傅再也没有停下。他走得那样急，逃似的。脚底下踉踉跄跄，真担心他会摔倒。看后影儿，完完全全是一位老人了。

富宽追不上，气喘吁吁地停下了，心里难过得想哭："师傅生俺的气了。师傅，那码事儿俺真的没往心上去，真的呀！谁撒谎是个王八！往后，你要是还用得着俺，就尽管打招呼吧！……"

老木匠进了村，老远就看见自己家门口围了好多人。他的两只脚挪得慢了，心里也不由得一紧。"怎么，又出事了？"

东胡同黄老和的大儿子"洋相包"黄小和，扛着一把镢头挤开人群走出来。立刻又有一群人围住他，七嘴八舌地问。

"小和，打个镢扎真的要两角钱？"

小和说："这还有假？收钱的时候人家手里连哆嗦都不哆嗦一下！"

"嗨嗨，怎么就好意思？大材上锯下来的下脚料，留着不也烧火了！真他娘的抠到腔眼儿了！……"

"这有啥不好意思，杀不得穷人、做不成财主！旧社会是这样，往后瞧好吧，脱不了也这样！"

有人冲门里骂起来："他小子白吃了黄家沟二十年大粑粑（饼子）！当初俺就说，别人的肉贴不到自己骨头上，老亮哥不信。这会怎么样？听说把老头子给气跑了！……"

有人出来阻止："小点声儿，叫人家听见多不好！"

"听见就听见，不看着老亮哥的面子，叫他在黄家沟过不安稳！"

小和一边儿往人群外面挤，一边儿拉长腔道："穷昨晚啥？吃饱撑的不是！有本事你开木匠铺！有本事你找当官的走后门！合理合法，正大光明！要是俺开木匠铺，打个镢扎要八角！"

"你小子更狠！……"

"狠？嘿嘿。无狠不丈夫！……"

人们轰地笑起来："这家伙，乱拉茶壶盖儿！"小和也不纠正也不笑，摇摇摆摆朝外面走，口中念念有词：

"五十年代那个人帮人哪，登格里格；

六十年代那个人学人哪，登格里格愣；

七十年代那个人整人哪，登格里格愣；

八十年代那个，那个……"

下边没词了。"登格里格……"一抬头看见了老木匠，吓得他扭头就跑。

"和侄儿，你等等，等等！……"老木匠喊着。

小和头也不回地逃去了。门口那些人也悄然而散。大街上只剩下老木匠孤零零的一个人。太阳光把他影子歪斜地拉长在铺着石块的凸凹不平的街道上。他茫然地站着，站了那么久，才一步一步往家里走。门口左手的砖墙上，就挂了一块炕桌大小的方木牌。那木牌用各种广告色精心描画过，很像城里街头巷尾那些商业广告牌，只是少幅美人画儿。左上角画着个圆圈，圈里写了两个半圆形的美术字："黄记"。木牌上方写着"为您服务"四个仿宋体大字，字下面配着曲曲折折的颇像外文码子的汉语拼音字母。木牌的正中间打满了横横竖竖的格子，格子里填写着各种项目的价钱。老木匠眼花，朝前凑了凑，仰起脸，眯起眼睛，依次看下来：

捷克式大衣橱：250元；

日本式双人床：185元；

三扇门立柜：190元；

打锯扎：0.2元；

换镰柄：0.5元；

勒风箱：1元；

小桌凳：0.8元；

其他项目，量料量工而定，价钱合理，技术先进，实行三包，欢迎光临！

老木匠想摘下那木牌，可那木牌的挂钩是用铁丝扭在墙缝间的大铁钉上的，怎么也搞不下来。埋得很久很久的一腔怒气，藏得很深很深的一腔痛苦，终于像火山一样爆发了。都说老实人发火儿，天老爷挡不住，可真是！老木匠双手把定木牌的两边，眼珠子瞪得充血，"嗨"的一声将木牌扭动起来。这双拉过五十年大锯却无法掌握自己命运的大手呵，在那暴起的青筋上面到底凝结了多少力量！木牌被扭动了一圈又一圈，三股合在一起有指头粗的铁丝发出"吱吱"的响声。那些离散而去的乡邻们，不知什么时候又回聚而来，站在老木匠身后稍远的地方看着他。

"嗨！吱——，嗨！吱——"

人们都被老木匠的举动惊呆了，谁也不敢说出一句话。

"嗨！吱——，嗨！吱——"

多么结实呀！老木匠冒汗了，胳膊扭得酸疼了，可他不肯住手，扭啊，扭啊。终于铁丝发出清脆的断裂声，木牌扭下了。他站着喘了一会儿，然后一步步走进院子里。

"秀川！"他吼叫着。

秀枝出来了！眼圈儿通红。她哭过。

"爹……"

"你……哥呢？"

"……"秀枝委屈地看看屋里。

"秀川！"老木匠又吼了一声。

屋里依然没有动静。

老木匠颤颤抖抖举起那木牌，用尽平生力量朝屋门上摔去。站在门口的秀枝吓得"哇"地惊叫了一声。躲闪来不及了，木牌的一角擦过她的左额角，落到风门上。

玻璃碎了，秀枝捂住额角的指缝间渗出了血，木牌在一边，只是裂开了一条缝儿。

老木匠呆了，也似乎清醒了："我这是怎了呢？疯了么？疯了么？……"他在心里问自己。他看到了满地亮晶晶的玻璃碴儿，看到了秀枝淌下脸腮的鲜红鲜红的血。他想走过去，抱住心爱的女儿放声大哭一场。他想对女儿说："爹的不是，爹的不是，爹对不起你，对不住你埋在地下的妈……"然而不行，脚下那么重，想迈一步都抬不起来，头胀得很大，眼前飞着数不清的金星，这房子、这小院子摇晃起来，渐渐变成混沌的一片，胸口也憋得厉害，透不过气来。一股热漉漉的东西涌上喉头，吞下了。他支撑不住，要倒下……不，不！心里明白，想喊，却喊不出来。他突然睁大眼睛，朝女儿惨然一笑，张开两只手臂，向前踉跄了两步，在惊魂未定的女儿刚要上前扶住他的那一刹那，沉重地倒下了……

"爹！——"

秀枝哭喊着，不顾一切地扑过去。

看眼儿的人们涌进院子里，围住老木匠，七嘴八舌地喊着：

"老亮哥！"

"亮叔！"

"师傅！"

"亮爷爷！"

老木匠直挺挺地躺在院子里，像是沉沉地睡去了，怎么喊也听不见了。

小木匠这才慌慌张张地从屋里冲出来，扑在老木匠身边儿，双手抱起他的头，喊着："爹！……"

依然没有回声。

小木匠的脸顿时变得苍白，汗水雨点般地淌下额头。他抓起爹的手，手冰凉得吓人，呼吸没有了，只剩下喉间断断续续的呼噜声……

小木匠哭了。秀枝也哭了，兄妹俩你看我、我看你，慌得不知怎么办好了。

不知是谁喊了一声："还不快找医生！"

小木匠飞身而起，发疯般地冲出门去。一边跑，一边哭……

唉，这个家呀，这座小院子！……

儿子在哪里

毕竟是春天了。

高山背坡的雪也化尽了。富宽上山砍柴火已经用不着穿那条又厚又笨的老棉裤了。一个春天他从山上砍下来五十万斤柴火，硬是磨秃了两把新斧头。大忠开始在他承包的八亩麦子地里拉锄头，冻了一冬天的泥土，真喧透呀！他敞开棉袄怀，一边拉一边哼几句老京戏，东一处西一处，无数把锄头牵动着无数团泥尘，在绿地毯般的原野上滚动。黄兴和小金子从东北捎信回来，说那儿还是冬天，新近还落了一场雪。信是捎给大忠的，要他马上到那里去。干了两个月，他们每人已经挣了八百块。真个犟大忠，说挣一千块他也不离开黄家沟！……

生活就是这样艰难、这样乐观地向前走啊走。何必自寻烦恼？何必自取忧愁？过了今天就是明天：贫穷也好，富有也罢，明天离你同等远近。木匠铺倒闭的那个寒冷的黄昏，大家凑在一起唉声叹气，为明天的生计犯愁。可是今天不就是昨天的明天么？人们都重新找到了各自不同的生存方式。古语说得好：天无绝人之路。胶东老乡说得更白：老天爷饿不死没眼的野鸡。人生在世应该有这样的勇气：不管命运安排在你前面的是幸福或是苦难，走上去承担它就是。

老木匠承担得已经太多了。在他倒下去的一刹那间，心里什么都明白：留恋他的草房小院子、他的女儿、他的斧头和锯，留恋给了他这么多苦难（也有欢乐）的人世间。同时他又感到从未有过的轻松：倒下吧，放下这沉重的担子吧！我……再也挑不动了……

挑不动也得挑啊，为了你没成家的女儿，为了儿子开起来的这个木匠铺，为了明天的日子。儿子走了，许是又到省城里去了。没告诉爹，没告诉妹，就在把住了两个月医院的父亲接回家的当天晚上，拉开门悄悄地走了。什么都留给他们了。一个多月过去了，不见信来，也不见人归。老木匠想儿子想得如痴如呆。穿上皮袄就落泪，听见电锯响也落泪。他不知问过邮递员多少次，问儿子有没有信来，也不知到停车点等过多少回，常常从早晨站到黄昏，秀枝怎么拖也不肯回去。他逢人就唠叨，说儿女对他多么孝顺，在医院里怎么给他端屎端尿；说儿子什么好东西都买给他吃了，病床旁边那个小柜里总是塞得满满的；说医生、护士还有一块住院的老哥们、老姐们怎么当着面夸他有福气，儿女双全，又都这么知道疼老人……

"唉唉，是俺不对，不该那样对儿子，不该呀！俺老糊涂了，白活六十多岁。孩子有不是，说说就是，怎么还用得着动肝火呀！再说，现时的人差不多都这样顾钱，还能求儿子两样，这会儿俺想开了，年轻人有他们的路啊！儿子生俺的气了，他走了，不愿意跟俺这老头子一起过了……"

说着，又落泪。

人们都惊讶而悲哀地发现，老木匠不再是过去那个老木匠了，他真的老了，人老了，心也老了。儿子把他的魂儿带到很远的地方去了。他是个死而复生的人。他对重新回到的这个世界感到格外温存，格外亲切。他的心境变得无限平和，像春天湖里面的水。一个人性格的形成多是在他童年、少年时期，而要改变这种性格往往在垂暮之年。

儿子又走了。他无法将这个木匠铺开下去。老木匠住院前卖出了头一批家具，那是儿子设计、机器加工、他亲手安装起来的。乡下人从没见过这么新鲜漂亮的式样，又有老木匠严丝合缝的手艺，自然出手容易。头一炮打响了，黄秀川木匠铺出名了。订货的人蜂拥而来。那些到了好年龄的青年男女，宁肯不要公家木器厂的家具，宁肯多花几十块钱，多跑几十里路，也得到黄家沟黄秀川木匠铺来，买一套结婚的嫁妆。

"哪个黄秀川？"有些做父母的老人问。

"黄老亮的儿子！"

"哦，知道知道，老亮师傅的手艺，那准错不了，鲁班的真传！"

"鲁班早死几百辈子了！"

"你们年轻不知道，黄老亮八岁就上终南山拜鲁班为师，起先鲁班不肯收……"

"那是故事，说的是鲁班上终南山……"

"不对，是真的！老亮上终南山！"

"鲁班！"

"老亮！"

卖出头一批货就挣回三千块。小木匠红眼珠子了，爹住院期间，拼死拼活地干。五分的料改成三分；家具后面该开榫的地方改用铁钉钉；木料不干也顾不得烘烤，带湿上……

第二批家具又出手了、那些天是木匠铺的鼎盛时期，大街上来运家具的汽车、拖拉机、马车、手推车从早到晚来往不断。这些看上去很漂亮的家具，经过装车卸车几折腾，又让大春的干风一吹，有的散了骨子，有的裂了缝。庄稼人只有结婚成家才勒紧腰带置办一套新家具，一辈子的事儿，有的还要传给儿孙后代，又是好几百块钱的大件子，实在不容易，自然是不肯罢休，就来找小木匠退货。小木匠不认这壶酒钱，说一手交钱一手交货。出了门儿不管，这是买卖场上的规矩。买主们火了，三五成群地串通一块儿，把那些损坏了的家具都拉回来，骂骂咧咧地搬进屋里、院子里，人也赖着不走，要吃大户！小木匠吓得连面都不敢照，秀枝又是个女孩子，拿不出章程来，只得跑到医院去找爹。老木匠出院回来的那一天，尾巴已经甩到大街上了……

　　小木匠就这样走了。爹出面请了三桌大客给人家赔不是。当着众人的面，老木匠惭愧得说不出话来。倒是秀枝趁端菜的工夫，壮了壮胆子说了爹的意思：不想要货的当场退钱；想要货的留下重修重做，保管大家满意。买主们见是这般诚心，火气顿时消了，都说冲着老木匠，要货不退钱。散了席老木匠就去抓斧头，秀枝把住他的手说：

　　"爹，医生说你病还没好利索呢！"

　　老木匠亲昵地摸着女儿的手，恳求说："好孩子，让爹干一会吧，啊？摸着斧子锯，心里有底，爹的病就好利索了。"

　　秀枝松开了手。

　　"砰，砰，砰……"

　　大病后的老木匠，手下竟还是那么有力量。

　　秀枝开了电锯，小心翼翼地锯开了头一块荒料。是哥教给她开电锯的。哥在的时候她害怕，不敢动。哥走了，她不开谁开？……

　　富宽来了："师傅，俺来帮你忙了。干完这些活儿，俺还上山去砍柴火。"

　　大忠来了："师傅，俺来帮你忙了。地里还冻着，麦子还锄不上呢。"

　　秀川把挣来的钱全部留在家里，自己是空着口袋走的。老木匠把这些钱大半都用在重修重做这些家具上。他对秀枝说：

　　"剩下的钱留着。等给你哥捎去。他出门在外，没亲没故……"

　　秀枝点点头，扭过身去，悄悄地抹眼泪。哥在哪儿呢？……

　　毕竟是春天了。

　　老木匠到停车点去接儿子，站了多半天也不觉冷。急盼盼望来一辆班车，又失望地送走了。儿子在哪儿呢？

他拍打着驾驶室的窗口："师傅，俺秀川没坐这班车？"

"什么？"

"秀川，俺儿，在外面做木匠营生……"

留下笑声、骂声，留下滚滚的烟尘，车子跑开了。

老木匠一天比一天消瘦，头发、胡子几乎全白了。六十几岁的人，看上去七十还多。本来一开春就转好的老咳嗽病，今年也不见强。咳嗽得腰也弓下来，行走需得拄拐杖。眸子里的光一天天暗淡下来，像雾蒙蒙的天空。只有在别人提起他儿子的时候，才会突然迸发出明亮的火光来：

"秀川？俺儿？在哪儿？"

"就会回来的。"人们安慰他。

"唉唉，是俺不对，不该那样对儿子，不该呀！……"话没说完，就又急急忙忙点着拐杖朝东南走，到停车点去了。不管刮风或是下雨，谁也阻拦不住。

日子一天天熬下去，忧伤的云霾始终遮掩着老木匠心中的太阳。木匠铺荒废了，日子没人打算了。秀枝急得团团转，又担心哥在外面受罪，又担心爹会熬垮。没办法，去把老姑姑搬来了。好个老姐姐，软话硬话，兄弟长、兄弟短，把老木匠劝说了大半宿，还留下来陪他两三天。可就像中了邪，怎么劝也劝不过来。可怜的老木匠啊，一提起儿子就眼泪汪汪，饭水也下不去了。老姐姐疼兄弟，心里煎熬得受不了，拾掇拾掇回家了。走的时候嘱咐秀枝，看着爹点儿，别出事儿。秀枝扑进姑姑怀里，哭成个泪人儿。

一天大清早，老木匠接头班车落空了，却见车上走下来个陌生的乡下女子。这女人五十开外，黑瘦脸儿，大脚片，头上蒙着条白毛巾，手里提个小包袱，一打上眼就看得出是个外乡人（本地妇女是不蒙那白毛巾的）。那女人下了车，两只脚像没地方搁似的，东转转，西望望，老半天没挪出一步，显然是不知道往哪里去好。

老木匠一是看她作难，二是站着无聊，就走上去搭话：

"大妹子，你？……"

那女人忧虑不安的脸上机械地绽出些笑容来："大哥，俺……唉——"显然有话，只是不愿说出口来。

老木匠不安起来："你有啥难处？掉了东西了？让小偷掏包了？"

女人苦笑着摇摇头："没呢，大哥。俺……"

"咳咳咳咳！……"他急得咳嗽起来。"嗨，有啥难处就说嘛，出门在外谁不兴许用着谁？远乡亲、近乡亲都是穷乡亲，还客气个啥！"

女人被说得动了心，鼓起勇气说："大哥，俺跟你打听个人。"

"谁？说吧！"老木匠用手指着周围的村子说，"这南庄北岭二十多岁往上的，俺差不多都认得。"

"他是个有名的老木匠。"

"嘿，俺们这儿是木窝，多着呢！"

"他是黄家沟人。"

"哦，……"

"他叫黄老亮。"

"啊？……"老木匠愣了。她是谁呢？老黄家没有这么个外乡亲戚呀！……他不由得上上下下打量着这女人，忽然觉得有些面熟，那眼睛、那鼻子像一个人，像谁一时又悟不出来……

"大哥，你认识他？"

"噢，认识，认识……"老木匠支支吾吾地答应着，心里越发奇怪了。

那女人一下子变得激动起来，双手将小包袱擎到老木匠眼前："大哥，托你把这点东西捎给他。听说儿子惹他生气了，他病在医院里，俺庄户人家，没啥金贵东西，托人到东北买了点人参，给他泡酒喝。都说喝它长寿。他那样的好人活一百岁也不多！大哥，你千万千万捎给他，你就说俺今生难报他的恩德，来世再报答他……"

说着，那女人流下泪来。

"你……是谁？"

"俺是个没有良心的母亲！"

"母亲"紧咬住嘴唇，不让自己哭出声来。她猛地将小包袱塞进老木匠怀里，转身就走。

什么都明白了。老木匠喊起来："你等等！"

她奔跑起来，放声大哭了。

老木匠点着拐杖就追："大妹子，你等等，俺就是黄老亮啊！……"

她猛地站住了，也不再哭。她慢慢地转过身，通！跪倒在地。老木匠慌忙上前去扶，可她怎么也不肯起来：

"黄大哥，俺不是来找儿子的！儿子长大成人了，俺不再牵挂他，也不再想见他。俺是来谢你恩德的。二十多年，俺什么都打听清楚了。俺不知到这儿来过多少回。儿子小时候，想给他送点吃的、穿的，送几个钱上学念书，可俺只能在这儿站着，猜想哪一座房子是儿子的家。俺不敢走进去，不敢登你家的门坎儿。俺是个有罪的人哪！这一回是听说你病得挺重才来的，今生今世见你一面比什么都好。黄大哥，儿子是你的，俺不是来找他的，真的不是！……"

她又哭起来。

老木匠的眼睛也湿润了。他理解这个可怜女人的心。是的，作为一个母亲，她曾经是有罪的。可她的罪已经赎完了。二十多年心里的折磨是难以忍受的，这样的惩罚还不够么？现在，她有做母亲的资格了，能让她见到自己的儿子该有多好！可是儿子走了……老木匠忽然觉得自己也有罪，觉得自己不如这个跪在地上的女人——儿子的母亲。这些年来，老实说他想到她的很少。即使想到了，也多是怨恨，少有可怜。他甚至担心过，担心有一天她会找上门儿来，哭着闹着要儿子。他想过，倘若真有那么一天，他将和儿子、女儿，还有黄家沟的乡亲们一起将她赶走。而她，原来是这样一个人。她来过，来过许多次，竟然不肯进村，不肯进他的家门。今儿个她来了，不是要领走儿子，是来报恩报德的。天有眼，地有心，恩德在哪儿！……老木匠的心颤抖了。他生了一个奇怪的念头：人都有罪。有的人罪重，有的人罪轻；有的人罪在行为上，有的人罪在心里面。谁心里有罪，谁自己知道……

"大妹子，快起来！咱们……回家去！"

老木匠双手把她扶起来。然而她不肯去。

"去！咋不去？儿子的家，又不是两厢旁人，往后，咱们是亲戚啦！"老木匠温和地笑着说。

她终于犹豫地挪动了脚步。

老木匠拄着拐棍在前面引路。他积满悲伤的心中涌起一股说不出的兴奋与激动。到底没有白等，儿子没接来，接来他的母亲。哦，往后别叫大妹子，叫亲家！……

老木匠把秀川妈接回家来的消息，没半天的工夫就传出去好几个村子。睡前饭后，家家都在议论这件事：

"嗨！在世为人，能做到老亮这个样子，就算是不容易了！"

老亮待秀川妈当高客，似乎只有这样才能减轻心中的愧疚和对儿子的思念。

第二天秀川妈要走，他从银行里取回那两千块钱给她。她怎么肯收呢！

"黄大哥，俺成什么人了？"

"亲家，这是儿子挣的钱，你当妈的该花！"

秀川妈双手捂住脸，又哭了。

秀枝在一边儿帮着爹说话："大妈，俺哥走的时候说了，这钱存银行里留给你。"

她撒了个谎，脸都红了。

老木匠说："亲家，儿子是这么说的。你要不收下，他回来俺要落埋怨的。"

推来推去推不出去，秀川妈收下了："也好，留给他们结婚吧！"

老木匠和女儿把秀川妈送到停车点。上车前，老木匠说："等儿子回来，俺让他再去接你来。"

自那以后，人们发现老木匠的心境好多了。脸上偶尔露出些淡淡的笑容来，眸子里有了光亮。木匠铺里又响起了"呼呼"的敲打声和小电锯的呐喊声……

深夜，在女儿睡了的时候，老木匠屋里的灯悄悄地亮了。他从箱子底下拿出那尊格木雕刻的斑驳碎裂的鲁师傅，恭恭敬敬地放在小炕桌上，长时间出神地凝望着，心里说着些只有他自己才明白的话。从很多日子以前开始，他就悄悄地这样做了……

儿子还没有音信。

明天的故事

有人说小木匠在城里又发了大财，林局长招他做养老女婿了；

有人说根本就没有这回事，林局长门坎儿也不让小木匠进了，他家具打足了，不再用小木匠卖力气了；

有人说林局长下台了，小木匠又靠上了另外一个李科长，在一家建筑公司当工头，动嘴不动手，一个月能挣一百来块；

有人说小木匠又宿澡堂子，又当临时工挣"豆西拉"（1.76元）了；

有人传得更吓人，说小木匠让电锯截断了一只胳膊，不敢再回黄家沟，怕老木匠不肯收留他。前两天还有人来告诉老木匠，说他亲眼见过小木匠，如今他在城里租了一间房子，开了个家具修理部，买卖挺好。小木匠反对那个人说，他不重新干出个样儿来，不回来见爹和妹，不回来见黄家沟的父老乡亲。看样子挺难过，说着说着就哭了……

现在听了这些传说，老木匠似乎不那么激动，只是默默地毫不动摇地做着心里想做的事。他花高价上市场买来上等的好楸木，给儿女们打结婚的箱柜。没雕龙，没刻凤，老古样子儿女们看不中，给他们打捷克式的，嫌木面粗，上上下下用手掌磨过三遍。秀枝想哥，常常流着眼泪问爹："俺哥还能回来么？"老木匠笑着安慰女儿："傻孩子，不回来他能上哪儿去？别看天底下这么大，离了黄家沟，没他立脚的地场！"

小木匠一手开起来又毁掉的木匠铺，渐渐恢复了生机。买不到木料就承包外料，打箱打柜，做门做窗……虽说不能发财，却也买卖兴隆。活儿多得做不完，老木匠又想到了富宽。富宽说：

"师傅，俺老了，干一辈子也是个撸生（手艺不到家）木匠。让俺刚下高中的老三跟你学个徒吧！"

老木匠想了想，一拍大腿说："好，死前俺再收这个徒弟！可千万别像他老子那样笨。今儿晚上你领他来，别吃饭，让秀枝炒几个菜，喝点酒，咱讲几段鲁师爷的故事给他听……"

富宽说："今儿晚上大侄子能回来该有多好！"老木匠抬起头，望着高远的天空，喃喃自语道："秀川，回来吧……"

哦，这个家，这座小院子，明天将会发生什么呢？明天的故事谁来讲下去？……

秋天的思索

张 炜

一

去年秋天，葡萄熟得很快。今年的葡萄仿佛永远是青绿的颗粒儿，很酸。

可是，就有人喜欢这股酸味儿。看守葡萄园成了一桩大事。如今的园子是由三十六户合伙包种下来的，他们就给看葡萄园的买来一杆猎枪。

猎枪是双筒的。买来的第三天上，看园子的老得（"得"字读作děi）才知道怎样使用。他很高兴地将上了黄油漆（他认为是"火漆"）的枪身用手撸了两下，拍一拍，放到了小茅屋的墙角上。然后找来一张八开的绿纸，写了一张"告示"，贴到了葡萄园边的大杨树上：

> 任何想偷葡萄的人都要注意，看葡萄园的人新买来双筒猎枪，见贼就放，决不留情。枪是钢枪，上了火漆，特此告知。

告示贴出的当天，园里做活的纷纷来茅屋里找老得。来的大多是上了年纪的人，劝他："老得呀，人命关天，可不能为一串葡萄打死了人啊！"

老得二十六七岁，奇瘦，个子很高，走起路来一拧一拧，人送外号

"水蛇腰"。他的脸也很长，仔细端量起来，下巴似乎还有些歪。人们一句一句劝他时，他就蹲在屋角上，两只眼睛盯住地上一片草叶儿，不说一句话。人们又劝了一会儿，知道他是不会说话的了，就离开了屋子。可是他们走出不远，老得也出来了，站在门口，一手撑在门框上说：

"有心做贼，打死莫怨！枪是钢枪，上了火漆……"

所有人都愣愣地站住了，回头望着老得。

老得说完就回屋去了，还用力地将门使上了闩。

秋风轻轻吹着茅屋的草顶，发出簌簌的声音。早晨的露水还没有消去，趁风溜下窗外的葡萄叶片，沙沙地滴下来，像雨。老蝈蝈大约有什么心事，一大早就躲在树叶下唱，那调子显得深沉而悠远。老得在一张小白木桌儿前坐了，用手搓揉着那双涩涩的眼睛。

他看了一夜葡萄园，可是他这会儿并不想躺到炕上，眼睛发涩，搓揉一下就好了。他一般都在靠近中午时，用被子蒙住头睡上一两个钟头。他现在只是伏在桌子上，瞅着那个刻满了刀痕的桌面想心事。过了一会儿，他从抽屉里摸出一叠儿纸，又从衣兜里掏出一截儿铅笔，用力地写起了什么。

老得这个年轻人睡得很少。也许正是因为这个，他才被安排来看护葡萄园的。真是个美差！老得可以在秋天里尽情地吃那些甜蜜的黑紫黑紫的颗粒了！他在架子下一扭一扭地走着，东瞅一眼，西瞅一眼，满眼里都是绿色的叶子、黑紫的葡萄。他老想唱歌，可是他不会。他高兴的时候，只是将那个长长的、柔软的腰扭动得幅度更大一些……

这时，老得坐在桌前，头也不抬，铅笔"哧哧"地刮着白纸。写了一会儿，他抬头瞅着那几张写满了字的纸，"嘿嘿"地叫着，兴奋得腰身又扭动了起来。

屋门给踢了一下，老得一惊，迅速将桌面上的东西都揽到了抽屉里去。

"谁呀？"老得不耐烦地问了一句。

屋外是脆生生的姑娘的声音："是我！你个死老得就知道闩门——开、开、开！"

老得听出是葡萄园会计小雨的声音，眉头皱了一下，说："我要睡觉。"

"开、开、开！"小雨就像什么也没有听见，只管踢门。

老得没有办法，他嫌脏似的先将手在裤子上抹了几下，然后拉开了木闩。

小雨跳了进来，一进门就四下里看，一双眼睛滴溜溜的。老得问："你找什么？"

小雨也不回答，掀了掀木桌，揭了炕上的被子，最后在炕头的小夹道里踹着，踹开一个破被套，拿出了那支崭新的猎枪。她笑眉笑眼地端量着，露出了两排雪白晶亮的小牙。她说："嘻嘻，两个筒的呀！……"

老得蹲在屋角，两眼瞅着地上的一片草叶儿。

小雨将手指一个一个挨着往枪筒里捅，嘴里说着："哼哼，你说笑不笑死个人！……"

老得真不知道这有什么好笑的。

小雨抚摸了一会儿猎枪，突然板起脸来问道："你买了猎枪，怎么就不告诉我一声呢？"

老得不吱声，只是立起身来，伸手去取枪。她一撇嘴，把枪藏到了身后。老得只好重新蹲下。小雨说："这是我爸批准给你买的——他批准了，有人才把这枪给你买来。别不知好歹！我跟我爸说一句，这枪也许就收回了。你以后放枪时叫上我吧？"

老得脖子有些红涨。他眯起一只眼睛端量着她。

她二十刚多一点，或许还不满二十呢。穿着风衣——乡下姑娘如今也穿风衣。长得真好看，乡下姑娘也长这么好看。可惜只是好看，不算聪明。聪明还能连初中也考不上吗？老得可是初中毕业，他往往瞧不起学历较低的人。

小雨并没注意老得在看她，只是咕哝着："我爸批准买这猎枪，我爸说了，有枪和没有枪就不一样！就不一样！我爸……"

老得站起来说："你爸，你爸也不是很好的人。你一口一口'你爸'。"

小雨两根描过的眉头一皱，一抖，嗓子尖尖地喝了一声，"唰"地将枪从身后倒来，对准了老得。

老得一动不动地猫着腰，两眼盯住枪口看着。他清清楚楚知道枪膛里没有火药，可他的目光里还是有一丝畏惧。他说："我对你爸，还是有很大意见。"

小雨怒喝道："不准有意见！"

"压而不服。"老得又说。

"不准动！"小雨抖了抖枪身。

老得的腰一丝也不敢扭了。他又蹲下去。蹲了一会儿，脖子突然又红涨起来。忽地，他站直身子，一伸手将枪夺到了怀里，然后伸出那只又黑又大的巴掌，按到小雨又软又细的腰上，用力推了一下。只一下，小雨就给推到了门外。她在门外大骂，并随手捡起一块砖头。老得干脆利落地关了门，将骂声、喊声，将一切烦恼关在了门外。

他再也无心写东西了，也无心睡觉，拉开抽屉，取出了他刚才写过的一叠儿信纸，默默地看了一会儿，又放回了原处。他骂了一句：

"王三江，挨钢枪！"

二

王三江是小雨的父亲，民主选举中落选了的大队长。

从前，他也算乡间的一个"大人物"了，跺跺脚，满村的地皮都要颤动。落选了，突然失了威风，他就整天把自己关在家里……土地开始承包了，海滩葡萄园虽有三十六户报了名，但因为没有领头的，迟迟没能签订承包合同。谁都知道负责这片园子的艰难：它需要和果品公司、酒厂、农药厂等单位搞好关系，需要有人为它奔波，万一有点闪失，那损失将会有几万元、十几万元！仅这一点，就吓退了一般庄稼人。

正这时候，一直不露面的王三江走上了街头。

人们很难忘掉那天的情景：老人们正懒散散地蹲在墙根下吸着烟晒太阳，突然有个又高又大的黑汉顺着街筒子走来。老人们一齐惊讶地仰起脸来：这不是王三江吗？他肩膀上搭着一件黑衣服，摇晃着肥胖的身躯，慢吞吞地往大队部走去，显出十分悠闲的样子……

后来人们才知道：他是去承包葡萄园的，自愿代表三十六户，伸出了那根肉嘟嘟的食指，在承包合同上使劲按了一下。

王三江很快把当年做大队长时搞熟的门路全利用起来。又让三十六户用力地做，葡萄园果然有了不少起色。结果第一个秋天，收入就超出承包额近一倍，三十六户欢笑起来，王三江却不动声色。他只从超产中抽出一小部分平均分配，其余的全部交公。这真有些冤枉：河西葡萄园的葡萄树小，总收入还比不上他们，可人家手里的钱却比他们多！三十六户找王三江吵架，王三江说："农民意识！以后再没有秋天了吗？只要你们跟着我王三江好好干！"说着，他把那只红润润的大巴掌果断地一挥……

这个王三江真是个奇怪人物。他做大队长时霸道和暴躁是有名的，如今却很少发火。他似乎永远将一件黑色中山装斜披在肩膀上，一晃一晃地在葡萄架里走着。年轻人可能更喜欢他，有四五个小伙子常常跟在他后边。老得喜欢端量他那圆圆的大脸盘子：黑红黑红，渗着一层油汗，样子憨憨的——老得认为这正好说明了王三江的内秀，并且具有某种幽默感。他尤其觉得那件斜披着的衣服让人发笑。

可是后来发生了一件事情，使老得深深地吃了一惊。

他陷入了迷惑。他要重新揣摩王三江……

有个叫铁头叔的孤老头子，看了一辈子葡萄园，和老得做了好多年搭档。老得把他看作父亲一样，夜里守园子寒冷，就把细长的身子拱在老人温热的蓑衣下边……有一天，老得从葡萄架下钻出来，发现空旷沉寂的屋前空地上定定地站着两个人——铁头叔和王三江。

王三江还是斜披着衣服，双臂倒剪，一动不动地盯着铁头叔。他脸色阴沉，目光锐利。铁头叔也一动不动地站着，看着王三江。他胡须抖动，眼含愤怒。两个人不吱一声，连咳一声也没有。这场面很使老得诧异。

突然，老得发现王三江的牙齿磨动了一下，接着两眼射出一道歼灭性的光来——老得第一次看到这样的目光，差点惊慌地叫出来……王三江就这样定定地看着铁头叔，直看了老半天，然后才抖抖衣服，和从前一样地摇晃着走了……

老得愣愣地站在那儿。他看到铁头叔这时已经全身发抖，脸色铁青了。老得赶忙抱住老人问："怎么啦？怎么啦？"老人摇着头没有作声，停了好长时间，才长长地舒了一口气："他嫌我多嘴。我觉得他一笔账目不对，背后找人问了问，被他知道了……"

老得深深地吸了一口凉气……

接着，好多古怪事儿都落到了铁头叔身上。他一值班，园子里就丢东西；一次他在树下打瞌睡，有人把一个癞蛤蟆扔到了他头上；还有人骂他"吃里扒外"……铁头叔想离开园子了。

老得怎么劝阻都没有用，老人还是走了。他走时给老得留下了一件崭新的蓑衣和守夜狗大青……

老得眼睛都哭红了。他不明白王三江为什么用两束目光就能逼走铁头叔。那是一双什么样的眼睛啊！连他自己也不敢回忆那道目光了……

老得一个人睡在小茅屋里，睡梦中常见到茅屋的小门"吱扭扭"打开了，有一个又粗又黑的壮年汉子堵在门口，先是目光沉沉地逼视着他，然后就摇摇晃晃地一步一步走过来。他吓得大叫一声，醒了。醒来了，就再也睡不着了。

梦中常见的这个人，就是王三江。

他弄不明白，怎么也不能从梦中将这个黑汉赶开。甜甜的睡，就让黑汉给毁掉了。他有时实在困得不行，寂寞无聊，就搓揉着眼睛走出葡萄园，到海边上吹吹海风，看那些赤身裸体拉大网的人。

他有时想：要从梦中赶开这个黑汉，首先必须敌得住他的眼睛。铁头叔看了一辈子葡萄园，那身上的筋脉被风雨磨韧了，尚且敌不住那双眼睛！他想这里面会有什么缘故的，需要好好寻思一下。……往常老得看了一夜园子，早晨跟在铁头叔的后边，手扯着大青的铁链从一片早霞里走出来，高高地呼唤几声，扭动几下腰身，别提有多么惬意和舒畅！可是后来就不行了。他一个人走在架空里，老觉得四周那么憋闷，似乎有什么东西要逼近过来。他几次猛地转过身去，都发现园里静静的，什么也没有。老得自己也感到奇怪了。他实在弄不明白这是怎么回事儿。有一次他看到王三江斜披着黑衣服，摇摇晃晃从葡萄架下走过，就猛地拍了一下大腿：毛病就出在这个黑汉身上！那种奇怪的感觉就是从他身上来的！

老得弄清了这个缘故，连自己也吃了一惊。他不明白这个黑汉子怎么就会有这种神奇的作用。要敌得住他，只有弄明白里面的"原理"——老得记得在学校读书，数理课本上常有"原理"。他想世上的大小事情也都会有个"原理"的！老得绞拧着眉头，苦苦地思索着。他有时能够远远地盯住那个斜披衣服的身影，半天也不动一下……他又想起了那两束可怕的目光。他咬着牙。他想终会有一天制住这个黑汉的，现在要紧的是先弄明白里面的"原理"！……

老得像害了病一样。他整天牵着大青，步子蹒跚地走在葡萄园里。他的头发蓬乱，两眼无神，鼻子两侧挂着两小片污垢。他不想吃饭，只是忘不了喂大青。大青平常是活蹦乱跳的，可是这会儿也蔫蔫地垂着头，尾巴夹在两条后腿中间，步子迈得松松垮垮。

有一次他正走着，遇上王三江迎面过来。老得的眼睛立刻放出了两束光，下巴收紧，用力压在锁骨上，那目光就往上射出，显得眼白很大。他就这样鼓足勇气，瞪着一双眼睛，迎着王三江走了过去。

王三江倒被这副样子逗笑了。他嘿嘿笑着，刚要说什么，可是又立刻闭上了嘴巴。王三江发现这目光里闪烁着仇恨！他禁不住"哼"了一声，警惕地退开一步。

老得说话了，那字是一个一个从牙缝里挤出来的，断断续续："你……欺负……铁头……叔！"

王三江气愤地挥起了巴掌。可是老得也不示弱，他手里牵着大青的铁链，正好余出一截，就奋力向着王三江抢去。王三江一躲，同时伸出右手，五指并拢，往左上方举、举，直举到左肩膀上方，才狠狠往下一砍。只一下就将老得砍倒在地上。……王三江盯着躺倒的老得骂了一句："一个古怪……东西！"

老得第一次尝到王三江的威力。他那立起的手掌，侧面如同一把钝钝的刀子，砍来着实厉害。这沉重的一击，使老得很长时间不敢去寻思那个"原理"。葡萄开花了，结果了，老得精心地守护着，只是再也不敢去琢磨怎样制住黑汉——王三江的一掌，使他的思辨进程足足推迟了两个月！……可是他敢恨他。他常常面对大青，藏在深深的葡萄叶子里说话。他认真地告诉大青："记住，是王三江气走了你家铁头叔的！"大青摇摇尾巴，悲哀而丧气地点点头，似乎是听明白了。

老得还有一点怎么也弄不明白的地方，这就是小雨了。他不知道小雨怎么会生成这样。她太白了，白得像阳光，让人不敢定神凝视，真正是耀眼的白。那腰也真细，圆圆的，老是引逗老得要伸手去搂。可是他不屑于搂。他离小雨远远的。他怕小雨身上沾了和她爸一样的毒气。小雨也真是天下第一个"妖女"：永远不像个大姑娘，娇滴滴，脆生生，想笑就笑，想骂就骂，倚仗她爸的威力，走路也想横行！她必定描了眼眉才肯出来，必定是每天都要骂人的。可是，她骂老得，老得却觉得她可恨的程度也有限。她又坏又天真。

总之，老得认为，王三江能有小雨这么个姑娘，是十分奇怪的事情。

王小雨是葡萄园的会计。明白人都知道这里不需要什么专职会计。可是她愿意大模大样地"办公"，她的办公桌就安在老得的隔壁。那儿清静又卫生，还有一张床，可以偶尔留下过夜。

老得最恼恨的就是她在这儿过夜。那时他要待在葡萄园子深处守夜。他要牵上大青，披上蓑衣，依偎在一棵老葡萄树下。可是这时候的小雨喜欢站在茅屋前的空地上唱歌。她唱得很多，很杂，一会儿是《军港之夜》，一会儿是《松花江上》，有时竟唱起一首十分陈旧的歌："天上布满星，月牙儿亮晶晶，生产队里开大会，诉苦把冤申……"那尖尖的声音在夜空里飘散，悲凄而又哀怨，使老得一个人待在黑夜里，怪害怕的。每逢这时他就思念起铁头叔了，思念着他们一起守夜的那些日子。

该有一个和他做伴的人了。可是这个人总也没来。

老得想：也许是葡萄还青绿的缘故。可他转而又想：青绿的葡萄也要丢失啊！

倒是新买的猎枪给了他不少慰藉。他白天将双筒猎枪包在一床破棉絮里；到了晚上，就抱着它，一夜嗅着枪身上那股淡淡的油漆味儿……

三

早晨，乌蓝鸟最先叫了一声。乌蓝是最伶俐的歌手，它常在早晨蹲上葡萄架，默默地歇息一会儿，吸足了新鲜香甜的空气，再一跃而起，在葡萄园上空那片绚烂的彩霞里飞动。它永远在不停地跃动，不停地歌唱。

风吹动着千万片葡萄叶儿，那一面泛白、一面黑绿的大叶片儿每扭动一下，都要显露出一串硕大的葡萄穗儿。风是香的。阳光照在穗串上，叶子上，古铜色的老藤蔓上，使一切都变红了，变得羞答答的。架子将空中彩色的光束切割成更细的光束，投到不同的方向，均匀地落在园子里的每个角落。葡萄架是一把"光的喷壶嘴"。一个个葡萄园在大海滩上伸展开去，没有边缘，似一片深远莫测的海，一片旷大无边的森林。红色的雾气笼罩在这片绿海之上，给它增添了一丝神秘的意味。

常常是从不知多么遥远的地方，从晨雾笼罩的葡萄架子深处，传来一声声悠长的呼叫。这声音也许是起早到园里做活的人喊的，也许是守夜人在沉闷、劳累了一夜之后，伸臂展胸，发出的快意的长吁。这片辽阔的园子没有沉寂的时候，你如果仔细倾听，总能听到奇妙的声音。即便在午夜，也有些无法分辨的千奇百怪的响动。或者是"嘎嘎"两声，或者是"啵啵"两声……海浪在黑暗深处应和着，使夜里的园子更加不可捉摸。整个海滩都像一个睡去的巨人在喃喃梦呓。

乌蓝叫过之后，大海滩真正苏醒了。

各种鸟儿都飞动起来，一试歌喉。野兔儿在野鸡的呼声里有节奏地蹦蹿；乌鸦（这些讨厌的乌鸦！）成群地飞过，一边七言八语地议论着，一边从一排架子跃到另一排架子上去；小虫虫们在霞光里飞上飞下，那薄薄的翼被映成了鲜红；蝈蝈儿一齐鸣唱了，它们的歌声里充斥着对漫漫长夜的控诉……对于这一个长长的夜来说，早晨的苏醒就显得太重要了。各种小生灵奔走相告，欢呼光明。它们憎恨黑暗葬送缤纷的颜色，葬送一个明媚的世界。它们急于看一看叶片上那一层细细的绒毛，那清晰的、像图画一样美丽的网络，那泛红的、像蚂蚱腿一样的叶梗儿……

守夜人都在同时搓揉着眼睛——他们都是在乌蓝的欢呼声里搓揉眼睛的。蓑衣都是湿的，他们都在这时候抖落一身露珠。哦哦，一夜的警觉的守候，一夜的忠于职守，他们像个活化石一样，一动不动地待在树下，偎在蓑衣里……

老得用力地踩脚，抖动蓑衣，大声地咳嗽着。他要回茅屋去了。

大青顽皮地伸了伸舌头，看了看老得。它周身的毛也都濡湿了，在阳光里闪着亮儿。老得背上猎枪走去了，它一颠一颠地跟上去，"哈、哈"地呼出一股股热气。

园子里已经开始有人来做活了。老得看见来人，精神立刻好了许多。他和人们打着招呼，人们和他说着笑话。他的猎枪在肩上闪亮，这使得好多人想起那张贴在杨树干上的告示。有的人问他："老得，你说你的枪上了'火漆'，其实不过是上了一点儿'黄油'。"有的说："老得，昨夜里我听见'轰轰'几声，半空里亮了一下，真以为是你放枪打贼，走出屋望望，才知道是南山顶上打雷呢！"……老得每一句话都认真地听，他并不以为这是笑话。关于枪的问题他是要认真解答的。他说："火漆！那还有假？'黄油'？'黄油'是不禁摩擦的，是不顶事的。"

老得走近了茅屋，见里面正站了个高高大大的黑汉，跟梦中常见的那人一样！他闭了闭眼睛，默默地将大青拴了，然后就像什么也没有看到一样，转身就要走去。可是屋里的黑汉大声喊了一句："老得呀！"

老得只得迈进茅屋。

王三江坐在屋里唯一的一把白木椅子上，老得只得坐在炕沿上。他故意不看王三江，可那眼睛总要不时地瞥过去一下。对于王三江一大早的突然到来，他心里多少有点慌乱，一颗心"噗噗"地跳着。

王三江坐在椅子上，偏要将那只套了尼龙丝袜的大脚搬到椅面上，用手摩挲、捏巴着。他问："老得呀，你一个人憋闷不？"

老得说："嗯。"

王三江觉得有趣，笑了。突然，他向一边喊道："小来！"

屋角的黑影里有什么东西活动了一下，接着传来"哼"的一声。

老得一愣，上前打开了窗户。光线透进来，屋里明亮多了。原来屋角里蹲着一个瘦瘦的小孩儿，皮肤黝黑，周身被太阳晒得流油儿。他蹲在那儿，头扭向一边，像哭泣一样地耸动着肩头，身子一抽一抽的。

老得不解地望着王三江。

"小来！"王三江又喊一声，说，"你从今后跟上老得看葡萄园子，不准耍刁。"又对老得说，"小来交给你了，他不是个好孩子。耍刁，你泼揍！我跟他爸老窝说妥了的，他爸也说：'交给老得了，要刁泼揍！'听见了吧？"

老得应了一声："嗯。"

王三江说完搓搓大手，站起来走了。

老得把枪放到破棉絮里，然后躺到了炕上。他枕着两手，眼望着屋顶，很想一下子睡过去。可是他睡不着。他盼了多少天的新搭档，如今就蹲在这间茅屋的角落里。这么个小东西，能做什么事情！他想他家准是给了王三江什么好处的，要不，王三江不会轻易让他来葡萄园的。他这样想着，闭上了眼睛。可是他很快听到了小来在角落里喘息的声音，这使他从炕上爬起来，走到了小来跟前。

小来站起来，像害怕似的往角落里退了一步。

老得这会儿看清楚了，原来小来不像从背影上看的那么小，他至少也有十五六岁的样子，只是长得弱一些，薄薄的肩头像个孩子。老得这会儿也像王三江那样，大着声音喊了一句："小来！"

小来注视着老得，就像害怕阳光似的，很快就眯起眼睛，将脸转向一边了。老得笑了，使得那个长长的下巴歪得更厉害了。他把手搭到小来的肩膀上说："我知道这茅屋快来个伴儿了，想不到是你！嘿呀，你和我看葡萄园吗？你和我住这茅屋吧——以前是铁头叔和我住茅屋……"他一说到铁头叔，脸立刻沉了一下，不吱声了。他停了一会儿说："睡觉，你上炕躺下吧！"小来不愿动，可能不大瞌睡。老得却不管这些，弯下腰抱起小来，平展展地将他放在炕上，又用一条厚厚的花被子蒙起来……

老得又伏在小白木桌儿上写起了什么。

写了一会儿，他突然觉得不很自在，回头一望，见是小来从被子里探出了头，睁大着眼睛往这边看。老得粗声粗气地喊了一句：

"不准看！以后不准看我写字！"

小来一下子缩进了被子……

这天，老得像过去那样很晚了才去睡觉。他醒来时，天竟然黑了下来。他从来没有一觉睡到这时候的。他坐起来，发现身边的被窝空了，屋角也没有了小来。他觉得有些奇怪，赶紧跑到了屋子外边：大青在葡萄树下静静地卧着，风"沙沙"地吹着一园绿叶儿，喧闹的人声也没有了，晚霞笼罩了整个葡萄园……

"小——来——"老得急得跺了一下脚，呼喊了一声。

大青忽地蹦起来，警觉地四下望着，两只耳朵朝上竖了起来。

老得牵了大青，急匆匆地走到了园子里。他想也许小来到园里玩，迷路了，回不来了。他在架子间奔跑着，长长细细的腰使劲地扭动着。直到两腿又酸又疼，热汗湿透了衣服的时候，他才放慢了步子。葡萄园漆黑漆黑的，连他自己都要迷路了，他不得不往回走去。

整个夜晚他懊丧极了。他弄不明白小来哪里去了。这个瘦小的人儿像个影子一样出现在茅屋里，又像个影子一样地消失了……

四

夜里，老得疲惫地倚坐在葡萄树下。大青的鼻子对着他的脸，呼呼地喷出一股股热气。老得将额头低下来，用面颊靠在它长长的、温热的嘴巴上，一丝一丝地活动着。大青禁不住伸出舌头去舔他的手。在往常，老得总要毫不留情地拍它一下，可是今天他任它舔着。

狗的舌头热乎乎的，好似一个温柔的手掌。老得伸出两手将它推开了，让它蹲在一边，不满地"哼唧"着。老得深深地垂下了头，用两手紧紧地将脸颊捧住……他喘息着，张大了嘴巴，就像刚刚激烈运动过一阵似的。他觉得手掌有些发湿，对在眼上看了看，见是两滴泪珠。

老得一动不动地盯着眼前一片漆黑的夜色。他老是觉得这面巨大的黑色幕布向两边拉开，从中间的缝隙里走出一个背有些驼的老人。他认识老人那双眼睛，他在这伸手不见五指的黑影里也能认出铁头叔来！他禁不住"啊啊"地站起来，往前迈出一步……眼前什么也没有，还是一片黑暗。他揉一揉眼睛，失望地坐在了地上……

老得很小的时候便失去了父母，他是跟哥哥和嫂子长大的。他长到三四岁时，村子里闹起了饥馑，哥哥一家差一点儿被饿死，慌乱之中不得不抛开了老得。老得一个人也不知是怎么活过来的。后来他老是生病，瘦得不成样子，书也读不好。老得多么愿意读书啊，可是他读不好。他不得不怀着一腔迷恋回到了村里。也许是同情他的孱弱和孤独吧，村里领导没有让他下田扛沉重的镢头，把他派来看护葡萄园了。

铁头叔没有老婆，也没有孩子。他一个人在园子里，养着大青，住着茅屋。老得来到的第一天里，铁头叔特意到海边上，跟拉鱼人要来两条黄鱼，做了一顿鲜美的鱼汤。

老得至今忘不了那鱼汤的味道。他甚至记得鱼汤做好时，铁头叔怎样叼着烟袋去揭开锅盖子，先搅动一下，然后用勺子赶开漂在油水表面的三两个绿色的葱花……那些不眠之夜哟，铁头叔的烟锅在黑影里一明一灭，像不知疲倦的眼睛。老人有时高兴了，甚至这样问他：

"喂，老得呀，娶个媳妇呀，想不？"

老得不作声。他在黑影里，兴奋地把两只大手撑在肋骨上，使劲咬着嘴唇……铁头叔在一边笑，笑了一会儿又说："娶个媳妇，做鱼汤我喝吧——我这辈子生在海边上，还没有喝得够鱼汤——我到人家屋里做客，也老是对人家说：'做鱼汤喝吧！'……"

老得和铁头叔在一起看葡萄园永远也不知道疲倦。老人有好多古怪的故事。他至今记得一个故事：有一个小伙子种了一片果园，总也结不多果子。后来他在园里遇到了一个古怪的老头子：穿了一件遮膝长袍，是用画满了果子的布料做成的……老头子临走时告诉了小伙子一个方法：吃第一个果子时，要捏住果梗儿，闭上眼睛用心地想——果子里有水，水是树木吸了地底的水、浇灌的水、天上下的雨水和露水；果皮上有花道道，是一早一晚的云彩映上去的；果子上有个小洞眼，是不小心让虫子咬上的；果子长得不圆，是缺养分，管园子的人开春身子疲乏，多睡了几次懒觉……实在想不出了，再把这个果子吃掉。

铁头叔讲过了故事说："那个老头子是专管人间结果的神仙。照着他说的做，果子要多得压断果枝！可到现在还没有多少人照着去做，果子当然是又酸又涩、个头小、稀稀疏疏……"

铁头叔说到这里时，就和老得一齐大笑起来。老人不停地吸烟，总要把烟灰磕在大青面前。大青总要低下头去闻一闻，也总要用力地打一个响亮的喷嚏……

老得多么留恋那些个夜晚啊！

可是后来，老得一个人待在漆黑的园子里，总要设法赶走瞌睡。

无边的黑暗里，老得有时沿着葡萄架空往前走着，不一定什么时候前面冒出一个活动的黑影，吓得他出一身冷汗；再一看，原来是一棵在风中摇动的杨树！失群的孤雁在园子上空哀鸣，老得每一次听到都要难受半天……

大青这会儿"呜呜"地低叫了两声，向着一个方向昂起头，脊背上的毛竖了起来。老得把脸从手掌里抬起，拾起了横在腿弯里的猎枪。

"老——得——！"有个尖尖的声音在不远处压低嗓门呼叫。

老得迎着声音走了几步，又拍一拍大青的脊背，一声不吭地蹲在了葡萄树下。月亮刚要升起来，老得看得见大青的眼睛。

那个声音也不响了。停了一会儿，传来"嗒嗒"的脚步声。从一团团黑色的藤蔓里，走出了一个姑娘。她头发披在肩上，穿了一件浅色的衣服，脚上踏着塑料拖鞋，身子一晃一晃地往前走着。

老得的心开始跳得快了，当他认出是小雨，又松了一口气。他从树下站起来，不解地"嗯"了一声。

小雨先是被突然出现的老得吓了一跳，接上就哭了出来。她用手背儿揉着眼睛，咕咕哝哝地诉说着："……死老得啊，你在这儿站岗，背着枪，我一个人在茅屋里睡，做了个噩梦！我梦见有个人蹑手蹑脚地往茅屋跟前走，手里握一把刀子！我出了一身冷汗，醒过来……死老得呀，我醒来，真听见有人蹑手蹑脚地往茅屋这儿走。我打开窗子——只打开一条缝，外面黑漆漆的什么也看不见。可我怎么也睡不着，老觉得有人蹑手蹑脚往茅屋跟前走……"

她一边说一边比划着，还不时插上"哼哼"的几声拖腔，使人联想起撒娇的娃娃在哭。

老得大不以为然地摇摇头："噩梦，又不是真的。"

"我真听见有人蹑手蹑脚……"

"噩梦又不是真的……"

小雨脱了拖鞋垫在屁股下，两手操在胸前说："我是不回茅屋了，死老得，我和你守一夜园子……吓人！"

老得不作声，只是怕冷似的将蓑衣围在身上。他闭了闭眼睛，觉得这简直像梦一样……芦青河在远处呜噜呜噜地响着，好像一个老妇人在深夜里哭泣，又像一个嗓子不好的人在恶作剧般的大笑。海浪的声音也很大，大约是海潮涨上来了。可是迟迟听不见拉夜网的号子，老得想也许这个夜晚他们不拉夜网了……他不时地抬眼瞅一下对面的小雨，瞅一眼他身旁坐着的大青。大青对小雨的到来也像是颇不以为然，斜也不斜过去一眼，不亢不卑地昂首直坐，望着那一天闪烁的繁星……

王小雨的泪痕未干又笑了起来，说："我真想不到还能和你一同守园子哩。死老得！水蛇腰！真想不到。这是'干部和群众同劳动'呀……"

"呸！"老得吐了一口。

小雨愤怒地站了起来，说："你吐我？"

"我恶心。"老得说。

"你恶心我?"

老得说:"我的嘴巴恶心……"

小雨又坐下了。

他们好长时间都没有说话。老得用心地抚弄他的枪,一会儿搬上膝头,一会儿又搂在怀里。园子里每有一点声响,他都警觉地站起来,倾听着,辨别着。

王小雨坐了一会儿觉得无聊起来。她说:"老得呀,你这个人也不错……"

老得没有应声。

"我是说你怪老实的。"

"老实就有人欺负——铁头叔就是一例!"

王小雨噘噘嘴巴:"不准你指桑骂槐!"

老得搓搓脖子:"没有的事……"

王小雨重新高兴起来。她又坐了一会儿,说:

"你知道吗?我爸不让找你玩的。他说:'老得可不是个正经东西。'我觉得你坏是坏,可也坏不到哪里去。"

老得从地上站起来了,粗声粗气地叫了一声:"啥?"

"坏不到哪里去。"小雨说。

老得没有吱声。他把枪从肩上摘下来,搬弄着,又一个一个瞄着天上的星星。他瞄着,闭着一只眼睛,含混不清地咕哝着:"我早晚打下他来——'嗵!'给他来这么一枪……"

王小雨立刻从地上蹦起来,抓起沙子扬他。

老得敏捷地在葡萄树下绕来绕去,小雨追着追着就找不见了。

停了一会儿,从不远处的葡萄藤蔓里又传出老得的声音:

"给你爸来这么一枪……"

五

小来自己回来了。老得问他哪去了?他说哪也没去。老得当然不会相信,就再三盘问。后来小来才告诉:他跑走了,穿过葡萄园,要回家去。他怕老得以后会揍他。可是他跑到了自己家的后门口，望着门缝射出的灯光，又不敢进去，他怕爸爸。于是又摸黑跑了回来，在茅屋跟前转了一宿……

老得明白了那天晚上王小雨为什么听见有人蹑手蹑脚地走……他知道了小来有个后娘，他爸老窝也管得很严厉，不由得生出几分同情。这天下午，他特意到海上讨来两条黄鱼（铁头叔当年也这样做过），为小来烧了一锅鱼汤……

葡萄慢慢变紫。

葡萄园要进行成熟前的最后一次洒药了，这是园子比较繁忙的时候。人们都穿上了破衣服改做的工作服，手持喷雾器的长杆，在架子间来来去去，那样子有趣极了。无数的喷头向上、向下，向左、向右，喷出乳白的雾气，阳光又在雾气上映出一道道好看的彩虹。

喷雾器"咝咝"地响着，压气机"吱吱"地叫。两个人扳一个压气机，迎着面推来推去，就像踩跷跷板一样。可是远远不像踩跷跷板那么轻松，这只要看一看他们横流满面的汗水就知道了。年轻的姑娘和小伙子愿意结伴做这样的活儿，他们面对面地劳动，你推过来，我推过去，严肃的时候不多。姑娘推几下就笑了，接上小伙子也笑。姑娘笑得"咯咯"的，小伙子笑得"哈哈"的。只是他们都低着头笑，轻易不抬头互看一眼。没有人督促，也没有人喝彩，他们越干越有劲儿，将气压得足足的。气越足，远处的喷头喷出的雾气越匀、越宽，空中的彩虹也越好看。

整个园子里都是沸沸腾腾的人声。葡萄紫了，三十六户都激动起来，连小孩子也涌到园子里来了，在乳白色的雾气里奔跑着，呼喊着。

老得睡不着的时候，就牵着大青，领着小来到园里来。他们有时在压气机跟前停住步子观看，那扳机器的姑娘和小伙子就说："老得，你站哪儿不好，偏站这儿！这儿脏哩，小心药水溅到身上……"老得总是果断地回答说："我不怕脏，我又不是娇气的人……"

有人老远打趣地嚷着："得呀，你告示上不是说见贼就打吗？地上从来没见有人躺倒！""也可能是枪法一般吧？哈哈……"

老得把枪往肩上耸一下，大声说："告示贴出来，有法必依，谁敢偷这园子……"

远处的人一阵满意的哄笑。

又有人说："老得，你看园子是有功的，该报告王三江，奖励你一下呀……"

老得听到"王三江"三个字，心里很不愉快，于是就离开了压气机……葡萄架空里，这时"突突突"开进几辆轻骑，在老得的身旁停住了。从车上跳下来的都是三四十岁的人，老得一看就知道是"葡萄贩子"。他们其中有的早就认识老得，笑模笑样地递过来香烟，喊："老得，帮我们引见一下王三江吧！"

老得不停歇地往前走去，嘴里咕哝着："我引见不上……"他早已瞥见了轻骑后座上捆绑的那些东西，在心里恨恨地骂了几声，和大青、小来横钻过一排架子走去了……

洒药水的人们开始休息了。他们坐在葡萄架旁喝着水，高声地谈笑着。老得走着，听到他们不断提到王三江，觉得今天十分晦气。"……今年葡萄又要涨价！酒厂经理都亲自来了，小卧车就停在王三江门口……""也肥了那些葡萄贩子，他们运上一秋，要挣上千块呢……现在都忙着找王三江批条子……""有个人肥得更快呢！看看河西园子，人家葡萄长得没咱好，可年年分钱比咱们多！……"

老得想和小来回茅屋去。他们正走着，突然听到身后静下来，几乎所有人都同时闭上了嘴巴！老得觉得奇怪，回头一看，原来是那个斜披衣服的黑汉从南边摇晃着走过来了！他的身后，照例跟着四五个小伙子……老得拍拍小来的肩膀，坐在了地上。他远远地盯着那个黑汉。他想那些小伙子简直成了王三江的义务保镖了！王三江的黑衣服被风吹得扬起来，很像个大乌鸦的翅膀——老得马上觉得黑汉子就是个大乌鸦，它在园子上空低低地盘旋而过，黑影儿投在地上，地上的一切都默然无声了……

王三江走到一个坐着的小伙子跟前，伸手去弹他的脑壳……好多人站起来，叫着"三江叔"，嘿嘿地笑着。园子里又开始有了说笑声。

老得盯着那个"大乌鸦翅膀"，目光像凝住了一般。他眼前仿佛又闪过那一对逼视过来的目光……老得的眉头绞拧在一起，又在默默地想那个"原理"了。"大乌鸦翅膀"在风中扇动着，下面有人向他频频点头……老得看着，心中突然动了一下——王三江可怕，有些人的贱气样子更可怕哩！他想起民主选举时，人们对这个只喝酒不做事情的大队长再也不能够容忍了，一下子就把他选掉了！那时候大家就不怕他，现在反倒忍得住，反倒怕起他来了——这里面总该有个"原理"的！……老得想到这里"哼"了一声，站了起来。他激动地抖着大青的锁链，对小来说：

"这里面有个'原理'！"

小来不解地望着老得。

老得又定定地望了一会儿黑汉，就往回走去了……

不远处的小路上，有些陌生人走过来，老得知道又是找王三江批过条子的人。他早听说这些有本事的商贩能用低价购到葡萄，让三十六户吃哑巴亏。他又想起人们和河西园子做的对比，这时心里一阵愤怒，就走过去跟他们要条子看。

几个人挤着眼，搔着头，并不掏条子。

老得也不作声，只是拦住他们，很有耐性地蹲在了路边，揪一串葡萄慢慢吃着，不时斜眼瞥瞥他们。

大青呜呜地叫起来……老得抬起头，看到葡萄架后面有个人影在晃动，他扒开藤蔓一看，见站在那儿的正是斜披着黑衣服的王三江！

王三江哈哈笑着，一只手挥动着让那些人走开，一只手招着，那是让老得再靠近些。

老得心里不由自主地"噗噗"乱跳起来，手里扯紧了大青上前一步。小来也站到了老得身边。

王三江坐在了架子下，让老得和小来也坐了。他从衣兜里摸出一个拳头大的黑烟斗，惹得老得惊讶地看着。王三江笑眯眯地端量了一会儿老得，吸一口烟说："你是得病了……"

老得迷惑地看他一眼，咬着牙关没有作声。

"你的两个眼珠子锃亮——你是得病了！"王三江徐徐吐着烟，又说。

老得不安地将枪倒在怀里。他摩擦着枪身说："我没病。有病也全在腰上。我的腰挺不硬。"

"病在眼上。腰是好腰。铁头叔以前也犯过这病，那是睡觉多了，外精神太大……"王三江说到这儿突然严厉地绷紧了脸，"我送你个偏方：以后只许上午睡觉，下午到园里扳压气机！"

老得终于明白这是怨他刚才拦了那些商贩！他气得身子抖了一下，

腾地站起来说："我没有病！我要睡觉！"

王三江也站起来，威严地喝道："听大叔的话，偏方治大病！"

傍晚，小来的爸爸老窝到茅屋来了。

这是个老实巴交的老头子，嗓子也不很好，每说一句话，都要"吭吭"两声。他的烟锅永远叼在嘴里，不管有没有烟。他是为小来的事才来的。他管老得叫"他家老得"，并且说得声音甜甜的，包含了一定的尊重。老得还是第一次听人这样叫他，心里十分高兴。

老窝说："他家老得，你是个好小伙子哩！小来交给你我心里妥帖！吭吭，妥帖。我跟他家王三江大叔说哩，小来有什么不好的地方，他家老得你泼揍，吭吭，泼揍！……唉唉，泼揍！……吭吭，庄稼人不易哩！小来身子软，又念不成书，在田里又做不了多少活，吭吭，我就求他家王三江大叔开开面子，好话说了一抬筐，费了烟酒才……吭吭！吭吭！……"

老窝觉得说走了嘴，眼皮垂了垂，使劲咳嗽起来。他长长地吸了一口烟，又说下去："他家老得呀，吭吭，你呀，你年长他几岁，有事多担待些，吭吭，你泼揍，只管泼揍！可你别让……吭吭！别让别人动他呀，你看他那胳膊，秫秸秆儿粗，吭吭！在家时，他后娘老要打他，这孩子自小命苦哇……吭吭！……"

老窝说着流出了泪水。他赶忙用衣袖用力地抹去。

老得一直默默地听着，两眼望着窗外的什么地方。后来，他不知怎么也哭了，眼泪从鼻子两边缓缓地流下来。

小来就坐在炕沿上，低着头，用手撕一个破布条……

六

习惯真是个奇怪的东西。老得几次想一大早就睡觉，可怎么也做不到。他总要坐到桌前，揉搓着眼睛，一个接一个地打着哈欠，用铅笔在白纸片上写一会儿。纸片写满了时，他才爬到小来身边睡觉。午饭常常被他们忽略了，有时醒来，也不过是烧几条咸鱼，吃两片烤玉米饼。老得近来不知怎么很疲倦，有些瞌睡。

下午，他很想蒙头大睡，可是果真有人来喊他和小来去扳压气机了。他恨死了王三江，可是又不能不去。他发现自己像大家一样害怕王三江。没有办法，他暂时只得穿好衣服，唤醒小来，背着猎枪，牵着大青到园里做活去了。

几乎所有人看了老得这副样子都笑。他们笑老得总也离不开大青，离不开枪。老得倒没觉得怎么可笑。他心里更多的是气恼。他知道王三江存心不让他睡个好觉。他想如果铁头叔在，也许事情不会糟到这种地步的，铁头叔有骨！铁头叔高高的嗓门喝一声："我要睡觉！"——所有人（当然包括王三江）都要惧他三分。现在则不行，现在只好乖乖地来扳压气机了。

他和小来扳一台。小来两臂细瘦，自然不顶事的，差不多要老得一个人用力气。他的腰吃力地扭动着，一会儿就汗流满面了。

王三江从一边走过来，总要停住步子欣赏一会儿，大声夸奖几句："瞧瞧，老得是做这活的好材料。老得扳得得法，省好多力气的……老得扳得好！"

老得紧紧咬着牙齿。他的脖子涨得紫红，一声不吭。他只把圆睁的眼睛瞪向小来。小来有些不敢看这双眼睛，躲闪着他的目光。可小来有时瞅瞅这双眼睛，脖子也红涨起来，咬住嘴唇，伸出细瘦的胳膊，狠狠扳住压气机手柄，狠命地往胸前拉着。

王三江很有耐性地站在一边看着，不时地夸赞几句。他说："这活路不同别的，这活路讲究个配合！你们看人家老得，功夫都在腰上了！"

老得的腰疼得厉害。他有时要用一只手按住腰部。可这时候王三江也要夸他，说他很从容呀、一只手也做得呀。老得气得肚子都要炸开了。他直挺到王三江走开，嘴里没哼一声。

休息的时候，老得拉上小来到一个僻静地方坐了。

他把头埋在了两膝间，深深地低着。他大睁着眼睛，望着地上那片洁白干净的沙土……真好的沙土！这样的沙土，白玉颗粒一样，当然生得出甘甜的葡萄呢！老得禁不住伸出手去抚摸着。他认定这儿的葡萄特别甜，完全是因为这片沙土的缘故。如果说到感激，应该感激的是这片沙土！他想，谁包种下这片葡萄园，葡萄都会生得像蜜一样甜的。奇怪的是有人不去感谢土地，却要去感激霸道的王三江！

"哼哼！"老得苦笑了一声。他想起了有人甜甜地呼叫"三江"——像呼唤兄长一样。兄长？哪有这么霸道的兄长！人们是怕他。王三江能领着他们发财——钱这东西也真怪，它能使人胡乱去认"兄长"！"哼哼……"老得搓搓手，又笑了。他望了望对面的小来和大青：小来在搬弄地上的石子玩，那样子安然极了，天真得很——十六七岁的小伙子特有的那种天真。大青有些疲倦地眯着眼睛，舌头烦躁地伸出来，大口地喘着气……

　　风把一片浓重的药水味儿送过来，老得用力呼吸一口。药水的气味有点像碘酒。葡萄穗儿的气味也很重。葡萄开始成熟了，尽管药水味儿那么浓，也没法掩盖得住这种香甜的气味。秋风真凉爽，它吹在老得汗漉漉的身子上，使他感到一阵发冷。远远近近的鸟雀都在聒噪，它们一定是在诅咒人类的恶作剧——将这么多有害的邪味毒水喷洒到美丽的葡萄园里！小蚂蚱们蹦起来，"噌噌"地飞到架子的最顶端，又向着一边逃去了……三两个年轻人趴在架子下，眼睛向四下里乜斜着，偷偷咀嚼一串变紫的葡萄。老得在过去准向他们扬一把沙土，逗个乐子，可是现在没有这份心思……远处，传来几声刺耳的笑声，一听就知道是王三江。老得厌恶地低下头去。

　　他继续想这片洁白的沙子。他甚至将一个粗沙粒儿捏住，迎着光亮审视着……他弄不明白沙子为什么每个颗粒都包着一层半透明的东西？他只记起葡萄粒儿也包了一层半透明的东西。他于是试图从这片沙子和葡萄园之间找出一点什么联系来。结果他不能够。他想那葡萄的根须，根须怎样扎到深深的地下，地下的水脉……他还想每天在葡萄园里劳动的人，差不多都赤着脚板，极力去和这片沙土亲近。他想这沙子深深地硌到脚板里去，脚板也陷到了沙子里面，那样子仿佛也在设法往地里扎下根须啊！王三江又大又厚的脚，踩到地上"啪啪"响。这双脚因为穿了皮鞋，就不曾陷进进沙土，当然他是不想生下根须的。他在地上没有根。没有根就立不住，所有赤脚的人满可以把他推个仰八叉。老得笑了。他从哪里也看不出人们有什么应该惧怕王三江的地方。

　　不过他想起了梦中出现过的那个黑黑的身影——王三江手大脚大，身子像牯牛一样粗，长得就是有过人的地方。也许天生他就是让人怕的。老得想到这儿吸了一口冷气，眼睛直愣愣地瞅向一个地方。他摇摇头，又摇摇头——他记起在学校时老师讲过的"法律"——法律是专门维持公正的，它不允许一个人依靠体力的强健去欺侮另一个人、去剥夺另一个人，因为全都要过生活。他从这里也看不出有什么应该惧怕王三江的地方。

老得感到很疲倦。他站起来，伸了个懒腰，呼唤了一声大青。大青欢跳起来，跳得最高的时候超过了他的肩头。小来一声不响地在地上划拉着什么，手里捏着一个绿色的草梗……老得这会儿想起了什么，他把大青交给小来，然后一个人攀到了葡萄架子顶上。

他向西望着，他在望芦青河。

在一个个葡萄藤蔓纠扯成的"小山峦"的那边，在一片白雾底下，那堤内碧绿的苇荻、白亮的水，都望得清清楚楚……河的另一边，就是河西葡萄园了。那是一片正在兴起的园子，一片愈来愈漂亮的园子。老得知道搞承包之前那园子是多么丑陋，多么不值一提！可是这一切如今全变了，那儿的人以令人难以置信的速度富起来，听说看护园子的人住在高高的草楼铺上望，并且有了彩电……他决心去寻访那个园子。他要算一笔账。他要从中寻找那个"原理"……

七

王小雨有时懒得回家，就睡在老得隔壁的茅屋里。她的小屋子和老得的差不多，只不过经她一收拾完全变了样子。她的办公桌上有一块玻璃板，下面压了几张男女电影明星的照片。她将自己不太喜欢的几个演员都描上了胡子。女演员添上两撇胡子，她反倒有些喜欢了。她养了一盆吊兰，梗叶垂下来，一条又一条，很像她自己披散的头发。

小雨有一次随送葡萄的汽车去了一趟城里，看到了披肩发，于是不久她的头发也照样披下来。她的头发真黑，乌油油闪亮，老得最不敢看的。她见了隔壁的老得（当时铁头叔还在），总要以两个脚掌为轴，倏地转动一下身体，站定以后再将脚跟颤两颤，使脑后的黑发上下波浪一般翻抖。老得看得出了神，嘴里哼哼呀呀的，要不是铁头叔总将他及时喊进屋里，他会这样一直看下去的。

小雨心里恣得要命。她用后脑勺也瞧得清老得的神态。这个死老得！这个水蛇腰！王小雨在心里一连串地骂着，真痛快。她知道那颗小伙子的心是怎么跳动的，老想弯下腰来笑一场。

你老得也想和我小雨好吗？小雨成百次地在心里问自己，成百次地笑！她照过镜子。她从来没发现有谁长得比自己俊！从小爸爸就不让她做重活儿。她的身体没有像一般农村姑娘那么结实，可也不像有些农村姑娘那么笨重。她娇小而苗条，两条腿显得又长又直，像两根结实的橡皮柱，那样有弹性，走起路来一耸一耸的——也就是这个走法，引得老得醉心醉意的。她从来就认为：老得高高的个子，像个篮球运动员（她喜欢他们），只可惜生了个七扭八扭的腰。她气闷地噘噘嘴巴，心想老得呀，你怎么就不去城里，像骨折的病人那样，用石膏把腰固定住呀？她想着想着又笑了。

可是自从铁头叔离开葡萄园以后，老得对她变得冷淡了。好像是她赶走了铁头叔一样！她想起这个就生气。她想让老得像以前那样，老得却偏偏不像以前那样。他偶尔眼睛里闪过一丝羡慕和爱恋的火花，随即也就熄灭了。小雨气愤地走在园里的小土埂上，将她新买的米黄色风衣抖得"刷刷"响。她感到了一种莫名的惆怅和懊恼。

老得能够记住一种仇恨，能够目不转睛地盯住一个地方想心事。他恨王三江，因而也多少有点恨小雨。小雨那些令人眼花缭乱的装扮，老得竟不屑一顾。这说明了他的坚定，也表明了他的笨拙。王小雨有点哭笑不得。

可是那个夜晚她被噩梦惊醒之后，来到葡萄园里，那么顽皮而得意地玩了一个通宵！老得哟，仍像过去那样驯服地、目不转睛地望着她。她那个夜晚过得多么欢畅啊，她已经好久没有过这种欢畅了。她想起了小来，觉得那个小东西倒是很有意思的。她想，从今以后小来就归老得领导了——连"水蛇腰"也可以做领导，这个年头真是有意思啊！以前老得什么都听铁头叔的，明显地受他的领导。如今不行了，如今老得神气了，添了猎枪（双筒的！），又添了小来。小雨心里不知怎么有了一丝孤独感。她想自己领导一下老得倒也许是合适的。那时候她可以支使老得："老得，提桶水去！""老得，进屋里坐会儿——不，还是滚开吧！""老得，以后走路不准胡乱扭动那个腰——那叫'水蛇腰'，水蛇有毒！"

晚上，小雨睡不着。她愿仰躺在床上想心事。屋子里有一股淡淡的香味，这使她很舒服。月光正好透过窗纸，映在吊兰上。吊兰的小白花儿在夜晚显得那么清晰。她轻轻合上了眼睫。

风徐徐地吹过，像一个人小心地踮着脚尖穿过葡萄园。窗外的青草上有什么虫虫在小声地交谈。露水偶尔从高处的葡萄藤上滴下来。芦青河的流动声变得非常遥远。海浪拍击着海岸，听声音好像要翻腾着奔涌过来。小茅屋愈显得安静了，像一个老人，在月光的注视下怡然入睡了。

小雨老听到自己的呼吸声，轻轻的，细细的，像一只小猫睡着了那样。她将头在枕头上滚动了一下，用嘴唇轻轻地吻了吻柔软的枕巾。一切都是温暖和煦的，散发着一股荞麦花的香味。她愉快地笑了。睡不着，怎么也睡不着。她仰着看茅屋顶，伸出两手在面前绞拧着。胳膊绞到了一起，胖乎乎的手脖儿贴压在一块儿，轻轻地摩擦着。她觉得两只胳膊好看极了。一股暖流在胸中流动，慢慢变得滚烫起来，使她再不能静静地躺着了。她翻动着身子，急躁地扭着胳膊，有时故意用两腿敲击着床板。她不知怎么淌出一滴泪水，接着咬住下唇，"呜呜"地哭起来，将脸埋到枕头上……

傍晚时，她想和爸爸一块儿回家去。她像过去一样跑过去，揪他搭在肩膀上的衣服。王三江平时总是高兴地一耸肩膀，将衣服抖落到女儿的手上……可是这次他站住了，严厉地瞅着小雨问：

"你半夜里找老得玩了吗？"

小雨惊讶地站住了。他怎么知道得这么快！她轻轻地说："我……嗯！"

王三江把肥胖的食指竖起来说："你闲得不耐烦，以后就到园里做活去！"

小雨从来没听过这么阴冷的语气，看了看他的眼睛，吓得要哭起来，大口地喘息着。突然她跺着脚说："做活就做活，我还不稀罕当这个会计呢！"

她说完往屋里跑去，王三江喊她，她像没有听见一样……

半夜了，她还没有睡去。这时，父亲那像锥子一样的目光又从她脸前闪过。她不安地点了灯，从床上坐起来。

怎么也睡不着，小屋里燥热极了！她开了门，走到了窗外的葡萄树下……往常铁头叔将大青拴在树根上。如今老得牵上，到葡萄园里守夜去了。葡萄树根下的干土皮被大青磨蹭得光滑滑的，散发着一股大青的气味。她将身子抵在葡萄架的石柱上。石柱凉森森的，使她舒服得很。她真想就这样睡过去。她想这会儿老得和小来在做什么呢？她又记起父亲那两道目光，就像跟谁赌气似的，她今晚真想跑到园里去找他们啊！她紧紧咬着嘴唇，轻轻地呼吸着，将脚跟跷起来，再跷起来……头被葡萄藤碰了一下，她突然抬腿往园子深处跑去了……

"老得——！老得——！"她一边跑一边喊。

大青呼叫起来。接着老得和小来不无惊奇地迎上来。

小雨站住了，喘息着。她说："我是来和你俩看护葡萄园的——要吧？"

老得怕冷似的将蓑衣紧揪到身上，慢慢坐下来。他把枪横到膝上说："看护吧。"

小雨吃了一串葡萄，抚摸了几下大青，又去捏小来的胳膊。她在架子间来回走动着，样子十分快活……这样玩了一会儿，她突然说："月亮有多圆！真亮！老得呀，小来！愿不愿看跳舞？我跳舞你看！"

她说着真的蹦起来，用脚将拖鞋往一边拨拨，然后弯扭着柔韧的腰，伸出两只胖圆的胳膊舞动起来。

月光下，老得清楚地望见了她那弯弯的眉毛。她闭起眼睛跳舞，这也算是一怪了。可是她笑吟吟的，头在轻轻转动，两手柔和地在胸前推动，大拇指和其他几根手指有趣地翘起来……老得想这一定是演的洗衣服！不过，她闭着眼睛呀……老得觉得她的脸、她的头发、她的手，一切一切都被月亮洗得发光，好看极了。哦哦，老得急躁地把枪从腿弯里拿起来，又放下。他目不转睛地看着，有时想：这东西，小妖精一样，小狐狸一样！她的腰那么软，那么细，圆圆的就像白杨那光滑的树桩子。老得常常紧紧地靠着杨树站着，背着一杆猎枪……他现在笑吟吟地瞅着小雨。

小雨终于不跳了。她问老得："跳得怎么样？"

老得看看一边的小来，如实回答："不错！"

"再来一个要不要？"

"要！"

小雨脸一板："想得美！"

老得不吱声了。

小雨停了一会儿又笑了。她说："和你搞个对象什么的也不错。"

老得给吓了一跳！他不由自主地往后仰了仰身子。

大青歪头瞅了瞅小雨，打了个喷嚏。

小雨眼望着老得说："你看过那些大书吗？上面就写着两个人怎么怎么好，怎么怎么好……你肯定没看过，你个水蛇腰懂什么！"

老得手里紧握着双筒猎枪，点点头。

小雨神往地看着空中的月亮，喃喃地说着："老得呀，你个水蛇腰一扭一扭真难看，你长得也丑。你如果再俊一些，说不定我真能和你好哩……死老得，傻乎乎的死老得！……"

老得的脸热乎乎的。他"吭哧吭哧"喘着气，站起来，就像抵不住炎热的天气似的，抖抖衣服，活动着身子。

王小雨不说话，一直笑眯眯地望着他……

东方慢慢亮了。有什么鸟儿在远处嘶哑地叫着。王小雨这时候却靠在一棵树上睡着了。她醒来后，看了看天色，又骂了一句"水蛇腰"，就拖拖拉拉地往茅屋里走了。老得牵上大青，望着她的背影，摇了摇头。

天完全亮了。

八

一个小铁锅给老得和小来增添了无数的欢乐。

他们把它架在葡萄树下，夜里煮东西吃。小来平常不声不响的，晚上倒是很勤快，无声地离去，又无声地归来，手里总是拿来地瓜、花生什么的。他们将这些煮到锅里，撒一点盐，然后就看着它突突地冒白汽。

火光将小来的脸映红了，他坐得很近，老得不时地掀开锅盖，用勺子搅一搅。每逢这时候小来就要用鼻子使劲吸着，说："真鲜！"

老得听到空中有什么叫了一声，想起个事情。他说："打一只鸟来煮上才好——现在有猎枪了。'吃素不吃荤，长不成强壮人'！我从小吃肉太少，你看我，弱成这样子。"

小来小心地伸出手来捏一捏他的胳膊，说："还弱呀？你的胳膊有我两个粗了……"

老得摇摇头："不能比你的。你是得过病的人。"

小来急剧地摇头："没有——你听谁说的？"

老得把枪倒了一下，说："也没有听谁说过。我一看就知道你得过病，没有大病，也生过蛔虫……"

小来不作声了。他记得爸爸给他吃过驱虫药。他这时用钦佩的眼光直瞅着老得。

老得起身摘了两串葡萄，递给小来一串，然后吃起来。他把蓑衣铺在地上，仰面朝天躺下来，眼望着星星说："我每天晚上都想一会儿铁头叔，和他在一块儿你就不知道瞌睡。他老是不停地抽烟，烟瘾真大！你猜他抽的是什么烟？蛤蟆烟！那种小圆叶儿呀，样子不好看，劲头可真大。有一回铁头叔使劲吸了一口，迎着大青吹过去，大青就一个劲地咳嗽，咳嗽……"

小来听到这里笑了起来。

"铁头叔有时候把蓑衣包在身上，像挡雨水那样用手扯紧在身上，蹲在那儿，蓑衣毛立着，像个大刺猬。他把后脑勺仰靠在葡萄根上，'吭哧吭哧'喘气，你以为他睡得死死的。可你走过去，他就一下睁开了眼睛，用手打个招呼……"老得说到这儿认真地将下巴朝地上点一点：

"葡萄园里再别想找他那样好的护园人了——永远也别想找！"

小来蹲起来说："你也比不上他吗？"

"我？"老得撇撇嘴巴，"我十个也抵不过他的。他是一辈子练成的本事。他护起园子来，可以一连几十天不睡觉——可是他天天都在睡觉，信不？他走路在睡，赶贼在睡，蹲着更在睡，不过你看不出来罢了。"

小来不信："赶贼也在睡？"

"也在睡！"老得伸手指着大青说，"比如说它是'贼'，鬼头鬼脑地来了，蹲在架子下偷葡萄了。铁头叔先咳一声，然后就说：'走吧，走吧，我看见了——你还不走吗？'他说的时候眼睛也不睁，还在呼呼地睡呢！"

小来感到新奇地笑了起来，两手按在沙土上，兴奋地拍打了两下。

大青见老得指着它，禁不住站起来，用舌头舔了舔他的手指。

老得上前掀开锅盖，用勺子搅动着，又捞出一个瓜纽儿，吹一吹放到嘴里。他说："快熟了……唔唔，还是这东西好煮，一煮就熟。

我和铁头叔熬鱼汤喝，常要熬上多半夜。铁头叔说：'千滚豆腐万滚鱼'——鱼是不怕煮的，越煮味道越鲜。铁头叔布袋里放一撮姜片，几截葱，到时候掐巴掐巴扔进锅里，和鱼一块儿在开水里滚。鱼味儿真馋人啊，人越馋就越有精神——告诉你吧小来，那样的日子你没过，你就不知道那个好劲儿。露水珠儿从头上滴下来，吧嗒吧嗒往我眼睛上滴，往铁头叔烟锅上滴，烟锅熄了，铁头叔就骂一句。有时滴到锅盖上，发出'噔'的一声。小铁锅冒的白气一般分成四股，在月亮底下怪好看的……"

小来不时地问一句："再怎么样呢？"

老得就像没有听到小来的话，继续往下说："铁头叔在鱼快揭锅的时候就对我说：'该转一转了，老得……'我们就一齐爬起来，留下大青看住锅子，到葡萄架里转去了。一晚上就转这么几圈儿，从来没遇上贼。有贼也去偷别处的葡萄园了，他们还不知道这里有铁头叔吗？……转回来，我们就喝鱼汤。大青也要分一点，这个狗很馋。"

小来问："我们不去转一转吗？"

老得将锅端了下来："吃完了再去转。"他先挑出几块放到葡萄杈上凉一凉，然后抛给了大青。

他们吃过东西之后，就背上猎枪转开了。园子里黑乎乎的。一个个爬密了葡萄藤蔓的架子遮住了月光，黑的怪吓人。小来紧靠着老得身边走，生怕被什么伤害了一样。老得说："转常了就不怕了，夜晚的葡萄园咱说了算。白天王三江说了算。夜晚他也不来。你看我大声笑笑你听——"他说着停住了步子，喘了一口气大笑起来："哈、哈、哈、哈……"这笑声在夜间听来响极了，不知停了多长时间，远处仿佛还有这几声大笑。他又说，我喊喊你听："'呜——喂！''呜——喂——喂！——'……"

葡萄园在老得的呼叫声里震荡。大青在远处听到了，幸福而自豪地应和着："汪！汪！……"小来高兴了，也笑得很响亮……

他们走着，小来却一声也不响了，那样子像在想心事。停了一会儿，他突然说："老得哥，我想问你件事……"

老得一愣，说："什么事？"

小来低下头，用脚踢着葡萄根："你写的……成天趴在小桌上写的东西!"

老得不作声了。停了会儿，他突然厉声问：

"说！你是不是瞅我不在时偷看了？"

"没有！没有……"小来有些慌，但他坚决否认着。

"没有！真的？"老得这才放开步子走下去。他问："你小来也识字吗？"

小来点点头。

老得让小来在一棵树下站了等他，然后一个人转回茅屋去了。回来时他手里抱着一大叠儿牛皮纸信封，对小来说："走，转回去！"

他们重新坐到煮东西的地方了。老得一手抱着东西，一下将火拨旺，然后命令小来说："把手放在衣服上擦净！"

小来照着做了。老得这才将蓑衣铺到地上，将一叠儿大信封摊上去，让小来随便翻看。

小来拣出一个鼓胀的信封，抽出几张纸，见上面整整齐齐写着一行一行字。老得用手指点着说："这就是'诗'。你慢慢看吧，不要吱声。"

小来吃惊地咬着舌头，两手捧起来凑到眼前看。

老得说："你来得晚，你看一遍，葡萄园里的事就会知道不少。"接着问："你想知道铁头叔怎么走的吗？"说着从中抽出一个纸片，"你读这篇儿！"

小来读起来："……铁头叔冒雨走了／王三江这人太凶／茅屋里挂着他崭新的蓑衣／茅屋里只剩下我和大青……"

小来抬头望着老得。

老得说："这还不明白吗？王三江把铁头叔逼走了！那天夜里正好下大雨，他走了。我一觉醒来，小茅屋空空的，只有一个蓑衣挂在墙上了。那是他的新蓑衣，他看我的蓑衣旧了，没舍得穿走，淋着雨就走了……"

老得说着，眼里渗出了一层晶亮的泪花。

小来说："铁头叔真好……"

火焰正烧在旺时候，火苗蹿起老高，映红了两个人的脸。小来又展开了另一张纸："……太阳升起来了／窗外有小鸟叫了一声／铁头叔许是累了／翻动着，嘴里发出'哼哼'……"

老得说："这是早晨他在睡觉，他睡了，我趴在桌上写诗，他累得在炕上翻动着，嘴里发出'哼哼'……"

小来神往地看着蹿动的火苗，一声也不响了。

老得恨恨地说："王三江欺负了一个看了一辈子葡萄园的老人！我早就说过的：铁头叔有骨！他一跺脚走开了，眼睛也不斜他一下。唉唉，要是人都能像铁头叔那样就好了！"老得说着低下头来，久久没有吱声。停了会儿，他把嘴对在小来耳边说："你知道吗？我去河西了！人家的葡萄园只是咱的一半多一点，承包额比咱还高哩。可是他们分钱比咱们多，现在要盖楼了，还要办罐头厂——这里边有'数学'啊，你想想，王三江在咱园里捣了多少鬼！"

小来钦佩地看着老得。

老得的眼睛定定地望着一个角落说："要弄清楚根底，非找小雨不可了——她管账。不管她愿意还是不愿意，我得看看她的账！不管最后费多大劲儿，我得找到那个'原理'！……"

一滴露珠落到了老得的眼上。他站起来，扛着枪，有些激动地踱着步子。蓑衣重新被他穿起来，由于衣角紧紧地缚在身上，毛儿都起来。老得一个人默默地在火堆旁边走着，只看着脚下被映红的小草和泥土。海潮的声音退远了，芦青河的咆哮仿佛也停止了。葡萄藤蔓在夜色里纠扯成一簇簇黑影，像一座座重叠的山峦。不时有一两声含混而奇特的响动震荡在这重重的山峦之间；有时传过来的竟是让人费解的有节奏的声音，仿佛有一个老人在遥远的地方慢慢敲击着什么……老得的眉宇间皱成了一个"川"字，摇摇头，又摇摇头。他有时仰起脸来，长时间凝望着头顶那一片星星，火焰映出的是一副男儿粗糙而刚毅的脸庞。此刻他倒像个冥思的哲人——葡萄园孕育出的一个哲人！……

老得重新坐下来时，久久没有作声。他闭上了眼睛，像睡着了一般偎在蓑衣里。他揽住小来说："小来呀，你每天走在葡萄园里，每天吃饭、做活、睡茅屋——你没有觉出什么不对劲儿的地方吗？你一定没有。是啊，人人都习惯过一种别人安排好了的生活，懒得动脑。我原来也这样。可后来园子包下来了，成了三十六户自己的了，我老想为自己的园子动动脑筋，想想里面的'原理'……"停了会儿，他睁开了眼睛，望着蹿动的火苗叹息着：

"钱真是个好东西啊，唉唉！它能让庄稼人过舒服日子；钱又真是个坏东西啊！看看，它让那么多人冲一个黑汉笑，怕这个黑汉！唉唉……"

小来不吱声了。停了一会儿他问："你不怕，你怎么也去扳压气机了？"

老得的脸一热："我也怕。不过我正寻思——我告诉你我正寻思嘛。等我寻思好了，把'原理'弄清楚了，我一定不会怕他。到时候我只做我该做的事。"

"你能打得了他吗？"

老得立刻想起被王三江用手砍倒那一回——他着实领略了王三江的威力，至少使他寻思"原理"的进程推迟了两个月！……他摇了摇头。

小来喃喃地："王三江会打人的……"

老得又摇摇头："我寻思过，如果世上没有'法律'，好东西都被高个子拿走了——'法律'会管的。所以，然而，于是，我就不怕他有力气了……"

停了一会儿老得问："那几年混乱你记事吧？你不记事！"

小来说："不记事。"

"我记事。"老得用手往西一划，"芦青河里涨水，涨出两个戴红袖章的女尸首来，头发粘在脑门上，只剩三根……吓人！"

"吓人……"小来不作声了。

老得说："好好的姑娘，还没工夫做媳妇就给打死了。为什么？因为那时候很黑暗，有'黑暗的东西'……我寻思：欺压人、捉弄人、霸道……"老得说着把声音憋得粗粗的，"还有王三江，都是'黑暗的东西'……"

"嗯。"小来赞同地说。

停了一会儿小来又补充道："不过，小雨就不是'黑暗的东西'……"

老得听了，立刻声音软软地问："怎么就不是呢？"

"挺好看的，俊呢！"

老得好长时间没有说话，他又想起了小雨那天晚上的舞姿。他点点头："不错。小雨如果不坏下去，还不是'黑暗的东西'。"

小来说："我老觉得，"他咽一口唾沫，"我老觉得她身上是晶亮的……"

老得咬咬嘴唇:"也亮不到哪里去呀……"

天要亮了。火势也弱了。

小来还想看一会儿这些大信封,老得说以后再看吧,就收拾起来。收拾时掉出一张印了大红字的信封,被小来捡了起来,老得告诉他这是杂志社退诗时用的。小来好奇地问:"你让他们退吗?"老得笑笑:"相中了就不退了。我念书时跟老师学的,他写满几张纸就捎走的,有时也不退,印到了书上……我就仿他做。"

小来觉得有趣极了,又问:"哪里印啊?"

老得拍拍大信封:"杂志社,杂志社。我们叫'农业社',他们叫'杂志社',差不多。他们的社出书,我们的社出粮……"

小来笑了,脸上映出一丝淡淡的霞光。

九

园里的第一批葡萄要采收了。

果品公司照例来园里测试了葡萄糖度,以便决定收购等级。测试的结果是:这个葡萄园生出了全海滩上最甜的葡萄。

所有人都兴奋起来,三十六户的男女老少都拥到葡萄园里,帮着采收。王三江不动声色,只是叼着那大黑木烟斗。人们心里都有数,知道管试糖度的工作人员是王三江的老朋友。不过谁也不作声,就像拾了个宝贝,又高兴又怕别人知道。

王三江为了庆祝一下,特意在海上买来了三大筐肥蟹子、一筐鲜鱼,又到园里摘回几筐黑紫的葡萄,在茅屋里请人喝酒。客人有村里的头面人物,有果品公司和酒厂的,也有税务局的干部,甚至连县上的干部也坐着吉普车赶来了。他们从中午喝到傍晚,吵吵嚷嚷,屋盖都要顶得飞开了。

因为小雨的屋子被他们占了,小雨待在老得和小来的屋里,不时地骂一句。

老得听了很高兴。他和小来也趁机骂了几句。但有时他们骂得重了些，小雨却要干涉。她说他们："混坏，敢骂我爸！"老得听了只是笑……正笑着，隔壁传来了一阵哭声，把他们吓了一跳。

他们跑出门去一看，原来大哭不止的是王三江，好多人已经在围着看了。王三江喝醉了。

小雨喊着"爸爸"，上前去拉他，却被他一抬手掀了个趔趄。小雨跺着脚，看着围上来的人，最后捂着脸跑开了。

王三江醉成这样，大家还是第一次看到。他哭得十分悲伤，一双眼睛哀怨地盯着一个地方，嘴里不停地诉说着："……我，我居功自傲啊！总觉得为园子立了功，就做起黑脸包公来了！我……难哪！老婆子在家里骂我，三十……十六户里也有人恨我。我不好，我平时对人太狠了，这是活该的……有谁要知道我王三江的难处，也就好了……我！……"

他哭着，身子站不稳似的摇晃着，颤抖着，一双手老在胸前拢划着，像要把周围的人全拢到他的胸膛里去，老得觉得很有趣。

喝酒的朋友们劝着他，他越发哭得厉害了。有人说："别哭了老王，谁不知道你的心？你全为了三十六户过好日子啊！"有的说："你对人再凶，也是为别人好啊……"王三江好像全没听到这些，一个劲地捶打自己的胸脯："我也不全是为别人啊，我想自己舒服啊，想把三十六户当长工使啊，我是个多么混账的人！哦，我做过亏心事，我混坏……"

围着的人像不认识似的看着，议论着。

老得呆呆地望着他，不说一句话。他突然也有点困惑了。这就是那个走起路来摇摇晃晃，有时眼睛里能放出两束凶光的王三江吗？老得看看身边的小来，小来也呆呆地望着那个哭泣的醉汉。老得不解地摇摇头，离开了……

以后好多天，老得的眼前都晃动着那一张流泪的醉脸。

葡萄采收是很累的。一串串葡萄小心地摘下来，再仔细地装进筐里，要花费好多劳动的。所有小伙子都要用肩头扛起装好的葡萄筐，往一块儿集中，装车……老得几乎连一个上午的睡眠也没保证了，王三江常常派人把他从睡梦里揪起来，使他一边搓眼睛一边往外走，心里十分烦躁。可是他每次都走出茅屋，和大家一块儿扛葡萄筐。他的眼前老晃动着那个泪流满面的醉脸。

他把葡萄筐格外小心地放到地上，想着心事。他想那一个个圆圆的葡萄在筐里挤压着，被颠簸得够厉害了，再一震动就会破碎。他想自己心里长时间有个什么东西也像葡萄那样被颠簸着，挤压着，如果再被摔打一下就会破碎。他所以用心地护住这个"东西"，只默默地做活，别人跟他说话，有时他也像听不见一样。他的脑子有些发胀，眼睛也常常花晕。这不是好兆头。这是瞌睡搞成的。瞌睡前几年从来不招惹他，如今也赶来凑热闹了。瞌睡不是好东西，它也和王三江一块儿来挤压他身上的那个"东西"了。

傍晚时分，他不小心跌了一跤。因为要去护住葡萄筐，使他的身子重重地跌在一个葡萄桩上。一阵剧疼从他的膝盖爬到胸口，气得他大骂起来。这时候，胸中的那个"东西"就要破碎了，他咬了咬牙，忍住了。他重新往前走去。

那个"东西"是什么？也说不出。好像可以叫作"忍耐"吧。

王三江的大脚踏在葡萄园里，来来回回地踏着。这是园子里最热闹的时候了，找王三江的人特别多。他们从王三江的家里找不到，就追到园里来了。这其中除了财大气粗的果品商贩，还有省城机关出来采购水果的行政干部……有一次还不知从哪里驶来一辆锃亮的小轿车，就停在园子当中，引得劳动的人群全停了手里的活计看着。王三江客客气气接待着客人，顾不上管做活的人，等到车子走了，他就用那双眼睛扫一下四周。

老得扛着筐子，眼睛总要不断地从筐下斜上来，愤愤地盯住那个黑黑的身影……这个身影当然很大的，因为肥肥胖胖，走起路来才左右摇晃；也许就因为他能左右摇晃，才轻易不会跌跤子。老得这会儿想的是，如果在他摇晃时顺势推他一掌，他也许就会"扑哧"一声倒下去的。那必定是沉重的一跌，也许会折断两根肋骨。不过没人会伸出巴掌，没人有这个企图，这是老得看得出的。他现在弄不明白的是为什么不可以有这个企图。

老得想着心事，终于把视线从那个黑影身上移开。他低头看着脚下的白沙子，摇了摇头，又摇了摇头。他嘴里小声咕哝："怎么就不可以推他一掌呢……"在咕哝时他仔细瞅了一眼自己的手掌：宽宽的，十分粗糙，力量是足够用的。问题是怎样抬起胳膊，找一个好的角度伸出巴掌。胆量也是一个问题。总之，究竟怎样做他还没有考虑好。他还在忍耐，还在考虑——这么多人都在忍耐，也许忍耐才是个"好东西"呢！

他这样想的时候，眼前突然又晃过那张醉脸，使他心中猛然一动：假话可以真说，真话也可以假说，一醉遮百丑！这是一个有大智慧的坏人！老得又想起承包葡萄园的第一年，王三江是怎样不顾承包额的限制，把大笔钱交了公的。这个人惯于要这样的手段。看起来他多么大度，多么重义轻财啊，其实他这是故意不信守合同，为自己买好，让三十六户吃个哑巴亏！这笔账也要算的，"原理"慢慢会找到的……"哼哼！"老得在心里发出一声可怕的冷笑，摩擦了两下巴掌，扛起筐子往前大步走去了。

正走着，突然不远处传来小来的喊叫，他一怔，抛了筐子，寻准方向跑了过去。

原来小来也被喊来做活儿了。他不知怎么被几个小伙子围起来，一个小伙子正拧住了他的耳朵，嘻嘻笑着问："还敢不敢了？"

小来疼得嘴巴都歪了，连连说："不敢了！不敢了！"

小伙子又说："你说，'我是个海节虫……'"

小来吞吞吐吐地说："我是个……海节虫……"

围起的一堆人都开心地笑了。

老得发现他们大多是平常跟在王三江屁股后头转的一伙人，就弯着腰钻进去，一把攥住了小来细细的手脖儿，一边往外拉一边恨恨地说："黑暗的……东西！"

拧耳朵的小伙子嬉着脸骂一句："臭老得！"

老得止住了步子。他转回身来，直直地盯住对方，往前上了一步。他的脖子又涨红起来，每一根青筋都鼓胀着，一双眼睛眯起来，射出一束可怕的光。他把腰微微弓起，同时将两只大手收到腰眼上，鼻子里"哼"了一声。他这样盯了小伙子一会儿，然后那腰轻轻扭动一下，往前又迈出一步。

大家都怔怔地望着他，最后目光一齐落在那双手上，一霎时静得很。

他十根手指松松地垂着，仿佛还在微微颤抖。大家几乎是同时都注意到了，那手背儿慢慢变成了紫红的颜色。他再往前迈出一大步，一双手握成了坚硬的拳头。

那个骂老得的小伙子开始还在笑着，突然惊讶地"唔"了一声，喊了一句"不好！"往一边躲开了……

十

老得将小来的手腕一直攥住，不歇气地往回走。他的手越攥越紧，使小来不得不求饶："老得哥……"

他就像没有听见，依然往前走去。

小来哭了，用另一只手抹着眼泪。老得低着头走着，回头大喊一声："不准哭！"

小来吓得不吱声了……到了茅屋里，老得用一只手上了门闩，然后把小来拎到了炕上，直直地盯着他。

小来无声地流着泪水，恐惧地望着老得。

老得伸出了黑乎乎的巴掌，高高地悬在小来头上，只是没有落下来。他问："小来，你是海节虫吗？"

"不是……"

"不是，刚才你还说是！"老得暴怒地喝了一声，同时那个巴掌往下落了几寸。

小来大哭着："我疼，他们拧我……"

"拧死，也不能说软话！"老得抖一抖巴掌，"再向他们说软话，我揍死你——你听见了没有？"

小来颤颤抖抖地说："我听见了……"

老得收了巴掌。

……这个夜晚，他们守在葡萄园里，坐在一棵葡萄树的黑影下，都不吱一声。老得架起小铁锅，点了火，小来就无声地去了。过了一会儿，他才从黑影里走出来，从衣兜里掏出了花生、地瓜纽儿，一个一个投进锅里。他做完这一切之后，又退到黑影里坐下了。

老得一遍又一遍地搅着铁锅，不停地捣鼓着锅下的柴火。

大青坐在老得和小来中间的地方，仰脸向上，只偶尔瞅一眼老得，再瞅一眼黑影里的小来……铁锅冒气了，煮东西的鲜味很浓了，大青愉快地活动了一下腿脚。

露水开始滴下来，又"噔噔"地打在锅盖上，落在守夜人的蓑衣上了。老得突然低低地叫了一声："小来……"

小来用刚刚听得见的声音答了一句："嗯。"

"你饿了吧？"

"嗯……"

老得把蓑衣抖了抖，坐在地上："你听，芦青河咕噜咕噜响……会捉鱼吗？"

"不……"

"我会的。有一年上，我捉了一条花鲇鱼，好几斤重呢——鲇鱼做汤没有比。"老得说着瞅一眼黑影里的小来，"往火前凑凑，夜里有寒气的，小来……那一回下河，我被什么东西在肚子上划开一道口子，不合算的。"

小来不作声。只有老得一个人在说："小来，瞅哪天我去河里捉条鱼你吃——河鱼和海鱼就不一个味儿。我给你做个汤……"

小来还是不作声。黑影里，一会儿传来他细细的哭声。

老得走过去，把小来抱到了光亮地方，紧紧地搂在怀里。小来哭得更重了，身子在老得怀中颤抖着。老得说："小来呀，你恨我要揍你，恨吧！我也恨你——你说软话。我是为你好哩。"

小来抽泣着说："我知道……"

老得把他放下了。老得把身子倚在了葡萄桩上，取过猎枪抚摸着。他问："小来，我以后教你使枪吧？"

小来点点头。

"要学会使枪！双筒猎枪，你也该均摊一个筒子。以后你用枪打野鸡我吃。"

小来笑了。

老得高兴地用手抹一下他尖尖的下巴："嘿，笑了，笑了。你不该恨我，你知道我是好心。记住——"老得说着严肃地板起脸来，"死了，也不能给'黑暗的东西'说一句软话——能记住吗？"

小来抿起嘴角，用力地点一下头。

"我跟你说过几次了，铁头叔有骨！他看了一辈子葡萄园，就没人听他说过一句软话。"

老得说着坐下来，一边搅锅里的东西一边说："我是跟上哥哥嫂子过活的，爸爸妈妈早死了。那一年上哥哥家没东西吃，他们找到一截瓜根就自己煮了吃。我说了那么多软话，饿花了眼。最后还是我自己爬到田里，拔草芽儿吃……我现在这么弱，就是吃草芽儿吃的，吃什么像什么，我像草芽儿……"

小来说："我也像草芽儿……"

"草芽儿长成树——你看到大杨树苗了吧，小时就像草芽儿！"老得大声说道。

小来轻轻地说："得哥，我怕后妈。后妈老打我，后来我就怕后妈了，怕打我的人——连你也怕。"

"我以后不打你，原来也不想打你。"

"街上的人都笑我，说我像个粟子秸。"小来的手搓弄着披在膝上的蓑衣角，"他们还编了歌来骂我……"

老得抬起头听着。

小来问："你还记得'手拿碟儿敲起来'那首歌吧？"

老得点点头："《洪湖赤卫队》上的歌。"

"嗯。"小来说，"他们就用那个曲儿唱，把词换了，是骂我的。他们唱：'我是一个王小来，小时长得很富态。半路落到后娘手，从此不如一条狗……'"

老得听着，看着小来瘦瘦的手掌像敲一个碟儿那样抖着，鼻子一酸……他用力地抹去眼泪，上前捧起小来瘦削的脸蛋看着，又捏了捏他硬硬的肩膀，叫着："小来呀……"

小来的脸在老得黑大的手掌里转动着，轻声呼应："得哥……"

风吹落树上几片叶子，落到了他们身上。一丝寒气吹了过来，大青抖了抖全身的皮毛。老得又激动地在葡萄架下踱起了步子。他像过去那样将枪抱在怀里，用力地揪紧了蓑衣角儿，步子迈得很慢，很沉重。眉宇间又拧成一个"川"字。他站下来，身子靠住了一丛葡萄藤蔓，久久地望着一片星空。他将小来揽到怀里，神往地、声音低缓地说："……我常想那些星星里面会有人，想他们会过什么日子。我想'飞碟'。有时夜晚走在林子里，望着黑鸦鸦的一片，头发梢就要竖起似的。还有那片海，你望不到边缘，你觉得自己像一粒小沙子。我老觉得四周好像有什么东西要挤压过来，老要架起拳头抵挡。这时我就想自己这粒小沙子要碾碎难不难。这时我就故意大声地咳嗽，想寻找无数好朋友，想把什么都告诉他……"

老得说着，突然热烈地拥抱小来……他们坐在了篝火旁。老得说："小来，我们一起住茅屋，一起使猎枪；我和你最好，你和我最好；我什么都告诉你，你什么都告诉我……"

小来用抖动的手捏住老得粗粗的胳膊："我什么都告诉你……"

老得说："我们什么都不怕。"

小来重复一句："我们什么都不怕！"

"王三江不怕！"

"不怕王三江！"……

老得这时候猛地站起来，朝天上举着猎枪说："我从买来还没有放过，他妈的，今夜来一家伙，听听响儿。"

小来拍拍手："朝天上打！"

老得低头说一句："大青，你不要害怕，我们打枪了！"

他和小来都抢下了蓑衣，神情严肃地望着星空。老得举枪的手松了松，倒换了一下。他说："小来，你盯住枪口，看它冒出什么颜色的火，你看准！"他一边说一边将两腿叉开，稳稳地站住了，两手卡住枪身又停了一会儿，然后扳响了枪机！

"轰——啪——"

一道火舌腾上空中，消失在星星中间。巨大的骤响震撼了整个夜的海滩，远远近近都在回应，远远近近都在呼啸！枪口老老实实地冒着一缕淡淡的烟气，老得仍高高地举着猎枪。

"嘿嘿！哈哈！哈哈哈！……"老得快活地大笑，下巴抵在胸骨上，一颤一颤的。

小来也笑了，他喊着："红色的！红色的！"

整个夜晚都亢奋起来。老得和小来迅速地吃了煮熟的东西，又喂了大青，然后将火焰拨弄得高高的。火星儿老往上空飞腾，木柴在火中"噼啪"地响着。老得兴奋地大声吟唱着他的诗："……春天一般化／春天干燥／秋天很好了／秋天往家收东西／到了秋天／我高兴得笑嘻嘻……"

小来蹦起来，反复着最后一句："'我高兴得笑嘻嘻！''笑嘻嘻'，嘻嘻嘻……"

老得听了反而不再吟唱，他严肃地问："好吗?"

小来严肃地回答："好。"

老得笑了："我正在兴头上，一忽儿就能做一首。"

"你做!"

老得咳一声，盯着高高的火焰吟唱着："秋天好，到了秋天不准懒／你看核桃变硬，柿子变软／怕事的人，也全都变大胆！……"

不知是血液涌上来，还是被火焰映的，老得的脸通红通红。

小来搂住了老得的胳膊，大叫起来："老得！老得！得哥！得哥！你真是个大诗人！哎呀得哥……"

老得说："你不是柿子，你也得变大胆!"

"我变大胆——你给我枪，我今夜自己到园里转一转。"

老得说"好"，却抱紧了枪说："停一会儿，咱一块儿转去吧……"

小来停了一会儿问："得哥，你怎么就会作诗啊?"

"这个，"老得挠挠头皮，"我跟老师学的。我该再跟老师读几年，我什么书都喜欢！村里只供我读到初中，说这已经是能写会算的人了……我出了学校门，哭了三天……"

小来说："我是我爸不让读的……"

老得感叹道："书是个好东西啊！"

接下去他们谈了很多。因为兴奋，都忘了一旁的蓑衣，一会儿衣服就被露水打湿了。夜气多重，葡萄叶儿像被一场小雨浇过一样，在月亮下闪着亮儿……大青在即将熄灭的炭火下睡着了，发出均匀的鼾声。老得和小来谈了一会儿小雨，都对她那个圆圆细细的腰极有好感。老得说："圆圆的，像那些滑溜溜的大杨树桩一样……"谈过了小雨，自然还要谈她父亲王三江。两个人的神情立刻严肃起来。老得告诉小来一个刚探听到的秘密：前些天，一个电视机厂来车拉走了五十筐好葡萄，比收购价格还要低百分之三十！这是王三江批的条子。他家里如今有老大老大的"彩电"了；他偷税漏税，还和果品公司的朋友合伙，以次充好，不知卖给了国家多少坏葡萄！……老得说："这个黑汉子常常喝醉，他喝'茅台'！别以为手大捂得住天，群众全睁着眼。三十六户也不全怕他，有好多人正想去不去乡政府告他呢——经他手批的低价葡萄有上万斤……"老得说到这儿神秘地点一下头，小来忙把耳朵凑上去。

"你不知道，有些事情就是小雨告诉我的。小雨有时也骂她爸'混坏'！……你看吧，王三江这个黑汉有什么可怕的？有人怕他，也许以为葡萄园的好日子没他不行哩，这真是大误解！我寻思，'原理'这东西快离咱不远了！我想到这里就高兴。我把一些想法都写在了纸上……"

老得说着，从腰里摸索出一个皱巴巴的纸头。

小来费力地展开纸头，在月光下瞅着，那原来又是一首诗：

………………

挺起腰杆大步走

使劲甩动两只手

做人就做条硬汉子

黑暗的东西，都要藐视

………………

十一

王小雨抓住了一只刺猬。她写了一张纸条，捆在刺猬身上，然后放到了隔壁的茅屋里。

老得和小来从园子里回来，睡了一会儿，就被屋里"沙啦沙啦"的声音惊醒了，他们起来一找，发现了一只刺猬，后背上还有一张纸条，上面写着：

"我是水蛇腰老得！"

老得笑了，对小来眨眨眼，小来也笑了。

炕洞里烧的柴草太多，热得很。老得一会儿踢开被子，一会儿又蒙上。他怎么也睡不着，就干脆滚动一下身子，和小来挨到了一起。小来的身子更热，这使得老得不得不离开一些。他咕哝道："小来呀，你到底年轻，热力四射！"

小来把手搭到了老得的腰上。老得说："小来，你说热闹不热闹死个人了！"小来说："热闹什么？"老得用手拍一下大腿："我老看见小雨在眼前跳舞！"

小来笑了，露出了很白的牙齿。

"真的，一闭眼就是。"老得认真地说。

小来说："睁着眼呢？"

老得翻翻眼皮："还要睡觉呢。"

他们一块儿笑了一会儿，高兴得将身子在土炕上上上下下耸动着。老得突然问："小来，你不是说小雨身上'晶亮晶亮'吗？"

小来点点头。

老得接上分析："那是一个奇怪的'印象'。我有时也觉得有的姑娘身上是晶亮的，仔细看看吧，她们都俊！"

小来同意地说："小雨就俊！"

老得好长时间不说话了。

小来只是细细地喘气，然后说："你这会儿，全在想她！"

老得惊讶地盯住了他，说："你长大了。"

小来瘦瘦的脸庞马上红起来……他伸出两手按在老得的胸脯上，将他远远地推开。

老得偏要往前凑。他搂住小来，在他耳边说："小雨看好我了。"

小来怀疑地盯住了他的腰。

老得说："真的。以前都怨铁头叔——他老吓唬我，说：'小心王三江砸破你脑壳！'——我就给吓住了。现在想，"他揉了揉鼻子，"现在想，管他哩！"

小来握住老得的胳膊欣喜地说："对，管他哩！"

他们就这样说着，声音越来越低，最后终于睡着了。醒来时太阳已经偏西了，那个刺猬还在屋角里爬着，老得搓揉着眼睛对小来说："帮忙捉住它。"他说着从白木桌儿里取个纸片，在上面写了："小雨，我和你好了。"

他和小来把缚了纸条的刺猬塞到了小雨的门缝里，然后就开始做饭吃了。

饭还是半生的时候，小雨就把门踢开了。她眯着眼睛看着老得，一只手里高高悬着那个纸片。

老得装着认真地瞅了一会儿那个纸片，嗫嚅道："这不是我的字笔……"

"水蛇腰！死老得！"王小雨把纸条抛到他身上，又骂了几句，一甩披散的头发出门走了……

小来怅怅地盯着她的背影。

老得捡起纸片说："你不明白她。"

吃饭的时候，老得一直没有吱声。吃完饭，他将空碗砰地抛到桌上，说："我怕他王三江什么？我寻思好了，小雨会帮忙的……"

他说完在屋里急急地活动着，抚摸着自己的胸脯，然后到隔壁去了。

小来待在屋里，奇怪的是听不到隔壁一点声音。他心里痒痒的，便蹭到小雨窗前偷偷地望。

原来王小雨正在读一本大书，老得却翻弄着桌子上的账本。小雨抬头看看老得，没有吱一声。她读到没意思的地方，就飞快地翻动书页，老得也飞快地翻动着他的账页。王小雨换一本书，老得也换了另一本账。后来，小雨看腻了，就提起水桶走出屋子……老得冲她的背影说："小雨呀，你很好，你是个优秀的女青年……"小雨头也不回，只顾往前走着，说：

"你是个'水蛇腰'！"

十二

老得早晨蹲在茅屋前，一动不动地盯着前面密密的葡萄藤蔓……他站起来，大口地呼吸，扩胸，自言自语地说："老得，快行动吧！"

他看过了账本，心中的雾霭却并未完全驱散。现在要紧的是找园里老人，弄清那些账本上没有的东西……他和小来搓揉着眼睛，扛着葡萄筐，在人群里磕磕绊绊地走着。他和一个头戴酱色斗笠的老头子靠在一起，不时喊一句："罗叔啊！……"老头子将斗笠拉低，四下里看看，把手搭上老得的肩膀；老得离开罗叔，又去找一拐一拐走路的"拐子大哥"了……休息时，老得和一个叫"锅腰"的老汉躺在一堆空筐子旁边聊天，突然筐子"呼啦"一声塌倒了。他们费力地钻出来，看到一个三十多岁的人向一边跑去，才知道筐子是被他掀塌的……老得知道这是王三江的人，恨恨地骂了一句。

这天上午，王小雨正要到园子里去，王三江向茅屋走来了。

"爸!"小雨喊了一句。

王三江阴沉着脸，斜披的衣服拖在地上，没有应声，只是瞪着小雨走过来。

小雨向后退着，把手指咬到嘴里，退到茅屋，轻轻地在桌前坐下。

王三江迈进屋子，随即回身关了屋门。他用刚刚听得清的声音问道："你让老得看了账本?"

"账还怕人看吗?"小雨站了起来。

王三江咬了咬牙关，一巴掌打过去……小雨倒在了地上，嘴角流出鲜红的血。她盯住父亲，先是惊讶、迷惑，接着是愤怒和怨恨。她眼里没有一丝泪水，坐起来，死死地盯着父亲，一动不动。

王三江一边将所有账本都包在他斜披的黑衣服里，一边恶狠狠地说："你这个不争气的东西。你等着有好结果吧! 你等着穿你的好衣服、玩你的吧! 你这个又蠢笨又贱气的东西……"

小雨一声不响，就那么盯着他……突然，她站起来，掏出洁净的小手帕，小心地擦去嘴角的血迹，拍打掉身上的泥土，默默地走出了屋子。

王三江喊她，她也没有回头。

她一直向前走，走到了园子深处……

…………

王三江又喝醉了! 他衣服拖地，在葡萄园里一摇三晃地一边走一边叫骂："他妈的，有人想算计我，你先摸摸肋巴骨! 我怕什么? 大风大浪也经过! ……他妈的，有人还想学河西园子发大财——别做美梦了! 这几十年里发了'过头财'的哪个有好下场? 只要我王三江说了算，就保证老少爷们饿不着! 狗咬吕洞宾，不识好赖人，瞎了眼的才算计我呢……"

他叫骂的时候，所有的人都停了手里的活计，定定地望着他。有人扮个鬼脸说："饿不着? 早几年还不是他说了算，没把咱饿死!"有人冷笑着："是他自己想发'过头财'哩!"……王三江摇晃着，最后在一个葡萄树荫下躺倒了，呼呼大睡起来。

有人说:"看看吧,他还是没醉,他还知道找树荫儿躺……"大家哄笑起来。

多半天,大家做活时都在议论河西的园子,都对一河之隔的这片园子的日益兴盛感到惊讶……小来和一帮子老人在一起搬着空葡萄筐,听人们说话儿。有人说起王三江家的彩电如何如何好看,大家就挤挤眼笑起来。小来气愤地说一句:"用葡萄换的……"可是待了小半天,刚刚醒酒的王三江不知怎么就知道了,喷着酒气走过来,喊道:

"你个小东西皮痒了!"

小来身子颤颤地退开一步。王三江又喊一声:"皮痒了?"

几声喊叫,使好多人都盯住这儿看起来。

王三江越发恼怒了,用粗粗的手指点着小来的鼻尖说:"三十六户养着你这个小瘦狗儿,你不正干!你皮痒了,我用巴掌愣拍!"他说着,真的扬起巴掌。

小来这时身子反而不颤抖了,两眼恨恨地盯住头上悬起的巴掌。他咬住了嘴唇,含混不清地咕哝了一句什么。王三江大声问:"你说什么?"

小来耸一耸瘦削的肩头,清晰地咕哝着:"黑暗的……东西!"

王三江这会儿听清了,猛地一巴掌。

小来被打翻在地。可是他就势在地上滚了几下,带着一身的泥土和草屑爬起来。他一动不动地挺立着,紧紧盯着对面那个黑乎乎的巴掌。

有人在一边喊了几声什么,好多人围了过来。有人上来拉架,被王三江一扳就扳开了。他说:"我代表老窝教育教育他。"说着用手抓住了小来的胳膊,往他胸前拖。

正这时,人群后面有谁"呜哎——"一声大喊。大家都往那儿看去,王三江也抬起了头。原来老得牵着大青,肩扛双筒猎枪站在那儿,正满脸热汗,皱着眉头呼喊着。王三江一看,立刻松开了小来。他用沉重粗壮的嗓门威慑地喝道:

"老得!"

老得不慌不忙地拴好了大青,然后走到王三江跟前。

王三江挥挥手:"走开,扛葡萄去!"

老得不作声,只是定定地望着他,眼睛露着很大的眼白。他咬紧了嘴唇,使下巴看上去比平常更歪斜一点。

王三江骂道:"混账东西!"随即挥起右手,五指并拢,就像一把钝钝的刀子,用力砍去!老得有过经验,趴下身子躲过,那一掌正好劈在他的腰上。

老得的腰痛苦地扭动着。他拧过脖子看着王三江,说:

"你是个很坏的……家伙!"

王三江又举起了手掌。

好多人拥上来拉架。王三江只是举着手掌,对众人喝道:"给我退远些看光景,看我怎么收拾这个'水蛇腰'!"他说着再一次狠狠地把巴掌砍下来。

老得这一次却极其灵便地、出人意料地拧过身子,两手抱成一个大拳,"嘭"的一下顶住那个手掌,然后就势往下一捅,捅在了王三江的胸口上……王三江恼怒极了!他跺了跺脚,拾起老得丢在脚下的猎枪,握住枪筒,把枪托照准老得的腰砸过去。老得不顾一切地用右手抓住了枪托,同时左手摸索到枪的扳机上,大喝一声:

"我打死你!"

王三江的脸色突然变得蜡黄,两手不由得松开了。

"我打死你!"老得又喊了一句,神色严峻地将枪端平,弓起了腰瞄准。

四周的人见老得在瞄准,一齐惊恐地摆着手,喊着,但是反而慢慢往后退开了两步。

"汪!汪汪!……"大青在不远处扑动着,愤怒地狂吠。它震怒了,一边大叫,一边把锁链甩得嘎嘎作响。

王三江往后退着,嘴里连连叫着:"老得!老得!……"

老得用枪指着他,却把脸转向人群,大声嚷着:

"这是个真正的坏家伙!他不知捣了多少鬼,坑害咱们这些没白没黑种葡萄的人!这棵邪树吸着毒水长了这么多年,小根须也比大拇指粗。光图个歇阴凉,受透了窝囊气,快伸出巴掌推倒他吧!这家伙也乱了阵——过去伪装得不错,现在又打小来又骂人……"

人群骚乱起来。有人指点着王三江,议论纷纷。

老得又说:"我寻思了好多天,寻思那个'原理'。这里面有数学,也有哲学!我现在寻思好了:大家哪里是怕他?是穷了几十年,穷怕了！所以今天得到一点好处就满足，过上点好日子就怕再丢失！还以为好日子是黑汉带来的，这真是大误解！河西葡萄园没有王三江这样的人，不是更好吗？他说河西发了'过头财'，'没有好下场'，这是吓唬咱！藐视他吧！"

人群里没有了声音。大家默默的，似乎在思考着，权衡着。每个人的神情都很严肃，好多双愤愤的眼睛盯向了王三江……

拴在一边的大青一直呜呜吼叫，怒视着王三江扑动着。它总被铁链扯住，几次用祈求的目光看一眼老得。老得似乎没有在意。它于是愤怒地往上一蹿，当身子跌在地上时，两爪用力一按，铁链"喀"的一声折断了！

大青狂怒地扑向了王三江，老得眼疾手快地揪住了一截铁链……王三江躲闪着，趁乱一头扎进了人群里。

人们惊叹着，一齐睁大了眼睛看着大青。大青的眼睛晶莹闪亮，悲怆地怒吼着……

老得弯腰抚摸着大青的脖颈，安慰着它。当他抬起头来时，突然从人群中看到了身穿风衣的小雨！她正激动地看着他，咬着下嘴唇，睁大了一双美丽的眼睛……老得向她点点头，脖子上一条条粗粗的青筋鼓胀着，睁圆了眼睛喊着：

"我早在告示上写过：看葡萄的人新买来双筒猎枪，见贼就放，决不留情。枪是钢枪，上了火漆。有人看了告示来劝过我，我说：有心做贼，打死莫怨。贼在哪里？这个王三江就是全葡萄园里最大的贼！……"

老得的脖子硬挺着，很像苏联诗人马雅可夫斯基的一尊雕像。是的，他的确朗诵了一首很好的诗，虽然嗓子也喊得嘶哑了。

好长时间，人群里没有一点声息。大家只用敬佩的目光看着这个瘦削的年轻人……

王三江在人群里嚷："老得你个东西，你想开枪刺杀领导——好啊，瞧我怎么治你！"

老得冷笑着："是你先抓了枪的！再说枪里没装火药，哼哼——"他扳了枪机，枪口里果然没有喷出火来。

人群里发出了快意的嬉笑……

三天之后的一个夜晚，有个陌生人来到茅屋，让老得跟上他走一趟。

老得十分执拗。他从破被套里摸出枪来，一边擦拭着一边说："我夜里要护葡萄园——再说，我又不认识你……"

那人有些恼火："你黏黏糊糊！让你走一趟就走一趟！"

老得气愤地指指门外说："给我出去！"

那个陌生人猛地拍了一下白木桌子，吆喝了一声什么，立刻从门外的黑影里蹦出四五个人来，拖上老得就走。

小来吓得哭了。老得刚骂了一句"黑暗的东西"，就被捂住了嘴巴。他们将老得拖出门去时，那个陌生人又小声吩咐一句：

"枪也带上，那是罪证！"

十三

这个夜晚，月亮迟迟没有升起来。星星很密，很亮。

风比往常吹得急了一些，葡萄叶儿频频抖动着，使整个园子充满了一种焦躁而急促的节奏。猫头鹰在一声声啼叫，山鸡也呼喊起来。黑夜使这个绿色的世界安静下来，有些小生灵却因为留恋白天的光明而不安地骚动。有极少数小动物在夜色里欢快地忙碌，它们喜欢这夜的凉爽，愿意在这时候到处走动。有时它们真的歌唱起来，那声调有热烈的，也有悲凄的，有的不免流露出一丝淡淡的哀愁……芦青河呜噜噜流过海滩平原，流入大海。它的声音统率了夜的声响，是夜葡萄园的主题歌。它的声音虽不昂扬，但却厚重，是一种常常在的声音。没有什么可以掩盖河水的奔流声。那些尖利的野鸟的呼号使大海滩为之震颤，可是不久也就消失了……

天有些凉意。

王小雨突然被隔壁的哭声惊醒了。她刚坐起来，就听到有人擂门，开了门，小来哭着扑了进来。他说："小雨姐，得哥被人抓走了！"

小雨怔怔地看着他，两手按在他瘦削的肩膀上。从他的眼睛里，小雨明白了一切。这一切来得那么突然，那么出乎意料。她那天从园里回来，心窝老是噗噗地跳，现在才明白这是为老得担心——担心的事情终于发生了！她嘴唇颤抖着，给小来擦去泪水，然后扯着他的手跨出门来。

天阴得真黑呀！

他们向前跑去……葡萄藤蔓缠在一起，夜色里一团一团，漆黑漆黑，怪吓人的。他们有时一块儿给绊倒在地上，有时被野藤子勒住，从藤子上边跌翻过去……

他们不知跑了多久，突然听到一阵奇怪的声音。好像有人在远处的葡萄藤蔓里费力地挣扎着。他们听了一会儿，听出那是一个男人的喘息声、咳嗽声。他们赶紧跑过去。还离着老远，小来就挣脱了小雨，喊了一声："是得哥！"

果然是老得，他身上沾满了泥土。小雨和小来要上前扶他，他说："远一些，我身上有血！"

小来和小雨都吓坏了，反而不顾一切地搀上他，飞快地往茅屋里走。小来"哼哼唧唧"地哭着，说："我和小雨要去救你，去救你……"

老得一拐一拐地往前走，擤擤鼻子说："他们不敢扣留我过夜，法律不准他们……"

到了茅屋里，划亮火柴一看，小雨立刻吓得尖叫了一声——老得满脸是血，胸前的衣服都染上了血。小来呆呆地看着，看着，"哇"的一声大哭起来。老得拉过破被套枕在头下，生气地说："那主要是鼻子流的血，不碍事！"

小雨从她屋里拿来了檀香皂和毛巾，把手巾浸到了水里。她试了试，又往盆里添了一点热水。

小来还是哭着。他蹲在灶前看了一会儿，突然跑出了门。

小雨把盆子端到老得跟前，给他抹去脸上的血。盆里的水红了。老得看着红色的水说：

"小雨呀，这回我跟你爸是势不两立了！"

小雨眼角里流下了一行泪水。她并不抹去，只是一下又一下地给老得擦脸。

这张脸上没有多少伤口，只是有不少处青肿的地方。老得告诉她：几个人把他拖到园边上一块柳林里，要用柳枝抽他，问他还敢不敢开枪打王三江了？他看不清这些人的脸，可是他从声音里听出是王三江身边那些人！他于是愤怒地推了他们一掌。他们一齐拥上来（其中有一个可能会功夫），把他打翻在地上……老得说到这儿又重复一遍：

"小雨呀，这回我跟你爸是势不两立了！"

小雨问："要有子弹，你真敢开枪打死我爸吗？"

老得说："法律不准的，我是懂法律的人。"

小雨不做声了。她看着被抹得光洁起来的这张脸，含泪念一句："死老得啊……"

老得闭上了眼睛，轻轻咏叹着："……铁头叔冒雨走了／王三江这人太凶／茅屋里挂着他崭新的蓑衣／茅屋里只剩下我和大青……"

小雨静静地望着外面漆黑的夜色，鼻翼轻轻动了动，嘴唇翘着，似乎要说什么。可是她什么也没说，只是默默地望着葡萄园。

小来回来了，提来了一条黄鱼——他要给老得做鱼汤。

老得痛苦地扭动了一下。小雨小心地掀开他的背心，看到了一道一道被柳枝抽破的皮肉，一汪泪水再也忍不住……她盯着墨黑的夜色，一个字一个字从嘴里吐出来：

"王三江这人太凶……"

十四

几天以后，王三江召集三十六户开了个会。乡政府的一个文书也来了。会上王三江宣布：因为老得一贯好逸恶劳，对抗领导，决定给予经济制裁。

群众里一阵骚动。有人站起来问："打老得的那些人为什么不制裁？"还有人问："是谁指使坏人行凶？""是谁？""王三江知道吧？""要查查看！"……会场上乱了。

王三江静静地坐在台上。他的大黑脸盘子上没有一丝笑意。过了一会儿，他突然将肩膀上的黑衣服猛地甩在桌上："制不服一个老得，我王三江宁可不干！"接着又转向文书，"你是上级派下来的，你来决定吧！"

文书咳一声，扶扶眼镜，然后慢腾腾地从挎包里捏出几张纸片说："这是收到的人民来信，是告你们领导的。我看他只是方法上的问题，大的方面还是清醒的！老得对抗领导，也不是偶然的……这些信件嘛，要存档的……"

"存档"两个字使台下的人惊讶地互相对看着。不知是谁小声说了句："这眼镜没少白吃葡萄。"

…………

老得的伤好了，又可以在葡萄园里走了。那些小商贩进了园子，总像看一个怪物似的盯住他看，使他烦腻透了。有一次一辆轻骑疾驰而来，猛地停在离他十几步远的地方，上面的人嘻嘻笑着，做着手势骂他，他刚要回击，轻骑车鸣一声长笛就驰去了……更气人的是有一天人们喊着"老得"跟他正说话，一辆吉普停下来，一位干部模样的人端量着他说："噢，你就是老得！一个青年嘛，是共青团员吧？可要严格要求自己，不要染上搞宗派、出风头的坏习气哟……"

不久开始搞现金预支了。老得果然受到"经济制裁"——只得到很少的一点钱。

小来的钱竟比老得多一倍。他把硬硬的票子一张一张摊到炕上，点数了几遍，决定将其中的一半分给老得，另一半交给父亲老窝。老得不要他的钱，说："他王三江的办法再多，我还是藐视这个'黑暗的东西'。他一辈子也许做成了好多事情，可就是制不服我。"停了会儿又说："他的一切事情，在园子里是没有办法的。不过我相信他不会长久。葡萄园落在他手里，就一定不会再兴盛！有时我在心里焦急地对自己喊：'老得，快行动吧！'……"

小来点点头："快行动吧！"

这个晚上他们来到园里，老得好长时间不说一句话。他像过去那样将蓑衣紧裹在身上，踱着步子。只是他怀中再也没有枪了。他不知有多少天没有理发了，那长长的头发被北风吹抚着，不断遮住他的眼睛，他伸手再拂开……他似乎没有心思去点篝火，只是默默地走着。有时他会停住脚步，歪着头倾听那远处波涛的声音；有时他仰起脸来，极目远望着那一天繁星。葡萄树！像山影一样叠起的葡萄树！老得在树下艰难地踱躅着，踱躅着。

小来抱住他的胳膊，小声呼唤着："得哥……"

老得一动不动地站住了。

"得哥，你想什么呢？"

老得坐在了潮湿的泥土上。他声音低缓地说："我在想那个'原理'……"

小来吃惊地看着他："'原理'不是已经找到了吗？"

老得摇摇头："有的找到了，有的还没有……我在想，王三江为什么有那么大的势力？我又为什么低估了他？为什么又是为什么？……这里面都有'原理'啊！要找到这些'原理'也许更难……"

"得哥！……"小来看着他，用手摩擦着他那双粗粗的手掌。老得沉默着，最后站起来，提高了声音说道：

"我再也不愿看见王三江的大脚踏在葡萄园里——我老得走也！"

小来急哭了。他抓住老得的胳膊说："不能走，你不能走呀！"

"这里现在不是我待的地方，但我还要回来！我和铁头叔早晚都要回来的！"

小来哭得更厉害了。整个夜晚，他都把头久久地贴放在老得的腿上。

…………

后来，老得仍重复着那句话，可他还是住在茅屋里。

小来为了给老得补身体，常到海上去要黄鱼。有一天他又听老得说要走，就不放心起来，告诉小雨说："得哥说：'我老得走也！'……"小雨听了就跑到老得的屋里，说："死老得，不准你走！"

老得摇摇头："早晚还要回来的——不会太长久！"

小雨一动不动地望着他。

老得伸出手来，握住了小雨软软的手脖儿。小雨使劲甩，老得却握得更紧，用坚定、热烈的目光望着她。

老得声音颤颤地说："小雨，小雨，你和我好吧……"

小雨像个石头人似的一动不动。她突然挣脱出手来，说："不行！我看不中你的腰！"……老得像没有听见，只是展开长长的两臂，将她的腰按住……他第一次离这个美丽的、圆圆的腰这么近！他多次幻想着能够搂这个细小的腰，可是不能，他只搂过园边那光滑的大杨树……他把两只黑乎乎的大手搂在这个柔韧的腰上，用力往上举起来，嘴里快乐地喊着：

"很好的！很好的！……"

"死老得！水蛇腰！"小雨在空中蹬着腿，尖声骂着，生气地从他手里挣扎出来。

这时候小来手里提着两条黄鱼跑了进来，一进门就对小雨说："熬汤给得哥喝吧……"

小雨涨红着脸望着小来，没有作声。停了会儿，她怏怏不快地接过黄鱼，咕哝着：

"有葱花吗？……"

十五

秋天即将度过。

最后几穗葡萄，是由小来一个人看护的。那一天晚上，当小来拖着疲惫的身子回到茅屋时，发现屋子空空的！他仔细瞅了瞅屋里，看到炕上只有他自己的被子了，白木桌上，是老得的蓑衣；蓑衣上面，留下了老得刚写下的一首诗：

"小来弟，我老得走也／天下这么大／我走到哪里，都不怕／挺起腰杆，做个好人／一辈子不受恶人欺压……"

小来扑到了蓑衣上……身后有什么响了一下，他抬起头来，见小雨眼睛红红的站在门口，一动不动地向里望着。

"小雨，得哥……"

"得哥走了……"小雨呆呆地望着老得常睡的地方说。她倚在了门框上，两肩抽动起来……

这天，好多人都知道了老得走掉的消息。人们一群群地拥到茅屋里，长时间默默地坐在老得休息过的大土炕上。他们坐在那儿，有时听到门外大青的呼唤，以为老得又回来了，就一齐推门去看：外面，再也没有老得了，只有一片浓绿的葡萄树在风中抖着枝叶……

后来，王三江也知道了老得突然走掉的消息，有些慌促地赶到了茅屋里。

小来哭个不停，但他见了王三江，立刻擦干了眼睛，挺直了身子站在那儿。

王三江声音低涩地问："小来，你知道老得哪去了吗？"

小来只是望着远方的葡萄树，就像没有听见。

王三江又问了几句，问不出，就急匆匆地转到隔壁看了看，背着手走去了……但没有走出多远，他就听到了一声怒喝。回头看去，小来满脸红涨，正放开喉咙向着他大声喊道：

"挺起腰杆大步走／使劲甩动两只手／做人就做条硬汉子／黑暗的东西，都要藐视——！"

王三江打了个愣怔。

"都要藐视——！"小来又迎着他大声喊一句……

…………

天慢慢寒冷了，地上铺满树叶。小来和小雨都消瘦多了，他们牵着大青，蹒跚在葡萄园里、大海滩上……白色的沙滩上，到处是赤身裸体拉网的人们，小雨看到了，就赶忙转身跑开。白白的网浮儿漂在海上，上网之前，拉网人愿将赤裸的身子躺在温热的沙子上。小来太思念老得了，他几次一个人跑到他们近前，将仰卧在沙滩上的小伙子误当成老得……

有一次他看到一个小伙子面向大海搬起一块磨扇般的黑礁。他还是第一遭见到这样有力气的人，禁不住惊讶地张开了嘴巴——小伙子把礁石举上去，举上去，两个臂膀的肌肉聚成几个疙瘩，颤抖着，慢慢地又渗出一层油来。那大石块多沉啊，他的两只脚都深深地陷到了沙子里……礁石终于举上去，举过头顶。强劲的胳膊，铁钳似的手掌！这简直是力的炫耀啊！……"哎呀！哎呀！"小来在心里惊叫起来。

这时，不远处的海上老大呼喊起来，小伙子听到声音，迅速抛掉石头，向着长长的网纲跑去了——小来突然看到他的腰扭动了一下——多么熟悉的扭动啊！

"老得！"小来惊讶地蹦跳起来。

"得哥——得哥——！"小来呼喊着，奔跑着。

"哟——使足劲那个哉！哟——！"

"哉！哉！……"

海上老大用粗亮的嗓门呼叫起号子，人群都靠在黑色的网纲上。小来的喊声和海浪的拍击声、号子声合在一起，立刻给淹没了……

这时小雨也从一边走过来。小来向她指点着那个消融在人流中的身影……

大海的边缘变薄了，又皱成一朵朵花儿，向脚下平展展的沙岸抛撒着；它的那一边，则和瓦蓝的天空紧紧缝合在一起，一片片白帆，就永久地停泊在那蓝天碧海的交接处了⋯⋯

远处，一群黑红的、赤裸的身体活动起来。号子声震人耳膜。小来和小雨呆呆地站着。大青跳在了那块抛下的礁石上，昂头看着涌动的人群，像凝住了一般⋯⋯

小雨望着茫茫的海水，眼泪一串串滚落到她的风衣上⋯⋯小来望着她，又伸手给她擦去泪水。他咬了咬嘴唇，坚定地对她说：

"总有一天，他会回到葡萄园里来的，和铁头叔一起！"

卖驴

赵本夫

　　大千世界，无奇不有。一件意想不到的事，促使孙三老汉最终下了决心："卖驴!"

　　那天，他给收购站往县城送货。交完货，又给人代买了东西，便赶着大青驴急忙往回返，离家还有六十里，一会也松不得。

　　毕竟是上了岁数的人，四更起床，五更上路，加上刚才买东西爬了几个楼，没出城，就觉有些困顿。他迷迷糊糊往前赶，出了城，路上行人锐减。他想，离下路还有好远，反正是轻车熟路，索性睡上一阵，于是跳上车，怀抱鞭子，和衣躺下，任凭大青驴嗒嗒地踩着路面往前走。

　　说来巧，前头不远，有人赶一头灰草驴，拉一辆躺着死人的平板车，奔郊区火葬场。车两旁，几个护葬的男女正哽哽咽咽。

　　大青驴看见异性同族，顿生痴情，也不管去得去不得，加快步子一路尾随，直奔火葬场去。此时，孙三老汉大梦沉沉，睡意正浓。

　　火葬场院子里，已有几位死者，分别躺在软床、担架、平板车一类物件上，排队静候。死者的亲属们面色阴郁，三三两两或蹲或站，冷冰冰地看着这一簇新来的人马。

　　大青驴拉着孙三老汉，紧挨灰草驴那辆车，也规规矩矩地挨上了号。

　　大约是两辆车同时来到，使人误解一家死了两人。于是，一些人同情而又好奇地围上来，先是探询的目光，而后终于有人发话：

　　"一家的?"

前车有人摇摇头，冲大青驴这边一抬嘴巴：

"半道跟来的。"

大伙更觉稀奇：后一辆车既无赶车的，又无护丧的？有几个人壮起胆子，悄悄围上了孙三老汉，探头细看：此人面色红润，神态安详，哪里像个死人？再一听，鼻孔呼呼有声……霎时，人们像大白日见鬼，毛骨悚然！咋着舌纷纷退后，真不知眼前出了什么事！

大青驴不知是被惊吓，还是责怪人们轻薄了自己的主人，于是不平则鸣，一耸鼻子，"啊哈啊哈"地大叫起来，引得另外几头毛驴一齐共鸣。一时驴声大作，静穆的火葬场仿佛成了驴市。

孙三老汉猝然惊坐起来，不知出了什么事。他揉眼一看，这是哪里？一群人围着自己：惊、窘、奇、怕，一人一态，有人手拿架势，好像随时准备逃跑。他定定神再看，这才发现是到了火葬场。孙三老汉机灵打个寒战：我的爹！可拉到好地方来了。一圈人这么看，是当我"诈尸还魂"哩！

孙三勃然大怒！跳下车就要打驴，又想：不妥！还是先离开这块晦地。他圈过牲口，头也没抬，打一鞭冲出门去！……

这种事要放在别人身上，不过是个笑谈。但孙三老汉却把它看重了。他认定，这件事正好应验了自己多少天来的一桩心事，是个极不吉利的征兆！

要说孙三有心事，一般人不会相信。大伙都知道，这两年他给收购站当脚力，挣了一笔钱；加上队里实行责任制，老伴做家务，儿子闺女顶趟干活，分配好转。两下一凑合，光景大变。但问题也就出在这里。因为他至今不敢断定，家里富了是福还是祸！尽管一家人挣的全是血汗钱。

单说孙三老汉当脚力吃的苦，就决非常人可比。

孙三的家在老黄河沿上。这一带是三省交界的穷乡僻壤，上级管顾不周全，庄稼没种好。倒是一种叫"沙打旺"的茅草特别茂盛，黄河故道里里外外全是，一望无边。庄稼人也像这耐贫瘠的茅草一样，具有在困境中求生的能力，家家都养了许多羊。人们除了种地，就是放牧。每逢夏秋季节，蓝天之下，风吹草低见牛羊，颇有塞外风光。养羊所得，成了农家生活的重要来源。

上级在这里设了收购站。收购的羊皮、羊毛等农副产品，积攒多了让汽车拉走。可是收购的活羊却不能存留，每日五、七头，上级派汽车不值得，很需要雇个脚力，随收随往县城送。这叫公家运输的一种补充。

按说，脚力挣钱较多，应当好找，其实却不然。一来往县城一趟往返百多里，起五更睡半夜，天天如是，一般人吃不了这个苦；二来庄户日子琐碎，极少有人能脱开家务常年外出；还有条更头疼，这里偏僻，买东西不方便。有人进城，东家要扯几尺布，西家要捎几斤糖，生产队买水泵、化肥等物资，有时也让代捎。一二百户人家的村子，这类事天天都有。干脆，不挣这份钱，也不劳这个神。尤其前几年"大批促大干"的时候，收购站的老脚力孙三老汉，被定为"自发分子"后，更没人敢接这个招了。有力气哪儿不能使！

老脚力孙三被折腾了半年多，那因常年奔波而隐积的风寒症，一下子迸发啦。大病一场后，左腿成了残疾，走起路来光打战；原本好说好笑的一个老汉，也变得痴痴呆呆。谁见了谁想掉泪。

庄稼地里多了这么个半瘫半痴的老汉，生产并没有上去，收购站和村子里少了这么个脚力和"代办"，却显得处处不方便。收购的活羊不能及时外运，瘦、病、死都来啦，收购站由盈利变成亏损。村里人要买什么东西，以往本可以让孙三老汉在县城代办的，现在却不得不亲自跑一趟，反倒无形中浪费了许多劳力。日子久了，都希望再有一个人干，却又没谁出头。于是又有人把目光投向孙三老汉。意思很明白，不过谁也没出口，怕的是戳痛老人家尚未平复的创伤。

但孙三老汉生就一副热心肠。他从那些期待的目光里，感受到了乡亲们对自己的信任，一颗僵冷的心重新激荡起来。前年春天，政策刚一放宽，他立刻借钱买来大青驴，二次当了脚力。这一下，大伙全乐了。

说真的，孙三老汉重操鞭子，并不是没有顾虑。前几年吃尽苦头，大难不死，现在政策放宽，谁又敢担保这不是一股风呢！但他思之再三，这件事对国家、对大伙、对自己都有益处，不亏心！这才壮着胆子干了两年。两年间，他一个六十多岁的老汉，拉着一条半瘫的腿，伏天能热个昏，数九能冻个僵，付出比常人多数倍的血汗，终于使日子有了转机。三十岁的儿子说上了媳妇，原准备给儿子换亲的闺女也有了中意的婆家，还筹备扒旧屋盖新房。

正当他踌躇满志，重整家业的时候，最近忽然听传，政策要"收"。天天晚上，都有一些人围在孙三家里闲唠，议题都是：庄稼人啥时候才能清清净净地过日月呢？结果谁也回答不了。当然，这些都是小道消息。至于上级要"收"要"管"的是哪些事，拉脚是否犯禁，孙三老汉并不清楚，也无从判断。因为多年来政策好变，昨天是允许的事，今天也可能会禁止。因此，只这一个"变"字，已使他先有三分惊慌。

那天，又听队长报信，公社将要调来的新书记，正是当年抓他"自发"的县委韩副部长。这一惊更是非同小可。事隔数年，如今这位姓韩的领导是否还会干那种"大批促大干"的蠢事，孙三老汉更是无从打听。那次挨批时，有人发言说孙三忘本。老汉不服，韩副部长当场表态："你走的是资本主义道路，顽固坚持，只有死路一条！"这话通过大喇叭轰的一声传出来，把老汉吓坏了。此后，他像中了魔法一样，曾把"死路一条"几个字念叨了半年。如今回想来，仍然头皮发紧。现在，他又要回来了，孙三老汉越想越害怕。至此，心里已有七分恐惧。

这几天，孙三老汉一直惊魂不定，疑神疑鬼。正在这当口，平空出了这么个晦气事：让大青驴拉进火葬场，差点给"活化"了，可不正应在"死路一条"上！迷信，在人们不能掌握自己的命运时，最容易复活。此时，孙三老汉犹如"伤弓之鸟，落于虚发"，经不得一点风吹草动了！

孙三老汉把大青驴赶出火葬场，重新拐到正路上。他越想越恼，把车停在路旁，照准大青驴，举鞭就打。孙三老汉一肚子窝囊气全都倾泻到驴身上了。大青驴暴跳不止，一会便乱了缰套。孙三一身臭汗，松开手喘息了一阵，便转到驴腚后头，倒过鞭杆，敲了敲驴蹄子，说声："提起来！"那意思本想整好缰套赶路，大青驴却以为又要打它，尥起一蹄子，正踢在孙三左额上。他惨叫一声，忙用手捂住，血却顺指缝直流出来。孙三恼上加恼，照头一鞭，大青驴一下子惊了，拉起平车就跑，平车横冲直撞，不上百十步，便轰隆一声栽到路沟里去了。等别人帮着拉上来，大青驴也摔脱了右胯。

回到家里，孙三老汉躺倒三天，长吁短叹思前想后，连头发梢这么细的事也没落下，一种被命运捉弄的悲哀苦苦地缠绕着他。最后，终于得出一个老掉牙的结论：死生由命，穷富在天，不由你不信！想到此处，他忽然觉得大青驴是个"恩物"，多亏它提前报个凶信，现在收摊子，还算有惊无失！

孙三老汉卖驴铁了心，可是这么卖得折大钱，怎么行？他头上的伤口刚好，便牵着脱了胯的大青驴，上了公社兽医站。

兽医站的刘站长人倒热情，可惜医术不高。十年前，老站长王老尚，因为在军阀张作霖的军队里当过马医，被清除回家。那是这一方有名的神医。要他还在，多好啊！

刘站长围着大青驴转了一圈，叫孙三把大青驴拴绑到桩架上。刘站长抱着脱胯的右腿，一下又一下地往上顶，吭哧了半天，也没对上，末了摔一把汗珠子说："没治，宰了吧！"说着，就要批条子。

"宰？"孙三舍不得。他记着大青驴的许多好处，人和驴共局，也不能不讲良心！还是到柳镇庙会上碰碰运气吧，说不定有个能人买去，调理好，也算救它一命哇！至于折钱不折钱，孙三老汉就不去管它了。

孙三老汉四更起床，喂饱牲口，自己稍吃了一点饭，便牵着大青驴，一颠一颠地上了路。等他十多里路赶到时，赶会的人已从镇里溢出镇外。

孙三无心也无法进入镇里，便牵着大青驴，直奔镇北的牲口市。

牲口市设在一片乌压压的柳林里，里面拴着数千头牲畜，牛、马、驴、骡，一应俱全。相比之下，这里却安静得多。除牲畜不时发出的一声声鸣叫，大多数人都在默默地转悠、相看和等待，完全没有街里市场上那种令人头晕的喧嚣。须知，在牲口市上，无论卖主还是买主，都是些沉稳而有心计的庄稼人。多年形成的习惯，在这里搞交易主要靠眼神和五个指头捏码子。

孙三选了一棵弯柳树，把大青驴拴上，便拧了一袋烟点着，蹲在一旁静候起来。

庄稼人对牲畜像对土地一样，具有特殊的感情。自从准许私人养牲畜，柳镇庙会上的牲口市，就成了最引人的地方。如果调查一下，私人买牲口真正拉脚、跑运输的极少，一般都是家用。庄稼人手头有钱，宁愿买牲畜，不愿买自行车。因为自行车作用狭窄，而且越骑越折钱。如果买头毛驴，作用就大啦。出门可以骑上，在这处处有黄沙的土路上，速度并不比自行车慢。当然，主要还是干活用。这一带村庄稀少，有的大田离家十里八里，运粪拉庄稼套上毛驴，犹如水乡轻舟，便当极了。此外，牲畜还能屙粪；毛驴、小牛犊喂二年长大了，价钱能成倍地翻。这些好处都是自行车无法比拟的。老实说，就是真正的经济学家，也未必能盘算得这样精细！

孙三老汉往周围打量了一下，今天卖主多，买主更多。心想，行情倒好。

不大一会儿，一个精瘦的老头子直朝大青驴走来，到跟前看着驴问孙三："喂！老伙计，这牲口是卖的吗？"

其实孙三早看见他了，却佯装不知，只管抽烟。听到问话，才朝他乜了一眼，微微点点头。他准备拉点硬弓。他懂得，买和卖是心计和意志的较量，热乎了倒不好。这在兵书上叫欲擒故纵。若认真考据起来，孙三是孙武子的后裔，也未可知！

对手并不外行，掰开驴嘴："哟！四岁口。"听话音，显然相中了大青驴，正捋着山羊胡子端相骨架，忽然发现了那条吊着的后腿：

"哎——！瘸啦？"

"掉胯。小毛病。一整就好。"孙三老汉三句话只用了九个字。他要让对方相信：这根本不算一回事！可是睁眼一看，瘦老头已走了。他呼地站起来，冲那人脊背大声嚷道："嘿！算你瞎了眼。不敢吹，我这驴干活气死马！"瘦老头并不为其所动，头也没扭。

后来，又陆续来了几个人，可一看是头瘸驴，全都走开了。庄户人买头牲口，图的是当儿子用，谁愿意买个老爷伺候！

天已近午，牲口市上已进入成交阶段。多数买主不再转悠，只拣相中的牲口，和卖主讨价还价。经纪人忙着从中撮合，这边打个码子，那边钩钩指头，三五个来回，就能成交一桩买卖。经纪人自己的腰包也渐渐鼓胀起来。已经有许多人牵着牲口，心满意足地离开了市场。

孙三老汉烦躁不安，一开始那种漫不经心的样子没了，只盼有个买主来，便立刻粘住他。

又等了一阵，仍不见有人来。孙三让邻近相识的照看着牲口，自己倒背着手在柳林里转了一圈。他看看听听，心里估摸，今天上市的牲口不下七百头，成交的不会少于四百头。买牛驴的居多，也有一些买大骡马的，这有点出乎孙三的意料。看起来，庄稼人自信得很，社会上关于政策变化的传言，并没有引起多大骚动。也许，他们压根就不信政策会往孬处变！孙三老汉被这庙会上庄稼人的阵势和气魄振奋了！他开始怀疑这些天自己的神经是否正常。

孙三正在发愣，猛听一片喝彩声。他循声左望，十几步开外，一群人围着一匹高大的黑骡子叫好，一个又矮又胖的老汉正拉着往外挤，脸上兴奋得放红光。噫！这不是小孩他大姨父吗！孙三心里一动，怎么？这个胆小鬼也买下大骡子啦！那年孙三挨批判，他只在晚上来看过一次，大约是怕株连。平时，孙三有点瞧不起他，可此时此地，却觉得自己远不如这位襟兄光彩、体面！这么多人围着啯嘴，好神气呀！在乡下庙会上，这要算最叫人眼热动心的镜头了。孙三使劲咽了一口唾沫，压住满肚子醋意，别转脸就走。他真不愿在这种时候和他打招呼。

孙三怀着迷乱的心情回来时，大青驴已被一群人围住。他心里一热，卖驴的劲头又上来啦，忙挤进去，打量了一遍说道："哪个要买？这驴是我的。"

众人一齐把目光投来。孙三镇定了一下，正埋怨自己沉不住气，对面一个约有七十岁的老者凑了上来。他疏眉朗目，左腮下一颗黑痣，胸前飘着半尺长的白须，右肩上搭一根长杆竹节烟袋。孙三顿生三分敬重，又感到此人面善，却一时记不起来了。

那人显然已对大青驴相看过了，走过来和善地问道：

"老弟，你要多少钱？"

"你出多少？"

"哎——！"那人微微笑了，"讨价还价，哪有不讨价便还价的道理？"

孙三一时语塞："这个……我是这个价买的。"他先伸出一个指头，又伸出五个指头。

"这么好一头驴，你卖它何故？"老者也并不急于问价，稳稳沉沉只打唠。

这话正触在孙三的心病上。他只好将实情隐瞒了，支吾道："这驴……嗳……这驴性太烈了。"说着摸摸左额的伤疤，引得众人都笑起来。孙三立刻又正色道："当真！这牲口活路没说的。"

"是啰！怪牲口都出好活路。"那位老者很同意地点点头，又转到大青驴身后，很随便地搭讪："掉胯喽！"

"小毛病！驴先生一整就好。"孙三忙解释。围看的又有人笑起来，老者也捋须笑了笑，然后说："那可难说哟！别看掉胯，会整治不过一鞭，不会整治吭哧半天，也未必能看好。"

这话说得玄妙！不是内行人决然说不出来的。孙三一个念头猛然间涌出来，忙问道：

"敢问老先生是——"

"我叫王老尚。"

"嗨！"孙三证实了自己刚才刹那间的猜想，这正是十年前被清除回家的老神医！怪不得一见面就觉面熟。他想起先前当着人家面说"驴先生"，很觉失言，连忙上前抓住王老尚的手，歉意地说："看我这记性，十年不见，硬是认不得了！王先生，你一向可好哇?"

王老尚连忙做了回答。原来，他回家后不准行医，一直闲居，去年才平了反，因年事已高，便当退休处理。最近身体好转，心性又开动了，就在家开个门诊。他又想，万一外村牲口病重，出诊也是少不了的，便打算买一头走驴。今天赶会，就为此事。另外，在牲口市上露个面，也算开张。他刚买下一头善相的毛驴，又有几个熟人托他买牲口。王老尚满口答应，带一伙人转着转着，就瞅上了这头大青驴。

寒暄过后，王老尚指指身后三四个五六十岁的老汉，很客气地向孙三说："我是为人代买的，你就出个价吧。"

此时，孙三脑子里摆开了战场。他见今天私人买牲口的这么多，卖驴的决心早有动摇，而且越想越觉这事办得荒唐，它和柳镇庙会上的热闹景象无论如何也合不起拍来。现在听说王老尚也开了私诊，心里越发扑腾地欢了：这才叫人尽其才！搞四化不也和当年打日本一样？我孙三不够大材料，一根鞭子六条腿，总能为国家为大伙办点事！老怕政策变了自己吃亏，这叫私心！头二年政策不变我敢买驴？我能给儿子说上媳妇？眼下别听风就是雨！就是真变，只能更合民意，还能变哪去？

孙三老汉忽然来了劲头：他奶奶的，不卖啦！可是事到此处，已经骑虎难下。有言在先，怎好说不卖？

他沉吟半晌，脑瓜里一转：有了！先前本打算一百块钱就卖的，现在，他转轴了，冲王老尚伸出两个指头说："这个数！"心想，我多要了一倍钱，还不把他吓跑？

"二百块！"围观的有人惊叫起来，心想，这老小子漫天要价，不是诚实买卖。

这时，外圈挤进一个人，粗喉大嗓地咋呼道："多少？二百块！就凭这头烂驴？吓！你掂个棍抢人家去吧，不怕牙碜！"这是屠户胡二的愤愤之声。

"噫——？不买拉倒！"孙三硬邦邦地顶道，解开缰绳就走。

"好！就依你。"这当口，王老尚突然上前拦住，抓过缰绳，回头冲着托他买牲口的：

"你们谁要？"

……

几个人没一个搭腔的，你推我拥，自己尽往后缩，意思都嫌不值。孙三暗自高兴。

王老尚心里明白，笑笑说："看这副样子，价钱是高。治好腿，价钱可就低了。值这个数。"说着，他直直地伸出三个指头。

"三百？"又有人喊出声来。那几个买驴的老汉仍然犹豫不决。

王老尚收住笑容，突然挽起袖口，向周围看热闹的拱一拱手："请各位退几步，闪个空。"说罢，向正在发蒙的孙三要过鞭子，藏在背后，又让他一手扶正大青驴悬着的右腿，自己慢慢踱到大青驴左前方。围观的人越来越多，谁也不知王老尚要变什么戏法，忙闪开场子，一圈人鸦雀无声。

王老尚静静地站在大青驴左对面，和眉善目地看着它，足有半分钟。等它完全丧失警惕了，突然圆睁二目，暴喝一声："呔！"同时向大青驴左耳朵尖刷地就是一鞭！大青驴猝不及防，猛然惊跳起来，整个身子全压在右后方，只听"呱哒"一声脆响。等大青驴前腿着地，右后方那条腿也不再吊着，四条腿轮番踩动着地面。这一着远近闻名，叫"神鬼鞭"。就是在突然的打击下，利用牲畜自身的力气接胯复位，这比抱着驴腿捋高明得多。

王老尚上前交过鞭子，接过缰绳在人圈内走了两遭，大青驴仅有微颠，那是余痛未消，腿骨显然已复了位！周围的人这才想起喝彩，一时间掌声、叫声响成一片。

响声未停，那几个买驴的一窝蜂抢上来：

"我要！"

"我先托王先生的！"

"我买！"

"……"

几个人正争得不可开交，孙三突然大叫一声："我不卖了！"

只这一声，里里外外的人全愣住了。大伙一看，卖驴的老汉脸红得像个下蛋的鸡，蹭蹭蹭！一连三步，从王老尚手中夺过缰绳，拉着大青驴扭身就走。

卖主突然变卦，使整个气氛为之一变！人们把目光在卖主和买主之间投来投去，不知事态会怎样发展。

在买主中有一个精瘦的老头子，正是孙三的第一个买主。一愣神，他立刻带头叫起来：

"讲好的价钱不卖，说话算放屁？"

其余几个也一哄而起：

"不卖不行！让大伙评评理。"

"不卖就揍他老小子！"

"先把牲口夺过来！"

一声呐喊，几个人抢过来要夺驴。

王老尚急忙从中调解，向几个买驴的劝说道："莫让人笑话，会上有的是牲口，再买，再买。"说完，和解地笑起来，众人也跟着劝说。

孙三老汉如愿以偿，决定不再纠缠。他装聋作哑，拉着大青驴冲出人群，翻身爬上驴背，吆喝一声："嘚儿！——驾！"大青驴立刻翻动四蹄，一溜烟跑走了。

敬告作者

为了保护有关作者的合法权益，我社曾多方联系本套书所涉及作者的版权事宜。但遗憾的是，由于种种原因，仍未能与少数作者取得联系。现谨对尚未取得联系的作者深表歉意，并请有关作者或著作权人见书后，尽快致函作家出版社，以便及时奉寄样书和稿酬。

通讯单位：作家出版社

通讯地址：北京市朝阳区农展馆南里10号

邮政编码：100125

联系电话（传真）：010-65925260

图书在版编目（CIP）数据

改革文学 / 陈晓明主编 . -- 北京：作家出版社，
2018.12

（改革开放 40 年文学丛书）

ISBN 978-7-5212-0315-8

Ⅰ . ①改… Ⅱ . ①陈… Ⅲ . ①小说集 – 中国 – 当代
Ⅳ . ①I247

中国版本图书馆 CIP 数据核字（2018）第 296081 号

改革文学

主　　编：陈晓明
统　　筹：兴　安　崔庆蕾
责任编辑：宋辰辰
装帧设计：意匠文化·丁奔亮
出版发行：作家出版社有限公司
社　　址：北京农展馆南里 10 号　　邮　　编：100125
电话传真：86-10-65067186（发行中心及邮购部）
　　　　　86-10-65004079（总编室）
E-mail:zuojia@zuojia.net.cn
http://www.zuojiachubanshe.com
印　　刷：三河市兴博印务有限公司
成品尺寸：152 × 230
字　　数：514 千
印　　张：28.25
版　　次：2018 年 12 月第 1 版
印　　次：2018 年 12 月第 1 次印刷
ISBN 978-7-5212-0315-8
定　　价：1200.00 元（全 20 册）